I0665554

# Die Kaskaden des Salamanders

Über das **Buch**

Nachdem Peter Berg und Rosanna Sands von einem bevorstehenden Terrorangriff erfahren haben, mobilisieren sie ihre Verbündeten und wollen das Unheil verhindern. Es wird ein Kampf gegen die Zeit und ihr Gegner ist mächtiger, als sie es je geahnt hätten ...

Über den **Autor**

Der aus Hamburg stammende Autor van Deus lebt im Sommer an der See und verfasst Erzählungen. Der Titel 'Die Kaskaden des Salamanders' ist nach 'Operation Sonnenwende' der zweite Band aus der Trilogie 'The Triangular Files' und ein weiterer Einblick in die dunklen Geheimnisse einer Welt, die wir vielleicht niemals wirklich ganz erfahren werden.

*van Deus*

# *Die Kaskaden des Salamanders*

**Thriller**

*Die Geschichte ist ausgedacht.*
*Sämtliche Handlungen, Charaktere und Dialoge*
*in diesem Buch sind rein fiktiv und entspringen der*
*Fantasie und der Vorstellung des Autors.*
*Ähnlichkeiten der Akteure mit lebenden oder*
*verstorbenen Personen und/oder deren Reaktionen,*
*sowie mit Organisationen usw. sind rein zufällig.*
*Schon deshalb, weil unter vergleichbaren Umständen in der*
*Realität andere Verhaltensweisen der handelnden Figuren*
*nicht vollständig ausgeschlossen werden können.*

*»Die Kaskaden des Salamanders«*
*Band 2 aus der Trilogie*
*»The Triangular Files« © 2016*

*2. Auflage Februar 2016*

*Copyright © 2016*
*by van Deus*
*All rights reserved*
*Cover design by James C.L. Smith*
*Photography and illustrations by*
*Black:Beck:One Publishing*
*All rights reserved B-B-One Publishing*
*www.b-b-one.com*
*info@b-b-one.com*

*ISBN-10: 3-945-75277-9*
*ISBN-13: 978-3-945-75277-7*

*Für meine Familie*

# Inhaltsverzeichnis

# Prolog

*New York*

*Ende der 70er Jahre des vergangenen Jahrhunderts*

*Über den Wolken regnet es nicht*

Die Idylle war trügerisch. Nahezu wolkenlos erstreckte sich der blaue Himmel über der nordamerikanischen Metropole. Es war noch früh am Morgen, an diesem sonnigen Sonntag im Juni, und der sonst an den Wochentagen lärmende Verkehr war so gut wie nicht spürbar. Nur wenige Motorengeräusche drangen von den umliegenden Avenues in die beschauliche Stimmung des Central Parks. Doch das Böse lauerte dort, wo man es am wenigsten erwartete. In der Stadt, die niemals schlief.

Es war ein friedlicher Morgen in New York, gegen Ende der 70er Jahre des vergangenen Jahrhunderts. Die junge Frau, Joycelyn Miller, war mit ihrer Tochter in den Central Park gegangen, in die grüne Lunge der Stadt. Ein laues Lüftchen zog um ihre Nase und sie hatte es sich auf einer Parkbank bequem gemacht. Links neben ihr lag die Tageszeitung, die New York Times, ausgebreitet auf den Holzstreben der Bank, und in der rechten Hand hielt sie einen Pappbecher mit Kaffee. Ein Lächeln spielte auf ihren Lippen, als sie ihrer Tochter beim Spielen zusah.

Der Spielplatz war für Kinder das reinste Paradies. Neben einer großen Schaukel, an der ein Autoreifen befestigt war, gab es auch eine langgezogene Rutsche mit einer glänzenden Bahn aus Edelstahl, die direkt in dem weichen Sand endete. Über einen Kletterturm konnten die Kinder, wenn sie gelenkig genug waren, bis auf einen benachbarten Apfelbaum gelangen und sich an den kräftigen Ästen wieder bis auf den Boden hinunter hangeln.

Die Zeit war nicht einfach für Joycelyn; sie hatte ihren Mann vor einem Jahr im Einsatz verloren. Ihre Tochter war das einzige, was ihr geblieben war und sie war ihre ganze Freude. Im nächsten Jahr würde sie in die Schule kommen. 'Es wird höchste Zeit', dachte Joycelyn im Hinblick darauf, wie weit ihre Tochter in der Entwicklung den anderen Kindern in der Nachbarschaft bereits voraus war. Immer wieder überraschte das kleine Mädchen seine Mutter mit einigen sehr verblüffenden Schlussfolgerungen.

Joycelyn atmete tief durch und genoss die wärmenden Sonnenstrahlen auf ihrer Haut. »Ist es nicht herrlich? Kaum eine Wolke am Himmel - und kein Regen weit und breit.«

Ihre Tochter lehnte mit ihren Armen über der Brüstung vom Kletterturm. »Ma, kann es eigentlich über den Wolken regnen?«

Joycelyn Miller schüttelte erstaunt ihren Kopf. »Nein, mein Schatz. Über den Wolken regnet es nicht. Die Regentropfen fallen immer nach unten. Wie kommst du darauf?«

Ihre Tochter antwortete nicht. Jedenfalls nicht sofort. Stattdessen kletterte sie hinüber auf den Apfelbaum und tastete sich vorsichtig durch das Geäst. In direkter Griffweite hatte sie einen noch unreifen Apfel vor sich und starrte ihn förmlich an.

»Ich weiß, Ma. Alles fällt nach unten. Das hast du schon hundert Mal gesagt. Aber was macht es, dass die Sachen nach oben kommen?«

»Was meinst du, Baby?« Joycelyn kannte das Frage- und Antwortspiel nur zu genau und sie musste aufpassen, dass die Erklärungen in sich schlüssig waren, denn ihre Tochter passte ausgesprochen gut auf.

»Na, wie kommt der Apfel hier oben in den Baum. Das meine ich. Woher weiß er, dass er hier wachsen muss?«

Die Frage klang trivial, doch sie war alles andere als das. Joycelyn war studierte Biologin, auch wenn die Zeit in der Universität schon lange zurücklag. Dass die Schwerkraft dafür sorgte, dass Dinge hinunterfielen, war evident. Doch welche Dynamik genau dahinter steckte, dass ein Baum überhaupt wuchs und eine bestimmte Form bei seinen Verästelungen annahm, war ebenso wenig geklärt, wie die Formenvielfalt des Lebens. Welche Kräfte sorgten dafür, dass sich die Natur genau so entwickelt hatte, wie sie sich schließlich darstellte? Was lenkte die Mannigfaltigkeit bei der Entstehung der Arten und was war das Ziel?

Joycelyn sinnierte; sie hatte schon sehr oft darüber nachgedacht und keine Antwort gefunden. Vielleicht war es doch einfacher, an einen Gott, an einen Schöpfer zu glauben und die Antworten bei ihm zu suchen. Sollte sie ihrer Tochter also sagen, dass es Gott war, der den Baum wachsen ließ? Joycelyn presste ihre Lippen aufeinander. Das war ihr als promovierte Wissenschaftlerin zu simpel. Andererseits wollte sie sich nicht hinter pseudowissenschaftlichen Erläuterungen verstecken.

»Baby. Es ist das Wunder der Natur. Die Kraft des Lebens lässt Bäume wachsen – auch den Apfel – und diese Kraft ist es, durch die alles so entsteht, wie wir es wahrnehmen.«

Das Mädchen ließ sich davon nicht wirklich beeindrucken. »Die Kraft des Lebens«, wiederholte es und strich mit seinen Fingern über den grünen Apfel. Dann fiel der Blick auf die Wippe neben der Rutsche. Es war immer schön gewesen, mit Mutter darauf zu wippen. Genau auszutarieren, wer sich wie weit vom Drehpunkt entfernt hinsetzen musste, damit die beiden Enden im Gleichgewicht balancierten.

»Pass auf, dass du nicht vom Baum herunterfällst«, rief Joycelyn ihrer Tochter zu.

Sie waren die einzigen Menschen auf dem Spielplatz, denn es war noch sehr früh an diesem Vormittag. Spaziergänger machten ihre morgendliche Runde durch den Central Park und in der Ferne konnte man einige Jugendliche auf ihren Skateboards ausmachen.

'Die Asphaltsurfer sind unterwegs', dachte Joycelyn. 'Was treibt die Jungs eigentlich an? Die Lebensfreude?' Ihre Gedanken hingen noch immer bei der Frage ihrer Tochter. Die Frage nach dem Ziel. Nach einem *Warum*. Nach dem Sinn des Lebens. Es war die größte Frage überhaupt. Aus ihren Gedanken wurde Joycelyn Miller jäh geweckt. Ein laut aufheulendes Motorrad mit einem knatternden Auspuff war herangebraust und mit quietschenden Reifen war es geradewegs vor der Abzäunung des Spielplatzes zum Halt gekommen. Ein Mann in einer schwarzen Motorradkluft stieg ab. Den dunklen Helm behielt er auf und klappte nur das Visier hoch.

»Sind Sie Mrs. Miller?«, wollte der Mann wissen.

Joycelyn erhob sich augenblicklich von der Parkbank und drehte sich voller Angst zu ihrer Tochter um. Sie gestikulierte wild mit den Händen und versuchte, ihrem Kind ein Zeichen zu geben, sich in Sicherheit zu bringen.

»Baby, pass auf dich auf.« Was sollte sie ihrer Tochter raten? Vom Baum zu klettern und wegzurennen? Oder sich zwischen den Ästen zu verstecken? Joycelyn hatte eine furchtbare Angst. Was konnte dieser Mann von ihr wollen? Die schlimmsten Befürchtungen kamen in ihr hoch und ein schreckliches Szenario rannte durch ihren Kopf. War es so weit? Hatte er sie gefunden? Der Mann wiederholte seine Frage ungeduldig.

»Sind Sie Mrs. Miller?«

Joycelyn griff panisch nach ihrer Handtasche. »Wer sind Sie?«

Doch sie kam nicht mehr dazu, in der Tasche nach dem Pfefferspray zu suchen. Der Motorradfahrer hatte blitzschnell eine Waffe gezückt und drückte kurzerhand ab. Dreimal traf er Joycelyn aus allernächster Nähe. Der Schalldämpfer ließ die Schüsse ohne jedes Echo verstummen. Kurz und trocken.

Die Frau sackte in sich zusammen. Sie stürzte zunächst gegen die Parkbank, dann krümmte sich ihr Körper und sie fiel auf den Sandboden. Ihr Arm hing schlaff zur Seite. Der Mann warf noch einen Blick auf das Mädchen, das sich völlig verschreckt im Baum zusammenkauerte. Wortlos steckte er die Waffe wieder ein und schwang sich auf das Zweirad. Er gab kräftig Gas und brauste davon. Mitten durch den Central Park.

Weinend sprang das kleine Mädchen vom Baum und rannte zu seiner Mutter. »Ma, geh nicht, bleib bei mir.« Ihr Flehen war herzzerreißend. »Bitte, Mama.«

Joycelyn öffnete noch ein letztes Mal die Augen. Sie war schwer getroffen und wusste, dass sie die Schusswunden nicht überleben würde. Mit letzter Kraft strengte sie ihre Stimme an.

»Pass immer auf dich auf, Baby. Immer. Du bist etwas ganz Besonderes. Ich liebe dich.«

Joycelyn schloss die Augen und über die Wangen des kleinen Mädchens kullerten dicke Tränen.

# Kapitel 1

*New York*

*Sommer 2013*

*Ein Sonntag in Manhattan*

Seit dem heimtückischen Anschlag im Central Park waren 35 Jahre vergangen. Im Sommer 2013, gegen Ende Juni, war der Park beliebter denn je. Viele Touristen nutzten die Möglichkeit, sich ein paar Momente der Ruhe zu gönnen und für eine Weile von der hektischen Großstadtmetropole abzuschalten. Die Pferdekutschen erinnerten an frühere Zeiten und brachten die Besucher bequem an jeden Ort im Park. Fast 350 Hektar nahmen die Grünanlagen in Manhattan ein; sie wurden bereits 150 Jahre zuvor angelegt. Der Central Park war außergewöhnlich stark frequentiert und mehr als 25 Millionen Besucher fanden alljährlich ihren Weg in die innerstädtische Parkanlage.

Auch an diesem Sonntagvormittag machten es sich die Menschen überall im Park bequem und die ersten Ausflügler hatten ihre Decken für ein Picknick auf dem Rasen ausgebreitet. Der Park war zugleich ein Ort, an dem sich viele New Yorker körperlich fit hielten und allen möglichen Sportarten nachgingen. Entweder joggten sie entlang der Spazierwege oder sie waren auf Inlineskates beziehungsweise mit ihren Fahrrädern unterwegs. So auch Skip Persson.

Der Skandinavier rückte sich die Miniatur-Ohrhörer zurecht und hörte den Song *Still here* von *ATB*. Skip war Mitte zwanzig, hochgewachsen und unverkennbar durch seine wuscheligen, blonden Haare. Er stammte aus Dänemark und mit seiner offenen, freundlichen Art kam er in New York sehr gut zurecht. Seit seinem Work-and-Travel Aufenthalt war er in Manhattan geblieben. Auch wenn er noch nicht die Greencard erhalten hatte, so war ihm klar, dass er nicht mehr aus den Vereinigten Staaten weg wollte. Er hielt sich mit Gelegenheitsjobs über Wasser und versuchte, sein Hobby, das Fotografieren, zu seinem Beruf zu machen. Insofern kam ihm der aktuelle Auftrag sehr gelegen.

Vor wenigen Tagen hatte ihn ein Mann in einem grauen Anzug angesprochen, als er am Rockefeller Center eine Fotosession aufnahm. Der Auftrag an sich klang nicht ungewöhnlich. Skip sollte regelmäßig neue Motive vor die Linse holen; worum es sich dabei handelte, wurde ihm erst kurz vorher genannt. Sie hatten ein Fixum vereinbart, welches sich für jedes Bild, das für einen Upload in eine Fotogalerie in Frage kam, um eine beträchtliche Summe erhöhen sollte. Die Kriterien für die sogenannten *Qualified Uploads* waren nicht klar umrissen. Anfangs jedenfalls. Von Tag zu Tag ließ der Mann im grauen Anzug, der sich Joseph nannte, mehr darüber heraus. Meistens hatten sie sich um die Mittagszeit herum getroffen und machten dann einen Treffpunkt für den nächsten Tag aus. Dabei bekam Skip die neuen Motive genannt, die er ablichten sollte. Bestimmte Fotos konnte er anschließend an täglich wechselnde FTP Adressen hochladen. Es war schnell verdientes Geld; die Aufnahmen waren nicht besonders anspruchsvoll und Joseph schien bei der Bildauswahl nicht wählerisch zu sein. Bei der Bezahlung zeigte er sich großzügig und Skip bekam seinen Lohn bar auf die Hand.

Der Fotojob für diesen Sonntagvormittag schien eine einfache Sache zu sein. Skip sollte sich im Central Park in der Nähe der Bethesda Terrasse postieren und Aufnahmen von zwei Männern schießen. Nur für einen kurzen Moment kam Skip diese Aufgabe ungewöhnlich vor und die Zweifel an der Rechtmäßigkeit seines Einsatzes hatte er schnell beiseite geschoben. 'Was sollte schon dabei sein? Detektive überwachten doch untreue Ehemänner jeden Tag und machten ebenfalls Schnappschüsse.' Ihm war eine fürstliche Entlohnung in Aussicht gestellt worden, wenn er brauchbare Aufnahmen an eine bestimmte FTP Adresse hochladen würde.

Das Wetter war perfekt und Skip war schon früh am Morgen mit seinem Fahrrad auf Achse. Es war ein ganz besonderes

Leichtbau-Rad, mit dem er gelegentlich auch als Kurier im Stadtgebiet von Manhattan unterwegs war. Neben der Nikon-Fotoausrüstung war das Zweirad sein ganzer Stolz.

Der lässig gekleidete Däne, mit seiner Blue Jeans, einem beigefarbenen kurzärmligen Hemd und den sportlichen Sneakern, lehnte sein Fahrrad an einen hohen Baum und nahm den Ort in Augenschein. Die Bethesda Terrasse war prachtvoll angelegt. Sie lag inmitten des Central Parks - auf der Höhe der 72. Straße. Skip blätterte in einer Broschüre, die er sich zur Vorbereitung seines Fotojobs mitgenommen hatte. Mit dem Bau der Terrassen-Anlage wurde schon 1859 begonnen; vier Jahre später wurde sie fertiggestellt. 'Vor genau 150 Jahren', dachte er. 'Und zehn Jahre bevor der Park in seiner Gesamtheit feierlich eröffnet und für die Öffentlichkeit freigegeben wurde.'

Skip verbrachte seine freien Momente gerne im Park und auch dieser Ort, der als Herz des Parks galt, war ihm wohl vertraut. Zwei Treppen führten seitlich von der unteren Terrasse auf das obere Steinplateau. Er ging hinauf und genoss den malerischen Blick über die Grünanlagen. Aus dem Brunnen, der zur Bethesda Terrasse gehörte, schossen hohen Wasserfontänen in den strahlend blauen Sommerhimmel. In der Ferne konnte er die Skyline von Manhattan ausmachen. Er nahm einige der Wolkenkratzer ins Visier und schoss ein paar Probeaufnahmen. Dann schwenkte er mit dem Objektiv zurück über die Rasenfläche, bis ein kleiner Spielplatz vor seine Linse geriet. Mit einer Rutsche, einer großen Schaukel und einem restaurierten Kletterturm, der direkt an einen Apfelbaum anschloss. Vor der meterhohen Umzäunung der Spielfläche stand eine Gedenktafel aus Messing. Für einen Moment lang zögerte Skip. Fast wollte er mit dem Teleobjektiv bis zu der Inschrift heranzoomen, doch dann besann er sich auf seinen Auftrag und konzentrierte sich auf die Vorbereitungen.

Die beiden Männer, die ihm beschrieben worden waren, sollten an einem der Tische auf der oberen Ebene Platz nehmen. Skip begutachtete die Höhenverhältnisse in der Umgebung und hielt Ausschau nach einem Areal, von wo aus er die Szenerie am besten ins Visier nehmen konnte. In einiger Entfernung hatte er einen scheinbar idealen Ort entdeckt. Versteckt zwischen zwei hohen Bäumen gab es eine lichte Stelle auf einer Anhöhe.

Skip radelte hinüber, stellte das Rad an einem der Bäume ab und steckte sich den kleinen Hörer ins linke Ohr. Die Nummer war in seinem Mobiltelefon bereits gespeichert. Er sollte Bescheid geben, sobald er die Location vor der Linse hatte.

Der Mann im grauen Anzug, der sich Joseph nannte, war in seinem Lieblings-Café, im Michael's, in der 55. Straße. Er saß an einem Einzeltisch direkt am Fenster und genoss sein Frühstück, die Tasse schwarzen Kaffee und sein Stammgericht Eggs Benedikt, als das Telefon auf dem Tisch vibrierte. Joseph lauschte der Nachricht seines Fotografen und beendete das Gespräch abrupt mit einem knappen Wort. »Verstanden.«

Er drückte die Verbindung zu Skip einfach weg und achtete tunlichst darauf, dass die Kommunikation so kurz wie möglich blieb. Sein schwarzes Handy schien das letzte Jahrzehnt unbeschadet überstanden zu haben. Es handelte sich um ein uraltes Gerät von Motorola. Damals war es das erste weltweit einsetzbare Triband-Telefon gewesen, ein Timeport L 7089. Inzwischen hatte es fast 15 Jahre auf dem Buckel. Joseph schob das Telefon in seine Hosentasche. Falls ihn jemand dabei beobachtet hätte, so wäre die Überraschung noch größer gewesen, als er kurze Zeit später ein weiteres Timeport-Handy aus seiner Sakkotasche herausholte. Die Nummer gab er manuell ein; er hatte sie im Kopf. Als die Verbindung stand, äußerte er sich möglichst knapp und es waren nur wenige Worte, die er sagte. Schließlich konnte er nicht sicher sein, wer ihm im Restaurant zuhörte. Die Sätze waren wohl gewählt und nichts schien dem Zufall überlassen.

»Wir sind bereit für die Aufnahme der Haustiere.« Dann legte er auf. Alles lief nach Plan. In wenigen Stunden sollte die ganze Sache vorüber sein. Er blickte auf seine Armbanduhr. Es war Punkt zwölf Uhr mittags.

Skip wartete eine ganze Weile in seinem Versteck. Zunächst schien sich nichts zu tun. Ab und zu kamen Touristen und genossen die Aussicht von der Bethesda Terrasse. Er beobachtete das Geschehen pausenlos und hoffte, dass ihm niemand die Sicht versperrte. Nach einer guten halben Stunde tat sich etwas. Es musste sich um die beiden Männer handeln. Sie blickten verstohlen um sich, als ob sie ganz sicher gehen wollten, dass ihnen niemand gefolgt war. Skip hatte Glück; sie nahmen genau an einem der Tische Platz, die er bereits zuvor ins Visier genommen hatte. Er schraubte das Objektiv mit der größten Brennweite in seine Nikon und observierte die Männer. »Sie diskutieren«, flüsterte Skip. Es sah so aus, als würden sie über irgendwelche Konditionen verhandeln. Dann waren sich die beiden Männer in ihren dunkelgrauen Anzügen offensichtlich einig geworden; sie standen auf und bekräftigten ihren Deal mit einem Händedruck. Skip schoss eine ganze Serie, als einer der Männer in seine Aktentasche griff. Es handelte sich um großformatige Fotoabzüge, die er seinem Gegenüber zeigte.

»Schau sie dir an. Los, dreh sie um«, sagte der Däne zu sich selbst und drückte unentwegt auf den Auslöser. Plötzlich, fast unerwartet, war eins der Motive direkt in seinem Sucher klar und deutlich zu erkennen. Es zeigte eine karge Landschaft, die von rotem Gestein übersät war. Im linken Bildausschnitt befand sich ein Tier, ein Salamander. Skip zuckte zusammen. Nun endlich hatte er eine Ahnung, worum es ging. Vor einigen Tagen waren die sensationellen Livebilder vom Mars über die Bildschirme geflimmert. Seitdem wurde spekuliert, ob es sich dabei um authentische Aufnahmen gehandelt hatte. Die Reportagen im TV behandelten alle möglichen Szenarien. Gab es Leben auf dem Mars? Womöglich sogar intelligentes Leben?

Er schüttelte sich. War er aus heiterem Himmel Zeuge geworden von weiteren Beweisen, die ein Leben auf dem Mars untermauerten? Doch bei dem nächsten Fotoabzug wurde ihm bewusst, dass das Gegenteil der Fall war. Hastig schoss er weitere Aufnahmen. Deutlich war eine menschliche Hand zu sehen, die einen Salamander in Positur brachte und bei dem nächsten Bild war sogar eine Beleuchtungsvorrichtung zu sehen.

»Fuck«, schrie er auf. »Das ist alles gefaket. *A Salamander scurries into flame to be destroyed...*« Skip summte die Melodie *The Carpet Crawlers* von der britischen Rockband *Genesis* vor sich hin und machte noch einige Aufnahmen, »*... imaginary creatures are trapped in birth on celluloid.*«

Er rieb sich mit der Hand über das Kinn. Schlagartig war ihm einiges klar geworden; es war mit Sicherheit kein Zufall, dass er die beiden Männer bei der Übergabe der Fotos ablichten sollte. Er demontierte das Teleobjektiv und verstaute seine Ausrüstung wieder in der Fototasche.

Vielleicht war er damit einen Augenblick zu lange beschäftigt, denn ein streunender Schäferhund hatte sein Versteck ausfindig gemacht und bellte ihn angriffslustig an.

»Shit, shit shit«, rief er und versuchte, sich den Köter vom Leib zu halten. Mit seinen Füßen trat er wild um sich und tastete sich sukzessive bis zum Fahrrad heran. Zum Glück bellte der Hund nur und machte bislang keine Anstalten, den Fotografen zu beißen. Skip war sich der Gefahr bewusst, in der er nun steckte. Nicht genug, dass er eine höllische Angst vor dem Schäferhund hatte, nein, die ganze Situation war außer Kontrolle geraten.

Durch das Gebell waren die Männer auf der Bethesda-Terrasse auf ihn aufmerksam geworden. Und noch weitere Männer kamen plötzlich aus allen möglichen umliegenden Verstecken. Skip konnte mindestens vier andere, dunkel gekleidete Männer ausmachen, die überhaupt nicht den Eindruck von typischen Sonntagsausflüglern machten. Sie hatten Walkie-Talkies in ihren Händen und sahen alles andere als friedlich gesonnen aus.

So schnell er konnte, schwang er sich auf den Sattel und drückte wie im Rausch an seiner Gangschaltung herum. Mit voller Kraft trat er in die Pedalen und flüchtete über die befestigten Wege im Park in Richtung Süden.

'Bloß raus aus dem Park. In der City habe ich mehr Chancen', dachte er. Sein Herz pochte bis zum Anschlag. Voller Nervosität fummelte er an seinem Mobiltelefon herum und drückte auf die Wahlwiederholung.

»Geh ran, geh endlich ran«, sagte er zu sich selbst. Als sich der Mann am anderen Ende der Leitung endlich mit einem kurzen 'Hallo' meldete, war Skip vollkommen außer Puste. »Joseph, wir sind aufgeflogen. Die Kerle haben mich entdeckt.«

Die Antwort, die darauf folgte, war denkbar knapp. »Shit. Haben Sie die Bilder?«

Skip radelte so schnell, er konnte. Er glaubte zu erkennen, dass ihm auf der parallel verlaufenden Fifth Avenue zwei schwarze Limousinen folgten.

»Ja«, antwortete er hastig. »Ich habe die Fotos. Und was für welche. Das ist der reinste Sprengstoff. Von wegen Mars. Von wegen Salamander.«

Er musste einem entgegenkommenden Jogger ausweichen. »Ich komme zu Ihnen, sind Sie noch im Restaurant?«

Der Mann im grauen Anzug stand vom Tisch auf. Seine Stimme wurde laut; so sehr war er in Rage geraten. »Den Teufel werden Sie tun. Sie werden nicht hierher kommen.«

Alle Gäste des renommierten Restaurants *Michael's* richteten ihre Augenpaare auf ihn. Joseph schritt eilig zum Ausgang und drückte dem General Manager eine Fünfzig-Dollar-Note in die Hand.

Mit einem kurzen »*Passt schon*« hastete er auf den Bürgersteig und führte das Timeport Mobiltelefon an sein Ohr.

»Sind Sie noch dran, Skip? Hören Sie? Kommen Sie auf gar keinen Fall hierher. Hauen Sie ab und sehen Sie zu, dass die Bilder hochgeladen werden. Roger, over.«

Er drückte die Verbindung weg und nahm den Akku aus dem Telefon. Der Boden war nun auch für den Anzugträger zu heiß geworden. Er rannte bis zur Fifth Avenue und rief sich ein Taxi herbei. Auf seinem anderen Mobiltelefon suchte er nach der zuletzt gewählten Nummer. Der Mann am anderen Ende ging sofort ans Telefon.

»Joseph, was gibt's?«, wollte er wissen. »Haben Sie die Fotos?«

Der Mann im Taxi bemühte sich um eine präzise Antwort.

»Ja, ich denke schon, es ist aber etwas schief gegangen. Unser Fotograf ist anscheinend überrascht worden.«

»Sehen Sie zu, dass der Upload funktioniert. Die Verbindung ist beendet.«

Der ältere Mann am anderen Ende nahm die SIM-Karte aus dem Telefon, bevor er es in seiner Jackentasche verstaute. Er verschränkte die Arme hinter dem Kopf und schaute unbewegt aus dem Fenster im 33. Stockwerk über den East River. Das Gebäude befand sich auf internationalem Terrain, inmitten von Manhattan. Es war das Markenzeichen der Vereinten Nationen. Das Sekretariatshochhaus. Das Hauptquartier der UNO.

Skip war indes völlig auf selbst gestellt und von Joseph, seinem Auftraggeber, konnte er in diesen Augenblicken keine Hilfe mehr erwarten.

'Der Kerl hat sich wahrscheinlich schon aus dem Staub gemacht', dachte er und trat mit aller Kraft in die Pedalen. Schließlich hatte er das südliche Ende vom Central Park erreicht und bog nach links ab in die 59. Straße.

Der gläserne Apple-Shop fiel ihm an der Ecke zur Fifth Avenue ins Auge. Eine Treppe führte ins Untergeschoss. Konnte er sich dorthin flüchten? Eher nicht. Wenn ihn seine Verfolger schon im Visier hatten, wäre der Shop zu einer Falle geworden. Auf der Hauptstraße herrschte dichter Verkehr. Mit seinem Fahrrad war Skip gegenüber den Fahrzeugen deutlich im Vorteil und er raste die Fifth Avenue hinunter. Ständig blickte er um sich in der Hoffnung, seine Verfolger abgeschüttelt zu haben. Mit einem festen Griff umklammerte er seine Fototasche. Seine Ausrüstung war glücklicherweise noch komplett vorhanden.

Plötzlich bremste wenige Meter neben ihm ein dunkles Auto mit quietschenden Reifen. Zwei Männer sprangen heraus und rannten auf ihn zu. Skip riss den Lenker herum und radelte auf dem Bürgersteig weiter, als wenn es um sein Leben ging. Aber vielleicht ging es genau darum. Er blieb auf dem Gehsteig und bemühte sich so gut es ging, die Fußgänger durch lautes Klingeln auf sich aufmerksam zu machen. Er preschte vorbei an den Geschäften von Bulgari und Prada. Hin und wieder schaute er über seine Schulter. Der Abstand zu den Männer hatte sich sichtlich vergrößert. Die Ampeln für den Straßenverkehr sprangen auf Grün. Nun würden die Verfolger im Auto wieder Boden wett machen. Was sollte er tun? Gab es einen Ausweg?

Zu seiner rechten Seite sah er ein Bekleidungsgeschäft. Am Eingang hatte sich eine lange Schlange gebildet und nur *peu a peu* wurden die Kunden von dem Türsteher hineingelassen. Skip blickte auf das Logo. *Abercrombie & Fitch*. Er glaubte, sich erinnern zu können, dass es dort einen zweiten Ausgang gab. Sei's drum. Lange Zeit zum Überlegen hatte er nicht. Er schmiss sein Fahrrad auf die Seite und drängelte sich vorbei am Sicherheitspersonal in den Shop. Dass sich die Leute geduldig in die Warteschlange stellten, erlebte der Türsteher täglich. Aber dass sich ein junger Mann, völlig außer Atem und der Verzweiflung nahe, an allen anderen vorbei ins Geschäft stürzte, war auch für ihn eine neue Erfahrung.

Skip warf einen Blick zurück auf die Menschenansammlung. 'Was für ein Wahnsinn, da stehen fünfzig Leute in einer Schlange, nur um hier einzukaufen?', dachte er, als er in das kultige Ambiente des Shops eintauchte. Seine Augen mussten sich erst einmal an die Dunkelheit gewöhnen.

Zu dunkel, zu laut, zu heiß. Drinnen im Bekleidungsgeschäft herrschte eine Atmosphäre wie im Dschungel. Der gesamte Shop war ungewöhnlich eingerichtet. Auf übergroßen Displaywänden liefen Videos von riesigen Pazifikwellen; davor schmückten haushohe Palmen die Gänge und aus überdimensionierten Lautsprechern hämmerte ein trendiger Musiksound. Der aktuelle Hit *Safe and sound* von der Formation *Capital Cities* dröhnte durch die Flure.

James O'Brien fühlte sich in dieser Umgebung alles andere als wohl. Schon früh am Morgen hatte er mit seiner Familie den Weg von New Jersey nach Manhattan angetreten. Damit hatte er ein schon lange aufgeschobenes Versprechen eingelöst. Nämlich zusammen mit seiner Frau Camilla und seinen beiden Kindern, dem 15-Jahre alten Patrick und der zwei Jahre jüngeren Tochter Andrea, einen kompletten Sonntag in New York ausschließlich mit einer Shoppingtour zu verbringen.

Allerdings war sich James nicht mehr sicher, auf was er sich dabei eingelassen hatte; schon das lange Warten in der Schlange vor dem Eingang hatte ihm nicht gefallen. Jetzt auch noch bei der nervtötenden, lauten Musik in einer schwülen, dunklen Atmosphäre geduldig zu warten, war definitiv nicht seine Sache. Hier oben in der ersten Etage empfand er die Luft noch extremer als im Erdgeschoss. Überall im Shop wimmelte es nur so vor Menschen. Es waren ihm eindeutig zu viele auf den wenigen Quadratmetern.

James hatte es sich in einem Ledersessel in einer Ecke bequem gemacht und harrte aus, bis ihm wieder die neuen Kollektionen vorgeführt wurden. Patrick hielt ein Sweatshirt in den Händen.

Sein Sohn war sein ganzer Stolz. Obwohl es der 15-Jährige mit dem Kurzhaarschnitt in der Schule nicht bis ins vordere Drittel geschafft hatte, war er eine wahre Sportskanone. Und wann immer James konnte, schaute er sich die Football Spiele seines Sohnes an.

Der Familienvater ergab sich seinem Schicksal und nahm das Warten mit einer bewundernswerten Gelassenheit hin. Immer wenn seine Frau Camilla von Zeit zu Zeit mit neuen Klamotten bei ihm auftauchte, bemühte er sich um einen netten Kommentar. Was sollte er auch sonst sagen? Seine Familie hatte sich seit Wochen auf diesen Tag gefreut.

Sein Sohn hatte gerade einen Kapuzenpullover anprobiert und wollte mit einem Stapel voller Hemden und T-Shirts, die ihm nicht passten, wieder zurück zum Regal gehen, als der Fotograf mit einem Affenzahn die Treppe hinauf ins Obergeschoss stürmte. Mit voller Wucht prallte er mit Patrick zusammen. Skip versuchte noch, sich mit seinen Händen an den anderen Menschen abzustützen, doch er verlor das Gleichgewicht. Auch Patrick kam ins Trudeln und suchte Halt an einem Wandregal. Es kam wie es kommen musste. Die beiden stürzten geradewegs übereinander, als sich das Wandregal aus der Verankerung löste. Es war ein bunter Haufen unterschiedlichster Kleidungsstücke, die durch die Luft wirbelten.

»Verdammter Mist«, schimpfte Skip.

Es war definitiv nicht sein bester Tag. Alles lief schief. Er blickte nervös um sich. Waren seine Verfolger schon im Shop angekommen? Wie schon im Park durch das lautstarke Hundegebell, so gelang es Skip auch in dem Geschäft, die ganze Aufmerksamkeit auf sich zu ziehen. Und das, trotz der lauten Musik mit den wummernden Bässen. Doch glücklicherweise gehörte ihm die Bühne nur für einen kurzen Augenblick, dann wandten sich die Kunden wieder ihren Einkäufen zu. Skip griff nach seiner Fototasche. Sie war noch da. Der Däne musste eine Entscheidung treffen. Er lag am Boden. Neben ihm befand sich Patrick und schaute ihn mit großen Augen an.

»Sorry, ich hoffe, du hast dir nicht weh getan?«

Patrick schüttelte wortlos seinen Kopf und sah, wie der Mann seine Spiegelreflexkamera aus der Umhängetasche holte. Mit routinierten Handgriffen fingerte Skip die SD Speicherkarte aus dem Einschubfach. Er hielt sie direkt vor Patricks Augen.

»Sagen dir die Pfadfinder etwas? Kennst du den Spruch 'Jeden Tag eine gute Tat'?«

Der Jugendliche war verwirrt und er wusste nicht, was er darauf erwidern sollte.

Skip wühlte in seiner Jackentasche und zog einen zerknitterten Zettel heraus.

»Hier, das wird deine Tagesaufgabe werden. An diese Adresse musst du die Bilder von meiner Speicherkarte senden. Ein Kinderspiel. Machst du das? Du darfst aber mit niemandem darüber reden. Okay?«

Patrick war vollkommen durcheinander. In welche Sache war er hineingeraten? »Ich weiß nicht. Was ist denn daran so geheimnisvoll?«

»Stopp, stopp«, bremste ihn der Fotograf. »Mir bleibt nicht viel Zeit für Erklärungen. Es gibt Dinge, die sind wichtig. Und es gibt Dinge, die sind überlebenswichtig. Meine Fotos gehören zur zweiten Kategorie. Lade die Bilder hoch.« Er schaute den Jungen fast flehentlich an. »Bitte, mach es. Es könnte bedeutsam für die Menschheit sein.«

Patrick nahm die 64 GB Speicherkarte in die Hand und nickte. »Ich mach's.«

Der Fotograf drückte ihm den Zettel mit der FTP Adresse in die Handfläche und schloss dann seine Hand. »Pass gut auf die Adresse auf. Und kein Wort. Zu niemandem.«

Skip richtete sich auf und verstaute seine Nikon in der Fototasche. Er warf einen letzten Blick auf den 15-Jährigen und hastete dann wieder die Treppe nach unten.

James O'Brien war inzwischen zu seinem Sohn geeilt und half ihm hoch. »Ist alles okay, mein Junge? Was wollte der Mann? Es sah so aus, als hätte er mit dir gesprochen.«

»Nee, alles ist gut«, antwortete Patrick. »Er hat sich nur entschuldigt, dass er mich umgemäht hat.«

Der Familienvater hatte allmählich genug vom Einkauf in diesem Geschäft und begann, seine Bande zusammen zu trommeln. Die Kinder, samt seiner Frau, hatten sich reichlich mit neuen Klamotten eingedeckt und James versuchte auf dem Weg zur Kasse die Gesamtsumme zu überschlagen.

'Nur raus hier', dachte er. Aus seiner Sicht hatten sie bereits viel zu viel Zeit in dem völlig überfüllten Laden mit der düsteren, wenn auch kultigen Atmosphäre verbracht.

Skip war derweil die Treppe hinunter gerannt und kämpfte sich durch die Menschenmenge bis zum Ausgang vor. Er konnte kaum einen klaren Gedanken fassen. Der Laden konnte zu einer Falle werden, so viel erschien ihm logisch. Vielleicht sollte er sich doch lieber wieder zurück auf die Fifth Avenue begeben und dort sein Glück versuchen. Gab es nicht noch einen weiteren Weg nach draußen oder einen Notausgang? Sein Puls schlug bis zum Anschlag, während er die Menschen mit seinen Armen kräftig aus dem Weg drängte.

Als er vor die Tür trat, wurde er vom grellen Tageslicht empfindlich geblendet; seine Augen mussten sich erst wieder daran gewöhnen. Der Zeitraum für eine Orientierung war jedoch zu kurz, um die Lage richtig einzuschätzen. Mehrere Männer mit schwarzen Sonnenbrillen sprangen aus der am Straßenrand parkenden Limousine und stürmten auf den Fotografen zu. Er versuchte noch, sie mit den Händen abzuwehren. Doch zwei von ihnen nahmen ihn in den Schwitzkasten und drückten ihn in die Knie. Mitten im Gedränge löste sich ein Schuss. Die Männer stoben auseinander, als Skip zu Boden sank. Sie hoben ihre Hände in die Luft und zeigten demonstrativ ihre Dienstmarken.

»*Special Security*«, rief einer von ihnen und die umliegenden Passanten traten voller Angst zurück. Aus der Menschenmenge hörte man Schreie. Der Däne blutete heftig aus dem Oberbauch und lag regungslos auf dem Asphalt. Einer der sogenannten Sicherheits-Agenten griff zu seinem Funkgerät und rief einen Ambulanzwagen herbei.

Nach wenigen Augenblicken waren auch die Beamten des NYPD vor Ort. Die New Yorker Polizisten riegelten den Unfallbereich weiträumig ab und drängten die Menschen an die Seite. Das herannahende Blaulicht kündigte Hilfe an. Die Polizisten wunderten sich, denn der Rettungswagen war erstaunlich schnell am Unfallort.

Gerade in dem Moment, als die Sanitäter Skip auf die Trage hievten, kam die Familie O'Brien aus dem *Abercrombie & Finch* Shop. Patrick zupfte seinen Vater am Ärmel. »Du, Dad, das ist der Mann, der mich umgerannt hat. Ist er tot?«

James schüttelte den Kopf. »Nein, mein Sohn. Dann dürften sie ihn nicht im Ambulanzwagen mitnehmen. Kommt, wir düsen ab nach Hause.«

O'Brien richtete seine Worte an die ganze Familie, er wollte nicht länger bleiben. Patrick zitterte plötzlich und blieb in der Deckung hinter seinem Vater. Er griff in die Hosentasche und umfasste die Speicherkarte. Was hatte ihm der Mann gesagt? Dass es um das Überleben der Menschheit ging? Mit einem Mal spürte Patrick die Gefahr, die von diesem Ort ausging. Erst als sie sich deutlich weiter entfernt hatten, fühlte er sich wieder einigermaßen sicher. Doch das mulmige Gefühl blieb und er hielt den Chip die ganze Zeit über fest in seiner Hand.

Die Security Agents teilten sich auf; zwei von ihnen stiegen in den Rettungswagen ein und die anderen beiden fuhren in der Limousine hinterher. Skip lag bewegungslos hinten im Ambulanzwagen, als sich einer der Männer über ihn beugte. »Der ist hin. So weit so gut. Hast du seine Kamera?« Der Kollege nahm die Fototasche an sich und öffnete die Klettverschlüsse. Sein Blick galt dem Fach für die Speicherkarten. »Die Kamera ist nicht das Problem. Die Karte fehlt.« Der andere Mann haute vor Wut gegen die Fahrzeugwand. »Was soll die Scheiße? Darum ging es uns doch. Ich muss sofort die anderen informieren. Die müssen das gesamte Areal um den Shop herum absperren und die Personalien aufnehmen.«

Vor dem Laden hatten sich zahlreiche Schaulustige eingefunden. Die Stelle, an der Skip erschossen worden war, wurde markiert und die Polizeibeamten staunten nicht schlecht, als kurz darauf ein weiterer Rettungswagen mit quietschenden Reifen und Sirengeheul vorfuhr. Die Rettungskräfte waren völlig perplex, als sie hörten, dass der Verletzte schon abgeholt worden war.

Dann erschien wiederum ein ganzer Trupp von Männern in schwarzen Uniformen. Sie ließen niemanden mehr aus dem Shop heraus. Jeder der Passanten musste sich mit seiner ID Card oder mit seinem Führerschein ausweisen. Die Sicherheitsbeamten machten von allen Dokumenten Fotoaufnahmen und schickten die Scans an ihre Zentrale zur Überprüfung. Einer von ihnen recherchierte im Geschäft, ob aus den Aufzeichnungen der vor Ort installierten Überwachungskameras etwas hervorging. Ohne jeden Erfolg.

Die Speicherkarte hingegen war in diesem Augenblick bereits auf dem Weg durch den *Lincoln Tunnel*. Geradewegs unter dem Hudson River hindurch, in Richtung New Jersey.

# Kapitel 2

*Boston – Kennebunk*

*Sommer 2013*

*Der Messenger im Hauptquartier*

John Smith zupfte sich den Ärmel seines weißen Oberhemds unter dem Sakko zurecht. Seine maßgeschneiderte Kleidung passte wie angegossen und mit einem wohlwollenden Blick begutachtete er seinen Manschettenknopf. Der Knopf trug ein dreieckiges Symbol und bestand aus purem Gold. John rückte auf dem Rücksitz des Fahrzeugs etwas zur Seite, bis er sich im Rückspiegel sah und den Sitz seiner Frisur überprüfen konnte. Alles sah perfekt aus. Er war durch seine Tätigkeit viel in der Welt herumgekommen und hatte zahlreiche Länder bereist. Wenn er eins gelernt hatte, dann war es, dass eine tadellose äußere Erscheinung die halbe Miete für den Erfolg seiner Missionen war.

»Nur weil heute Sonntag ist, müssen Sie nicht auch so fahren«, ermunterte er den Taxifahrer, einen Zahn zuzulegen. Vor ihnen schlich ein Traktor und das Taxi hing mit einer stoischen Ruhe dahinter.

»Haben Sie die Koordinaten eingegeben?«

Der Fahrer murrte etwas Unverständliches vor sich hin und rief bei seinem Navigationsgerät erneut den Einstellungsmodus auf. Es kam nicht allzu häufig vor, dass jemand keine Zieladresse nannte, sondern stattdessen die Werte der westlichen Länge und der nördlichen Breite. Genauer gesagt konnte er sich nicht daran erinnern, je zuvor einen Fahrgast auf diese Weise zu einem Ziel gebracht zu haben. Er bestätigte die Daten und setzte zum Überholvorgang an.

»Was ist das für ein Ort, wohin wir fahren?«

»Lassen Sie das meine Sorge sein. Sie konzentrieren sich einfach auf Ihre Dinge. Auf den Verkehr und auf die Straße, aber Sie werden sich nicht um meine Angelegenheiten kümmern. In Ordnung?«

Der Taxifahrer erwiderte nichts. Vor knapp zehn Jahren war der Armenier aus dem Nahen Osten in die Vereinigten Staaten gekommen. In New York hatte er sich nicht zurecht gefunden und war schließlich in Portland an der Ostküste gelandet. Er kraulte seinen schwarzen Kinnbart und drehte den Kopf hin und her, bis seine Wirbel im Nackenbereich knackten. Niemals zuvor hatte er einen solch merkwürdigen Fahrgast befördert und mit einem verstohlenen Blick beobachtete er den Mann auf der Rückbank.

John war zufrieden; er öffnete eine Aktentasche und warf einen Blick auf die darin pedantisch angeordneten Utensilien. Er verfasste eine kurze Notiz und rückte den USB Speicherstick unter einem Gummizug in eine rechtwinklige Position zum Schreibblock. Dann schloss er die Mappe wieder. Ordnung ist das halbe Leben, pflegte er zu sagen, wenn er auf Menschen traf, die ihr Leben in einem - seiner Meinung nach - unübersichtlichen Chaos verbrachten. John war ein Wanderer zwischen den Welten. Ein Bote, ein Überbringer, ein *Messenger*.

Seit einigen Jahren hatte er die Aufgabe mit einem zunehmenden Engagement wahrgenommen. Für ihn gab es auf der einen Seite nur einen Ansprechpartner. Das war sein Auftraggeber, dessen Identität er unter allen Umständen geheim halten musste. Dieser war zugleich Teil einer mächtigen und einflussreichen Geheimorganisation. John Smith war klar, dass er durch die Botschaften nur einige wenige Teilaspekte der Gesamtzusammenhänge mitbekam, dennoch waren auch diese Details in den meisten Fällen äußerst brisant. Er war ein Geheimnisträger ersten Grades und hatte sich in einem Vertrag zur absoluten Vertraulichkeit verpflichtet. Wenn er auch nur ein Sterbenswörtchen über seine Tätigkeiten verlieren würde, bedeutete es zugleich sein Todesurteil. John hatte die Verschwiegenheit verinnerlicht. Sie prägte seinen Lebensstil in jeder Hinsicht. Sein paralleles Dasein verbrachte er als Sachverständiger und in manchem Prozess vor Gericht konnte er sein profundes Hintergrundwissen gut einbringen;

beispielsweise wenn es um konfiszierte Rechner oder Mobiltelefone ging. Als Spezialist für IT Systeme war er in diesem Themengebiet außerordentlich bewandert und wusste so ziemlich alles, worauf es ankam.

Über seine Auftraggeber hingegen wusste er so gut wie gar nichts. Es musste eine Art Geheimbund dahinterstehen und es schien um länderübergreifende Interessen zu gehen. Finanzielle Beweggründe hatte John schon früh ausgeschlossen, denn für seine Auftraggeber schien Geld keine Rolle zu spielen. 'Die finanzielle Seite ist gesichert', war kein seltener Kommentar, wenn er mal die Frage nach einem Budget stellte.

Sein derzeitiger Auftrag führte ihn an einen Ort an der amerikanischen Ostküste. In eine Gegend nördlich von Boston, in den Bundesstaat Maine, einen der Neuengland Staaten. John war bis Portland geflogen und ließ sich das letzte Stück des Weges entlang der Küste nach Süden fahren.

»Weit kann es nicht mehr sein«, stellte der Taxifahrer fest. »Wollen Sie mir nicht endlich sagen, wohin wir fahren?«

»Die Sache ist einfach. Sie bringen mich an mein Ziel.« John blieb so wortkarg wie bisher.

Wenige Meilen später bogen sie vom Highway ab und nahmen die Landstraße nach Kennebunk. Plötzlich verlangsamte der Fahrer die Geschwindigkeit.

»Das Navi meint, ich müsste hier abbiegen. Aber ich sehe gar keine Straße.« Er lenkte das Fahrzeug auf eine Tankstellenanlage und warf einen fragenden Blick hinüber zu seinem Fahrgast.

Smith schaute aus dem Fenster. »Da ist ein Schotterweg. Nehmen Sie den.«

Das gefiel dem Taxifahrer ganz und gar nicht. Er grummelte vor sich hin und brachte seine Erwartung nach einem großzügigen Trinkgeld zum Ausdruck. Nach einigen Meilen bogen sie wieder auf eine befestigte Straße ab, diesmal in nördlicher Richtung.

»Wenn Sie mich verwirren wollen, wohin es geht, dann haben Sie das geschafft, Sir. Ich habe die Orientierung bereits verloren. Aber laut meinem GPS-System haben wir gleich die Zielkoordinaten erreicht.«

John Smith sagte nichts und verfolgte die Route auf seinem Smartphone. Er aktivierte den Flugmodus. Aus reiner Vorsicht.

Als sie kurz vor der Ankunft ihrer Zielposition waren, forderte John den Fahrer auf, sein Navigationsgerät auszuschalten.

»Wir fahren jetzt noch ein paar Meilen. Achten Sie auf meine Anweisungen, dann wird es nicht mehr lange dauern.«

John schaltete sein Smartphone komplett aus und legte es in einen quaderförmigen Behälter, der aus einer Signal abweisenden Metalllegierung bestand. Dann holte er einen Handheld-GPS Finder aus seiner Aktenmappe, so wie ihn Wanderer im Wald verwendeten. Die neuen Koordinaten hatte er erst wenige Minuten zuvor als Textnachricht in einer codierten Form erhalten. Er leitete den Fahrer in einem wahren Zickzack-Kurs zu seinem Ziel, welches allerdings weder eine Ortschaft oder sonst einen markanten Platz darstellte. Es war eine gottverlassene Ampelkreuzung in der Mitte des Niemandslands. John drückte dem Fahrer das Geld in Zwanzig-Dollar Noten in die Hand und hatte dabei ein ordentliches Trinkgeld berücksichtigt.

Der Mann bedankte sich. »Darf ich noch wissen, was Sie hier wollen?«

»Nein, dürfen Sie nicht - und das Navi schalten Sie erst wieder auf dem Highway auf Empfang«, entgegnete John Smith.

Er gab dem Fahrer noch einen Hinweis, wie er am schnellsten zur Hauptverbindungsstraße kommen würde und stieg aus dem Wagen. »Guten Tag.«

Der Taxifahrer zählte das Geld und brauste davon. Im Rückspiegel warf er einen letzten Blick auf seinen seltsamen Gast. Er hielt sich an die Order und ließ das Navi in Ruhe; er wollte gar nicht wissen, in welcher trostlosen Gegend er gelandet war.

John Smith wartete geduldig. Rings um ihn herum gab es nur Felder und Wiesen. Die Ampelkreuzung war von weit her einsehbar. Genau aus diesem Grunde war dieser Ort ausgewählt worden. In der Ferne machte John ein Fahrzeug aus. 'Das müssen sie sein', schoss es ihm durch den Kopf.

Die Begrüßung war sachlich und in jeder Hinsicht prosaisch. Die beiden Männer stellten sich nicht einmal vor und John nahm auf dem Rücksitz Platz. Er versuchte, ein Mindestmaß an Konversation mit ihnen aufzunehmen.

»Mein Name ist John Smith, meine Herren.«

»Was Sie nicht sagen«, entgegnete der Fahrer lapidar. »Ist das Ihr richtiger Name?«

John lachte kurz auf. »Nein, das ist mein Künstlername.«

Vom Beifahrer kam ein grimmiger Kommentar. »Wir brauchen hier keinen Clown. Außerdem kommen Sie zu einem unpassenden Zeitpunkt.«

»Sie meinen die Schießerei in Manhattan, habe ich recht? Auf der Fahrt im Taxi hierher, lief etwas darüber im Radio. Dumme Sache, wenn es sich um eine undichte Stelle handeln sollte.« John ging in die Offensive.

»Nun mal halblang. Bei uns lief in den letzten Wochen alles nach Plan. Der ganze Mist kommt doch von euch und euren geheimen Chefs. Und jetzt müssen wir Sie auch noch durch die Gegend kutschieren.« Der Fahrer drückte bei seinen Worten beide Arme kräftig gegen das Lenkrad.

»Immer mit der Ruhe. *Don't shoot the Messenger*. Wir machen alle nur unseren Job.« John rückte seinen Hemdkragen zurecht. »Wie liegen wir eigentlich in der Zeit?«

Der Fahrer wirkte mit einem Mal verträglicher. »Recht gut, Mr. Smith. Sie sind früh dran. Wir haben keine Eile. Warum fragen Sie?«

»Ach, wissen Sie. Ich komme ja nun wirklich viel herum. Doch meistens sehe ich kaum etwas von den Orten, die ich besuche. Wenn wir noch die Zeit dafür haben, würde ich gerne bis nach Kennebunkport fahren. Es soll dort einen hübschen, kleinen Hafen geben.« John zeigte sich von seiner nettesten Seite und legte eine höfliche Betonung in seine Worte.

Der Fahrer nickte. »Dafür sollten wir noch genügend Luft haben. Übrigens gibt es hier den besten Lobster an der gesamten Küste von Maine.«

Er lenkte die Limousine auf der Straße um und fuhr über Kennebunk an den Küstenort. In der Ferne konnten sie das gut gesicherte Anwesen des ehemaligen US Präsidenten sehen und der Fahrer erklärte die Sehenswürdigkeiten der Kleinstadt. Im Hafen machten sie kurz Halt und bestaunten die großen Reusen, mit denen der Lobster gefangen wurde.

John Smith machte sich einige Notizen. »Das kommt in mein Reisetagebuch. Keine Angst, ich konzentriere mich nur auf die touristischen Aspekte.«

Er schmunzelte, denn er wusste um den hohen Grad der Geheimhaltung. Dann steckte er das Büchlein wieder in die Innentasche seines Anzugs.

Die Notizen waren bei ihm zu einer Marotte geworden. Er beschrieb vor allem die historischen Sehenswürdigkeiten; Kirchen, Häuser, Brücken und besondere Eindrücke. In Kennebunkport hatte es ihm besonders die Brücke über den Fluss, den Kennebunk River, angetan. Nicht einmal 3500 Einwohner zählte die Stadt; doch mit den historischen Attraktionen war Kennebunkport der meistbesuchte Ort in Maine. Etwa zwei Meilen weiter östlich kamen sie in das Fischerdorf Cape Porpoise. Die Möwen kreischten, als die Fischer mit ihren Kuttern zurück in den Hafen kamen und ihren Fang entluden. John stand am Pier und schaute hinüber zum Leuchtturm von Goat Island. Für einen Moment lang war er nicht mehr der *Messenger*, sondern ein ganz normaler Besucher des Ortes und genoss die malerische Landschaft.

Der Fahrer schaute demonstrativ auf seine Uhr. John warf noch einen letzten Blick auf die heranrollenden Wellen des Atlantiks und nahm wieder auf dem Rücksitz Platz. Sie wählten eine andere Route für den Rückweg und fuhren durch eine bewaldete Gegend. Am Ende einer langen Allee erreichten sie eine verlassen wirkende Farm, umgeben von einem dichten Baumbestand. Das Scheunentor öffnete sich automatisch und sie konnten mit der Limousine direkt in eine Garage fahren. Sobald sich das zweiflügelige Tor hinter ihnen geschlossen hatte, erstrahlte innen in der Scheune eine grelle Neonbeleuchtung.

Sie stiegen aus dem Auto und es folgte die routinemäßige Sicherheitsprozedur. Dagegen waren die Kontrollen am Flughafen die reinste Farce. Ein Ganzkörperscanner war gleich neben der Tür zum Nachbarraum aufgebaut und bildete den Auftakt für die Untersuchungen. John Smith musste sich bis auf die Unterwäsche ausziehen und den maßgeschneiderten Anzug mit all seinen Tascheninhalten in eine gesonderte Kiste legen. Sämtliche Gegenstände wurden durchleuchtet und nach Waffen oder Überwachungsmitteln durchsucht. Bei dem kleinen Kästchen aus einer speziellen Metalllegierung staunten die beiden Männer nicht schlecht und einer von ihnen stellte das auch anerkennend fest.

»Sie sind besser ausgerüstet, als ich dachte. Ist das ein Signalblocker?«

John Smith nickte und nahm das Kästchen wieder an sich.

»Yep. Es sind die besten Komponenten, die es derzeit gibt. Da dringt keine Welle hindurch. Der mehrschichtige Aufbau lässt alle Signale wie eine Tarnkappe abprallen. Ein Wunderwerk der Technik.« John kam richtig ins Schwärmen. »Es ist der reinste Faradaysche Käfig, meine Herren.«

Die beiden Agenten ließen John seine Freude über den Triumph. Er wurde nicht müde zu erklären, wie man bei dem von Michael Faraday bereits im 19. Jahrhundert beschriebenen Effekt in einem geschlossenen Raum, der von allen Seiten durch Metalle begrenzt war, wirkungsvoll vor Blitzen geschützt wurde. Autos wie auch Flugzeuge waren ebensolche Faradayschen Käfige und bewahrten die Reisenden vor den tödlichen Energie-Einschlägen. Die Funkwellen für Mobiltelefone hingegen kamen in einem herkömmlichen Auto trotzdem noch ins Fahrzeuginnere, da die Karosserie an vielen Stellen kleine Schlupflöcher bot. Bei dem für die Mitglieder der *Enco* weiter entwickelten Signalblocker war die Außenhülle im Gegensatz dazu hermetisch abgeschlossen und zusätzlich als ein Mehrkammersystem aufgebaut. Dadurch konnten keine hochfrequenten Wechselfelder mehr ins Innere der Hülle gelangen und ein Smartphone lag darin jungfräulich behütet - wie in einem Tal der Ahnungslosen.

»Es gibt keine bessere Alternative, wenn man sich vor einem Angriff auf die SIM Karte schützen will«, kommentierte einer der beiden Agenten. »Denn worauf *wir* zugreifen können, bleibt auch anderen Geheimdiensten nicht vorbehalten. Die NSA und der britische GCHQ haben bereits die Algorithmen bei den Herstellern von SIM Karten im großen Stil gestohlen. Weder das Unternehmen GEMALTO noch Giesecke & Devrient haben davon Wind bekommen.«

»Die Aktion war natürlich illegal«, stellte John lakonisch fest.

Der Agent zuckte mit den Schultern. »So what. Das kümmert schon lange niemanden mehr wirklich in der NSA. Jedenfalls können die Geheimdienste fast alle Mobiltelefone weltweit abhören und die Gespräche mitschneiden. Zusätzlich werden die Endgeräte-Kennungen der Telefone, die sogenannten IMEI

Codierungen, ausgelesen. Und selbst wenn ein Nutzer so schlau ist, eine andere SIM Karte in das Gerät zu stecken, so kann das Zieltelefon weiter ausgespäht werden.«

John legte seinen Kopf zur Seite. »Ts, ts. Aber da wir mit der *Enco* den Zugriff auf alle Daten der Geheimdienste haben, profitieren wir am Ende ebenfalls davon. Böse, böse. Wenn das der Bürger wüsste.«

»Ach, das sollte nicht unser Problem sein. Man müsste schon ausgesprochen naiv sein, wenn man noch an eine Abhörsicherheit im Bereich der Privatsphäre glaubt oder etwa an das Gute beim Staatsapparat.«

Der *Messenger* nickte. »Es ist auch nicht unser Problem, es ist unser Nutzen. Dafür sind wir den Maßnahmen nach 9/11 bis heute noch dankbar. Denn erst nach den Anschlägen wurde die Perfektion bei der Überwachung in Gang gesetzt. Und wie Sie wissen, ging es niemals vorrangig um die Ausforschung der Terroristen. Wir müssen die Welt und ihre Bürger lückenlos im Auge behalten, bis wir die komplette Kontrolle unserer Welt umsetzen können.«

»Nun mal langsam. Sie sprechen, als ob Sie selbst einer Ihrer Auftraggeber wären. Sie sind nur ein Kundschafter, oder?«

John schwieg und fühlte sich beleidigt. Was bildete sich dieser drittklassige Agent ein? Er sollte gefälligst seinen Job erledigen und sich nicht den Kopf zerbrechen über Dinge, die ihn nichts angingen.

In seiner Aktentasche fanden sie den USB Stick. »Der hat eine Kapazität von 256 Gigabyte. Haben Sie schon Daten darauf gespeichert?«, wollte einer der Männer wissen.

Smith schüttelte den Kopf und zog seinen Mundwinkel nach oben. »Wo denken Sie hin? Der ist blank. Aber Sie können das gerne überprüfen.«

»Der Stick kommt sowieso erst in Quarantäne, bevor wir Ihnen irgendwelche Daten darauf spielen. Und darum geht es bei Ihrer Mission doch, oder?«

John nickte. »Sehen Sie, deshalb nennt man mich einen *Messenger*. Ich bin für den Datenaustausch auf dem herkömmlichen Wege zuständig.«

Der Agent legte den Stick vorsichtshalber in eine weitere Metallkiste.

»Vorschrift ist Vorschrift. Nicht, dass ich Ihnen nicht traue. Wir müssen alle elektronischen Teile in die Signalblocker-Kästen verstauen. Ausnahmslos. Denn es könnten darin Miniatursender verborgen sein.«

Dafür hatte John volles Verständnis. Letztendlich dienten die Maßnahmen auch seiner eigenen Sicherheit. Nach der Prozedur durfte er sich wieder seine Kleidung anziehen; sie zogen ihm eine Kapuze aus einem dunkelgrauen Filz über den Kopf und er bekam einen Kopfhörer aufgesetzt. Nicht das geringste Tageslicht drang durch die Kapuze. Sie führten seine Hände auf den Rücken und legten ihm Handschellen aus Plastik an. Die Männer fassten John an seinen Armen und bugsierten ihn auf eine im Boden eingelassene Drehscheibe, die sich auf einem Kugellager kinderleicht drehen ließ. Sie drehten ihn im Kreis. Mehrmals in die eine Richtung und danach in die andere Richtung. So etwas hatte John bislang noch nie über sich ergehen lassen müssen.

Er protestierte. »Was versprechen Sie sich davon? Mir ist total schwindelig.«

John verlor das Gleichgewicht und die Männer halfen ihm auf die Rückbank eines anderen Fahrzeugs. Das war Teil des Plans. Die Autos wurden nach Belieben ausgetauscht, so dass sich keine konsistente Spur ergab. Der bullige SUV hatte sieben Sitze. Es handelte sich um ein mocca-braunes Geländefahrzeug, einen Ford Explorer, mit einer starken dreieinhalb Liter Hubraum Maschine und kräftigen 300 PS. Der 6-Zylinder Benziner war außerordentlich durchzugsstark und sie brausten mit hohem Tempo von der Farm.

Der Mann auf dem Beifahrersitz stöpselte das Kabel eines Kopfhörers in seinen portablen Musikplayer und scrollte durch die Musikauswahl.

»Haben Sie einen besonderen Musikwunsch, Smith? Ach, hier, ich habe etwas Passendes gefunden. Wie wär's mit dem alten Klassiker *Please Mister Postman*?« Er lachte und wartete nicht die Antwort vom *Messenger* ab. »Hey, Buddy. Gleich startet die Musik. Ich habe für Sie eine uralte Version über Ihren Namensvetter, den Postboten, ausgewählt.«

Er drehte den Song der *Beatles* auf die volle Lautstärke und der Gesang von John Lennon dröhnte an John's Ohr.

Das ganze Prozedere gehörte zur Verschleierungstaktik. Niemand sollte wissen, auf welchem Weg es zu dem nordamerikanischen Hauptquartier der *Enco* ging. Es gab zwar insgesamt mehr als zwölf Außenposten der *Enco* und manche von ihnen wurden sogar unter dem Deckmantel einer NSA Dependance geführt, doch bevor überhaupt jemandem von außen der Zugang in das Allerheiligste gewährt wurde, musste schon viel passieren.

An diesem Tag herrschte ein solcher Ausnahmezustand. Nicht allein wegen John Smith; denn der Besuch des Kundschafters war bereits vor einigen Tagen angekündigt worden. Er sollte einen uneingeschränkten Zugriff auf bestimmte Daten erhalten, die seine Auftraggeber für eine geplante Anschlussoperation brauchten. Die enge zeitliche Abfolge rief in der *Enco*-Führung schon das ein oder andere Stirnrunzeln hervor, denn die *Operation Salamander* war eigentlich gerade erst richtig angelaufen. Doch die Wege der Drahtzieher waren manchmal unergründlich.

Nein, der Alarmzustand in der *Enco*-Zentrale herrschte vor allem deshalb, weil in New York im Central Park vor wenigen Stunden die *Operation Salamander* aufgeflogen war und in jedem Augenblick damit gerechnet werden musste, dass die geheimen Bilder des Salamanders ans Licht der Öffentlichkeit kommen würden.

Der Agent auf dem Fahrersitz fuhr die Strecke nicht das erste Mal. Er wusste ganz genau, an welcher Straßenkreuzung er den vorausfahrenden Verkehr noch von dannen ziehen lassen musste, um dann geschwind in eine Seitengasse einzubiegen und das Fahrzeug auf eine unbefestigte Wegstrecke zu lenken. Trotz der guten Federung rumpelte es auf dem Rücksitz und John wurde kräftig durchgeschüttelt. Doch es war nur für einen kurzen Moment.

Das Geländefahrzeug kam zum Stillstand. Von den Seiten her blies ein mächtiger Ventilator den Waldboden und das Laub zur Seite und vor ihnen kam eine ungefähr sechs mal acht Meter große Betonplatte zum Vorschein. Die Agenten schnallten sich ab, blieben jedoch im Auto sitzen. Der Fahrer steuerte den Ford Explorer auf das Steinplateau. Mittels einer Hydraulik wurde die Platte samt Fahrzeug abgesenkt. Über ihnen verschlossen mehrere Stahlplatten mit einem Camouflage-ähnlichen Aufdruck den Schacht. Abschließend wurde darüber ein Netz mit Laub und einem nachempfundenen Waldboden automatisch abgerollt. Es war die perfekte Tarnung.

Die Betonplatte war inzwischen um gute zehn Meter in die Tiefe abgetaucht. Vor den Männern öffnete sich eine Stahltür und sie fuhren durch einen Tunnel eine Strecke von fast fünfzig Metern. Hinter einer weiteren Stahltür wiederholte sich der Prozess mit einer neuen Bodenplatte, die ebenfalls abgesenkt wurde. John hatte inzwischen vollkommen die Orientierung verloren. Sie hatten ihr Ziel erreicht. Die Männer zogen John aus dem Fahrzeug und brachten ihn in den Quarantäne Raum.

Ein Mann in einem weißen Kittel stand vor ihm, als er die Wollkapuze endlich von seinem Kopf ziehen durfte. Von den Männern, die ihn hierher gefahren hatten, war nichts mehr zu sehen. Der *Messenger* sah sich im Raum um und ihm wurde klar, was als Nächstes folgte. Er musste den Sicherheitscheck erneut über sich ergehen lassen.

»Es gibt nicht viele Tage, an denen ich mich dreimal komplett an- und ausziehen muss. Darf ich Sie fragen, wer Sie eigentlich sind?«

Der Mann im Kittel antwortete nicht und zeigte keine Regung. Nach der Sicherheitsprozedur zeigte er wortlos auf die Tür am Ende des Raums. John kam in eine große Halle. Überall gab es Kontrollmonitore an den Wänden und unter der Decke waren Überwachungskameras montiert. In der Mitte befand sich die Kommandozentrale mit einem Steuerpult. Die Halle war als ein monströses Sechseck angelegt; abwechselnd war jede zweite Seitenwand komplett verglast und bot einen Blick auf die tiefer gelegenen Arbeitsräume. In den beiden Arealen zur rechten und zur linken Seite herrschte ein reges Treiben der Mitarbeiter. Für die Datenanalyse wurden unzählige Rechner und Servertürme eingesetzt. Geradeaus gesehen wich die Gestaltung hinter dem Panzerglas jedoch ab; dort erstreckte sich ein gigantisches, unterirdisches Terrarium. Es gab eine Grünfläche mit einem Regenwald ähnlichen Bewuchs und John erspähte sogar einem kleinen See. Das Biotop war zwar mit künstlichem Tageslicht beleuchtet, aber in einer angenehmen Kelvin-Farbtemperatur, die der freien Natur sehr nahe kam.

John nahm die Anlage begeistert zur Kenntnis. Hatte er sich vor wenigen Augenblicken noch gefragt, wie aufwändig es für die *Enco*-Kollegen sein musste, tagein und tagaus in das unterirdische Bauwerk zu gelangen, so überlegte er nun, ob die *Enco* Mitarbeiter nicht vielleicht ihren Dienst wochenlang hier unten verbrachten. Die kunstvoll angelegte Erholungslandschaft unter der Erde konnte einen ersten Hinweis darauf geben.

In der Mitte der Halle stand ein großgewachsener Mann in einer Uniform. John Smith ging auf ihn zu und streckte ihm die Hand entgegen.

Es war der Standortleiter, der Chef des nordamerikanischen Hauptquartiers der *Enco*, und er begrüßte seinen Gast. »*Cheers*, haben Sie denn auch zweimal geklingelt, um bei uns hineinzukommen?«

John rückte sich den Kragen zurecht. »Ich verstehe nicht. Geklingelt?«

»Das war ein Scherz - oder der Versuch davon. Die Kollegen haben Sie als Mister Postman angekündigt. Und der Postmann klingelt doch im Film zweimal, oder?« Der Standortchef schaute ihn von oben herab an.

John brachte nur ein gequältes Lächeln über die Lippen. »Solch eine fröhliche Atmosphäre hatte ich gar nicht erwartet. Und Sie sind …?«

»Davis, Tom Davis. Man hat mich zum Boss der Truppe bestimmt. Ich nehme an, Sie sind John Smith, der Postbote, der *Messenger*. Mit Ihnen hatte ich noch nie etwas zu tun. Was führt Sie zu uns?«

Tom Davis bot seinem Besucher einen Platz an, doch John wollte lieber stehen. Nach den vorausgegangenen Torturen bei den Sicherheitskontrollen und der höllisch wilden Fahrt ins Hauptquartier, wollte er zunächst seinen Gleichgewichtssinn wieder in Ordnung bringen. Tom war über 1,90 Meter groß und Anfang fünfzig. Fast sein ganzes Leben hatte er in der Organisation verbracht. Er war einer der erfahrensten *Enco* Agenten und schon seit vielen Jahren der Oberkommandierende der amerikanischen Einheiten. Tom hatte weder Familie noch Hobbies, er war der typische Einzelkämpfer. Ein einsamer Wolf. Eine verlorene Seele, die nur für die Sache lebte. Mit seinen markanten Wangenknochen und den stahlblauen Augen war er noch immer eine eindrucksvolle Erscheinung. Sein dichtes silbergraues Haar verschaffte ihm bei seinen engsten Mitarbeitern den Spitznamen 'Der Silberlöwe'. Tom hielt seinen Körper topfit. Jeden Morgen trainierte er mindestens eine Stunde lang auf dem Laufband - auch wenn die Zeit der Außeneinsätze schon lange hinter ihm lag. Jedenfalls war er eine feste Stütze für das gesamte Team und behielt auch in Ausnahmesituationen die Nerven. So schnell konnte ihn nichts mehr schocken. Zu viel hatte er in seinem Leben bereits erlebt und in seiner aktiven Zeit war er nicht selten in tödliche Auseinandersetzungen verwickelt worden. Zu seinen wichtigsten Eigenschaften zählte die Menschenkenntnis. Manche glaubten, dass er durch andere quasi hindurchsehen konnte und schon an den kleinsten Details ausmachen konnte, wenn sich jemand in Lügengespinsten verheddere - lange bevor selbst die sensibelsten technischen Detektoren seine Vermutungen bestätigten.

Seit nunmehr fünf Jahren war Davis in dem unterirdischen Außenposten in der Nähe von Kennebunk stationiert. Sein Team vor Ort bestand aus mehr als 70 speziell ausgebildeten Agenten und ebenso vielen IT-Profis. Auf Anhieb war die große Anzahl der Mitarbeiter und die Weitläufigkeit der Anlage gar nicht zu erkennen, denn die in den Fels gehauenen Gebäudekomplexe erstreckten sich über fünf Etagen und waren über Gänge miteinander verbunden. Tom geriet förmlich ins Schwärmen, als er seinem Besucher die Anlage erklärte. Plötzlich schaute er auf die Uhr. Er hielt inne und bat seinen Gast zu Wort.

Der *Messenger* legte in Grundzügen seinen Auftrag dar. Die *Operation Salamander* sollte ursprünglich der Auftakt zu einer Reihe von sich sukzessive steigernden Aktivitäten sein. Zunächst ging es darum, in der Öffentlichkeit die Neugier hervorzurufen. Die harmlosen Krabbeltierchen auf dem Mars sollten dabei nur die Ouvertüre sein. Bewusst ungefährlich und überhaupt nicht furchteinflößend. Es war geplant, dass Wissenschaftler aus aller Welt darüber rätseln sollten, wie ein Leben auf unserem Nachbarplaneten überhaupt möglich sein konnte. Die Debatten durften sich in der ersten Phase ruhig über einige Monate hinziehen, bis es jedermann hinnehmen würde, dass es da oben tatsächlich außerirdisches Leben gab - welches bis dahin jedoch völlig ungefährlich für das menschliche Dasein war.

Die zweite Stufe der Operation zielte auf die frühere Existenz von intelligentem Leben auf dem Mars ab. Bis man schließlich wieder die geheimnisumwitterten Fotos aus dem *Caledonia Valley* hervorzaubern würde.

»Abrakadabra. Dann werden die Spuren einer ehemaligen Hochkultur präsentiert und so ganz allmählich werden Realität und Fantasie verschwimmen.« John war in seinem Element.

In der dritten Phase würden schließlich unerklärliche Angriffe mit Tausenden von Opfern auf der Erde erfolgen, die dem angeblichen Feind aus dem All in die Schuhe geschoben werden sollten. Tom Davis kannte die Story in und auswendig und er verbarg seine Skepsis keine einzige Minute.

»Ich weiß, ich weiß. Die verrückteste Geschichte, die ihr euch je ausgedacht habt. Orson Wells lässt grüßen. Das Ganze war von vornherein ein totaler Blödsinn, völlig hirnverbrannt. So etwas nimmt einem kein vernünftiger Mensch ab.«

Obwohl John dem *Enco*-Standortchef innerlich recht gab, hielt er linientreu die Fahne hoch.

»Langsam, langsam. Unterschätzen Sie nicht die Naivität der Menschen. Es gibt unzählige Beispiele von Simulationen, die bis heute als authentisch eingeschätzt werden. Vergessen Sie nicht, dass Sie selbst vor zwölf Jahren mit an der Legende von 9/11 gestrickt haben. Es würde mich nicht wundern, wenn Sie und Ihre *Enco* genau in dieser unterirdischen Höhle die arabischen Scapegoats, die Sündenböcke, zu den größten Attentätern der Geschichte gemacht haben - ohne dass Atta und seine Konsorten auch nur das Geringste selbst davon geahnt hatten.«

Tom wischte sich über die Stirn. »Schweigen Sie. Das gehört nicht zu unserem Gespräch.«

Der *Messenger* im grauen Anzug steckte seine Hände in die Hosentaschen und nickte.

»Schon klar. Der Anschlag durch Osama Bin Laden ist mittlerweile in der Öffentlichkeit als akzeptierte Wahrheit verinnerlicht worden. Aber Sie wissen es genau so gut wie ich. Der Terroranschlag am 11. September hat nicht so stattgefunden, wie es die Menschheit noch immer glaubt. Letztendlich war es ein Glanzstück der *Enco*. Da dürfen Sie ruhig ein bisschen mehr Stolz zeigen.«

Tom Davis machte ein paar Schritte durch den Raum.

»Als Nächstes kommen Sie mir noch mit der Mondlandung. John, vergessen Sie die Geschichte und lassen Sie uns nach vorne schauen.«

»Okay. Zu einem gewissen Grad bin ich bei Ihnen. *Leben muss man das Leben vorwärts. Aber verstehen kann man es nur rückwärts.*«

Der *Enco* Kommandant lachte verächtlich. »Hey, haben Sie einen Philosophen verschluckt? Diese Weisheit ist doch nicht auf Ihrem Mist gewachsen, oder?«

John Smith wurde etwas kleinlaut. Er war es nicht gewohnt, so laut angesprochen zu werden. »Es ist von Søren Kierkegaard. Ein Däne. Er lebte im 19. Jahrhundert«, räumte er ein.

»Sehen Sie«, triumphierte Tom, »das mit dem 'Verstehen' überlassen wir beide am besten den Gelehrten. Kümmern wir uns lieber um das vorwärts gerichtete Leben. Also schießen Sie los. Worum geht es nun?«

John setzte seine Ausführungen fort. Nach der dritten Phase waren im Rahmen der *Operation Salamander* weitere Aktivitäten vorgesehen. Zunächst würden die weltweiten Mobilmachungen der Militärs beginnen. Der imaginäre Feind würde trotzdem weiter an Stärke gewinnen und ohne globale Allianzen könnte keine Nation für sich allein gestellt den Angriffen standhalten. Auch die Zweifler und Skeptiker kamen in den Szenarien vor. Grausame Attentate sollten an kritisch eingestellten Politikern verübt werden und am Ende stände der lange geplante, internationale Zusammenschluss. Eine einzige, globale Weltregierung würde den Feind vom Nachbarplaneten in die Flucht schlagen. Die weiteren Phasen der Operation sollten konsequenterweise *Die Kaskaden des Salamanders* genannt werden.

»*Die Kaskaden des Salamanders?*« Tom stutzte. »Dann müssen Sie aber mit großen Geschützen aufwarten. Die Geschichte soll sich stufenweise steigern?«

John nickte. »Das war der Plan. Nun ja. Nach der heutigen Panne in New York denke ich, dass umso schneller die Option B zum Tragen kommen wird. Dafür sammle ich die Informationen. All zu viel Zeit darf nicht ins Land gehen. Wir müssen das Eisen schmieden, so lange es heiß ist.«

»Was? Schon wieder eine neue Operation? Wie lautet der Codename?«, wollte der Kommandant wissen.

»WHELO. *Operation WHELO*«, antwortete der Botschafter.

Tom zog eine Augenbraue nach oben. »*WHELO*. Das klingt schräg. Was soll das bedeuten? Mir gefiel *Salamander* wesentlich besser.«

John lächelte. »Ich glaube nicht, dass der Deckname nach dem persönlichen Gefallen ausgesucht wurde. Ursprünglich war auch der Name *Orion* im Gespräch, aber dann wurde *WHELO* gewählt. Worum es dabei genau geht, weiß ich nicht, da ist Geduld angesagt. Die Welt wird den Atem anhalten und danach wird nichts mehr so sein wie zuvor.«

Tom Davis schüttelte sich theatralisch. »Ohoho, ich fürchte mich schon jetzt. Können Sie uns nicht mal wieder mit etwas ganz Normalem beauftragen?«

»Sie wissen, dass ich nur der Überbringer der Botschaften bin.« Er schaute ihn eindringlich an und wollte verdeutlichen, dass bei ihm keine Verantwortung lag.

»Gut. Und Sie sollen die Daten dafür besorgen, richtig?«

John nickte. Er hatte eine lange Liste zusammengestellt, die er abarbeiten musste. Der Großteil der Daten und Informationen war über die *Enco* einfacher zu beziehen, als über alle anderen verfügbaren Kanäle. Außerdem sollten die Recherchen nicht nachvollziehbar für Dritte sein. Dafür war das *Enco*-Hauptquartier die beste Adresse. Über sichere Gateways bekam er hier den Zugang zu allen Archiven der NSA, des britischen Geheimdienstes GCHQ und zu den anderen verbündeten Organisationen der Big Five. Die Vereinigten Staaten hatten sich mit Kanada, dem Vereinigten Königreich sowie mit Australien und Neuseeland schon vor langer Zeit zusammengeschlossen und die 'Großen Fünf' tauschten sämtliche Daten untereinander aus. Die *Enco* wiederum hatte den vollen Zugriff auf die Archive. In früheren Jahrzehnten flossen die geheimen Dokumente nur spärlich, aber vor allem nach 2001 wurde die Überwachung auf ein neues qualitatives Level gehoben. Schon bald sollte gar nichts mehr vor dem überstaatlichen Zugriff sicher sein.

Tom Davis bot dem *Messenger* seine Hilfe an und ließ die Analysen und Datencluster von einem seiner Mitarbeiter organisieren. Da die Recherchen einige Zeit in Anspruch nehmen würden, bot er John einen Einblick in die Organisation der Zentrale an.

Smith nahm das Angebot dankend an. »Gerne. So nah war ich noch nie an den Schalthebeln der Macht.«

Es bereitete Tom sichtlich eine Freude, mit seinem Gast einen Rundgang zu unternehmen. Bis in die kleinsten Details erklärte er ihm die Überwachungspraktiken. Es kam nicht all zu häufig vor, dass sich externe Personen in die heiligen Hallen verirrten und Tom stellte die Entwicklungen mit einem gewissen Stolz vor.

»Sorry. Sie haben sich nicht gerade den besten Tag für Ihr Kommen ausgesucht«, warf Tom in die Unterhaltung ein, als sie in den nächsten Gebäudetrakt gingen.

»Sie meinen den blutigen Sonntag heute in New York und den erschossenen Fotografen, der uns die Salamander-Aktion vermasselt hat«, entgegnete John Smith.

Der Kommandant nickte. »Ganz ehrlich. Das hätte nicht passieren dürfen. Warum müssen sich die Verbindungsleute im Central Park treffen? Das geht mir einfach nicht in den Kopf. Es war dilettantisch. Von uns war das jedenfalls nicht so geplant. Das war ein Spiel mit dem Feuer.«

John fiel etwas ein und er konnte seinen Gedanken nicht zurückhalten.

»Apropos Feuer. Wussten Sie, dass man früher sogar Salamander ins Feuer geworfen hat, weil die Menschen glaubten, dass die Tiere das Feuer löschen können?«

Der Chef vom Dienst schaute seinen Gast leicht irritiert an. »Nein, das war mir nicht bekannt. Ah, Feuersalamander, ich verstehe. Aber das hilft uns auch nicht weiter.«

Er atmete kurz durch und strich sich über das silbrige Haar.

»Wissen Sie, noch merkwürdiger war, dass sich der Fotograf dort ganz in der Nähe und exakt zum Zeitpunkt der Übergabe positioniert hatte. Genau am richtigen Ort und zur richtigen Zeit. Da muss man doch mit dem Klammerbeutel eingepudert worden sein, wenn das ein Zufall war. Mich sollte es nicht wundern, wenn es eine undichte Stelle gibt.«

Der *Messenger* schaute ihn mit einem alarmierten Blick an. Die Verdächtigung stand im Raum und sie klang vorwurfsvoll.

»Sie meinen, es gibt einen Maulwurf? Das wäre eine Katastrophe. Wo? In der *Enco*?«

Tom Davis schüttelte den Kopf.

»Die Sache ist noch nicht ausgestanden. Unsere Leute arbeiten mit Hochdruck daran, alle Spuren auszuwerten. Wir haben einen Kreis um den Tatort gezogen und analysieren sämtliche Videoaufzeichnungen. Natürlich verfolgen wir die Gespräche aller eingeloggten Mobiltelefone aus den benachbarten Straßenzügen und werten die Telefonate aus, ob wir etwas Verdächtiges entdecken. Außerdem grasen wir sämtliche Internetprotokolle ab - in der Hoffnung, etwas ausfindig zu machen, sobald jemand das Bildmaterial überträgt.«

»Aber das sind nur digitale Daten. Es dürfte recht schwierig sein, nicht wahr?« John zeigte sich interessiert.

»Das ist unsere Spezialität.« Davis lächelte. »Wir haben die Bilderkennungsprogramme weiter entwickelt. Ich werde Ihnen gleich mal eine Kostprobe geben.« Er führte den *Messenger* an einen vorbereiteten Rechner und ein Kollege demonstrierte, wie man das weltweite Netz nach bestimmten Bildinhalten durchsuchen konnte.

»Ich nehme an, damit können Sie sehr effizient bestimmte Personen suchen.«

Tom stimmte zu. »Nicht nur das. Wir wissen auch, wo uns auf dem umgekehrten Wege jemand auf die Schliche kommen könnte.«

»Sie reden von den konstruierten Identitäten mancher Kollegen aus dem *Enco* Team?« John kombinierte und ihm kamen sofort die ausgefeilten Profile in den Sinn, die bei vielen geheimen Operationen kreiert wurden, damit die Agenten unbehelligt ihren Aufgaben nachgehen konnten.

»Volltreffer«, stellte Tom anerkennend fest. »Sie waren es doch, der vorhin 9/11 erwähnte. Unsere Mitstreiter wollten nach dem ausgemachten Zeitraum wieder in ein normales Leben zurückkehren. Da mussten wir sichergehen, dass sie niemand mit einem der damaligen Opfer in Verbindung bringen konnte.«

Der Botschafter nickte. »Sie meinen die *Operation Sonnenwende* aus dem Jahre 2011. Alle früheren Kontakte wurden überprüft und falls es verräterische Bilder im Internet geben sollte, wurden sie gegen korrigierte Aufnahmen ausgetauscht.«

»Sie sind wirklich gut im Bilde, John.« Der Standortleiter führte ihn in den nächsten Raum und kam auf sein Eingangsstatement zurück.

»Wie ich schon sagte. Es ist nicht gerade der beste Tag, den Sie sich ausgesucht haben. Wir arbeiten unter Hochdruck daran, einen Flurschaden bei der *Operation Salamander* zu verhindern. Gnade uns Gott, wenn die Bilder irgendwo auftauchen und an die Presse gehen.«

John räusperte sich. »Ich dachte, die Presse haben wir im Griff?«

Diese Äußerung gefiel Tom nicht; er wurde ungeduldig. Fast kam ihm der Besuch des *Messengers* wie ein Audit vor. Der Mann stellte einfach zu viele Fragen.

»Presse hin, Presse her. Natürlich machen wir unseren Einfluss geltend. Doch die Welt wird immer komplexer und wir können nicht alles kontrollieren.«

John nutzte jeden noch so kleinen Spalt, um einen Fuß in die Tür zu bekommen. »Bei Eddie Downsen hat die Kontrolle offensichtlich nicht funktioniert. Der Kerl ist ja die reinste Plaudertasche und im regelmäßigen Turnus lanciert er jetzt seine Veröffentlichungen. Von der Überwachungssoftware *X-KeyScore* bis hin zu den globalen Datenzugriffen der Geheimdienste. Na ja. Dass er sämtliche Daten auf seinem Laptop herausschleusen konnte, war auch keine Meisterleistung der NSA.«

Allmählich wurde es Tom zu bunt. Er beherrschte sich, so gut er konnte und versuchte, seine Aggressivität im Griff zu behalten.

»So, meinen Sie? Was hat dieser Saboteur denn wirklich verraten? Wenn wir gewollt hätten - oder wenn man uns den Auftrag erteilt hätte - so wäre der Typ doch keinen einzigen Schritt aus Hongkong herausgekommen. Glauben Sie, dass die NSA - oder wir - einfach so zugeschaut haben, wie sich ein kleiner, unbedeutender Mitarbeiter hochsensible Daten auf seinen Laptop lädt und damit von Hawaii nach Hongkong fliegt? Wo er sich in aller Ruhe mit einem Journalisten trifft und dann in einen Flieger nach Moskau steigt? Im Ernst, die Sache ist alles andere als lustig und ich weiß nicht, wer hierfür die Verantwortung trägt. Doch seien Sie versichert, Eddie Downsen wird nichts präsentieren, was am Ende wirklich eine Überraschung bietet.«

»Für uns hoffentlich nicht.« John setzte noch einen Aspekt hinzu.

Tom musste sich zwingen, ruhig zu bleiben.

»Sie Spaßvogel. Ich spreche von einer Überraschung für die Weltöffentlichkeit. Aber zurück zum Hier und Heute. Wie ich schon sagte, Sie haben sich nicht den besten Tag für Ihren Besuch ausgewählt. Denn Sie sind nicht der Einzige, der sich angekündigt hat. Wir bekommen hohen Besuch.«

John's Neugier war geweckt. »Jetzt bin ich aber gespannt. Um wen handelt es sich?«

Sie stellten sich neben eine Säule und bevor er eine Antwort gab, schaute sich Tom im Raum um.

»Mister X hat sich angekündigt. Jack. Er wird auch *Jack-The-Brain* genannt. Er kommt höchstens einmal im Quartal hierher. Eigentlich war es als Routinemeeting angesetzt, doch durch die Verwicklungen in New York bekommt sein Besuch natürlich eine ganz andere Bedeutung.«

»Stress?« John's Frage war so knapp wie präzise.

Tom raufte sich das Haar. »Abwarten. Eigentlich ist Jack ganz in Ordnung. Er kann es nur nicht akzeptieren, wenn die Dinge nicht so laufen, wie er es vorhergesehen hat.«

Der Botschafter schwieg. Ihm rannten die Gedanken durch den Kopf. Vor einigen Jahren hatte er schon mal etwas von dem geheimnisvollen Mister X gehört, doch er konnte seine Erinnerungen nicht mehr in den richtigen Kontext setzen.

»Tom, darf ich Sie fragen, wer Jack ist?«

Er lachte. »Mein Lieber. Das ist die Frage aller Fragen. Manche sagen, man weiß, um wen es sich handelt, wenn er einem das erste Mal begegnet. Tja. Jack ist das Genie im Hintergrund. Die gesamte Architektur der Server, die Sie hier bestaunen, geht auf seine Planungen zurück. Und die weltweite Infrastruktur der Datenüberwachungen basiert auf seinem Wissen. Jack ist uns meilenweit voraus. Er ist der intelligenteste Mensch, auf den ich je gestoßen bin.«

John warf ihm einen respektvollen Blick zu. *Jack-The-Brain*. Das klang nach einem sehr hohen Anspruch. Doch als *Messenger* war er bereits auf so viele hochgestellte Persönlichkeiten getroffen, von denen sich jeder für den Größten hielt. Meistens waren sie aufgepumpt mit einem unbändigen Selbstbewusstsein. Ein *Jack-The-Brain* würde gut in seine Sammlung hineinpassen, dachte John.

»Ist er ein Mitarbeiter der *Enco*?«, erkundigte er sich.

Tom schüttelte seinen Kopf. »Jack schwebt über allem. Ich kann mir gut vorstellen, dass er auch die Basiskonfigurationen für die NSA, den GCHQ - und wer weiß, für wen noch so alles – mit konzipiert hat.«

Es braute sich an diesem Tag so einiges zusammen. Das stand für John Smith fest. Die Dichte der Ereignisse hatte es in sich. Doch er liebte es, wenn er mitten im Geschehen sein konnte, ohne direkt für etwas verantwortlich zu sein. In seiner Rolle als der Vermittler zwischen den Macht-Hemisphären fühlte er sich unendlich wohl und er beobachtete das Kräfteringen mit Vergnügen.

Tom führte seinen Gast in einen anderen Bereich der Anlage und stellte die dortige Fachabteilung voller Stolz vor. »Hier sitzen die Experten für die Drohnen. Das ist unsere neueste Errungenschaft und ich gebe Ihnen gerne eine Kostprobe.«

John wusste, dass gerade für die Weiterentwicklung der fliegenden Überwachungsgeräte in den vergangenen Jahren große Budgets freigegeben worden waren.

»Das ist quasi Google-Earth im Live-Modus«, erklärte Tom mit einem Augenzwinkern. Hunderte von Monitoren zeigten Bilder aus der Vogelperspektive aus allen Teilen der Welt. »Sie kennen sicherlich die militärischen, unbemannten Fluggeräte. Allen voran die *Predator B*, oder?«

Der Standortleiter wollte sich vergewissern, welchen Kenntnisstand er bei seinem Besucher voraussetzen konnte. Dessen Stirnrunzeln war eine deutliche Antwort.

»Also gut«, gab sich Tom verständnisvoll. »Mit einer Länge von 11 Metern und einer Spannbreite von etwas über 20 Metern erreicht die *Predator B* eine Geschwindigkeit von bis zu 370 Stundenkilometern. An Bord befinden sich lasergesteuerte Sprengköpfe, die sogenannten Hellfire-Raketen. Die Signale erhält die Drohne von einem Satelliten. Über diesen Datenstrom wird die fliegende Waffe von der Bodenstation aus gelenkt. Neben der *Predator B* zählt auch die israelische *Heron TP* zu den bewaffnungsfähigen Modellen. Unten am Boden sitzt die Drohnencrew. Dabei handelt es sich um talentierte Jungs, die eigentlich besser bei ihren Video-Games aufgehoben wären. Sagt Ihnen der Name Brandon Bryant etwas?«

Der Messenger schüttelte ein weiteres Mal seinen Kopf. »Da muss ich passen.«

»Brandon ist ein ehemaliger Soldat. Nicht mal dreißig Jahre alt. Er war einer der erfolgreichsten Fernkämpfer in diesem Metier. Man sagt, dass bei seinen Drohneneinsätzen 1626 Menschen getötet wurden - entweder durch ihn selbst oder durch sein Einsatzteam. Der Junge hat das bis heute nicht richtig verdaut. Wie auch? Es war kein *World of Warcraft*, in dem sich der Gamer hinter einem Xbox Controller verstecken konnte, sondern die knallharte Wirklichkeit.«

Der Kommandant kratzte sich am Ohr.

»Eine Legion der Toten hat er hinterlassen, wie er sich selbst einmal dazu äußerte. Tja, es klingt befremdlich, aber demnächst wird der geeignete Nachwuchs für den Drohnenkrieg wohl auf den Spielemessen wie der E3 oder der GamesCom angeworben. Brandon Bryant war auch so ein harmloser Gamer, bevor er mit dem Töten aus der Distanz begonnen hatte. Und übrigens. In diesem Jahr setzen bereits 87 Staaten weltweit die unbemannten Waffensysteme militärisch ein.«

John Smith atmete tief durch. »Wollen Sie mir nun etwa eine Kostprobe über die Treffgenauigkeit geben? Aber an einem Echtzeiteinsatz in Afghanistan habe ich kein Interesse.«

Der Standortkommandant zog einen Mundwinkel nach oben.

»Nee, nee. Keine Sorge. Unsere Drohnen sind etwas ganz Besonderes. Stellen Sie sich darunter eher einen der kleinen semiprofessionellen Quadrokopter vor. Vielleicht kennen Sie die Modelle von dem chinesischen Hersteller *DJI*, beispielsweise den *Inspire One*? Das sind Geräte für den Hobbyfotografen, aber vom Prinzip her gar nicht so weit von unseren Drohnen entfernt. Mittlerweile haben wir sie in ganz unterschiedlichen Größen entwickelt. Für jeden Einsatzzweck gibt es das passende Modell. Die Flugzeit ist dabei nach wie vor die größte Herausforderung. Deshalb haben wir die Ladestationen an allen wichtigen Verkehrsknotenpunkten am Rande der Ballungszentren eingerichtet. Im Outdoor Bereich, also draußen im freien Gelände, versuchen wir die Akkus über Sonnenkollektoren aufzuladen.«

»Allzeit bereit«, kommentierte John bissig. »Von wo aus steuern Sie die Drohnen?«

Tom war nun in seinem Element. »Theoretisch können wir die Fluggeräte von überall aus überwachen. Wir haben ein eigenes globales Netz dafür geschaffen.«

»Ein eigenes CDN?« Der *Messenger* staunte nicht schlecht; dieser Aspekt war ihm neu.

»Yep«, erwiderte der Kommandant voller Stolz. »Wir senden die Live-Aufnahmen direkt per Streaming auf einer eigenen Frequenz. Die Empfängerboxen befinden sich stationär unten auf der Erdoberfläche. Normalerweise erzielen wir bei der Übertragung Reichweiten zwischen drei und fünf Meilen. Spätestens dann loggt sich unser Quadrokopter beim nächsten Funkmast ein. Parallel zeichnen wir die Videodaten im internen Speicher in HD Qualität auf. Die Aufnahmen in der Hochauflösung werden aber erst an uns gesendet, wenn die Fluggeräte wieder in ihrer Heimatstation gelandet sind. Wollen Sie eine kleine Demosession erleben?«

John Smith nickte. Keine Frage, die Technik hatte ihn schon immer interessiert. Tom bat den Mitarbeiter, der vor dem Monitor saß, sich einer anderen Aufgabe zuzuwenden und setzte sich selbst ans Steuerpult. Neben dem PC befand sich ein Controller, der mit beiden Händen bedient werden musste. Tom schob sich die Apparatur genau mittig vor seinen Platz. Auf den Monitoren konnte er das Geschehen beobachten. Der *Messenger* rückte sich einen Hocker an den Schreibtisch heran und schaute dem Kommandanten interessiert über die Schulter. Tom wählte auf dem Computer eine weltweite Kartenübersicht an.

»Wählen Sie einen beliebigen Ort und wir starten den Rundflug. Am besten suchen Sie sich eine Stadt in Europa aus. Da können wir so schön inkognito fliegen. Lassen Sie mich einen Blick auf die Uhr werfen. Hier ist es kurz nach drei. In Europa geht jetzt die Sonne unter. Mit dem Eintreten der Dunkelheit nimmt der allgemeine Geräuschpegel ab, das ist nicht so gut. Nehmen wir besser eine Stadt im Westen, da ist es noch etwas heller. Denn sobald es dunkel wird, verstummt der Tageslärm und wir wollen ja nicht all zu sehr auf unseren Flieger aufmerksam machen.«

John überlegte nur kurz. Eine Stadt im Westen? Er begann die Suche mit dem Alphabet und landete unverzüglich bei Amsterdam.

Tom lächelte. »Gute Wahl. Dort haben wir bereits unsere neueste Kopter-Generation im Einsatz.«

Er startete die Applikation und bereitete die Flugzeuge auf den Start vor. Auf den beiden großen Monitoren vor ihnen war die Umgebung des Startplatzes zu sehen. Es handelte sich um einen Holzüberstand in einer Vorstadtsiedlung von Amsterdam. Auf dem 19 Zoll Kontrollbildschirm wurde die aktuelle Position der Drohne angezeigt.

»Können Sie mir sagen, wozu Sie zwei Monitore benötigen? Die Bilder sind doch identisch.«

Tom schmunzelte und freute sich über das Interesse seines Besuchers. »Warten Sie es ab. Gleich sind die Bilder nicht mehr aus einem Guss. Wir fliegen im Tandem, es sind in der Regel zwei Drohnen unterwegs. Bei den Einsätzen fliegen wir in einem minimalen Sicherheitsabstand und haben das gesamte Umfeld im Blick. Dann wollen wir mal starten. Etwas Musik dazu gefällig?«

Davis wählte ein passendes Stück aus seiner Musikbibliothek und drehte die Lautstärke an den Surround-Boxen bis zum Anschlag auf.

»Kennen Sie das Stück? Es ist von *Nikolai Rimski-Korsakov*?«

Der *Messenger* verzog die Lippen und überlegte. »Hm. Es kommt mir bekannt vor ...«

»Das ist der *Hummelflug*. Das muss man doch wissen. Es ist mein Lieblingsstück, wenn die Drohnen aus ihrem Hangar kommen.« Der Standortleiter startete die Rotorblätter und steuerte die Fluggeräte.

John schaute zu und nickte. »Jetzt, wo Sie es sagen. Klar. Aber diese Version mit der Hammondorgel ist wohl eine reine Geschmackssache.«

Tom drehte die Lautstärke etwas herunter. »Gefällt es Ihnen nicht? Ist auch egal. Genießen Sie lieber die Bilder und stellen Sie sich einen Hummel-Schwarm vor.«

Mit dem Vergleich lag der Kommandant gar nicht so falsch. Leicht wie ein Insekt hoben die Drohnen vom Erdboden ab und suchten sich den Weg ins Freie. Tom ging auf eine Steighöhe von gut 100 Metern und zauberte beeindruckende Aufnahmen auf den Monitor. Er zog eine Schublade auf und holte eine 3D-Bildschirmbrille heraus.

»Hier, setzen Sie sie auf. Es ist eine Oculus Rift Brille, mit leichten Modifikationen. Das Original war noch im Beta-Stadium, als wir es bekommen haben, daher haben wir neue Displays eingebaut und die Bildfrequenz verdoppelt. Es ist fantastisch. Total wirklichkeitsnah.«

John setzte sich die etwas unhandliche Vorrichtung auf den Kopf und tauchte tief in die Illusion der Videoaufnahmen ein. Der Kommandant lenkte die Primär-Drohne über das Hafengebiet von Amsterdam und verringerte die Flughöhe am Hauptbahnhof.

»Wonach steht Ihnen der Sinn, John? Nach einem kleinen Rundflug durch die Grachten? Oder wollen Sie einen Blick ins Rotlichtviertel werfen?«

Tom wartete die Reaktion seines Gegenübers nicht ab und lenkte die Drohne durch die Häuserschluchten über einen Seitenkanal. Die Innenstadt von Amsterdam strahlte eine lebendige Stimmung aus und zahlreiche leicht bekleidete Touristen unternahmen an diesem lauen Sommerabend ihre Spaziergänge. Kaum einer von ihnen nahm Notiz von der Drohne; die Motoren waren außerordentlich geräuscharm und selbst als Tom die Geräte bis auf die Giebel der Häuserfronten hinunter steuerte, waren die fliegenden Wanzen immer noch hoch genug, bevor sie sich durch ihr Fluggeräusch verrieten. In der Regel schaute auch keiner der Passanten ständig nach oben und beobachtete den Luftraum.

Bei John ergab sich durch die Spezialbrille ein vollkommen räumlicher Bildeindruck und er vollzog mit seinem Körper die Bewegungen nach, wenn Tom zu nahe an die Bebauung steuerte. Es war eine fantastische Erfahrung. John kam aus dem Staunen kaum noch heraus.

»Wie steuern Sie die Drohne so präzise über diese große Entfernung? Der Abflugort liegt doch schon einige Kilometer hinter uns«, wollte er wissen.

»Das beeindruckt Sie dann doch, nicht wahr? Korrekt, über eine herkömmliche WIFI Verbindung geht das nicht mehr. Wir haben unser eigenes 2,4 Gigahertz Netz aufgebaut und erzeugen durch die beiden Tandem-Drohnen eine redundante Datenübertragung. Parallel wählen sich die beiden Flieger in die mobilen Netze ein und mit den neuen LTE-Verbindungen werden wir das noch weiter optimieren. Zusätzlich wird unsere Route ständig mit den GPS Positionsdaten abgeglichen. Mit einem iterativen Simulationsprogramm sowie dem eingebauten VPS, dem *Vision Positioning System*, können wir sogar ohne eine Satellitenverbindung durch geschlossene Räume fliegen.«

John zeigte sich neugierig. »Wow. Wie funktioniert das?«

Für einen Moment lang nahm er die 3D Brille ab. In der Schublade vor ihnen befand sich eine Kladde mit Schnittzeichnungen. Tom zog ein Schaublatt heraus.

»Per Echolot mit Ultraschall. In den Geräten steckt ein Hochleistungsradar. Die Sensoren unserer Drohnen lassen sich durchaus mit dem ausgeprägten Orientierungssinn einer Fledermaus vergleichen. Sobald dann wieder eine Netzverbindung vorhanden ist, werden die Videobilder an uns gesendet. Genial, oder?«

Auf der Schnittzeichnung tippte Tom Davis auf die Kameraaufhängung, auf den sogenannten Gimbal. Es war ein wahres Wunderwerk der Technik.

»Damit gleichen wir die Flugbewegungen aus«, erklärte Tom. »Selbst wenn die Drohne im Wind hin und her wackelt, bleibt die Kameraperspektive exakt und stabil erhalten. Mit den Präzisionsmotoren erfolgt eine pyroskopische Feinjustage.«

»Eine pyroskopische Feinjustage...«, wiederholte der *Messenger* und schmunzelte dabei. Dann setzte er sich die Brille wieder auf.

Tom veränderte die Brennweite der Kamera und schaltete in den Weitwinkelmodus ohne den 3D-Effekt um. Der Abendhimmel über Amsterdam war in die warmen Farben des Sonnenuntergangs getüncht und am Horizont konnte man in weiter Ferne die Nordsee erkennen. Der Kommandant machte sich mit der Drohne auf die Suche nach einem öffentlichen Verkehrsmittel und entschied sich für einen Linienbus. In dichter Entfernung verfolgte er das Fahrzeug und wies auf die Optionen bei der Überwachung hin.

»Aufgepasst. Wir können versuchen, die mobilen Daten aus dem Bus abzufangen. Mal sehen, welche Telefone unterwegs sind und worüber sich die Menschen unterhalten.«

Es dauerte einige Minuten, bis Tom das Bewegungsprofil vom Linienbus mit den Einlogg-Daten der Handys abgeglichen hatte. Sobald der Bus jeweils in die Nähe des nächsten Funkmastes kam, änderte sich gleichzeitig auch bei den Telefonen die Netzwerkauswahl. Auf dem Monitor erschien eine Liste der Verbindungsdaten und über das globale Adressbuch konnte er innerhalb kürzester Zeit die Fahrgäste identifizieren. Oder zumindest ihre Telefone, denn es ließ sich ja nicht ausschließen, dass jemand mit dem Handy eines anderen unterwegs war. Doch auch für diesen Fall hatte die *Enco* eine Möglichkeit einer weiteren Verifizierung gefunden. Sobald ein Gespräch geführt wurde, stürzten sich die Spracherkennungssysteme darauf und glichen die Modulationen mit früheren Telefonaten ab. Stolz verkündete er die hohe Trefferquote.

»Hey, ich kann 23 Mobiltelefone eindeutig zuordnen. Die meisten von ihnen werden allerdings momentan im Online Modus benutzt. Das typische *non-voice* Verhalten. Bloggen, Email-checken und Gaming. Wenn Sie wollen, können wir die Chats lesen. Oder wollen Sie vielleicht mal einem Gespräch lauschen?«

Tom Davis wählte eine der Nummern aus und übertrug das Gespräch auf die eingebauten Kopfhörer an der Datenbrille.

»Das dürfte die Stimme eines gewissen Piet van Dyke sein. Er müsste 27 Jahre alt sein und er spricht gerade mit seiner Freundin, die laut der Geo-Position zur Zeit in der Stadt Gouda ist. Hören Sie etwas?«

John nickte. Er war fasziniert vom Stand der Technik, dennoch kam ihm nur ein leicht kritisch gefärbter Kommentar über die Lippen.

»Das ist *Big Brother* in Reinkultur. Ob das den Leuten gefallen würde, wenn sie davon etwas mitbekämen?«

»Das ist nicht die Frage. Wenn etwas technisch machbar ist, wird nichts auf der Welt die Umsetzung stoppen. Für uns ist es essentiell wichtig, dass wir die Ersten sind. Übrigens, da unten im Bus bekommt niemand etwas von unseren beiden Drohnen mit. Aber jetzt möchte ich Ihnen gerne noch einen ganz besonderen Leckerbissen präsentieren. Sind Sie bereit?«

Von John's Gesicht war wegen der übergroßen Brille nicht viel zu sehen. Doch das Auf- und Abwippen der Oculus Rift Vorrichtung signalisierte seine Zustimmung.

Tom schaltete zurück in den 3D Modus. »Sehen Sie den Unterschied? Ich habe die zweite Kamera zugeschaltet und unsere Rechner setzen die Bilder nahezu perfekt zu einer virtuellen Realität zusammen. Jetzt ist der Effekt noch ausgeprägter und komplett dreidimensional. Wenn Sie Ihren Kopf bewegen, steuern Sie damit die Kameraausrichtung bei unseren Drohnen. Noch realitätsnäher geht es kaum. Sie werden sich fühlen, als wären Sie direkt im Geschehen. Eine Bitte habe ich. Vermeiden Sie bitte allzu heftige Bewegungen. Wegen der Datenübertragung ergibt sich eine geringfügige Trägheit bei der Umsetzung der Zielkoordinaten.«

John machte sich mit der Handhabung vertraut. Ganz langsam drehte er seinen Kopf und wich etwas zurück. Es war tatsächlich so, als ob er rückwärts flog. Wenn er seinen Kopf nach unten ausrichtete, übermittelten ihm die Kameras ein Bild aus der Vogelperspektive. John fühlte sich wie ein Pilot; so, als ob er selbst fliegen würde. Inzwischen durchsuchte der Kommandant eine Datenbank und offenbar war er fündig geworden.

»Okay. Halten Sie sich fest. Ich habe eine zufällige Adresse in einem Randbezirk von Amsterdam herausgesucht. Es ist das Profil eines schon älteren Mannes. Alleinstehend, keine Kinder oder Familie. Jan de Vroos heißt der gute Mann. Wir werden ihm einen Besuch abstatten.«

Die Drohne änderte die Flugrichtung und düste in die nördliche Richtung. Die Wohnsiedlungen wurden zunehmend von landwirtschaftlichen Flächen unterbrochen und wechselten sich mit freistehenden Einfamilien-Häusern ab. Tom hatte die GPS Daten in das System eingegeben und das Fluggerät fand die Route automatisch. Mit einem Blick auf die elektronische Anzeigetafel kontrollierte er den Akkustand. Es war noch Energie für ungefähr 20 Minuten vorhanden.

Das Haus von Jan de Vroos kam ins Blickfeld. Zunächst steuerte Tom die Drohne in einer großen Höhe und inspizierte das umliegende Areal. Die zweite Drohne verharrte in einiger Entfernung auf der Stelle und sicherte das Areal ab. Sobald ein anderer Flugkörper hinter die Demarkationslinie geraten sollte, würden beide Drohnen unverzüglich in Deckung gehen und sich auf schnellstem Wege zu ihrer Basisstation begeben.

Tom kontrollierte die Übertragung auf dem Bildschirm.

»Und?«, forderte er John auf. »Sehen Sie unsere Zielperson?«

Der *Messenger* nickte.

»Der Mann ist im Garten und steht an einer Sonnenblume, glaube ich. Sie lagen richtig. Wenn ich seine gebückte Haltung sehe, muss er schon über 70 Jahre alt sein. Er scheint ganz alleine zu sein.«

Davis verringerte die Flughöhe und ging hinunter auf 20 Meter. Den Bildausschnitt zoomte er noch weiter heran, so dass sie den Rentner gut im Sichtfeld erkennen konnten.

»Die neuen Rotorblätter sind wirklich spitze«, kommentierte Tom. »So lautlos waren unsere fliegenden Späher noch nie zuvor. Da steht der alte Mann. Im nächsten Monat wird er seinen 75. Geburtstag feiern. Das sagt mir das Datenblatt. Allerdings sieht er schon ziemlich altersschwach aus. Finden Sie das nicht auch?«

»Ich weiß nicht. Für 75 finde ich ihn noch ganz fit. Wieso interessiert Sie dieser Aspekt, Tom?«

Der Kommandant rief ein neues Programm auf.

»Jetzt folgt die Live-Demo. Schnallen Sie sich an. Ich glaube, der gute Jan ist nicht nur altersschwach sondern auch ernsthaft krank. Eine verschleppte Herzinsuffizienz macht ihm zu schaffen. Schon bei den kleinsten Anstrengungen läuft er Gefahr, einen tödlichen Infarkt zu erleiden. Dann würde es keine Geburtstagsfeier mehr geben, sondern nur ein Begräbnis. John, schauen Sie genau hin; ich steuere jetzt die andere Drohne in Ihre Nähe. Dort haben wir eine miniaturisierte Abschussvorrichtung eingebaut. Es sind kleine spitze Pfeile. Getränkt mit einem schnell wirkenden Giftstoff. Der Pfeil wird in die Schulter des Zielobjekts geschossen und bricht oberhalb des Einstichs ab. Wie eine Glasampulle. Der Wirkstoff verteilt sich in der Blutbahn und die Ursache kann nicht mehr nachgewiesen werden.«

John lief ein eisiger Schauer über den Rücken. Er drehte sich virtuell im Raum um und sah, wie die andere Drohne heran rauschte und direkt neben ihm in der Luft stehen blieb. Die Worte gingen ihm noch durch den Kopf, als bereits ein Countdown-Modus über die Ohrhörer ablief. Dann geschah alles in Windeseile. Über den Bild-im-Bild Modus war das Sichtfeld der anderen Drohne eingeblendet und zoomte auf den Oberkörper des alten Mannes. Ein Fadenkreuz erschien und wurde mittig auf die linke Schulterpartie ausgerichtet. John befiel eine Ahnung, was als Nächstes geschehen würde.

»Halt, warten Sie«, schrie er auf.

Doch es war zu spät. Er sah, wie der Pfeil aus der Verankerung schnellte und den Rentner in seiner Schulter traf. Der Mann packte sich an den Hals. Hatte ihn ein Insekt gestochen? Irgendetwas pikste in seinem Nacken, aber er konnte die Einstichstelle nicht genau zuordnen. Er richtete seinen Blick nach oben. Geradewegs in den Himmel und in die Kamera der Primär-Drohne. John erschrak, als er das schmerzverzerrte Gesicht des Mannes sah. Es waren nur Sekundenbruchteile, bis Jan de Vroos die Augen verdrehte und tödlich getroffen zu Boden sank.

John Smith riss sich die Brille vom Kopf und sprang aus seinem Stuhl auf.

»Sie Bastard! Wie konnten Sie das tun? Wer gibt Ihnen das Recht...?« Er war völlig außer Atem und sein Puls schlug bis zum Anschlag.

»Beruhigen Sie sich. Der Mann wäre sowieso bald gestorben.« Tom machte eine beschwichtigende Handbewegung. Der *Messenger* hingegen raufte sich die Haare.

»Hey, hey. Damit haben Sie mit Sicherheit Ihre Kompetenzen überschritten. Was machen Sie hier eigentlich? Spielen Sie Gott? Das war ein eiskalter Mord.«

John war völlig aufgewühlt und seine innere Unruhe nahm mit jeder Sekunde zu. Er war nicht nur Zeuge des Ganzen geworden; nein, er hatte die Tat nicht verhindert. Die Schuldgefühle drangen immer näher an ihn heran und er schlug mit der flachen Hand auf die Tischplatte.

»Verdammte Scheiße. Ich habe genug von Ihrem Rundflug.«

Der Kommandant versuchte, versöhnlich seine Hand auf die Schulter von John zu legen, doch das machte die Sache nur noch schlimmer. Der *Messenger* wischte die Hand zur Seite und schrie laut auf.

»Lassen Sie mich gefälligst in Ruhe und fassen Sie mich ja nicht an.«

Tom erhob beide Hände und atmete tief durch. »John. Beruhigen Sie sich. Richten Sie Ihren Blick auf die Monitore. Sehen Sie? Die Drohnen hängen bereits wieder an der Ladestation. Sie sind schon längst in ihrem Hangar. Verstehen Sie?«

Erst langsam kam John zur Ruhe, dennoch verstand er nicht, was ihm der Standortleiter andeuten wollte.

»Die letzte Sequenz, also alle Aufnahmen, die Sie in 3D gesehen haben, kamen aus dem Rechner. Das war eine Simulation, John. Nichts als eine Simulation.«

Ungläubig schaute der *Messenger* seinem Gegenüber in die Augen. Nach und nach realisierte er, dass er selbst zu einem Probanden geworden war.

Tom zeigte auf die Bilder am Monitor. »Es nennt sich *augmented reality*. Wir mischen die wirklichen Livebilder mit Elementen aus dem Rechner. In Amsterdam gibt es keinen Rentner Jan de Vroos, der bald 75 wird. Wir haben die Master-Szene vor zwei Monaten gefilmt. Mit einem Laiendarsteller. Der Typ hat seine Sache wirklich gut gemacht. Im Rechner können wir die Szene beliebig manipulieren und Ihnen - oder jedem anderen - das Geschehen dreidimensional vorgaukeln. Wir benutzen die Sequenz als Test. Sie haben ihn übrigens nicht bestanden. Stellen Sie sich vor, wir sind im Einsatz und nicht bei einer Trockenübung. Da sind plötzlich aufkeimende Gewissensbisse oder moralische Bedenken fehl am Platze. Wir wollen hier schließlich keinen Ethikpreis vergeben.«

Die Erklärung machte es für John nicht leichter. Er fühlte sich von der Einstellung des Kommandanten angewidert. Doch er musste einräumen, dass die *Enco* mit ihren Teams letztendlich genau für derartige Aufgaben ins Leben gerufen worden war. Die *Enco* war die exekutive Kraft, die die Aufträge der geheimen Drahtzieher ausführte. Niemals sollten die Agenten bei ihren Operationen Zweifel bekommen; sonst wäre der Erfolg von vorneherein in Frage gestellt.

John vermied den Blickaustausch mit dem Kommandanten und das Angebot einer Kaffeepause kam zum richtigen Augenblick.

Die beiden Männer betraten die Cafeteria, die sich direkt an den Zentralbereich anschloss. Durch die hohen Glasfronten hatten sie einen Panoramablick auf die Grünfläche in der Erholungszone und sie setzten sich an einen freien Tisch direkt am Fenster.

»Das war harter Tobak«, stellte John fest und nahm damit die Konversation wieder auf.

»Nun, es hat mich schon ein wenig überrascht, dass Sie am Ende doch zartbesaiteter sind, als ich dachte. Wissen Sie, vielleicht war ich der Vorstellung erlegen, dass Sie soviel in Ihrem Leben als Wanderer zwischen den Welten mitgemacht haben und Sie durch gar nichts mehr geschockt werden können. Zugegebenermaßen, da habe ich mich getäuscht.« Tom Davis schlürfte an seinem *French Vanilla* Kaffee.

'Ein Sorry wird diesem Kerl nicht über die Lippen kommen', dachte der *Messenger*. Für ihn war die Sache noch nicht abgehakt. Wo zogen die Agenten des Exekutivkommandos überhaupt ihre Grenze? Die technischen Spielereien ließen die Übergänge zwischen Spiel und Wirklichkeit ineinander verwischen und das anonyme Töten durch die fliegenden Drohnen entzog ihnen jede Verantwortung. John konnte sich gut vorstellen, wie auf diese Art und Weise unbequeme Zeitgenossen jederzeit und überall auf der Welt einfach ausgeschaltet werden konnten. Alles, was es dazu brauchte, waren die Verbindungsdaten oder die Kennung eines Mobiltelefons. Wenn die Agenten auf Nummer sicher gehen wollten, so wurden vor der Attacke noch die persönlichen Daten abgeglichen - ob also das Aussehen und die Stimme der Zielperson exakt zueinander passten. Dass dabei Kollateralverluste nicht völlig auszuschließen waren, lag in der Natur der Sache. John fragte sich, wie die Spezialagenten bei ihren Handlungen überprüft wurden. Und vor allem, von wem?

Der *Messenger* überlegte. Seit geraumer Zeit gab es Spekulationen, dass einige Mitglieder der *Enco* Skrupel bekommen hatten und sich von der Organisation abwenden wollten. Doch gab es diese angeblich abtrünnigen Agenten wirklich oder waren sie nur eine Erfindung der Sicherheitsteams? Denn nicht selten wurde künstlich eine Opposition geschaffen, die einzig und allein dem Zweck diente, die potentiellen Aussteiger schon frühzeitig zu identifizieren und sie in eine Falle zu locken. Wollte sich dann tatsächlich einer der Agenten der Gegenbewegung anschließen - die selbstredend gar nicht in der Realität existierte - so war es um den Kandidaten geschehen. Still und heimlich wurden die Meuterer aus dem Verkehr gezogen. Sie endeten in einem Säurebad oder wurden tief auf dem Meeresgrund versenkt. Niemand würde diese verlorenen Seelen je vermissen.

Gewiss, die Gerüchte über die Schicksale dieser etwaigen Aufwiegler hielten sich hartnäckig, was in John's Augen natürlich noch nicht der geringste Beweis für ihre Existenz darstellte. Vielleicht waren sie nur eine Erfindung der Sicherheitskräfte, um jedes noch so kleine Risiko gleich im Keim zu ersticken.

Doch es war etwas im Gange; soviel stand fest. Bei der *Operation Salamander* musste es eine undichte Stelle gegeben haben. Anders war die Panne an diesem Morgen bei der Dokumenten-Übergabe im Central Park nicht erklärbar.

# Kapitel 3

*New Jersey*

*Sommer 2013*

*Zuhause bei Pat O'Brien*

James O'Brien wunderte sich auf dem Rückweg nach New Jersey, dass sein Sohn so verdächtig still war. Sonst war Patrick das reinste Energiebündel und hielt die ganze Familie auf Trab. Während sich Camilla mit ihrer Tochter Andrea angeregt unterhielt und die beiden schon die Kombinationen der neu erstandenen Kleidungsstücke lebhaft diskutierten, so schaute Patrick nachdenklich aus dem Seitenfenster.

»Ist alles in Ordnung mit dir?«, erkundigte sich sein Vater. »Hast du etwas?«

Der Junge lächelte kurz in Richtung des Rückspiegels. »Ja, Dad, alles okay.«

Dann suchten seine Augen wieder ziellos am Horizont nach einem Fixpunkt. Die Ereignisse in Manhattan gingen ihm nicht mehr aus dem Kopf. In den Radionachrichten zur vollen Stunde war die Rede von einem erschossenen Fotografen auf der Fifth Avenue. Die Beamten waren noch damit beschäftigt, seine Identität zu ermitteln. Denn der Mann war verschwunden; es gab keine Leiche. Merkwürdig war zudem die Tatsache, dass ein Rettungswagen den Schwerverletzten abgeholt hatte, er jedoch in keinem Krankenhaus eingeliefert worden war. Ein live-zugeschalteter Reporter sprach die Vermutung aus, dass der Fotograf bei dem Schusswechsel ums Leben gekommen war.

Die Gedanken rasten durch seinen Kopf und Patrick warf einen Blick auf den Speicherchip. Hielt er vielleicht den Schlüssel zu dem Verbrechen in seiner Hand? Was konnte sich darauf verbergen?

Patrick überlegte krampfhaft, auf welchem PC er sich die Daten ansehen konnte und von wo aus er den Upload vornehmen sollte. In Gedanken ging er all seine Freunde durch. Natürlich wollte er keinen von ihnen kompromittieren und in Gefahr bringen. Letzten Endes erinnerte er sich an seinen Cousin Wayne, der nicht weit entfernt in der Nachbarschaft wohnte und als Sonderling galt. Schon seit Jahren beschäftigte er sich mit Computern und einige trauten ihm zu, dass er sich bereits in Firmennetzwerke gehackt hatte.

»Wayne«, sagte Patrick zu sich selbst. Das klang endlich nach einem Plan.

Nach einer guten Autostunde hatte James schließlich die Region nördlich von Jersey City erreicht und lenkte das Fahrzeug in Paterson in die heimische Wohnsiedlung. Die Familienmitglieder schnappten sich die großen Einkaufstüten und verteilten sie im ganzen Haus. Tochter Andrea schaltete als Erstes den Fernseher in der Küche an und holte sich eine Zweiliter Flasche mit Eistee aus dem Kühlschrank.

»Wollt ihr euch das ansehen? Hier läuft ein Bericht über die Schüsse in New York.«

Ihr Bruder stürmte sofort in die Wohnküche und verfolgte gebannt die Bilder im TV. Das Fahrrad des Fotografen hatte offenbar zu seiner Identität geführt; Menschen aus seinem Lebensumfeld wurden interviewt und in einem kleinen Bildfenster wurde der Name eingeblendet. Patrick las mit.

»Skip Persson. Ein Fotograf aus Dänemark und es gibt noch keine Erklärung, warum er erschossen wurde.«

Er drehte sich um und gab seinen Eltern kurz Bescheid, dass er noch zu Freunden in die Nachbarschaft wollte.

»Komm nicht zu spät wieder«, rief ihm Camilla hinterher.

Patrick nahm das Mountainbike und radelte zu seinem Verwandten. Er wusste, dass sein Cousin zu Hause war, denn er hatte sich bei ihm über eine *What's App* Nachricht angekündigt.

Wayne war jemand, der sich mehr oder weniger erfolgreich durch sein junges Leben schlug. Er war Anfang zwanzig und hatte keinen Abschluss. Stattdessen jobbte er von Zeit zu Zeit an einer Tankstelle und schraubte an Autos herum. Am liebsten reparierte er Mobiltelefone. Dadurch verdiente er in manchen Wochen gar nicht so schlecht. Computer waren sein Hobby und in seine Geräte investierte er jeden Cent, den er auftreiben konnte. Bei ihm war Patrick definitiv an der richtigen Adresse. »Ich habe die besten Firewalls, die du dir vorstellen kannst. Meine Computer betreibe ich im Stealth Modus. Niemand kommt auf meine IP Kennung«, verkündete Wayne voller Stolz zur Begrüßung und zupfte sich das weiße T-Shirt über seine Blue Jeans. »Aber nun erzähl mir, worum es geht, Vetter Patter.«

Patrick mochte den Kosenamen nicht, doch für einen Protest war keine Zeit. Er hielt die SD Speicherkarte zwischen seinen Fingern und druckste zunächst herum. Erst nachdem Wayne die Speicherkarte partout nicht in den Rechner schieben wollte, rückte er endlich mit der Geschichte heraus. Pat zeigte auf den Flachbildschirm.

»Hast du heute die Nachrichten gesehen? Die Berichte aus New York, über die Schüsse auf den Fotografen?«

Wayne nickte. »Und?«

»Wir waren heute mit der Familie in Manhattan. Und ... weißt du? Er war es. Der Typ hat mir die SD Karte gegeben. In dem *Abercrombie* Laden. Kurz bevor er erschossen wurde. Es muss etwas total Wichtiges darauf sein.«

Damit war Wayne's Interesse vollends geweckt. Als Erstes nahm er die Karte mit zu einem abgekapselten Rechner. »Der hängt nicht im Netz. Und wenn es nur Fotos sind, dann können wir ruhig einen Blick darauf werfen, bevor wir sie wegschicken, was denkst du?«

Die beiden Jungs drängten sich vor die Mattscheibe und konnten es kaum abwarten, bis das Bildbetrachtungsprogramm, der *Irfan Viewer*, endlich startete. Sie klickten durch die Bilder. Die Fotos vom Central Park wirkten anfangs noch völlig unspektakulär. Als sie die beiden Männer auf der Bethesda Terrasse sahen, stieg ihre Anspannung.

»Ich denke, jetzt geht's los«, vermutete Patrick.

Bei den nächsten Fotos hielt es die beiden Jungs nicht mehr auf ihren Sitzen. Sie sahen die Darstellungen vom Mars und die Ausschnitte mit dem Salamander. Bei den folgenden Bildern wurde es offensichtlich, dass die Aufnahmen komplett inszeniert und gefälscht waren. Die beiden Jungs sahen die Scheinwerfer für die Ausleuchtung und das Terrarium, aus dem die Salamander für ihren Einsatz in der Modelllandschaft stammten.

»Pat, das ist brisant. Höchst brisant. Die Stories über das angebliche Leben auf dem Mars sind von vorne bis hinten gefälscht. Und wir haben die Beweise. Warte, ich brenne die Daten auf eine DVD.«

Der 15-jährige Patrick wurde unruhig und kratzte sich am Kopf. »Wayne. Versteh doch endlich, wir sind in Gefahr! Ich glaube, die haben den Paparazzi wegen der Fotos aus dem Verkehr gezogen.« Er kramte nach dem Zettel mit der Notiz. »Bist du sicher, dass sie uns nicht finden können, wenn wir die Bilder dorthin schicken?«

Sein Cousin nickte langsam und prägte sich die FTP Adresse ein. »Komm, wir gehen auf den Dachboden, da habe ich noch ein ganz altes Schätzchen. Das Teil ist sicherer und wir hinterlassen keine Spuren im World Wide Web.«

Sie stiegen über eine Holzleiter ins Obergeschoss und bahnten sich den Weg durch einige Spinnweben. Überall lagen alte Einrichtungsgegenstände, von denen sich Wayne's Eltern nicht trennen wollten. Am Ende des Dachbodens befand sich eine Nische, die durch einen Vorhang abgetrennt war. Das alte Schätzchen, von dem Wayne sprach, war ein monochromer Röhrenbildschirm mit einem nostalgisch anmutenden Rechner.

»Der war damals hypermodern! Er lief mal mit Windows 3.1, doch ich habe ihn auf Linux umgerüstet«, erklärte Wayne.

»Wow, ich bin begeistert. Ich dachte schon, dass du mir einen Commodore 64 präsentierst«, gab Patrick an und Wayne staunte, wie gut sich sein Cousin mit den früheren PC Generationen auskannte. Seine Antwort bestand aus nur einem Wort. »Kult.«

Er montierte die Anschlusskabel und fuhr den Rechner in den Betriebsmodus. Die DVD mit den Fotoaufnahmen legte er in ein externes Lesegerät und zog die Aufnahmen auf den Desktop.

»Die Übertragung wird sehr lange dauern«, führte Wayne aus, als er ein Telefonkabel in eine gesonderte Wandbuchse steckte.

»Den heutigen Stand der Technik und die Breitband-Performance kannst du für die nächste Stunde vergessen. Ich habe hier noch eine 64 Kilobit Telefonleitung von anno dazumal. Damals bedeutete das 'WWW' noch das weltweite Warten. Zusätzlich leite ich die Signale über verborgene Dritt-Server quer durch das Darknet, so dass es dem System eine IP Adresse aus Fernost vorgaukelt. Niemand wird uns finden.«

Patrick nickte anerkennend. Er war sich nicht ganz sicher, ob man nicht doch die Spuren zurückverfolgen konnte, aber er schaute seinem Cousin bei den Tastatureingaben begeistert zu.

»An wen senden wir die Bilder eigentlich?«

Wayne zuckte mit den Schultern. »Ich habe keine Ahnung, das geht aus der FTP Kennung nicht hervor. Der Empfänger kann überall und nirgends sitzen.«

# Kapitel 4

*Boston – Kennebunk*

*Sommer 2013*

*Der Alarm*

Tom Davis schlürfte den letzten Schluck vom *French Vanilla* Kaffee aus dem Becher und ließ seinen Blick durch die Glasscheibe über die Erholungszone schweifen. Doch die ruhige und friedliche Aussicht spiegelte nicht die Brisanz der Situation wider. John Smith lehnte sich gerade auf seinem Stuhl zurück, als über ihm ein Alarm mit einem ohrenbetäubenden Lärm schrillte. An den Wänden blitzten rote Signallampen auf und aus den Decken-Lautsprechern ertönten Anweisungen an die Stabsmitarbeiter. Davis sprang augenblicklich von seinem Sitz auf und schrie den *Messenger* in einem Befehlston an.

»Los, aufstehen. Das ist unser Generalalarm. Wir müssen sofort in die Kommandozentrale.«

John Smith zögerte keinen Augenblick und folgte dem Chef vom Dienst. Tom schritt in einem zügigen Tempo durch die Gänge und hatte parallel dazu über sein Funksprechgerät mit seinem Teamleiter den Kontakt aufgenommen. Er schaute zu John.

»Bingo. Wir haben ein Signal abgefangen. Es sieht so aus, als werden gerade die Bilder von den Krabbelviechern durchs Web gejagt«, erklärte er dem Verbindungsmann.

'Wahrscheinlich konnten sie die Quelle ausfindig machen, von wo aus die Salamander-Fotos an eine verdächtige Adresse im weltweiten Netz geschickt wurden', dachte John. Falls es so sein sollte, konnten sie den Sender und den Empfänger ermitteln - und unschädlich machen. John spürte die Aufregung, die mit einem Mal über dem gesamten *Enco*-Hauptquartier lag.

Überall rannten Menschen über die Flure und waren mit ihren Aufgaben beschäftigt. Er kam sich so vor, als stände er inmitten eines Termitenhügels. Offensichtlich wusste jeder exakt, was er zu tun hatte, doch für einen eher unbeteiligten Beobachter, wie John, machte es den Eindruck eines heillosen Durcheinanders.

Sie hatten das Fragment eines Fotos ausfindig gemacht. Darauf waren zwar nur die Teilansichten eines Salamanders zu erkennen, aber das Bilderkennungsprogramm hatte die Authentizität bereits bestätigt. Jetzt arbeiteten die Online-Jäger daran, die Quelle zu lokalisieren. Der Sender musste sich in Nordamerika aufhalten, was jedoch nicht weiter überraschend war. Dass die Aufnahmen innerhalb der kurzen Zeit außer Landes geraten waren, ließ sich mit an Sicherheit grenzender Wahrscheinlichkeit ausschließen. Tom wirbelte höchstpersönlich mit an den Rechnern herum und optimierte die Suchanfragen. Seit dem Augenblick, in dem die Bilddatei eindeutig zugeordnet werden konnte, war es ein Kinderspiel. Auf den Monitoren war genau zu erkennen, über welche Knotenpunkte die Datenpakete gesendet wurden. Die Männer staunten nicht schlecht, als sie den in Frage kommenden Kreis auf weniger als 250 Meilen rund um New York City einkreisen konnten.

»Die Kerle haben sich nicht mal die Mühe gemacht, sich möglichst weit vom Ort des Geschehens zu entfernen. Sie schwirren wahrscheinlich immer noch in der Umgebung herum. Was für ein dilettantischer Verein.«

Tom echauffierte sich geradezu. Es erschien ihm zu simpel. Konnte es sein, dass hier gar keine Profis am Werk waren? Es war an der Zeit, die Miniaturdrohnen in Stellung zu bringen. In wenigen Minuten müssten die Experten den Internetanschluss eingekesselt haben und zeitgleich sollten die fliegenden Augen ihren Auftrag erhalten. Wenn es sich um einen Breitbandanschluss handeln sollte, würden sich die Drohnen in einen der dort vorhandenen WIFI Zugänge einwählen und innerhalb kürzester Zeit das lokale Netz lahm legen. Ein gewisses Risiko bestand nur noch darin, dass für den Daten-Upload eine altmodische Modem-Verbindung eingesetzt wurde. Doch damit rechnete Tom nicht wirklich.

»Wir werden die Typen ausräuchern. Die werden uns nicht noch einmal einen Sonntag verderben.«

Er erhob sich und machte einige Schritte durch den Raum. Für den *Messenger* hatte er keine Zeit mehr übrig. Er sollte gefälligst selbst zusehen, wie er an seine Informationen kam. Der damit beauftragte Mitarbeiter hatte bereits einen Großteil des Kontingents zusammengestellt und deutete John Smith an, dass er sich nicht mehr all zu lange gedulden musste.

John nutzte die Zeit und sah den *Enco*-Agenten bei ihrer Arbeit zu. Er fragte sich, ob es ein repräsentativer Tagesablauf war oder ob die Männer hier normalerweise eine ruhige Kugel schoben, bis mal wirklich etwas passierte. Es war frappierend zu sehen, an wie viele Informationen die Agenten herankamen. Für ihn sah es nach einem nahezu unbegrenztem Zugang aus.

Der *Messenger* ließ seine Gedanken kreisen. Als sie vor einer guten halben Stunde zusammen in der Cafeteria saßen, hatte ihm Tom Davis erklärt, wie sie sich weltweit in die Gespräche bei Mobiltelefonen einklinken konnten. Es reichte aus, die Rufnummer des Gesuchten zu kennen und beim sogenannten *SS7 Protokoll* über die Zugriffspunkte zu verfügen. Dieses Protokoll kam bereits seit den 1980er Jahren zum Einsatz und offenbarte eine der größten Schwachstellen in den Funknetzen. Wer sich in das *SS7 Protokoll* einhackte, konnte Anrufe gezielt umleiten. Noch bevor die Verbindung zu der eigentlichen Zielperson aufgebaut wurde, konnte sich die *Enco* einwählen und unbemerkt im Hintergrund das Gespräch mitschneiden.

Das Verfahren war so simpel wie effektiv. Als es in den 80er Jahren entwickelt wurde, gab es nur einige wenige große Telekommunikationsunternehmen. Inzwischen aber hatten unendlich viele Firmen Zugang zu dem *SS7 Protokoll* - angefangen von den Anbietern der SMS Dienste. Ursprünglich sollte mit dieser technischen Finesse nur sichergestellt werden, dass eine Verbindung nicht abriss, wenn sich einer der Gesprächspartner von einem Funkmast zum nächsten bewegte. Außerdem konnten über *SS7* die Geräte geortet werden, selbst wenn die aktive Funkverbindung in den Geräten ausgeschaltet war.

Noch immer hatten die Telco-Provider die Sicherheitslücke nicht gestopft, weil der unkoordinierte Alleingang einer Gesellschaft dabei eher zu generellen Verbindungsproblemen geführt hätte.

Eine einfache Telefonnummer genügte also für die Identifikation? John schüttelte den Kopf; und es war eine Mischung aus Unverständnis und Begeisterung. Obwohl sein Auftrag an diesem Sonntag einzig und allein darin bestand, die Informationen für eine neue Operation der geheimen Drahtzieher zu besorgen, war er zunehmend fasziniert vom Treiben der Profis. 'Nichts ist spannender als die Wirklichkeit', dachte er und blieb möglichst dicht in der Nähe von Tom.

Der Kommandant wirkte plötzlich aufgeregt, als sein elektronischer Signalgeber am Gürtel vibrierte. Auf dem Display an seinem Armgelenk überflog er die Zeilen der Nachricht. Er schaute zu John. »Es ist soweit. Mister X ist eingetroffen.«

Davis sah angespannt aus, dachte John. »Jack-The-Brain? Von ihm sprechen Sie doch, richtig?«

Der Kommandant nickte und bot ihm an, ihn zu begleiten. An der metallisch glänzenden Tür fing Tom seinen Besucher ab und begrüßte ihn fast überschwänglich. Jack schien unbeeindruckt.

»Großes Kino, Tom? Ihr seid ja der reinste Hühnerhaufen. Überall sehe ich nervöse Gestalten. Und welche Spezies willst du mir mit diesem Zeitgenossen präsentieren?«

Der hochgewachsene Besucher warf einen musternden Blick auf John Smith; nicht umsonst nannte man ihn 'The Brain'. Er schien durch Menschen hindurch zu blicken und ihr Wesen in Sekundenbruchteilen zu erfassen. Jack war völlig in schwarz gekleidet, mit einem Rollkragenpulli und einer eng sitzenden schwarzen Jeans. An seinem rechten Unterarm trug er ein schwarzes Lederarmband mit silbernen Einsätzen und am linken Handgelenk fiel John eine einprägsame Uhr auf. Sie war matt silbern eingefasst und das Ziffernblatt bestand aus abwechselnd schwarzen und weißen Segmenten. Unwillkürlich klebte sein Blick auf der Uhr.

»Hey, was starren Sie so auf meine Uhr? Hallo? Ich habe Sie etwas gefragt«, fasste Jack ungeduldig nach.

John stammelte. »Das Ziffernblatt ist ... ungewöhnlich ... ich habe das so ... noch nicht gesehen. Schwarz ... und weiß.«

Der Mann in Schwarz verzog seine Miene und blickte hinüber zu dem Standortleiter. Tom verstand sofort. »Jack, er ist ein *Messenger* und sammelt Daten für eine neue Operation. Du weißt schon.«

Jack nickte und sein Tonfall wurde versöhnlicher. »So, so. Ein Kundschafter. Sie haben sich nicht den ruhigsten Sonntag in diesem Jahr für Ihre Mission ausgesucht. Bleiben Sie unauffällig, die Kollegen haben heute alle Hände voll zu tun.«

Der Kommandant führte Jack an das zentrale Kontrollpult. Seine Augen rasten in einer irrsinnigen Geschwindigkeit über die Displays, seine Auffassungsgabe war phänomenal.

»Das sieht nach einer ausrangierten Modem-Verbindung aus. Wisst ihr, was ihr seid? Laiendarsteller und Komparsen. Ihr könnt froh sein, dass das keine Profis sind. Die Bilder wären längst über alle Berge.«

Tom schluckte. Er war eigentlich ein hartgesottener Agent und hatte schon die gefährlichsten Einsätze überstanden, doch wenn sich die geballte Kritik eines *Jack-The-Brain* über ihm entlud, so war das schlimmer als jede Moralpredigt. 'Hoffentlich hält er sich zurück, solange es hier im Raum vor Publikum nur so wimmelt', dachte Davis. Er konnte aufatmen; Jack war gedanklich schon einen Schritt weiter.

»Wohin werden die Daten gesendet? Das interessiert mich viel mehr. Der Absender ist offensichtlich ein Anfänger. Den könnt ihr jagen und vernichten, aber der Ansatz ist nur rückwärts gedacht und redundant. Was zählt, ist die ID des Rezipienten.«

Jack schob den fast zwei Meter großen Standortleiter zur Seite und setzte sich selbst an einen der Kontrollmonitore. Seine Augen verfolgten die Datenflussdiagramme, doch sie ergaben noch kein eindeutiges Bild. »Ich brauche die Response-Notierungen der CDN Knotenpunkte. Los besorgt mir die Protokolle der letzten dreißig Minuten.«

So kannte er Jack. Seit Tom das Kommando des *Enco*-Hauptquartiers übernommen hatte, waren die Besuche von ihm legendär. Nicht selten baute der Experte innerhalb weniger Stunden die gesamte Infrastruktur um und stellte die Routineprozesse auf den Kopf. Schließlich waren die Grundkonzepte im Wesentlichen von Jack entwickelt worden und kein zweiter Software-Experte überblickte die gesamte Architektur so gut wie er. Doch Jack hatte seine eigene Agenda. Er war weder ein Agent bei der *Enco*, noch stand er auf der Gehaltsliste der NSA. Niemand wusste genau, für wen er eigentlich tätig war und womit er sein Geld machte.

Manchmal war er für Wochen untergetaucht und unsichtbar wie ein Phantom. Dennoch war er quasi allgegenwärtig und kam mit wenigen Tastaturanschlägen von nahezu jedem Ort auf der Erde in die Netze, wenn er wollte. Seine Kritik war messerscharf und auch wenn er seine körperliche Überlegenheit niemals einsetzte oder in den Vordergrund stellte, so verlieh ihm seine durchtrainierte Statur und das unbändige Selbstvertrauen eine einzigartige Ausstrahlung.

'Die Drohung ist stärker als ihre Ausführung', war einer seiner beliebtesten Sprüche und wenn er einen Raum betrat, so füllte er ihn vollständig mit seinem Charisma aus. Die Menschen in seiner Umgebung waren gleichermaßen eingeschüchtert wie von ihm fasziniert.

In der Zentrale nahm die Hektik von Minute zu Minute weiter zu. Tom wusste nicht, worum er sich zuerst kümmern sollte, denn in diesem Augenblick bekam er die Nachricht, dass sie den Anschluss des Senders lokalisiert hatten.

# Kapitel 5

*New Jersey – Kennebunk*

*Sommer 2013*

*Die Attacke auf die Jungs*


Patrick O'Brien schreckte auf. Sein entgeisterter Blick fiel direkt in das Augenpaar seines Cousins. »Hörst du das?« Er streckte seinen Arm und zeigte nach oben.

Direkt über dem Dach musste mindestens ein Helikopter kreisen. Die Rotorblätter dröhnten über ihren Köpfen und die beiden Jungs spürten die Vibrationen bis in ihre Körper hinein.

»Sie haben uns«, stellte Wayne fest. Er fasste an den Rechner und klopfte zweimal auf das Gehäuse. »Hoffentlich wird der Upload noch fertig, bevor uns die Kerle ausräuchern oder Bomben über uns abwerfen.«

Patrick zitterte am ganzen Leib und spürte die Gefahr. »Lass uns hier abhauen.«

Er zupfte Wayne an seinem Pulli. Doch der Cousin zögerte; er rief noch den Task-Manager auf und überprüfte die Datenübertragung. Dann stürzten die Jungs die Holztreppe hinunter und rannten durch das Erdgeschoss.

»Für solche Fälle wäre ein Keller nicht schlecht«, stöhnte Patrick.

Durch das Küchenfenster strahlten trotz des Tageslichts die hellen Suchscheinwerfer des Hubschraubers. Er flog bedrohlich tief und setzte zur Landung an. Wayne ergriff die Initiative.

»Hey, Pat. Wir nehmen die Fahrräder. Los, im Schuppen habe ich zwei Mountainbikes.«

Patrick dachte für einen kurzen Moment an sein eigenes Fahrrad, welches vor dem Eingang an der Hauswand lehnte.

Doch er schob sämtliche Gedanken an die Alternativen zur Seite; sein Cousin hatte einen Plan und das war besser als jede Diskussion. Einzig wichtig war, so schnell wie möglich aus dem Haus zu kommen. Er warf einen Blick aus dem Fenster. Der Helikopter schwebte dicht über dem Boden und einige schwerbewaffnete Männer sprangen hinaus. Sie stimmten sich ab und zeigten auf das Wohnhaus. Nun galt es, keine Zeit mehr zu verlieren. Die beiden Jungs rannten aus der Hintertür und schnappten sich die Zweiräder. Mit aller Kraft traten sie in die Pedalen und düsten über das unbefestigte Gelände hinter dem Gebäude.

Die Einsatztruppe durchsuchte inzwischen die Zimmer im Erdgeschoss und die Männer verwüsteten alles, was ihnen vor die Linse kam. Bis zum Dachboden waren sie noch nicht vorgedrungen und der Rechner schickte fleißig ein Datenpaket nach dem anderen auf die Reise durch das weltweite Netz. Der Truppführer klopfte sich den Staub von seiner Uniform und lehnte sich lässig an die Eingangstür. Er war mit der Einsatzzentrale verbunden und wartete seine Order ab.

Plötzlich schaltete sich eine andere Person in die Verbindung ein. Es handelte sich um die sonore Stimme von Tom Davis. Er benutzte ein Codewort, welches die bisher geltenden Kompetenzen der Einsatzleitung außer Kraft setzte.

»Ab sofort übernehmen wir die Kontrolle. Mayflower Sunday. Hören Sie? Hier spricht Mayflower Sunday. Die Kennung lautet 1-6-1-8 … Slash … Golden. Haben Sie verstanden? Ab jetzt untersteht der Einsatz meinem Kommando. Es geht um die nationale Sicherheit.«

Sowohl der Truppführer aus dem Helikopter signalisierte seine Zustimmung, wie auch die Einsatzleitung vom FBI, die den Funkverkehr mithörte.

»Aye, aye, Sir«, ertönte es fast im Kanon.

»Die beiden Jungen brauchen Sie nicht mehr zu suchen«, lautete die Anweisung von Davis.

»Die haben sich mit ihren Bikes aus dem Staub gemacht. Wir verfolgen sie mit unseren Kampfdrohnen. Ihre Aufgabe ist es, den Computer zu finden, von dem die beiden die Dateien wegschicken. Die Geräte müssen komplett zerstört werden. Okay?«

»Verstanden, Sir. Müssen wir auf die Verhältnismäßigkeit der Mittel achten?«, erkundete sich der Einsatzleiter vor Ort.

»Fragen Sie nicht so viel. Handeln Sie - und wenn Sie dabei das Gebäude in Schutt und Asche legen müssen.« Davis war erzürnt. Er hasste es, wenn jemand zum falschen Zeitpunkt diskutieren wollte.

Das war unmissverständlich. Ohne Rücksicht auf Verluste sollte die Datenübertragung abgebrochen werden. 'So what', dachte der Truppführer und beorderte seine Kameraden aus dem Gebäude. Er ließ den Hubschrauber wieder aufsteigen und gab die Einsatzbefehle. Mit den Präzisionsraketen nahmen sie zunächst die Fenster im Erdgeschoss ins Visier. Dann durchsiebten sie mit ihren Schnellfeuergewehren die Hausvorderseite. Noch immer wurden die Datenpakete übertragen und der Dachstuhl hielt bislang den Angriffen stand. Die nächste Salve galt dem Obergeschoss und die ersten Holzbalken fingen Feuer. Wenige Sekunden später stand das Fachwerk in Flammen und dichte Rauchwolken zogen in den Himmel. Es grenzte an ein Wunder, dass das alte PC-Schätzchen nach wie vor seine Daten sendete. Davis war außer sich und brüllte den Truppführer über das Headset an.

»Machen Sie dem Rechner endlich den Gar aus!«

Diesmal fuhren sie noch stärkere Geschütze auf und feuerten eine ganze Serie aus den Waffensystemen auf das Gebäude ab. Es war ein gefundenes Fressen für die Reporter, die sich inzwischen in sicherer Entfernung mit ihren Teams positioniert hatten und ihre unzähligen Teleobjektive auf das brennende Haus richteten. Über den Polizeifunk hatten sie unmittelbar zuvor von dem Einsatz Wind bekommen und bereiteten alles für eine Live-Übertragung vor.

Tom Davis schmeckte das überhaupt nicht. Er bekam ein Zeichen von einem seiner Mitarbeiter, dass im TV schon die ersten Schlussfolgerungen zu einem möglichen Zusammenhang mit den tödlichen Schüssen in New York gezogen wurden. In diesem Augenblick erhielt er endlich die Bestätigung, dass die Datenleitung inaktiv war. Er atmete tief durch.

Es war allerhöchste Zeit, sich aus der Aktion zurückzuziehen.

»Hier Mayflower Sunday. Sie haben die Mission erfüllt. Machen Sie ab jetzt alleine weiter. Roger, over and out.«

Vor Ort sah es aus wie nach einem Bombenangriff in einem Kriegsgebiet. Die Anwohner waren aus ihren Häusern gestürmt und drängten sich hinter das Absperrband. Die Männer vom FBI sicherten den Einsatzort weiträumig ab. Niemand von ihnen wollte eine Stellungnahme abgeben, so sehr sich die Berichterstatter auch darum bemühten. Die TV-Reporter wendeten sich an die Menschen aus der Nachbarschaft. Ein junger Mann sollte in dem Haus gelebt haben. Allerdings wussten die Anwohner so gut wie nichts über ihn, außer seinen Namen, Wayne. Es wurde wild spekuliert, ob er sich zur Zeit des Angriffs im Haus befunden hatte. Aus der Ferne waren die Sirenen der Rettungswagen zu hören; ganz allmählich legte sich die Rauchwolke über die Szenerie und verharrte in Bodennähe.

Die beiden Jungs, Patrick und Wayne, hielten sich auf einer Anhöhe neben einem Wasserturm versteckt. Sie hatten ihre Arme umeinander gelegt und beobachteten fassungslos das Geschehen. Ihnen war klar geworden, dass sie nur um Haaresbreite mit ihrem Leben davon gekommen waren. Die Drohnen, die über ihnen in der Luft schwebten, nahmen sie nicht wahr. Zu sehr waren sie mit ihren Gedanken in diesem Moment bei den Bildern des Salamanders.

# Kapitel 6

*New Jersey – Kennebunk*

*Sommer 2013*

*Aufregung im Hauptquartier*

Tom Davis stellte den Kaffeebecher auf den Tisch. Er nickte zufrieden. Dennoch wusste er, dass er in den Augen von Jack-The-Brain keine Glanzleistung vollbracht hatte. Der *Messenger* wiederum verfolgte das Geschehen und war froh, dass er nur ein Zaungast bei diesem Spektakel gewesen war. Er strich sich über sein Kinn. Er traute sich nicht, eine Frage zu stellen und murmelte die Worte nur leise vor sich hin.

»Mayflower Sunday. 1-6-1-8. Das klingt direkt weihevoll. Ob der Code etwas mit dem berühmten Segelschiff aus England zu tun hat?«

Der Standortkommandant reagierte barsch auf die Worte, die ihm nicht entgangen waren.

»Schnauze. Wenn Sie sich in unsere Mission einmischen wollen, werfe ich Sie sofort aus dem Kontrollzentrum. Aber wenn es Sie beruhigt. Ja, die Pilgerväter waren damals nicht die einzigen Passagiere auf der Mayflower. Mit ihnen kam auch das Gedankengut unserer Urväter mit nach Amerika. Seitdem steuern unsere Auftraggeber, also auch Ihre Chefs verehrter Mister Smith, das wahre Geschehen in der Neuen Welt. Da staunen Sie, oder? Mayflower Sunday. Ja, ja. Von oberster Stelle bekommen wir bei allen staatlichen Aktionen über spezielle Codes ein Hintertürchen, mit dem wir für eine begrenzte Zeit das Kommando übernehmen können.«

Der *Messenger* nickte. Er kramte in seinem Gedächtnis nach der historischen Reise der Mayflower.

»War es denn das Jahr 1618, als das Schiff an der amerikanischen Ostküste ankam?«, erkundigte sich John Smith.

Der Kommandant schüttelte ungeduldig seinen Kopf. »Nein. Die Zahlenkombination spielt auf etwas anderes an. Die Jolle landete nämlich erst 1620 vor Cape Cod. Am 11. November wurden dort die Anker geworfen.«

Ein Schmunzeln zog sich über das Gesicht von Smith.

»Am elften Tag im elften Monat? Na, wenn einem diese Zahl nicht bekannt vorkommt. Die elf ist ja auch bei unseren Auftraggebern sehr beliebt. Wenn ich mich recht erinnere, soll sogar zumindest eines der 9/11 Opfer ein Nachfahr von den Mayflower-Passagieren gewesen sein. Wie war doch gleich der Name? White? Hm.«

Er wurde jäh in seinen Gedankengängen unterbrochen. Jack haute mit seiner flachen Hand auf den Tisch, dass es laut knallte.

»Das ist kein Thema für heute! Damit Sie klar sehen. Die *Operation Salamander* ist kläglich gescheitert. Das wird Ihrem Chef nicht gefallen. Da dürfte inzwischen mächtig die Hütte brennen. Unzensierte Dateien der arrangierten Fotoaufnahmen irren durch das weltweite Web und sie müssen um jeden Preis aufgehalten werden. Darum geht es heute. Um nichts anderes. Halten Sie sich also gefälligst zurück.«

Mit einem kräftigen Schub gegen die Schulter drückte er den Kundschafter in einen Sitz und starrte wortlos auf den Zentralmonitor.

# Kapitel 7

*London*

*Sommer 2013*

*Der Angriff auf Joes' Studio*

Es war bereits nach zehn Uhr und der Abendhimmel über London nahm in der Dämmerung eine malerische Rotfärbung an. Es war ein heißer Sommertag gewesen und gerade im Dachgeschoss stand die Hitze förmlich unter der Decke. Joe rannte im T-Shirt durch sein Studio und überprüfte die Temperaturen seiner Rechner. Seine Klimaanlage hatte vor einigen Tagen den Geist aufgegeben und der Kühlschrank, der prall gefüllt mit einem Cola-Reservoir und sonstigen Soft-Drinks mitten im Raum stand, strahlte zusätzliche Wärme ab.

Joe wischte sich den Schweiß von der Stirn. Wie an jedem Abend führte er eine Datensicherung der Laufwerke durch und archivierte die Bandspeicher in einem feuersicheren Schrank. Ganz unten im Regal lagen einige Stangen eines hoch explosiven Sprengstoffs. Sie waren weniger einer paranoiden Ausprägung geschuldet als seinem untrüglichem Sinn für die Sicherheit. *Be prepared* war sein Lebensmotto. Für den Fall, dass sein Versteck eines Tages auffliegen würde, waren alle Mechanismen vorbereitet, dass sich sämtliche Daten binnen weniger Minuten in Luft auflösen würden - beziehungsweise als Kohlenstoff endeten. Nach den jüngsten Ereignissen musste Joe davon ausgehen, dass dieser Tag näher denn je kommen könnte. Rosanna war überstürzt nach Norwegen gereist, weil sie eine tödliche Gefahr für Peter und seinen Sohn Robert witterte. Entweder steckte sie dort noch fest oder sie war schon hinter den eisernen Vorhang ins russische Niemandsland abgetaucht.

Joe wusste von den geplanten Anlaufpunkten, hatte ihr jedoch versprochen, sie nur auf dem konventionellen Weg zu kontaktieren und alle digitalen Kommunikationsmöglichkeiten bis auf Weiteres auszuklammern.

Der Computerexperte verbrachte seine Tage in London und bereitete inzwischen ein weltweites Treffen aller verbündeten Teammitglieder vor. Bislang hatten sich die rebellischen *Enco* Agenten nur in kleinen Gruppen getroffen; noch nie hatten sie sich weltweit alle gemeinsam getroffen. Er schätzte, dass sie mittlerweile auf annähernd 60 Mitkämpfer zählen konnten. Ihr Ziel war klar, doch um wen es sich bei ihrem Feind handeln würde, blieb vollkommen im Unklaren. Trotz aller Simulationen, kam Joe bei der Suche nach den geheimnisvollen Drahtziehern keinen wirklichen Schritt nach vorn.

Er selbst war nie in der *Enco* gewesen. Wahrscheinlich hätte er auch gar nicht die Aufnahmekriterien erfüllt. Über seine Kontakte in der Hackerszene lernte er vor einigen Jahren Rosanna kennen und sie versorgte ihn anfangs mit kleineren Rechercheaufträgen. Als sich 2011, nach den letzten größeren Aktivitäten und der *Operation Sonnenwende* herauskristallisierte, dass sich eine ganze Reihe der *Enco*-Agenten immer kritischer gegenüber den geheimnisvollen Auftraggebern aufstellten, war für Joe klar geworden, dass er ebenso zu dieser rebellischen Bewegung gehören wollte.

So wie er Rosanna in den Jahren immer besser kennengelernt hatte, war für ihn deutlich geworden, dass auch sie einen inneren Wandel durchlaufen hatte. Bei ihrem Einsatz der 9/11 Inszenierung stand sie noch zu hundert Prozent hinter den Motiven der *Enco* und konnte sich voll und ganz mit den Zielsetzungen identifizieren. Die *Operation Sonnenwende*, zehn Jahre später im Jahre 2011, lief im Zeichen der Überprüfung ihrer früheren Kontakte ab. Vorrangig ging es um die Analyse, ob aufgrund der in 2001 gefälschten Persönlichkeitsprofile noch irgendetwas ans Tageslicht kommen könnte. Das konnte am Ende ausgeschlossen werden, doch die *Operation Sonnenwende* hatte bei Rosanna etwas grundlegend verändert. Joe mutmaßte, dass es an ihrer Begegnung mit Peter Berg lag. In jedem Falle hatte sie anschließend der ehemalige *Enco* Agent Martijn endgültig auf die andere Seite gezogen.

Seitdem lebte sie in ständiger Angst, entdeckt zu werden. Sie und die Mitstreiter agierten offiziell nach wie vor für die *Enco* und befanden sich in einem vorübergehenden Sleep-Modus. Zu jedem möglichen Zeitpunkt konnten sie wieder reaktiviert werden und für neue Einsätze von der *Enco* angefordert werden. Ihnen war bewusst, dass sie dauernd überwacht wurden. Wann immer sie sich zu geheimen Treffen verabredeten, waren extreme Sicherheitsvorkehrungen notwendig. Dafür war Joe zuständig und er hatte permanent neue Methoden zur Datenverschleierung entwickelt. Daneben beschäftigte er sich in jeder freien Minute damit, endlich herauszufinden, wer sich hinter den geheimen Auftraggeber überhaupt verbergen konnte.

Angeblich sollten die Drahtzieher eine weitreichende Organisation gemäß den Prinzipien des früheren Illuminatenführers Adam Weishaupt geschaffen haben. In der Form einer binären Aufbauorganisation. An einen Vorgesetzten berichteten jeweils zwei Mitarbeiter und an jeden von ihnen weitere zwei Kollegen. Und so fort. Dadurch ergaben sich auf der dritten Ebene sieben Mitglieder. Eins plus zwei plus vier. Auf der vierten Ebene kamen weitere acht hinzu – dort waren es also 15 insgesamt. Das setzte sich in weiteren Zweier-Potenzen fort und auf diese Art und Weise wurden Entscheidungen schnell getroffen und umgesetzt. In der Regel kannte jedoch jedes Mitglied nur seinen jeweiligen Chef und die eigenen Mitarbeiter sowie deren Reports. Bestenfalls wussten die Peers noch von denjenigen, die sich auf derselben Ebene befanden. Dadurch war die Durchlässigkeit nach oben sehr gering. Und niemand wusste, wie weit oben er in der Hierarchie stand, denn der Informationsfluss wurde extrem vertraulich gehandhabt. Außerhalb der disziplinarischen Linien agierten die sogenannten *Messenger*. Die Boten und die Kundschafter. Sie überbrachten die Aufträge an die ausführende Organisation, an die *Enco*. Die *Messenger* waren das Bindeglied, die Verbindungsoffiziere. Zugleich bildeten sie eine Firewall.

Sie sorgten für die Abschottung und gewährleisteten die absolute Geheimhaltung ihrer Auftraggeber. Joe war überzeugt davon, dass auch Politiker zu allen Zeiten Besuche von den *Messengern* erhielten und nicht selten in ihren Entscheidungen beeinflusst worden waren.

Doch es war ihnen nicht beizukommen. In bislang keinem einzigen Fall konnte Joe eine Spur der Verbindungsmänner zurückverfolgen; in seinen Augen waren sie ausgesprochene Profis. Auch über die im Verborgenen agierenden Drahtzieher konnte er nichts in Erfahrung bringen. Es war wie verhext. Vielleicht gab es eine ganz einfache Erklärung. Er fand jedoch keine Lösung, so oft er sich seinen Kopf schon darüber zermartert hatte. Auf einem seiner Monitore lief das weltweite Screening der Nachrichtenkanäle und Joe verfolgte die Meldungen aus New York über den erschossenen Fotografen. Er nahm sich zur Abwechslung eine Dose Ginger Ale aus dem Kühlschrank und schritt seine Serverbatterie ab.

Plötzlich stutzte er. Auf einem der Kontrollpanels blinkte ein Alert auf. Das Signal stammte von einem seiner ältesten Systeme.

»Trari, trara, die Schneckenpost ist da«, summte er vor sich hin. Er machte es sich in einem Liegesessel bequem und legte seine Beine verschränkt nach oben auf einen meterhohen Aktenschrank. 'Das kann dauern', dachte er, als er den Zahlenwert der Übertragungsrate registrierte.

»Eine 64 Kilobit Leitung, ich wüsste nicht, wer noch so steinzeitlich unterwegs ist.«

Sein Desinteresse verschwand schlagartig, als er die ersten Bilder sah. Joe wusste augenblicklich, worum es sich bei den Fotos handelte. Es waren eindeutige Beweise, dass das angebliche Leben auf dem Nachbarplaneten eine durch und durch inszenierte Story war. Von höchster Stelle angeordnet.

»Mit diesen Aufnahmen wird das ganze Lügengerüst in sich zusammenfallen und dann sollten wir in Bezug auf 9/11 auch endlich mal die Wahrheit ans Licht bringen«, sagte er entschlossen.

Fasziniert beobachtete er, wie sich ein Foto nach dem anderen auf seinem Bildschirm aufbaute. Es war äußerst viel Geduld dabei gefragt. Seine Gedanken waren deshalb schon bei ganz anderen Dingen. Schnell kombinierte er, dass die Aufnahmen vielleicht von dem erschossenen Fotografen stammen konnten.

»Heureka«, schrie er plötzlich auf. Ihm war eine Idee gekommen. Eine geniale Idee.

Mit einem Mal rannte er wie von der Tarantel gestochen durch sein Studio und versetzte seine schnellsten Rechner in Aktion.

Joe griff über die Tastatur direkt in die Rechenvorgänge ein und in einer atemberaubenden Geschwindigkeit ratterten die alphanumerischen Zeichen über die Bildschirme. Über einen Re-Router hatte er sich in ein weit entferntes Netz eingewählt und versuchte von dort aus im weltweiten Verbund der Netzwerke und Datenleitungen genau die aktuell an ihn übertragenen Daten wieder zu finden. *Beobachte die Beobachter*, flüsterte er vor sich hin. Die Fotos hatten bestimmte Charakteristika, die nachverfolgbar sein konnten. Nach wenigen Minuten hatte er die Verbindung gefunden. Obwohl die Datenpakete in viele kleine Teile aufgesplittet waren und über unterschiedliche CDN's, die sogenannten Content Delivery Networks, inzwischen mehrmals über die Knotenpunkte in aller Welt gelenkt wurden, so konnte Joe die Ursprungskanäle bereits nach wenigen Rechenprozessen ausfindig machen.

Er startete einen Voice-Recorder und diktierte seine Kommentare.

»London. Ich bin im Studio. Es ist gleich 22.30 Uhr. Die Bildübertragung läuft an eine meiner früheren FTP Adressen. Wer auch immer sich diese ausrangierte Adresse notiert hat, er stammt keinesfalls aus unserem aktuellen Umfeld. Die gewählte Sicherheit beim Datentransfer ist erstaunlich gut. Die Kehrseite der Medaille ist jedoch eine extrem langsame Übertragung. Der Absender sitzt in New Jersey, im Stadtteil Paterson. Es wird ein völlig veraltetes Betriebs-System eingesetzt. Ein dilettantischer Versuch, die Herkunft zu verschleiern. Meine Re-Router Programme machen hingegen nach einem Return-Ausschlussprinzip eine eindeutige Zuordnung möglich. Es sind keine Profis am Werk. Sie haben eine under-cover IP Adresse in Singapur gewählt. Easy to identify. Die Anschlussdaten bekomme ich in spätestens 60 Sekunden. Es sieht nach einer Anfängeraktion aus. Das Fotomaterial ist um so professioneller. Damit kommt der *Mars-Fake* zu Fall. Stopp. Gerade ist der Beweis gelungen, dass ich den Übertragungsweg eindeutig identifizieren kann. Daraus folgt jedoch, wenn *ich* es geschafft habe, so wird es den NSA Profis genauso schnell gelingen. Parallel schneiden die Profis in der *Enco* Zentrale alle Informationen mit und folgen dem Datenstrom. Dann wird es ein Kinderspiel sein, mich als Empfänger ausfindig zu machen.«

Joe öffnete eine neue Dose vom Ginger Ale und kippte den Inhalt gierig seine Kehle hinunter. Obwohl er fürchten musste, dass sein Versteck auffliegen würde, blieb er völlig ruhig. Es gehörte zu seinem Plan. »*Beobachte die Beobachter*«, wiederholte er und startete an einem Rechner einen neuen Vorgang.

»Durch diese hohle Gasse muss er kommen. So Jungs, sobald ihr diesen Kanal auswählt, um mich zu finden, habe ich euch!« Er feixte vor Freude. »Okay, okay. Ich kann euch nicht allzu lange an der Nase herumführen. Irgendwann findet ihr mich und mein Studio. Das werde ich leider nicht verhindern können, wenn ich andererseits die Fotos haben möchte. Aber liebe Freunde«, er hob seinen Zeigefinger und stellte beim Voicerecorder die Pegelstärke weiter nach oben. »In diesem Moment werde ich auf exakt demselben Kanal, auf dem ihr mich gefunden habt, zurück durch die Datenleitungen zu euch reisen. Und ich greife direkt bei euch die Daten vor Ort ab, wie es noch nie zuvor jemand geschafft hat. Hä, hä, hä.«

Er hatte eine richtig dreckige Lache, wenn er sich freute. Joe genoss den Moment seiner eigenen Genialität. Er würde wie ein Trojanisches Pferd zwar seinen eigenen Standort preisgeben - wenn auch so verzögert wie möglich - doch solange er sich noch in der Deckung befand, konnte er beliebig das Umfeld derjenigen ausspionieren, die ihn gerade auszukundschaften versuchten. Mit den schnellsten Prozessoren nahm er seine Spüraktionen auf. Nach nicht einmal einer Minute klatschte er in die Hände.

»Ich bin drin.« Joe hatte Zugang zu allen Informationen, die auf den Arbeitsservern im *Enco* Hauptquartier lagen. Es wurde Wirklichkeit, was er bislang nie für möglich gehalten hatte. Für einen kurzen Moment lang boten die *Enco* Firewalls keine Sicherheit mehr, da Joe sich exakt auf demselben Datenstrom, der ihn und seine Rechner überprüfen sollte, quasi rückwärts in der entgegengesetzten Richtung voran tastete. Ihm war klar, dass sich dieses Fenster jederzeit wieder schließen konnte. Deshalb saugte er so viele Daten wie möglich ab. Es waren noch zahlreiche Aufzeichnungen im Cache Speicher der letzten Stunde vorhanden. Audioaufnahmen, Videomitschnitte und Tastatureingaben. Was für ein Dreiklang. Dabei war ihm zu diesem Zeitpunkt völlig egal, um welche Informationen es sich handelte. Die Auswahl würde er später treffen.

Joe rannte durch sein Studio; er musste alles für den bevorstehenden Abbruch vorbereiten. Die Notstromaggregate waren bereits in Gang gesetzt und er hatte die redundante Datenspeicherung angestoßen. Während er die meisten Archivdaten schon über die Monate hinweg in komprimierter Form auf möglichst wenige Datenkassetten kopiert hatte, lagen die Bänder für die finale Sicherung nun auf dem Tisch neben dem Serverturm. Eine Kassette nach der anderen platzierte er in den Einschub-Fächern des Bandroboters. Die Prozesse liefen automatisch ab. Er schnappte sich seinen Survival-Rucksack und verstaute die bereits bespielten Bänder darin. Das einzige, was bei seiner Backup-Speicherung noch fehlte, waren die brandaktuellen Daten, die gerade über die Monitore flimmerten.

Joe war vor Freude außer sich. »Yeah. Mein Location-Finder war erfolgreich. Jungs, ihr seid verdammt unvorsichtig gewesen. Na, mal sehen, wo ihr steckt.«

Er zoomte den Kartenausschnitt auf die maximale Größe und suchte den nächstgelegenen Ort heraus.

»Kennebunk … Kennebunkport«, las er vor. »Das liegt direkt am Atlantik. Südlich von Portland in Maine. Hossa. War dort nicht auch der Sommersitz des amerikanischen Präsidenten George W. Bush Senior? Oder in allernächster Nähe?«

Joe suchte die Karte nach einem Flughafen ab. »Tatsächlich, in Portland ist der nächste Airport. Und wenn mich nicht alles täuscht, hatten damals auch die angeblichen September-Attentäter den Zubringerflug von Portland in Maine nach Boston genommen. Zufälle gibt's. Ts, ts.«

Er speicherte alle Daten ab. Den exakten Ursprungsort konnte er zwar nicht ermitteln, denn die genaue Geolocation wanderte auf der Karte hin und her. Er vermutete, dass es sich dabei um die unterschiedlichen Knotenpunkte handelte, die angesteuert wurden. Außerdem ging Joe davon aus, dass der wahre Standort des *Enco* Hauptquartiers bewusst versteckt angelegt worden war. In einem Waldareal oder tief unter der Erde - hinein gehauen in einen Felsen. Insgeheim tippte er auf das Letztere. In diesem Fall würde ein unterirdisches Datenkabel zu den verschiedenen Knotenpunkten führen, die wahlweise angewählt wurden. Die Hinweise fügten sich logisch ineinander. Was er nach und nach auf seinen Bildschirm zauberte, war einzigartig.

Er war nicht nur auf einem Rückkanal direkt in das Netz seiner Verfolger gelangt, sondern er wusste nun auch, wo sie sich versteckt hielten. Nach Belieben steuerte er die Funktionen und konnte sogar die Überwachungskameras des *Enco* Kontrollzentrums dirigieren.

»Da haben wir die Bande ja endlich.« Joe speicherte in Intervallen Screenshots ab und zeichnete den gesamten Datenstream auf. Es war zwar nicht möglich, auf den Videoaufzeichnungen einzelne Personen zu erkennen, aber vielleicht würden sie später Rosanna oder einem anderen aus dem Team bekannt vorkommen. Manche Einstellungen vergrößerte er und suchte nach auffälligen Details. Bei der Armbanduhr von einem der Männer stutzte er. Das schwarz-weiße Ziffernblatt kam ihm bekannt vor. Die Uhr erinnerte ihn an die Schilderungen von Rosanna; angeblich trug Jack Henkins, der Agent für Spezialaufträge, ebenfalls solch eine Uhr. Doch Henkins war tot, soweit er wusste. Und seit seinem Einsatz in Norwegen verloren sich all seine Spuren.

Joe klinkte sich in die Unterhaltung vor Ort ein und er schnitt die Audiosignale mit. Außerdem hoffte er, dadurch zu erfahren, wie weit sie ihm bereits auf den Fersen waren. Auf dem Bildschirm sah er drei Männer. Die Stimmen waren nur undeutlich zu verstehen.

»... und? Hat der fremde Besucher jetzt endlich seine Daten?«

Die Frage stammte offensichtlich von dem Mann am rechten Bildrand; bei ihm hatte Joe die sonderbare Uhr entdeckt. Die Antwort gab der Mann in der Mitte. »Du sprichst von dem *Messenger*? Ja. Er hat alles, was er wollte. Wahrscheinlich will er sich das Spektakel mit ansehen, wie wir die Nester ausräuchern.«

Der Mann rechts neben ihm wurde unruhig. »Wir sind hier nicht im Kino. Der Typ soll abhauen. Sag ihm das. Und ... habt ihr endlich das Signal geortet? Das dauert ja eine Ewigkeit. Gleich setzte ich mich selbst an die Zentralsteuerung.«

»Bleib ruhig, Jack. Es wird schon ...«

Hatte Joe das richtig gehört? Schon wieder gab es jemanden mit dem Namen Jack und offensichtlich war damit derjenige gemeint, der die Uhr trug.

'Merkwürdig', dachte er. Tagelang war nichts passiert und nun kam es faustdicke. Jeden Augenblick konnte der Shitstorm losbrechen und sein System komplett lahm legen. Joe fuhr seine Rechner sukzessive herunter und dann klemmte er sämtliche Kabelverbindungen ab. Alle lokalen Daten waren gelöscht und die gesicherten Daten befanden sich schon längst in seinem Rucksack. Nur ein einziger letzter Rechner griff noch fleißig die Daten aus dem geheimen Rückkanal ab, während Joe auf einem eingeblendeten Monitorfenster verfolgte, wie weit sich seine Verfolger im Netz zu ihm herangetastet hatten. Sie waren inzwischen beim Internet Knotenpunkt in UK angekommen; zunächst im Großraum London und schließlich in der City.

»*Time to say Good-Bye*«, summte Joe vor sich hin und suchte auf dem PC nach der Originalmelodie. Auf dem Mediaplayer wählte er die Wiederholungsfunktion und *Andrea Bocelli und Sarah Brightman* sangen ihr zauberhaftes Duett ein ums andere Mal und mit jeder Wiederholung um einige Dezibel lauter. Mit einem letzten Gruß an seine Widersacher zog er den Datenstick aus dem Rechner und bereitete sich zum Aufbruch vor.

Joe drückte einen roten Knopf an der Wand. Die digitale Zeituhr war auf fünfzehn Minuten eingestellt - und sie lief rückwärts gegen Null. Seine letzten Blicke durchs Studio waren von Wehmut geprägt. In den vergangenen Monaten hatte er sich hier unter dem Dach sehr wohl gefühlt. Vergangen und vorbei. *Time to say Good-Bye.*

# Kapitel 8

*London*

*Sommer 2013*

*Die blaue Lichtpyramide*

Der Trupp der Spezialeinheit sprang in voller Montur aus dem Einsatzwagen. Die Männer waren schwer bewaffnet und hatten ihre Camouflage Uniformen mit den schusssicheren Westen sowie ihre Springerstiefel an. Die Helme waren aus einem speziellen Kunststoff-Material gefertigt, welches wesentlich leichter als herkömmlicher Stahl war. An der Kopfbedeckung war allerlei technischer Schnickschnack befestigt. Ein drahtloses Mikrofon, eine Infrarot-Kamera sowie ein seitlich angebrachter Miniaturmonitor. Die Männer hatten eine ganz bestimmte Straße in diesem Londoner Bezirk ins Visier genommen und die Zufahrtsstraßen waren bereits weitläufig abgesperrt. Der Truppführer blickte an dem Gebäude hoch.

»Das ist es. Unser Zielobjekt befindet sich ganz oben unter dem Dach. Wir stürmen.«

Der Londoner Nachthimmel war klar und die ersten Sterne waren zu sehen, als ein ohrenbetäubender Lärm die Stille durchbrach. Mehrere Hubschrauber sicherten den Luftraum ab; sie patrouillierten quer durch den Bezirk und leuchteten die Straßenfluchten mit ihren kräftigen Scheinwerfern aus. Das dröhnende Geräusch der Rotorblätter hallte von den Häuserwänden wider und die Anwohner versteckten sich ängstlich hinter ihren Fenstern. Unten auf der Straße stand ein Polizeibeamter und rief mit einem Megafon zur Ruhe auf. Die Männer der Spezialeinheit brachen die Eingangstür auf und rannten die Treppe nach oben. Bei jeder Wohnung klingelten sie und trommelten gegen die Türen, um die Bewohner zu warnen.

»Wir müssen bis nach ganz oben. Unters Dach«, rief der Anführer. Mit einem kleinen Team bildete er die Vorhut. Nur wenige Momente später standen die Männer vor den Codeschlössern, die den Zugang zu Joe's Studio versperrten. Ohne zu zögern, schossen sie mit ihren Schnellfeuergewehren auf die kleinen Kästen rechts und links an der Tür, bis Funken daraus blitzten und eine Rauchsalve herausschoss. Der Anführer trat gegen die Tür. Doch es tat sich nichts.

»Los, helft mir«, rief er den anderen zu. Alle fünf traten mit vereinten Kräften gegen die Stahltür, bis sie endlich aufsprang.

»Holt den Rest der Kompanie!«, brüllte der Anführer und begab sich zur nächsten Tür, die vor ihnen lag. Sie wiederholten die Prozedur und dieses Mal ging es wesentlich einfacher. Die Männer durchforsteten das Studio. Sie rissen jede Schublade auf und schauten in alle Schränke. Vor der Badezimmertür postierten sie sich vorsichtig, riefen einige Warnappelle und schossen sich dann den Weg frei.

»Hier ist niemand«, rief einer der Männer.

»Hallo Zentrale, bitte kommen, wir sind in der Wohnung. Das Zielobjekt scheint nicht mehr da zu sein. Wie lautet der Auftrag?« Der Anführer hatte den Kontakt zur Einsatzleitung aufgenommen und wartete auf die Anweisungen. In diesem Augenblick vernahmen sie ein Geräusch. Zwischen den beiden Zugangs-Türen war im Flur eine Stahlplatte aus der Decke hinunter gerasselt und verschloss ihnen den Rückweg.

»Was ist das für eine Scheiße?«, schrie einer der Männer und rüttelte an der Platte. Er zückte seine Maschinenpistole und wollte dagegen schießen.

»Stopp«, befahl der Anführer. »Spinnst du? Die Kugeln prallen doch ab und können uns treffen, du Idiot.«

Sie versuchten, die Stahlplatte zur Seite zu drängen, doch es gelang ihnen nicht. Der Raum war hermetisch verschlossen, einzig die Dachfenster boten einen Weg ins Freie. Die wiederum thronten in einer Höhe von geschätzten vier Metern, das war zu hoch für die Männer. Der Anführer nahm erneut den Kontakt mit der Zentrale auf und forderte Hilfe an. Kaum hatte er die Verbindung mit einem *Roger and Over* beendet, alarmierte einer der Männer seine Kollegen. »Das müsst ihr euch ansehen. Hier tickt eine Uhr.«

Er deutete auf die digitale Anzeige an der Wand. Mit einem fragenden Blick an den Chef der Truppe richtete er sein Schnellfeuergewehr auf den Kasten. Der Anführer nickte und mehrere Salven an Munition zerstörten den Mechanismus. Doch das stoppte den Vorgang nicht. Im Gegenteil. An der Wand geradewegs vor ihnen hatte sich ein Monitor angeschaltet und ein Video startete vollautomatisch. Es handelte sich um eine Filmkonserve, die schon vor einiger Zeit aufgezeichnet worden war. Joe höchstpersönlich erschien auf dem Bildschirm und richtete seine Botschaft an die Eindringlinge. Sie starrten gebannt auf das Video und wagten es nicht, auch noch den Monitor mit ihren Waffen zu zerstören.

»Ich grüße Sie«, sagte Joe mit fester Stimme. »Es ist außerordentlich bedauerlich, dass Sie ungebeten in meine bescheidene Bleibe eingefallen sind. Ich hatte Sie nicht eingeladen. Daher sehe ich mich gezwungen, gewisse Sicherheitsvorkehrungen einzuleiten. Sie können beruhigt sein, es gibt nichts mehr für Sie zu tun. Alle wichtigen Daten befinden sich längst an einem sicheren Ort. Was Sie vorfinden, ist nur die Hardware. Dennoch, verehrte Gäste, es bleibt mir keine andere Wahl, als ganz sicher zu gehen. Nicht einmal die Hardware wird Ihnen oder jemand anderem in die Hände fallen - für irgendwelche gottverdammten Analysen. Schwer zu sagen, wie viel Zeit Ihnen noch bleibt. Aber vielleicht hat ja einer von Ihnen einen Blick auf die kleine Apparatur an der Wand geworfen? Da Ihnen die Fluchtwege bereits versperrt sind, tippe ich auf eine knappe Minute. Dann dürfte der Boden hier ziemlich heiß werden. Und das sage ich nicht nur so. Denn alles wird in wenigen Augenblicken zerstört werden. Sie eingeschlossen.«

Im Hintergrund lief ein Musikstück *Time to say Good-Bye*. Der Bildschirm wurde dunkel und die Männer sahen sich ratlos an.

»Leeres Geschwafel«, rief der Anführer. »Der Typ soll nur ein Computerfreak sein. Schießt ins Mauerwerk neben der Stahltür und dann nichts wie raus hier, Leute.«

Die Spezialtruppe konnte noch so viel unternehmen, es war aussichtslos. Tatenlos mussten sie zusehen, wie ein Rechner nach dem anderen explodierte. In jedem PC schien eine Ladung Sprengstoff versteckt zu sein. Der Raum war bereits von Qualm durchzogen, als einer der Soldaten seinen rechten Schuh anhob.

Er fühlte mit der Hand an seinem Stiefel. »Jungs, der Boden ist kochend heiß!«

Ein anderer beugte sich hinunter und legte kurzzeitig die flache Hand auf den Bodenbelag. Er bestätigte die Gefahr. Sie konnten quasi zusehen, wie der PVC Belag weich wurde und an ihren Schuhsohlen hängen blieb. Jemand stocherte mit dem Gewehr in der viskosen Masse herum und sah die rotglühenden Heizspiralen, die im Boden verliefen.

»Ach du Scheiße. Eine Fußbodenheizung, die wie ein Wasserkocher funktioniert.«

Der Anführer brüllte seine Truppe an. »Hat einer von euch den Hauptschalter gesehen? Hier muss es doch eine verdammte Versorgungsleitung oder zumindest einen Anschlusskasten geben.«

Er rief in der Kommunikationszentrale an und bat dringend darum, im gesamten Straßenzug die Stromversorgung auszuschalten. Das war jedoch wirkungslos, da Joe seine Notstromaggregate längst gestartet hatte. In der Wohnung zündeten im Sekundentakt Nebelbomben und verwandelten den Raum in die reinste Räucherkammer. Für die Angreifer gab es keine Chance mehr. Sie feuerten verzweifelt mit ihren Waffen auf die Geräte und versuchten, dem brodelnden Boden zu entkommen. Sie kletterten auf Stühle und Schränke. Nichts half. Das Studio war zu einem tödlichen Gefängnis geworden. Den Schlussakkord in Joe's Abwehrmechanismus bildeten die Explosionen unter dem Dach in einem orgiastischen Staccato. Die Ziegel wurden förmlich nach oben weggesprengt und dichte Rauchschwaden zogen in den Londoner Nachthimmel.

Die oberste Etage glich einem Trümmerfeld. Der hölzerne Dachstuhl war in Flammen aufgegangen und es blieben nur noch die Grundmauern neben dem gemauerten Drempel ringsherum stehen. An drei Ecken dieser etwa einen halben Meter hohen Wand erstrahlten kräftige LED Leuchten in einem hellblauen Licht. Die Lichtstrahlen verliefen schräg diagonal nach oben in den Nachthimmel und trafen sich in einem gemeinsamen Punkt. Die Anordnung der Scheinwerfer bildete ein regelmäßiges Dreieck; wie auch die drei Strahlen, deren Reflexion im aufsteigenden Qualm ein weithin sichtbares Zeichen hinterließ. Drei Dreiecke. Eine Pyramide.

Die LED Strahler waren jeweils durch ein halbkugelförmiges Gehäuse aus Panzerglas geschützt – Joe hatte an alles gedacht. Und so schlug auch der Befehl an die Hubschrauberpiloten ins Leere, dass sie die Scheinwerfer mit Präzisionsschüssen auslöschen sollten.

Auf einem Stahlschrank in der obersten Etage hockte einer der schwerverletzten Männer und richtete seinen Kopf in den Himmel. Mitten im dichten Qualm sah er schemenhaft die blau leuchteten Strahlen und hörte die Musik. *Time to say Good-Bye.* »Ein Zeichen. Es ist eine blaue Pyramide.« Dann fiel sein Kopf auf den Stahlschrank und der Mann verlor das Bewusstsein.

Tausende Kilometer entfernt beobachteten die Männer im *Enco* Hauptquartier das Geschehen. Sichtlich geschockt. John Smith mischte sich ein und wandte sich an die beiden Männer.

»Oh, oh. Die BBC überträgt das Zeichen in die ganze Welt. Das hätte wohl nicht passieren dürfen. Und dann noch die hübsche Melodie dazu. *Time to say Good-Bye.* Oh, oh.«

Das Fernsehen übertrug die Livebilder aus London. Die Rauchschwaden waren durch weite Teile des Stadtgebiets gezogen und die Menschen in der britischen Hauptstadt waren in Aufruhr. Überall wimmelte es von Sicherheitskräften und die TV Reporter fingen so viele Stimmen und Kommentare wie möglich ein. Die Haupteinstellungen zeigten dabei immer wieder das gesprengte Gebäude und die Lichtpyramide, die als weithin sichtbares Symbol über der Stadt prangte. Aus mehreren 1.000 Watt Boxen lief in einem ständigen Wiederholungsmodus der Song *Time to say Good-Bye* von *Andrea Bocelli und Sarah Brightman.* Das warf bei den Bürgern der Stadt an der Themse noch mehr Fragen auf, als der Anschlag auf das Gebäude an sich. In der *Enco* Zentrale platzte Tom Davis nach den Bemerkungen des *Messengers* der Kragen. Er konnte mit der Süffisance seines Gastes einfach nichts anfangen.

»Halten Sie endlich die Schnauze«, rief Tom. »Es ist ein Drama. Ein Fiasko. Die Task Force in London hat ihn nicht gefasst. Der Freak ist abgehauen. Noch schlimmer ist, dass er im Gegenzug *unsere* Daten abgegriffen hat.«

Jack beugte sich nach vorne. »Er hat *was* getan? Habe ich das richtig gehört?«

Tom nickte. »Er muss irgendwie durch unsere Firewalls hier hineingekommen sein, als wir ihn ausfindig gemacht haben. Schöne Scheiße.«

»Ich sagte es schon; ihr seid ein verdammter Haufen von Dilettanten.« Jack warf seine Arme in die Luft. »Gut, dass ich nie bei euch im Verein war. Das wird jetzt viel Ärger geben. Sehr viel verdammten Ärger.«

Der *Messenger* mischte sich erneut ein. »Ich bin auch nicht in der *Enco*. Aber das mit dem Ärger, das stimmt. Da kommt einiges auf Sie zu.«

»Wer hat dich denn gefragt, du mieser Kerl?« Tom Davis war außer sich und überlegte krampfhaft, welche Informationen sie in den letzten Minuten möglicherweise preisgegeben haben konnten. »Hey, Mister *Messenger*. Ich muss nachdenken. Haben Sie in den letzten dreißig Minuten von der neuen Mission gesprochen. Von dieser *Operation WHELO* oder so?«

John Smith strich sich über das Kinn. »Oh, oh, das wird dem Boss überhaupt nicht gefallen. Ob wir über *WHELO* sprachen? Vielleicht, ... oder? Ja, doch. Sagte ich nicht, dass die Operation um ein Haar *Orion* geheißen hätte? Mann, und jetzt auch noch die leuchtende Pyramide am Nachthimmel. Da wäre der Name *Orion* so 'was von passend gewesen.« Er lachte.

Tom schlug mit der Faust auf den Tisch. »Eins ist nun klar. Die Salamander-Arie ist Geschichte. Ein für alle Mal. Die Bilder sind in den falschen Händen gelandet und was wir vorher nur geahnt haben, ist zur Gewissheit geworden. Wir haben einen Feind. Irgendwo da draußen.«

»Okay, Tom. In Ihrer Haut möchte ich nicht stecken. Dennoch, das mit dem Feind ist vielleicht eine Spur überdramatisiert. Wir werden sehen.« Er strich sich mit dem Finger über den goldenen Manschettenknopf.

»Hey, Mister *John Messenger*«, ergänzte Jack. »Der Typ hat das Zeichen der Dreiecke gewählt. Gleichseitige Dreiecke, wenn ich die TV Bilder richtig entziffere. Das ist mit Sicherheit kein Zufall. Ich sehe das genauso wie Tom; wir haben es mit einem ernstzunehmenden Gegner zu tun. Erstmals, so lange ich denken kann. Egal wie eure Operation heißt, ob *Salamander*, *Orion* oder *WHELO*. Es gibt eine Gefahr, die wir nicht unterschätzen dürfen. Sagen Sie das Ihrem Vorgesetzten. Hören Sie?«

Der Kundschafter John Smith strich sich bedächtig durchs Haar und legte eine Strähne seitlich über die Stirn.

»Reagieren Sie nicht so barsch meine Herren. Ich werde Report erstatten. In allen Einzelheiten. Und übrigens, auch wenn Sie wahrscheinlich bislang von etwas anderem ausgegangen sind, mein Chef ist eine *Sie*!«

# Kapitel 9

*Santorin*

*Sommer 2013*

*Die neue Nummer Sieben*

Die Ägäis war im Hochsommer ein beliebtes Revier für Kreuzfahrten und die großen Ozeanriesen waren auf den Routen in der griechischen Inselwelt im wöchentlichen Rhythmus unterwegs. Immer mehr Gäste fanden auf den schwimmenden Luxushotels ihre Urlaubsunterkunft und mittlerweile waren 2000 Reisende auf einem Schiff keine Seltenheit. Die Costa Pacifica fuhr unter der italienischen Flagge und hatte vor der Küste der Insel Santorin den Anker geworfen. Malerisch wie ein Halbmond lag das vulkanische Eiland in allernächster Nähe. Es gab keine Mole, an welcher der Ozeanriese hätte festmachen können, und so mussten alle Gäste für den Landgang mit den Tenderbooten auf die Insel gebracht werden.

Die Reisende in Kabine 1007 - einer Kabine, die zu den sogenannten Samsara Suites auf dem zehnten Deck gehörte - war in Venedig an Bord gegangen. Sie trug eine weiße Bluse und einen beigefarbenen, kurzen Rock. Ihre langen Beine wirkten in den modischen High Heels noch länger, als sie es ohnehin schon waren. Die Frau strich sich langsam über ihr glattes, braunes Haar; sie stand auf dem Balkon und blickte auf die Insel. Vor Tausenden von Jahren hatte ein Vulkanausbruch die Insel größtenteils zerstört und nur die Reste der einstigen Insel und den inzwischen im Wasser liegenden Krater, die Caldera, zurückgelassen. Doch an der Geschichte von Santorin hatte die Frau keinerlei Interesse. Sie packte ihre gesamte Kleidung in eine Reisetasche, die sie mit von Bord nehmen wollte.

Dann hängte sie das Schild *Do not disturb* vor ihre Kabinentür und wählte auf ihrer Musikanlage einen Song der britischen Band *Genesis* an. *The Carpet Crawlers.* Sie summte die Melodie leise mit. *A Salamander scurries into flame to be destroyed.* Ein diabolischen Lächeln spielte um ihre Lippen.

»Auf nimmer Wiedersehen, Salamander.«

Sie setzte sich an den Schminktisch und klappte das Display von ihrem Laptop hoch. Mit rasender Geschwindigkeit flogen ihre Finger über die Tastatur. Sie beendete die Eingaben mit einem kräftigen Druck auf die Enter-Taste und beobachtete die Prozesse am Rechner. Sie hatte sich ins Bordnetz eingehackt und durchforstete die Passagierliste. Die Suche galt einer Person, die ihr möglichst ähnlich sah. Am Vortag hatte sie an Deck eine Frau in ihrem Alter gesehen, die für ihr Vorhaben in Frage kam.

»Signora Bonatti. Wie nett. Sie sind bereits heute früh von Bord gegangen und plopp...«, sie setzte ein Häkchen in einem dafür vorgesehenen Feld, »... jetzt sind Sie wieder an Bord. Jedenfalls laut der Übersicht im System.«

Das war der Plan. Da sie selbst von Bord gehen wollte und nicht vorhatte, am Abend wieder zurückzukehren, borgte sie sich die Daten einer anderen Reisenden aus. Es war ein Kinderspiel. Mit einem mobilen Drucker erstellte sie sich einen kleinen Sticker, den sie über den Barcode auf ihrer Schiffskarte klebte. Am Ausgang wurde von der Security jeder Gast erfasst, der zum Landgang von Bord ging. Nur so ließ sich bei den über 2000 Gästen kontrollieren, ob am Abend wieder alle Personen auf dem Schiff waren. Wenn also die echte Signora Bonatti nach dem Ausflug zurückkehrte, konnte die Vollzähligkeit vermeldet werden und niemand konnte nachvollziehen, ob stattdessen eine andere Dame an Land geblieben war.

Die Frau aus der Kabine 1007 schloss die Schränke und schaute nach, dass sie nichts vergessen hatte. Dann begab sie sich auf das untere Deck, an dem die Tenderboote festmachten. Vor ihr in der Sicherheitsschleuse war ein junges Paar. Es handelte sich unverkennbar um Japaner. Der Mann war Mitte dreißig und blickte unablässig zu ihr hinüber. Sie war schön, keine Frage, überlegte sie. Dennoch sollte er sich in ihren Augen gefälligst um seine eigene Frau kümmern, um die kleine rundliche Japanerin mit den langen schwarzen Haaren.

Kurz und knapp. Nicht anders, als es zu erwarten war.

Die Entfernungen auf Santorin waren wirklich sehr überschaubar. Die Bebauung längsseits des Weges wurde immer spärlicher, bis der Fahrer das Auto am Ende einer unbefestigten Straße stoppte. Er ließ Victoria vor dem zweiflügligen Stahltor aus dem Auto. Da stand sie nun mit ihrer wehenden Bluse und dem Sonnenhut. Von einem Mann namens Benedikt war weit und breit nichts zu sehen. Sie drückte die Klingel an der weißen Mauer und wartete bis sich das Tor langsam wie von Geisterhand öffnete. Victoria schritt den langen, staubigen Weg entlang und kam zu einem herrschaftlichen Anwesen. Die Hauswände waren völlig in weiß getüncht und die blauen Dachziegel schufen eine idyllische Harmonie. Zwischen den Gebäuden öffnete sich der Blick auf das tiefblaue Meer der Ägäis.

Nach einer kurzen Weile kam ein schlanker Mann aus einem der Häuser. Er war eingehüllt in ein langes, weißes Gewand, welches bis zu seinen Sandalen reichte. Über den Kopf hatte er sich die Kutte des Umhangs gezogen, so dass man sein Gesicht kaum sehen konnte. Vicky erkannte den Mann dennoch sofort an seinem Gang. Schon seit vielen Jahren war Benedikt ihr Vorgesetzter. Immer wenn *er* auf der Karriereleiter einen Schritt nach oben gemacht hatte, so dauerte es nicht allzu lange, bis er Victoria in der Hierarchie nachzog und sie auf die nächste freie Position beförderte. Mit ihrer nun bevorstehenden Promotion würde sie erstmals auf die gleiche Ebene wie Benedikt kommen. Der Mann öffnete seine Arme und begrüßte seinen Protegé.

»Vicky, endlich. Wie lange ist es her?«

Die Frau lächelte. »Noch gar nicht so lange. Zwei, drei Monate vielleicht.«

»Komm, ich zeige dir die Räume.«

Benedikt führte sie in das Gebäude auf der rechten Seite. Ihre Sachen und die Reisetasche legte sie dort in einem Wandschrank. Alle elektronischen Geräte kamen in eine große schwere Metallkiste, die anschließend unter einer Bodenklappe verstaut wurde.

»Es gibt hier meilenweit keinen Sendemasten und wir sind völlig abgeschnitten von der Außenwelt. Und genau aus diesem Grund sind wir auch an diesem Ort und nicht etwa in Athen.«

Er gab ihr einen Übersichtsplan von der Anlage und erklärte den Ablauf des Nachmittags. Vicky's Neugier war grenzenlos.

»Ben, werde ich alle anderen persönlich kennenlernen?«

Er nickte. »Allerdings musst du Abstriche machen, was den Grad des persönlichen Treffens angeht. Klar, du wirst die Bekanntschaft mit ihnen machen und wirst mit ihnen im selben Raum sein, wenn du deinen Plan vorstellst. Anschließend werden wir auch alle zusammen zu Abend speisen. Ich denke, dass es keine Einschränkungen bei der Kommunikation geben wird. Nur *sehen* wirst du die oberen Drei wohl nicht. Es ist sehr selten, dass sie sich im Kreis der Sieben offenbaren.«

Ben nahm einen weißen Umhang aus dem Schrank, so einen wie er selbst trug, und reichte ihn an Victoria - zusammen mit einem Bündel Handtücher.

»Hier, nimm die Sachen. Am besten machst du dich jetzt fertig. Im Nebenraum ist ein Bad. Da kannst du dich frisch machen. Und ich muss wohl nicht erwähnen, dass du unter dem Umhang nackt sein wirst.«

Victoria warf ihrem Mentor einen musternden Blick zu und schnappte sich ein Handtuch. Als sie wieder aus dem Bad kam, stand sie in der Tür, wie Gott sie geschaffen hatte. Den Umhang in der linken Hand, den rechten Arm hinter den Kopf verschränkt. Ben hatte auf sie gewartet und schaute sie bewundernd an. »Du bist unglaublich schön, Vicky.«

Mit langsamen Schritten ging sie auf ihn zu. Den Kopf leicht gesenkt, blickte sie Ben für einen kurzen Moment direkt in die Augen. Dann griff sie zum Umhang und warf ihn sich über ihren Körper. »Nun tu mal nicht so, als hättest du mich noch nie nackt gesehen.«

Ben drehte sich zur Seite und schien in Gedanken versunken zu sein.

Sie föhnte sich die Haare und versteckte sie unter der Kapuze. Anschließend führte Ben sie über den Innenhof hinüber in eines der anderen Gebäude. Als sie hineingingen, vernahm Victoria seltsame, musikalische Klänge. Handelte es sich dabei um Musik aus Indien? Ihren fragenden Gesichtsausdruck beantwortete Ben, indem er seinen Finger auf die Lippen legte.

»Psst. Sag kein Wort, wenn du nicht gefragt wirst«, flüsterte er und zeigte ihr die Räume.

In einem großen Saal befanden sich zwei massive Podeste. Es waren riesige Steinquader, die mit einer weichen Auflage gepolstert waren. Zwei Männer lagen darauf unbekleidet, mit dem Gesicht nach unten, und wurden massiert. Ihre Rücken glänzten ölig im flackernden Kerzenlicht, das den gesamten Raum erfüllte. Wohlriechende Düfte rundeten die Stimmung ab und die indischen Musik-Klänge schufen eine beruhigende Atmosphäre. Es war das *Guru Brahma Mantra* von *Deva Premal & Miten with Manose.*

Vicky war förmlich in eine andere Zeit versetzt worden und fühlte, wie ein wohliger Schauer über ihren Nacken lief. 'Das müssen zwei der obersten Führer sein', schoss es ihr durch den Kopf und sie drehte ihr Gesicht zu Ben. Als ob er ihre Gedanken lesen konnte, nickte er wortlos.

Ben ging zu dem Mann, der auf dem linken Steinblock lag, und signalisierte ihm die Ankunft von Victoria.

»Sie ist hier«, flüsterte er.

Unbeeindruckt von den Worten genoss der Mann, wie die kräftigen Hände der Asiatin über seinen Rücken glitten und ihn massierten. Die Frau platzierte heiße Steine auf der eingeölten Haut und sie deckte seinen Rücken anschließend mit einem hellen Leinentuch ab. Es dauerte eine ganze Weile, bis der Mann seine Stimme erhob.

»Wir heißen dich willkommen, Victoria. Die Siegreiche. Der Name ist gut gewählt. Du bist die Siebte in unserem Kreis und machst uns komplett.«

Das war alles. Es folgte kein weiterer Kommentar. Der andere Mann auf der rechten Seite hob danach nur einmal kurz seine rechte Hand zur Bestätigung. Irgendwie hatte sich Vicky die Begrüßungszeremonie anders vorgestellt, doch sie verhielt sich völlig ruhig und lauschte dem Mantra der Musik. Die Zeit schien still zu stehen. Vicky wusste nicht, wie viele Minuten verstrichen waren, als Ben sie an die Hand nahm und in einen Nachbarraum zog.

»Hey, was war das denn für ein Ritual? Sind das unsere Chefs?«, erkundigte sie sich.

Ben nickte. »Oh, ja, zwei von ihnen. Die obersten Drei sind die mächtigsten Männer auf unserer Erde. Was geschieht, wird geduldet oder gesteuert, wie du weißt.«

Sie setzte sich auf eine steinerne Bank.

»Die beiden Frauen, die Masseurinnen, sind sie nicht ein Sicherheitsrisiko? Die könnten doch etwas mitbekommen.«

Ihr Förderer schüttelte seinen Kopf. »Die beiden sind taub. Und im Übrigen haben unsere Sicherheitsteams diesen Ort schon Monate zuvor überprüft und vorbereitet. Weltweit gibt es mehr als dreißig geheime Locations, die wir für die Treffen nutzen. Du wirst es sehen, in manchen Jahren kommen wir nur ein oder zweimal zusammen und in anderen Jahren kann es bis zu sechs Treffen geben. In diesem Kreis beraten wir uns und wenn unsere Entscheidungen gefallen sind, lassen sie sich durch nichts auf der Welt mehr stoppen.«

»Mein Vorgänger...«, Victoria legte eine Pause ein und wartete die Erklärung ab.

Ben schluckte. »Schlimme Geschichte. Er gehörte zu unseren größten Talenten, die wir je gehabt haben. Bedauerlich, dass am Ende alles schief ging.«

»Es waren die Datenleaks, die Enthüllungen und die Fotos, die schließlich zum Abbruch von der *Operation Salamander* führten?«

Er nickte. »Du sagst es. Es kam mächtig dicke in diesem Jahr. Wir waren zwar auf die möglichen Gefahren durch die Datenaffäre vorbereitet. Mit einer proaktiven Aufdeckung wollten wir einen Einblick geben, was die globalen Geheimdienste - allen voran die NSA, die *National Security Agency* - an Überwachungsaktionen durchführen.«

»Ich verstehe nicht. Proaktiv? Das hat doch für weitaus mehr Wirbel in der Bevölkerung gesorgt, als wenn alles im Geheimen weiter gegangen wäre.«

»Eben nicht. Die sogenannten Enthüllungen waren wohl dosiert und die Reaktionen der Öffentlichkeit haben sich schließlich im Rahmen gehalten.«

Vicky nickte. »Eddie Downsen?«

»Jeder hat eine Rolle zugeteilt bekommen. Doch die meisten wissen selbst nicht, welche Rolle es ist und sind sich dessen nicht bewusst. Diesen Part hatten wir eigentlich im Griff. Als dann aber in New York die Übergabe der Salamander-Dokumente fotografiert wurde, geriet die Operation außer Kontrolle.«

Vicky beugte sich nach vorne. »Wie du weißt, war ich vor meiner Berufung in euren Zirkel lange genug in der *Enco* und eine der vorrangigen Aufgaben war immer die Einhaltung der absoluten Verschwiegenheit. Überleg doch mal. 9/11 ist bis heute nicht richtig ans Licht gekommen. Was denkst du, Ben? Warum gab es bei der *Operation Salamander* diese Pannen?«

»Das ist ein Rätsel. Nicht, dass es nicht auch vorher schon mal undichte Stellen gab. Aber es war meistens verschmerzbar. Doch spätestens seit den Explosionen in London wissen wir, dass wir einen Gegner haben und wir vermuten, dass es innerhalb der *Enco* eine Gruppe von Abtrünnigen gibt. Eins steht jedenfalls fest; früher oder später werden wir alle Verräter finden und zunichte machen.«

»Du redest von dem besonderen Licht-Zeichen in London?«

Ben nickte. »Ja, das war eine Anspielung auf die *Triangular Files* und auf den Aufbau unserer Organisation.«

Vor ihrem geistigen Auge hatte Victoria die Konstruktion des innersten Zirkels. An den Anführer berichteten seine beiden Kollegen, die wiederum über jeweils zwei Direktreports verfügten. Der oberste Führer bildete die erste Ebene, die zwei Personen unter ihm befanden sich auf der zweiten Ebene und weitere vier stellten das dritte Level dar. So wie es schon der Illuminat Adam Weishaupt vorgegeben hatte. Der Aufbau der Organisation folgte in den Potenzen der Zahl zwei. Victoria war inzwischen bei der dritten Hierarchiestufe angekommen. *Eins* plus *zwei* plus *vier* ergab sieben. Vicky war nun die Nummer Sieben und zugleich die erste Frau, die es so weit nach oben geschafft hatte.

Ben weckte sie aus ihren Gedankengängen. »Das ist noch nicht alles. Der zentrale Punkt war die Übergabe der Dokumente im Central Park. Davon wussten nur ganz wenige. Je länger ich darüber nachdenke, umso weniger finde ich eine Erklärung. Fast hat es den Anschein, dass jemand einen Tipp gegeben hatte. Jemand, der genauestens im Bilde war. Ein Insider.«

Victoria stutzte. »Ein Insider? Wer? Die normalen Agenten bekommen doch nur selten die brisanten Details mit. Oder denkst du etwa an einen hochrangigen *Enco* Offizier? Hast du jemanden Bestimmten im Auge oder kommt auch einer der *Messenger* in Frage?«

Er zuckte mit den Schultern. »Keine Ahnung. Aber es scheint, dass wir ab sofort noch mehr auf der Hut sein müssen.«

»Ben, du sagtest, dass mein Vorgänger als ein großes Talent galt. Wenn etwas an deiner Whistleblower-Theorie dran sein sollte, dann klingt es ja fast so, als ob seine Operation sabotiert wurde. Was wird nun aus ihm?«

»Wird? Du scherzt, meine Liebe. Er ist tot.«

Sie schluckte und brachte nur ein einziges Wort heraus.

»Wie?«

Ben stand auf und machte ein paar Schritte. »Es gibt hier in der Anlage einen runden Schacht, er ist in den Fels bis auf die Meereshöhe getrieben. Hunderte Meter tief. Eine bedauerliche Geschichte. Gestern hatten wir mit deinem Vorgänger die letzte Aussprache. Am Ende biss er auf die berühmte Kapsel, lief schreiend zum Brunnen und stürzte sich in die Tiefe.«

»Wie schrecklich. Zyankali?«

Benedikt nickte. »Es war eine *Decipill*. Die Entscheidungs-Pille. Die Sache war alternativlos.«

Ein Schauer lief über ihren Rücken. Sie hatte bereits von dem tödlichen Dragee gehört. Bei der *Decipill* sollte der Tod innerhalb von 60 Sekunden eintreten. War es bei ihrem Vorgänger ein Suizid aus Enttäuschung oder hatten sie ihm gar keine andere Wahl gelassen? Eins wurde ihr dadurch schlagartig klar. Sie war mit ihrer Mission zum Erfolg verdammt. Die Eintrittskarte in den erlauchten Kreis der letzten Sieben war verbunden mit dem gelungenen Abschluss einer Operation von internationaler Tragweite. Ihre Erfahrung aus der Zeit als Agentin bei der *Enco* wollte sie sich dabei zu Nutze machen und sie hatte sich vorgenommen, die Fäden bis zum Finale selbst in der Hand zu behalten, so dass ihr niemand dazwischen funken konnte. Die Warnung von Benedikt vor einem Maulwurf bestätigte sie in ihrer Vorgehensweise umso mehr. Ganz ohne Zweifel war sie nicht. Würde sie die hohen Erwartungen erfüllen können? Doch einen Weg zurück gab es jetzt eh nicht mehr. Sie blickte stumm in das Augenpaar von ihrem Förderer.

Von draußen hörten die beiden einen Glockenschlag. Es war das Zeichen, dass sich alle im Atrium einfinden sollten. Ben ging voran und stellte sie den anderen vor. Alle hatten sich ihre Kapuzen übergezogen und die Gesichter lagen im Schatten. So sehr Victoria auch versuchte, jemanden zu erkennen, so wenig gelang es ihr. Das darauffolgende Zeremoniell mutete merkwürdig an. Die Gemeinschaft versammelte sich im Kreis um ein im Boden eingelassenes Mosaik, eine Windrose mit den vier Himmelsrichtungen. Alle sieben Personen fassten sich an den Händen. Die Männer blickten zu Boden und murmelten einen Text. Auch Victoria schaute nach unten.

'Es klingt wie ein Vaterunser', dachte sie und war ein wenig irritiert, denn der oberste Führungskreis kam ihr in diesem Moment eher wie eine Sekte vor, und nicht wie ein Entscheidungsgremium, welches über den Lauf der Welt bestimmte. Am Ende ihres Mantras blickten die Männer auf und wandten ihre Blicke nach Osten, wie Victoria unschwer an der Windrose erkennen konnte. Die tiefstehende Abendsonne hinter ihnen warf lange Schatten in den Innenhof. So verharrten sie für einige Sekunden.

»Memento mori. Memento lux.« Die Stimme gehörte offensichtlich zur Nummer Eins.

'Gedenkt der Toten und gedenkt dem Licht', übersetzte Vicky und verfolgte neugierig die Prozedur. An den Wänden des Atriums wurden Fackeln angezündet und das flackernde Licht sorgte für eine zeitlose Atmosphäre. Am Horizont verschwand die Sonne im Meer, während die Temperaturen in der Anlage noch immer angenehm warm waren. Gemeinsam ging die Führungscrew ins Hauptgebäude, wo bereits ein reichhaltiges Buffet aufgebaut war. Sie kosteten die Speisen und unterhielten sich in einer lockeren Atmosphäre. Vicky zupfte Ben an seinem Ärmel. »Wer hat dafür gesorgt, das habt ihr doch nicht alles selbst zubereitet?«

Er lachte. »Wo denkst du hin? Nein. Das wurde schon am Nachmittag aufgebaut. Nenn sie die fleißigen Helfer. Aber die sind jetzt alle weg. Wir sind ganz für uns allein in der Anlage. Bist du nervös? Gleich hast du deinen Auftritt.«

Sie nahm die Kapuze ab und strich sich durch die Haare.

»Nervös? Nein, ich kann es kaum erwarten.«

Nachdem sie sich gestärkt hatten, führte die Nummer Eins seine Mannschaft in den Sitzungssaal. Für die nächste halbe Stunde gehörte die Bühne Victoria. Es war eine ungleiche Rollenverteilung; sie hatte sich die Kopfbedeckung abgestreift, während die anderen sechs vor ihr saßen und ihre Gesichter komplett verhüllt hatten.

Sie begann ihre Darstellung mit einem Zitat des preußischen Generals Carl von Clausewitz. »Der Angriff soll einem kräftig getriebenen Pfeil und nicht einer Seifenblase gleichen, die sich bis zum Zerplatzen ausdehnt.«

Damit hatte sie sofort den richtig Nerv des Gremiums getroffen. Victoria machte ihre Sache gut. Mal begab sie sich an das Flipboard und skizzierte die Handlungsoptionen. Dann wiederum schilderte sie ihr Vorhaben sehr anschaulich. Ihre Operation hatte sie bewusst so angelegt, dass in jeder Phase aus mehreren Varianten ausgewählt werden konnte. *Multitasking by options* nannte sie die Methode. Sie wollte sich möglichst lange offen halten, mit welchem Handlungsstrang sie das Finale einleiten würde. Auf diese Weise konnten auch die beteiligten exekutiven Agenten möglichst lange im Dunkeln gelassen werden.

»Es wird eine Operation, bei der die Welt den Atem anhalten wird. Und das im wahrsten Sinne des Wortes.«

Mit einem fulminanten Schlussakkord hatte sie ihre Ausführungen beendet und erfreute sich des Applauses und der Zustimmung. Die Nummer Eins erhob sich und ging auf sie zu.

»Gratuliere. Das haben Sie wirklich gut gemacht. Ich habe nicht den geringsten Zweifel daran, dass Sie bei der Umsetzung auch nur das kleinste Detail dem Zufall überlassen werden.«

Vicky machte innerlich einen Luftsprung. Sie hatte ihre Feuertaufe bestanden und der Anführer fuhr fort.

»Die Rahmenbedingungen sind erfüllt. Es wird ein Anschlag sein, bei dem niemand den Urheber ausmachen kann. Und einstürzende Türme sind auch wieder mit im Spiel. Prächtig. Nach Belieben werden wir dafür sorgen, dass es der richtigen Gruppierung in die Schuhe geschoben wird. Es werden dabei Menschen sterben. Nicht wenige. Doch vor dem Hintergrund unseres übergeordneten Ziels, ist dieser Verlust wohl nicht zu vermeiden. Und wenn schon. Es laufen genug von ihnen auf dem Planeten herum und führen ein erschreckend sinnfreies Leben. Wenn alles nach Plan verläuft, wird es zum nächsten großen Krieg kommen. Albert Pike hat es vorhergesehen.«

Er lachte kurz auf.

»Jedenfalls werden wir dafür sorgen, dass seine Prognosen eintreffen.«

Einer nach dem anderen ging an Victoria vorbei und drückte ihr die Hand. Gerade als wieder das erste Gemurmel aufkam, meldete sich der Anführer noch einmal zu Wort.

»Victoria. Wie heißt die Operation eigentlich? Die Operation, bei der die Welt den Atem anhalten wird.«

Sie wartete noch einen kurzen Augenblick ab, bis sich bei allen die Spannung aufgebaut hatte. »*Operation WHELO*, Sir.«

Ein etwas kleinerer Mann zu ihrer Linken, hakte mit heller Stimme nach. »*WHELO*, was soll das bedeuten? Wo ist der Bezug zu dem, was Sie uns hier lang und breit erklärt haben?«

Vicky kostete ihren Triumph voll aus. »Lassen Sie sich überraschen. Der Name macht erst dann einen Sinn, wenn es soweit ist.«

# Kapitel 10

*Santorin*

*Sommer 2013*

*Grünes Licht für die Operation WHELO*

Nachdem Vicky ihren teuflischen Plan vorgestellt hatte, öffnete einer der Männer einen großen Wandschrank. Ein reichhaltiges Sortiment an verschiedensten alkoholischen Getränken kam zum Vorschein. Erlesene Weine aus aller Welt. Edle Spirituosen, vom italienischen Grappa bis hin zum französischen Armagnac. Es war dem Anführer vorbehalten, die Flasche Champagner zu öffnen und die Gläser zu füllen. Sie prosteten sich zu; immer noch verhüllt mit ihren Kapuzen auf dem Kopf. Nach einigen Runden, bei denen die Sektkelche ständig neu aufgefüllt wurden, nahm Ben seine Kollegin an die Seite.

»Du weißt, was gleich folgt? Deine feierliche Aufnahme in den Zirkel.«

Vicky nickte. Davon gehört hatte sie schon, doch sie hatte keine genaue Vorstellung, wie es ablaufen würde. Die verschworene Gruppe der sieben Personen ging eine Treppe hinab ins Untergeschoss. Der Raum war erfüllt von blumigen Düften und an den Wänden flackerte das Kerzenlicht. Dazu erklang orientalische Musik mit einem sirenenhaften Gesang. Vicky war kurz davor, ohnmächtig zu werden. 'Ich brauche dringend Sauerstoff', dachte sie. Die Mischung aus Alkohol, den Düften und der mystischen Musik hatte sie total benebelt. Aus einer Seitennische kam eine Frau in einem blauen Kleid auf sie zu und führte sie in einen Nebenraum. Die Frau nahm ihr den Umhang ab und bat sie, ihre Sandalen auszuziehen. Auch ihren Schmuck und sogar ihre Ohrringe musste sie ablegen. Völlig nackt stand sie nun im Raum und die Frau begutachtete ihren Körper. Vom Hals abwärts musste Victoria vollständig rasiert sein. Perfekt, es gab nichts weiter zu tun und die Frau legte den Rasierer unbenutzt zurück auf die Kommode vor dem Wandspiegel. Dann wurde Victoria am ganzen Körper eingeölt. Ihre Haut glänzte goldgelb im warmen Licht der Kerzen.

'Wer ist diese Frau?', überlegte Vicky, doch ihr blieb keine weitere Zeit zum Nachdenken. Sie wurde zurück in den Raum für das Zeremoniell geführt und die fremde Frau verschwand – genau so schnell, wie sie aufgetaucht war.

Vor einem altarähnlichen Podest sollte sich Victoria hinstellen und einen Text vorlesen. Nach jeder Zeile legte sie eine Pause ein und die Männer, die hinter ihr standen, wiederholten die Zeile im Chor. Es war eine unbekannte Sprache und Vicky tat ihr Bestes, die Aussprache hinzubekommen. Am Ende folgte die Zahl sieben, so viel verstand sie. Die Zahl wurde mehrere Male mit zunehmender Intensität wiederholt. Sieben, sieben, sieben. Die göttliche Zahl. Der Anführer ging auf Vicky zu und nahm ihre linke Hand. Er steckte ihr einen schwarzen Ring über den Mittelfinger.

»Damit sind wir verbunden. Jetzt bist du eine von uns.«

Ben reichte ihr den Umhang und die Sandalen. Schnell zog sie sich wieder an. Nur verschwommen nahm Vicky die Bilder wahr; sie musste sich erst einmal setzen.

Die Musik ertönte lauter und der Alkohol floss weiter in Strömen. An den Wänden steckten überall blaue Lotosblumen in kleinen Öffnungen. Nach einer Weile kam die fremde Frau zurück und mit ihr im Schlepptau erschien eine Gruppe sehr attraktiver junger Frauen. Sie warteten im Nebenraum und waren nur leicht bekleidet. Was dann folgte, war für Vicky kaum noch zwischen Traum und Wirklichkeit zu unterscheiden.

Ben nahm sie an die Seite und erklärte.

»Nimm es, wie es kommt. Wir hatten vorher eine Diskussion darüber, doch niemand wollte mit den alten Traditionen brechen. Es war schon immer so, dass wir die Zusammenkünfte lustvoll ausklingen ließen. Musik und Alkohol und schöne Frauen. In unseren Statuten war es bislang nicht vorgesehen, dass eine Frau in den Kreis der letzten Sieben aufgenommen wird. Lass dich einfach fallen.«

Er gab ihr eine Maske.

»Ben, es sind aber zehn Frauen, das geht zahlenmäßig nicht auf.«

Er schmunzelte. »Nicht? Lass deiner Fantasie den freien Lauf und genieße es einfach.«

Nun setzten sich auch alle anderen die venezianisch anmutenden Masken auf und ließen ihre Umhänge fallen. Einer der Männer huschte an die Musikanlage und wählte einen klassischen Titel. Es war der Zweite Satz aus der Neunten Sinfonie von Ludwig van Beethoven. Zu den leichten Rhythmen der Musik betraten die grazilen Frauen den Raum und ließen ihre körperlichen Reize wirken. Als die Klänge immer monumentaler und gewaltiger wurden, gesellten sie sich zu den Männern und ließen ihre Kleider auf den Boden fallen. Die fremde Frau in dem blauen Kleid beobachtete das orgiastische Treiben und es war lange nach Mitternacht, als sie ihre Mädchen wieder zusammenrief und sich mit ihnen auf den Heimweg machte. Vicky fiel in tiefe Träume; sie musste die Ereignisse des Tages erst mal verarbeiten.

# Kapitel 11

*Santorin*

*Sommer 2013*

*Victoria und ihr Mentor*


Schon vor Sonnenaufgang lag Victoria wach in ihrem Bett und ihre Gedanken kreisten um die Vorbereitungen der Operation. Jedes noch so kleine Detail war sie im Kopf Hunderte Male durchgegangen und klopfte es akribisch auf die möglichen Fehlerquellen ab. Scheitern war keine Option; alles musste einwandfrei funktionieren. An den finanziellen Mitteln sollte es jedenfalls nicht mangeln. Geld war ausreichend vorhanden. Sie stand auf und beobachtete den Sonnenaufgang aus dem offenen Fenster. Ben war in ihr Zimmer gekommen und stellte sich hinter sie. Vicky bemerkte das, drehte sich jedoch nicht um. Sie genoss es, als er wortlos seine Hand unter ihren Umhang schob und ihr zärtlich über den Rücken streichelte.

Vicky griff mit ihrer rechten Hand nach hinten und fasste in seinen Schritt. »Ein Sonnenaufgang ist doch immer wieder etwas Besonderes. Ich liebe es, wenn sich morgens das Leben regt.«

Sie massierte ihn härter. Ben hatte seinen Mund halb geöffnet und atmete hastig. Er sagte nichts, während Vicky unverändert aus dem Fenster blickte. Jetzt stand die Sonne am Himmel und Vicky stieß ihren Förderer nach hinten aufs Bett. Sie beugte sich über ihn und ließ ihr langes Haar in sein Gesicht gleiten. »Ich werde dich jetzt ficken. Ist das okay?«

Benedikt sagte kein Wort und streifte seinen Umhang ab. Vicky mochte es, wenn sie den Ton angeben konnte und sie liebte die härtere Gangart. Ben musste sich wohl am gestrigen Abend zurückgehalten haben und schon lange keine Frau mehr im Bett gehabt haben, dachte sie und lächelte ihn an.

Es war schneller vorüber, als sie es erwartet hatte.

»Das war aber eine ordentliche Ladung«, sagte sie und traf damit bei ihm genau den richtigen Nerv. Er lag mit einem zufriedenen Gesichtsausdruck regungslos auf dem Bett. *Le petit mort*, pflegten die Franzosen zu sagen. Der kleine Tod. Völlig erschöpft lag Ben vor ihr. Sie sinnierte; was wusste sie nach all den Jahren überhaupt von ihm? So gut wie gar nichts. Weder war ihr bekannt, ob er in seinem realen Leben verheiratet war und Kinder hatte, noch hatte sie eine Ahnung, welchen Beruf er eigentlich ausübte.

'So what', dachte sie und zupfte sich ihren Umhang wieder zurecht. Sie stand am Fenster und ließ ihren Blick über das Meer schweifen. Am Horizont konnte sie ein Kreuzfahrtschiff ausmachen, welches auf die Insel Santorin zusteuerte. Aus dem Wandlautsprecher in ihrer Kammer ertönte leise eine verträumte Melodie. *A Child is born* von *La Caina*.

»Ich frage mich, wie ihr …«, sie korrigierte sich, »… wie *wir* als Führungsteam miteinander kommunizieren, Ben. Wir wissen doch nichts voneinander.«

»Also, als Erstes bleibt natürlich alles wie bisher und wir übermitteln die Instruktionen auf dem herkömmlichen Weg, per Telefon oder über die kodierten Nachrichten. Alternativ kommt auch die Abstimmung über eine Games-Konsole in Frage. Genauso wirst du deine beiden Reports informieren. Übrigens, durch dein Aufrücken hast du jetzt ja ebenfalls einen neuen Kollegen in deiner Berichtslinie erhalten.« Ben lächelte.

»Doch du hast recht, im Kreis der oberen Sieben müssen wir uns noch auf eine andere Art und Weise abstimmen.« Ihr Mentor stellte sich neben sie und nahm ihre linke Hand. »Achte auf deinen Ring. Damit sind wir verbunden.«

Vicky erinnerte sich an die Worte der gestrigen Zeremonie.

»Ja, aber es ist nur ein Ring.«

»Vertue dich nicht. Er mag ein schlichtes Äußeres haben, doch in ihm steckt die reinste Hochtechnologie. Wenn du überhaupt nicht damit rechnest, kann es sein, dass du eine Stimme aus dem Ring hören wirst. Oder du kannst Nachrichten absetzen, wenn du in Gefahr sein solltest.«

Was sie hörte, konnte sie nicht glauben. Sie runzelte die Stirn und strich mit ihrem Zeigefinger über die glatte Oberfläche des

Rings. Er fühlte sich fast samtweich an. Ben bemerkte ihre Skepsis.

»Ich weiß, es klingt wie Science Fiction. Doch es funktioniert. In dem kleinen Ding steckt die fortgeschrittenste Technologie, die man sich vorstellen kann. Wenn du einige Male mit dem rechten Daumen und deinem Zeigefinger über den Ring gleichmäßig von oben zur Mitte hin streichst und wieder zurück, so löst du die Basisfunktionen aus. Wir werden es dir zeigen und dir alles beibringen. Hab Geduld. Das war erst deine erste Sitzung. Du wirst noch viel mehr erfahren, wenn du dich nach deiner ersten großen Operation bewährt hast.«

Victoria schaute auf den Ring. Ihre erste Begeisterung war verflogen. War dieser Ring nicht auch so etwas wie eine elektronische Fußfessel? Mit einem eingebauten GPS Transmitter? Welche weiteren Überraschungen hielten Benedikt und seine fünf Kollegen noch parat?

»Gib den Ring niemals aus deiner Hand. Er trägt fast unsichtbar deinen Namen.« Er drehte ihn in ihrer Hand und wies auf eine eingravierte Zahl hin. Vicky kniff die Augen zu und fühlte mit ihrem Finger darüber. Schließlich konnte sie eine miniaturisierte Ziffer ertasten. Eine Sieben. Sie nickte.

»Wohin wirst du als Nächstes gehen?«, wollte er wissen.

»Du meinst, von wo aus ich die Operation steuern werde? Aus Hongkong.«

Ben setzte sich wieder aufs Bett. »Hast du ein gutes Team zusammengestellt? Denk daran, dass du delegierst. Ich kann mir gut vorstellen, wie verlockend es für dich ist, selbst aktiv zu sein. Doch du musst jetzt umdenken. Du bist eine von uns. Von den oberen Sieben. Da darfst du dich nicht im operativen Feld verlieren. Überlass das den anderen, dafür haben wir sie schließlich.«

Victoria nickte. »Du hast recht. Ich möchte am liebsten alles selbst übernehmen.«

Sie lächelte und wechselte das Thema.

»Etwas anderes. Ich habe über die Leaks nachgedacht. Kann es sein, dass unsere *Messenger* die Schwachstelle sind? Meinen derzeitigen Boten habe ich mal überrascht, wie er sich Notizen machte. Als ich ihn darauf ansprach, lief er rot an. Was denkst du, Ben?«

»Das ist sehr gut möglich. Wir hatten vor einigen Jahren mal einen Kundschafter in Russland. Der ist völlig aus dem Tritt geraten und er soll seine Schlussfolgerungen in einer Kladde niedergeschrieben haben. Wir haben ihn aus dem Verkehr gezogen; vielleicht hast du von dem Torso im Koffer gehört? Ich glaube, das Gepäck ist in San Francisco gefunden worden.«

Er lachte kurz auf. »Doch von dem Büchlein fehlte leider jede Spur. Wer ist dein jetziger *Messenger*?«

»Smith. Eigentlich ein guter Mann und sehr zuverlässig. Er kommt aus dem Osten, aus der Tschechischen Republik.«

Ben reckte sich. »Wenn er bis heute gute Dienste verrichtet hat, solltest du ihn am Leben lassen. Aber überlege dir, ob du ihm nicht einen *Reset* verordnest. Null Risiko.«

Sie nickte einige Male. Kein Risiko eingehen, hieß die Devise. Divide et impare. Teile und herrsche. Es war der Zeitpunkt gekommen, dass sie das Gesamtbild in seine Einzelteile zerschneiden musste. Die speziellen Einsatz-Teams bei der *Enco* hatten sich bereits formiert und nun sie hatte die Freigabe für die Durchführung der Operation erhalten. Nichts konnte sie jetzt noch aufhalten. Ihr Ziel lautete Hongkong.

# Kapitel 12

## Athen

### Sommer 2013

### Das Schicksal des Messengers

Der kurze Zubringerflug von Santorin brachte Victoria in die nicht mal 300 Kilometer entfernte Hauptstadt von Griechenland. Mit einem Taxi ließ sie sich zum ausgemachten Treffpunkt fahren. Unterhalb der Akropolis spazierte sie zunächst eine Weile durch die Altstadt und ging dann an der Straße Adianou entlang in Richtung der altertümlichen Denkmäler. Ihr Ziel war eine wieder aufgebaute Wandelhalle im hellenistischen Stil, die sogenannte Stoa des Attalos. Ursprünglich war es König Attalos der Zweite, der dieses Gebäude im Zweiten Jahrhundert vor Christus erbauen ließ. Heute diente die Halle als Museum. Victoria löste ein Ticket und betrachtete die Ausstellungsstücke.

»Imposant, nicht wahr? Da hatte sich der König von Pergamon einen prunkvollen Palast hingesetzt.« Es war ein Mann, der sie von hinten über ihre Schulter ansprach.

»Das Original wurde im Jahr 267 zerstört. Das hier ist nur eine Rekonstruktion«, erwiderte sie, ohne sich umzudrehen.

Mit ausladenden Armen demonstrierte der Mann die Größe des Raums. »Es ist die Europäische Geschichte, die uns aus diesen Wänden entgegen strahlt.«

Victoria drehte sich um und warf dem Mann einen abwägenden Blick entgegen. »Das einzig Europäische, was mir zu dieser Wandelhalle einfällt, ist die Europäische Union und ihre Osterweiterung um zehn Länder. Vor genau zehn Jahren, im April, wurde hier der Vertrag unterzeichnet.«

»Es ist wie immer, du weißt alles besser. Grüß dich, Vicky. Wie geht es dir?« Der Mann wollte sie umarmen, doch sie wirkte an diesem Tag etwas abweisender als sonst und schaute sich in der Halle um.

»Hallo, Mister Smith. Du bist spät dran.«

»Sorry, der Verkehr. Wie ist es gelaufen? Kann man der neuen Nummer Sieben gratulieren?«

Victoria erhob den Zeigefinger. »Nicht hier, lass uns nach draußen gehen.«

Sie wanderten auf den Wegen des umliegenden historischen Geländes. John Smith konnte seine Neugier nicht verbergen.

»Und? Erzähl doch mal. Ich hoffe, dass du nie vergisst, wie sehr ich dich immer bei deiner Karriere unterstützt habe.«

Victoria nickte langsam. John war ein *Messenger*, auf den sie sich bisher immer verlassen konnte. Nie hatte er sie im Stich gelassen. Dennoch war es an der Zeit, ihn auszuwechseln. Sie wollte alle Brücken hinter sich abbrechen. Was wusste John bislang von der neuen, geplanten Operation? Sie war sich selbst nicht mehr ganz sicher, in welche Details sie ihn eingeweiht hatte. Auch wenn die Aufträge, die er an die *Enco* überbracht hatte, auf das Minimum beschränkt waren, so konnte sie nicht ausschließen, dass er sich sein Bild inzwischen eigenständig zusammengesetzt hatte.

»Ich weiß deine Loyalität zu schätzen, John. Doch sag mir; welchen aktuellen Status hast du über die neue Operation?«

Sie gingen nebeneinander und John berichtete, was er wusste.

»Wir müssen wieder Geschwindigkeit aufnehmen, sagtest du. Daher der Name. *WHELO*, abgeleitet von *velocitas*, der Geschwindigkeit, oder von der Kurzform *velox* für schnell. Richtig?«

Sie nickte und war beruhigt. Das war nicht die vollständige Erklärung. Gut, dass sie ihm nicht mehr dazu erzählt hatte.

»Weiter John«, ermunterte sie ihn.

»Du hast die Kernteams zusammengestellt und von Hongkong aus wirst du alles selbst koordinieren. Als frühere *Enco*-Agentin kannst du einfach nicht der Versuchung widerstehen. Der Erfolg soll deine Handschrift tragen.«

Sie schmunzelte; John wusste genau, wie er ihr schmeicheln konnte.

»Alle Unterlagen und Informationen, die dir noch fehlten, habe ich für dich besorgt.« Er reichte ihr den USB Stick mit den Daten aus der *Enco*-Zentrale in Maine. Victoria schloss ihre Hand fest um den winzigen Datenspeicher und ballte sie zur Faust.

»Du hast deinen Job gemacht ... du hast ihn gut gemacht. Es ist Zeit für dich, etwas anderes zu tun.« Sie schaute ihn eindringlich an.

»Ich verstehe nicht, Vivi. Was bedeutet das?« Manchmal nannte er sie vertraut *Vivi*. Denn für ihn war sie die *Vicious Vicky*, die verruchte Victoria. Er hatte sie schon immer bewundert. Doch was hatte ihre letzte Aussage zu bedeuten?

Sie kramte in ihrer Handtasche und holte eine kleine Trinkflasche heraus.

»Tut mir leid, John.« Sie reichte ihm die Flüssigkeit. »Ich will ehrlich zu dir sein. Du kennst mich und du weißt, dass es mir ... nicht wirklich leid tut. Trink es, wenn du überleben willst.«

Er nahm die Flasche in die Hand und sein Blick wanderte direkt zu ihrem Augenpaar. Die reine Verzweiflung schien ihm ins Gesicht geschrieben. Er brachte kein einziges Wort heraus.

»Trink!«, forderte Vicky ihn auf. »Es ist deine einzige Chance. Du wirst dich nicht mehr an allzu viel erinnern. Aber es ist besser für dich, als zu sterben. Oder was denkst du, du kleiner Wichser?«

John zitterte am ganzen Leib. Ihm war klar, dass er keine Alternative hatte. Zu oft waren Menschen gestorben. Dabei hatte er doch so gut wie gar nichts mitbekommen. Reichte sie ihm den Schierlingsbecher? Er trank den Inhalt in einem Zug aus und schaute fassungslos zu seiner Chefin.

»Wie stark ist die Dosis? Was werde ich verlieren, nur die Erinnerungen der letzten Tage?«

»Darauf müssen wir uns zumindest verlassen«, entgegnete sie mit einem diabolischen Lächeln, »doch in diesem Falle musst du davon ausgehen, dass der Grad der Amnesie tendenziell eher größer ausfallen wird. Das verstehst du doch?«

Er schluckte. Die Gedanken rasten durch seinen Kopf. Gab es eine Möglichkeit, noch irgendetwas in seinem Gedächtnis zu bewahren? Nein, er hatte alles verloren. Es gab kein Entkommen. Vergangen und vorbei. Was immer Vicky noch sagte, die Worte drangen nicht mehr zu ihm vor. Alles drehte sich.

»Und für den Fall, dass du dir später doch noch etwas zusammenreimen kannst, halt besser deinen Mund. Sonst kommen unsere Falken und werden dich für immer zum Schweigen bringen.«

Ihm wurde schwindelig. »Was passiert jetzt mit mir?«

Sie strich ihm über das Haar. »Du wirst sehr friedfertig sein. Ein wenig geistesabwesend. Und nach und nach schwinden deine Erinnerungen. Keine Sorge, ich habe zwei Begleiter organisiert. Sie bringen dich zum Flughafen und ihr fliegt nach Skandinavien. Wie es dann weitergeht? Das hängt ganz davon ab, woran du dich noch erinnern kannst.«

John setzte sich auf eine steinerne Bank. Er stützte den Kopf auf seine Hände und wirkte wie ein Häufchen Elend. Vicky griff zu ihrem Mobiltelefon. Es handelte sich um ein eigentlich schon ausrangiertes Nokia 3110. Ohne eine Kamera oder alle sonstigen Eigenschaften eines aktuellen Smartphones. Die Nummer, die sie wählte, war unter den Favoriten abgespeichert.

»Das Päckchen ist versandbereit. Ihr könnt es wie vereinbart abholen. Lasst es im Schlafmodus, bis es am Ziel ist.«

Victoria streichelte seine Wange. Es war ihre Art, Lebewohl zu sagen. Sie blickte um sich und ließ ihn auf der Bank sitzen. John rührte sich nicht und wartete einfach ab. Aus dem *Messenger*, dem Überbringer der Nachrichtenpakete, war am Ende selbst ein Paket geworden.

# Kapitel 13

*Von Kirkenes nach Russland*

*Sommer 2013*

*Bei Ivan in der Hütte*

Kirkenes zählte zu den entlegensten Hafenstädten auf der nördlichen Hemisphäre, zudem lag der Ort im östlichsten Zipfel von Norwegen. Regelmäßig liefen die Schiffe der Hurtigruten-Linie Kirkenes an und brachten vor allem Touristen aus aller Welt in diese abgelegene Stadt. Für Rosanna und Peter bedeutete dieser Hafen zugleich die Endstation ihrer Seereise. Mit einem etwas verloren wirkenden Gesichtsausdruck verließen sie das Schiff und hatten ihre Reisetaschen über die Schultern geworfen. Es schien, als waren sie im Niemandsland angekommen. Russland lag in allernächster Nähe, keine 15 Kilometer entfernt. Vor einigen Jahren war für die Einwohner von Kirkenes ein Sonderstatus eingeführt worden, der es ihnen ermöglichte, relativ formlos über die Grenze zu kommen. Genau darin bestand der Plan, den Rosanna im Auge hatte. Für einige Wochen wollte sie mit Peter in Russland abtauchen. Unerkannt, unauffindbar und unauffällig. Niemand sollte sie ausfindig machen können; wann und wo sie mit wem in Kontakt treten würden.

Sie deutete auf einen Kiosk am Rande des Hafengebiets und Peter folgte ihr wortlos. Sie öffneten die Tür. Niemand sonst befand sich in dem karg eingerichteten Holzhaus und nachdem Rosanna eine Postkarte mit der Abbildung einer russischen, orthodoxen Kirche auf den Tresen gelegt hatte, zeigte die norwegische Ladenbesitzerin auf die blau getünchte Tür hinter ihr – ohne ein einziges Wort mit den Besuchern zu wechseln.

Rosanna dankte der Frau mit einem Lächeln und zog Peter am Ärmel. Die beiden schlossen die Tür hinter sich. In einem braunen Sessel hatte es sich dort ein schwergewichtiger Mann mit kurzem braunen Haar bequem gemacht. Er trug einen grauen Wollpullover und darüber eine blaue Weste. Der Mann ließ seinen Blick nicht von den beiden und griff behutsam in den Rucksack, der vor ihm auf dem Boden stand. Misstrauisch beobachtete Rosanna die Handbewegungen des Mannes und fasste instinktiv mit der rechten Hand in ihre Jackentasche. Peter bemerkte das und fragte sich, ob sie nach wie vor bewaffnet sei. In diesem Moment räusperte sich der Mann.

»Ich heiße Ivan. Willkommen in Kirkenes, am Ende der Welt.«

Ivan war der Kontaktmann, den Rosanna hier erwartet hatte, dennoch ließ sie ihren Blick nicht von seiner Hand. Er zog etwas Längliches aus dem Rucksack, umhüllt mit einer Papierserviette.

»Ihr müsst Rosanna und Peter sein, richtig? Ich habe euch etwas Proviant mitgebracht.« Ivan wickelte das Papier ab. »Ein Sandwich. Mit frischem Thunfisch. Die Fahrt wird ziemlich lange dauern.«

»Hallo Ivan. Ist alles vorbereitet?« Rosanna atmete erleichtert auf und nahm ihre Hand herunter.

Er nickte. »Die Papiere sind geradezu perfekt. Es wird kein Problem sein, damit über die Grenze zu kommen. Hast du das Geld dabei?«

Rosanna tippte auf ihre Umhängetasche.

Sie verließen den Kiosk durch die Hintertür. Ein dunkelblauer Geländewagen der Mercedes M-Klasse war dort geparkt. Auf dem Rücksitz befanden sich abgetragene Kleidungsstücke; Peter zog sich eine alte Wolljacke an und Rosanna warf sich ein unscheinbar gemustertes Tuch über die Schultern.

»Ihr habt hoffentlich die SIM Karten aus euren Mobiltelefonen genommen und die Geräte in den Flugmodus geschaltet«, vergewisserte sie sich.

Ivan nickte und Peter wies darauf hin, dass er schon seit dem Aufbruch in Hamburg kein Handy mehr bei sich hatte. Sie hakte von ihrer inneren Liste Punkt für Punkt ab und wandte sich an Peter.

»Du sagst kein Wort, auch wenn sie dir an der Grenze eine Frage stellen, verstanden?«

Rosanna drehte sich vom Beifahrersitz zu Peter im Fond um. Er nickte wortlos.

»Für dich gilt das nicht, Rosanna? Das klingt ja fast so, als ob du russisch sprechen würdest«, mutmaßte Ivan.

Sie nickte langsam. »So ist es. Damals war ich unter dem Namen *Alina* für eine Zeitlang im Training hier. Vielleicht sind die Formulierungen etwas eingerostet, aber ich kann mich hoffentlich immer noch mit dem Sprachschatz durchschlagen.«

Die Fahrt verlief unspektakulär und ohne Zwischenfälle. Die Straße schlängelte sich durch die wilde Landschaft und führte in südlicher Richtung durch unwirtliches Gelände. Zu dieser Jahreszeit zeigte die Tundra hin und wieder ein leichtes Grün auf dem felsigen Boden. Stundenlang war keine einzige Menschenseele zu sehen, bis sie schließlich lange nach Mitternacht an einer kleinen, völlig vom Weg abgelegenen Hütte ankamen. Obwohl sie Hunderte Kilometer bis in die südlicheren Breiten zurückgelegt hatten, waren sie immer noch so weit nördlich, dass es so gut wie nicht dunkel wurde. Ivan versteckte den Geländewagen unter den hohen Kiefern in einem Holzschuppen und zeigte ihnen seine Behausung. Die Hütte war sehr einfach eingerichtet. Immerhin gab es einen Kamin und eine Madonnenfigur aus Holz zierte den Sims. In der Küche standen drei Stühle und Peter staunte nicht schlecht darüber.

»Ivan, ist das alles? Findest du das nicht ein wenig spartanisch?«

Der Russe lächelte. »Da halte ich es mit dem amerikanischen Autor *Thoreau*. Der hatte auch nur drei Stühle in seinem Haus. Einen für die Einsamkeit, zwei für die Freundschaft und drei für die Gesellschaft. Wenn Besucher in einer größeren Anzahl kamen, so war für sie alle nur der dritte Stuhl da. Gewöhnlich reichte der Platz trotzdem, weil die Gäste standen.«

Peter schüttelte wiederholt den Kopf.

»Rosanna, das kann nicht dein Ernst sein? Glaubst du, dass ich für diese Hütte in der Wildnis mein Leben in Hamburg aufgegeben habe? Was ist mit meiner Familie, mit der Firma?«

Sie schmunzelte mit einem leicht süffisanten Ausdruck. »Ja, genau das habe ich gedacht. Du wirst sehen, wie angenehm das einfache Leben sein kann.«

»Quatsch«, protestierte Peter. Natürlich hatte er sich die Flucht ganz anders vorgestellt. Russland sollte dabei bestenfalls eine Zwischenstation sein. Irgendwie hatte er Bilder von einer Südseeinsel im Kopf; von palmengesäumten Stränden. *Holidays in the sun.* Cocktails schlürfend mit Rosanna das Dolce Vita genießen. Ihm hatte quasi ein Bild aus dem Reisekatalog von der Insel Bora Bora vorgeschwebt und er konnte sich gut dazu die Titelmelodie aus dem Hollywood-Klassiker *Die Meuterei auf der Bounty* vorstellen; *Come with me* von *Bronislau Kaper.* Das alles schien in unendlicher Ferne zu liegen.

»Mit Bora Bora hat diese verlassene Hütte nun wirklich nichts zu tun.«

Rosanna tastete in ihrer Jackentasche nach den drei Münzen, die ihr Robert bei der Abreise in Tromsø gegeben hatte und hielt sie als Zeichen der Verbundenheit nach oben.

»Bleib ruhig, Peter. Es ist nur zu unserer Sicherheit. Erst muss Gras über die Sache wachsen. In Hamburg werden sie dich suchen und der Tod von Jack Henkins wird ebenfalls Fragen aufwerfen.«

Peter warf einen skeptischen Blick hinüber zu dem Russen.

»Darf *er* das alles mitbekommen?«

Ivan runzelte die Stirn, doch Rosanna beruhigte die beiden.

»Er ist einer von uns. Spätestens im letzten Frühjahr musste Ivan Farbe bekennen, ob er weiterhin als Handlanger der *Enco* sein Brot verdienen wollte oder ob er bei uns mitmacht.«

Der Russe nickte. »Natürlich bin ich einer von euch. Hey, ich habe dabei ein großes Risiko auf mich genommen, da muss dieser Kerl nicht meine Loyalität in Frage stellen.« Ivan machte eine abfällige Handbewegung in Peters Richtung und zog sich in die Küche zurück.

»Peter«, mit leiser Stimme kam sie ganz nahe an ihn heran, »du musst mir vertrauen. Es wird nicht lange dauern.«

»Wie lange?«, wollte Peter wissen.

Sie machte ein paar Schritte durch den Raum. »Einige Wochen. Vielleicht etwas länger.«

Er schüttelte den Kopf. »Warum so lange? Können wir nicht einfach das Land verlassen? Wir haben doch bereits die neuen Papiere und damit kommen wir doch wer-weiß-wohin. Was um alles in der Welt hält dich hier?«

Ihr Blick schien nachdenklich. Was mochte ihr durch den Kopf gehen, dachte Peter. Wusste seine Partnerin mehr, als sie herausließ? Gab es noch andere Verwicklungen, von denen er nicht den blassesten Schimmer hatte? Und was hatte Rosanna unter dem Alias einer gewissen Alina in Russland gemacht? Sie sprach von einem Training.

In diesem Augenblick stürmte Ivan durch den Türrahmen und rief in voller Aufregung.»Kommt, das müsst ihr sehen.«

Auf dem Holztisch im Nebenzimmer stand ein alter Röhrenfernseher und das verschwommene Farbbild wies ein störendes Rauschen auf. Es lief ein Nachrichtensender. Dramatische Bilder zeigten wild umher laufende Menschen. Fahrzeuge blockierten eine Straße und Einsatzkräfte säumten den Weg. Die Lichter der Großstadt wurden von Blaulicht und Blitzen durchbrochen. Ein hastig kommentierender Reporter wurde immer wieder von lautem Sirenengeheul unterbrochen.

»Wo ist das? Was ist dort passiert?«, wollte Peter wissen.

»Psst«, zischte Rosanna.»Ich sag's dir gleich.« Sie lauschte dem russischen Nachrichtensprecher und beugte sich dann zu Peter hinüber.»Jetzt wird dir hoffentlich klar, warum wir noch eine Weile untertauchen müssen. Die Bilder stammen aus London. Die gesamte oberste Etage eines Wohngebäudes ist weggesprengt worden. Kommt dir die Gegend bekannt vor?«

Er kniff die Augen leicht zu und ging näher an den Bildschirm.

»Du meinst…? Ist es etwa in dem Stadtbezirk, wo Joe sein Studio hat?«

Rosanna nickte und machte eine sorgenvolle Miene. Im Fernsehen wurde für einen kurzen Augenblick ein spezielles Einsatzkommando in ungewöhnlichen Uniformen eingeblendet. Dann wanderte der Bildausschnitt zu einer Einstellung, die offensichtlich aus einem Helikopter heraus aufgenommen wurde. Ganz deutlich war das Dach des Gebäudes zu sehen. Die Trümmer der völlig zerbombten Etage ragten in den Nachthimmel und ausgehend von drei Ecken strahlte ein blaues Licht in die Höhe, wie bei einer Lasershow. Überall in der Luft lag ein leichter Nebel, der durch die Explosionen noch weiter verstärkt wurde. Umso besser ließen sich die drei Strahlen meilenweit im gesamten Stadtgebiet beobachten. Sie formten eindeutig eine Pyramide.

»Wow«, Peter konnte seine Begeisterung für die Szenerie nicht verbergen. »Das sieht fantastisch aus. Ist es ein Signal von Joe? Was hat das zu bedeuten?«

Auch Ivan zischte durch die Zähne. »Die Pyramide...«

Rosanna stand auf und ging durch den Raum.

»Es hat begonnen.« Sie zögerte kurz. »Die drei Strahlen bilden eine Pyramide, ja. Aber schaut genau hin. Es sind drei gleichschenklige, sogar drei gleichseitige Dreiecke. Und auch die Grundfläche ist identisch zu den Seitenflächen. Es handelt sich um einen platonischen Körper, der zu sich selbst dual ist. Ja, es ist der perfekte duale Körper. Ein Tetraeder.«

Der bullige Russe und Peter hörten ihr gebannt zu. Rosanna wirkte hoch konzentriert.

»Versteht ihr, es ist das Zeichen der Dreiecke. Das geheime Buch ist geöffnet worden - die *Triangular Files*.«

# Kapitel 14

*Russland*

*Sommer 2013*

*Das Zeichen aus London*

Die Wochen waren ins Land gegangen. Peter konnte seine Langeweile und Ungeduld kaum mehr zurückhalten. So schön er die Zeit mit Rosanna empfand, so wenig vermochte er dem Aufenthalt in der russischen Wildnis einen Sinn abzugewinnen. Die Unterhaltungen drehten sich seiner Meinung nach zunehmend im Kreis. Inzwischen war Peter mehr und mehr zu einem Experten der russischen Geschichte geworden und hatte sich an das besondere Faible von Ivan gewöhnt, an das Wesen des Braunbären. Immer wieder tischte Ivan seinen Gästen neue Erkenntnisse über das russische Staatstier auf. Vor allem ging es dabei um die geradezu perfekte Anpassung an die Natur mit der Vorbereitung auf den Winterschlaf. Besonders fasziniert war Ivan davon, dass die Bären den jährlichen Klimaumschwung voraussehen konnten und mit dem tagelangen Verzehr von Heu ihren kompletten Verdauungstrakt auf den langen, harten Winter vorbereiteten. Dadurch wurden alle Körperfunktionen soweit wie möglich hinunter gefahren und das Überleben gesichert. Voller Begeisterung schilderte Ivan das Erwachen der Bären im Frühjahr, welches in der Regel von einem heftigen Schreien begleitet wurde. Denn was nach den eiskalten Wintermonaten von dem Heu in verhärteter Form übrig geblieben war, führte dann zu einem äußerst schmerzhaften Herauspressen.

Peter fiel es schwer, die Begeisterung für die Zusammenhänge in der Natur nachzuvollziehen. Vielmehr steigerte sich bei ihm unaufhörlich die Befürchtung, dass er am Ende selbst den nächsten Winter an diesem gottverlassenen Ort verbringen musste. Unbeantwortet blieb dennoch die Frage, woher die Braunbären denn nun wussten, wie sie sich zu verhalten hätten. War ihnen die Vorbereitung auf den Winterschlaf sozusagen instinktiv in die Wiege gelegt worden? Und lag das genaue Prozedere tief verwurzelt in ihren Genen? Doch wie war dieses Verhalten dort hineingelangt? Ivan hatte sich schon seit vielen Jahren den Kopf darüber zermartert, ohne zu einem Ergebnis zu kommen. Peter wiederum hatte sich schlussendlich auf die Erklärung mittels der Darwinschen Lehre festgelegt.

»Survival of the fittest«, stellte er einmal fest, als sie am Abend vor dem Kaminfeuer saßen. »Das hat der Bär selbst erfunden oder wie soll man sagen? Weil er durch dieses Verhalten mit seiner Sippe überlebt hat, setzte sich seine Art der Vorbereitung auf den Winterschlaf durch. Und über die Jahrhunderte hinweg ging es dann von Generation zu Generation ins Erbgut über.«

»Pahh«, hielt Ivan prompt entgegen. »Es soll die Erfindung eines Bären sein? Machst du Witze? Deine Theorie basiert auf allzu viel Zufällen. Das glaube ich nie und nimmer.«

»Was haltet ihr von Lamarck?«, warf Rosanna an jenem Abend mit in die Diskussion ein. Da weder Ivan noch Peter etwas mit diesem Namen anzufangen wussten, teilte sie mit ihnen ihr Wissen zu dem früheren französischen Verhaltensforscher.

»Jean Baptiste Lamarck. Geboren am 1. August 1744. Er war das elfte Kind einer landadeligen Familie. Zwischen 1815 und 1822 schuf er in sieben Bänden sein Lebenswerk. Vor allem interessierte ihn eine Frage, die bis heute noch nicht endgültig beantwortet wurde. Kann erworbenes Wissen - beziehungsweise eine während des Lebens angeeignete Fähigkeit - vererbt werden? Gibt es eine Möglichkeit, dass diese Informationen ins Erbgut gelangen? Lamarck war zwar zugegebenermaßen ein recht umstrittener Forscher und seine Thesen wurden von den Darwinisten kräftig angegriffen. Doch ...«, sie legte eine kleine Pause ein und wollte sichergehen, dass sie nicht die Aufmerksamkeit der beiden Männer verlor. »Doch Lamarck hatte auf einige interessante Details hingewiesen, die man mit der Darwinschen Lehre nicht recht erklären konnte.«

»Zum Beispiel?«, wollte Ivan wissen.

»Der menschliche Handballen, also die Verdickungen der Haut an bestimmten Stellen. Die sind schon beim Baby bei der Geburt vorhanden. Der gute Lamarck hatte viele Beobachtungen angeführt, dass möglicherweise sogar Erfahrungen, die während des Lebens gemacht werden, ins Erbgut übergehen könnten.«

»Jetzt ist mir klar, warum er so stark in der Kritik stand«, gab sich Peter kritisch. »Erworbenes Wissen soll ins Erbgut übergehen? Das wäre für manchen Schüler der absolute Traum. Wenn der Zögling mehrsprachige Eltern hat, beherrscht er Englisch, Spanisch und Französisch bereits bei der Einschulung.« Peter lachte.

Rosanna bewegte ihren Kopf hin und her. »Nun mach dich doch nicht gleich darüber lustig. Es gibt mehr Dinge zwischen Himmel und Erde, als wir erfassen können.«

»Ja, Frau Professor«, entgegnete Peter und rieb sich wärmend die Hände vor dem Kaminfeuer.

Ivan stellte eine Flasche Wodka auf den Tisch und holte drei Gläser aus dem Schrank.

»Hier ist mein Friedensangebot. Lamarck oder Darwin. Wer weiß das schon? Meine Braunbären wissen trotzdem genau, was sie machen müssen, wenn der Winter kommt.«

»Hoffentlich hast du uns keinen Bären damit aufgebunden«, bemerkte Peter und beäugte das Glas mit Wodka misstrauisch. Das Glas war so groß wie ein Zahnputzbecher.

»Bären aufgebunden? Was meinst du?«, wollte Ivan wissen.

Alle lachten und prosteten sich zu.

»Nastrovje«, rief Ivan und bat seine Gäste, die Gläser nicht an die Wand zu werfen.

Nach einer kurzen Pause schloss Rosanna mit einer weiteren Bemerkung an das Thema an. »Ihr habt ja recht. Bei der Frage nach der Vererbung und wie Instinkte ins Erbgut gelangen, ist wahrscheinlich noch nichts endgültig bewiesen. Aber wusstet ihr, dass viele Frauen sogar die Spuren einer männlichen DNA in ihrem Körper tragen?«

Die Männer schüttelten fast gleichzeitig den Kopf. 'Wie sollte das gehen?', fragte sich Peter.

Rosanna schmunzelte. »Wenn eine Frau schwanger ist, dann gelangt schon während der Schwangerschaft die DNA von ihrem Nachwuchs über die Nabelschnur zurück in ihren Körper...«

Peter runzelte die Stirn. »Wirklich? Ich dachte, die Nabelschnur ist so etwas wie eine Einbahnstraße - eine biologische Firewall.«

»Eben nicht«, ergänzte Rosanna. »Und wenn man den Gedanken weiter spinnt, dann könnte das zweite Kind einer Frau wiederum Spuren dieser neu-zusammengesetzten Erbmasse bekommen.«

Ivan räusperte sich. »Ich bin raus. Das klingt für mich eine Idee zu fantastisch. Das würde ja heißen, dass eine Frau in ihrer DNA von den eigenen Nachkommen beeinflusst werden kann oder vielmehr, dass sie somit auch in Teilen das Erbgut ihres Lebenspartners über den Nachwuchs in sich tragen könnte?«

Sein Gesichtsausdruck wirkte fragend.

»Bingo!«, stieß Rosanna hervor. »*Diese* Forschungsergebnisse gibt es bereits.«

Peter lenkte ab. »Genug, genug. Ehrlich gesagt, mir reichen schon die Stories von den Braunbären. Ich bleibe beim Wodka. Der garantiert mir einen guten Schlaf - wenn auch hoffentlich keinen Winterschlaf!«

Alle drei lachten, als sie unerwartet von einem lauten Klopfen an der Haustür aufgeschreckt wurden. Ivan begab sich zum Eingang und nahm von einem Paketboten, der mit seinem Motorrad gekommen war, ein Paket entgegen.

Leicht irritiert öffneten sie die Verpackung und fanden darin einen Brief, eine Aufstellkarte mit religiösen Motiven und ein Teelicht, was man offensichtlich hinter die kerzenförmige Ausstanzung von der Karte stellen sollte.

Peter begutachtete die Utensilien; es gab keinen Absender und der in englischer Sprache verfasste Text ergab keinen Sinn.

»Was soll das denn nun wieder bedeuten?«

Rosanna löste vorsichtig die Briefmarke vom Umschlag und tippte mit ihrem Zeigefinger auf die nun freiliegende Stelle.

»Es gibt doch einen Absender. Seht ihr?«

Drei Bleistiftstriche von identischer Länge markierten eindeutig ein gleichseitiges Dreieck.

»Ich wette, es ist eine Nachricht von Joe. Mit einem Hinweis auf die *Triangular Files*. Es wurde auch allmählich Zeit.«

# Kapitel 15

*Russland*

*September 2013*

*Das Tetraeder*

A lle drei hatten sich um das geöffnete Paket versammelt. Die drei Bleistiftstriche unter der Briefmarke sollten also einen Hinweis auf die *Triangular Files* darstellen? Peter hatte seine Zweifel und trat einen Schritt zurück.

»Rosanna, was sind die *Triangular Files*? Du wolltest schon vor einigen Wochen nichts dazu sagen, als Joe die blaue Lichtpyramide in den Himmel gezaubert hatte. Was also verbirgt sich hinter diesen geheimen Akten?«

Auch Ivan riss interessiert die Augen auf, doch Rosanna verzog ihr Gesicht. »Jungs, ich muss euch enttäuschen. Ich weiß es selbst nicht.«

»Komm schon«, lockte Peter. »Das kann nicht alles sein. In welchem Zusammenhang ist dir der Begriff vorher begegnet? Sag uns, was du weißt.«

Rosanna schaute erst zu Peter und danach mit einem eindringlichen Blick hinüber zu Ivan. Peter bemerkte ihr Zögern. War jetzt der Punkt gekommen, an dem sich Rosanna fragte, wie weit sie Ivan vertrauen konnte? Genau von dieser Einschätzung mochte abhängig sein, wie viele Informationen sie herauslassen würde.

»Die *Triangular Files* ... ja, wie soll ich anfangen? Also, es stimmt, dass ich nicht weiß, was sie genau sind. Aber der Begriff ist vor vielen Jahren bei einer absolut vertraulichen Krisensitzung der *Enco* gefallen. Ihr hättet mal die besorgten Mienen meiner Chefs sehen sollen. Als ob ihnen der Satan höchstpersönlich begegnet wäre! Aus dem Zusammenhang wurde mir nicht klar, ob es sich vielleicht um historische Aufzeichnungen, also um irgendwelche Dokumente, handelt, oder ob die *Triangular Files* eine geheime Gruppierung bezeichnen. Lange Zeit dachte ich, der Begriff steht für die verborgenen Drahtzieher, von denen die *Enco* ihre Aufträge bekommt.«

»Halt, halt. Nicht so schnell«, unterbrach Peter seine Partnerin. »Ich verstehe ja, dass diese kranke Organisation, also diese Illuminaten-getriebenen Drahtzieher - wenn es sie denn überhaupt gibt - einen Namen brauchen. Aber wenn ihr mich fragt, ist *Triangular Files* keine geeignete Titulierung für eine verbrecherische Organisation und schon gar nicht etwas, wovor gestandene Geheimagenten zusammen zucken würden.« Er war voller Entrüstung.

Rosanna nickte. »Da bin ich bei dir. Für mich klang es auch eher nach einem Geheimpapier, einem *Mission Statement*. Sozusagen eine Art Leitschrift oder eine Handlungsanweisung.«

Peter stimmte ihr zu. »Hm. Möglicherweise sind die *Triangular Files* in einem ähnlichen Geist verfasst worden, wie der Illuminat Albert Pike vor weit über hundert Jahren seinen Bauplan der Welt niedergeschrieben hatte und unter anderem die bevorstehenden Weltkriege quasi voraus gedacht hatte.«

Sie schüttelte ihren Kopf. »Vielleicht, aber es muss noch mehr dahinter stecken. Alles wurde tot geschwiegen, niemand von uns bekam jemals etwas darüber heraus. Joe ist seit Jahren damit beschäftigt, doch es gibt keine Spuren.«

Peter machte einige Schritte durch den Raum.

»Zurück auf *Square One*. Zurück zum Anfang, Rosanna. Als Joe seine Pyramide in den nächtlichen Himmel von London projizierte, da war es ein gleichschenkliges Dreieck, richtig? Okay, das verstehe ich. Das Dreieck steht für den Begriff *Triangular*. Logisch. Aber du hast uns darauf hingewiesen, dass auch die Grundfläche dieselbe Form hatte. Es waren also vier gleiche Dreiecke und du erwähntest einen platonischen Körper, nicht wahr?«

Rosanna nickte ganz langsam. »Korrekt. Mit drei ebenen Flächen kann man keinen Körper schaffen. Dazu braucht man eine vierte Fläche. Und diese vier absolut identischen Dreiecke bilden ein sogenanntes Tetraeder. Man nennt es auch deshalb einen platonischen Körper, weil alle Flächen exakt gleich groß sind. Es ist pure Geometrie. Der Punkt ist der Anfang. Punkt, Gerade, Fläche und Körper.«

Sie griff zum Glas und nahm einen Schluck.»Nach einem Punkt ist die Gerade die erste geometrische Größe, nämlich die Verbindung von zwei Punkten. Fügt man einen dritten Punkt gleichförmig hinzu, so ergibt sich die Fläche, ein gleichseitiges Dreieck. Mit den drei Innenwinkeln von je 60° Grad. Eins, zwei, drei, darauf folgt vier. Wenn man den vierten Punkt nun wiederum gleichmäßig im Raum anordnet, ergibt sich erstmals ein Körper. Ein Tetraeder, bestehend aus vier identischen Dreiecken. Das Tetraeder hat vier Ecken und sechs gleichlange Seitenkanten. Von allen Seiten aus betrachtet sieht es gleich aus.«

»Das langt jetzt mit der Geometrie. Ich komme mir vor, wie im Mathe-Unterricht«, seufzte Peter.»Das bringt uns doch nicht weiter. Ein Körper, der aus Dreiecken besteht? Auf mich wirkt das überhaupt nicht furchteinflößend.«

Peter protestierte innerlich. Er steckte im Niemandsland in der russischen Tundra fest. Vollkommen abgeschnitten von der westlichen, zivilisierten Welt. Es gab kein Telefon, keinen Rechner und kein Internet. Hätte er in diesem Moment auf seine technischen Kommunikationsgeräte zurückgreifen können, es wäre ein Kinderspiel gewesen und im Handumdrehen würde er die Fragestellungen zu den geometrischen Körper aufklären können. Aber so? Die einzige Verbindung zur Außenwelt bestand aus einem völlig veralteten Röhrenfernseher.

Rosanna hingegen fuhr völlig unbeirrt fort.»Ein Tetraeder lässt sich mit seinen sechs Seitenkanten passgenau auf die Diagonalen eines Würfels legen und wenn man beim Tetraeder die Mittelpunkte seiner vier Flächen miteinander verbindet, so ergibt sich wiederum ein Tetraeder; deshalb wird es auch als Dualkörper bezeichnet.«

Peter riss der Geduldsfaden. Er klatschte einige Male laut in die Hände.»Toll. Ich bin hin und weg. Rosanna, mein Schatz. Jetzt wirken diese Dreiecke überhaupt nicht mehr bedrohlich auf mich. Da können wir ja ganz beruhigt mit Ivan eine neue Flasche Wodka öffnen und es uns vorm Pantoffelkino gemütlich machen.«

Ivan gefiel die Atmosphäre ebenfalls nicht. Vor lauter Dreiecken und den Mutmaßungen zu den *Triangular Files*, war er völlig verwirrt. Die Äußerungen von Peter nahm er bereitwillig auf und zauberte geradewegs eine neue Flasche des alkoholischen Nationalgetränks auf den Tisch.

Rosanna wirkte leicht eingeschnappt. Sie konnte nicht nachvollziehen, dass die beiden Männer ihren Ausführungen nicht folgen wollten.

»Ich verstehe euch nicht. Wir haben keine bessere Erklärung dafür gefunden. Ehrlich, das ist die ganze Story. Da könnt ihr googlen, bis der Arzt kommt. Und bevor ich es vergesse. Du wolltest wissen, warum ich auf das Tetraeder zu sprechen kam, stimmt's?«

Peter nickte. »Genau, das hast du uns noch nicht erklärt...«

»Bei der Lagebesprechung, ihr wisst schon, damals im *Enco*-Hauptquartier, da hatte ich eine Zeichnung gesehen. Das war mit hundertprozentiger Sicherheit dieser geometrische Körper. Und es lagen Schnittzeichnungen daneben. Peter, manche davon sahen aus, wie das *Allsehende Auge*. Auf einer Pyramide...«

Augenblicklich schoss Peter die Abbildung auf der amerikanischen Ein-Dollarnote durch den Kopf. Es war das vermeintliche Zeichen der Illuminaten. Langsam nickte er und stimmte ihr zu.

»Hm, mag sein. Die Pyramide und das *Allsehende Auge*. Die Puzzle-Steine könnten sich zusammenfügen. Doch mehr hat Joe auch nicht darüber herausgefunden, sagtest du?«

»Leider nicht«, räumte Rosanna ein, »aber es kann sein, dass er inzwischen mehr weiß. Sein blaues Lichtspektakel könnte auch als Zeichen an die Drahtzieher gerichtet sein, dass wir nun Gewissheit haben, wer sie sind.«

Ivan reichte seinen Freunden die Gläser und wollte wissen, ob sich denn nun eine Botschaft in dem Päckchen verbergen würde. Trotz verschiedener Ansätze und Theorien zur Entschlüsselung, hatte sich der Text im Brief als bedeutungslos erwiesen.

»Es muss etwas anderes sein«, vermutete Rosanna.

Bei Peter kam mittlerweile seine kreative Ader durch. Er positionierte die Karte auf dem Tisch, blickte durch die figürliche Ausstanzung und richtete das Teelicht dahinter aus.

»Hübsch«, rief er aus. »Bald ist der erste Advent.«

Rosanna war der zynische Unterton nicht entgangen. Sie wusste, dass Peter diesen Ort unbedingt verlassen wollte. Lange würde sie ihn nicht mehr hier festhalten können. Sie nahm das Teelicht in die Hand. Eigentlich war es eine Duftkerze, in einer lilafarbenen Metalldose mit einem Deckel. Sie drehte die Box und las die Aufschriften vor. *Scented Travel Candle. Black Currant. Von Henri Bendel Home, mit dem Firmensitz in New York 10019, 712 Fifth Avenue.* Sie überlegte, würde man die beiden Nullen aus der Postleitzahl streichen, so blieb 11/9. Die Fifth Avenue? War es eventuell ein Hinweis auf die Ereignisse in Manhattan? Sie schüttelte den Kopf und stellte das Teelicht wieder zurück an seinen Platz, denn aus den Beschriftungen schien kein Hinweis hervorzugehen. Als sie ein weiteres Mal auf die Anordnung blickte, kam ihr schließlich ein Gedanke.

»Ich hab's. Ivan, würdest du bitte die Kerze anzünden.«

Nun verstanden auch die beiden Männer ihren Ansatz. Sobald die Kerze bis auf die Blechhülle hinunter gebrannt war, würde sich möglicherweise eine geheime Botschaft zeigen. Wie bei einer spirituellen Séance, saßen die drei geduldig vor dem kleinen Teelicht und schauten voller Erwartung in die Flamme. Nach weiteren zwei Gläsern Wodka war es endlich so weit. In der Form einer miniaturisierten Schrift zeigte sich ein spiralförmig angelegter Text. Ivan kramte nach einer Lupe und reichte sie Peter.

»*Nikolaus sieht euch am dritten Tag, 30 Tage nach dem Einsturz. Es ist ein Montag und demonstrativ wird Thomas in der Nähe sein. Gebt acht, keine Hand wird geballt und kein Fass wird fliegen. Alles bleibt unauffällig*«, las Peter vor. »Wow, eine Nachricht in meiner Sprache. Aber die Botschaft ist nicht wirklich hilfreich.«

Ivan nickte zustimmend und Peter schob das Teelicht auf dem Tisch beiseite. Nur Rosanna widersprach und nahm die Metallhülle noch einmal in ihre Hand. Sie las die Sätze ein zweites Mal und kombinierte.

»Peter, es ist doch klar, dass der Text in deutsch geschrieben ist«, schlussfolgerte sie. »Joe lädt uns zu einem Treffen in Deutschland ein. Auf *Montag* folgt im Text das Wort *demonstrativ*. Es geht um die Montagsdemonstrationen. In Leipzig. An der Thomaskirche. Im Sommer 1989. Das solltest du doch am besten von uns wissen.«

Langsam verstand Peter. »Du könntest recht haben...«

Sie war auf dem richtigen Weg. »Wir sollen drei Tage nach Nikolaus - also am neunten Dezember - in Leipzig auf dem Weihnachtsmarkt erscheinen. Was stand dort? Das Treffen soll 30 Tage nach dem Einsturz stattfinden. Tja, das wäre genau einen Monat nach dem neunten November, dem 9.11. - also eine weitere Bestätigung für unser Treffen am 9. Dezember. Noch deutlicher kann die Botschaft wohl kaum lauten. Es ist eine Anspielung auf unser inszeniertes 9/11 in den USA und auf den Tag der Maueröffnung in Deutschland.«

Peter wog anerkennend seinen Kopf einige Male hin und her. Offensichtlich hatte sie die Botschaft entziffert.

»Ihr findet sogar den Ort und die Uhrzeit in der Botschaft. Na Peter, dämmert's?«

Er fühlte sich vorgeführt. Seine Partnerin ließ ihr universelles Wissen ganz schön krass heraushängen, dachte er. Stück für Stück konnte er die Teile zusammensetzen. Leipzig, die Montagsdemonstrationen. Doch an welcher Stelle im Text war der genaue Ort des Treffens erwähnt?

Rosanna zeigte sich ungeduldig. »Hey, sagt euch Goethe etwas? Der weltberühmte Dichter verbrachte einige Jahre in Leipzig und was fällt euch nun zu der 'geballten Hand' ein? *Faust*!«

Sie legte eine kleine Pause ein und genoss den Moment ihres Triumphs. »In dem historischen Gasthaus Auerbachs Keller, im Zentrum von Leipzig, soll im 16. Jahrhundert der gute Doktor Faust auf einem Weinfass aus dem Fenster geflogen sein. Also, das Treffen wird im Restaurant Auerbach's Keller stattfinden. Am 9. Dezember. Um acht Uhr. *Gebt acht*, you know?«

Es herrschte Stille. Sie nahm nicht die geringste Rücksicht darauf, ob die beiden Männer ihren Ausführungen folgen konnten - oder wollten. Rosanna war in Höchstform.

»Dort werden wir wahrscheinlich viele von unseren Verbündeten treffen und die nächsten gemeinsamen Schritte abstimmen. Auch die Kleidungsvorschrift steckt im Text. *Unauffällig*. Das heißt, wir tragen eher winterliche Schals und Mützen. Am besten kommen wir vermummt, so dass uns niemand erkennt. Und wir sollen selbstverständlich weder ein Handy noch irgendwelche Ortungssysteme mit dabei haben.«

Es schien, dass mit einem Mal Bewegung in die Sache gekommen war. Joe musste offensichtlich auf eine Spur gestoßen sein und wollte alle Ebenen ihrer Bewegung zusammenbringen. Für Rosanna war die Sache klar. Bis zum Zieldatum lagen noch gute zehn Wochen vor ihnen. Zeit genug, um Peter richtig fit zu machen, schoss es ihr durch den Kopf. Sie könnte den Zeitraum ebenfalls gut nutzen. Rosanna weihte Peter in ihre Pläne ein.

»Ein Training? Frag mich bitte erst mal, ob ich das überhaupt will«, protestierte er, allerdings mit einem freundschaftlichen Unterton und nach einer kurzen Pause fügte er hinzu. »Was wird mich erwarten?«

»Nichts Schlimmes. Du wirst erstaunt sein, was alles in dir steckt. Wenn du deine Grundausbildung absolviert hast, wirst du uns tatkräftig unterstützen können.«

Ivan zollte ihm ein anerkennendes Lächeln und war zugleich froh, dass er selbst davon verschont blieb.

»Welchen Trainer bekommt dein Freund?«, zeigte sich Ivan interessiert.

»Je weniger du weißt, umso besser«, sagte Rosanna.

Sie nickte und nahm einen Schluck aus dem Wodka-Glas. In den nächsten Stunden ordneten sie die Pläne für die kommenden Wochen und packten ihre Sachen. Am nächsten Morgen sollte es relativ früh losgehen. Ivan versprach ihnen ein Motorrad, welches er vollgetankt in seinem Schuppen neben dem Mercedes Geländewagen untergebracht hatte. Nachdem sie sich alle Dinge für den nächsten Tag zurecht gelegt hatten, machten sie es sich vor dem Kamin in Ivans Hütte ein letztes Mal gemütlich.

Rosanna schob die Gläser in die Mitte und bat Ivan, noch mal einzuschenken. Während er die Gläser füllte, erhob sich Rosanna und ging hinüber zu der Anrichte. Dort befand sich ein gut erhaltener Schallplattenspieler, der in all den Wochen bislang kein einziges Mal im Einsatz gewesen war.

»Funktioniert der Player noch?«, erkundigte sie sich bei Ivan.

Er nickte. »Schau mal unten im Schrank nach, da sollten noch einige alte Platten sein.«

*Alt* traf es auf den Punkt. Die Cover waren ziemlich vergilbt. Rosanna blätterte durch die Alben und wählte eine nostalgisch anmutende Vinyl-Platte aus Frankreich. Der Sound war noch erstaunlich gut, als die Nadel über die Rille glitt.

*André Claveau* hieß der Interpret mit dem Titel *Cerisieres roses et pommiers blanc*.

»Das mit den Rosen passt ja zu dir, Rosanna«, kommentierte Ivan, der den Titel sofort erkannte.

»Sehr charmant. Danke, dass du es solange mit uns ausgehalten hast. Und *merci* für die gute Versorgung.« Rosanna drückte seine Hand und er fühlte sich sichtlich geschmeichelt. Sie ließ ihn los und wandte sich an Peter.

»Tanz mit mir«, forderte sie ihn auf.

Das ließ er sich nicht zweimal sagen und führte sie galant zu den Klängen eines Tangos über den Holzfußboden der spartanischen Behausung. Peter lächelte seine Partnerin an. Sie hatte trotz des schlichten Umfelds nichts von ihrer Attraktivität eingebüßt - sehr zu seinem Verdruss, denn so nah sie ihm war, so fern schien sie gleichzeitig zu sein. Immer wieder hatten sich in den letzten Wochen die Erinnerungen an den wilden Sommer von vor zwei Jahren in seine Gedanken gemischt. Damals hatten die beiden fast täglich miteinander geschlafen und er hatte sich unsterblich in sie verliebt. Die Heftigkeit der damaligen Ereignisse und ihr plötzliches Verschwinden mit dem Sprung in die Themse, hatten ihn vor zwei Jahren abrupt erwachen lassen - es war wie das Hochschrecken aus einem intensiven Traum. Und nun? Die Geschehnisse des vergangenen Sommers, zur Zeit der Sommersonnenwende, waren mit einer ähnlichen Dominanz in sein Leben gekommen. Es hatte begonnen mit dem tödlichen Anschlag auf seine Agentur in Hamburg; gefolgt von der Flucht mit seinem Sohn nach Tromsø - bis in die Nähe des Nordkaps. Peter erinnerte sich an das knappe Entkommen vor seinem Verfolger, dem Auftragskiller Jack Henkins, und dem unerwarteten Wiedersehen mit Rosanna.

Zeit für Zärtlichkeiten hatten die beiden seitdem so gut wie nicht mehr gehabt. In regelmäßiger Eintönigkeit plätscherten die Tage bei Ivan vor sich hin und es ergab sich keine rechte Gelegenheit, mit Rosanna zu irgendwelchen Intimitäten zu kommen. Kurze leidenschaftliche Umarmungen markierten schon die Höhepunkte des Tages. Nur hin und wieder kam es zu kurzen, liebevollen Berührungen, denn Ivan schien fast unablässig in ihrer Nähe zu sein. Und obwohl sie ihr eigenes Zimmer hatten, ergab sich keine einzige Situation, in der sie Sex hatten, denn die Wände waren viel zu leicht gebaut. Dass sie vom nächsten Tag an nun für eine gewisse Zeit getrennte Wege gehen würden, schlug in den Augen von Peter dem Fass den Boden aus. Mit seiner Traumfrau in unbekanntes Terrain aufzubrechen, hatte er sich bei der Abfahrt des Schiffes in Tromsø beileibe anders vorgestellt. Und obendrein konnte er sich beim besten Willen nicht an eine solch lange sexuelle Abstinenz erinnern. Der heutige und letzte Abend in der vertrauten Dreier-Runde würde aller Voraussicht nach genau so enden, wie viele andere Abende bereits zuvor. Irgendwann, recht spät in der Nacht, würden sie entscheiden, dass sie keine weitere Flasche Wodka mehr anbrechen wollten, um dann völlig übermüdet - und alkoholisiert - ins Bett zu fallen. Klar, dass sich dann nichts mehr ergeben würde. Denn wenn einer von ihnen mehr Wodka als die anderen vertragen konnte, so war es Ivan. Rosanna und Peter mussten bei vergleichbarem Konsum aufpassen, dass sie nicht in einem komatösen Zustand endeten.

'Von wegen Tango, wir werden wieder keinen Sex haben', stellte Peter ernüchternd für sich fest. Doch als hätte Rosanna seine Gedanken lesen können - und mehr noch, als hätte sie dasselbe Verlangen verspürt - prostete sie Ivan erneut zu.

»Auf *ex*, Ivan! Auf das nächste Mal!«

Noch deutlicher konnte die Aufforderung an den Russen nicht sein. In einer atemberaubenden Geschwindigkeit führte er das Glas zum Mund und kippte den Inhalt in einem Rutsch hinunter. Peter griff instinktiv ebenfalls zum Glas und wollte sich anschließen, als Rosanna ihn zurückhielt.

»Du nicht, Peter, du willst doch heute noch fit sein, oder?« Sie lächelte ihn vielsagend an und stellte ihr Glas, ohne einen Schluck getrunken zu haben, wieder auf den Tisch.

Ivan schaute leicht irritiert und öffnete seinen Mund, als ob er etwas sagen wollte. Doch dazu kam er nicht mehr. Die Augenlider fielen ihm zu und wie von Zauberhand neigte sich sein Kopf zur Seite.

»Was der Alkohol so alles anrichten kann«, staunte Peter.

»...und *mother's little helpers* tun ihr Übriges«, ergänzte Rosanna und öffnete ihre Hand. Peter sah eine kleine weiße Pille und ihm war sofort klar, dass sie Ivan damit in sanfte Träume geschickt hatte.

Die Musik begann ein weiteres Mal von vorne zu spielen und als wäre nichts gewesen, nahmen sie wieder ihre Grundstellung beim Tanz ein.

»Ivan wird sich morgen an nichts mehr erinnern können. Hey, zu unserem Abschied muss er uns diese Stunden einfach lassen.« Sie setzte dabei ihr verführerischstes Lächeln auf, welches Peter so unendlich vermisst hatte.

»Heute können wir es so richtig krachen lassen. Komm.« Sie fasste ihn an seine Hand und führte ihn ins Schlafzimmer.

Die Vorhänge waren zugezogen und eine Lampe auf dem Nachttisch sorgte für eine schummerige Beleuchtung. Sie stellte ihr Smartphone auf die Kommode und hatte einen Song im Wiederholungsmodus angewählt. *Come with me* von *Bronislau Kaper*.

»Irgendwann, Peter, irgendwann werden wir auf Bora Bora sein. Versprochen, irgendwann. Küss mich.«

Es gab kein Halten mehr für die beiden. In Windeseile rissen sie sich die Kleidungsstücke vom Körper. Rosannas Fingernägel krallten sich in seinen Rücken, als sie sich umarmten. Alles drehte sich, der Kuss wollte gar nicht enden. Dann schliefen sie miteinander. Als wäre die Zeit stehengeblieben, war alles wieder so wie damals. Es kam ihnen so vor, als wäre es der intensivste Sex in ihrem ganzen Leben. Zärtlich streichelte Peter sie am ganzen Körper, jeden Zentimeter wollte er erkunden.

Für einen kurzen Moment hielt er an ihrem Rücken inne, drei Muttermale lagen dort dicht nebeneinander.

'Schon wieder ein Dreieck - und mit genügend Fantasie kann man in jedem noch so kleinen Detail ein Zeichen des Himmels erkennen', dachte Peter und küsste sie auf ihre Schulter. Die Stunden der Nacht reichten kaum aus, so oft hatten sie miteinander geschlafen, bis sie endlich in den frühen Morgenstunden die Decke über ihre nackten Körper zogen und wild ineinander verknotet einschliefen.

# Kapitel 16

*Russland*

*September 2013*

*Das Training bei Gori*

Eine friedvolle Stimmung lag über dem Waldgrundstück. Es war noch früh am Morgen. Zu früh, als dass Rosanna und Peter nach ihrer vergangenen Nacht schon wieder richtig fit waren. Einen ausgeschlafenen Eindruck machten sie beileibe nicht. Ivan ging es nicht viel besser. Völlig zerknautscht blickte er die beiden an.

»Habt ihr auch so einen Kater? Mann, so viel Wodka war es doch gar nicht gewesen.«

Rosanna warf Peter einen kurzen verstohlenen Blick zu und schob sich ihre Harre aus dem Gesicht.

»Ivan, hast du eine Straßenkarte? Die könnte ich gut brauchen.« Sie lenkte das Gespräch in eine andere Richtung.

Während der Russe mit dem zerzausten Haar wieder im Haus verschwand und in seinen Unterlagen wühlte, schaute sich Rosanna das Motorrad an. Technisch schien es in einem guten Zustand zu sein. Sie sprang auf den Sattel und hüpfte einige Male auf und ab.

»Na, das werden wir spätestens morgen spüren.« Sie gab sich einen demonstrativen Klaps auf ihren Po. Beim Anblick ihrer eng anliegenden schwarzen Hose, schossen Peter sofort die Gedanken an die letzte Nacht durch den Kopf. Er schmunzelte.

»Ich nehme an, dass du gleich starten willst. So wie du bereits nach der Karte gefragt hast...«

Sie nickte und schenkte ihm ein Lächeln zurück. Dann wandte sie sich an den Russen.

Ihr Abschied von Ivan war kurz und schmerzlos. Beide konnten nicht einschätzen, ob sie sich je noch einmal begegnen würden. Aber sie waren Profis; verbunden durch ihr übergeordnetes Ziel. Jahrelang hatten sie wie Söldner in den Diensten der *Enco* gestanden; jener paramilitärischen Geheimtruppe, die die verschiedensten Operationen mit einer globalen Tragweite ausgeführt hatte. Doch auch für sie selbst blieben die Zusammenhänge der Aktivitäten oft im Unklaren. Weder konnten sie ihre Auftraggeber eindeutig ausmachen, noch die politischen Gruppierungen, die hinter den Zielen standen. Manchmal kam es ihnen so vor, als würden alle Einsätze im Interesse der amerikanischen Regierung geschehen, dann wiederum gab es zielgerichtete Attacken, die eine russische Interessenlage vermuten ließen. So undurchsichtig die Operationen am Ende blieben, so wenig war auch für die *Enco*-Mitarbeiter das Große und Ganze erkennbar. Zu oft bekamen sie nur einen kleinen Ausschnitt vom Gesamtgeschehen mit und genau darin schien eine Methode der Verschleierung zu stecken. Es war so, als ob bei einem Film verschiedene Autoren für die Handlungen an den unterschiedlichen Drehtagen zuständig waren und keiner der Akteure die Auflösung der Gesamtgeschichte kannte.

Die Zeit bei der *Enco* lag nun endgültig hinter ihnen. Offiziell waren sie zwar noch bei der Organisation gelistet, als sogenannte *Enco*-Schläfer, und theoretisch konnte jederzeit ein neuer Auftrag an sie erfolgen. Doch gemeinsam mit anderen ehemaligen *Enco* Kollegen waren sie untergetaucht und versuchten, sich so gut es ging unsichtbar zu machen. Sie lebten gefährlich. Sobald ihr Doppelspiel auffliegen würde, war absehbar, dass sie für die *Enco* eine gefährliche Bedrohung darstellten und sie innerhalb kürzester Zeit aus dem Verkehr gezogen werden würden. Waren Rosanna und Ivan bereits im Visier ihrer Verfolger? Im Zweifel mussten sie davon ausgehen. Doch mit dem guten Gefühl, etwas Sinnvolles gegen die Machenschaften der Drahtzieher zu unternehmen, motivierten sie sich immer wieder gegenseitig.

Rosanna drückte Ivan ein dickes Bündel Dollarnoten in die Hand.

»Ich kann dir nicht versprechen, ob du dein Motorrad noch einmal wiedersiehst. Ich hoffe, das Geld reicht für ein neues.«

Peter ging einen Schritt zur Seite. Er wollte nicht neugierig sein und hatte auch gar kein Interesse daran, etwas über die Summe zu erfahren. Aus seiner bisherigen Erfahrung war Rosanna in finanzieller Hinsicht eher großzügig.

»Hast du noch ein Paar Helme für uns?«, bat sie ihren Gastgeber, doch Ivan zuckte mit den Schultern. Wortlos verschwand er langsamen Schrittes in dem angrenzenden Holzschuppen und kam einige Minuten später mit zwei angestaubten Lederkappen wieder zurück.

»Aus welcher Armee stammen denn diese Derivate, mein Lieber?«, wollte Rosanna wissen. Letztendlich waren die olivgrünen Schutzkappen jedoch besser als gar kein Schutz. Und so brausten sie wenige Augenblicke später mit Vollgas vom Hof.

Während der stundenlangen Fahrt hatte Peter vollkommen die Orientierung verloren. Er versuchte, den Sonnenstand auszumachen. Doch mehr, als daraus Süden als grobe Richtung abzuleiten, gelang ihm nicht. Es musste bereits spät am Nachmittag gewesen sein, als er schließlich am Horizont die Silhouette einer größeren Stadt erkannte.

»Es ist deine City«, rief ihm Rosanna vom Fahrersitz aus zu. »Die Stadt ist nach deinem Namensvetter benannt.«

Es konnte sich demnach nur um Sankt Petersburg handeln. Doch offensichtlich nahm Rosanna nicht die Route in die Innenstadt sondern in eine schwach besiedelte Gegend im Norden der Stadt. Mehrmals unterbrach sie die Fahrt und versuchte, sich mit dem Kartenmaterial und mithilfe ihrer Erinnerung zurecht zu finden. Es war kein einfaches Unterfangen, denn die Karte war hoffnungslos veraltet.

»*Damn*«, fluchte sie ein ums andere Mal. Passanten wollte sie ebenfalls nicht um Hilfe bitten, da das am Ende nur eine unnötige Aufmerksamkeit hervorrufen konnte. Schließlich steuerte sie eine Tankstelle an und erwarb mit ihren letzten Rubeln eine aktuelle Straßenkarte. Das war die richtige Entscheidung gewesen; nun dauerte es nur noch zwanzig Minuten, bis sie die Zieladresse erreicht hatten. Bei der Behausung, die Rosanna so verheißungsvoll als Trainingscenter beschrieben hatte, stellte Peter eine gewisse Ähnlichkeit mit dem Holzhaus von Ivan fest. Auch dieses Gebäude lag relativ versteckt am Ende einer wenig befahrenen Abzweigung, wohlbehütet unter hohen Kiefern und es war so gut wie nicht einsehbar von der Hauptverkehrsader.

Ein grauhaariger, älterer Mann kam aus dem Haus, als er das Geräusch des Motorrads vernahm. Er schien gar nicht überrascht zu sein, als er Rosanna sah. Aber er konnte ja nicht wissen, dass sie ihm einen Besuch abstatten würden, dachte Peter. Oder doch? Hatte sie ihm schon vorher ein Signal gegeben? Über welche Wege konnte sie ihr Kommen angekündigt haben und wie sollte das möglich sein? Peter war schließlich die ganze Zeit über bei ihr gewesen und hatte nichts davon mitbekommen.

Er beschloss, sie später danach zu fragen. Inmitten des herzlichen Begrüßungszeremoniells bestand dazu noch keine Gelegenheit. Der grauhaarige Russe ging geradewegs auf Rosanna zu und begrüßte sie freundlich.

»Rosanna, ma belle. Comment ça va?«

»Merci, Gori! Komm mal zu uns, Peter.« Sie winkte zu ihrem Sozius herüber. Er kam näher und reichte dem Russen seine Hand zur Begrüßung. Rosanna genoss die Situation sichtlich.

»Darf ich vorstellen. Seine Hoheit Wladimir Gregoriev, in limitiertem Umfang der französischen Sprache mächtig!«

»Nenn mich einfach Gori. Das macht deine freche Freundin schon seit Jahren. Und sie neigt dazu, sich über mich lustig zu machen.« Er kokettierte mit seinem langjährigen Verhältnis zu Rosanna.

»Wladimir ist viel zu kompliziert und Gregoriev ist auch nicht besser«, führte sie als Erklärung an.

»Na denn, hallo Gori«, sagte Peter und freute sich über die Bekanntschaft.

Das Motorrad schoben sie zu einem Schuppen, der direkt an das Haus anschloss. Gori zeigte ihnen seine Wohnung. Als sie durch die Räume gingen, fiel Peters Blick manchmal zu Rosanna hinüber und er wurde das Gefühl nicht los, dass sie schon einmal hier gewesen war. Vom großen Wohnzimmer ging es zwei Stufen hinunter und dort erstreckte sich ein weitläufiger Raum, in dem einige Fitnessgeräte aufgestellt waren. Peter beschlich eine erste Ahnung, was auf ihn zukommen würde. Gori hingegen schmunzelte, als er auf die Geräte zeigte.

»Meine Folterwerkzeuge, aber jeder meiner Trainees hat die Torturen überlebt. Bisher jedenfalls.«

Am Ende des Raums schloss sich ein gefliester Bereich an. »Hier findest du die Duschen und auch eine Sauna. Das ist in meinen Augen das Beste, was man seinem Körper nach einem langen und anstrengenden Tag gönnen kann, stimmt's?«

Rosanna nickte in seine Richtung. Sie war sich jedoch nicht ganz sicher, ob er damit eine versteckte Aufforderung zu einem gemeinsamen Sauna-Abend im Sinne hatte. Vorsichtshalber setzte sie ein Zeichen.

»Gori, du hast es dir hier wirklich toll eingerichtet. Wenn ich mehr Zeit hätte, würde ich doch glatt fragen, ob du die Sauna aufheizen würdest...«

Wie aufs Stichwort war in diesem Augenblick das laute Klacken eines Elektrorelais zu hören. Offenbar war die Sauna bereits auf Betriebstemperatur und das Thermostat hatte sich gerade eingeschaltet, um wieder nachzuheizen. Als ob sie es geahnt hatte. Rosanna zog ihren Mund mit einem betont bedauernden Ausdruck, sagte jedoch nichts. Gori gab sich leicht enttäuscht.

»Da, da. Es ist okay, dann beim nächsten Mal. Aber für eine Tasse Tee wird deine Zeit doch noch reichen?«

Rosanna schaute auf ihre Armbanduhr. Etwas Zeit hatte sie tatsächlich noch. Sie nickte wortlos und legte ihre Jacke über eine Stuhllehne.

»Tee?«, Peter staunte nicht schlecht. »Gori, das klingt richtig gesund. Ich dachte schon, alle Russen trinken nur Wodka.«

Gori bot seinen Gästen die Plätze im Wohnzimmer an. »Ach weißt du, Peter. Natürlich gehört der Wodka dazu. Leider drückt der Konsum unser durchschnittliches Lebensalter ganz erheblich nach unten. Es heißt, dass dadurch ein großer Teil der männlichen Russen schon reichlich früh, und lange vorm Rentenalter, dahin gerafft wird. Und im Ernst, ich möchte nicht mit 55 unter die Grasnarbe kommen.«

»Älter werdet ihr nicht?«, interessierte sich Peter.

»Es ist ein Drama, da. Für den männlichen Teil unserer Bevölkerung ist das leider der Fall und ein Viertel von ihnen wird nicht mal Mitte fünfzig. Gottlob habe ich den Durchschnitt bereits überlebt.«

Rosanna streichelte liebevoll seine Hand. »Hey, so alt bist du doch noch nicht. Zumindest hast du dich gut gehalten.«

Gori freute sich über das Kompliment sichtlich und erhob sich. Mit einem gewissen Stolz brachte er seinen Oberkörper in Positur und ließ die Muskelpakete unter dem blauen Oberhemd spielen. »Da, es kommt nicht auf die Jahre an, die man auf dem Buckel hat, sondern auf die intensiv erlebten Momente. Oh, Boy. Jetzt könnte ich eine Zigarre vertragen.«

Er ging hinüber zu einem hohen Wandschrank und zog eine der unteren Schubladen heraus. Fast triumphierend präsentierte er eine längliche Holzschachtel.

»Die stammen aus Kuba. Es hatte doch etwas Gutes mit der Schweinebucht.«

Gori lachte und zündete sich eine der Zigarren an. Genüsslich paffte er den grauen Qualm in den Raum. Peter fand das alles andere als amüsant und hüstelte. Sobald Gori es bemerkte, legte er den Glimmstängel rücksichtsvoll in den Aschenbecher.

»Nehmt euch bitte selbst die Tassen aus dem Schrank. Ich hole die Kanne!« Gori stellte die übergroße Teekanne auf den Couchtisch und kommentierte die Sorte mit einem einzigen Begriff. »Ingwertee.«

Er sprach das Wort derart betont aus, fast weihevoll, so dass Peter beeindruckt war. Ein Mann wie ein Bär, groß und kräftig, und seine unergründlichen, dunkelbraunen Augen strahlten eine jahrzehntelange Erfahrung aus. Die tiefe, sonore Stimme verlieh seiner Erscheinung eine große Ausdruckskraft und Gori füllte mit seinem Wesen den gesamten Raum aus. 'Der Typ hat Charisma', dachte Peter. 'Ich bin gespannt auf das Training.'

Das Gespräch drehte sich in erster Linie um das Programm in den kommenden Wochen. Gori legte ein großes Blatt Papier auf den Tisch und gab Peter einen Stift. Auf dem Blatt befanden sich viele ungeordnete Zahlen. Die Regeln waren einfach; Peter sollte die Zahlen von eins bis fünfzig mit jeweils einem Strich verbinden und Gori stoppte die Zeit, die er dafür benötigte. Der Blick auf die Uhr bestätigte eine Zeit von etwas über zwei Minuten. Der Wert an sich war gar nicht schlecht in den Augen des Trainers, doch Gori kündigte noch weitere Checks an, bevor das eigentliche Programm beginnen sollte. Vor allem sollten auch sämtliche Körperwerte erfasst werden.

'Geht es um den Vergleich? Vorher, nachher? Das ist ja fast wie bei einem Diät-Programm', dachte Peter.

Laut Gori brachte Peter im Grunde genommen ausgezeichnete Voraussetzungen für die Trainingseinheiten mit. In der Kombination von einer leichten Gewichtsreduzierung und einem kontinuierlichen Muskelaufbau, war ein Body-Mass-Index von unter 20 das gesetzte Ziel. Darüber hinaus sollten Peters kombinatorische Fähigkeiten mit unterschiedlichsten Übungen verbessert werden. Alles in allem klang das Programm recht interessant; Peter konnte sich nicht erinnern, dass er je zuvor von solch einer Ausbildung gehört hatte, geschweige denn an etwas Vergleichbarem teilgenommen hatte.

»Intelligenzaufgaben sind auch mit dabei? Na, das kann ja heiter werden«, kommentierte er die Übungen.

Der Russe beruhigte ihn; das Trainingsprogramm war offensichtlich sehr ausgewogen angelegt und von einer ständigen Abwechslung zwischen körperlichen und geistigen Aufgaben geprägt.

»Wenn du deinen Freund das nächste Mal siehst, Rosanna, wirst du erstaunt sein. Versprochen!«

Gori schlürfte an seinem Tee und rezitierte über die wohltuenden Eigenschaften des Ingwers. Rosanna wollte ihn nicht in seinem Redefluss unterbrechen, doch sie blickte immer mal wieder auf ihre Uhr. Sie wartete auf den richtigen Moment, um das Gespräch in eine andere Richtung zu lenken, bevor sie sich auf den Weg zum Flughafen machen wollte.

»Let's talk business, Gori.«

Wie aufs Wort reagierte der Russe sofort und nahm eine gerade Körperhaltung ein. »Was möchtest du wissen, Mademoiselle?«

Rosanna rückte ein wenig näher an ihn heran. »Wie sieht es mit deiner Kommunikation mit der Außenwelt aus? Bist du gut ausgestattet?«

»Da, da. Die Geräte sind abhörsicher angeschlossen. Erst vor zwei Wochen haben wir neue Firewalls und Störsender installiert. Ich habe noch einen guten Kontakt zu einem Kumpel im FSB...«

»Hält der Typ dicht?«, wollte sie wissen.

Gori nickte. »Wir lagen schon zusammen in den Bergen von Afghanistan. Damals, 1980. Die Gefechte gehen uns bis heute nicht aus dem Kopf.«

»Dann bist du also über einen gesicherten Kanal erreichbar und Joe kann mit euch den Kontakt aufnehmen?«

Gori nickte. »Das sollte kein Problem sein. Na ja, so sicher wie die globale Kommunikation überhaupt noch sein kann. Seit den Enthüllungen von diesem *Downsen* wissen wir nun mit Bestimmtheit, was wir vorher nur vermutet haben.«

Rosanna legte den Kopf auf die Seite. »Das habe ich bei Ivan im Fernsehen verfolgt. Die Enthüllungen des US-Amerikaners *Eddie Downsen*, einem früheren Mitarbeiter der NSA. Er soll sich immer noch in Moskau an einem geheimen Ort aufhalten. Wie schätzt du die Sache ein, Gori? Ich meine, dass alle Datenleitungen angezapft werden und dass über die CDNs, die Content Delivery Networks, die weltweite Kommunikation überwacht werden kann, davon redet Joe schon seit Jahren.«

Gori stimmte ihr zu. »Richtig. Und wir haben uns das selbst zu Nutze gemacht. In der *Enco* hatten wir einen nahezu unbegrenzten Zugang zu allen Datenquellen. Ob Telefon, Email, oder SMS. Es gab eigentlich keine Grenzen und wenn wir höchst vertrauliche Informationen für unsere Operationen benötigten, so bekamen wir aus der *Enco* Zentrale alles, ohne Einschränkung. Doch für die Öffentlichkeit blieb die ganze Chose schön im Verborgenen. Und dann kommt dieser Eddie Downsen, wie aus dem Nichts und hat alle geheimen Informationen auf seinem Rechner? Das war dann ja wohl ein Totalversagen der staatlichen Geheimdienste, allen voran bei der amerikanischen NSA.«

Rosanna nickte. »D'accord. Etwas merkwürdig ist die Sache schon. Auch hinsichtlich der zeitlichen Koinzidenz. Die *Operation Salamander* war im Frühjahr gerade in die entscheidende Phase gekommen.«

»Du redest von den Tierchen, die angeblich auf dem Mars herumlaufen? Das hätte ich dir gleich sagen können, dass das eine Schwachsinns-Idee war. Die Leute haben uns zwar schon viele Inszenierungen abgenommen, aber Leben auf dem Mars? Das war ja dann doch wohl eine Idee zu dick aufgetragen.«

Gori fuchtelte dabei mit seinen Armen wild gestikulierend durch den Raum.

»Sachte, sachte«, beschwichtigte Rosanna. »So schlecht war die Story nicht. Ziemlich perfide sogar, wenn alle Register am Ende gezogen worden wären. Und warte es ab. Früher oder später kommt die Geschichte doch noch auf den Tisch. Es wird mit der Nachricht beginnen, dass man Wasser auf dem Mars gefunden hat. Ich war jedenfalls überrascht, dass die *Operation Salamander* abgeblasen wurde. Der Abbruch fiel zeitlich zusammen mit dem Erscheinen von Eddie Downsen, der seine Flucht mit den vertraulichen Dokumenten von Hawaii nach Hongkong sorgfältig geplant hatte. Und weißt du was, Gori? Genau im selben Zeitraum, im Juni diesen Jahres, tauchten in Hamburg bei Peter auf dem Rechner unglücklicherweise einige Unterlagen von der *Operation Sonnenwende* auf.«

Peter blickte nachdenklich zu Rosanna. Er erinnerte sich an den USB Stick, der aussah wie eine kleine Nachbildung des Rosetta Stone's, auf dem Joe eine ganze Reihe von sensiblen Daten abgespeichert hatte.

'Hätte, wenn und aber', schoss es ihm durch den Kopf. Wäre alles anders gekommen, wenn er den USB Speicher schon damals in der Elbe versenkt hätte? Denn es war in der Tat merkwürdig, dass dieser Eddie Downsen genau in den Tagen vor der Sommersonnenwende im Juni 2013 auf der Bühne der Weltöffentlichkeit aufgetaucht war. Wie aus dem Nichts.

Rosanna bemerkte, dass Peter von den Zusammenhängen mitgenommen war und beruhigte ihn.

»Peter, keine Sorge. Der Stick und dein Rechner standen nicht im Mittelpunkt. Klar, die EXE-Datei hatte einen Alarm ausgelöst und die Gefahr war außerordentlich groß, dass mit einem Schlag die wahren Hintergründe zu 9/11, wie auch zu den 7/7 Anschlägen in London und zu den Terrorattentaten in Madrid aus dem Jahre 2004 ans Tageslicht gekommen wären. Aber außer Jack Henkins war niemand darauf angesetzt. Es sei denn ...«, sie zögerte einen Augenblick. »Hm, es mag sein, dass man auch fürchten musste, dass das gesamte Ausmaß der Überwachungspraktiken ans Tageslicht kommen würden. Joe hatte so ziemlich alles auf dem USB Stick abgespeichert, was er herausgefunden hatte. Auch wenn es nur der Stand der Dinge aus dem Jahr 2011 war. Die Brisanz war sicherlich gegeben.«

Peter verlor die Contenance. »Einen Moment. Ich kann dir nicht ganz folgen. Willst du damit andeuten, dass das Auftauchen von Eddie Downsen kein Zufall war? Jetzt verstehe ich gar nichts mehr.«

Unruhig rutschte Rosanna auf ihrem Sessel hin und her. »Nein, nein. Ich gehe nur die Optionen durch. Die erste Variante ist, dass Eddie Downsen als ein talentierter Computerexperte bei der NSA arbeitete. Als externer Mitarbeiter wohl gemerkt. Denn er wurde über eine angesehene Unternehmensberatung angeheuert. Zuvor hatte er übrigens einige Monate in der Schweiz verbracht.«

Rosanna strich sich mit der Hand über das Kinn. »Ich müsste direkt mal recherchieren, ob das nicht sogar zu der Zeit war, als ich selbst damals in der Schweiz lebte.«

Sie nahm einen Schluck vom Tee und ließ sich nicht aus dem Konzept bringen.

»Sein Aufenthalt in der Schweiz ist recht interessant. Downsen hatte mitbekommen, wie einige Banker von Geheimagenten unter Drogen gesetzt wurden, um bestimmte Transaktionen auf dem Finanzmarkt zu manipulieren. Das schaue ich mir bei Gelegenheit noch mal genauer an. So, wo war ich stehen geblieben? Da ist also dieser geradlinige junge Mann - sein Geburtstag ist übrigens der Tag der Sommersonnenwende, der 21. Juni. Er arbeitet bei der NSA, im Außenposten auf Hawaii. Durch seine Tätigkeit hat er einen nahezu unbegrenzten Zugang zu allen hochsensiblen Daten und kann sie - mir nichts dir nichts - anzapfen und auf seinem Rechner abspeichern. Mit dem Rechner im Gepäck gelingt ihm seine Flucht nach Hongkong. Da packt er aus. Am 9. Juni. Peter, erinnerst du dich? Das war kurz bevor du mit deinem Sohn nach Norwegen aufgebrochen warst. Und obwohl die ganze Welt von den Enthüllungen erfährt - von dem Ausmaß einer noch nie dagewesenen Überwachung von Politikern in aller Welt sowie von unbescholtenen Privatpersonen - und die Dokumente von Eddie Downsen somit eine nicht abschätzbare Gefahr für die NSA und viele andere Geheimdienste darstellen mussten, gelingt ihm ohne jede Probleme ein Weiterflug nach Moskau. Schaut mich an und sagt mir, ob das nicht ein wenig wundersam ist.«

»Aber du bist noch bei der Variante, dass Eddie der Whistleblower ist, der uns fast täglich mit neuen Nachrichten überrascht?«, wollte Gori wissen.

Rosanna nickte. »Genau. Option Nummer Eins. Die Variante, dass Eddie jemand ist, der auspackt und seine eigene Zukunft aufs Spiel setzt. Er agiert ohne Hintermänner, ohne eine tiefere Agenda. Und er ist ausschließlich mit hehren Zielen unterwegs.«

»Man hat Eddie Downsen bereits für den Friedensnobelpreis vorgeschlagen«, fügte Peter hinzu.

»Oh, ja. Wisst ihr, was ich mich frage? Er war ganz auf sich allein gestellt, ohne jeden Support. Wie ist ihm dann die Flucht quer durch die Welt gelungen? Schon seit seinem ersten Interview in Hongkong mussten bei den Geheimdiensten alle Alarmglocken geläutet haben.«

Sie nahm einen Schluck vom Tee, bevor sie fortfuhr.

»Kommen wir zur zweiten Option. Eddie *dachte* nur, dass er die Daten unerkannt von den Zentralrechnern der NSA heruntergezogen hatte. In Wirklichkeit wurden seine illegalen Tätigkeiten von Beginn an überwacht. Vielleicht ging man anfangs davon aus, dass er der Gegenseite Informationen verkaufen wollte und man wartete nur auf den geeigneten Augenblick, ihn als Spion zu enttarnen. Solange, bis offensichtlich wurde, dass Eddie nicht von irgendwelchen Spionage-Motiven getrieben war, sondern allein im Interesse einer Aufdeckung der Machenschaften handelte. Man hat ihn trotzdem gewähren lassen. Es wurde allerdings sehr genau beobachtet, zu welchen Informationen er Zugang bekam und zu welchen nicht.« Rosanna legte eine Pause ein. Für Peter ergab sich durch diese Mutmaßungen ein großes Fragezeichen.

»Das wäre doch total unlogisch. Ihn gewähren lassen? Dann hätte man Downsen die geheimen Daten quasi zugespielt?«

Rosanna nickte langsam und bedächtig. »Ich würde das nicht völlig ausschließen. Schau mal, wenn man unterstellt, dass die Überwachungspraktiken sowieso irgendwann herauskommen, so könnte man auf diese Weise die Reaktionen der Öffentlichkeit testen und behutsam beobachten, wie die internationale Politik darauf antwortet. Das wäre eine Salami-Taktik.«

In diesem Moment mischte sich auch Gori ein. »Möglich. Nur dass das die NSA wohl sicher nicht allein organisiert hätte.«

»Nein, natürlich nicht«, stimmte Rosanna ihm zu. »Das wurde vermutlich von einer Ebene darüber gesteuert. Und es gibt noch einen weiteren Aspekt, der für diese Variante spricht. Über dieses kontrollierte Leak ließe sich hervorragend regeln, welche Informationen an die Öffentlichkeit gelangen sollten und welche eben nicht! You see? Alles andere ging im Trubel unter. Es fiel bei den Enthüllungen kein Wort über die Operationen *Sonnenwende* oder *Salamander* und es gab keine Informationen zum stillschweigenden Abbruch der *Operation Salamander*. Merkwürdig, nicht wahr? Kein Wort zu 9/11. Wow. Kein einziges Wort.«

Gori füllte die Tassen ein weiteres Mal. »Rosanna, ich bewundere deinen scharfen Verstand. Weihe uns dennoch bitte in die dritte Variante ein.«

»Nur zu gerne, mein Freund! Bei der Option Nummer Drei wäre Downsen von Anfang an involviert gewesen. Ein perfekter Akteur, der genau weiß, was er wann herauslassen darf. Wenn in einigen Jahren Gras über die Sache gewachsen ist, bekommt er eine neue Identität und geht nach Hawaii zurück oder nach Neuseeland oder wer weiß wohin. Inzwischen bekommt man dadurch viele Informationen über andere *Whistleblower*, die im Windschatten von Downsen meinen, mit ihrem Wissen ebenfalls an die Öffentlichkeit gehen zu können.«

Zugegebenermaßen war auch diese Erklärung denkbar, auch wenn Peter sogleich eine Wertung vornahm.

»Diese Konstellation würde ich allerdings als rein theoretisch einstufen. Wenn der Typ auffliegt, dann wäre es um ihn geschehen und er käme wohl nie in seinem Leben aus Russland heraus.«

Auch Gori nickte. »Ich sehe das wie Peter. Die letzte Variante ist zu unwahrscheinlich. Ich tippe auf den idealistischen Enthüllungs-Fanatiker. Variante Nummer Eins.«

»Und im Himmel ist Jahrmarkt«, spottete Rosanna. »Habt ihr versucht, mit ihm in Kontakt zu treten?«

»Zu Eddie Downsen?«, fragte Gori. »An den kommst du nicht 'ran. Der wird vollkommen abgeschottet.«

»Okay, solange wir nicht sicher sind, auf welcher Seite er steht, sollten wir weder auf ihn setzen noch ihn in Gefahr bringen. Und, sorry, er hat zwar wichtige Informationen ans Tageslicht gebracht, dennoch war seine Rolle in der Sache selbst doch eher die eines Fernsehzuschauers, der anderen mitteilt, was er im Programm gesehen hat. Ich wüsste nicht, dass er eigene Applikationen geschrieben hat oder Überwachungsaktionen selbständig durchgeführt hat.«

»Na, na«, entgegnete Peter. »Tu ihm nicht unrecht. Für mich ist er der größte Held der Gegenwart. So viel Mut muss man erst mal aufbringen. Warte ab, bis er den Friedensnobelpreis überreicht bekommt.«

Rosanna ließ sich nicht davon überzeugen und blieb mürrisch. »So what, Peter? Ob mit oder ohne Nobelpreis, die Angelegenheit bleibt unklar. Warten wir es ab. Etwas anderes, bevor ich euch allein zurücklasse, möchte ich noch kurz an deinen Rechner, Gori.«

Er zeigte ihr sein technisches Equipment, welches hinter einem grauen Wollvorhang verborgen war, und weckte die PCs aus dem Standby Modus. Rosanna rief eine spezielle Anwendung auf, mit der sie offensichtlich den Kontakt zu Joe aufnehmen wollte. In rasanter Geschwindigkeit flogen ihre Finger über die Tastatur. Sie wirkte zufrieden; offensichtlich schien sie die Informationen zu bekommen, auf die sie gewartet hatte.

Inzwischen hatte es an der Tür geklopft und Gori öffnete. Während Rosanna noch völlig vertieft vor dem Bildschirm verharrte - wohl wissend, dass bei dem erfahrenen Profi Gori an diesem Tag kein ungebetener Gast an seiner Tür auftauchen würde - warf Peter einen Blick auf den Ankömmling und sah im Türspalt eine bildhübsche, junge Frau stehen. Sie war schlank und groß. Größer als Gori, soviel stand fest. Sie trug ein eng anliegendes schwarzes Dress mit einem tiefen Ausschnitt. Ihre dunkelbraunen Augen wirkten geheimnisvoll. Voller Selbstsicherheit strich sie sich langsam die Haarsträhnen aus dem Gesicht. Gori begrüßte sie und küsste sie auf die Wange. Die Frau legte ihre Jacke ab und kam näher.

Rosanna drückte in diesem Moment fast theatralisch auf die Enter-Taste, doch ihren Blick ließ sie keine einzige Sekunde vom Bildschirm, bis der Rechner heruntergefahren war.

»So, ich muss los, ihr Lieben. Alles ist soweit klar. Wir sehen uns am 9. Dezember. Übrigens, es soll bereits eine neue Operation im Gange sein. Groß angelegt und mega gefährlich. Mehr wissen wir noch nicht. Deckname *WHELO*.«

Rosanna hatte die Sätze ohne Unterbrechung herunter gerattert. Sie steckte vollkommen vertieft in ihrer Thematik und erhob sich gedankenverloren vom Bürostuhl. Erst jetzt, als sie sich umdrehte, realisierte sie, dass dort eine fremde Frau stand.

'Eine Russin?', fragte sie sich. Die Frau war zu attraktiv, um harmlos zu sein. In ihrem vorwurfsvollen Blick, den Rosanna an Gori richtete, schwang unverhohlen die Frage mit, um wen es sich handelte. Doch Gori sagte nichts.

»Ich bin mit von der Partie«, sagte die dunkelhaarige Frau. »Mein Name ist Tatjana. Aber alle nennen mich Tanja.«

# Kapitel 17

*Russland*

*Oktober 2013*

*Allein mit Tanja*

Das Training unter dem Regiment von Gori war kein Zuckerschlecken. Die Wochen kamen Peter zunehmend härter vor und sie wollten kein Ende nehmen. Die Tage vergingen in schönster Regelmäßigkeit, ein Wochenende gab es nicht. Gori hatte ein anspruchsvolles Programm ausgeheckt und der gewöhnliche Tagesablauf begann für Peter bereits vor dem Morgengrauen. Täglich gegen halb fünf wurde er unsanft aus seinen Träumen gerissen. Es dauerte eine ganze Zeit, bis er sich an die morgendliche kalte Dusche gewöhnt hatte. Dahinter steckte Methode; Gori brachte den Kreislauf seines Zöglings gleich morgens auf höchste Touren. Nach dem sorgfältig zusammengestellten Frühstück folgte die alltägliche erste Inspirations-Runde, wie Gori das 2o Minuten andauernde Schlürfen seines Spezialtees nannte. Meistens hielt er dabei seine bevorzugte Predigt über die Relevanz der Lebensmittelauswahl.

»Wasser ist die Basis allen Lebens.« So lautet normalerweise sein Eröffnungssatz. »Konzentriere dich auf das Wesentliche und werde dir bewusst, dass dein Körper zu über 50 Prozent aus Wasser besteht. Bei Jugendlichen beträgt der Wasser-Anteil sogar bis zu 70 Prozent. Deshalb musst du nun den ersten Liter meines Ingwer-Tees Schluck für Schluck zu dir nehmen. Es ist deine Basisversorgung. Wie der Sprit bei einem Kraftfahrzeug. Vermeide alle unnötigen Additive. Zucker, Farbstoffe, Kohlensäure und sonstige Zusätze. Sie sind schädlich. Sag dir einfach *back-to-the-basics*. Der Tee tut dir gut, spürst du es?«

Ohne das Nicken von Peter abzuwarten, setzte Gori seinen Vortrag fort.

»Bei den Lebensmitteln ist es nicht anders als bei einem Motor und deshalb bekommst du bei mir nur die reinsten Grundnahrungsmittel. Ohne Konservierungsstoffe, ohne übermäßige Gewürze und ohne tierische Fette. Stell dir den Verbrennungsmotor beim Auto vor. Er benötigt Kraftstoff, das leuchtet ein. Aber er braucht keine belastenden Additive. Mit deinem Körper ist es ganz genau so. Das richtige Maß an Flüssigkeit, an Kohlenhydraten und Proteinen ist extrem wichtig. Abgerundet wird die Energiezufuhr mit Vitaminen, Fetten, Spurenelementen, Mineralien und allem, was du sonst noch so brauchst.«

Peter ließ die Schilderung widerstandslos über sich ergehen. Er kam sich vor wie eine Maschine, wie ein Hochleistungsmotor. Im Hintergrund liefen zur allmorgendlichen Frühstücksprozedur beruhigende Musik-Klangteppiche. Die sphärisch klingenden Melodien hatten bisweilen eine hypnotische Wirkung.

Danach ging es aufs Laufband und das tägliche Pensum wurde Schritt für Schritt gesteigert. Von einer anfänglichen Distanz von zwei Kilometern war Peter mittlerweile bei einer Tagesleistung von zehn Kilometern angelangt. *Mens sana in corpore sano*, lautete das Motto. Ein gesunder Geist in einem gesunden Körper.

Flugs drauf folgte die Session der Denksportaufgaben. Mit trivialen Dreisatzaufgaben fingen die Übungen an. Dann folgten die logischen Rätsel. Gori hatte ein Flipboard aufgestellt und schrieb mit dem Filzstift eine Reihe von Gleichungen auf.

$2+3=10$

$7+2=63$

Peter stutzte. Die Rechnungen waren offensichtlich falsch, doch er widersprach nicht. Gori wusste, was er tat, und notierte die nächsten Gleichungen.

$6+5=66$

$8+4=96$

»So, das sind genügend Anhaltspunkte. Was ist nach diesen Regeln das Ergebnis von neun plus sieben?«

Gori ging zur Tafel und schrieb die Aufgabe nieder.

$9+7= ?$

Peter strengte sich an. Als Erstes fiel ihm natürlich auf, dass die Ergebnisse mathematisch nicht korrekt waren. Konnte es sich um einen Spaß handeln? Um etwas, was gar nicht mit den Zahlen zu tun hatte? Er blickte zweimal, dreimal auf die Zahlenpaare und versuchte dann einen anderen Ansatz. Gedanklich blendete er zunächst die rechts stehenden Lösungen aus und stellte sich stattdessen die eigentlich richtigen Ergebnisse vor. In der ersten Zeile wäre es eine fünf gewesen; bei der nächsten Gleichung eine neun. Dann folgten elf und zwölf. Plötzlich kam ihm eine Idee. Er musste das fehlende Element einfügen; welches zwischen dem, was er als die richtige Lösung ermittelt hatte und der Zahl, die Gori auf das Papier geschrieben hatte, lag. Um bei der ersten Aufgabe von der fünf zur zehn zu kommen, musste er die Zahl verdoppeln - also mit der Zahl zwei multiplizieren. In der nächsten Zeile bildete der Faktor sieben die Brücke von der neun zur 63.

'Ich hab's', dachte er. Denn der Multiplikator entsprach jeweils der Anfangszahl. Peter überprüfte seine Beobachtung bei den weiteren Gleichungen. Er addierte sechs und fünf und nahm das Ergebnis wiederum mal sechs und kam exakt zu dem Ergebnis, welches Gori ihm präsentiert hatte. Nun war er bereit für die Lösung der eigentlichen Aufgabe.

»144.« Peter sprach seine Vermutung mit einer großen Selbstsicherheit aus und lehnte sich zufrieden zurück.

Gori schenkte ihm ein anerkennendes Nicken. Er erkundigte sich gar nicht, wie Peter zu der Lösung gekommen war, sondern kommentierte sogleich die Herangehensweise.

»Hast du gemerkt, wie du dich herangetastet hast? Nach deiner ersten Verblüffung, dass die Gleichungen offenbar nicht der Schulmathematik entsprechen, hast du nach der fehlenden Regel gesucht. Wenn ich dir nur eine einzige falsche Gleichung gegeben hätte, wäre die Aufgabe so gut wie nicht lösbar gewesen. So aber hast du ein Muster entdeckt und es Zeile für Zeile verifiziert, bis du bei der letzten Gleichung auf die noch fehlende Auflösung gekommen bist. Bravo. Wir werden diese Herangehensweise in den nächsten Wochen immer weiter perfektionieren. Du wirst es kaum für möglich halten, wie viel Potential dein Gehirn noch für dich parat hält.« Er lachte und nahm einen Schluck von seinem heißen Ingwer-Tee.

Von derartigen Rätseln hatte Gori eine ganze Sammlung in petto und er steigerte die Schwierigkeitsgrade von Tag zu Tag. Nach den Logikrätseln folgten allerlei Geschicklichkeitsübungen und Denksportaufgaben, bis hin zu einigen hoch komplexen Schachstellungen. Gori holte ein Brett unter dem Sofa hervor und platzierte eine Handvoll der Holzfiguren darauf.

»Nun, gut aufgepasst. Es gibt nur zwei schwarze Figuren. Der König steht in der rechten oberen Ecke auf dem Feld H8. Ihm ist zum Schutz der schwarze Läufer geblieben. Der steht in der Mitte des Bretts auf D5. So weit, so gut. Jetzt stellen wir die weißen Figuren hinzu. Der König besetzt das Grundlinienfeld F8 und steht in der Opposition zum schwarzen König. Der weiße Turm lauert in der vorderen linken Ecke auf A1 und der weiße Läufer ihm gegenüber auf A8. Zum Schluss setze ich noch die beiden weißen Bauern auf die Felder E5 und G6. Das ist die Stellung, Peter. Schwarz ist erledigt und wird in wenigen Zügen schachmatt sein. Doch es kommt darauf an, den Gewinn in so wenigen Zügen wie möglich hinzubekommen. Es ist ein Drei-Züger, du kennst doch die Regeln beim Schachspiel, oder?«

Peter nickte und seine Gedanken hingen bereits an den Zugmöglichkeiten der Figuren. Die Stellung sah auf den ersten Blick einfacher aus, als er dachte. Doch sie war nicht trivial. Mit dem weißen Läufer den schwarzen Läufer zu schlagen, würde unvermeidlich zu einem Patt führen und Schwarz vor dem Verlust bewahren. Das Turmmanöver über die G-Linie - mit den Zügen G1, dann G5 und gefolgt von der Mattdrohung auf H5 - könnte der Gegner mit den Läufer-Zügen A8 und F3 verhindern. Lösungen, die im vierten Zug zum Gewinn führten, fand Peter auf Anhieb. Schließlich schlug er vor, den Turm nach A7 zu ziehen.

Doch auch das führte nicht zum Erfolg, denn Gori schob als Antwort darauf den schwarzen Läufer nach F7.

»Genial, nicht wahr? Wenn du nun den Läufer mit dem Turm schlägst, stehe ich im Patt und wenn du ihn mit deinem Bauern nimmst, so flüchte ich mit dem König über H7 ins Freie. Das ist also nicht die Lösung. Überleg noch mal, Peter.«

Als hätte er im wahrsten Sinne des Wortes ein Brett vorm Kopf, seufzte er. »Wer hat sich das denn ausgedacht, das gibt's doch gar nicht!«

»Wenn ich es dir zeige, wirst du überrascht sein. Die Aufgabe ist schon über hundert Jahre alt. Sie stammt von einem Schachenthusiasten namens Ernst. Der Clou ist, den weißen Turm nach A2 zu ziehen. Sollte der schwarze Läufer ihn dort schlagen, so positioniert sich der weiße Läufer auf E4 und, egal was Schwarz dann setzt, der Bauer auf G6 zieht anschließend ein Feld vor und beendet die Partie mit einem Matt. Selbst wenn Schwarz im ersten Zug den Turm verschont und sich mit seinem Läufer nach G2 verkrümelt, so folgt der weiße Läufer nach E4. Da der schwarze Läufer im Gegenzug die zweite Reihe räumen muss, ist das Matt durch den Turm auf H2 - beziehungsweise durch den Bauern auf G7 - nicht mehr zu verhindern. Es sind genau drei Züge. Pfiffig und nicht ganz leicht.«

Peter schmunzelte. Er presste seine Lippen aufeinander und empfand eine gewisse Begeisterung für die Kombination. Jetzt erschien ihm die Stellung einfach und der Lösungsweg plausibel. Darin lag das Geheimnis des Trainings. Den Blick zu schärfen und gewisse Muster mit einer spielerischen Leichtigkeit zu erkennen. Es war ein erster Vorgeschmack auf das täglich anspruchsvoller werdende Programm. Ein Matt in drei Zügen lautete die gängigste Aufgabe, doch es gab auch die Vier-Züger. Bei manchen Stellungen war Peter nahe daran aufzugeben - so vertrackt waren sie. Dennoch spürte er, dass er nach einigen Tagen immer besser und schneller geworden war. Auch wenn sich die Muster nicht wiederholten, so konnte er sich meistens intuitiv an die Lösungen herantasten. Es waren letztlich nicht nur Schachrätsel; die Aufgaben wechselten sich ab und nach einer guten Woche stellte Gori einen Tabletcomputer mit der Geschicklichkeitsübung *Tetris* auf den Tisch. Die geometrischen Formen mussten in einen vorgegebenen Rahmen eingesetzt werden, so dass sie sich nahtlos aneinander fügten. Auch hierbei wurden die Schwierigkeitsgrade von Tag zu Tag gesteigert.

Eine besondere Herausforderung baute Gori jeweils kurz vor der Mittagszeit ein. Er trübte bewusst die Sinne von Peter mit einem Glas Wodka. Anfangs protestierte Peter. Er konnte vor dem Sonnenuntergang keinen Alkohol konsumieren, schon gar nicht aus den großen Gefäßen. Es widerte ihn geradezu an. Doch Gori bestand darauf, dass er sich trotz der verlangsamenden Wirkung durch den Alkohol auf die Aufgaben konzentrierte.

Peter konnte genau feststellen, wie sehr sich die Performance verbesserte, sobald sein Körper begann, den Alkohol abzubauen. Am Nachmittag stand zu Beginn meistens Sport auf dem Programm und anschließend folgten die Intelligenzübungen, allerdings mit einer bewusstseinsverändernden Einlage. Peter bekam einige kleine Pillen von Gori - ohne dass er ihm sagte, worum es sich genau handelte, und Peter wollte es am Ende auch gar nicht so genau wissen.

'Vielleicht ist es dieses Psylocibyn', erinnerte er sich. In London, vor zweieinhalb Jahren, hatte ihm Rosanna eine dieser winzigen Tabletten verabreicht, mit denen eine Bewusstseins erweiternde Wirkung ermöglicht werden sollte. Nun, denn. Tatsächlich stellte Peter fest, dass er am Nachmittag die Aufgaben weitaus schneller absolvieren konnte als am Vormittag. Gori hingegen gab sich Mühe, ihn immer wieder abzulenken - meistens mit lauter Musik. Dabei kam er ständig auf neue Ideen. Mal legte er Songs von den Beatles auf, mal waren es gewaltige Sinfonien, die durch das ganze Gebäude dröhnten. Besonders die Neunte Sinfonie von Ludwig van Beethoven hatte es Gori angetan. Spätestens beim dramatischen Finale im Vierten Satz hüpfte er zum choralen Gesang laut aufstampfend über den Holzfußboden und grölte in voller Lautstärke mit. *Freude, schöner Götterfunken, Tochter aus Elysium. Wir betreten feuertrunken, Himmlische dein Heiligtum.*

'Der Typ hat doch einen Schaden', dachte Peter. Aber es half nichts. Gori verteidigte jede seiner Maßnahmen mit der Unabdingbarkeit, das Trainingsprogramm durchzuziehen.

Kaum waren die letzten Akkorde des Meisterwerks verklungen, stürzte Gori zu Peter und forderte ihn zum nächsten Tagesordnungspunkt auf. »Auf geht's an die frische Luft.«

Peter kannte den Ablauf in und auswendig. Zuerst joggte er neben Gori im verhaltenen Tempo über den weichen Waldboden, dann folgte meistens eine Klettereinlage an einer felsigen Wand. Zum Abschluss musste er durch dichtes Gestrüpp hindurch kriechen und sich einen Weg durch hinab gestürztes Geäst bahnen. 'Das ist wie eine Grundausbildung bei den Marines oder bei einer Söldnertruppe', dachte er.

Zurück rannten die beiden um die Wette und kamen schließlich völlig außer Puste wieder an Goris Hütte an. Zur

Erfrischung gab es das selbstgebraute Ginger Ale. In großen Kübeln hatte Gori die Ingwer Limonade angesetzt und füllte täglich eine Karaffe ab. Nun kam in der Regel der beste Teil des Tages. Es folgten mehrere Saunagänge, unterbrochen durch ausgiebige Ruhephasen und mit einer entspannenden leichten Wellnessmusik unterlegt. Sie markierten den Übergang zum Abend, den die beiden oft mit intensiven Diskussionen über Gott und die Welt verbrachten.

An diesem Tag ließ ihn Gori nach dem Lauftraining allein in der Behausung zurück. Er wollte noch etwas in der Stadt besorgen. Peter hatte die ersten beiden Runden in der Sauna bereits hinter sich und regelte die Temperatur eine Idee hinunter, als er seinen dritten zwanzig-minütigen Durchgang beginnen wollte. Er hatte es sich auf der oberen Bank bequem gemacht und stützte seinen Kopf auf die Hände. Ein ungewöhnliches Geräusch ließ ihn aufhorchen. War Gori noch einmal zurückgekehrt? Es klang wie das Zuschlagen einer Tür.

»Hallo?«, rief Peter fragend, doch er war sich nicht sicher, ob man ihn überhaupt richtig hören konnte. Er erhob sich und wollte einen Blick durch das kleine Glasfenster werfen, als er mächtig zusammenschrak. Direkt vor der Tür stand jemand und die beiden Augenpaare trafen sich. Die Person vor der Tür schien allerdings genau so erschrocken zu sein.

Peter drückte die Tür einen Spalt nach außen auf. »Tanja? Was machst du hier?«

Sie hatte nur einen hellbeigen Mantel an. Nichts darunter. Ihre Sachen hatte sie in einem Rucksack verstaut, den sie neben der Sauna abgelegt hatte. Sie sagte nichts und öffnete ganz langsam den Gürtel, bis der Mantel ein wenig zur Seite fiel. Peter klappte die Kinnlade hinunter. Tanja öffnete die Tür ganz und stand splitterfasernackt vor ihm. »Darf ich?«

Was immer sie mit ihrer Frage ausdrücken wollte, Peter konnte gar nicht anders, als zu nicken. Er reichte ihr ein Handtuch. »Komm, die Temperatur ist genau richtig.«

Da saßen sie nun nebeneinander und genossen die wohltuende Wärme. Peters Blicke wanderten immer mal wieder über ihren bildhübschen Körper. Sie hatte feste Brüste.

'Genau richtig', dachte er. 'Nicht zu groß und nicht zu klein.' Auch ihre langen Beine waren für ihn ein absoluter Hingucker.

Peter genoss den Anblick und kam sich ein klein wenig chauvinistisch vor. Vielleicht hatte die wochenlange Abstinenz zu einem gewissen Teil dazu beigetragen, dass er Tanja sehr attraktiv fand und eine aufkommende Lust verspürte. Er warf das Handtuch über seine Oberschenkel und blickte an die Holzdecke.

'Reiß dich zusammen, Junge', briefte er sich selbst in Gedanken und versuchte zur Ablenkung, Bilder von Rosanna aus seinem Gedächtnis abzurufen.

»Du siehst gut aus«, hauchte Tanja. »Möchtest du mich ficken?«

Peter zuckte instinktiv zusammen und überlegte angestrengt, wie er sich aus dieser Bredouille wieder heraus manövrieren konnte. Er presste seine Lippen aufeinander und begann eine Melodie zu summen. Es war der Schlusssatz aus Beethovens Neunter Sinfonie. *Freude trinken alle Wesen an den Brüsten der Natur.* Diese Textzeile schoss ihm durch den Kopf, als er mit einem Lächeln auf ihren Busen starrte. Sie fühlte sich sicher und führte seine Hand an ihren Mund. Ganz langsam öffnete sie ihre Lippen und liebkoste seine Hand. Peter lief ein wohliger Schauer durch seinen ganzen Körper und es kribbelte in seinem Nacken. Widerstandslos beobachtete er, wie sie seine Hand aus dem Gesicht führte, am Hals entlang und bis zu ihrem Busen gleiten ließ. Nach einigen kreisenden Bewegungen über ihrer Brustwarze, überließ sie ihm wieder die Steuerung seiner Hand. Er ließ sie noch für einen kurzen Augenblick auf ihrem Busen verweilen und zog sie dann zurück. Gleichzeitig drehte er sich zur Seite und hantierte an der Sanduhr herum.

»Damit wir wissen, wie lange wir noch schwitzen müssen«, erklärte er.

Sie hatte verstanden und schüttelte ihren Kopf. »Du hast keine Traute, nicht wahr? Dabei sind wir ganz alleine. Gori ist in der Stadt, der wird uns nicht überraschen.«

Mit einem Schlag war Peter klar geworden, dass sie ein Verhältnis mit Gori haben musste. 'Klar, wie blöd bin ich denn?', dachte er. Tanja ging bei Gori im Haus ein und aus. Sie hatte mit Sicherheit ihren eigenen Schlüssel. Immer mal wieder brachte sie ihm entweder Sachen vorbei oder holte etwas ab.

»Du schläfst mit Gori?«

Tanja nickte. »Logisch, was dachtest du denn? Wir sind seit einigen Jahren zusammen. Wie soll ich sagen, mal mehr - mal weniger. Ich denke, er weiß, dass ich zur Abwechslung mit anderen Männern ficke. Hey, ich fühle mich zu jung für eine feste Bindung. Das verstehst du doch?«

Peter verstand gar nichts mehr. Im wahrsten Sinne des Wortes wurde ihm der Boden unter den Füßen zu heiß. Hatte er vor wenigen Sekunden noch mit seiner eigenen Lust gekämpft und für einen kurzen Moment überlegt, ob er der Versuchung nachgeben sollte, so hatte sich das Blatt inzwischen komplett gewendet. Denn keinesfalls wollte er sich in die Beziehung zwischen Gori und Tanja einmischen.

»Ihr schlaft miteinander … und du willst in seinem eigenen Haus Sex mit mir ...?«

Tanja schmunzelte und blinzelte mit ihren Augen.

»Wowowow«, zeigte Peter seine Verwunderung und wickelte sich das Handtuch um seine Hüften. »Mir ist es zu heiß hier drinnen.«

Er verließ die Sauna und wollte gerade die Tür hinter sich schließen, als Tanja von innen dagegen drückte.

»Warte.« Sie hüpfte heraus und stand auf Zehenspitzen nackt vor ihm.

In diesem Moment war aus einigen Metern Entfernung eine lautstarke Stimme zu hören.

»Na, euch beiden scheint's ja richtig gut zu gehen.« Gori war zurückgekehrt. Früher als erwartet. Verstohlen tauschten Tanja und Peter ihre Blicke aus, bis sie wieder in der Sauna verschwand, um sich ein Handtuch zu holen.

»Es ist nicht so, wie du denkst. Es ist überhaupt nichts passiert ...«, bemühte sich Peter um eine Erklärung.

»Woher willst du wissen, was ich denke?«, entgegnete Gori. »Meinst du, ich dachte, dass ihr es in der Hitze getrieben habt? Hä?«

Sichtlich mürrisch reagierte Gori auf die Situation und Peter wollte vor Scham im Boden versinken. Warum hatte er solch ein schlechtes Gewissen? Es war doch wirklich nichts passiert, redete er sich ein, wobei das nicht ganz den Tatsachen entsprach. Tanja ließ ihr Handtuch fallen und sprang direkt auf Gori zu. Sie umarmte ihn.

»Schatz. Unser Untermieter ist gar nicht so ein geiler Typ wie ich dachte. Ich glaube, der kann seine Ami-Freundin gar nicht betrügen.«

Sie küsste ihn auf die Wange und strich ihm über das Haar. Die Lage war mit einem Mal wieder entspannt, auch wenn Gori und Peter noch eine ganze Weile kein Wort miteinander wechselten. An diesem Abend blieb Tanja über Nacht, sie hatte sich jedoch relativ früh in ihr Bett zurückgezogen und die beiden Männer tasteten sich zunächst über belanglose Themen wieder aneinander heran. Dann endlich fiel das Wort Sex. Beiden musste es wohl bereits seit Stunden im Kopf herumspuken.

»Weißt du, Peter, eigentlich gehört zum Trainingsprogramm der Sex sogar mit hinzu. Bei den professionellen Ausbildungen ist das ein wichtiger Basisbaustein.«

»Mein Training ist demnach kein echtes Training?«, gab sich Peter enttäuscht.

Der Russe räusperte sich. »So wollte ich das nicht ausdrücken. Dein Programm ist halt nur ein wenig abgespeckt und Rosanna war diejenige, die darauf bestanden hat, dass ich den Sex-Part komplett weglasse.«

»Toll, mit mir habt ihr nicht ein einziges Wort darüber verloren.«

Gori lächelte ihn an. »Na, glaubst du denn, Rosanna hätte dir eine Wahl gelassen? Sie wusste nur zu genau, was dann so alles passiert wäre.«

Nun lächelte auch Peter und seine Neugier war geweckt. »Warum ... Sex? Wie wäre das abgelaufen?«

Der Russe verschränkte die Arme hinter seinem Kopf und zog eine Augenbraue nach oben.

»Komm trink erst mal einen Schluck«. Er reichte ihm ein Glas, gefüllt mit Wodka.

»Nastrovje. Mein Freund. Hm. Wie ist das mit dem Sex? Tja, wo fange ich an? Die erste Frage ist, wie sehr Menschen ihr Verlangen und ihre Triebe im Griff behalten können. Der Sexualtrieb ist ein verdammt mächtiger Trieb - wenn nicht sogar der stärkste neben dem Überlebenstrieb. Was denkst du, wie man ihn unter Kontrolle bekommt?«

Peter lehnte sich zurück und überlegte. »Vielleicht durch die Bindung zu einem anderen Menschen?«

168

Gori nickte. »Nicht schlecht. Liebe macht blind, sagt man. Okay. In der Phase des Verliebtseins mag das zutreffen. Doch das ist schon das erste Problem. Denn dieser Zustand hält ja nicht ewig an. Irgendwann werden auch die standhaftesten Männer und Frauen wieder weich und sind offen für die Verführungen durch einen anderen Menschen. *The grass is always greener on the other side.* Dann lockt die Abwechslung und die Neugier auf fremde Haut. Du musst mal beobachten, wenn mehrere Männer zusammen unterwegs sind. Sobald die ersten Frauen in ihrer Nähe auftauchen, geht der reinste Balztanz los. Es geht nur darum, wer am Ende die attraktivste Frau bekommt. Und übrigens, bei den Frauen ist es umgekehrt genau so.«

Es machte ihm sichtlich Freude über das Thema zu reden und er nahm einen großen Schluck aus dem Glas. »Also, die partnerschaftliche Bindung wäre grundsätzlich ein guter Plan, sich nicht in Versuchung bringen zu lassen und seiner Wollust einfach nachzugeben. Doch erstens funktioniert es nicht und zweitens sollen sich unsere Agenten gar nicht binden. Denn das macht sie verwundbar, erpressbar und angreifbar. Genau deshalb sind Partnerschaften normalerweise bei uns kategorisch ausgeschlossen. Das gilt übrigens für jeden, der bei der *Enco* ist. Sex ohne Bindung hingegen ist erlaubt, dagegen spricht generell nichts. Gerne so viel wie möglich. Es geht um die Kontrollierbarkeit ... weißt du, was ich meine?«

Peter zuckte mit seinen Schultern. »Keine Ahnung. Sag du es mir.«

»Wenn du genug gegessen hast, verspürst du auch keinen Hunger mehr. Das ist beim Sex ähnlich. Am besten muss man so viel wie möglich davon bekommen. Nämlich mehr als genug.«

Gori schlug sich auf die Schenkel. »Mein Lieber, ich stelle mir gerade vor, wie viel Spaß du bei diesen Übungen gehabt hättest. Selbst in deinen wildesten Fantasien kannst du dir das meiste davon wahrscheinlich nicht vorstellen, geschweige denn, dass du es bereits erlebt hast. Das Training ist intensiv. Sex mit fremden Frauen jeden Alters in völliger Dunkelheit ist meistens der Anfang. Die *one-night-stands* dauern aber bei unserer Ausbildung meistens weniger als eine Stunde. Du weißt ja, wie voll unser Stundenplan ist.«

Er lachte und hatte sichtlich Freude an seinen Ausführungen.

»Wir haben Frauen, die holen alles, aber auch wirklich alles aus dir heraus. Nach einigen wilden Orgien ist vielen unserer Agenten dabei das Hören und Sehen vergangen; die waren tagelang im Sexrausch und immer noch total benebelt.«

»Du redest von Sex mit mehreren Frauen gleichzeitig?«, erkundigte sich Peter.

Gori nickte vielsagend. »Stell dir einfach die geilsten Sachen vor und lass deiner Fantasie den freien Lauf. Doch es selbst zu erleben, ist etwas völlig anderes, als nur daran zu denken. Umgekehrt, wenn du solche erotischen Höhepunkte erlebt hast, kannst du die Erinnerungen unglaublich lebendig wachrufen. Anfangs jedenfalls ...«

Er legte eine Pause ein. »Und das ist der springende Punkt. Irgendwann wird auch der schönste Sex zu einer Normalität, wenn man erst mal genug mitgemacht hat. Dann wird es zu einem *ex-und-hopp* Genuss. Nicht weniger prickelnd, aber ohne eine langandauernde gedankliche Nachwirkung. Wenn man ausreichend oft trainiert hat - abgestumpft wäre ein nicht so schönes Wort, obwohl es gar nicht so unzutreffend wäre - bekommt man den Sexualtrieb wirklich sehr gut in den Griff. Es hat dann einen Touch vom Sport.«

Ihm mussten in diesem Moment viele intensive Erinnerungen gleichzeitig durch den Kopf gehen. Er strahlte förmlich.

Peter wusste nicht, was er davon halten sollte. »Dann ist der Sex, von dem du sprichst, jedoch völlig entkoppelt von Liebe, Partnerschaft und von gegenseitigen Gefühlen?«

»*Musor*«, rief Gori auf russisch. »Quatsch. Das darfst du nicht so eng sehen. Eine Partnerschaft mit deinem Sex-Partner dauert dann eben genau so lange, wie man miteinander fickt. Klar kannst du dabei zärtlich sein und von mir aus sogar echte Gefühle haben. Aber wenn der Sex vorbei ist, ist es eben vorbei. Keine anschließende Gefühlsduselei. Aus, Schluss, fini. So, als wenn du beim Rechner ein Programm hinunterfährst.«

»Ich weiß nicht, Gori. Soviel Sex mit unterschiedlichen Menschen. Ist das nicht trotzdem ein Fremdgehen, ein Betrügen?«

Gori schüttelte seinen Kopf. »Nein, vielleicht ist das so in einer bürgerlichen Welt mit Blümchen-Sex und einer Beziehung, die dann wegen irgendwelchen Kleinigkeiten nach vielen Jahren in die Brüche geht. Wir reden hier von Spezialagenten, die in jeder Lebenslage alles unter Kontrolle haben müssen. Nastrovje, mein Freund.«

Viele Gedanken gingen Peter durch den Kopf. Er fragte sich, wie Rosanna damit umgegangen war, denn sie hatte diesen Teil in der Ausbildung mit Sicherheit durchlaufen. Und Tanja? Ihr Verhalten würde in die Ausführungen von Gori passen. Seine Reaktion hingegen, als er seine Muse nackt vor der Sauna überraschte, passte nicht so ganz in das Bild des jederzeit kontrollierten Umgangs mit den Gefühlen. Ganz so kalt konnte ihn das nicht gelassen haben.

Es wurde spät und am Ende war es doch noch ein netter Abend für den Trainer und seinen Schützling geworden. Als Gori das Feuer im Kamin löschte, kündigte er für den nächsten Morgen den letzten Teil der Ausbildung an.

»Da, da. Ab Morgen gibt es keinen Schluck Wodka mehr für dich. Es wird sehr, sehr hart werden.«

»Weil ich auf den Schnaps verzichten muss? Das macht mir überhaupt nichts aus«, sagte Peter.

»Nein, nicht deshalb. Du bekommst von mir einen Extra-Schuss aus der Virenschleuder in deine Blutbahn und dein Körper wird total geschwächt werden. Du wirst unter hohem Fieber leiden und Schwitzen ohne Ende. Die sportlichen Übungen werden wir bis auf ein Minimum einschränken, aber die Denksportaufgaben laufen genau so weiter.«

Peter schaute irritiert. »Das verstehe ich nicht? Du willst mich infizieren? Soll ich etwa krank werden? Bewusst? Was um alles in der Welt soll das bezwecken?«

»Es wird die Hölle für dich werden, mein Freund. Sorry, es geht nicht anders. Du musst lernen, wie du dich bei solch einer Extrembelastung verhältst. Stell dir vor, ihr seid im Einsatz und du wirst durch eine Grippe aus der Bahn geworfen. Dann wärst du wertlos für das Team. In dieser Phase musst du mental unglaublich stark sein. Das trainieren wir und bis zu einem gewissen Grad kann man sich auch dafür rüsten.«

Peter quittierte den Vorschlag mit einem Kopfschütteln. »Ich weiß nicht, darauf würde ich dann doch lieber verzichten.«

»Nichts zu machen. Es ist der letzte Teil des Trainings. Du wirst es schaffen.«

# Kapitel 18

*Russland*

*November 2013*

*Der Überfall*

Die letzte Phase des Training war zugleich die härteste. Die Grippe hatte Peter voll erwischt. Er fühlte sich wie ein Häufchen Elend. Sein Wille war gebrochen und er hangelte sich nur noch so von Tag zu Tag. Bei den Geschicklichkeitsübungen versagte er kläglich, nichts wollte ihm gelingen. Die Gedanken in seinem Kopf drehten sich einzig und allein darum, ob und wann es ihm wieder besser gehen würde. Vier Tage lang dauerte das Martyrium. Gori überwachte seine Körperfunktionen jedoch mit höchster Akribie und sorgte sich um ihn wie eine Krankenschwester. Von Tanja hingegen war in diesen Tagen nichts zu sehen. Doch auch das war Peter vollkommen egal.

Was hatte Gori ihm versprochen, als er ihm die Virus getränkte Infusion verabreicht hatte? *»Es ist der letzte Teil des Trainings. Du wirst es schaffen.«* Peter war sich da nicht mehr so sicher und bereute, dass er seine Einwilligung zu dieser Tortur gegeben hatte. Literweise Ingwertee sollten ihn wieder fit machen. Am fünften Tag spürte er schließlich, dass es bergauf ging. Er hatte deutlich besser geschlafen und blieb endlich verschont von den albtraumhaften Erinnerungen an die Nachtstunden, die ihn in den Tagen zuvor obendrein heftig geplagt hatten. Passend dazu erhellten Sonnenstrahlen sein Zimmer - es war geradezu lichtdurchflutet - und Gori begrüßte ihn freudig.

»Geschafft. Du wirst noch ein oder zwei Tage brauchen, bis du wieder richtig bei Kräften bist und dann kommt das abschließende Fitnesstraining. Wie fühlst du dich?«

»Schon besser. Du glaubst gar nicht, wie gut es tut, wieder sich selbst zu spüren. Es gibt so viel, was ich unternehmen möchte.« Peter richtete sich auf und erhob sich aus seinem Bett.

»Das klingt gut. Für dich gilt übrigens weiterhin der totale Verzicht auf Alkohol. Wir haben deinen Körper trainiert und deine Werte sind auf einem Top-Niveau. Dennoch. Der Alkohol ist Gift. Ganz langsam zerstört er deinen Körper und schwächt dein Immunsystem.« Es klang nach einer Predigt.

»Ich höre und staune«, entgegnete Peter. »Solche Worte aus deinem Munde? Wer hat sich denn den Wodka in den letzten Wochen immer hinunter gekippt?«

Gori schüttelte den Kopf. »Brot und Spiele. So hieß es schon im Alten Rom. Lass den gewöhnlichen Menschen ihren Spaß. Heutzutage sind es vielleicht die Sportevents und die Fußballspiele, doch das Grundprinzip ist gleich geblieben. Menschen wollen versorgt und unterhalten werden. Sie wollen satt werden und ihren Spaß haben. Daher lässt man ihnen die Genussmittel. Wein und Bier. Oder Zigaretten und was sie sonst noch so wollen. Alkohol ist ein Weichmacher. Damit kann man Menschen so richtig schön einlullen. Sie werden über die Zeit gefügig und faul. In den nächsten Tagen wirst du zum Abschluss deines Training sehen, wie fit du sein kannst. Du wirst an Potentiale deines Hirns kommen, von denen du vorher nicht mal etwas geahnt hast.«

Gori machte einen zufriedenen Eindruck. Endlich hatte er ihn mit den Trainingseinheiten bis in die Zielgerade gebracht.

Peter erhob sich und machte einige Schritte durch den Raum. »Hast du irgendetwas von Rosanna oder Joe oder sonst jemanden aus unserem Team gehört?«

Gori schüttelte seinen Kopf. »Leider nicht, da herrscht absolute Funkstille. Während du dich auskuriert hast, habe ich jedoch versucht, eine Erklärung für den Projektnamen herauszufinden.«

»Du redest von der Operation, wie hieß sie doch gleich, WHELO?«

Der Russe nickte. »Es ist wie verhext, man findet nichts. Es scheint ein Fantasiename zu sein. Nun, bei Salamander wäre ich auch nicht auf die Mär vom Leben auf dem Mars gekommen.«

Peter hatte sich seine Sachen angezogen und er steckte an diesem Morgen endlich wieder voller Energie.

»Du Gori, diese *Operation Salamander* ist also komplett begraben worden, oder?«

»Klar, da läuft nichts mehr. Irgendjemand hat sie ziemlich verbockt. In dessen Haut möchte ich nicht stecken.«

»Jemand aus der *Enco*?«, erkundigte sich Peter.

Gori nickte. »Davon gehe ich aus. Aber das wird nicht reichen. Das dürfte auch zu Konsequenzen bei dem Verantwortlichen aus dem Kreis der Drahtzieher geführt haben.«

Das war die beste Chance, Gori einmal richtig auf den Zahn zu fühlen. Er schien bereits so lange bei der *Enco* zu sein - und nun bei den *Enco*-abtrünnigen Rebellen - dass Peter hoffte, mehr über die Hintergründe erfahren zu können. »Gori, weißt du, wer die Befehle gibt? Wer sind diese mysteriösen Drahtzieher?«

Der Russe machte eine abweisende Handbewegung. »Na, mittlerweile glaube ich, je weniger man darüber weiß, umso sicherer lebt man. Es gibt unendlich viele Gruppierungen. Die *Scull and Bones*, die *Bilderberger*, die *Illuminaten*, die *Freimaurer*. Wer soll da noch durchfinden? Nimm den *Ku-Klux-Klan*. Noch so ein Geheimbund. Alle drei Worte fangen mit einem 'K' an. Dem elften Buchstaben des Alphabets. Drei mal elf ergibt 33, die mysteriöse und höchste Zahl bei den Freimaurern. Und dann steckt beim *Ku-Klux-Klan* die Bezeichnung 'Lux' darin. Lux ist das Licht oder auch das Synonym für Luzifer - wie bei den *Illuminaten*. Es scheint, als würden viele Motive auf die gleichen Wurzeln zurückgehen.«

»Gut, gut«, unterbrach ihn Peter ungeduldig. »Das ist keine Antwort auf die Frage, wer nun wirklich dahinter steckt.«

Gori ging durch den Raum und sortierte seine Gedanken. »Hm. Es ist immer die gleiche Basis. Vielleicht haben sich die Drahtzieher aus diesem Grund die Geheimbünde zu Nutze gemacht und für ihre Zwecke eingesetzt.«

Peter riss der Geduldsfaden. »Komm schon. Wie heißen die geheimen Bösen? Wer steckt dahinter?«

Ein lautes Lachen war die Antwort. »Was glaubst du? Bin ich Jesus?« Gori blickte aus dem Fenster, direkt in die Sonne, und kniff seine Augen zu. »Aber ich will dir verraten, was ich vor vielen Jahren erfahren habe. Wir kamen von einer Geheimoperation zurück in unser sowjetisches *Enco*-Hauptquartier. Es waren auch einige Agenten vom KGB dabei.

Sie mussten aber den Raum verlassen, als ein sogenannter *Messenger* ankam. Ein Bote, verstehst du? Zunächst dankte er uns für die erfolgreiche Mission und drückte die Zufriedenheit seiner Auftraggeber aus. Der Kerl war kein Russe. Wir vermuteten, dass er ein Amerikaner war. Jedenfalls kam er mit den kyrillischen Schriftzeichen durcheinander, als unser Truppführer an einer Tafel die nächsten Schritte aufzeichnete und den Stellenwert unseres lokalen *Enco*-Teams stärken wollte. Mitten in der Diskussion war die Verwirrung perfekt und der fremde Mann ohne Namen, fragte uns wutentbrannt, was wir denn über die *One-C* wissen würden.«

»Über die *One-C*?«, fragte Peter verdutzt.

»Das war nicht ganz klar. Er könnte auch *ON-CE* gesagt haben. Das ging ja alles so schnell. Aber es waren dieselben Buchstaben wie bei der *Enco*. Daher kam das Durcheinander. Mann, du glaubst nicht, was dann los war. Es war der reinste Tumult. Den Typen haben wir nie wieder zu Gesicht bekommen. Ich glaube, der hat's nicht mehr lange gemacht.«

Peter schaute ihn eindringlich an. »Es gibt sie also wirklich, die Drahtzieher? Sie nennen sich selbst die *One-C* … und die *Messenger* sind die Verbindungsleute, über die ihr eure Aufträge erhalten habt? Wie bei einer Firewall, so dass nichts nach draußen dringen konnte?«

Gori nickte. »Da, da. Wer auch immer die Operationen in Auftrag gibt, an die Hintermänner kommen wir niemals heran. Es gab jedoch damals einen glücklichen Umstand. Der Bote hatte sein Notizbuch verloren, als er Hals über Kopf unser Headquarter verließ. Das Buch habe ich immer noch, aber ich bin nicht schlau daraus geworden.«

Gori öffnete eine Schublade von seiner Kommode und wühlte nach dem eingebundenen Büchlein. Er reichte es an Peter und ein Lächeln zauberte sich auf dessen Gesicht. Wochenlang hatte er sich den Kopf zermartert, ob es überhaupt noch eine Spur geben könnte. Damals, als er zusammen mit Rosanna nach ihrer verschollenen Freundin gesucht hatte, fügten sich die Bausteine wie ein Puzzle zusammen. Doch seit sie hier in Russland angekommen waren und im Fernsehen mit ansehen mussten, wie das gesamte Studio von Joe in London einfach zerbombt worden war, traten sie nur noch auf der Stelle. Konnte es sein, dass dieser merkwürdige Bote wichtige Hinweise in dem Notizbuch festgehalten hatte? Es wäre eine Sensation, selbst wenn die Aufzeichnungen schon viele Jahre zurück lagen.

Voller Neugier blätterte Peter durch die Seiten. Zum Glück war keine der Nachrichten in der kyrillischen Schreibweise abgefasst. Alles schien fein säuberlich notiert worden zu sein, wobei die Einträge einen ziemlich unzusammenhängenden Eindruck machten. Fast kam es ihm so vor, als hätte der *Messenger* selbst herausfinden wollen, wer seine Auftraggeber waren. Das Buch war eine wahre Fundgrube und die Reichhaltigkeit der Notizen verblüffte Peter. Allerdings erkannte er keinen roten Faden darin. Während auf einigen Seiten mit den vier Buchstaben der *Enco* oder der *One-C* quasi gespielt wurde und die unterschiedlichsten Wortkreationen notiert waren, so folgten darauf akribisch verfasste Vermerke. Viele Einträge bestanden auch nur aus Fragmenten oder kurzen Hinweisen. Bei der Dokumentation hatte sich offensichtlich jemand sehr viel Mühe gemacht. Peter war schließlich auf eine Seite mit mathematischen Formeln gestoßen. Er las eine der Zahlenfolgen vor. »Eins, eins, zwei, drei, fünf, acht...«

»Als nächstes kommt dreizehn«, stellte Gori lapidar fest. »Ich kenne die Seite, das sind die Fibonacci Zahlen. Das habe ich bereits recherchiert. Die nächste Zahl ergibt sich immer durch die Addition der beiden vorherigen Zahlen. Es führt aber zu nichts.«

Peter widersprach nicht. Er war sich nicht sicher, ob ihm diese italienisch klingende Bezeichnung der Zahlenreihe etwas sagen sollte. Zu seiner Überraschung fanden sich in dem Buch auch Zeichnungen, wie die einer Sonnenblume. Der Verfasser hatte die Blüten mit einem Bleistift eingezeichnet und die Zwischenräume mit Winkelangaben versehen. 137,5°. Was konnte das bedeuten? In einem anderen Abschnitt prangte eine großgeschriebene 322. Für Peter wurde das Notizbuch mehr und mehr zu einem Sammelsurium. Er ließ die Seiten durch seine Finger gleiten. Einmal blieb er dennoch hängen. Dort war ein Kreis dargestellt, in dem sich passgenau ein gleichseitiges Dreieck befand. Sofort musste er an die *Triangular Files* denken. Zwei Seiten des Dreiecks waren im Mittelpunkt von einer Geraden durchschnitten, die quer über die Buchseite verlief.

»Das müsste man von einem Experten untersuchen lassen, vielleicht steckt in dieser Skizze etwas sehr Wichtiges.«

»Gib's auf, Peter. Der *Messenger* stocherte auch nur im Nebel. Aber wenn es dich glücklich macht, kannst du das Buch gerne haben. Ich brauche es nicht mehr.«

Das ließ er sich nicht zweimal sagen und bedankte sich bei Gori für seine Großzügigkeit. In den nächsten Tagen begannen die Vorbereitungen für Peters Abreise. Sein vorübergehender russischer Ausweis war dafür denkbar ungeeignet, und mit seinem deutschen Reisepass konnte immer noch ein unkalkulierbares Risiko verbunden sein. Gori besorgte ihm neue Dokumente mit einer gedoppelten Identität. Seine Kollegen hatten einen Österreicher in ihrer Datei gefunden, dem Peter verblüffend ähnlich sah. Viel musste Peter an seinem Aussehen nicht ändern, um dem Foto in dem gefälschten Pass gleich zu kommen. Nach den kleinen Korrekturen an seiner Frisur und einem gepflegten Drei-Tage-Bart sollte sich nun jeder Zollbeamte mit den Dokumenten zufrieden geben. Das Motorrad war vollgetankt und Gori hatte sämtliche Instruktionen für ihn zurecht gelegt. Das Ziel lautete Domodedovo, der Internationale Flughafen von Moskau. Seit 2012 hatte er mit inzwischen über 35 Millionen Passagieren pro Jahr den bisher größten Airport Scheremetjewo abgelöst. Moskau also war das Ziel, insofern sollte noch eine relativ weite Distanz vor ihm liegen.

Vor seiner Abreise wollte Peter in jedem Falle an den PC von Gori und eine Nachricht an seinen Sohn absetzen. Wenn er es intelligent genug anstellte, konnte er vielleicht auch eine Verschlüsselung in die Kommunikation mit Robert einbauen und ihn zu dem bevorstehenden Treffen in Leipzig einladen. Nur zu gerne würde er ihn endlich wiedersehen. Er gab sich alle Mühe, persönliche Hinweise in die Email einzubauen, die eigentlich nur ein Familienmitglied 'übersetzen' konnte. Es war einen Versuch wert. Mehr blieb ihm auch nicht mehr übrig - geschweige denn auf eine Antwort zu hoffen, denn die Email war bewusst nicht auf eine beiderseitige Kommunikation angelegt; das Risiko einer Demaskierung von Gori wäre viel zu groß gewesen.

Peter hatte alle Vorbereitungen soweit erledigt. Seine wenigen Sachen hatte er in der Reisetasche verstaut und bereits zum

Motorrad gebracht. Der letzte Tag war angebrochen. Viele intensive Wochen lagen hinter ihm und im Rückblick war Peter froh, dass er das Trainingsprogramm erfolgreich abgeschlossen hatte. Rosanna konnte stolz auf ihn sein. Dennoch war er auch zu einem nicht unwesentlichen Teil erleichtert, dass er die Strapazen hinter sich gebracht hatte. Für den letzten Tag im Trainingscamp hatte er sich noch ein abgespecktes Programm vorgenommen - mit einigen Denksportaufgaben sowie den schwierigsten Schachstellungen, die Gori auftreiben konnte, gefolgt von einem letztmaligen Saunagang.

Zum Abschluss hatte Gori einen weiteren Ausdruck der großen Zahlentapete herausgeholt. Peter erinnerte sich an die Übung. Wie schon vor einigen Wochen stand Gori neben ihm mit der Stoppuhr in der Hand, als Peter mit einem Filzstift die Zahlen von eins bis fünfzig in der aufsteigenden Folge miteinander verbinden sollte. Seine Zeit war deutlich kürzer als beim ersten Mal. Und das, obwohl er keine Erinnerungen mehr an das Muster hatte. Es war ein tolles Zeichen, dass er seinen Körper und seinen Geist in eine ausgezeichnete Form gebracht hatte. Ob sein Ausbilder vielleicht noch ein Zertifikat als Anerkennung für ihn vorbereitet hatte?, überlegte Peter und dann machte er sich an die Schach-Aufgaben. Gori wollte noch einige Besorgungen machen, aber spätestens bis zwölf Uhr zurück sein. Das war ungefähr die Zeit, die Peter für seine Abreise eingeplant hatte.

Am späten Vormittag, es musste um kurz nach elf gewesen sein, saß Peter völlig entspannt in der Sauna bei 90° Celsius und ließ die vergangenen zwölf Wochen noch einmal gedanklich Revue passieren. Plötzlich richtete er seinen Blick zur Holztür und versuchte zu erspähen, ob er etwas durch das Glasfenster sehen konnte, denn er hatte ein ungewöhnliches Geräusch in der Wohnung gehört. So, als ob versehentlich ein Stuhl umgeworfen worden war. Er legte den Kopf auf die Seite. 'Gori?' Er war sich unsicher. 'Der würde sich doch nicht so heranschleichen.'

Vor der Sauna huschte ein schwarzer Schatten vorbei. Peter zuckte zusammen. 'Mein Gott, bitte nicht.' Er befürchtete das Schlimmste. War die Deckung von Gori aufgeflogen? Hatte die *Enco* mitbekommen, dass er mit den Abtrünnigen sympathisierte und sie sogar unterstützte?

Wussten sie, dass der Russe nicht einmal davor zurückschreckte, mit den eigens für die Spezialagenten der *Enco* entwickelten Methoden nun auch völlig Unbeteiligte, wie den Hamburger Unternehmer Peter Berg, auszubilden?

'Das wäre der absolute Albtraum', dachte Peter. Dann wäre Gori, aber auch er selbst, nicht mehr seines Lebens sicher. Er warf erneut einen Blick aus dem kleinen Fenster. Nun glaubte er, noch eine zweite Person ausmachen zu können, die ebenfalls komplett vermummt war.

»Scheiße, scheiße, scheiße«, stammelte er vor sich hin. »Das ist das Ende.«

Konnte es überhaupt noch ein Entrinnen geben? Er saß gefangen in der Sauna und überlegte. Konnte er sich hier drinnen irgendwo verstecken, unter den Holzbänken vielleicht? Wie lange jedoch würde er die Hitze aushalten können? Seine Gedanken kreisten. Hatte sich die Lage draußen vor der Tür inzwischen beruhigt? Er tastete sich vorsichtig ans Fenster und ging mit dem Kopf ganz nah an die Glasscheibe, um den davor liegenden Raum am besten inspizieren zu können. In diesem Moment erschien ein Kopf auf der anderen Seite der Scheibe und Peter erschrak sich zu Tode. Durch den Schlitz der Sturmhaube blickte ihn ein furchterregendes Augenpaar an. Auge in Auge starrten sich die beiden Menschen für Sekundenbruchteile an.

Instinktiv wich Peter von der Tür zurück und griff nach seinem Handtuch, denn er war ja nackt. Die Person vor der Tür brabbelte etwas Undeutliches vor sich hin. Möglicherweise teilte der Mann seinem Kumpan mit, dass er jemanden in der Sauna vorgefunden hatte. Peter konnte nur ahnen, was in den nächsten Momenten vor sich ging. Der Unbekannte begann damit, den Griff der Tür zu verriegeln. Deutlich hörte Peter die Geräusche, als ob eine lange Eisenstange in den Türknauf hineingeschoben wurde, wodurch die Sauna für ihn zu einer wahrhaft heißen Hölle wurde. Dann drehte der Kerl auch noch am Temperaturregler, so dass der Ofen auf die maximale Hitze eingestellt wurde.

Peter zitterte am ganzen Körper vor Angst. Was sollte er tun? Wollten diese beiden Killer ihn zu Tode schwitzen lassen und warten, bis er bei völliger Erschöpfung die Segel streichen würde?

Er war verzweifelt. 'Wenn doch jetzt nur Gori kommen könnte, um die beiden Eindringlinge abzuservieren.'

Vor lauter Verzweiflung haute Peter mit der flachen Hand auf die Holzbank. Er spürte, wie sein Schweiß am Körper herabtropfte. Die Hitze war unerbittlich. In diesem Augenblick schien sein russischer Mitstreiter nach Hause zu kommen und es herrschte ein hektisches Treiben. Die beiden Männer fielen über Gori her und drückten ihn zu Boden. Gori hingegen warf sein gesamtes Kampfgewicht in die Auseinandersetzung und versuchte, sich die Männer vom Leib zu halten. Doch es half nichts, sie nahmen ihn zu zweit in den Schwitzkasten.

Peter konnte das Geschehen durch das kleine Fenster beobachten. Die Männer hatten Stichwaffen dabei; er konnte deutlich ein aufblitzendes Messer erkennen. Die Brutalität der Vorgehensweise ängstigte ihn. Seine Gedanken irrten hin und her. Wenn er doch nur konnte, würde er Gori zu Hilfe eilen, überlegte er. Doch die Tür war versperrt, so sehr er auch daran rüttelte.

Gleichzeitig sprangen seine Gedanken zu seiner eigenen aussichtslosen Lage über. Was wäre, wenn sie anschließend zu ihm kommen würden? Dann hätte seine letzte Stunde geschlagen, das war ihm sonnenklar. Er versuchte, ruhig Blut zu bewahren. Gab es einen Ausweg aus der Sauna? Er wischte sich mit dem Handtuch den Schweiß von der Stirn. Heureka, ihm war etwas eingefallen. Als Erstes brach er mit aller Kraft eine Holzlatte aus der Sitzbank. Seine Hände schmerzten, als er das Brett hinter das Stromkabel klemmte, welches aus dem Heizofen bis in die Holzwand hineinragte. Peter hebelte so lange an der Zuleitung herum, bis er sie aus der Wand reißen konnte.

»Puh«, rief er aus. Damit war die Stromzufuhr erst mal unterbrochen. Anschließend steckte er die Latte hinter die Holzverkleidung an eine Stelle, die unsauber verarbeitet war. Peter hoffte, sich einen Ausweg durch die Außenwand des Hauses zu bahnen. Nachdem es ihm gelang, einige der Schalbretter wegzureißen, warf er einen letzten Blick auf den Kampf im Vorraum. Er sah, wie die Männer unentwegt auf Gori einstachen. Peter war klar, dass es auch ihn tödlich treffen würde, wenn er sich nicht schleunigst aus seinem Kerker befreien konnte.

Er legte sich flach auf den Rücken und stieß mit voller Wucht seine beiden Beine gegen die bereits halb geöffnete Holzaußenwand. Die Isolierverkleidung bestand zum Glück nur aus leichten Fasermaterialien, so dass er schon nach einigen Stößen den ersten Erfolg verbuchen konnte.

Die kalte Luft und das grelle Tageslicht drangen durch den Spalt und mit schnellen, immer heftigeren Tritten wollte er sich so schnell wie möglich den Weg ins Freie verschaffen. Nur mit einem Handtuch bekleidet, krabbelte Peter aus der Öffnung.

'Willkommen in der Freiheit!', dachte er, doch noch war die Gefahr nicht vorüber und gebannt.

Mit seinen Fußtritten hatte Peter einen ziemlichen Lärm verursacht und damit die beiden Angreifer auf sich aufmerksam gemacht. Hastig rannte er zum Schuppen und schob das Motorrad nach draußen. Er kramte sich ein kurzärmliges Hemd und eine leichte Hose aus der Reisetasche. Die Sachen waren eindeutig zu dünn für die Jahreszeit, doch in der Hektik war ihm alles recht. Schnell schlüpfte er in seine Turnschuhe. Es blieb keine Zeit für einen abschließenden Check der Reisetasche; Peter musste sich darauf verlassen, dass sämtliche Papiere und Unterlagen darin eingepackt waren. Am meisten schmerzte ihn, dass er sich nicht mehr von Gori verabschieden konnte. War sein Freund tot? Peter blieb im Ungewissen und schwang sich auf den Sattel. Die Maschine startete auf Anhieb und laut aufbrausend raste er vom Hof.

Im Rückspiegel sah er die beiden Angreifer. Sie fuchtelten mit ihren Händen in der Luft herum, doch sie machten keine Anstalten, ihn zu verfolgen. Kurz bevor der Nebenweg in die Hauptstraße mündete, nahm Peter eine Person wahr, die völlig in sich zusammengesunken in einem Wartehäuschen am Straßenrand saß. Er stutzte, zögerte kurz und hielt dann an. Es war eine Frau und sie weinte.

»Tanja? Was machst du hier?«, fragte Peter völlig verdutzt.

# Kapitel 19

*Russland*

*November 2013*

*Die Flucht nach Moskau*

»Los, Tanja, schwing dich auf den Sattel. Wir dürfen keine Zeit verlieren.« Peter blickte über seine Schulter und wollte sichergehen, dass seine Verfolger noch nicht die Spur aufgenommen hatten. Tanja wischte sich die Tränen aus dem Gesicht und warf ihre Haare in den Nacken. Sie schaute Peter etwas unsicher an. Er drehte den Griff am Lenker und die Maschine des Motorrads heulte kurz auf. Es war das unmissverständliche Zeichen, dass ihnen keine Zeit mehr blieb. Tanja sprang von der Sitzbank im Wartehäuschen auf; sie hatte sich entschieden und wollte mit ihm flüchten.

»Gut«, sagte Peter. »Gib mir eine Sekunde.« Er stieg vom Motorrad ab und wühlte in seiner Reisetasche. Es war höchste Zeit geworden, seine leichte Bekleidung gegen eine Jeans und einen Pullover zu tauschen. Tanja klemmte sich auf den Rücksitz und klammerte sich fest an Peter, der das Zweirad mit einer hohen Geschwindigkeit über die Straße lenkte. Seine Gedanken drehten sich im Kreis. Wer steckte hinter dem Angriff auf Gori? War sein Freund tot? Und vor allem, wer hatte ihn verraten? War es Tanja? Hatte sie ihn auffliegen lassen und war sie vielleicht unter Druck gesetzt worden? Von wem und warum?

Es war natürlich auch möglich, dass *alle* Abtrünnigen der *Enco* ins Visier geraten waren und der Mordanschlag auf Gori zu einer globalen Säuberungsaktion gehörte. Peter wurde zunehmend unruhiger. Er war in den vergangenen Wochen so gut wie abgeschnitten von der Außenwelt und auch von allen Informationen, wie es bei den Vertrauten von Rosanna aussah.

Was wusste er schließlich von ihrer Gegenorganisation? Rosanna und Joe waren ein Teil davon, jedoch war ihm überhaupt nicht klar, welche Rolle sie darin spielten. Je mehr er darüber grübelte, umso mehr wurde ihm deutlich, wie wenig er eigentlich wusste. Weder kannte er die genauen Zielsetzungen der Bewegung, noch war ihm der Sitz des Hautquartiers ihrer Anführer mitgeteilt worden. Irgendwie hing er nun mitten drin in der ganzen Geschichte und raste mit einer jungen Frau auf einem kaum noch verkehrssicheren Motorrad über die Landstraßen in Russland. Wie sehr wünschte er sich in diesen Momenten wieder zurück in seine gewohnte Umgebung in Hamburg; zu seiner Assistentin Susan, seinem Kompagnon Frederik und vor allem in die Nähe seines Sohnes, Robert.

In der Ferne sah er am Straßenrand ein Blaulicht. Es musste sich um eine Verkehrskontrolle handeln. 'Shit. Shit', dachte Peter. In seiner Tasche musste sich zwar irgendwo auch sein deutscher Führerschein befinden, doch der würde natürlich nicht zu dem neuen, gefälschten Ausweis passen. Und er hatte keine Ahnung, ob er überhaupt die Zulassungspapiere für das Motorrad dabei hatte. Vielleicht hatte es doch etwas Gutes, dass Tanja bei ihm mitgefahren war; sollte sie ihm doch die Beamten vom Hals halten, hoffte er. Peter verlangsamte die Geschwindigkeit und beobachtete die Polizisten genau. So wie es aussah, hatten sie einen Autofahrer aus dem Verkehr gezogen und untersuchten den Kofferraum genauestens. Die Beamten waren beschäftigt und hatten kein Interesse daran, Peter und Tanja zu überprüfen.

»Glück gehabt«, stellte er fest und drehte sich kurz zu seiner Beifahrerin um.

Sie schlang ihre Arme noch fester um seine Hüfte und drückte damit ihre Zustimmung aus. So fuhren sie stundenlang weiter.

Vor ihnen, im Moskauer Westen, lag der weitläufige Flughafen Domodedovo, der Internationale Flughafen. Peter stellte das Motorrad auf einem der großzügig angelegten Parkplätze ab.

»Tanja, lass uns sofort ins Terminal gehen. Ich weiß nicht, wann mein Flug geht. Dann musst du mir alles erzählen.«

Sie nickte und zupfte sich ihre Jacke zurecht. Ihre Haare waren noch völlig vom kalten Fahrtwind zerzaust. 'Hoffentlich habe ich mir keine Erkältung geholt', dachte sie.

Sie standen inmitten der großen Abfertigungshalle und Peter studierte die Schautafeln, auf denen alle Abflüge aufgelistet waren. Die Flugverbindung nach Berlin war ziemlich weit unten aufgeführt.

»Wir haben noch etwas Zeit«, stellte Peter fest. »Nun sag, was ist passiert? Und was willst du nun tun - hier in Moskau?«

Tanja zeigte auf eine Sitzgruppe, die sich in der Nähe der großen, bis zum Boden reichenden Fenster befand.

»Komm, ich werde es dir erzählen.« Tanja blickte um sich und wollte sicher gehen, dass niemand etwas von ihrer Unterhaltung mitbekam.

»In der letzten Woche kamen zwei Männer zu mir in die Stadt-Wohnung in Sankt Petersburg. Sie wurden zudringlich und behaupteten, dass sie vom Geheimdienst, dem FSB, geschickt wurden. Nichts davon stimmte. Die Kerle wollten alles über Gori wissen und ...«, sie zögerte für einen kurzen Moment, »... und über dich, Peter. Sie wussten sogar, dass du von Gori ausgebildet wurdest. Doch sie hatten keine Ahnung davon, wo er das Ausbildungslager für dich eingerichtet hatte.«

»Ah«, warf Peter ein. »Das Haus von Gori im Wald war gar nicht sein Hauptwohnsitz?«

Tanja schüttelte den Kopf. »Nein, das hatte er sich nur für die Ausbildung mit dir besorgt. Ich vermute, sie haben mich beschattet und auf diese Weise alles über Gori herausgefunden.«

»Und, hast du ihm davon erzählt? Ich habe jedenfalls überhaupt nichts von dieser drohenden Gefahr mitbekommen.« Peter war aufgebracht; es gefiel ihm nicht, dass er nichts darüber im Vorfeld erfahren hatte. Tanja schwieg. Für seinen Geschmack verharrte sie einen Augenblick zu lange und er traute ihr nicht.

Sie atmete tief ein. »Die haben mich unter Druck gesetzt ... was meinst du denn, warum ich an der Straße auf euch gewartet habe?« Sie seufzte und erst nach einer kurzen Pause fuhr sie fort. »Diese Mörder! Sie werden uns alle finden und auslöschen. Dann gibt es keine Gegenwehr mehr. Peter, es ist vorbei.«

Er schluckte und war sich nicht sicher, ob sie ihm nicht doch etwas vorspielte und mit den Verbrechern gemeinsame Sache machte. Eins jedenfalls hatte ihm Gori in dem Trainingsprogramm geradezu eingebläut. Dass er niemandem trauen sollte. Niemandem.

»Und, nun? Was willst du tun, Tanja? Mit mir das Land verlassen?«

Sie wollte sich nicht festlegen. »Was rätst du mir? Ich weiß gar nichts mehr?«

'Entweder ist sie geschickt oder sie ist wirklich verzweifelt', dachte Peter. Wenn er sie mit nach Leipzig nehmen würde, bestand die Gefahr, dass sie die anderen Verbündeten ausspionieren konnte. Peter zögerte. »Du bist doch gar nicht für eine Flucht vorbereitet. So ganz ohne Klamotten, wie soll das gehen? Und was ist mit deinen Papieren?«

Tanja griff in ihre Umhängetasche. »Daran soll es nicht liegen.« Sie zeigte ihm ihren Pass und ein Bündel von Geldscheinen.

Er unternahm einen letzten Versuch, sie zurückzuhalten. »Meinst du nicht, du könntest für unser Vorhaben nützlicher sein, wenn du hier bleibst? Zum Beispiel kannst du den Kontakt mit Eddie Downsen suchen. Vielleicht kann er uns helfen. Er ist hier in Moskau.«

Sie schüttelte ihren Kopf. »Downsen kann uns nicht helfen und das weißt du. Ich habe in Russland niemanden mehr. Die Brücken hinter mir sind abgebrochen. Nimm mich mit.« Wenn es auch kein Flehen war, so erkannte Peter dennoch in ihren Augen eine Hilflosigkeit, die ihn weich werden ließ. »Also gut. Aber schwöre mir, dass ich mich auf dich verlassen kann.«

Sie nickte und sprach tatsächlich die Worte. Die beiden besorgten sich ihre Tickets und begaben sich durch die Passkontrolle. Kurz bevor sie an Bord der Aeroflot Maschine gingen, nahm Peter seine Begleiterin noch einmal an die Seite. Er flüsterte seine Worte.

»Sag mir, haben die beiden Männer irgendetwas darüber gesagt, warum sie gerade *jetzt* zuschlagen wollten?«

Tanja überlegte einen Moment lang. »Ich glaube einer von beiden sagte etwas von einer Operation ... und dass vorher alle Schwachpunkte ausgemerzt sein müssten.«

»Eine neue Operation? Haben sie einen Namen genannt?«, wollte Peter wissen.

Sie nickte und sprach die Antwort ganz leise.

»Ja, *Operation WHELO*.«

# Kapitel 20

*Oslo*

*November 2013*

*Der Mann ohne Gedächtnis*

Oslo. Über der Hauptstadt von Norwegen lag an diesem Nachmittag im Spätherbst 2013 ein dichter Nebel und die Abenddämmerung hatte bereits eingesetzt. Rosanna war nicht auf dem direkten Weg aus Moskau hierher geflogen; sie hatte eine Zwischenlandung in Berlin eingelegt. Nach der Zollkontrolle in Oslo warf sie einen letzten Blick in ihren Pass. Es war erstaunlich, wie gut das fremde Profil zu ihr passte. Ihr vorübergehender Name lautete Anna Chaptova; offensichtlich hatten die Dokumentenfälscher in ihre neue Identität eine kleine Reminiszenz an Anna Chapman eingebaut, an die ehemalige russische Agentin.

»So, Misses Chaptova. Für die nächsten Tage spielst du erst mal keine Rolle mehr«, sagte sie zu sich selbst, als sie den Pass in ihrer Tasche verstaute. Die großen Schiebetüren am Ausgang öffneten sich zur Ankunftshalle und an einem Pfeiler auf der linken Seite lehnte Joe. Er hatte seine grau-weiß karierte Mütze tief in die Stirn gezogen und begrüßte Rosanna, indem er mit dem rechten Zeigefinger von seiner Schläfe direkt zu ihr hinüber deutete und ihr zulächelte. »Rose, schön dich zu sehen.«

Sie umarmten sich kameradschaftlich. Joe bot ihr an, die Tasche abzunehmen, doch Rosanna bestand darauf, sie selbst zu tragen. Er hatte einen Mietwagen organisiert und als sie das Flughafengelände verlassen hatten, erkundigte sie sich nach dem Stand der Dinge.

»Was fällt dir zu einem gewissen John Smith ein?«, fing Joe seine Ausführungen an.

»Hm, John Smith? Das ist ein Allerweltsname. Er kann alles oder nichts bedeuten ...«

Joe schmunzelte. »In diesem Falle würde ich zu der Bedeutung *alles* tendieren. Vor einigen Tagen wurde nämlich eine unbekannte Person ins Krankenhaus von Oslo eingeliefert. Der Mann weiß nicht, woher er stammt und was er hier wollte.«

»Ein Mann ohne Gedächtnis? Hm, da gab es schon mal einen Fall. Vor ungefähr zwei Jahren. Damals war es ein 60-jähriger Mann, der bewusstlos in einem Hotelzimmer in Kalifornien aufgefunden wurde. Er sprach, glaube ich, nur schwedisch und nannte sich Johan Ek. In Wirklichkeit handelte es sich aber um einen Amerikaner aus Florida, der lange in Schweden gelebt hatte. Er konnte sich an nichts mehr erinnern.«

»Richtig, Rosanna. Dieser Fall liegt so ähnlich. Unser John Smith, wie er sich selbst nennt, kann sich ebenfalls an nichts mehr erinnern. Man hatte ihn offensichtlich unter Drogen gesetzt und missbraucht. Er wurde geschlagen, beraubt und dann alleine im Schnee zurückgelassen. Das Erstaunliche ist, dass dieser Mann fünf Sprachen spricht. Und zwar fließend, weißt du? Niemand konnte bisher das Geheimnis dieses großen, blonden Mannes lüften.«

»Kann es sein, dass er etwas mit der *Enco* zu tun hat? Oder mit der *One-C*?«

Joe sah sie an. »Mit der *One-C*? Hey, hast du etwas Neues herausgefunden?«

»Vielleicht ...«, sagte sie mit einem Schmunzeln. »Unser russischer Spezial-Ausbilder Gori hat es mir im Geheimen erzählt. Vor einigen Jahren hatte er diesen Begriff aufgeschnappt, als ein Bote von den geheimen Strippenziehern bei einer Lagebesprechung aufgetaucht war.«

»Ein Bote, sagtest du? Und er kam von der *One-C*? Interessant, es sind dieselben Buchstaben, wie bei der *Enco*. Das kann ein äußerst wichtiger Anhaltspunkt sein, doch letztendlich sind alle Namen nichts weiter als Schall und Rauch. Apropos Namen. Manche Menschen kennen ihren eigenen Namen nicht mehr. Damit meine ich unseren Mann ohne Gedächtnis. Ja, Rosanna. Ich vermute nämlich, dass es sich bei ihm möglicherweise auch um einen Verbindungsmann handeln könnte. Ein Bote, der die Aufträge der geheimen Drahtzieher an die *Enco* übermittelt.«

»Wie kommst du darauf?«, fragte sie ihn.

Joe fasste mit beiden Händen fest ans Steuer. »Ich habe die Daten, die ich aus dem US-Außenposten der *Enco* mitgeschnitten habe, fast täglich analysiert. Daraus ging leider nichts Relevantes hervor. Dann habe ich sämtliche Flugdaten überprüft, denn ich gehe davon aus, dass dieser Kundschafter – in der *Enco* Zentrale sprachen sie von einem *Messenger* - nach seiner Mission zurück nach Europa geflogen ist. Also habe ich alle Personen, die in den Tagen nach meinem Tunnel-Network-Angriff per Flieger von Boston nach *Good Old Europe* gereist sind, durch die Simulationsprogramme mit dem speziellen Algorithmus gejagt. Auch in den Folgewochen. Fast wollte ich aufgeben, denn aus den Tausenden von Menschen ließ sich kein einziger herauskristallisieren, bis ich auf einen 36-jährigen Mann aus der Tschechischen Republik gestoßen bin. Wie ich herausgefunden habe, ist dieser Mann einige Zeit später zwar nach Norwegen eingereist, aber er hat das Land bis heute noch nicht verlassen. Und somit tauchte in meinen Recherchen John Smith auf.«

Rosanna zeigte sich beeindruckt. »Wow, das könnte eine Spur sein. Doch wie soll das gehen? Wie ist er denn eingereist, wenn er sich doch an nichts erinnern konnte?«

»Keine Ahnung. Vielleicht haben ihn irgendwelche Begleiter erst ins Land gebracht und ihn dann so schlimm zugerichtet.«

»Mag sein. Was hast du über ihn herausgefunden?«

»Wir müssen die Teile des Puzzles nur noch zusammensetzen. John Smith wird von einer norwegischen Anwältin unterstützt. Von ihr wissen wir, dass er Tschechisch, Slowakisch, Russisch und Polnisch spricht. Zusätzlich beherrscht er die englische Sprache mit einem erstaunlich guten akademischen Wortschatz. Das würde perfekt zu der Person passen, die zunächst in Boston in den Flieger stieg und später aus Prag hierher geflogen ist.«

»Hm. Du könntest richtig liegen. Der Mann ohne Gedächtnis könnte ein *Messenger* sein. Wie ist man auf ihn gestoßen, Joe?«

»Der norwegische Rundfunk berichtete, dass der Mann von einem Spaziergänger gefunden wurde. Er lag im Stadtzentrum, mitten in Oslo, mit seinem Gesicht im Schnee. Er war völlig hilflos und nur spärlich bekleidet. Seine Haut war mit tiefen Schnittverletzungen übersät und an den Handgelenken waren noch die Wunden von Fesseln zu sehen.«

Rosanna nickte langsam mit ihrem Kopf. »Die haben ihn übel zugerichtet. Wahrscheinlich sollte bei ihm ganz bewusst jede Erinnerung ausgelöscht werden. Es war die pure Gehirnwäsche und am Ende hat man ihn entsorgt.«

»Ja, ich denke, so kann es gewesen sein. In seinem Körper haben die Ärzte noch hohe Dosierungen von Betäubungsmitteln gefunden. Im realen Leben war der 36-Jährige ein Computer-Spezialist. Er lebte bis vor drei Jahren in Prag. Ein Teil seiner Deckung war, dass er als Sachverständiger bei Gerichtsverfahren zu Rate gezogen wurde und so manchen brisanten Fall mit aufgeklärt hat.«

»Aber du denkst, dass hinter der Fassade ein *Messenger* der *One-C* steckte, der nun abserviert wurde?«

Joe nickte. »Das sollten wir zumindest überprüfen.« Er bog von der Umgehungsstraße ab und hielt vor einem Fußgängerüberweg. Sie kamen immer näher an die Innenstadt.

»Das dürfte ein schwieriges Unterfangen sein; die werden uns doch nicht an ihn heranlassen.«

Joe lächelte. »Magie, Magie. Wir bekommen eine halbe Stunde mit Mister John Smith. Der Raum soll angeblich schalldicht sein. Die Polizei wird uns bei unserer Befragung aber durch einen halb durchlässigen Spiegel beobachten können.«

»Chapeau, mein Lieber. Wie hast du das gemacht?«

Er genoss sichtlich seinen Erfolg und reichte ihr eine Klarsichthülle aus dem Seitenfach. Darauf befand sich ein ovaler Aufkleber mit den Buchstaben CD und sie konnte zwei Pässe mit der Aufschrift *Diplomatic Passport - United States of America* erkennen. Corps Diplomatique. »Für heute sind wir die Vertreter des Diplomatischen Corps. Und wir sind angekündigt - durch ein hochoffizielles Schreiben der Amerikanischen Regierung.«

Jetzt wurde Rosanna auch klar, warum Joe eine so große dunkle Limousine angemietet hatte. Er lenkte das Fahrzeug in eine Seitenstraße und fuhr in eine offene Garage. Nachdem er das Tor verschlossen hatte, holte er aus seiner Umhängetasche einen Schraubendreher und die vorbereiteten Kennzeichen.

»Du hast ja wirklich an alles gedacht. Inklusive der Garage. Du versetzt mich in Erstaunen. Die beiden Ausweise sind schon täuschend echt und nun auch noch die Nummernschilder? Das ist erstklassig.«

Joe nahm den Wechsel mit wenigen Handgriffen vor und klebte zum Abschluss noch den ovalen Sticker an die Kofferraumhaube. CD prangte in großen schwarzen Lettern darauf. Corps Diplomatique. Dann tauschte er seine Jeans und die Winterjacke gegen einen eleganten dunklen Anzug. Er blickte zum Boden, das Schuhwerk war noch unpassend. Statt der Nike-Turnschuhe zog er sich hellbraune Halbschuhe an. Rosanna klatschte in die Hände.

»Ich erkenne dich kaum noch wieder.«

Auf dem Weg ins Polizeipräsidium erklärte Joe ihr noch, wie er den Besuch im Vorfeld abgesichert hatte. Er selbst war es gewesen, der von der norwegischen Seite aus eine fingierte Nachfrage zu dem angekündigten Besuch abgeschickt hatte - die er anschließend natürlich wieder selbst beantwortete. Diesmal jedoch mit dem richtigen Empfängerkreis; dabei hatte er auch die mit der Untersuchung beauftragten norwegischen Kriminalbeamten in Kopie gesetzt. Es sah so aus, wie eine Genehmigung von höchster Stelle. Dadurch wurden die Formalitäten für das Gespräch zu einem reinen Kinderspiel. Dreißig Minuten wurden ihnen mit dem Mann ohne Gedächtnis gewährt. Dreißig Minuten, in denen die beiden alles versuchen wollten, um an neue Informationen zu kommen.

Der Raum erstrahlte in einem hellen Licht. Die Farbtemperatur der Beleuchtung war relativ nahe an das natürliche Tageslicht angepasst worden. Der Raum selbst lag gut verborgen im Untergeschoss des Gebäudes. Inmitten des Verhörzimmers stand ein rechteckiger Tisch. Auf der einen Seite befand sich ein einzelner Stuhl, auf der gegenüberliegenden Seite zwei. Es war unschwer auszumachen, dass diese Anordnung ganz bewusst so gewählt worden war. Denn so konnten die außenstehenden Beamten durch die halb durchlässige Spiegelscheibe genau beobachten, wie sich John Smith verhielt.

Als sie den Raum betraten, bat Rosanna noch um ein Glas Wasser, welches sie auf dem Tisch abstellte. John wurde von einer Beamtin hineingebracht. Er machte einen sympathischen Eindruck und freute sich, Rosanna und Joe zu sehen.

»Hoher Besuch? Sie müssen mein Outfit entschuldigen. Ich bin noch auf der Suche nach meinem Koffer.« Er schien gut gelaunt zu sein.

'Das ist eine gute Voraussetzung für unser Gespräch', dachte Rosanna. »Der Koffer ist nicht das einzige, was Ihnen abhanden gekommen ist«, ergänzte sie mit einem humorvollen Unterton.

John lachte. »Nein, beileibe nicht. Ich vermute, Sie wissen, wie man mich aufgefunden hat? Eine ziemlich üble Geschichte. Und mit meinem Gedächtnis ist es wie mit dem Koffer. Ich bin noch auf der Suche. Was führt Sie zu mir? Können Sie mir helfen?«

Joe schaute sich im Raum um. Er wollte sicher gehen, dass keine Audioaufnahmen mitgeschnitten wurden. Er ging an die verspiegelte Glasfront und drückte sein Gesicht ganz nah an die Scheibe. Dort erkannte er schemenhaft den Beamten, der sie zuvor begrüßt hatte. Offensichtlich wusste dieser, worum es Joe ging, denn er gestikulierte wild mit seinen Händen. Der Beamte deutete an seine Ohren und machte eine verneinende Bewegung mit seinem Zeigefinger. Kein Audio, no sound, übersetzte Joe die Gesten und setzte sich zu John Smith an den Tisch. Dann nahm er den Gesprächsfaden auf.

»John, ich werde Sie der Einfachheit halber auch so nennen, haben Sie irgendwelche Erinnerungen an die Männer, die Ihnen das angetan haben oder darüber, was sie von Ihnen wollten?«

Der Mann schüttelte seinen Kopf. »Nein, ich weiß nicht einmal, ob es Männer waren. Es ist alles weg. Da ist nichts mehr in meinem Kopf.«

Joe bemühte sich und belagerte den Mann mit einer Frage nach der anderen. Doch es schien, zu nichts zu führen. Dann mischte sich Rosanna ein und anstatt Fragen zu stellen, schilderte sie ihre Sicht der Geschehnisse.

»Es ist gut möglich, dass Sie von etwas wussten, was Sie für immer vergessen sollten. Und seien Sie froh, dass Sie Ihr Gedächtnis verloren haben, denn nur aus diesem Grund sind Sie noch am Leben.«

Das erste Mal in der Unterhaltung war nun bei John Smith ein gewisser Grad an Besorgnis auszumachen. Er kniff seine Augen zusammen. Rosanna fuhr fort.

»Ich werde Ihnen verschiedene Varianten beschreiben und Sie können bitte kommentieren, ob das jeweils für Sie zutrifft.«

John nickte und signalisierte seine Kooperationsbereitschaft.

»Als Erstes würde ich gerne damit beginnen, über Ihre besonderen Fähigkeiten zu sprechen. Uns wurde erzählt, dass

Sie fünf Sprachen fließend beherrschen. Alle Achtung. Das prädestiniert Sie geradezu für Aufgaben, die im geheimdienstlichen Bereich liegen könnten.«

Smith erschrak bei dem Wort Geheimdienst. Ihm schossen Berichte über Eddie Downsen und über die NSA, die *National Security Agency* der USA, durch den Kopf. Rosanna bemerkte seine Reaktion und hakte nach.

»Kann es sein, dass Sie sich sehr gut mit Computern auskennen und ein Spezialist auf diesem Gebiet sind?«

John zuckte mit seinen Schultern. »Das kann gut so sein. Ich weiß es aber nicht.«

»Können Sie sich vorstellen, dass Sie in der Tschechischen Republik auch als Sachverständiger tätig waren?«

Der Mann zuckte mit seinen Schultern. »Ja, … nein … ehrlich gesagt, ich kann mich nicht entsinnen.«

Rosanna hoffte, auf dem richtigen Weg zu sein. Sie fingerte nach etwas in ihrer Handtasche. Joe führte einige Details zu seinem Computerwissen aus und übergab das Gespräch dann wieder an Rosanna.

»John, allerdings kann es sein, dass sie nicht nur der Computerexperte waren, der hin und wieder mit einem Sachverständigengutachten beschäftigt war.«

Sie beugte sich zu ihm hinüber und ließ eine kleine Tablette aus ihrer Handfläche ins Wasserglas gleiten.

»Es ist durchaus möglich, dass Sie in Wirklichkeit noch eine ganz andere Aufgabe wahrnahmen.«

John wich instinktiv zurück, denn die Themen kamen ihm allmählich zu nahe und auch die Beamten hinter der Spiegelglasscheibe wurden zunehmend nervöser. Rosanna hingegen fühlte sich in ihrem Vorgehen bestärkt.

»Was sagt Ihnen die *Operation Salamander*?«

Der Mann ohne Gedächtnis wog den Kopf unruhig von links nach rechts. »Was soll das sein?« Seine Augen blinzelten in schneller Folge.

Rosanna schob ihm das Wasserglas hinüber. »Hier, nehmen Sie einen Schluck. Das wird Ihnen gut tun.«

John Smith tat einen großen Zug und stellte das Glas wieder ab. Er fühlte ein leichtes Kribbeln, als er die Flüssigkeit zu sich nahm und lauschte interessiert ihren Ausführungen.

»Die *Operation Salamander* ist vorüber. Sie wurde abgeblasen. Aber, seitdem haben sich viele Konsequenzen daraus ergeben.« Sie schaute ihn eindringlich an. »Was wir gerade erleben, sind die *Kaskaden des Salamanders*. Es ist nicht vorbei, ganz im Gegenteil.«

John wurde unsicher und trank noch einen Schluck. »Alles schön und gut. Doch was habe ich damit zu tun?«

»Wissen Sie ... diese Operationen laufen im Geheimen ab. Einige sind dabei für die Ausführung zuständig und sie bekommen die Instruktionen von ihren Auftraggebern. Doch damit die Vertraulichkeit bewahrt wird, bleiben die Auftraggeber unerkannt im Verborgenen.«

John Smith hörte interessiert zu und er schien, den Ausführungen Punkt für Punkt zu folgen. 'Sie hat ihn', dachte Joe. 'Er ist eingeloggt und wird die Zusammenhänge bestätigen.'

»Sie verstehen? Die einen führen aus, die anderen sind die Architekten und die Bauherren. Doch auf irgendeine Art und Weise müssen die Baupläne an die ausführenden Handwerker überbracht werden. Dafür sind die Überbringer zuständig, die Boten, die *Messenger*.«

Smith schluckte. Plötzlich schossen ihm unzählige Erinnerungsfetzen durch den Kopf.

Joe ergänzte. »Wie sagt man so schön? *Don't shoot the messenger*. Doch daran wollten sich Ihre Auftraggeber offensichtlich nicht halten.«

Der Mann ohne Gedächtnis zuckte. Er hatte plötzlich einen schmalen Zugang zu seiner Vergangenheit erhalten.

»John, könnte es sein, dass Sie einer dieser Boten waren, ein *Messenger*, der zwischen den beiden Welten hin und her wanderte?«

Er hielt sich mit seinen Händen am Stuhl fest. »Sie meinen, dass ich von einem Auftrag wusste und sie mich deshalb zum Schweigen gebracht haben?«

»John, můj přítel«, sagte Rosanna auf Tschechisch. Sie war sich sicher, dass die kleine Pille inzwischen ihre Wirkung vollständig entfaltet hatte und die Erinnerungen bei John für eine Zeitlang wieder an die Oberfläche kamen.

Er schaute sie mit großen Augen an, doch Rosanna ließ ihm keine Ruhe zum Verschnaufen.

»Wahrscheinlich haben Sie von der nächsten Operation zu viel mitbekommen. Oder Sie haben die richtigen Rückschlüsse gezogen. Jedenfalls mussten Ihre Peiniger sicher gehen, dass Sie nichts darüber ausplaudern würden. Dass man Sie am Leben gelassen hat, sollte wahrscheinlich eine Warnung an alle anderen *Messenger* sein. Die Botschafter sollen einfach nur ihren Job machen, aber nicht selbständig die Dinge zusammensetzen oder gar anfangen zu kombinieren.«

»Sonst wäre es Ihnen ergangen wie dem Mann, der kürzlich in San Francisco gefunden wurde«, ergänzte Joe »Er steckte in einem Koffer, zersägt in Einzelteile und der Kopf fehlt bis heute.«

John Smith wandte sich angewidert ab. »Ich weiß darüber nichts. Gar nichts. Hier, ...« er holte ein Büchlein aus seiner Hosentasche hervor, »... das hat man mir gelassen, in der Hoffnung, dass ich mich an irgendetwas erinnern kann. Fehlanzeige. Die Einträge sagen mir rein gar nichts.«

Er reichte das Buch an Joe, der kurz darin blätterte. »Es ist ein Reisetagebuch. Sie haben recht. Die Vermerke sehen unbrauchbar aus.« Dennoch nahm Joe das Buch an sich und steckte es ein, ohne zu fragen; John protestierte auch nicht.

Rosanna lenkte die Aufmerksamkeit wieder auf sich. »Zurück zu Ihrer Aufgabe, John. Sie stammen aus der Tschechischen Republik, richtig?«

Er nickte langsam.

»Ihr Auftraggeber ist möglicherweise Teil einer Organisation, die sich *One-C* nennt. Sie wiederum überbringen die geheimen Anweisungen an die exekutiven Teams der sogenannten *Enco*.«

Der Mann ohne Gedächtnis schwieg und kniff seine Augen zusammen. Rosanna wusste, dass sie auf dem richtigen Weg war.

»Wer hat Ihnen die Aufträge erteilt? Wo ist diese Person? John, es geht um die Operation *WHELO*.«

»*WHELO*? Oh ja, das, das ... das wird eine großangelegte Aktion werden.« Er stotterte. »Erst sollte es ja, ... Moment mal ... ja, ... es sollte *Unternehmen Orion* heißen. Na ja, es soll jedenfalls alles, was in der *Operation Salamander* verbockt wurde, in den Schatten stellen. Niemand weiß genau, worum es geht. Es sind so viele verschachtelte Optionen und Handlungen, dass am Ende keiner ahnt, wer die Fäden in der Hand hält.«

'Er redet wie ein Wasserfall', stellte Rosanna für sich fest. Hinter ihr im Beobachtungszentrum staunten die Beamten nicht schlecht, als sie sahen, wie beredsam der Mann ohne Gedächtnis plötzlich wurde.

»Ja, John. Das ist ein beliebtes Mittel der Verschleierung. Wie in einem Film, wo nur der Regisseur den eigentlichen Plot kennt und die Akteure komplett im Dunklen gelassen werden. Doch *Sie* wissen, worum es geht und deshalb wurde es so brenzlig für Sie!«

»Nein, auch ich wurde außen vor gelassen«, widersprach er. »Doch ich konnte mir einige Details zusammenreimen. Die Welt wird den Atem anhalten, hieß es. Und es geht um zwei Türme. Im März wird es losgehen. Noch vor dem Frühlingsanfang. Wenn Tag und Nacht gleichlang sind. Und in Hongkong laufen die Fäden zusammen. Mehr weiß ich nicht. Das schwöre ich.«

»Keine Sorge, Sie sind hier nicht vor Gericht. Aber nun sagen Sie uns endlich, wer Ihr Auftraggeber ist.«

Er zögerte, er war hier nicht vor Gericht, hatte die Frau gesagt? Wer war sie eigentlich und in wessen Auftrag stellten die beiden ihre Fragen? Mit einem Mal erfüllte ihn eine große Furcht. Wollten diese beiden Menschen ihm wirklich helfen oder wollten sie ihn nur ausfragen? Sein Kopf schmerzte und er hielt sich die Hand an die Stirn.

»Also gut, ich werde es Ihnen sagen, aber es wird meine letzte Aussage sein. Ich bin erschöpft und ich kann nicht mehr. Es wird alles wieder sehr verschwommen. Außerdem möchte ich wissen, wer Sie geschickt hat.«

»John, es ist okay und Sie müssen sich wieder ausruhen. Doch sagen Sie uns, wer ist bei dieser Operation Ihr Auftraggeber?«

Er lächelte. »Sie werden überrascht sein. Diese Organisation ist eigentlich ein Club von hoch angesehenen Gentlemen. Aber nachdem der Typ seine *Operation Salamander* vermasselt hatte, wurde mein Boss in den Kreis der letzten Sieben gewählt. Ja, es war das erste Mal überhaupt, dass in diese Männerdomäne nun eine Frau aufgestiegen ist. Mein Chef ist eine *Sie*.«

Rosanna war innerlich aufgewühlt und sie wähnte sich nahe am Ziel. »Wie heißt sie? Wer ist sie?«

»Sie trägt viele Namen. Ihr Vorgänger war zu forsch, er drängte ganz nach oben. Nun ... ja, nun ist sie dran.«

Er fing wieder an zu stottern. Die Wirkung des Medikaments schien nachzulassen. »Sie wollen wissen, wer sie ist? Oh, sie hat schon bei vielen Operationen aktiv mitgewirkt. Die Nummer Sieben ist ...«

Der Tscheche sackte in sich zusammen und seine Augen wurden glasig. Man konnte ihm seine Erschöpfung ansehen. In diesem Augenblick stürmte ein Beamter zur Tür hinein.

»Was ist mit ihm? Brauchen wir medizinische Hilfe?«

Joe beschwichtigte den Polizisten. »Alles ist in Ordnung, er wird sich in kürzester Zeit wieder erholen. Sie hatten recht. Er ist ein Mann ohne Gedächtnis und kann sich an nichts mehr erinnern.«

Plötzlich hatten es Rosanna und Joe ziemlich eilig. Sie wollten keinesfalls auffliegen und bedankten sich bei den wachhabenden Beamten. Dann verließen sie das Gebäude auf dem schnellsten Wege. In derselben Garage wie auf dem Hinweg, tauschte Joe die Autokennzeichen aus und entfernte den Sticker vom Heck. Den Mietwagen gaben sie vollgetankt am Flughafen ab und gingen zügig zu ihrem Gate.

»Du hast ihm eine von deinen Pillen gegeben, stimmt's?«

Rosanna nickte. »Die Wirkung hat mit Sicherheit schon wieder nachgelassen. Er wird in seinen alten Zustand zurückfallen und sich an nichts mehr erinnern. Es ist wirklich ein Wunder, dass sie ihn nicht umgebracht haben.«

»Na ja, jedenfalls haben sie ihn kalt gestellt, der kommt ihnen definitiv nicht mehr in die Quere.« Joe nickte. »Wir können mit dem Ergebnis zufrieden sein. Wenn es stimmt, was er gesagt hat, dann wird die *Operation WHELO* von Hongkong aus organisiert. Was hältst du davon?«

Rosanna überprüfte auf ihrem Ticket die Boardingzeit für den Flug nach Berlin-Tegel. Sie hatten noch etwas Zeit und standen nicht unter Druck.

»Die Sache ist ungewöhnlich. Dass sie eine Frau in den Kreis der letzten Sieben gewählt haben, ist absolutes Neuland. Außerdem scheint sie mir viel zu operativ zu sein. Das passt nicht ins Bild. Es sei denn, sie verfügt über einen entsprechenden Background. Joe, wir sollten bei Gelegenheit überprüfen, ob wir die Frau nicht in einer früheren Auflistung der *Enco*-Agenten finden.«

Rosanna rieb sich die Nase. »Hm, was bedeutet der Codename *WHELO*? Darüber wusste John Smith offensichtlich nichts. Außer Spekulationen fiel ihm dazu auch nichts ein.«

»Tja, das wird ein Rätsel bleiben. Du glaubst gar nicht, wie viele Stunden ich darüber schon gebrütet habe. *WHELO*, *WHELO*. Normalerweise haben alle Codes etwas mit dem zu tun, worum es geht. Aber in diesem Fall? Ich kann dir ein paar Ansätze nennen, doch nichts davon ergibt einen Sinn.«

Rosanna bat ihn darum, seine Analysen mit ihr zu teilen und Joe zeigte ihr verschiedene Screenshots auf seinem iPad-mini.

»Hier, schau. In einer leicht abgewandelten Schreibweise bedeutet Weelo folgendes. Erstens *Somebody who has mental disabilities*. Was sollen wir dazu sagen? Dass die Leute psychisch krank sind, die die Verbrechen planen, wussten wir vorher. Zweitens *A stalker who enjoys sniffing people*. Dito. Die NSA überwacht uns pausenlos, das ist stalking pur. Doch packt man das in einen Codenamen? Warte, es geht noch weiter. Als Drittes kommt *A fat rat breader*. Was fällt dir dazu ein? Und schließlich bleibt viertens *Someone who should commit suicide*.«

»Du hast recht, Joe. Wenn überhaupt, könnte ich mir nur bei dem letzten Motto vorstellen, dass es zu der Operation passt. Doch warum sollte jemand Selbstmord begehen? Das macht keinen Sinn. Es sei denn, wir reden von Selbstmordattentätern. Aber du sagtest, es war auch nicht die richtige Schreibweise, die du überprüft hast, richtig?«

Er navigierte auf dem iPad zu den nächsten Darstellungen. »Ja, genau. Auch bei der nächsten Erklärung ist der Codename immer noch nicht ganz korrekt buchstabiert, denn es ist ein doppeltes 'e' darin enthalten.«

Die Abbildungen zeigten eine Zeichentrickfigur und Joe erklärte den Hintergrund. »Das ist Dr. Wheelo, ein fiktiver Wissenschaftler aus dem Trickfilm Dragon Ball. Der Doktor experimentiert mit gefährlichen Biowaffen und möchte die Welt beherrschen.«

»Hey, da kommen wir der Sache doch schon näher«, unterbrach ihn Rosanna.

»Das ist reine *Fantasy*«, fuhr Joe fort. »Dieser Doktor Wheelo möchte eine genetisch veränderte menschliche Armee für seine Ziele einsetzen; schließlich verwendet er jedoch die gesamte

Energie seines Laboratoriums dafür, eine riesige Welle zu schaffen, mit der er unseren Heimatplaneten komplett zerstören will.«

»Du hast recht«, fasste Rosanna zusammen. »Die Erklärungen taugen nicht für unsere Zwecke. Bleiben wir bei der richtigen Schreibweise. WHELO. Steht darüber vielleicht etwas in dem Buch, das du ihm abgenommen hast?«

Der Computerexperte schüttelte seinen Kopf. »Leider nicht, ich blättere schon die ganze Zeit darin. Es scheinen ausschließlich Reiseberichte zu sein. Es gibt nichts über den Begriff WHELO.«

Sie quittierte die Ergebnisse mit einem langsamen Nicken. »Unser ernüchterndes Fazit lautet, dass wir bis dato überhaupt nicht wissen, was sich dahinter verbirgt. Deshalb führt uns die nächste Etappe nach Hongkong und zu einer unbekannten Frau, über die wir so viel wie möglich herausfinden müssen.«

»Doch zunächst geht es nach Berlin und dann nach Leipzig. Knecht Ruprecht wartet auf uns«, sagte Joe und zeigte auf die Anzeigetafel. Ihr Flug war aufgerufen worden.

# Kapitel 21

*Hamburg*

*September 2013*

*Robert und die Journalistin*

Die Tage seit dem Sommeraufenthalt in Norwegen waren schnell vergangen. Robert hatte seinen Vater mit Rosanna in Tromsø am Hafen zurückgelassen und war noch am selben Tag nach Deutschland zurückgeflogen. Die Ereignisse der Sommernacht zur Sonnenwende lagen nun schon einige Wochen hinter ihm und dennoch hatten sie sich für immer in sein Gedächtnis eingebrannt. Ihre Intensität schien auch mit dem zunehmenden zeitlichen Abstand nicht abzunehmen, sondern blieb unvermindert stark präsent. In den Semesterferien, im August 2013, versuchte Robert sich zunächst mit Minijobs abzulenken; dann beschloss er, der Agentur seines Vaters einen Besuch abzustatten. Er wollte sich erkundigen, ob er dort für einige Wochen eingesetzt werden konnte.

Schon als kleiner Junge war er gerne am Wochenende mit seinem Vater in die Agentur gefahren und hatte sich dann wie der Juniorchef gefühlt.

Nun stand er auf dem Bürgersteig an der Binnenalster und schaute nach oben zum Gebäude. Wie sehr würde sich sein Dad wahrscheinlich wünschen, hier einmal wieder vorbeizuschauen, fragte er sich. Nichts hatte er seit der Trennung in Nordnorwegen von ihm gehört, nicht das geringste Lebenszeichen. Ob er mittlerweile in der russischen Tundra verschollen war? Robert betrat das Bürohaus und ging direkt auf Susan zu. Mit der Assistentin seines Vaters verstand er sich schon immer sehr gut und fühlte sich mit ihr auf einer Wellenlänge.

»Moin, Robert, schön dich mal wieder bei uns zu sehen. Ist ja schon 'ne ganze Weile her.« Sie stand von ihrem Bürostuhl auf und umarmte ihn.

»Hi Susan. Wie sieht's aus?«

»Komm, das interessiert dich doch nicht wirklich«, wies sie ihn zurecht. »Erzähl mir lieber, was unser Chef macht. Wo steckt dein Daddy?«

Robert wich dem Augenkontakt mit ihr aus und schaute sich im Raum um. »Nun. Nichts Genaues weiß man nicht. So wie ich es sehe, nimmt er eine Auszeit. Aber Frederik hat das Business doch auch alleine super im Griff, oder?«

»Hey, hey. Lenk nicht ab. Du weißt bestimmt viel mehr und sagst es nur nicht.« Susan bot ihm einen Kaffee an und sie setzten sich in den Konferenzraum.

»Ist eigentlich wieder alles in Ordnung mit euren Rechnern? Ich meine diesen seltsamen Computervirus. Ist er weg?«, erkundigte sich der Juniorchef.

Susan nickte. »Ja, es gibt keine Probleme mehr. Alles läuft schneller als je zuvor. Aber hör mal, apropos Virus und Überwachung. Da gibt es doch einen Überläufer. Der ist zur Zeit in Moskau. Downsen heißt er, nicht wahr?«

»Du sprichst von Eddie Downsen, dem ehemaligen NSA Mitarbeiter, der uns jetzt verrät, was die Geheimdienste bereits über uns wissen?« Robert führte die Tasse zu seinem Mund.

»Ist das nicht schrecklich? Wir werden ausspioniert. Und bei uns in der Agentur haben sie mit Sicherheit auch geschnüffelt.« Susan echauffierte sich und ihr kam der furchtbare Mord an dem IT Experten Claus Mertens wieder in den Sinn.

Robert nickte. »Das war nur die Spitze des Eisbergs. Die Wirklichkeit ist noch viel schlimmer. Wenn du wüsstest ...«

Susan stemmte ihre Hände in die Hüften und beugte sich etwas nach vorn. »Was hast du denn geschluckt? Bist du Mister Allwissend?«

Robert lächelte salomonisch. »Nur so. Aber es kann ja sein, dass mir jemand etwas zugeflüstert hat.«

Was wollte er damit andeuten? Schließlich war er von seinem Vater vergattert worden, nichts über Rosanna und die Hintergründe auszupacken. Und mehr noch. Es musste Robert bewusst sein, dass er damit nicht nur sich selbst in Gefahr bringen würde. Doch es war einfach zu verlockend, diese leichten Andeutungen fallen zu lassen.

Susan studierte ihn. Sie kannte ihn seit vielen Jahren. Schon aus der Zeit, als er in den Schulferien gerne mal mit seinem Vater ins Büro kam. Wenn er etwas ausgefressen hatte oder auch, wenn er ein Geheimnis für sich behalten sollte, so konnte sie es ihm förmlich an seiner Nasenspitze ansehen.

»Raus damit, Robert. Irgendetwas trägst du doch mit dir herum. Hast du Infos über den Whistleblower? Oder hast du mit den Echsen vom Mars ein Interview geführt?«

Sie stupste ihn an seinen Arm. Robert lächelte. Er fühlte sich geschmeichelt. Doch er wusste nicht recht, was er antworten sollte.

»Die Echsen? Du meinst den Salamander. Um ihn ist es erstaunlich ruhig geworden. In den Zeitungen steht darüber nichts mehr. Es gibt kein Dementi, aber auch keine neuen Spekulationen. Ist dir aufgefallen, dass das schlagartig vorbei war, nachdem dieser Doppelschlag passierte?«

Susan blickte ihn fragend an. »Von welchem Doppelschlag redest du?«

»Na, damit meine ich einen ganz bestimmten Tag in diesem Sommer. Angefangen hatte es an der Ostküste in den USA. Erinnerst du dich an den erschossenen Fotografen in New York und an das zerbombte Wohnhaus in New Jersey? Ein privates Haus wohlgemerkt, welches von den Sicherheitsbehörden in Schutt und Asche gelegt wurde. Übrig geblieben sind zwei völlig verstörte Jungs, die in psychiatrischer Behandlung gelandet sind und nur noch wirres Zeug reden. Und wenige Stunden später flog in London eine Dachwohnung in die Luft und hinterließ am Nachthimmel merkwürdige Dreiecke. Das meine ich mit dem Doppelschlag. Die fast zeitgleichen Ereignisse an der amerikanischen Ostküste und in London.«

Susan blieb zunächst still. Sie überlegte. Bisher hatte sie in den beiden Ereignissen keinen Zusammenhang gesehen. »Hm. Glaubst du ...?«

Er nickte. »Das war kein Zufall. Und ab dem darauffolgenden Montag gab es in den Zeitungen so gut wie keine Neuigkeiten mehr über das angebliche Leben auf dem Mars. Stattdessen beherrschte nur noch Eddie Downsen die Schlagzeilen.«

»Du sagst das so, als interessiert es dich nicht, wenn die uns lückenlos überwachen.«

Robert hob seine Hände. »Nein, nein, versteh mich nicht falsch. Das Ausspionieren von harmlosen Bürgern, ... nein, das geht gar nicht. Es ist die totale Katastrophe. Und wenn unsere Kanzlerin die Affäre einfach nur damit kommentiert, dass das Internet für uns alle noch Neuland ist, dann darf man wohl an ihrer Intelligenz zweifeln.«

Das Telefon klingelte. Susan ging ins Nachbarbüro und nahm den Anruf entgegen. Robert blätterte inzwischen in den Prospekten, die auf dem Tisch lagen und betrachtete die Designobjekte in den Glasvitrinen, seine Gedanken waren jedoch ganz woanders. Als Susan zurück in den Konferenzraum kam, griff sie die Unterhaltung wieder an der Stelle auf, an der sie unterbrochen worden waren.

»Was schwebt dir vor, Robert? Du führst etwas im Schilde. Ich kenne dich. Kann es sein, dass du etwas weißt und es an einer prominenten Stelle platzieren möchtest? Mit mir willst du darüber offensichtlich nicht reden, oder?«

Er ging auf Susan zu und schmunzelte. Sorgsam überlegte er seine Worte. »Ich habe mich gefragt, ob ich dich um einen Gefallen bitten darf.«

»Nicht so förmlich. Schieß los.« Ihre Pupillen weiteten sich.

Robert druckste immer noch herum. »Susan, du hattest vor einigen Jahren eine Freundin bei einer Zeitung. Gibt es sie noch?«

»Wen, die Zeitung oder die Freundin? Nun leg doch mal die Karten auf den Tisch.«

»Also...«, Robert kam näher an sie heran und sprach leiser. »Ich wollte wissen, ob du noch mit ihr befreundet bist und ob sie nach wie vor als Redakteurin beschäftigt ist. Weißt du ... ich würde mich gerne mit ihr unterhalten und sie um ihre Meinung bitten.«

Susan atmete tief durch.

»Das ist alles? Ich kann Jennifer gleich anrufen und fragen, wann sie Zeit für uns hat.«

Robert zog eine Schnute. »Wieso soll sie Zeit für *uns* haben?«

»Weil ich mit dabei sein werde. Erstens bin ich neugierig, was dahinter steckt und zweitens klingt es ein wenig gefährlich.«

Susan lächelte ihn an. Sie hatten einen Deal und Susan arrangierte noch für den selben Abend ein geselliges Beisammensein. Er bat darum, dass es sich um einen belebten Treffpunkt handeln sollte, an dem sie nicht auffallen würden. Die Aufgabe war einfach; Susan hatte bereits ein Lokal im Sinn.

# Kapitel 22

*Hamburg*

*September 2013*

*Der Pakt*

Susan wartete vor ihrer Haustür. Sie wohnte in den Hochhäusern in der Grindelallee. Robert war pünktlich und holte sie ab. Sie gingen die wenigen Schritte zu Fuß bis zur nächsten S-Bahn Station. Es war ein warmer Spätsommerabend. Ein Freitag. Die Großstadt Hamburg pulsierte. Zu dieser Jahreszeit kamen viele Touristen in die norddeutsche Metropole und verbanden oftmals einen Musicalbesuch mit einer Ausflugsfahrt auf der Elbe oder auch mit einem entspannten Einkaufsbummel. Für viele war auch der Besuch der berühmt berüchtigten Roten Meile, der Reeperbahn, angesagt.

Belebt sollte der Treffpunkt sein, so lautete der Wunsch von Robert. Da es sich um brisante Informationen handeln sollte, so war eine lärmende Umgebung wahrscheinlich der beste Schutz vor ungebetenen Zuhörern. Susan hatte ein Restaurant in Sankt Pauli vorgeschlagen; für die exklusiven Adressen direkt an der Elbe war ihr Geldbeutel nicht üppig genug ausgelegt. Das Restaurant lag einige Gehminuten von der Reeperbahn entfernt, ganz in der Nähe von der Hafenstraße. Sie waren etwas zu früh dort angekommen und warteten auf dem Bürgersteig.

»Wie lange kennst du sie schon?«, wollte Robert wissen.

»Wen meinst du? Jennifer?« Es war eigentlich eine rhetorische Frage, denn Susan konnte sich gut vorstellen, woran Robert dachte. Sie rückte sich ihre Bluse zurecht und fuhr fort.

»Jenny und ich sind zusammen zur Schule gegangen. In Großflottbek. Hey, das war die schönste Zeit. Als Kinder haben wir im Jänischpark gespielt.«

Robert interessierte sich jedoch eher für die jüngere Vergangenheit und wollte nichts über die Kindheit von Susan und Jennifer erfahren. »Okay, okay. Aber im Beruf seid ihr getrennte Wege gegangen?«

Die persönliche Assistentin seines Vaters verstand den Wink mit dem Zaunpfahl sofort. »Nicht so ungeduldig, junger Mann. Aber ja. Alles andere wäre eine Überraschung gewesen. Schon in der Schule hatte sie sich bei der Schülerzeitung engagiert. Es folgte ein Volontariat bei einer Lokalzeitung in Schleswig Holstein und dann studierte sie Journalistik. In dieser Zeit hatten wir uns etwas aus den Augen verloren, aber seit einigen Jahren gehen wir gerne mal an einem Freitagabend auf Tour.«

Das war Susans unverblümte Umschreibung, dass sie sich mit Vergnügen in die Wochenenden stürzte und immer im Bilde war, wo die nächste Party stattfand. Mit Jennifer ließ es sich besonders gut feiern, denn sie war ebenso kontaktfreudig wie attraktiv und ließ bei Männern nichts anbrennen. Längerfristige Beziehungen waren für sie ein Fremdwort. Sie liebte den Zauber des Augenblicks und ein kurzes intensives Intermezzo mit einem Mann hatte für sie mehr Reiz als der Alltagstrott einer festen Beziehung. Außerdem wollte sie vom Leben so viel wie möglich mitnehmen, denn im nächsten Frühling würde sie ihren 27. Geburtstag feiern. Sie kam mit ihrem schwarzen Mini Cooper vorgefahren und stellte das Fahrzeug in einer Parkbucht ab.

'Nicht schlecht', dachte Robert, als sie aus dem Auto stieg. Er hatte sie sich anders vorgestellt. 'Wie eigentlich?' Er überlegte kurz. Vielleicht als eine Reporterin mit einer Hornbrille und einem Notizblock in der Hand? Vor ihm stand jedenfalls eine schlanke, bildhübsche Frau. Ihr langes dunkelbraunes Haar glänzte in der Abendsonne und ihre hohen Wangenknochen verliehen ihr eine sehr edle Erscheinung.

»Hi, ich bin Jennifer«, begrüßte sie Robert und warf ihren leichten Sommerschal über die Schulter. »Eigentlich heiße ich Jennifer Elisabeth. Deine Entscheidung, ob du Jenny oder Lizzy zu mir sagst. Ich reagiere auf beides.«

Sie lächelte ihn an und ging hinüber zu ihrer Freundin Susan. Die beiden Frauen umarmten sich herzlich und scherzten miteinander. Dann betraten die drei das Restaurant und nahmen an dem reservierten Tisch Platz. Nur einige Minuten lang tauschten sie alltägliche Belanglosigkeiten aus, dann bestellten sie sich etwas aus der Speisekarte und kamen direkt zum eigentlichen Thema.

»Du hast Informationen, die wichtig sein könnten?«, wollte Jennifer von Robert wissen und rückte näher an ihn heran. Sie saßen zu dritt um einen runden Tisch herum und steckten ihre Köpfe zusammen.

»Geheimnis, Geheimnis«, sagte Susan spaßhaft und kicherte. Robert war das ein wenig zu locker und er versuchte, das Gespräch ernsthafter anzugehen.

»Jenny, Lizzy. Du bist also eine Reporterin. Bei einer Tageszeitung, stimmt's?«

Sie wiegte ihren Kopf hin und her. »Hm. Du kannst mich ruhig als Journalistin einstufen. Und das mit der Zeitung ist auch nur bedingt richtig. Ich habe zwar eine Anstellung bei einer Lokalzeitung - da redigiere ich die Artikel im Feuilleton und komme damit so einigermaßen über die Runden, aber wann immer es geht, bin ich freiberuflich als Journalistin unterwegs und habe einen Vertrag mit dem politischen PRP-Magazin, dem PictuRePort. Wenn ich eine spannende Story habe, bekommen sie den Bericht zuerst und entscheiden, ob sie ihn bringen wollen oder nicht. Sonst kann ich die Reportage anderen Redaktionen anbieten. Meine Recherchen stelle ich aber meistens ganz auf eigene Faust an.«

Roberts Gesichtsausdruck erhellte sich. »Das passt gut. Wirklich gut.«

Der Kellner kam mit den Getränken und sie prosteten sich gegenseitig zu. »Los, erzähl mal«, ermunterte ihn Jennifer.

Er lehnte sich etwas zurück. »Wie läuft das bei den Stories ab? Habt ihr eine Art Schweigepflicht? Ich meine, wenn die Informationen ein heißes Eisen sind, wie bin ich dann geschützt?« Als Jennifer nicht sofort darauf reagierte, schob Robert noch eine weitere Frage nach. »Und wie läuft das mit der Freigabe ab? Bekomme ich den Bericht vorher zu sehen?«

Sie drückte ihre Schultern nach hinten und schaute ihm in die Augen. »Jetzt fehlt ja nur noch die Frage, wie viel Kohle du für die Infos bekommst. Sagen wir mal so, wenn ich glaube, daraus etwas machen zu können, geht die Rechnung heute Abend auf mich. Alles weitere sehen wir später. Ist das ein Deal?«

Susan nickte, nur Robert gab sich damit noch nicht zufrieden und hakte nach.

»Okay, aber was ist nun mit der Vertraulichkeit?«

Jennifer nickte. »Wir haben unseren Ehrenkodex. Du hast doch sicherlich von dem Amerikaner *Eddie Downsen* und seinen Enthüllungen gehört? In einem solchen Fall müsste ich mich mit der Redaktion abstimmen. Dann wird unbürokratisch geklärt, inwieweit die Quelle anonym bleibt und wie wir die Sicherheit des Informanten gewährleisten können.«

Robert lachte. »Nach Moskau möchte ich aber nicht.«

»Kein Problem«, erwiderte sie. »In Santa Fu ist es ebenfalls sicher genug.« Ihre Anspielung auf das berühmt berüchtigte Hamburger Gefängnis rief bei Robert keine Freudensprünge hervor. Er überlegte, mit welchen Menschen sie es wohl sonst als Informationsgebern zu tun hatte oder von welchen halbseidenen Typen aus dem Milieu sie ihr Insiderwissen bezog.

»Nun los, Robert. Hast du eine Geschichte vom Kaliber eines *Downsen* auf Lager?« Sie stichelte mit jedem Satz.

Robert schaute sich im Restaurant um. Die anderen Gäste waren angeregt in ihre Unterhaltungen vertieft und nahmen keine Notiz von dem Trio am runden Tisch.

»Was würdest du dazu sagen, wenn die Geschichte vom 11. September ganz neu geschrieben werden muss?« Robert schaute ihr mit einem eindringlichen Blick direkt in die Augen.

Jennifer atmete tief ein. »Hm, tja. Das ist zwölf Jahre her. 9/11, die Anschläge vom 11. September. Ich bin nicht sicher, ob sich dafür überhaupt noch jemand wirklich interessiert. Und wenn, dann ist es ein Minenfeld. Das ist keine Recherche zu einer neuen und bislang unbekannten Story. Die Geschichtsbücher zu den Angriffen auf das World Trade Center in New York sind ja bereits geschrieben.« Sie fasste sich mit den Händen in den Nacken. »Robert, ich weiß nicht. Oder kommst du jetzt mit einer neuen Verschwörungstheorie? Das ganze Internet ist voll davon. Für einen Journalisten heißt es da: Augen auf. Denn wer sich in den falschen Themen verheddert, der kann seine Karriere ziemlich schnell vergessen.«

Robert griff in seine Tasche und legte einen kleinen, schwarzen Gegenstand auf den Tisch. Daneben legte er seinen iPod und sah die beiden Frauen abwechselnd an.

Jennifer durchbrach die Stille. »Also, das muss ich dir lassen. Wie man einen Spannungsbogen aufbaut, das weißt du. Was sollen die Sachen bedeuten?«

Es war Susan, die darauf antwortete. »Ich weiß zwar nicht, was es mit dem iPod auf sich hat, aber das schwarze Ding kenne ich. Darin ist ein USB-Stick versteckt.« Susan nahm das figürlich geformte Kunststoffteil in die Hand und zog die beiden Hälften auseinander, bis der typische Stecker des Speichermediums zu erkennen war.

Robert mischte sich ein und ergänzte. »Auf der Außenhülle sind ägyptische Hieroglyphen nachgebildet. Der Originalstein befindet sich im Britischen Museum, in London. Man nennt ihn den Rosetta Stone.«

Der Kellner brachte das Essen und stellte die Teller auf den Tisch. Jennifer rätselte, worin der Zusammenhang des Memory-Sticks mit den Andeutungen zu den Terroranschlägen bestehen sollte. Ihre Freundin nahm den USB Stick in die Hand und erinnerte sich, wie dadurch der Virus in ihre Agentur eingeschleust wurde und die Büro-Computer infiziert hatte, bis es zu dem brutalen Mord an dem IT Spezialisten Claus Mertens gekommen war. Susan schilderte die schrecklichen Ereignisse aus dem Sommer und zog ihre eigenen Schlussfolgerungen.

»Und du meinst, Robert, dass die Killer, die hinter dem Anschlag auf unsere Agentur stehen, auch schon für die Terrorattacken in Amerika vor zwölf Jahren verantwortlich waren, Robert?«

Er nickte langsam. »Nun, nicht direkt. Aber die Ereignisse haben etwas miteinander zu tun.«

Jennifer raufte sich die Haare.

»Leute, Leute. Das ist nichts als pure Fantasie. Nonsens. Ihr hattet einen Computervirus bei euch im Büro. Schön. Das ist etwas, was jeden Tag vorkommt. Und ihr vermutet, dass sich ein Spionagetool über den USB Stick auf euren Rechner geschlichen hat. Ja, auch das ist nichts Besonderes. Doch warum um alles in der Welt soll das etwas mit den Terroranschlägen zu tun haben? Die einzige Verbindung, die mir zwischen Hamburg und 9/11 einfällt, ist, dass die arabischen Attentäter Ende der 90er Jahre hier in Hamburg studiert haben. In Harburg. Ist es das? Komm schon, Robert. Was ist neu an deiner Story?«

Er nahm das Fischmesser in die Hand und filetierte seine Scholle. Mit einer besänftigenden Geste entgegnete Robert.

»Neu? Es war alles ganz anders, als wir es jahrelang geglaubt hatten. Alles! Weder handelte es sich bei den Attentätern um Mohammed Atta und seine arabische Gang, noch sind an dem Tag im September irgendwelche echten Flugzeuge in die Türme geflogen.«

Er sprach seine Worte ruhig und fast weihevoll, so dass Jennifer nahezu versucht war, ihm Glauben zu schenken. Doch gleichzeitig gingen bei ihr sämtliche Signallampen an. Sie witterte die Gefahr. Keinesfalls wollte sie sich die Finger verbrennen und sich auf eine abstruse Verschwörungstheorie einlassen. Dennoch war sie neugierig. Offensichtlich war Robert im Besitz von Informationen, sonst hätte er nicht so viel Aufhebens um den Termin gemacht.

Robert tippte mit seinem Zeigefinger einige Male auf den USB Stick, dann schob er die beiden Hälften wieder ineinander. Er schloss seine Hand um die Replika des Rosetta Stone's und begann seine Erzählung. Den Anfang seiner Schilderungen bildete der Angriff des Killers in Norwegen, der ihm und seinem Vater in der Nacht zur Sommersonnenwende vor zwei Monaten aufgelauert hatte. Robert erwähnte Rosanna als Mitglied einer geheimen exekutiven Organisation, ließ ihren Namen aber ebenso außen vor, wie die Bezeichnung der *Enco*. Der Name war die Abkürzung für die *Esprit 'n Company* Organisation und er hatte auf eigene Faust in den letzten Wochen versucht herauszufinden, ob sich aus den Buchstaben der *Esprit 'n Company* noch andere Bezeichnungen zusammensetzen ließen und ihm Hinweise auf das geheime Netzwerk geben konnten. Doch er hatte keinen Erfolg damit gehabt. Insofern entschloss er sich, gegenüber Jennifer noch nicht alle Informationen herauszulassen. Sie hörte gebannt zu, wie sich die Hieroglyphen auf dem Rosetta Stone im übertragenen Sinne in das Puzzle der Hintergründe zu 9/11 nahtlos mit einfügten.

Jennifer war hin und hergerissen. So sehr sie sich zunächst sträubte, den fantastisch anmutenden Thesen zu folgen, umso mehr erkannte sie die dahinter liegende Logik. Aus dem ursprünglichen Haupttäter Atta war plötzlich ein Nebendarsteller geworden. Ihm kam die Rolle des Sündenbocks zu. Er und seine Kameraden wurden genauso für einen Part in der gesamten Inszenierung benutzt, wie auch die Fernsehsender und einige der behördlichen Stellen. Am Ende wusste niemand, wer bei diesem Schauspiel eigentlich die Regie geführt hatte und überhaupt noch die Übersicht behalten konnte. Alles war aus den Fugen geraten und die Illusion war zu der auf breiter Front akzeptierten Wirklichkeit geworden.

»Hm, falls es wirklich so war ...«, mutmaßte sie, »... dann wurden die Vorbereitungen von einer überstaatlichen Gruppierung getroffen und die eigentlichen Attentäter von damals könnten möglicherweise immer noch am Leben sein? Demnach hatten einige von ihnen die Identitäten der Opfer angenommen und führen seitdem ihr Leben unter einem anderen Namen weiter? Kann das wirklich wahr sein?«

Jennifer war perplex. In ihrem Kopf ratterten die Gedanken. Vor einigen Jahren hatte sie sich mit verschiedenen Verschwörungstheorien auseinander gesetzt, doch am Ende schob sie sämtliche Varianten immer zurück in die Schublade. Zu unglaublich, zu verrückt und zu gefährlich. Zu gefährlich aus dem Grund, weil ein sehr viel älterer Kollege sie zu Beginn ihrer Laufbahn an die Seite genommen hatte und ihr die To-do's wie auch die Tabus ihres Berufsstands erklärt hatte. *The to-do's and the taboos* lautete sein Credo. Es gab bestimmte Themen, von denen seriöse Journalisten einfach die Finger lassen sollten. Zu nahe an die Sonne durfte man nicht herankommen. Auch Ikarus war bei seiner Mission abgestürzt, als die Sonne das Wachs seiner Flügel schmolz. Zu häufig kamen investigative Reporter bei ihren Recherchen ums Leben. Unter mysteriösen Umständen passierten Unfälle oder tragische Unglücksfälle in ihrem Umfeld. Eins war Jennifer bei den Schilderungen von Robert sonnenklar. Seine Version, wie sich der Terrorangriff am 11. September abgespielt haben sollte, fiel mit Sicherheit in die Kategorie der Tabus. Sie war sich trotzdem unschlüssig. Wenn es ihr gelänge, in den Besitz des Datenspeichers zu kommen, war es ihre Pflicht, ihrem Mentor einen Bericht zu erstatten. Die Mentoren übernahmen die Aufgabe, in brenzligen Situationen die Reißleine zu ziehen, wenn die nationale Sicherheit oder die demokratische Freiheit durch unkoordinierte Veröffentlichungen in Gefahr geraten könnte.

An diesem Verfahren entzündete sich immer mal wieder die Diskussion, wo denn die Grenze zu einer unabhängigen Berichterstattung zu ziehen sei. In der Öffentlichkeit wurde der Begriff Lügenpresse geprägt, wenn vermutet wurde, dass sich keine objektive Darstellung in den Nachrichten wiederfand. Wenn die Schilderung von Robert den Tatsachen entsprach, so waren auf dem Speicherstick möglicherweise die Namen der Beteiligten enthalten; die Organisationsstruktur, die Planungen und die Dokumentation der Durchführung. Die Daten wären dann der reinste Sprengstoff.

Jennifer überlegte. Gesetzt den Fall, sie käme an die Daten, so wäre es durchaus wahrscheinlich, dass der Mentor ihr sofort untersagen würde, weiter an der Recherche zu arbeiten. Dennoch wollte sie es darauf ankommen lassen.

»Hey, hey. Das ist unglaublich. Du behauptest, dass das alles stimmt und alle Informationen auf dem zwei Gigabyte Stick enthalten sind?«

Robert nickte. »Ja, es ist so. Wir sollten uns die Daten aber nur auf einem isolierten Rechner ansehen, der komplett vom Netz getrennt ist, sonst loggt sich ein verborgenes Meldeprogramm ein und alarmiert sämtliche Geheimdienste.«

»Würdest du mir den Memory Stick für eine Zeit lang überlassen?«, Jennifer beugte sich nach vorn und legte ihren Kopf leicht zur Seite.

Er ließ die Rosetta Stone Nachbildung in seiner Hosentasche verschwinden und schüttelte seinen Kopf.

»Nicht so schnell. Ich muss erst wissen, was du mit den Informationen machst. Außerdem sind die Ordner mit einem Kennwort geschützt. Mit einem AES Sicherheitsschlüssel versteht sich.«

Er hob seinen Arm und winkte den Kellner heran. Sie bestellten sich eine weitere Runde Getränke und Jennifer überlegte, ob sie noch selbst mit dem Auto nach Hause fahren wollte. Sie schloss sich den anderen beiden mit ihrem Getränkewunsch an und schwenkte um auf einen Hugo mit frischer Minze. Von diesem Moment an hatte sie sich in den Kopf gesetzt, dass sie unbedingt in den Besitz des Datensticks kommen wollte. Und sie hatte bereits eine Idee, wie sie Robert umstimmen konnte.

»Deine Geschichte gefällt mir; sie klingt plausibel. Dennoch ist sie eine Spur zu abenteuerlich. Hör mal, das muss dir doch auch so gehen, oder? Die Agenten einer Spezialeinheit verüben auf amerikanischem Boden den größten Terrorangriff aller Zeiten – vor den Augen der Weltöffentlichkeit und mit Livebildern im Fernsehen. Und keiner kommt ihnen auf die Schliche? Die Typen schlüpfen in eine neue Identität und leben unbehelligt unter uns? Das klingt wie in einem Hollywoodfilm, oder etwa nicht?«

Robert griff zu seinem Glas und prostete ihr zu. »Cheers. Auf die Illusion. Mit der *Operation Sonnenwende* wurden vor zwei Jahren fast alle Spuren der Agenten verwischt. Was ist nun, bringst du die Story in die Zeitung?«

Jennifer spielte mit ihren Fingern am Stiel des Glases und biss sich auf die Unterlippe.

»So einfach geht das nicht. Ich muss viel mehr darüber wissen. Das Hörensagen allein begründet keine glaubwürdige Recherche. Weißt du, ich muss mich selbst vergewissern und andere Quellen dazu befragen. Darf ich die Verwicklungen deines Vaters in diesem Zusammenhang erwähnen oder hast du ein Problem damit?«

Mit der Frage traf sie einen wunden Punkt bei Robert. Natürlich wollte er seinen Vater nicht in die Geschichte mit hineinziehen. Er war sich auch noch nicht sicher, ob er Jennifer vertrauen konnte. In ihren Äußerungen kam zum Ausdruck, dass sie sich bei größeren, politischen Themen mit einem anderen Kollegen abstimmen wollte. Wie war das einzuschätzen? Wie ein Filter, der jedem investigativen Journalismus vorgeschaltet war? Jennifer spürte, dass Robert zögerte. Sie bestellte eine Runde Tequila. Der Kellner brachte den Agavenschnaps und stellte die Gläser zusammen mit den klassischen Limetten und einem kleinen Salzfässchen auf den Tisch. Jennifer flüsterte dem Mann einen Musikwunsch ins Ohr. Das Restaurant hatte sich bereits zu einem guten Teil geleert und so konnte er den gleichnamigen Originalsong der Band *The Champs* etwas lauter abspielen. *Tequila* ertönte es.

Die beiden Frauen befeuchteten mit ihrer Zunge den linken Handrücken und streuten ein wenig Salz darüber. Sie warteten, bis Robert es ihnen nachmachte. Dann leckten sie gleichzeitig die salzige Mischung ab und griffen zu ihrem Schnapsglas. In einem

Zug kippten sie den hochprozentigen Alkohol hinunter. Sie knallten ihre Pintchen auf die Tischoberfläche und bissen in die Limettenscheibe. *Tequila* riefen sie mit kräftiger Stimme und fast synchron ertönte der Refrain des Musikstücks. *Tequila.* Sie lachten und waren guter Laune

»Das Original ist aus dem Jahre 1958 und lief noch mit 78 Umdrehungen«, stellte Susan fest und spielte dabei mit der Limettenscheibe. Robert griff den Gedankengang auf.

»Du meinst die Schallplatte, denn der Schnaps hat nur halb soviel Umdrehungen.« Er lachte.

Jennifer schmunzelte ebenso und warf dem Kellner ein *Da capo* zu. Die nächste Runde stand flugs auf dem Tisch und als auch der Song ein zweites Mal gespielt wurde, begannen die drei ihre Prozedur aufs Neue. Die Stimmung wurde ausgelassener. Es war schließlich ein Freitagabend und niemand von ihnen musste am nächsten Tag früh aufstehen.

Nach der dritten Runde Tequila fasste Jennifer wieder bei ihrem Thema nach. »Robert, ich muss jetzt noch mal auf deine Räubergeschichte zurückkommen. Wenn ich alles richtig verstanden habe, was du mir da über die *Operation Sonnenwende* erzählt hast, dann ist die Sache höchst brisant. Eigentlich muss die Geschichte der vergangenen zwölf Jahre neu geschrieben werden - falls es sich wirklich so abgespielt hat. Doch der springende Punkt ist, dass uns niemand Glauben schenken wird. Die Story wird in Stücke zerrissen. Ritsch, ratsch, futsch.« Sie gestikulierte mit ihren Händen und ahmte mit einer Papierserviette das Auseinanderreißen der Theorie nach.

»Am Ende wird nichts davon übrig bleiben. Das könnt ihr mir glauben. Wer diese Story in die Zeitung bringt, kann nur verlieren. Das sagt mir mein Bauchgefühl. Prost, ihr Träumer.«

Jennifer hatte schon einen kleinen Schwips; dennoch bestellte sie die nächste Runde. Robert griff in seine Hosentasche. Der USB Stick war in Sicherheit und er würde ihn nicht mehr aus der Hand geben.

Die Zeit verging wie im Fluge; es wurde spät und um kurz vor elf gab der Kellner ihnen ein Zeichen, dass das Lokal bald schließen würde. Jennifer übernahm die Rechnung. Das war für Robert der erste Fingerzeig, dass sie auf seine Darstellungen angesprungen war.

Ganz in der Nähe befand sich das Hotel Empire und im obersten Stock war die Twenty-Up Bar. Eine der besten Adressen für den Freitagabend. Sie hatten Glück, denn die Schlange vor dem Fahrstuhl war inzwischen wieder überschaubar geworden und sie kamen ohne zu warten direkt ins Obergeschoss. Sie schlürften einen Cocktail in der zwanzigsten Etage und genossen die prächtige Aussicht über den hell erleuchteten Hafen von Hamburg. Die Bar war gut besucht und die Gäste drängten sich dicht um die wenigen Stehtische. Nach einer guten Stunde wollten sie noch einmal die Lokalität wechseln, denn im Twenty-Up konnte man nicht tanzen. Sie schlenderten über die nahegelegene Reeperbahn.

Vor den verschiedenen Lokalen priesen korpulente Männer das erotisch angehauchte Nachtprogramm an. Die drei fanden schließlich eine Tanzbar in einer Seitenstraße, ganz in der Nähe der Großen Freiheit. Dort liefen südamerikanische Melodien. Samba, Rumba, Cha-Cha-Cha. Die Menschen tanzten dichtgedrängt in der ersten Etage und die Luft war sommerlich schwül. Jennifer schmiegte beim Tanzen ihren grazilen Körper wie zufällig an Robert und er genoss die Berührungen. Als dann auch in der Tanzbar nach einer Weile der Song *Tequila* erklang, so war das ihr eingeschworener Schlachtruf. Susan stürmte an den Tresen und bestellte gleich zwei Runden des mexikanischen Nationalgetränks. *Tequila.*

Alles drehte sich, dachte Robert, als er wieder mit den beiden Frauen auf der Tanzfläche war. Die Bar war ein typischer Touristen-Schuppen, überlegte er, doch was war schlecht daran? Die Stimmung jedenfalls war prächtig und die Musik war passend abgemischt.

Als auf die vielen schnellen Songs eine langsame Rumba folgte, legte Jennifer ihre Arme um Robert und forderte ihn auf.

»Tanz mit mir und zeig mir die Sterne.«

Das ließ er sich nicht zweimal sagen. Bei den Drehungen kamen sie sich sehr nahe und Wange an Wange spürten sie ihren Atem. Als der Song zu Ende war, schauten sie sich tief in die Augen. Roberts Herz bebte. Es lag plötzlich etwas in der Luft. Nie zuvor waren sie einem Kuss näher gewesen, als in diesem Moment. Doch es kam nicht dazu; Susan tippte ihm von hinten auf die Schulter.

»Wie kommst du nach Hause? Ich will mich so allmählich auf den Weg machen.«

Bevor Robert antworten konnte, mischte sich Jennifer ein.

»Hey, Susan, meine Süße, du willst doch nicht schon gehen. Wie wäre es mit einem geilen Dreier?«

Sie war angeheitert und lachte. Robert schaute sichtlich irritiert. Wie konnte sie das meinen? War es nur ein lockerer Spruch oder meinte sie es so, wie sie es gesagt hatte? Waren die beiden attraktiven Ladies am Wochenende auf Männerfang unterwegs und hatten schon so manchen Mann gemeinsam abgeschleppt? Wilde Fantasien schossen ihm durch den Kopf. Er stellte sich vor, wie es wäre, mit den beiden im Bett zu landen und ihre weichen Körper zu spüren. Dazu kam es natürlich nicht, es blieb einzig und allein seine Wunschvorstellung.

Susan presste die Lippen aufeinander und schüttelte ganz langsam ihren Kopf. Dann führte sie ihren rechten Zeigefinger an den Mund und bewegte ihn demonstrativ hin und her.

»Nee, nee. Auf mich müsst ihr verzichten.« Ihre Antwort war eindeutig. Susan wollte auf gar keinen Fall in eine komplizierte Affäre geraten. Schon gar nicht wollte sie eine amouröse Nacht mit ihrem Juniorchef verbringen. Für sie war das ein absolutes No-Go.

Jennifer lächelte. »Wie du willst. Ich rufe dich morgen an.«

Robert sagte nichts. Nur für einen kurzen Augenblick lang fühlte er sich wie das Objekt - im Fokus der Begierde der beiden Frauen. Schließlich hatten sie ihn überhaupt nicht gefragt, was *er* davon halten würde. Er ließ es auf sich zukommen, was immer nun passieren würde. Susan umarmte ihre Freunde und verabschiedete sich. Im allgemeinen Gedränge in der Tanzbar ging das allerdings unter.

Jennifer und Robert tanzten weiter und berührten sich immer häufiger bei ihren Tanzschritten. Sie bestellten sich einen letzten Schnaps für den Weg und winkten an der Hauptstraße ein Taxi heran. Bevor sie einstiegen, warf Jennifer ihre Arme um seinen Hals.

»Die klassische Frage heißt jetzt: Zu dir oder zu mir? Was meinst du?«

Robert schmunzelte. »Bei mir in der Bude sieht es ziemlich wild aus...«

Die Entscheidung war gefallen. Sie nahmen auf dem Rücksitz im hellgelben Mercedes Platz und Jennifer nannte dem Taxifahrer ihre Adresse. Ihr Mini Cooper stand auf einem sicheren Parkplatz und sie würde ihn am nächsten Vormittag abholen.

Die Fahrt dauerte weniger als zehn Minuten und Jennifer bezahlte den Fahrer großzügig. Ihre Wohnung lag im fünften Obergeschoss und war modern eingerichtet. Die helle Inneneinrichtung verlieh ihrem Penthouse ein luxuriöses Ambiente und es gab sogar einen direkten Zugang zu einer Dachterrasse. Robert war sichtlich begeistert. Er warf seine Jacke über einen Stuhl und legte seine Hand um ihre Taille.

»Endlich«, sagte sie und küsste ihn leidenschaftlich. Sie zog sich ihre Bluse und die Hose aus. Ihren schwarzen String, den BH und ihre schwarzen Netzstrümpfe behielt sie an. Die Dessous wirkten geradezu aphrodisierend auf ihn. Schnell schlüpfte er aus der Hose und knöpfte sich das Hemd auf. Dann nahm er sie temperamentvoll in den Arm und fiel mit ihr auf das weiche Ledersofa.

Jennifer war die erfahrene Frau; sie war ihm beim Sex weit voraus und er genoss die Momente voller Lust. Die beiden konnten gar nicht genug voneinander bekommen. Für Robert war es der heißeste Sex, den er je erlebt hatte. Und die Nacht war noch nicht zu Ende.

Sie strich ihm über seine Lippen. »Hast du Lust auf eine Zugabe? Auf ein *Da Capo*?«

Robert schwieg und lächelte. Dieses Motto hatte er an diesem Abend schon einmal gehört. Und wie aufs Stichwort stand sie nackt vor ihm und hielt eine Flasche Tequila in der Hand.

Er schüttelte sich. »Wir haben doch bereits genug intus, meinst du nicht auch?«

Doch sie gab nicht auf. »Komm, einer geht noch.«

Sie ging nackt durch den Wohnraum in die offen gestaltete Küche und holte eine Limette sowie das Salzstreuer. Robert gab sich geschlagen. Sie zelebrierte es derart verführerisch, dass er nicht widerstehen konnte.

Die Pause war nur kurz, bis sie ihm wieder über den Rücken streichelte. Sie schliefen miteinander und als er gekommen war, schloss er die Augen. Es war geil, richtig geil, dachte er.

Doch noch ein weiteres Mal wäre zu viel des Guten gewesen. Außerdem befürchtete er, dass es dann nicht nur bei einer weiteren Runde der Tequila-Shots bleiben würde. Auf noch mehr Alkohol hatte er überhaupt keine Lust mehr um diese Uhrzeit. Er streichelte ihr Gesicht und küsste sie zärtlich auf die Stirn. Dann schlich er sich ins Bad und duschte sich ab. Das warme Wasser war erfrischend und allmählich fühlte er sich wieder fit. Schnell zog er seine Sachen an und schmiegte sich ein letztes Mal in dieser Nacht an seine Freundin.

»Sehen wir uns wieder?«

Sie lächelte ihn an. »Wenn du willst. Gib mir deine Nummer.« Jennifer reichte ihm ihr Handy und er wählte seine eigene Nummer.

Er ließ es zweimal klingeln und lächelte. »Na, dann bis morgen.« Sie küssten sich und warfen sich liebevolle Blicke zu.

Vor dem Haus machte Robert einen Luftsprung. Er fühlte sich überglücklich. Es war der beste Sex, den er je bisher gehabt hatte und er glaubte, dass er sich in Jennifer verliebt hatte.

# Kapitel 23

*Hamburg*

*September 2013*

*Das Versteck in Berlin*

Robert spürte noch den Rausch der Sinne, als er vor seiner Haustür nach dem Schlüssel suchte. Irgendwo musste er sein, denn er war sich sicher, dass er all seine Sachen aus Jennifers Penthouse mitgenommen hatte. Den Schlüssel fand er schließlich in seiner Jackentasche. Doch halt, er stutzte und griff ein weiteres Mal in seine Hosentasche. Der USB Stick schien nicht mehr dort zu sein. Robert wühlte in sämtlichen Taschen und Einsteckfächern. Fehlanzeige. Doch er blieb ganz ruhig und schmunzelte. Es konnte kein Zufall sein, dass der kleine Datenspeicher in der Form des Rosetta-Stone's verschwunden war. Er ging in seine Wohnung und zog die Vorhänge zu. Müde war er kein bisschen, zu sehr beschäftigten ihn die Gedanken an die vergangene Nacht. Er nahm einen Schluck vom Mineralwasser und legte sein Mobiltelefon auf den Couchtisch.

»Ich bin gespannt, wann du dich meldest, Lady.«

Sobald er ihre Wohnung verlassen hatte, nahm Jennifer ein Bad, um wieder nüchtern zu werden. Sie zog sich eine legere Jogginghose und ein weißes Poloshirt an. Draußen wurde es schon wieder hell. Sie fuhr den Rechner hoch und wählte eine abgespeicherte Nummer auf ihrem Telefon. Am anderen Ende meldete sich ihr Kontaktmann bei Sicherheitsfragen. Sie war lange genug im Business und wusste, was sie machen musste, wenn von irgendwo her eine Gefahr drohen könnte. Jennifer schilderte in wenigen Worten, was Robert ihr am Vorabend erzählt hatte. Seinen Namen verheimlichte sie und sprach nur von einem unbekannten Informanten. Der Sicherheitsmentor wirkte alarmiert, als sie den USB Stick erwähnte. Es musste doch etwas Besonderes auf sich haben, denn von dem Augenblick an, als sie das Design des Rosetta Stone's erwähnte, änderte sich schlagartig die Stimmlage ihres Gesprächspartners.

»Sie reden von einer Kunststoffreplik des berühmten Steins aus dem Britischen Museum?«

Jennifer fingerte in ihrer Handtasche nach dem USB Stick und begutachtete ihn. »Ja, warten Sie. Es sind zwei Hälften, die man ineinanderschieben kann.«

Sie hatte den Datenspeicher aus Roberts Hose entwendet, als er unter ihrer Dusche stand. »Und nun? Soll ich den Rosetta Stone in den Slot an meinem Rechner einsetzen?«

»Time out, Jenny. Sie unternehmen nichts mehr. Ich schicke ein paar Kollegen zu Ihnen, die sich das Teil genauer ansehen. Lassen Sie Ihre Finger davon. Vergessen Sie die Geschichte, hören Sie?«

Seine Stimme war barsch und unfreundlich. Er legte einfach auf. Jennifer schmiss ihr Handy wutentbrannt auf den Boden.

»Scheiße, was war das denn?«

Sie war mit sich unzufrieden und raufte sich die Haare. Sie hatte mit Robert geschlafen und ihm zum Dank seinen USB-Stick geklaut. Anstatt die Story selbst weiter zu recherchieren, hatte sie sich das offizielle Okay einholen wollen und sich dabei eine schmerzhafte Abfuhr eingehandelt. Es sah so aus, als wollte man ihr das Projekt entziehen, bevor es überhaupt begonnen hatte. Wahrscheinlich waren die sogenannten Kollegen schon auf dem Weg, um ihr den Stick abzunehmen. Konnte die Sache am Ende für sie selbst eine Gefahr darstellen? Plötzlich durchfuhr sie eine bedrohliche Ahnung.

Jennifer zog den Rosetta Stone auseinander und steckte den USB Stecker in den Port am Rechner. Sie rief das Menü mit den Eigenschaften auf, doch zu ihrer Überraschung waren darauf so gut wie keine Daten gespeichert. Gerade einmal 500 Kilobyte zeigte der Explorer an. Es öffnete sich eine EXE Datei und auf dem Bildschirm erschien ein Clown, der aus einem Pappkarton sprang und kicherte. Quer über den Monitor rannte ein animierter Schriftzug. *Jack-in-the-Box. It's all but a hoax. With kindest regards.*

»Sehr witzig«, sagte sie zu sich selbst. Dann lächelte sie. Robert war cleverer, als sie gedacht hatte. Ihr Entschluss stand fest. Erstens würde sie ihn nie wieder unterschätzen oder geschweige denn hintergehen. Zweitens hatte sie die Geschichte nun endgültig gepackt. Vielleicht konnte es wirklich so sein, dass es eine andere Wahrheit hinter dem 11. September gab, als die Weltöffentlichkeit bisher geglaubt hatte. Und drittens musste sie schleunigst aus ihrer Wohnung, um nicht selbst aus der Recherche ausgeschlossen zu werden.

In Windeseile schnappte sie sich eine Sporttasche und schmiss eine beliebige Auswahl verschiedenster Kleidungsstücke hinein. Ihr Waschzeug und einige Düfte durften ebenfalls nicht fehlen. Aus ihrer umfangreichen Fotoausrüstung wählte sie nur die portable Kamera, ihre Nikon 1, mit dem Ladegerät. Das musste reichen. Ihr letzter Blick galt dem PC. Auf dem Bildschirm lief noch immer die GIF Datei mit dem feixenden Clown. Sie stellte sich vor, wie die sogenannten Kollegen in wenigen Augenblicken in ihre Wohnung stürzen würden und sie wünschte ihnen gedanklich viel Spaß beim Anblick des *Jack-in-the Box* und dem offensichtlich gefälschten Rosetta Stone Duplikat.

Jennifer musste einige Straßenblöcke laufen, bis sie an eine Verbindungsstraße gelangte, um dort auf ein Taxi zu warten. Nervös blickte sie gelegentlich um sich, und hoffte, dass noch niemand in ihrer Wohnung aufgetaucht war. Sie atmete tief durch, als ein Taxi anhielt. Jennifer versuchte sich zu erinnern, ob Robert ihr eine Adresse genannt hatte.

»Warten Sie. Ich rufe kurz an. Dann sage ich Ihnen, wohin wir fahren.«

Es war ihr sichtlich unangenehm, Robert gegenüber einzuräumen, dass sie ihm den Datenspeicher stiebitzt hatte und sie druckste herum. »Wie geht es dir? Vermisst du etwas.«

Robert wusste genau, wovon sie sprach, doch er ging mit keiner Silbe darauf ein. »Das einzige, was ich vermisse, bist du. Komm zu mir, es ist so leer hier.«

Er gab ihr seine Adresse. Viel Zeit blieb ihm nicht und er räumte mit wenigen Handgriffen das kreative Durcheinander in seiner Studentenbude auf. Es dauerte keine zwanzig Minuten, bis sie an seiner Haustür klingelte. Ihre Stimme wirkte aufgeregt, als sie sich an der Gegensprechanlage bei ihm meldete.

Robert hatte sich nur eine Boxershorts und ein T-Shirt übergezogen und dachte schon wieder an Sex mit ihr.

Jennifer war vollkommen aufgewühlt. »Entschuldige, ich habe deinen USB Stick mitgenommen. Ich wollte nur einen schnellen Blick auf die Dateien werfen.«

»Hat dir meine Comicfigur gefallen?« Er lachte. »Was dachtest du? Dass ich die sensibelsten Informationen, die ich je in meine Finger bekommen habe, einfach so mit in eine Kneipe schleppe? Oder dass ich den Stick bei einem Date verliere? Nee, nee, meine Süße. Ich habe mir im Online Shop drei Ersatzsticks bestellt und mit dieser Spaßdatei bespielt. Witzig, oder?«

Jennifer schritt nervös in seinem Zimmer auf und ab.

»Ich weiß nicht, witzig ist etwas anderes. Vielleicht haben wir unsere Nase in ein Wespennest gesteckt.«

»Wovon sprichst du? Weiß sonst noch jemand davon? Du willst mir doch nicht sagen, dass sich deine Sichtweise in den vergangenen drei Stunden um 180° Grad gedreht hat? Heißt das, du glaubst mir jetzt?«

Sie nickte heftig und versuchte, ihm die Situation so kompakt wie möglich zu schildern. Robert lauschte und ließ sie ausreden.

»Hm, du meinst also, dass die Kerle jetzt deine Wohnung durchsuchen? Aber sie werden nur die EXE Datei mit meinem *Jack-in-the-Box* finden. Was soll uns schon passieren?«

Sie rückte ganz nah an ihn heran. »Nenn es eine Ahnung. Die Sache stinkt gewaltig. Mit einer freien Presse hat das nichts zu tun. Ich vertraue meinem Bauchgefühl. Lass uns abhauen.«

Roberts Blick fiel auf ihre Reisetasche, die sie neben der Tür abgestellt hatte. Sie meint es Ernst, dachte er. Die Geister, die er gerufen hatte, klopften gerade an seine Tür. Die Ereignisse überstürzten sich und es ging Robert eine Idee zu schnell.

»Warte, wir können uns doch nicht einfach so aus dem Staub machen. Ich kenne einen Kommissar, der bei dem Mordanschlag in unserer Agentur ermittelt hatte. Sollen wir nicht besser die Polizei rufen? Das sind Profis; sollen die sich damit beschäftigen. Wir haben schließlich nichts Unrechtes getan.«

Sie schüttelte ihren Kopf und ihr Haar fiel wild durcheinander. »Wir haben keine Zeit zu diskutieren. Ich bin fest entschlossen, in der Geschichte zu recherchieren und ich werde sie nicht abgeben, damit sie in einer Schublade verschwindet. Okay?«

Sie warf ihm einen bittenden Blick zu.

Robert nickte. Die Würfel waren gefallen. Sie half ihm dabei, eine Tasche mit den nötigsten Sachen zu packen und nach nicht einmal zehn Minuten standen beide reisefertig in der Wohnungstür.

»Halt«, rief Robert. »Ich nehme mir noch ein Glas Nutella mit.« Er rannte zum Küchenschrank und griff nach der Nussnougatcreme. Er bemerkte ihren irritierten Blick und weihte sie ein.

»Irgendwo musste ich das Original vom Rosetta Stone doch verstecken.«

Sie lächelte; nie wieder wollte sie ihn unterschätzen. Sie warfen sich die Reisetaschen über die Schultern und hasteten das Treppenhaus hinunter. Jennifer fühlte sich schon wieder nüchtern genug zum Autofahren und sie wollte unbedingt ihren Mini Cooper abholen.

»Soll ich ein Taxi rufen?«, erkundigte sich Robert.

»Nicht nötig, ich habe den Taxifahrer gebeten, vor der Tür zu warten.«

»Aber du wusstest doch gar nicht, ...«, Robert brachte den Satz nicht bis zum Ende. Er verstand, dass sie in jedem Falle aus der Stadt flüchten wollte. Ob mit ihm oder ohne ihn.

Sie nannte dem Taxifahrer die Adresse, wo sie ihr Fahrzeug am Vorabend abgestellt hatte. Auf halbem Weg fiel ihr ein, dass sie doch noch gerne ihren Laptop mitnehmen würde und bat den Fahrer um einen kleinen Umweg zu ihrer Wohnung. Als sie näher kamen, tippte sie vorsichtig auf die Schulter des Fahrers.

»Stopp, bitte halten Sie hier an. Robert, siehst du die vielen Fahrzeuge? Das ist nicht normal.«

Mitten auf der Straße standen mehrere Bullis und versperrten die Durchfahrt.

»Sind das deine Kollegen? Wirklich? Und du meinst, die durchsuchen gerade deine Sachen?«

Robert drückte seine Nase an die Fensterscheibe. Auch der Taxifahrer drehte sich zur Seite.

»Was gibt das denn? Das sieht nach einem Sonderkommando aus. Soll ich mal den Polizeifunk einschalten?«

Jennifer nickte. »Die räumen meine Wohnung aus. Aber da gibt es nichts Spannendes zu finden.«

Der Taxifahrer zog seine Augenbraue hoch. »Kein Problem, es geht mich nichts an. Solange Sie die Fahrt bezahlen, sind wir quitt. Aber wenn Sie wollen, können Sie mir verraten, was die Typen suchen, ich sag's auch keinem weiter.«

»Worum es geht? Um Attentate, die keine waren. Um Türme, die gesprengt wurden und nicht von Flugzeugen zum Einsturz gebracht worden waren. Verstehen Sie? Der 11. September war in Wirklichkeit ganz anders.«

Der Taxifahrer schüttelte seinen Kopf. Damit wollte er nichts zu tun haben. In diesem Augenblick ertönte ein mächtiger Knall - wie von einer Explosion verursacht - und Glasscheiben zerbarsten im obersten Stockwerk. Das Sondereinsatzkommando hatte offensichtlich ein Loch in die Hauswand gesprengt. Jennifer zuckte zusammen.

»Spinnen die Typen jetzt total? Der Tresor ist doch leer. Den hatte der Vormieter in der Wohnung zurückgelassen.«

Dem Taxifahrer wurde der Boden zu heiß. »Wenn Sie nichts dagegen haben, würde ich Sie nun gerne in die Hafenstraße fahren. Ich möchte ehrlich gesagt nicht den Samstagvormittag auf dem Revier als Zeuge verbringen; ich muss schließlich Geld verdienen.«

Sie nickte und gab dem Fahrer ihr Okay. Robert schaute aus dem Rückfenster; er konnte kaum glauben, was er dort sah. Aus Jennifers Wohnung schossen lodernde Flammen in die Morgendämmerung. Erst vor wenigen Stunden hatte er mit Jennifer in den Räumen heißen Sex erlebt. Jetzt war die Wohnung zu einem brennenden Inferno geworden. Er war fassungslos.

Der Taxifahrer raste mit hoher Geschwindigkeit durch die Straßen, so dass es seinen Gästen auf der Rückbank angst und bange wurde. Immer wieder schaute er in den Rückspiegel, ob ihm jemand folgte. Schließlich parkte er genau neben dem Mini Cooper und rief ein erlösendes *Voila*. Jennifer kramte nach ihrem Portemonnaie und gab dem Fahrer ein ordentliches Trinkgeld.

»Meinen Sie, wir sind verfolgt worden? Sie wirkten etwas nervös auf mich.«

Der Fahrer gab sich wortkarg. »Gut möglich. Ich hatte so ein Gefühl und mittlerweile kennt man das Verhalten der anderen Verkehrsteilnehmer. Machen Sie sich lieber schnell vom Acker.«

Jennifer drückte auf die Fernbedienung und schloss ihren Wagen auf. Sie schmissen ihre Reisetaschen auf die Rücksitze und düsten los. Bis zu diesem Zeitpunkt hatten sie noch nicht über ihr Reiseziel gesprochen. Als Erstes wollten sie einfach nur heraus aus der Stadt und Jennifer lenkte den Wagen in Richtung der Elbbrücken.

»Wollen wir nach Frankfurt?«

Robert spielte am Drehknopf des Navigationsgerätes herum.

»Hm, Frankfurt? Das sagt mir rein gar nichts. Da kenne ich mich nicht aus. Wie wäre es mit Berlin? Da können wir sicherlich eher untertauchen, ohne dass uns einer findet.«

Ihr Ziel stand fest und Robert fütterte das Navi mit den Daten. Er bemerkte, dass Jennifer wiederholt in den Rückspiegel schaute.

»Was ist? Verfolgt uns jemand?«, wollte er wissen.

Sie zuckte mit den Schultern. »Ich bin kein Profi, aber das Fahrzeug hinter uns, dieser silbergraue Bulli, der kommt mir etwas merkwürdig vor. Den beobachte ich nun schon eine ganze Weile und er scheint immer im selben Abstand von uns zu bleiben. Doch wie um alles in der Welt sollten die uns ausfindig gemacht haben?«

Robert griff nach hinten und holte seine Reisetasche auf den Vordersitz. »Unsere Handys!«, rief er. »Es ist nicht sonderlich kompliziert, uns darüber zu orten.« Er fummelte die SIM Karte aus seinem Gerät und schaltete es komplett aus. Anschließend suchte er nach ihrem Mobiltelefon und wiederholte die Übung.

»Glaubst du das hilft?«, wollte Jennifer wissen. »Ich bin in dieser Hinsicht zwar nur ein Laie, aber nach den Veröffentlichungen von Eddie Downsen weiß doch kein Mensch, wo die Grenzen der Technik liegen. Selbst ohne eine SIM Karte kann man einen Notruf absetzen, also bleibt das Telefon doch trotzdem irgendwie eingeloggt.«

»Kann sein, woher soll ich das wissen? Jedenfalls sind die Geräte ausgeschaltet. Da ist kein Strom mehr drin«, entgegnete Robert.

»Bist du sicher? Besser wäre es, wir könnten die Akkus herausnehmen.« Sie bremste den Wagen abrupt ab, da sie eine Blitzampel hinter den Elbbrücken erspäht hatte. Das Auto hinter ihr kam näher. »Also, was ist mit dem Akku?«

Robert machte ein zerknirschtes Gesicht. »Du Scherzkeks. Die sind fest eingebaut. Das ist ein Manko bei den iPhones. Aber glaub ja nicht, dass ich mich von dem Gerät trenne.«

Jennifer gab Gas und fuhr mit voller Geschwindigkeit auf die A1 in Richtung Lübeck. Sie überlegte; solange die Handys bei ihr im Fahrzeug waren, konnten sie offensichtlich geortet werden. Selbst, wenn sie noch so schnell über die Autobahn rasten, würde man sie am Zielort bereits erwarten. Die Mobiltelefone mussten aus dem Auto, daran führte kein Weg vorbei.

»Wir schicken sie mit der Post an irgendeine Adresse und holen sie später dort ab, okay? Ich habe in meiner Tasche einen Karton. Da müssten die Telefone hinein passen.«

Robert zögerte. Die Idee kam ihm bekannt vor. Sein Vater hatte ihm von einer vergleichbaren Methode erzählt, als er sein Handy vor zwei Jahren von London aus auf die Reise geschickt hatte und sich mit Rosanna unerkannt in der Britischen Hauptstadt bewegen konnte. Dennoch blieb Robert skeptisch und wollte sich nicht von seinem Gerät trennen.

»Da ist kein Strom mehr drin. Glaub's mir.«

Jennifer zeigte sich hartnäckig und schüttelte den Kopf.

»Komm schon. Wir werden auch ohne die Dinger auskommen. Es ist ja nicht für die Ewigkeit.«

Manche Worte entfalteten eine eigene Dynamik, wenn sie erst einmal ausgesprochen waren. *Es war ja nicht für die Ewigkeit*, Robert wurde nachdenklich. Unbewusst bezog er den Satz auf seine taufrische Beziehung zu Jennifer und ihm wurde die Endlichkeit jedes menschlichen Zusammenseins bewusst. Er versuchte, seine Gedanken beiseite zu schieben.

»Hey«, schrie er plötzlich auf. »Die Endlichkeit ist es! Der Akku hat eine begrenzte Lebensdauer, wie alles auf der Welt.«

Er schaltete die Geräte wieder an und öffnete so viele Anwendungen gleichzeitig, wie es ging. Im Hauptmenü wählte er die Ortungsdienste und sämtliche Hintergrundapplikationen. Dann surfte er auf beiden Geräte simultan im Internet und lud Dateien *en mass* herunter. Alles, was er sonst nach Kräften vermied, um den Akku zu schonen, kam ihm nun zu passe.

»Fahr so schnell du kannst. Je öfter sich die Telefone in neue Funkmasten einloggen, umso schneller zieht es den Saft aus den Geräten.«

Robert frohlockte. Er freute sich über seinen Geistesblitz und schaute gebannt zu, wie die Akkuanzeige zur Neige ging. Jennifer wechselte die Autobahn und fuhr auf die A 24 in Richtung Berlin. Sie blickte in den Rückspiegel. Den verdächtigen Wagen hatte sie aus den Augen verloren, doch sie vermutete, dass er vielleicht bewusst in einer größeren Entfernung hinter ihnen blieb, um die beiden in Sicherheit zu wiegen. Die Akkus waren fast leer; bei Jennifers Handy waren gerade noch vier Prozent an Batterieladung vorhanden. Sie nahm die nächste Abfahrt und steuerte einen Rasthof an.

»Was hast du vor?«, wollte Robert wissen.

Sie war gut gelaunt. »Dein Telefon hat keinen Saft mehr und hat sich schon verabschiedet, richtig? Also können sie nur noch meins orten, wenn sie uns finden wollen. Viel Zeit bleibt ihnen nicht mehr. Warten wir es ab, bis sie kommen.«

Robert war sich nicht sicher, ob der Plan aufging. Falls es sich bei den Verfolgern um aggressive Zeitgenossen handelte, so war es die reinste Einladung und ein Spiel mit dem Feuer. Jennifer fuhr den Wagen langsam hinter eine Zapfsäule an der Tankstelle und beobachtete den Autobahn-Zubringer. Nach einer Weile bog tatsächlich ein silbergrauer VW Bulli von der Straße ab.

»Da kommen sie. Sie werden denken, dass wir hier tanken. Bist du angeschnallt? Gleich heißt es festhalten, *mon amis*.«

Es handelte sich zweifelsfrei um das Fahrzeug der Verfolger. Sie pirschten sich geradezu heran und drehten eine Runde vor der Waschanlage. Kaum hatten sie den Mini Cooper entdeckt, kamen sie näher und ließen die Seitenscheiben herunter. Jennifer erkannte zwei Männer mit dunklen Sonnenbrillen. Sie trat das Gaspedal voll durch und schaltete in schneller Folge vom ersten in den zweiten Gang. Die Reifen quietschten und sie fuhr auf die Landstraße. Robert hielt sich mit beiden Händen am Griff von der Seitentür fest.

»Warum fährst du nicht zurück auf die Autobahn?«

Sie lächelte. »So einfach wollen wir es den Kerlen doch nicht machen, oder?«

Sie zeigte auf das Navi und führte ihren Finger entlang einer parallelen Route zur Autobahn. Doch auch diesen Weg nahm sie nicht, sondern wählte eine Nebenstrecke, die über kleine Dörfer führte. Dabei steuerte sie den Wagen mit einer halsbrecherischen

Geschwindigkeit und die Baumalleen flogen förmlich an den Seitenfenstern vorbei, so dass Robert schweißnasse Hände bekam. Er presste sich in den Sitz und vergewisserte sich, dass der Sicherheitsgurt stramm über seinem Oberkörper anlag.

Als sie an eine große Kreuzung kamen, bremste Jennifer den Mini scharf ab. »Wohin würdest du fahren? Geradeaus, links oder rechts? Los, sag es.«

Er antwortete spontan. »Nach links, wir wollen schließlich nach Berlin. Und geradeaus wäre zu naheliegend, wenn uns die Verfolger auf den Fersen sind.«

»Oui. Deshalb fahren wir ganz anders. Nämlich denselben Weg zurück.«

Robert verstand nicht, was sie im Sinn hatte. Doch er fragte auch nicht weiter. Sie fuhr schließlich geradeaus, aber nur circa 100 Meter, bis sie nach rechts in einen unbefestigten Waldweg abbog und den Wagen umlenkte. Sie warteten direkt vor der Einmündung zur Hauptstraße, von der sie gekommen waren, und beobachteten die Kreuzung aus sicherer Entfernung. Nach wenigen Minuten erschien der silbergraue VW Bulli und hielt an. Die Männer beratschlagten sich. Offensichtlich bekamen sie kein Funksignal mehr von Jennifers Handy und mussten raten, in welche Richtung sie gefahren sein konnte. Der Fahrer stieg aus dem Fahrzeug und lehnte sich an die Tür. Er telefonierte. Wahrscheinlich wollte er wissen, was sie machen sollten. Das war der Moment, auf den Jennifer gewartet hatte. Mit Vollgas lenkte sie ihren Mini zurück auf die Straße und holte aus dem Motor sämtliche Pferdestärken heraus. Sie hielt mit voller Geschwindigkeit auf das Fahrzeug der Männer zu. Der Fahrer realisierte die Gefahr und schmiss sein Handy ängstlich zu Boden. Sollte er sich in den Graben retten oder wieder ins Auto einsteigen? Alles ging blitzschnell. Er warf die Tür zu und drückte sich dagegen. Wenige Zentimeter von ihm entfernt raste Jennifers Mini Cooper an ihm vorbei und der Luftzug riss ihm beinahe das Hemd aus der Hose. Sie war außer sich vor Freude und klopfte aufs Lenkrad.

»Yeah, yeah, yeah. Diese Runde ging an uns. Die Jungs haben einen Boxenstopp.«

Im Rückspiegel konnte sie sehen, wie der Fahrer auf das Autodach schlug und wild mit seinen Armen herum fuchtelte.

Sie hatten ihre Verfolger endgültig abgeschüttelt. Jennifer und Robert waren nun eine ganze Spur relaxter und sie wählte aus der Mediathek im Festplattenspeicher den Song *Wake me up* von *Avicii.*

Ihre Hand glitt vom Schalthebel hinüber zu Robert. Sie strich ihm über seine Finger. »Das könnte 'was werden mit uns beiden. Was denkst du? Ich jedenfalls komme mir gerade so vor, als hätte ich Schmetterlinge im Bauch.«

Er lächelte sie verliebt an. Wie hieß es im Song so passend? *Life will pass me by if I don't open up my eyes.* Es war, als hatte er ein Leben lang geschlafen. Spätestens jetzt war er aufgewacht.

# Kapitel 24

*Berlin*

*September 2013*

*Der Kontakt zu den Hackern*

Es war am späteren Vormittag, als endlich die Silhouette von Berlin vor ihnen auftauchte. Jennifer fuhr seit dem frühen Morgen mit Höchstgeschwindigkeit über die Autobahn und sie erreichten die Stadtgrenze der deutschen Hauptstadt in einer rekordverdächtigen Zeit. Wo konnten die beiden untertauchen? Sie hatten verschiedene Ideen und wägten sie gegeneinander ab. Wichtig war, dass sich ihre Spuren nicht zurückverfolgen ließen und sie zumindest für einige Tage - vielleicht sogar für einige Wochen - unbehelligt in Berlin bleiben konnten. Robert dachte an sein Studium; im Oktober müsste er spätestens wieder zurück in Hamburg sein. Jennifer hingegen wollte sich überhaupt nicht auf irgendein Datum festlegen.

»Keine Ahnung, wie die nächsten Tage ablaufen werden. Zuerst muss ich einmal verdauen, dass man meine Wohnung in Trümmer gelegt hat. Verdammte Sauerei, das war total unverhältnismäßig.«

Robert rutschte auf dem Beifahrersitz etwas zur Seite und drückte seine Arme nach vorne durch. »Du könntest eine Anzeige erstatten. Wie gesagt, ich kenne einen Kommissar in Hamburg und letztendlich hängt das vielleicht immer noch mit dem Angriff auf die Agentur meines Vaters zusammen. Ganz allein auf uns gestellt, werden wir jedenfalls nicht mit der Sache klar kommen.«

»Ach, weißt du, es wurde zwar mächtig Staub aufgewirbelt, aber das wird sich in einigen Wochen wieder legen. Die Zeit werde ich nutzen und an der Story weiter recherchieren.«

Robert räusperte sich. »Du oder wir?«

»Sorry, ich meinte natürlich, dass *wir* an dem Bericht arbeiten. Mir fällt gerade ein, dass ich einen alten Bekannten hier in Berlin habe. Dort kann ich vielleicht mein Auto unterstellen.«

Was immer sie unter einem 'alten Bekannten' verstand, dachte Robert. Aber er stimmte zu, denn eine bessere Alternative hatte er nicht parat. Sie fuhren in eine Reihenhaussiedlung im Süden der Großstadt. Sie erinnerte sich an die Adresse. In den Semesterferien hatte sie vor einigen Jahren hier gewohnt und in der Redaktion bei einem Anzeigenblatt gejobbt. Der Mann an der Tür erkannte Jennifer sofort. Er begrüßte sie freudestrahlend und umarmte sie. Siegfried Lellyfeld war einer der wichtigsten Förderer in ihrer Karriere gewesen. Mittlerweile mochte er bereits Mitte fünfzig sein, doch er hatte sich in all den Jahren so gut wie überhaupt nicht verändert. Und nun stand er wieder vor ihr, ein großer hagerer Mann mit seinem langen, schwarzen Haar und einer Hornbrille.

»Hi Siggi, wie geht es dir?«

Sie unterhielten sich eine ganze Weile, zumeist über die Vergangenheit, und der Gesprächsstoff schien den beiden nicht auszugehen. Robert hörte mehr oder weniger interessiert zu, denn seine Gedanken waren bereits ganz woanders, aber er harrte aus. Der Katze von Siegfried schien es ähnlich zu gehen; sie setzte sich auf die Fensterbank und beobachtete das Geschehen im Garten. Schließlich kam Jennifer auf ihre Mission zu sprechen und Siggi war ganz Ohr.

»Juut, meine Kleene. Ick bin aber nicht sicher, ob det juut ausgeht. Ihr müsst euch dünne machen. Am besten jott wee dee. Jaanz weit draußen.«

Der erfahrene Haudegen hatte einige ausgezeichnete Vorschläge auf Lager, mit denen sie ihren Verfolgern aus dem Weg gehen konnten und jede Konfrontation vermeiden würden. Er selbst hatte kurz vor der Wendezeit an hoch brisanten Reportagen gearbeitet und wusste, wie man sich in Berlin unsichtbar machen konnte. Er kramte nach einer Kunststoffkarte für ein zentral gelegenes Parkhaus und schlug vor, dass sie dort ihren Wagen abstellen sollten. Es war ein Ticket für einen Dauerstellplatz in der Nähe des Alexanderplatzes. Niemand würde den Mini Cooper dort finden.

»Det sicherste ist wohl, wenn ihr in 'ne WG einzieht. Det kannste mir globen.«

Jennifer runzelte ihre Stirn. Mit einem Mal hatte es Klick gemacht und sie konnte sich gut vorstellen, was Siggi meinte. Als Sensations-Reporter war er schon häufiger mal für mehrere Monate in die sogenannte 'alternative Szene' abgetaucht und hatte quasi inkognito von dort aus seine Berichte recherchiert. Sie schüttelte sich. Bei der Vorstellung der Wohngemeinschaft kamen ihr unwillkürlich die Bilder von ungepflegten Menschen mit Tätowierungen, Piercings und dunkel geschminkten Gesichtern in den Kopf. 'Punks', dachte sie und mochte gar nicht daran denken, was Robert dazu sagen würde.

Siggi holte einen Notizblock und schrieb ihr eine Adresse auf. Er gab ihr fünfhundert Euro in kleinen Scheinen und einen Tablet-Computer.

»Wiedersehen macht Freude«, sagte er liebevoll. »Det wäre schön, wenn du mir den Mini-PC bei Gelegenheit wieder vorbeibringst. Weeste? Dat Geld kannste ausgeben oder für die Story einsetzen. Is juut.«

Der Altprofi freute sich, wenn er seinen Protegé endlich mal wieder unterstützen konnte und dann auch gleich bei einem solchen Mega-Projekt. Siggi erklärte den beiden, wie sie am schnellsten zu der Adresse am Alexanderplatz kämen. Dabei nahm er seine Katze auf den Arm und streichelte sie zärtlich. Beim Abschied erkundigte sie sich noch nach einem Frisör in der Nähe, bevor sie sich bei Siggi herzlich für seine Hilfe bedankte.

Als sie den Kleinwagen aus der Parkbucht bugsierte, rätselte Robert, warum sie sich ausgerechnet noch die Zeit fürs Frisieren nehmen wollte und ob es nicht Dringenderes gab. Es sollte sich aufklären; Robert machte ein schockiertes Gesicht, als sie aus der Glastür des Salons kam. Ihre Haare waren kurzgeschnitten, fast schon stoppelig, und mit Haargel toupiert. Und sie waren – rot!

»Mein Gott, musste das denn sein?«

Er war fassungslos. Seine Freundin sah völlig verändert aus. Um die Augen herum war sie dunkel geschminkt und ihr Gesichtsausdruck wirkte fast furchteinflößend. Robert schüttelte den Kopf.

»Jennifer, sag was. Ist das nun unser neues Outfit oder kann wenigstens ich so bleiben, wie ich bin?«

Sie lächelte und ihre kleinen Grübchen strahlten eine bezaubernde Fröhlichkeit aus.

»Vergiss die *Jenny*. Ich glaube, du hattest dich sowieso noch nicht auf einen meiner *Nick-Names* festgelegt. *Lizzy* wäre besser. Denn die meisten kennen mich als *Jenny*. Mit *Lizzy* und dem neuen Image wird uns keiner so schnell finden.«

Robert nickte. Zugegebenermaßen war der Gedanke gut. Sie fuhren zum Alexanderplatz und parkten den Mini Cooper auf dem reservierten Stellplatz. Die Reisetaschen warfen sie sich über die Schultern und marschierten zur nächsten S-Bahn Station. Kurz bevor sie bei der besagten Wohngemeinschaft im Stadtbezirk Kreuzberg ankamen, foppte Robert sie.

»Hey, Lizzy. Wo wirst du dich piercen lassen? Oder darf ich einen Vorschlag machen?«

Sie küsste ihn auf den Mund. »Es fällt dir richtig schwer, mich so zu akzeptieren. Ich merke das bei jedem deiner Sätze. Aber wenn's heute Abend dunkel wird und wir miteinander schlafen, dann wird dir hoffentlich alles andere an mir sehr bekannt vorkommen.«

Das kam einem Versprechen gleich und Robert war augenblicklich gut gelaunt.

Der Mann an der Haustür nannte sich Karl. Er sah etwas verwegen aus und strotzte vor Selbstvertrauen. Schnell wurde klar, dass er so etwas wie das Oberhaupt in der Wohngemeinschaft war. Eigentlich hatte er ein Lehramt angestrebt. Doch nach dem Studium hatte er sich eine Auszeit genommen und den Anschluss verpasst. Stattdessen gab er seitdem Nachhilfestunden und kam damit mehr schlecht als recht finanziell über die Runden. Es war erstaunlich einfach, ihn davon zu überzeugen, dass er sie aufnahm. Siggi hatte ihnen einige Stichworte aufgeschrieben; Lizzy erschienen sie wie Codewörter, die mit Karl schon vor längerer Zeit ausgemacht worden waren.

Er zeigte ihnen ihr Zimmer. Es war ziemlich spartanisch eingerichtet. Eine mittelgroße Matratze lag mitten im Raum und neben dem Fenster stand ein Holzschrank, allerdings ohne Türen. Robert verzog seine Miene. 'Es wird von Minute zu Minute schlimmer', schoss es ihm durch den Kopf. Es gefiel ihm immer weniger, worauf er sich eingelassen hatte und er hatte keine Ahnung, wie er aus dem Schlamassel wieder herauskommen sollte. Und vor allem, *wann*.

In der Wohnung gab es eine zentrale Gemeinschaftsküche mit einem großen Kühlschrank, an dem sich jeder nach Belieben bedienen konnte. Robert und Lizzy zogen sich in ihre Ecke zurück und legten sich auf die Matratze, denn die kurze Nacht steckte ihnen noch in den Knochen und auch die Verfolgungsjagd über die Autobahn hatte die beiden mächtig angestrengt.

Als sie wieder wach waren, trafen sie in der Küche auf die anderen Mitbewohner. Es war eine bunt zusammengewürfelte Truppe, deren Altersspanne von Anfang zwanzig bis Mitte fünfzig reichte. Auch vom Aussehen her gab es keine klare Linie. Jeder gab sich nach seiner Fasson. Die Vielfalt war das einzig durchgängige Merkmal. Lizzy passte jedenfalls hervorragend in diese gemischte Gesellschaft; Robert fiel hingegen aus der Reihe. Er war viel zu chic gekleidet. Doch selbst das störte keinen der WG Bewohner.

Die Anonymität war anscheinend ein Grundprinzip; niemand fragte nach einem Namen oder redete über sich selbst. Alle blieben bei einem unverbindlichen *Du*. Die Mitbewohner kamen und gingen. Dennoch war es nicht nur die Oberflächlichkeit, die sie verband. Im Gegenteil, sie gingen sehr freundschaftlich und hilfsbereit miteinander um.

Lizzy erkundigte sich nach einem Internetzugang. Karl half ihr und wählte auf ihrem Tablet einen ganz bestimmten Account aus. Die SSID war unsichtbar und das Passwort war so lang und kompliziert, dass es auch der Code für ein Staatsgefängnis sein konnte.

»Den Zugang hat uns *Any* eingerichtet. Es ist eine sichere Verbindung. Wenn du über einen TOR-Server surfst, wird dich niemand finden. Das WIFI ist übrigens kostenlos.« Er schmunzelte.

»Wer ist *Any*?«, wollte Lizzy wissen.

»Any? Ich weiß nicht, wie er richtig heißt. Andreas, glaube ich. Das ist unser Computerfreak. Er ist eine große Nummer in der Berliner Hackerszene. Sag Bescheid, wenn ich ihn dir mal vorstellen soll.«

Lizzy nickte und zog sich mit Robert in ihre Nische zurück. Sie musste sich erst mit der Android Betriebssoftware vertraut machen und checkte dann die aktuellen Nachrichten. Robert schaute ihr über die Schulter.

»Meinst du, die Verbindung ist wirklich sicher? Ich habe mal gelesen, dass beim Tablet sämtliche Webseiten über die Server in den USA gelenkt werden. Dann liest doch bestimmt jemand mit. Außerdem, Android? Wenn du die Buchstaben vertauscht - also wie bei einem Anagramm in einer anderen Reihenfolge anordnest - dann landest du sehr nahe am Wort Trojaner. Es sollte mich sehr wundern, wenn das nicht die reinste Spionagesoftware ist.«

»Hey, hey«, bremste sie ihn. »Trojaner schreibt man mit einem 'T' und nicht mit einem 'D'. Außerdem; sieh nicht immer alles so negativ. Die Kamera an meinem Tablet hatte doch schon Siggi abgeklebt und dieser Typ aus der Hackerszene hat bestimmt eine sichere Konfiguration aufgebaut. Darüber hinaus haben wir eh keine Alternative.«

Robert wühlte in seiner Reisetasche und zog sich einen Pulli über. Als für einen kurzen Moment seine Augen verdeckt waren, spürte er, wie sich Lizzys Hände um seine Hüfte schlangen.

»Hast du Lust?«

Er zog den Pulli wieder aus und küsste seine Freundin ungestüm. Dann fielen sie auf die weiche Matratze und umarmten sich.

»Gestern habe ich mit Jenny geschlafen, heute mit Lizzy. Zwei Frauen in zwei Tagen, das ist ja das volle Programm.«

Er lächelte sie glücklich an. Sie schliefen miteinander und versuchten, möglichst leise zu sein. Die Türen ließen sich in der Wohnung nicht abschließen und sie wollten keinesfalls ein ungebetenes Publikum auf sich aufmerksam machen.

Die ersten Tage in der Wohngemeinschaft verliefen in einem relativ gleichförmigen Muster. Wenn die beiden Hunger bekamen, gingen sie zumeist zu einer nahegelegenen Pizzeria. Lizzy recherchierte und bastelte an ihrem Report. Sie legte die Worte auf die Goldwaage, sobald sie das Gefühl hatte, dass sie sich zu weit aus dem Fenster gelehnt hatte und mit einer Klage auf Unterlassung rechnen musste. In der Redaktion gab es bei besonders brenzligen Berichten einen Chefjuristen, der die finale

Freigabe erteilte. Doch bei diesem brisanten Stoff war sie sich nicht sicher, ob der Text es überhaupt bis in eine normale Redaktionssitzung schaffen würde.

Nach den ersten beiden Wochen hatten sie so gut wie kein Zeitgefühl mehr. In ihrem Berliner Umfeld war es ruhig geblieben. Da Lizzy und Robert nicht wussten, ob sich jemand in Hamburg um sie sorgte, hatten sie ihre Freundin Susan von einem öffentlichen Telefon aus angerufen und ihr das Signal gegeben, dass alles in Ordnung sei. Susan versprach, danach seiner Mutter, Claudia, Bescheid zu geben und ihr auch von dem bewussten Freitagabend und der Reportage zu erzählen. Die Details zum 11. September wollte sie allerdings dabei auslassen. Letztendlich vermutete Susan, dass die beiden an ihrem Bericht arbeiten wollten und sich daher für eine gewisse Zeit aus dem Staub gemacht hatten. Im Endeffekt hatten weder Susan noch Claudia eine Vermisstenanzeige aufgegeben und sie hofften darauf, dass sich die beiden Verschollenen bald in Hamburg zurückmelden würden.

Es war ein Montagabend, an dem sie sich die Adresse von *Any* geben ließen. Lizzy wollte sich bestimmte Daten aus dem Netz herunterladen, was ihr mit dem Tablet-Computer nicht richtig gelang. Karl stellte den Kontakt zu dem Experten her und erklärte ihnen auch den Weg zu ihm.

*Any* hauste in einem alten Bunker. Der Eingang lag ziemlich versteckt in einer Unterführung, die zu einer U-Bahn Station führte. Die Bausubstanz in diesem Stadtteil machte einen baufälligen Eindruck; offensichtlich war dieser Teil von Berlin beim Wiederaufbau nach der Wende vergessen worden. Der Hacker schien gar nicht überrascht zu sein, so als ob er bereits über ihr Kommen informiert worden war. Er wies ihnen den Weg in sein Versteck und vergewisserte sich, dass ihnen niemand folgte. Any trug ein schwarzes T-Shirt über seiner Bluejeans und hatte eine dunkle Sonnenbrille auf. Gleich zu Beginn konfrontierte er seine Gäste mit den entscheidenden Fragen. »Warum macht ihr das? Und für wen?«

Robert blickte perplex drein. 'Warum, warum?', fragte er sich. Was sollte diese Frage? Oder konnte es sein, dass der Hacker bereits wusste, worum es ihnen ging? Lizzy räusperte sich. Sie hatte eine Ahnung.

»Bevor wir darauf antworten, möchte ich eine Vermutung äußern. Kann es sein, dass du bereits weißt, wonach wir suchen?«

Any sagte nichts; er schwieg und hörte ihr zu.

»Die WIFI Verbindung, die uns Karl gegeben hat, mag ja vielleicht eine geschützte Zone sein und ist vermutlich sicher vor einem fremden Zugriff. Aber nicht sicher genug vor *dir*. Ich glaube, du kennst jede einzelne Webseite, die wir uns angeschaut haben«, fuhr sie fort.

Nun zeigte sich die erste Regung in seiner Miene. Er zog seine Mundwinkel nach oben. Lizzy war auf dem richtigen Weg.

»Du hast uns ausgeforscht und daher weißt du, dass wir verschiedenen Verschwörungstheorien auf den Grund gehen wollen ... und wenn du nicht auch Zweifel an der offiziellen Darstellung vom 11. September hättest, so würdest du uns gar nicht erst empfangen. Richtig?«

Er nickte. »Also gut, die Suche verbindet uns. Es fehlt dennoch eure Antwort.«

Lizzy ging einen Schritt auf ihn zu. »Du wolltest wissen, warum wir das machen? Die Antwort darauf ist simpel. Weil die Menschen die Wahrheit kennen sollen. Die Weltöffentlichkeit ist angelogen worden, die ganze Zeit.«

»Wirklich? Ihr sucht die Wahrheit? Dann seid ihr Missionare. Weltverbesserer. Träumer.«

Any machte eine kreisende Bewegung mit seinen Armen, als wollte er das Erdenrund nachahmen. »Natürlich ist 9/11 nicht wahr. Es war die größte Fake-Nummer, die je in Szene gesetzt wurde. Die Überwachung der Privatsphäre geschieht seitdem nahezu grenzenlos und das Schlimme daran ist, dass es die Menschen nicht zu kümmern scheint. Zum Glück gibt es Individualisten, die uns allen die Augen öffnen wollen. Siehe Eddie Downsen. Der riskiert jetzt sein Leben mit dem Datenklau bei der NSA. Und ihr? Wollt ihr etwa auch nach Moskau flüchten, wenn euer Artikel erschienen ist?«

Seine Worte hallten von den Wänden wider. Das Gewölbe unter der Erde strahlte eine düstere Stimmung aus und das Echo gab der Atmosphäre einen noch unheimlicheren Touch. Lizzy hielt inne. Sie überlegte. Er hatte ja recht, dachte sie. Wie wollte sie denn mit Robert - allein auf weiter Flur - den Kampf gegen die Windmühlen der öffentlichen Maschinerie aufnehmen? War das ganze Unternehmen nicht von vorne herein aussichtslos? Robert sprang ihr in die Bresche und unterbrach die Stille.

»Sollen wir etwa tatenlos zusehen? Martin Luther King sagte einmal *Our lives begin to end the day we become silent about things that matter.* Wir müssen etwas tun. Du siehst das doch genauso, Any. Es ist doch kein Zufall, dass du uns hier im Untergrund triffst. Wer bist du wirklich?«

Er zog sich das schwarzes T-Shirt über den Kopf und ein weiteres kam darunter zum Vorschein. Auf der Vorderseite signalisierte ein großflächiger Aufdruck, mit wem Any sympathisierte. Es war die Maske der Anonymous Bewegung. Any war nicht irgendein Hacker; er gehörte zu den besten.

»Kommt, ich zeige euch etwas.« Er brachte die beiden an eine Stahltür, die mit einem massiven Eisenschloss gesichert war. Any drehte den Schlüssel und klopfte dann in einer unregelmäßigen Folge an die Tür. Von innen war der Zugang ebenfalls gesichert und sie hörten, wie sich dort jemand an der Tür zu schaffen machte. Ein fahler Lichtschein kam ihnen entgegen, als sie das schwere Metalltor zur Seite schoben. In dem dahinter liegenden Gewölbe standen zwei verhüllte Männer, ihre Kapuzen über den Kopf gezogen. Von ihren Gesichtern war nichts zu erkennen.

»Das sind *Er-Zwo* und *Sie-Zwo*«, stellte Any seine Freunde vor. Robert schaute ihn irritiert an. Als Any den Blick registrierte, klärte er ihn auf. »Spaß. Ich weiß selbst nicht, wie sie heißen. Jeder von uns denkt sich irgendwelche Fantasienamen aus. Das ist sicherer. Kommt, es gibt noch mehr zu sehen.«

Er klappte eine Holzabdeckung an der Wand herunter und holte einen Laptop heraus. Das graue Netzwerkkabel hing am Rechner und es endete in einer breiten Fuge zwischen den Mauersteinen des Gewölbes. Lizzy staunte nicht schlecht.

»Alle Achtung, ihr habt hier unten einen Breitbandanschluss?«

Der Hacker nickte. »Diese Katakomben sind ein ideales Versteck. Der Ort ist seit Jahren in Vergessenheit geraten und ist einer der einsamsten Flecken in ganz Europa - wenn wir nicht hier wären.« Er lachte. »Wir haben einen zweiten Ausgang, falls es mal eng werden sollte.«

Any zeigte auf eine Tür am Ende des Rundgewölbes, als ihm ein Wassertropfen von der Decke auf die Stirn tropfte.

»Die Tropfsteinhöhle täuscht, denn unsere Technik ist sozusagen *state-of-the-art*. Über uns sitzt die europäische Außenstelle von einer Versicherungsgesellschaft. Wir zapfen die Stromleitungen der Belüftungsanlage an und klinken uns unerkannt in deren Datenleitungen ein. Wie ein Trojanisches Pferd sind wir mitten drin im Geschehen. Und ich sage euch, Berlin ist spannend. Man glaubt gar nicht, wer sich hier gegenseitig ausspioniert. Die Dienste schenken sich nichts. Jeder gegen jeden. So heißt das Spiel. Und wir? Mal sind wir die Zuschauer, mal sind wir als Auswechselspieler mit auf dem Feld und werden nicht als Gegner erkannt. Wir hacken uns durch die Firewalls, als wären sie aus Butter. Wenn wir erst einmal im System sind, können wir von innen heraus alles steuern. Es ist faszinierend.«

Auf dem Rechner rief er ein Überwachungsprogramm auf. Mit seinen rasend schnellen Fingern tippte er die Steuerungsbefehle in die Datenfelder und konnte das Ergebnis kaum abwarten.

»Hier seht ihr sämtliche Versicherungsdaten eines Mandanten. Von den persönlichen Informationen bis hin zur Bonität der Nachbarschaft des Versicherten.«

»Und kann man euch dabei nicht auf die Schliche kommen?« Roberts Frage war frech und provokativ, doch Any wollte sich nicht aus der Reserve locken lassen.

»Dein Interesse ehrt dich. Dass die Rechner auf Linux laufen ist für unsere Unsichtbarkeit allein natürlich nicht ausreichend. Gut erkannt. Andererseits werden wir nichts von unseren Eigenentwicklungen offenlegen. Versteht sich doch von selbst. Verstanden, Alter?«

Robert nickte, fast brav. Er suchte nach dem Grund, warum der Hacker sie so nahe an sein Heiligtum heran gelassen hatte. Was wollte er von ihnen im Gegenzug erhalten? Lizzy plagten ähnliche Gedanken und sie ging in die Offensive.

»Du weißt jetzt, warum wir hier sind. Ich brauche gewisse Informationen und das ist das Problem. Die Daten liegen auf externen Rechnern, zu denen man normalerweise keinen Zugang hat. Und außerdem wollen wir den Kontakt zu einem Hacker namens Joe aufnehmen. Sagt dir der Name etwas?«

Any rückte seine Sonnenbrille zurecht. »Endlich kommen wir zum Thema. Ihr seid mit euren Nachforschungen gut voran gekommen. Nicht weiter als wir oder viele andere. Der springende Punkt ist jedoch der folgende. Die wahren Hintergründe vom 11. September werden wahrscheinlich niemals aufgeklärt werden. Nie, nie, niemals.«

Seine Stimme wurde laut und wirkte einschüchternd auf die beiden. »Das Netzwerk ist zu mächtig für uns. Aber es existiert eine Möglichkeit, in das Land hinter dem Regenbogen zu kommen.« Any legte eine Pause ein und genoss die Stille des steinernen Gewölbes.

»Die einzige Chance besteht darin, den Kern von innen aufzubrechen. Vor einiger Zeit hatten wir einen sehr interessanten Datenverkehr abgefangen und kamen zu dem Schluss, dass es eine geheime Gruppierung geben muss, die sich gegen die Machenschaften gestellt hat. Nennt sie Rebellen oder was immer ihr wollt. Die wenigen Fragmente, die uns vorlagen, waren sehr schwammig. Dennoch, für uns war es ein Lichtschimmer und wir waren diesen Abtrünnigen auf der Spur. Sie sind clever; ihre Wege und Kommunikationen sind absolut smart. Es blieben unzählige Lücken, dennoch kesselten wir die in Frage kommenden Locations immer weiter ein, bis wir auf eine Dachwohnung in London stießen.«

Lizzy klappte die Kinnlade hinunter. Der Kreis schloss sich. »Der Bomben-Anschlag in London!«, stieß sie hervor.

Der Profi-Hacker nickte. »Der Typ nannte sich Joe. Ein begnadeter Profi. Einfach genial, wie er die Lichtpyramide in den Himmel projizierte. Danach riss leider jede Verbindung ab. Er ist von der Bildfläche verschwunden. Unauffindbar. Und dann kamt ihr ins Spiel, bis ich schließlich in eurem Rohentwurf einige Textzeilen über einen gewissen Joe gelesen habe. That's it.«

»Hey, du hast in unseren Manuskripten geschnüffelt!«, empörte sich Lizzy.

Any lachte. »Mit Naivität gewinnt man hier unten keinen Wanderpokal.«

Sie hatten ihre Claims abgesteckt und sich nunmehr als gleichwertige Spieler akzeptiert. Der Bann war gebrochen und sie tauschten sich wechselseitig über ihr Wissen aus. Robert erwog von Zeit zu Zeit, seinen Rosetta Stone USB Stick zu erwähnen, doch er hielt sich zurück. Nach der unerwartet heftigen Reaktion in Hamburg, wollte er nicht noch mehr

Menschen in Mitleidenschaft ziehen und er beschloss, den kleinen Datenspeicher unversehrt im Nutella-Glas in seiner Reisetasche zu belassen. Die Informationen, die sie gesammelt hatten, waren auch so schon wertvoll genug.

Offenbar hatte Any mit seinen Kumpanen einige wichtige Daten aus den Kommunikationen der Geheimdienste abgezogen. Noch ergaben die Bruchstücke keinen Sinn, denn es fehlten die entscheidenden Verbindungen. Der Hacker vermutete, dass bereits die Planungen für einen neuen Anschlag im Gange waren und unter dem merkwürdigen Codenamen *WHELO* liefen. Doch es fehlten die Hinweise auf den Zeitpunkt und den Ort des Verbrechens. Aus den Datenschnipseln, die er abgefangen hatte, schloss er, dass sich die Gegenbewegung noch vor Jahresende treffen wollte. Auch hier konnte er jedoch nichts über das *Wann* und *Wo* herausfinden. Sämtliches Wissen, was die Berliner Hacker-Gruppe mit ihrem Anführer Any zusammengetragen hatte, war auf einer SD Karte gespeichert.

»Die Speicherkarte könnt ihr zur Tarnung in einen Fotoapparat einsetzen. Ich habe darauf einen versteckten Ordner eingerichtet. Ohne das Passwort ist die Karte natürlich nutzlos. Die Daten sind mit einem AES Code verschlüsselt.« Any hielt die kleine Kunststoffkarte zwischen seinen Fingern.

»Gibst du uns einen Hinweis auf den Schlüssel?« Lizzy versuchte ihren Charme spielen zu lassen und hatte einen interessierten Blick aufgelegt.

Er hielt ihr die Innenfläche seiner rechten Hand fast direkt vors Gesicht und streckte alle Finger demonstrativ aus.

»Fünf Bedingungen. Erstens müsst ihr uns im Gegenzug mit allem versorgen, was ihr wisst. Kontinuierlich, versteht sich. Zug um Zug. *Tit for tat*, wie bei der erfolgreichen Spieltheorie im Gefangenendilemma. Zweitens haltet ihr uns und jedes noch so kleine persönliche Merkmal aus der Story heraus. Andererseits werden wir euch genaue Instruktionen geben, wie wir als unabhängige Bewegung dennoch in der Reportage angedeutet werden wollen, dezent. Drittens möchten wir den Bericht gegenlesen, bevor er veröffentlicht wird. Soweit verstanden?«

Die beiden nickten. Das war nicht zu viel verlangt. Lizzy schmunzelte, denn dass der Hacker gerne erwähnt werden wollte, ohne seine Identität preiszugeben, war ein Hinweis auf die typische menschliche Eitelkeit. Sie hatte das schon sehr häufig erlebt, wenn sie es mit Informanten zu tun gehabt hatte. Der Hacker ergänzte die beiden letzten Bedingungen.

»Viertens, falls zu irgendeinem Zeitpunkt etwas Monetäres bei der Sache herausspringt, bekommen wir genau den dritten Teil von allem ab.« Er deutete hinüber zu seinen beiden Freunden, die an der Wand lehnten.

»Darauf bekomme ich von jedem von euch einen extra Handschlag, in Ordnung?«

Robert schluckte. Jetzt ging es ans Eingemachte. Niemand konnte abschätzen, ob sie jemals für die Reportage eine Entlohnung erhalten würden. Und selbst wenn, so war es unmöglich, eine Grenzlinie festzulegen, was in einem solchen Fall mit hinzugerechnet werden musste und was außen vor blieb. Für einen kurzen Moment überlegte er, was wohl wäre, wenn sie sich nicht an die Abmachung halten würden. Doch er schob den Gedanken beiseite. Mit diesen Zeitgenossen sollte man es sich auf gar keinen Fall verderben. Wahrscheinlich konnten sie, wenn sie wollten, von jedem beliebigen Menschen die Identität im Internet verfälschen oder sogar auslöschen. Und das waren noch die harmlosesten Vorstellungen. Robert schlug ein und Lizzy gab anschließend ebenfalls ihren Handschlag darauf. Sie hatten einen Pakt geschlossen und Any bekräftigte ihn mit einem einzigen Wort. »Deal.«

»Nach Adam Riese fehlt jetzt nur noch deine Nummer fünf auf der Wunschliste«, stellte Robert fest.

Any wich einen Schritt zurück und schaute die beiden eindringlich an. »Ich möchte, dass ihr den Kontakt herstellt. Zu diesem Joe oder dem Anführer von der Gegenbewegung. Ich möchte mindestens einen von den beiden kennenlernen ...«

In seiner Stimme klang eine sehr persönliche Note mit. Dieser Wunsch gehörte zu den weichen Faktoren. Ihm war klar, dass weder Lizzy noch Robert Einfluss darauf nehmen konnten; daher hatte er den Handschlag bereits vor der fünften Bedingung inszeniert.

Für Lizzy war schwer einzuschätzen, ob die Informationen der Hacker-Gruppe wirkliche Neuigkeiten darstellten. Dennoch, sie abzuweisen war zu keinem Zeitpunkt eine Alternative. Sie erinnerte ihn an das Passwort für den AES 256 Schlüssel.

»Ihr besorgt euch die dritte Strophe der Nationalhymne - falls ihr sie nicht auswendig kennt«, der Hacker lächelte.

»Und dann nehmt ihr von jedem Wort jeweils den ersten und den letzten Buchstaben. Achtet auf die Groß- und Kleinschreibung.«

Sie nickte und steckte den Speicherstick in ihre Hosentasche. Währenddessen holte Any aus dem Wandschrank einige Dosen Bier und reichte sie ihnen. Auf dem Rechner öffnete er ein Programm und kündigte ein Musikstück aus seiner Playlist an.

»Wir haben einen Deal. Das müssen wir zelebrieren. Hier unten in den Katakomben haben manche Titel eine geile Akustik. Gerade die Stücke mit den satten Gitarrenklängen. Einer meiner Favoriten ist dieser Beatles Song. *Here i stand, head in hand*. Der lief früher immer bei uns im Kunstunterricht. Verrückt, nicht wahr? Unser Lehrer war total auf das Album *Help* abgefahren. Es lief pausenlos, hoch und runter. *Turn my face to the wall*. Prost, ihr Partner.«

Sie stießen mit den Bierdosen an und der Song hallte von den Steinwänden wider. Der Gesang von John Lennon setzte ein und Robert spürte ein unbändiges Kribbeln in seinem Nacken. *Hey, you've got to hide your love away*.

# Kapitel 25

*Leipzig*

*Dezember 2013*

*Am Vortag der Zusammenkunft*

Berlin war der internationale Dreh- und Angelpunkt. Für viele Teilnehmer aus dem europäischen Ausland war es am einfachsten, zunächst in die deutsche Hauptstadt zu reisen und von dort aus den Weg nach Leipzig zu nehmen. Die meisten von ihnen traten ihre Mission unter einer gefälschten Identität an; das Treffen war bis ins Detail perfekt vorbereitet worden. Da der überwiegende Teil aus aktiven Agenten der *Enco* bestand, die sich jedoch schon seit langem für die Gegenbewegung entschieden hatten, war die Geheimhaltung eine extrem wichtige Voraussetzung. Sie waren Profis und wussten, wie sie sich vollkommen unauffällig auf fremden Terrain bewegen konnten. In manchen Jahren waren sie monatelang untergetaucht und gingen einem gewöhnlichen bürgerlichen Leben nach. Dann mussten sie sich nur in festgelegten Abständen bei der *Enco*-Zentrale melden und auf neue Instruktionen warten.

Das Führungskommando des inneren Zirkels der Gegenbewegung war schon am Vortag angekommen und bereitete in Leipzig die Konferenz vor. Rosanna und Joe waren mit von der Partie. Der Führungsanspruch wurde von einem gewissen Martijn ausgeübt. Er war derjenige, von dem die Impulse ausgingen. Der Niederländer war Mitte vierzig und ein erfahrener *Enco* Kämpfer. Im Laufe der Jahre waren ihm bei den Operationen immer mehr Zweifel gekommen, bis er einmal bei einem Einsatz das Leben unschuldiger Zivilisten opfern musste. Seitdem war für den großgewachsenen blonden Hünen nichts mehr so wie zuvor. Das Ereignis hatte bei ihm für ein radikales

Umdenken gesorgt. Martijn wollte unbedingt wissen, wer die Aufträge erteilte und welche Ziele von der geheimen Organisation, der *One-C*, verfolgt wurden. Er hatte sich diese Aufgabe zu seinem Lebensziel gemacht und versuchte, mit einer ausgefeilten Rekrutierungsmethode mehr und mehr *Enco* Agenten auf seine Seite zu ziehen.

Rosanna wurde von ihm vor gut zwei Jahren angesprochen. Es dauerte mehrere Monate, bis Martijn ihr vertraute und ihr gegenüber mit seinen wahren Motiven herausrückte. Sie hatte sich seitdem des Öfteren gefragt, ob Martijn mit seiner aktiven Ansprache nicht auch einmal auf einen hyperloyalen Agenten stoßen könnte, der die gesamte Gegenbewegung mit einem Schlag auffliegen lassen könnte. Bislang war alles gut gegangen. Rosanna gehörte zur inneren Führungsspitze, die aus zehn Personen bestand. Hin und wieder wurden Experten hinzugezogen, so dass sich das Team dann auf gut fünfzehn Mitglieder vergrößerte.

Joe war einer jener Experten; Rosanna hatte ihn in den Kreis eingeführt. Er zeichnete sich durch das umfassendste Computerwissen aus, was ihr je begegnet war. Mit ihm hatte sie schon so manche Aktion durchgeführt und sie konnte sich hundertprozentig auf ihn verlassen.

Obwohl die eigene Namensgebung bereits mehrmals auf der Agenda stand, hatte sich die Bewegung noch immer nicht auf eine Bezeichnung einigen können. Mal nannten sie sich die 'aktiven Rebellen' oder auch die 'Rebel Yells'. Schlussendlich gab es keinen Namen für ihre Organisation und sie hielten es inzwischen sogar für die sicherste Variante.

Die Führungscrew hatte sich in einem kleinen Vorstadthotel eingenistet. Sie hatten sich zum Dinner verabredet und gingen in ein nahegelegenes griechisches Restaurant, in dem sie einen abgetrennten Raum bekamen. Rosanna blickte skeptisch in die Runde.

»Warum gerade hier, Martijn? Gab es nicht etwas anderes in der Nähe.«

»Ich weiß gar nicht, was du willst. Es ist doch nett hier. Und zum Essen gibt es griechischen Wein«, er reagierte leicht missmutig und realisierte, dass er es nie allen recht machen konnte.

Joe baute derweil einen Miniaturprojektor auf und schloss seinen Laptop an. Das Bild auf der Tapete war überraschend hell und kontrastreich. Nachdem sie ihre Speisen bestellt hatten, ergriff Martijn das Wort.

»Wir sind komplett. Ladies seid gegrüßt, Rosanna, Gil und ein ebenso herzliches Willkommen richte ich an euch Jungs, Carl, Josh, Donald, Phil, Michael, Alec und Steve. Habe ich jemanden vergessen?«

Joe räusperte sich und der junge Mann neben ihm wurde ebenfalls nervös.

»Ah, sorry«, ergänzte der Anführer. »Jetzt hätte ich fast die beiden wichtigsten Experten ausgelassen. Kennt ihr Joe? Er weiß heute schon, was wir morgen erst denken werden. Ein absoluter Computer-Insider, der an alle Daten kommt. *By the way.* Joe, sind wir hier drinnen absolut sicher?«

Er nickte. »Sämtliche Netzwerke, WIFI Funksignale und die Mobiltelefone haben wir gekapselt. In unserem Raum gibt es keinen Empfang. Ich habe Störsender eingesetzt und hier kommt niemand per Bluetooth oder wie auch immer herein.«

»Klasse, Joe. Das werden wir für morgen Abend übrigens auch brauchen. Und dann haben wir noch Chris. Er versorgt uns mit den perfektesten Ausweisdokumenten der Welt und er ist unser Mädchen für alles, wenn es um die Organisation und die Logistik geht.« Martijn warf den beiden Experten anerkennende Blicke zu.

»Apropos morgen Abend, mit wie vielen Teilnehmern rechnen wir eigentlich?«, wollte Gillian wissen.

Chris war sich zunächst nicht sicher, ob er die Frage beantworten sollte, doch da Martijn ihn anblickte, nahm er den Faden auf. »Wenn alle kommen, sind wir knapp über 50. Genaugenommen 51. Getarnt als zwei internationale Reisegruppen, die eine Busreise zum Leipziger Weihnachtsmarkt gebucht haben - die Fahrt ist verbunden mit einem bunten Ausflugsprogramm. Inklusive des Völkerschlachtdenkmals.«

Martijn unterbrach ihn. »Ja, ja. Und für morgen Abend haben wir das historische Restaurant Auerbachs Keller im Zentrum von Leipzig reserviert. Exklusiv, nur für uns. Am nächsten Morgen geht es dann in einen unterirdischen Saal am Rande der Stadt. Dort sind wir vollkommen abgeschirmt. Wir werden den aktuellen Status vorstellen und abschließend, wenn wir am Völkerschlachtdenkmal wieder an der frischen Luft sind, können wir unsere Teams briefen. Wir haben ganz bewusst diese Locations ausgewählt, es wird niemand etwas mitbekommen.«

Es klang spannend und es schien gut organisiert zu sein. Dennoch wollte Rosanna auf Nummer sicher gehen.

»Martijn, bevor wir gleich loslegen. Sind die Teilnehmer überprüft worden? Ist es nicht viel zu gefährlich, wenn wir uns alle gemeinsam hier versammeln?«

Der Anführer hob beschwichtigend seine Hände. »Ich weiß, worauf du anspielst. Die angebliche, mysteriöse Liste. Hm, ja. In den letzten Wochen sind einige von unseren Mitstreitern unter ungeklärten Umständen ums Leben gekommen.«

»Das ist stark untertrieben«, mischte sich Phil ein. »Es sieht nach einer gezielten Säuberungsaktion aus. So, als ob jemand weiß, wer bei uns mitmacht und eine Liste von allen Rebellen vorliegen hat.«

»Es gibt keine Liste«, stellte Martijn klar. »Nur unser Kreis hat die vollständige Übersicht, wer mit dabei ist. Und Leute, wir haben die Namen nirgendwo ... hört ihr ... nirgendwo haben wir die Namen schriftlich festgehalten. Das ist reines Kopfwissen. Selbst wenn wir jeden Einzelnen kontaktieren, so lässt sich das später nicht mehr nachvollziehen.«

»Trotzdem, Martijn. Wieso werden dann unsere Leute getötet?«, entgegnete Phil.

Der Anführer blickte zu Donald. »Sag du etwas, du bist unser Sicherheitschef.«

»Wie Martijn schon sagte. Es gibt keine Liste. Es kann sie nicht geben.« Donald gab sich selbstsicher. »Das schließt aber nicht aus, dass sich einige von uns selbst verdächtig gemacht haben. Ihr werdet gleich hören, dass bei der *Enco* - und vor allem bei den geheimen Drahtziehern der *One-C* - eine hohe Nervosität herrscht. Seit der blauen Lichtpyramide in London wissen sie, dass sie einen Gegner haben. Vielleicht das erste Mal überhaupt.«

»Okay, soweit so gut. Leg los, Joe, bevor das Menü serviert wird.« Martijn wurde ungeduldig.

Für Joe war die Bühne eröffnet und er brillierte, indem er anschaulich durch seine vielen Charts führte.

»In einer Sache seid ihr mir voraus. Ihr kennt die *Enco* von innen. Zumindest wisst ihr, wer eure Mitstreiter und eure Befehlsgeber sind. Vielleicht haben manche von euch sogar schon mal einen der *Messenger* zu Gesicht bekommen. Jene Überbringer, die von den geheimen Drahtziehern geschickt werden.«

Er schaute in die Runde, doch keiner von ihnen signalisierte seine Bestätigung. »Nun gut. Die *Enco* Zentrale in Nordamerika an der Ostküste hingegen dürfte euch mit Sicherheit nicht bekannt sein. Da bin ich euch vielleicht einen klitzekleinen Schritt voraus.« Er klickte auf die nächste Folie.

»Ich fasse mich kurz. Im Juni sollte die *Operation Salamander* starten. Manche von euch hatten im Zuge dieser Aktion sogar schon Aufgaben zugeteilt bekommen. Doch die Operation scheiterte aus gleich mehreren Gründen. Zum einen gab es ein Datenleak in Hamburg. In einer Agentur. Ausgehend von einem USB Stick wurde bei der *Enco* ein Alarmsignal ausgelöst. Die Meldung bezog sich auf einen vertraulichen Datensatz, der unter keinen Umständen bekannt werden durfte.«

»Welche Daten waren das?«, wollte Steve wissen.

Nun war Joe in seinem Element. »Oho, es war eine komprimierte Form der entscheidenden Zusammenhänge, wie damals 9/11 organisiert worden war.«

»Wow. Das ist schon Grund genug«, pfiff Carl durch die Zähne. »Klar, dass das nicht herauskommen durfte. Aber liebe Kollegen, hat man deshalb gleich das Unternehmen Salamander abgebrochen?«

Joe nickte. »Ich denke schon. Salamander stand für eine weltweite Bedrohung durch außerirdisches Leben auf dem Mars. Jede Ablenkung hätte die *Operation Salamander* geschwächt. Vor allem, wenn herausgekommen wäre, dass die ganze Welt im Jahre 2001 belogen wurde. Doch das war noch nicht alles. Wie ihr wisst, hatte Eddie Downsen ebenfalls eine signifikante Menge an Daten aus der NSA geschmuggelt und veröffentlicht seit Juni scheibchenweise die Details einer globalen Datenüberwachung. Von X-KeyScore bis hin zu den abgehörten Telefonaten von allen einflussreichen Politikern.«

»Hey«, warf Phil ein. »Das kann auch bewusst gesteuert worden sein - quasi ein kontrolliertes Leak.«

»Klar, das ist möglich. Vielleicht sogar wahrscheinlich«, räumte Joe ein. »Nur, es ist doch klar, dass man nicht eine Enthüllungs-Story exakt zur selben Zeit zulässt, wie eine groß angelegte Marsgeschichte. Wie dem auch sei. Das endgültige Aus kam, als im Central Park die gefälschten Fotos der niedlichen kleinen Salamander-Amphibien auftauchten. Die Aufnahmen wurden uns zugespielt. Damit ergibt sich das Rätsel Nummer Eins. Wer wusste davon, dass an jenem Sonntagmorgen die Fotos übergeben werden sollten? Es war jedenfalls niemand von uns, richtig Martijn?«

Der Holländer nickte. In diesem Augenblick kam die Bedienung und stellte die Teller mit den Speisen auf die Tische.

»Ich mache weiter, okay?« Joe blickte in die Runde. »Diese Informationen wurden über einen FTP Server an mein Londoner Studio gesendet. Glaubt mir, wie sehr ich bis heute meiner einzigartigen Wohnung hinterher trauere.« Er seufzte. »Die schöne Technik; alles liegt in Schutt und Asche. Ein Jammer. Nun gut, zurück zu meinen Analysen. Der Kniff war, dass die *Enco* Leute aus ihrem Headquarter über zig-verschiedene Kanäle auf meine Leitungen zugriffen. Es war ein mächtiger Angriff. Doch bis zu den Inhalten in meinem Netzwerk konnten sie glücklicherweise nicht vordringen. Im Gegenteil, mit ihrer massenhaften Attacke hatten sie für eine kurze Zeit selbst Schwachstellen in ihrem eigenen Netz geschaffen. Es gelang mir, sie mit irrelevanten Information zu ködern und mich auf einem Rückkanal bis zu ihrem heiligsten Zentralrechner heranzutasten. Hossa. Es war das reinste Feuerwerk. Ich habe für ungefähr zwanzig Minuten alles mitgeschnitten. Die Videos der Webcams, sowie die Ton- und Bild-Daten. Ich nahm alles mit, was ich kriegen konnte.«

Er zeigte die nächste Folie und deutete mit einem Laserpointer auf eine Tabelle. »Das Hauptquartier muss nördlich von Boston liegen, versteckt in einem großen Waldgebiet und unweit entfernt von Kennebunkport. Ich vermute, dass die Räume tief unter der Erde liegen. Es könnte sich auch ein *Messenger* im Raum befunden haben. Ich habe zwar keine Video-Aufnahmen von ihm, doch einige kurze Stimmenfragmente. Dazu später mehr. Die *Operation Salamander* wurde jedenfalls abgebrochen und zugleich hat jemand das Material für eine neue Operation

252

abgerufen. Es wird sich um eine Folgeaktivität handeln, denn einer von ihnen sprach von den *Kaskaden des Salamanders.*«

»Spann uns nicht auf die Folter, Joe. Wie heißt die neue Order?«, forderte ihn Martijn auf.

»*Operation WHELO.* Das ging aus dem Auftrag des *Messengers* hervor.«

Donald, der Sicherheitschef, wandte sich an Joe. »Weißt du, wer sonst noch im Raum war? Jemand, den wir kennen?«

Joe sprang in seiner Präsentation zu den Back-up Folien und projizierte einen Screenshot, den er in den Räumen des *Enco* Hauptquartiers aufgenommen hatte.

»Zunächst gibt es dort den Standortleiter, das ist ein gewisser Davis, Tom Davis. Kennt ihn einer von euch?«

Alle schüttelten den Kopf und Joe fuhr fort. »Tja, und dann gab es noch diesen Mann.« Er zeigte auf einen dunklen Schatten, der vor einem Monitor stand. »Die anderen nannten ihn Jack. Manchmal mit dem Zusatz '*The Brain*'...«

»Jack? *The Brain*?« Rosanna wurde neugierig. »Bist du sicher, dass er ein Agent im Dienst der *Enco* ist?«

Joe streckte seinen Oberkörper.

»Das ist der Punkt«, sagte er mit stolzgeschwellter Brust. »So wie ich es verstanden habe, ist er nämlich *nicht* in der *Enco*. Er scheint so etwas wie der mega intelligente Architekt für die Zugangs-Technologie zu den Content Delivery Networks zu sein. Durch seine Programme kann sich die *Enco* einen globalen Zugriff auf alle Knotenpunkte der geheimen Netze verschaffen. Von der amerikanischen NSA bis hin zum russischen Geheimdienst FSB.«

Rosanna nickte. »Jack... hm, ich kannte mal einen gewissen Jack, aber ich kann mich auch irren.«

An den Tischen kamen Diskussionen auf. Es wurde wild spekuliert und es gab die unterschiedlichsten Mutmaßungen.

Martijn erhob sich. »Ruhe bitte. Wir können anschließend noch so lange quatschen, wie wir wollen. Vorher sollten wir aber alle Fakten auf den Tisch legen oder von mir aus auch an die Wand werfen. Diese *Operation WHELO* scheint alles bisher Dagewesene in den Schatten zu stellen. Ich zitiere aus den Mitschnitten: 'Die Welt wird den Atem anhalten und nichts wird mehr so sein wie zuvor.' Das klingt nach einem äußerst hinterhältigen Verbrechen.

Wir wissen, was die Zielsetzung der *Operation Salamander* war. Und auch bei *WHELO* wird es nicht anders sein. Die Menschheit soll in kriegerischen Auseinandersetzungen kräftig dezimiert werden und schließlich wird es nur noch eine einzige Weltregierung geben. Das bedeutet das Ende der Freiheit. Liebe Freunde, es ist unsere Aufgabe, dieses Verbrechen zu verhindern.«

Alle klopften mit ihren Fäusten auf den Tisch und signalisierten ihre Zustimmung.

»Allerdings«, er hielt kurz inne. »Wir können mit unserer kleinen Truppe nicht mit den Ressourcen einer großen Armee mithalten. Doch wie sagte schon einst der alte Clausewitz? Die Überraschung ist der entscheidendste Moment des Angriffs. Und wie soll unser Angriff sein? Spitz wie ein Pfeil.«

Das gefiel ihnen. So mochten sie Martijn am liebsten. Kämpferisch und eloquent. Joe musste eine ganze Weile mit seinem Kommentar warten, bis sich die allgemeine Begeisterung wieder gelegt hatte.

»Ich will ja kein Spielverderber sein. Aber für einen Angriff ist es zu früh. Wir wissen nicht, was sich hinter der *Operation WHELO* verbirgt. Wir kennen weder die exekutiven Regieanweisungen noch wissen wir, welche Teams für welche Aufgaben eingeteilt sind.«

Phil mischte sich in die Unterredung ein.

»Schon gut. Du hast ja recht, Joe. Zur Zeit sind so viele *Enco* Teams aktiv wie noch nie zuvor. Und es ist richtig, dass meistens die einzelnen Vorbereitungen keinen zusammenhängenden Sinn ergeben. Kennen wir denn den geplanten Zeitpunkt der Ausführung?«

Der Computerspezialist klickte einen Kalender auf seinem Laptop an.

»Es soll wohl im ersten Quartal passieren. In der Zeit des Equinox, also in der Periode der Tag- und Nachtgleiche. Da sich die gesamte Operation über einen längeren Zeitraum hinziehen wird, könnte sie Anfang März beginnen.«

Es herrschte Stille. Bis zum März waren es nur noch knappe drei Monate. Allen erschien der Zeitraum zu kurz für eine sorgfältige Vorbereitung der Gegenwehr. Martijn durchbrach das Schweigen.

»Wir können es nicht ändern, Joe. Du hattest mir gesagt, dass die Operation von Hongkong aus gesteuert wird und dass jemand höchstpersönlich aus dem Obersten Rat der Drahtzieher die Aktivitäten koordinieren wird. Dieser Jemand ist eine Frau.«

Ein Raunen ging durch den Saal. Bisher waren alle davon ausgegangen, dass das oberste Führungsgremium der *One-C* ausschließlich von Männern besetzt war. Eine Frau unter den letzten sieben sah nach einem tiefgreifenden Wandel aus und löste heftige Diskussionen aus.

Dann berichtete Joe von den Recherchen in Oslo, wie er zusammen mit Rosanna den Mann ohne Gedächtnis befragt hatte. Die Informationen des *Messengers* vervollständigten das Bild. Anschließend trugen alle Mitglieder in einem *Tour de Table* ihre eigenen Ergebnisse der Nachforschungen vor und sie setzten die Erkenntnisse Stück für Stück zusammen. Dennoch blieb das Gesamtbild löchrig.

Rosanna beschlich die Angst, dass sie trotz ihrer Entschlossenheit nichts gegen die bevorstehende Operation ausrichten konnten. Und nachdem zuvor schon Martijn in seiner Ansprache den historischen Deutschen Carl von Clausewitz bemüht hatte, fiel ihr ein weiterer bekannter Satz des Kriegsstrategen ein. Nämlich, dass nichts schwieriger war, als der geordnete Rückzug aus einer aussichtslosen Lage. Sie wiederholte das Wort mit ruhiger Stimme. »Aussichtslos.«

In der Runde herrschte ein betretenes Schweigen. Die Lage war aussichtslos. Das Wort traf die Sache auf den Punkt.

# Kapitel 26

*Leipzig*

*Dezember 2013*

*Das Treffen der Rebellen*

Der Weihnachtsmarkt in der Leipziger Innenstadt gehörte zu den schönsten in Deutschland, wenn nicht in ganz Mitteleuropa. Rund um den Stadtkern mit den jahrhundertealten Kirchen waren viele kleine Buden aufgebaut, in denen es allerlei weihnachtlichen Tischschmuck zu kaufen gab. An jeder Straßenecke boten die liebevoll hergerichtete Stände Glühwein oder die berühmte Feuerzangenbowle an. Dichtgedrängt schoben sich die Massen durch die Gassen und genossen das friedliche Miteinander. Auch am heutigen Montag, dem 9. Dezember, drei Tage nach dem Nikolaustag, waren Tausende unterwegs. Viele Touristen waren extra angereist und verbanden den Besuch des Weihnachtsmarktes mit einem Konzert in der Leipziger Oper oder mit den historischen Sehenswürdigkeiten der Stadt. Nach der politischen Wende vor nunmehr über 20 Jahren, zeigte sich die Stadt im schönsten Gewand. Musikalische Klänge ertönten überall aus den Lautsprechern und Straßenkünstler, wie ein Trio von Dudelsackspielern, sorgten für eine fröhliche Atmosphäre.

In den späten Nachmittagsstunden hatten sich die ersten Teilnehmer der Gegenbewegung zu ihrem Treffen eingefunden. Sie hatten sich bewusst unauffällig gekleidet und jeder von ihnen hatte eine dunkle Wollmütze bis tief in die Stirn gezogen. Mit dem warmen Wollschal um den Hals blieb von ihren Gesichtern zumeist nur ein schmaler Bereich übrig, der es schwer machte, einander zu erkennen. Doch sobald einer von ihnen einen Verbündeten wiedererkannte, dauerte es nicht lange, bis sich ein weiterer hinzugesellte. In immer größer werdenden Gruppen unternahmen sie ihre Rundgänge entlang der weihnachtlich geschmückten Verkaufsbuden rund um den Kirchplatz.

Sie waren bewusst in verschiedenen Hotels untergebracht und auf den ersten Blick gab es nicht die geringste Verbindung zwischen diesen Menschen. Chris hatte die Veranstaltung perfekt vorbereitet. Niemand von ihnen hatte ein Mobiltelefon dabei, welches geortet werden konnte. Für solche Fälle wurde normalerweise nicht nur der Flugmodus eingeschaltet oder ein nostalgisch wirkendes Handy aus dem vorigen Jahrhundert eingesetzt. Die besonderen Sicherheitsvorkehrungen sahen vor, dass jedes Gerät zusätzlich mit einer speziellen Hülle aus Blei ummantelt wurde, die sämtliche Strahlungssignale oder Ortungssysteme fern hielt.

Joe hatte schon lange im Vorfeld darauf hingewiesen, dass bei den Geheimdiensten die kompletten Zugangsdaten inklusive der GPS Daten ge-clustert wurden, so dass ein Ansammlung von mehreren *Enco* Agenten an einem Ort sofort den Argwohn erweckt hätte. Aus diesem Grund hatte Joe ein cleveres Ablenkungssystem entwickelt. Seit ihm die Nummern der SIM-Karten bekannt waren, konnte er sie in ein Simulationssystem einschleusen, wodurch die Verbindung an eine andere aktive Telefonnummer - quasi im Schlepptau - hintenan gehängt wurde. Bei den Telekommunikations-Providern würde eine Nummernabfrage der abtrünnigen *Enco*-Agenten also das Muster einer fremden Telefonnummer ergeben und jede Recherche in die Irre führen. Die Rebellen hatten die Genialität von Joe längst erkannt und nannten ihn liebevoll den *Fuchs*.

Robert war mit seiner Freundin Lizzy bereits am Nachmittag im Hotel angekommen und beim Anblick des kuscheligen Doppelbetts wussten die beiden frisch Verliebten sofort, wie sie sich die Stunden bis zum Treffen vertreiben konnten.

Um kurz nach sechs machten sie sich auf den Weg; das einzige, was sie über das Treffen wussten, waren die Informationen von seinem Vater. Sie nahmen die S-Bahn durch den Citytunnel und kamen direkt unter dem großen Marktplatz im Leipziger Zentrum an. Hand in Hand stürmten sie die Treppe nach oben und ihre roten Haare wirbelten in der Luft.

»Halt,« rief Robert. »Setz die Mütze auf. Sonst schmeißen die uns sofort raus. Mein Dad hatte extra geschrieben, dass wir uns total unauffällig kleiden sollen.«

Sie feixte herum und Robert war sich unsicher, ob das Verhalten von Lizzy mit dem konspirativen Treffen kompatibel war. Im schlimmsten Fall würden sie in einem hohen Bogen hinaus fliegen. Robert hoffte, dass er möglichst schnell seinen Vater in diesem Gedränge treffen würde, um besser über die kommenden Abläufe Bescheid zu wissen. Lizzy war begeistert von der weihnachtlichen Stimmung in Leipzig und schoss mit ihrer Nikon 1 eine ganze Serie von Fotos. Robert versuchte sie zurückzuhalten, dass sie keinesfalls auf die Idee kommen sollte, bei dem anschließenden Treffen auch nur ein einziges Foto zu schießen. 'Who knows? Meine Süße ist unberechenbar', dachte Robert und nahm sie an seine Hand.

Peter war mit Tanja aus Berlin mit einem Mietfahrzeug angereist. Er hatte sich noch nicht um ein Hotel gekümmert und ging davon aus, dass er bei der Zusammenkunft am Abend mehr über seine Beherbergung erfahren würde. Die Parkplätze nahe der Innenstadt waren hoffnungslos überfüllt und Peter parkte den VW Golf in einer Seitenstraße nahe dem Leipziger Hauptbahnhof. Tanja nahm ihn in den Arm und wärmte sich an seiner Seite. Für einen kurzen Moment mischten sich in ihre Gedanken die Erinnerungen an die Zeit bei Gori und an den Nachmittag, als sie nackt neben Peter in der Sauna saß. Sie mochte ihn, doch es schien ihr unmöglich, an ihn heranzukommen.

Sie schlenderten geradewegs in Richtung der Thomaskirche, wo vor gut 24 Jahren die berühmten Montagsdemonstrationen begonnen hatten, die später als Ausgangspunkt für den friedlichen Umsturz in Deutschland eingestuft wurden.

Peter freute sich unendlich darauf, Rosanna wiederzusehen und er konnte es kaum erwarten, sie in seine Arme zu schließen. Tanja wiederum genoss den Augenblick bei Peter im Arm und wünschte sich eher das Gegenteil. Dass Rosanna nämlich gar nicht hier in Leipzig war. Sie standen an der Straßenecke vor der Thomaskirche und bevor sie sich ins Gewimmel des Weihnachtsmarktes stürzten, warf Tanja noch einmal ihre Arme um den Hals von Peter.

»Danke, dass du mich mitgenommen hast. Du wirst es nicht bereuen.« Sie küsste ihn zärtlich auf seine Wange.

Es war definitiv der falsche Moment und der falsche Ort gewesen. Als sie sich voneinander lösten, standen Rosanna und Joe vor ihnen. 'Shit', durchfuhr es Peter und er zwang sich zu einem gequälten Lächeln.

»Hallo Rosanna.« Ganz langsam ließ er seine Hand von Tanjas Hüfte gleiten.

Auch Rosanna wusste nicht, wie sie reagieren sollte. Mit einem Anflug von Eifersucht begrüßte sie ihn kühl.

»Langweilig war dir offensichtlich nicht.« Und mit einem vorwurfsvollen Blick in Tanjas Richtung ergänzte sie. »Ich wüsste nicht, dass du auf der Einladungsliste stehst.«

Joe bemühte sich, die Situation zu entschärfen. »Es ist okay. Wir können jeden brauchen, der auf unserer Seite ist. Gut, dass ihr hier seid. Wir haben noch etwas Zeit bis zum Dinner. Peter, willst du noch mit Rosanna eine Runde über den Markt drehen? Dann kümmere ich mich um ... wie heißt du eigentlich?«

»Tanja«, hauchte sie ihm entgegen.

Zunächst gingen Peter und Rosanna einige Schritte wortlos nebeneinander, dann war es ihm zu dumm. Er drehte sich zu ihr um, nahm sie fest in seinen Arm und küsste sie. Rosanna zögerte einen Moment, bis sie den Kuss erwiderte. Dann stieß sie ihn weg und gab sich empört.

»Du Schuft! Was hast du mit dem jungen Ding gehabt?«

»Was willst du hören? Dass ich jeden Tag mit ihr geschlafen habe, seit du dich aus Russland abgesetzt hast? Zwölf Wochen lang, Sex mit Tanja?« Es gefiel ihm nicht, sich zu rechtfertigen.

»Wer weiß...«, entgegnete Rosanna.

Peter stupste ihr auf die Nase. »Abstinent war ich. Jeden Tag, jede Woche. Tanja hatte etwas mit Gori. Das ist die ganze Story.«

»Hatte?« Rosanna gab keine Ruhe.

Peter senkte leicht den Kopf. »Gori ist tot. Am letzten Tag kam ein Killerkommando. Es war schrecklich. Ich konnte ihm nicht helfen. Rosanna, ich habe solche Angst, dass wir alle draufgehen werden. Die haben uns längst im Visier.«

'Nichts ist so schwierig, wie der geordnete Rückzug aus einer aussichtslosen Situation', schoss es Rosanna wieder durch den Kopf. Die Zeichen standen nicht gut. Nun hatte es auch noch ihren langjährigen Freund Gori erwischt. 'Wofür das alles?', fragte sie sich. War es überhaupt denkbar, dass sie die geplante Operation verhindern konnten? Sie wussten ja noch nicht einmal, worum es ging.

Leise nannte sie seinen Namen. »Gori. Das tut mir leid. Er war ein guter Mann.«

Peter nahm sie in den Arm und sie gingen gedankenverloren durch die Gassen. Das lärmende Treiben erreichte sie kaum.

Um kurz vor acht fanden sich die Gruppen vor dem Gasthaus Auerbachs Keller ein. Eine hohe überdachte Gasse, die Mädlerpassage, führte zu dem historischen Restaurant. Das Gasthaus gehörte zu den ältesten in Leipzig und schon 1550 gab es hier die erste Restauration. Zu den berühmtesten Gästen zählte der deutsche Dichter Goethe, der in der Gastwirtschaft während seiner Studentenzeit regelmäßig einkehrte. Der Sage nach flog ein gewisser Dr. Faust auf einem Weinfass durchs Fenster hinaus und Goethe hatte - dadurch inspiriert - seine Erzählung des Mephisto und Dr. Faust in diesem Umfeld angesiedelt. Die Architektur strahlte in jedem Falle den Glanz der vergangenen Jahrhunderte aus. Von der Passage führten jeweils rechts und links zwei Treppen hinunter in den geräumigen Saal im Untergeschoss. Eine Schautafel vor der Treppe machte den Charakter der Veranstaltung deutlich. *'Geschlossene Gesellschaft'*. Andere Gäste bekamen an diesem Abend keinen Zutritt zum Restaurant.

Am Eingang hatten sich Martijn und Joe sowie Donald, der Sicherheitschef, postiert. Der Holländer kannte jeden Teilnehmer persönlich und Joe hatte das entsprechende Datengerüst in seinem Kopf gespeichert - bestehend aus den Telefonnummern, den häufig verwendeten IP Adressen und sonstigen persönlichen Koordinaten. Es gab keine Liste, die sie abhakten, doch der Sicherheitschef machte sich seine handschriftlichen Notizen zu jedem Gast. Martijn überprüfte die Vollständigkeit mit einem kleinen manuellen Zähler, mit dem er jeden Anwesenden zahlenmäßig erfasste.

Rosanna brachte Peter mit und sie stellte ihn mit einigen begleitenden Worten bei Martijn vor. Er war bereits im Bilde und begrüßte Peter freundlich.

»Wie war deine Ausbildung in Russland? Bist du fit?«

Peter nickte. »Ich könnte Bäume ausreißen.«

Hinter ihnen standen Robert und Lizzy. Sie hatte die Mütze abgesetzt. Doch nicht nur das gefiel Martijn nicht.

»Wer ist sie? Noch auffälliger kann man seine Haarpracht wohl nicht gestalten? Könnt ihr mir das Erscheinen dieser Lady erklären? Und wer ist der junge Mann?«

Rosanna bemühte sich um eine Erklärung. Bei der rothaarigen Frau kam sie allerdings selbst ins Schleudern. Weder Peter noch Joe konnten einspringen. Lizzy hatte sich verstohlen die Mütze wieder über die Haare gestreift und sah nun zumindest vom Outfit her wieder den anderen etwas ähnlicher.

»Das ist Lizzy. Sie ist meine Freundin«, sagte Robert. »Sie ist der wundervollste Mensch, den ich kenne...«

»Darum geht es heute Abend nicht. Habt ihr das nicht kapiert? Wer hat euch beide überhaupt eingeladen?«, unterbrach ihn der Chef.

Robert schluckte. »Okay, okay. Ihr seid die Profis. Keine Frage. Ihr könnt kämpfen, spionieren, die Welt mit euren Aktionen verändern. Das ist nicht meine Welt, zugegeben. Es ist auch nicht die Welt von Lizzy. Sie ist aber eine außergewöhnliche, investigative Journalistin. Die ganze Medienbranche steht doch seit Jahren wie eine Wand hinter den offiziellen Verlautbarungen. Haltet ihr es daher nicht für wichtig, jemanden bei euch zu wissen, der euch bei der Berichterstattung unterstützen kann? Wenn jemals die Wahrheit hinter 9/11 aufgedeckt werden kann, so geschieht es durch unabhängige Journalisten. Und durch niemanden sonst.«

Martijn zog eine Augenbraue nach oben.

»Geht rein. Ihr seid willkommen. Aber ihr werdet nachher noch einen gesonderten Sicherheitscheck absolvieren müssen. Ab jetzt seid ihr vergattert. Mit allen Konsequenzen.«

Als Robert am Tisch stand, klopfte ihm Peter auf die Schulter.

»Gut gebrüllt, Löwe.« Er war stolz auf seinen Sohn.

Der Abend verlief in einer fröhlichen Atmosphäre. Die Teamkollegen fanden zueinander und tauschten sich über ihre vergangenen Missionen aus. Natürlich spekulierten sie auch über die neue, geplante Operation *WHELO* und sie waren sich einig, dass die Auftraggeber schon seit mehreren Jahren eine

Demarkationslinie überschritten hatten. Letztendlich waren es Verbrechen, mit denen die geheimen Drahtzieher den Lauf der Dinge ändern wollten. Das konnte nicht richtig sein. Vor allem, wenn dabei der Tod von unschuldigen Zivilisten in Kauf genommen wurde.

Martijn und die innere Führungscrew hielten ihre Reden zwischen den Menügängen. Danach kamen Künstler in einer mittelalterlichen Kleidung ins Restaurant und führten Teile von Goethes Faust auf. Die Rebellen wurden an diesem Abend auf eine traditionelle Art und Weise aufeinander eingeschworen. Genau so hatte es sich Martijn vorgestellt. Am nächsten Morgen sollte dann das Briefing erfolgen und mit den individuellen Instruktionen und Aufgabenverteilungen abschließen. Der Beginn ihrer Zusammenkunft war sehr vielversprechend und Martijn empfand die Ausgangslage deutlich positiver als Rosanna. Noch nie zuvor waren so viele Gegner der *One-C* an einem Ort zusammen gekommen. Eigentlich standen sie alle noch auf der Pay-roll der *Enco* und das Treffen in Leipzig war eine Meuterei, vergegenwärtigte sich der Anführer der Bewegung. Doch er horchte auf sein Gewissen und er war guter Dinge. Martijn war schon immer ein Kämpfer gewesen und er war bereit, für seine Sache durch die Hölle zu gehen. Wenn es sein musste, würde er im Kampf sogar sein Leben lassen. Ob alle anderen im Raum ebenso soweit gehen würden, konnte er nicht abschätzen. Aber er wollte alles tun, um sie davon zu überzeugen.

Es gab keine festen Regeln für den Ablauf des Abends. Außer vielleicht, dass sie ihre etwas komisch aussehenden Mützen auch während des Essens tragen sollten und dadurch kaum voneinander zu unterscheiden waren. Die Bedienung im Restaurant belustigte das zwar, aber es kamen in dieser Zeit allerlei merkwürdige Touristen in die Stadt, so dass auch dieses Outfit eigentlich nichts Besonderes war.

Es war bereits nach zehn, als Chris die Handzettel verteilte, auf denen ein Text geschrieben stand. Peter überflog die Zeilen. *An die Freude.* Der Text stammte vom deutschen Dichter Friedrich Schiller. Peter kramte in seinem Gedächtnis; wenn er sich recht erinnerte hatte auch Schiller eine gewisse Zeit in Leipzig verbracht und vielleicht sogar die Ode hier verfasst.

Später waren die Zeilen in Beethovens Neunter Sinfonie vertont worden; es war das berühmte Stück *Freude schöner Götterfunken*.

»Es ist die Europäische Hymne. Ihr dürft alle mitsingen«, kündigte Chris den Programmpunkt an, als er am Lautstärkeregler für eine kräftige musikalische Untermalung sorgte.

Es hatte für Peter etwas Skurriles, als er die internationalen Kollegen den Text in den unterschiedlichsten Dialekten mitsingen hörte. Doch auch er ließ sich nicht abhalten und stimmte lautstark in den Gesang mit ein. Er dachte an Gori. Sein russischer Trainer hatte den Vierten Satz der Neunten Sinfonie ebenfalls favorisiert und Peter hatte die Melodie sehr häufig während seines Trainings gehört.

Pünktlich um 23 Uhr läutete Chris die letzte Runde für die Getränkewünsche ein. Kurz danach wurden alle Teilnehmer der Konferenz mit den beiden reservierten Bussen zurück zu den Unterkünften gebracht. Am nächsten Morgen sollte das Programm bereits um acht Uhr morgens starten.

# Kapitel 27

*Leipzig*

*Dezember 2013*

*Die Konferenz*

Am nächsten Morgen war ein frühes Aufstehen angesagt; einige der Teilnehmer hatten definitiv zu wenig geschlafen und bei manchen kam noch hinzu, dass sie aus anderen Zeitzonen angereist waren. Der Tagesablauf war straff durchorganisiert, wobei die Vermummung der Rebellen quasi den ersten Punkt auf der Agenda darstellte. Sie sollten sich unauffällig kleiden und aussehen wie ganz normale Touristen, die es in der Vorweihnachtszeit nach Leipzig verschlagen hatte. Im Einheitslook, mit wärmenden Ohrschützern und hochgeschlossenen Kragen sowie mit dicken Fellmützen auf dem Kopf, kamen sie in die Frühstücksräume und sorgten bei der Bedienung für Verwunderung, denn ohne die typischen persönlichen Merkmale waren sie so gut wie überhaupt nicht voneinander zu unterscheiden. Manche trugen zudem dicke Schals, andere setzten ihre Sonnenbrillen nicht einmal beim Frühstücksbuffet ab. Durch die Verkleidung war es allerdings kaum möglich, dass sie sich untereinander wiedererkannten. Doch so sehr dadurch die Kommunikation erschwert wurde, so wichtig war die Anonymität am Ende für ihren eigenen Schutz.

Mit Bussen wurden sie von den Hotels abgeholt und bis an den Veranstaltungsort gebracht. Die Route führte die Prager Straße entlang in den südöstlichen Teil der Stadt. Stilecht übernahm der Fahrer die Rolle des Reiseführers und spulte die historischen Informationen über Leipzig herunter. Rechts vor ihnen lag das Völkerschlachtdenkmal; majestätisch erhob es sich hinter einer Reihe von hohen Bäumen.

Vor ziemlich genau einhundert Jahren, im Oktober 1913, war es fertiggestellt worden und erinnerte an die bis dato größte kriegerische Auseinandersetzung der Geschichte. Nochmals hundert Jahre zuvor, Mitte Oktober 1813, hatten auf diesem geschichtsträchtigen Boden die Armeen von Russland, Schweden, Preußen und Österreich gemeinsam gegen die Truppen von Napoleon einen Sieg davon getragen.

»Mit einer Höhe von 91 Metern gehört es zu den größten Baudenkmälern in Europa«, ergänzte der Fahrer durch sein Mikrofon.

Robert stieß Lizzy in die Seite und flüsterte. »Vielleicht sind es ja auch zehn Zentimeter mehr, dann wären es 911 Dezimeter.«

Sie schüttelte den Kopf. »Du spinnst. Das hat überhaupt nichts miteinander zu tun.«

Doch Robert ließ sich nicht von seinen Gedankengängen abhalten. »Am 9.11. fiel die Mauer und die Proteste haben hier in Leipzig ihren Anfang genommen.«

Über die Lautsprecher im Bus kam die nächste Information vom selbsternannten Reise-Führer. »Und einmal im Jahr trifft sich dort in den Katakomben die *Loge der Minerva zu den Drei Palmen*. Diese Freimaurerloge wurde im Jahre 1741 gegründet.«

»Siehst du!«, er stupste ihr an die Schulter. »Die Freimaurer, und es gibt sie immer noch. Die Gründung ist ja schon echt lange her. 1741, das war 35 Jahre bevor Adam Weishaupt am 1. Mai den Geheimbund der Illuminaten ins Leben gerufen hatte.«

Lizzy presste die Lippen aufeinander und quittierte seine Schlussfolgerungen mit einem skeptischen Blick. Sie war bereits so weit gegangen, die Terrorangriffe vom 11. September in Frage zu stellen, und wollte mit ihm die wahren Hintergründe recherchieren. Auf völlig abwegige Theorien - bis hin zu einer Weltverschwörung - wollte sie sich jedoch keinesfalls einlassen. Es reichte ihr zu wissen, dass offensichtlich ein neuer Terrorakt geplant war und sie quasi live bei der Vorbereitung einer Gegenoffensive mit dabei war. Lizzy blickte aus dem Busfenster und holte ihre Nikon Kamera aus der Umhängetasche. Sie schoss einige Aufnahmen vom Völkerschlachtdenkmal; anschließend kontrollierte sie die SD Speicherkarte im Einschubfach. Es war alles in Ordnung; unverändert saß die manipulierte Karte vom Berliner Hacker *Any* in der Arretierung.

Nach einer weiteren Viertelstunde bogen die Busse von der Hauptverkehrsader nach Nordosten ab und die Straßen wurden immer unbefestigter. Die Fahrer suchten sich einen freien Platz zwischen dem Waldbewuchs. Die letzte offizielle Ansage war der Hinweis, sämtliche persönlichen Dinge aus dem Bus mitzunehmen, da noch nicht klar war, mit welchem Verkehrsmittel sie später ihre Weiterreise antreten würden.

Es ging zu Fuß durch den Wald. Die ersten Teilnehmer mäkelten bereits nach einigen Minuten. Weit und breit war nichts zu sehen, was dem Anspruch eines Tagungsortes gerecht werden konnte. Es war ihr erstes globales Treffen und die meisten von ihnen hatten eine ansprechende Lokalität erwartet. Der ländliche Eindruck täuschte, denn plötzlich tauchte vor ihnen ein großes, herrschaftliches Anwesen auf. Fast schon einem Schloss ähnlich erstreckten sich mehrere Gebäude um einen hübsch angelegten Innenhof. Robert blickte skeptisch um sich. Eigentlich musste es von hier aus eine direkte Anbindung an das Leipziger Straßennetz geben; wahrscheinlich waren die Busse absichtlich auf eine andere Route geschickt worden.

Martijn hatte sich vor dem rechten Gebäudetrakt postiert und begrüßte seine Gäste einzeln per Handschlag. Hinter ihm stand Chris und zeigte den Teilnehmern den Weg. Drinnen sollten sie gleich die erste Tür auf der rechten Seite nehmen und die Treppe nach unten hinabgehen.

Im Untergeschoss folgte der nächste Sicherheitscheck. Jeder kam in in einen eigenen Raum und musste sich einem speziellen Interview unterziehen. Diese Aufgabe übernahmen die Kollegen des inneren Führungskreises. Carl und Josh hatten sich auf die amerikanischen Teilnehmer spezialisiert, während sich Phil und Alec auf diejenigen konzentrierten, die aus Europa angereist waren. Donald, der Sicherheitschef, ging von Raum zu Raum und hakte jeden einzeln auf seiner handgeschriebenen Liste ab. Vor allem brauchte er die Bestätigung, dass sich zwischen dem gestrigen Abend und dem heutigen Vormittag kein Fremder unter sie gemischt hatte. Erleichtert berichtete er seinem Boss, Martijn, dass es keine undichten Stellen gab. Alle hatten die Regeln befolgt und sich bei den Vorbereitungen an die extremen Vorgaben gehalten. Martijn war dennoch unzufrieden, denn durch das Prozedere hatten sie über eine Stunde verloren.

Er klatschte in die Hände und kündigte den Beginn der Veranstaltung an. In dem großzügig dimensionierten Versammlungsraum fanden alle einen Sitzplatz. Martijn ergriff das Mikrofon und bat um Ruhe.

»Liebe Freunde, vor uns liegt ein anspruchsvolles Programm und ich darf euch zu unserer ersten globalen Konferenz der Gegenoffensive ganz herzlich willkommen heißen. Bevor wir zur Agenda des heutigen Tages kommen, möchte ich noch einige Vorbemerkungen an euch richten. Was treibt uns an? Warum sind wir hier, an diesem abgelegenen Ort, in einem unterirdischen Kellergewölbe?«

Er schritt auf der Holzbühne auf und ab und vergewisserte sich, dass ihm die ungeteilte Aufmerksamkeit entgegengebracht wurde. Im Saal wurde es mucksmäuschenstill.

»Wie ihr alle wisst, können wir uns nicht mehr mit den verbrecherischen Plänen unserer Auftraggeber identifizieren. Uns ist in den letzten Monaten deutlich geworden, dass eine Grenzlinie überschritten wurde. Von den ehemals edlen und hehren Zielen ist nicht mehr viel erkennbar. Im Gegenteil; so wie es aussieht, steuern sie auf einem direkten Weg die Weltherrschaft an. Dabei wird das Vorgehen immer skrupelloser und Menschenleben zählen gar nichts mehr. Ich kann mich gut daran erinnern, wie wir bei früheren Operationen große Anstrengungen unternommen hatten, um die kollateralen Verluste so gering wie möglich zu halten. Mit hohem Aufwand haben wir künstliche Identitäten geschaffen und die Opfer konstruiert - eben damit niemand unnötig geschädigt wurde. Heute scheint sich die Haltung grundsätzlich geändert zu haben. Wir haben Hinweise darauf, dass *nichts* mehr ausgeschlossen werden kann. Die geheimen Drahtzieher machen auch vor den Überlegungen einer Massentötung nicht mehr halt. Wenn es nach ihnen geht, heiligt der Zweck die Mittel. Das kann ein Killervirus sein oder der Dritte Weltkrieg. Es ist katastrophal. Große Teile der Menschheit sollen ausgelöscht werden. Übrigens, schon 1996 kam der Rat des Präsidenten, der sogenannte *President's Council of Sustainable Development,* auf dem globalen Gipfel in Rio de Janeiro zu der Erkenntnis, dass die Weltbevölkerung die Zahl von 500 Millionen Menschen nicht überschreiten sollte. Es ist schier unfassbar! Nichts drückt den

Geist, der dahinter steckt, besser aus als das folgende Zitat, welches der Medientycoon Ted Turner im selben Jahr gegenüber dem Magazin *Audobon Society* in einem Interview von sich gab.« Martijn kramte einen Zettel aus seiner Hosentasche und las den Text vor.

»Ich zitiere. *Global betrachtet wären 250 bis 300 Millionen Menschen ideal, also eine Reduktion der heutigen Weltbevölkerung um 95 Prozent.* Das muss man erst einmal verdauen. Denn friedlich wird solch ein Rückgang natürlich nicht vonstatten gehen. Joe wird uns in seinem Vortrag später darüber berichten, was wir bis jetzt über die geheimen Drahtzieher wissen. Doch so viel vorweg. Es ist leider erschreckend wenig.«

Der Anführer der Bewegung, Martijn, senkte theatralisch seinen Kopf und verharrte für einen kurzen Moment. Dann legte er wieder los.

»Ich möchte nun die Ereignisse der letzten Monate kurz zusammenfassen. Im letzten Sommer war die *Operation Salamander* bereits gestartet worden, als der Fotograf Skip Persson im Central Park in New York einige verräterische Aufnahmen machte und kurz danach auf offener Straße erschossen wurde. Zwei harmlose Kids haben die Fotodaten an Joe geschickt und mussten anschließend mit ansehen, wie ihr Haus in die Luft gesprengt wurde. Joe erging es nicht besser. Seine Zentrale in London wurde ebenso dem Erdboden gleichgemacht - wobei er selbst in diesem Falle einen maßgeblichen Anteil an der Zerstörung hatte, damit nämlich keine Informationen in die falschen Hände gerieten«

Im Hintergrund wurde eine Archiv-Luftaufnahme seiner brennenden Dachwohnung projiziert und auf der riesigen Leinwand waren die drei blau leuchtenden Strahlen in der Form einer Pyramide deutlich zu sehen.

»London war nicht der letzte Angriff unserer Gegner. Die Reihe wird sich weiter fortsetzen. In Norwegen haben Rosanna und Joe einen Mann ohne Gedächtnis ausfindig gemacht, von dem wir glauben, dass er ein kalt gestellter *Messenger* ist. Auch dazu später mehr. Vor wenigen Tagen schließlich wurde in Sankt Petersburg unser Verbündeter, Gori, heimtückisch ermordet. *Memento mori*, gedenken wir des Todes.« Er mahnte für einen Moment der Stille.

»Ja, Freunde, wir sind in Gefahr. Für die geheimen Drahtzieher ist jeder von uns in diesem Raum eine Bedrohung. Denn nur wir können ihr mörderisches Vorgehen stoppen. Noch ist mir nicht bekannt, dass es in der *Enco* einen Einsatzbefehl gibt, mit dem wir identifiziert und ausgelöscht werden sollen. Doch seit den Ereignissen in New York und London wissen die geheimen Machthaber, dass es uns gibt. Und es würde mich nicht wundern, wenn man bereits alle *Enco* Mitarbeiter aufs Schärfste überwacht - also auch uns. Das Schicksal von Gori in Russland ist eine deutliche Warnung an uns alle. Wie sagt man? Mit Speck fängt man Mäuse. Ihr seid professionell genug, um zu wissen, wann man der Speck ist und wann das Nagetier. Am besten sind wir im richtigen Augenblick jedoch die Falle und weder Speck noch Maus.«

Seine letzten Worte hatte er mit viel Emotion und einer kämpferischen Haltung intonisiert. Er hielt die geballte Faust in die Höhe und genoss den Applaus.

»Ich komme zu dem zweiten Aspekt meiner Eingangsstatements. Warum sind wir gerade *hier*? Richtig, theoretisch hätten wir uns an vielen anderen Orten der Welt treffen können. Warum also sind wir in Leipzig? Zunächst einmal ist die Umgebung der Stadt geschichtlich sehr bedeutsam. Ihr habt vielleicht das Völkerschlachtdenkmal gesehen. Schaut es euch aus der Nähe an, wenn ihr später noch etwas Zeit habt. Vor 200 Jahren wurde hier Napoleon vor den Toren der Stadt vernichtend geschlagen. Auch wir haben es mit einem mächtigen Gegner zu tun, der sich seine Wirklichkeit gern selbst erschafft. *Geschichte ist die Lüge, auf die man sich geeinigt hat.* Es war kein Geringerer als eben jener Napoleon Bonaparte, von dem diese Einsicht stammte. Freunde, so weit darf es nicht kommen. Wir müssen dafür sorgen, dass die Wahrheit ans Licht kommt. Ich hoffe, dass wir die Historie gut auf unseren Spirit übertragen können und die Mahnung des Völkerschlachtdenkmals verinnerlichen. Lasst uns alles daran setzen, dass wir das große Leid eines weltweiten Blutvergießens verhindern.«

Martijn atmete tief durch, er senkte seine Stimme und fing den nächsten Satz sehr leise an.

»Daneben sind wir zu Gast in der Stadt der berühmten Dichter und Denker. Friedrich Schiller hatte hier in Leipzig im Sommer

1785, also vor über 200 Jahren, die Ode *An die Freude* getextet. Ihr erinnert euch an unseren gestrigen Gesang?«

Er blickte durch die Reihen und registrierte einige amüsierte Gesichter. »Es war eine Auftragsarbeit für den Freimaurer Christian Köhler - und für die Freimaurerloge *Zu den Drei Schwertern* aus Dresden. Dreißig Jahre danach wurden die Zeilen von Ludwig van Beethoven in seiner klassischen Neunten Sinfonie vertont. Die heutige Europäische Hymne basiert übrigens auch darauf. Ja, Leipzig hat eine interessante Vergangenheit. Außerdem wurde an diesem Ort bereits im frühen 18. Jahrhundert die Freimaurerloge *Die Drei Zirkel* ins Leben gerufen. Später wurde sie *Die Drei Palmen* genannt. Bei den Bezeichnungen wird eins wird immer deutlicher; die Zahl drei ist offensichtlich ein durchgängiges Motiv.«

Martijn ging einen Schritt zur Seite und machte die Sicht auf die drei blauen Strahlen auf der Projektionsfläche frei.

»Wie ich bereits sagte. Bei der Enthüllung unserer Auftraggeber tappen wir noch ziemlich im Dunkeln und wir können nur vermuten, dass ihnen ein illuminatisches Gedankengut zugrunde liegt. Doch Freunde, denkt an die *'Triangular Files'*. Es mehren sich die Anzeichen, dass darin ein Schlüssel für die Lösung zu suchen ist. Und wenn ich noch kurz bei Leipzig verweilen darf, dann sollten wir Johann Wolfgang von Goethe nicht vergessen. Er verbrachte hier seine Studentenzeit und in dem Restaurant, wo wir gestern Abend unser Dinner veranstaltet hatten, soll er sein berühmtes Werk des Doktor Faust verfasst haben. Ihr wisst schon, die Story von dem Kerl, der auf einem Weinfass durch die Luft fliegt.«

Im Publikum war ein verhaltenes Lachen zu vernehmen.

»So, Freunde. Das war meine Einleitung. Im Anschluss wird euch Donald mit unseren Sicherheitsmaßnahmen vertraut machen und berichten, was wir über die neue Operation wissen. Leider ist unser Wissen recht dürftig und es sind nur wenige Fragmente davon bekannt. Der Projektname lautet WHELO. Joe sagte gestern sehr passend, dass es die Nachwehen der Salamander Aktivitäten sind. *Die Kaskaden des Salamanders.* Freunde, lasst mich zusammenfassen. Unser Gegner ist mächtig und glaubt, dass er die Welt nach Belieben lenken und steuern kann...« Noch einmal ballte er seine Hand zur Faust.

»Lasst es uns den Strippenziehern zeigen, dass sie sich dieses Mal getäuscht haben. Wir werden die *Operation WHELO* verhindern.«

Er hob beide Hände und streckte seine Arme nach vorne. Im Saal donnerte der Applaus; die Mannschaft stand geschlossen hinter ihm.

# Kapitel 28

*Leipzig*

*Dezember 2013*

*Der Aufbruch der Teams*

D er erste Punkt auf der Tagesordnung nach der Begrüßung lag bei dem Verantwortlichen für die Sicherheit. Donald ging ans Rednerpult und kam sofort zur Sache.

»Ich werde mich in den nächsten Minuten auf eure physische Sicherheit beschränken. Leute, es ist nicht gesagt, dass wir den Einsatz überleben werden. Letztendlich kämpfen wir gegen das Erfolgskonzept, das wir uns selbst viele Jahre lang zu eigen gemacht haben. Seid auf der Hut. Bisher lag unsere Perspektive auf der aktiven Seite. Was aber, wenn wir selbst zum Target werden?«

Zunächst gab Donald einige anschauliche Beispiele von Zielpersonen, denen es gelungen war, einem Angriff zu entkommen. Dann folgten die typischen Muster, die die Zuhörer eigentlich zur Genüge kannten.

»Beobachte die Beobachter. Manchmal gelingt es, die drohenden Ereignisse anhand der Reaktionen von unbeteiligten Personen auszumachen.«

Peter konzentrierte sich. Diesen warnenden Satz hatte er schon einmal gehört. 'Beobachte die Beobachter.' Doch er konnte sich nicht entsinnen, wann und wo es gewesen war.

»Passt auf, dass ihr nicht in die Falle tappt. Wenn sie zuschnappt, ist es um euch geschehen. Die Köder können überall versteckt sein. Wenn ihr hinter eurem Fahrzeug einen USB Stick findet, der auf den ersten Blick völlig unverfänglich aussieht, weil auf ihm ein persönlicher Gruß steht, dann seid auf der Hut. Sind darauf wirklich nur die drei Hollywoodfilme gespeichert, die jemand aus dem Internet geladen hat? Oder gelangen damit belastende Daten unbemerkt auf eure Rechner und ihr werdet dadurch später an den Pranger gestellt? Es geht ganz schnell; während ihr beim Stick nachschaut, welche Daten sich darauf befinden, hat die Firmware bereits mit der Ausführung eines Scripts begonnen.«

Bei den Zuhörern machte sich eine erste Unruhe breit. Die Aussagen erschienen den meisten von ihnen zu trivial. Donald schaltete einen Gang höher.

»Okay, okay. Ihr seid gewieft. Ich weiß. Dann nehmt den folgenden Fall, den wir erst vor kurzem in der *Enco* besprochen haben. Die Fütterung der Raubtiere. *Feeding the Scapegoats*. Ein passendes Opferlamm will akribisch aufgebaut sein. Die Anleitung liest sich wie ein Drehbuch. Man suche sich eine geeignete Zielperson. Wenn es um einen vorgetäuschten Anschlag in Frankreich gehen soll, kann es sich beispielsweise um einen jungen Landsmann aus Marokko handeln. Am besten nimmt man jemanden, der schon eine semi-professionelle kriminelle Vergangenheit aufweist. Vielleicht wählen wir einen Drogendealer aus. Wir beobachten ihn, wenn er die ersten Kontakte zu einer radikalislamischen Organisation aufnimmt. Falls es zu lange dauert, helfen wir etwas nach. Nehmen wir an, die Zielperson geht für ein paar Jahre nach Spanien. Dann sorgen wir dafür, dass dort eine Akte über ihn angelegt wird. Irgendwann ist die Zeit reif. Der Mann kann als potentiell gefährlich eingestuft werden und wer weiß schon, wie es in seinem Kopf aussieht. Vielleicht plant der Mittzwanziger mit dem harmlosen Gesichtsausdruck tatsächlich einen Terroranschlag. Aber darauf kommt es nicht an. Uns reicht, dass er dafür in Frage kommen könnte. Der hypothetische Ansatz ist zielführend. Nun sorgen wir dafür, dass der im eigentlichen Sinne harmlose Marokkaner wie zufällig eine ausrangierte Kalaschnikow in einem Park in einem Vorort von Brüssel findet. Versteckt in einem Koffer. Nun gut. Der Mann wird die Waffe nicht wegwerfen. Es ist für ihn viel zu verlockend, sie zu behalten. Er überlegt, was er damit anstellen könnte … und er nimmt die Kalaschnikow mit auf seine geplante Reise, mit in einen Schnellzug, den Thalys, der von Brüssel nach Paris fährt. Niemand weiß, welche Gedanken dem Mann nun durch den

Kopf rasen. Das Schnellfeuergewehr verleiht ihm plötzlich Macht, selbst wenn es nicht funktioniert. Im richtigen Moment erfolgt der Zugriff. Vorher öffnet man per Fernkontrolle noch auf dem Handy des Mannes ein Youtube Video mit einem gewalttätigen Inhalt, welches später im Verfahren als Indiz gelten wird. Wenn der Marokkaner im Zug zur Toilette geht, ist es soweit. Ein Franzose passt ihn ab, wenn sich die Tür wieder öffnet, und er alarmiert mit seinen verzweifelten Schreien die Mitreisenden. Wie zufällig befinden sich im selben Abteil mehrere Spezialagenten, die sich später als amerikanische Soldaten in Zivil ausgeben. Der Marokkaner wird überwältigt. Im allgemeinen Gemenge werden Magazine mit scharfer Munition in seiner Nähe platziert. Er hatte nie eine Chance gehabt, denn er ist der perfekte Sündenbock. Parallel zu den Ereignissen im Schnellzug löschen wir sein Facebook Profil. Alles, was bei dem Marokkaner auf ein harmloses Umfeld hinweisen könnte, wird eliminiert. Und am Ende fühlt er sich sogar selbst schuldig, weil ihm seit dem Besitz der Kalaschnikow tatsächlich schlimme Gedanken in den Sinn gekommen waren. That's it. Früher mussten die Scapegoats immer sterben, heute können wir sie auch so diskreditieren und aus dem Verkehr ziehen. Genau davor müsst ihr euch hüten. Es lauert nicht nur die Gefahr eines tödlichen Angriffs - so wie es Gori in Russland widerfahren ist - sondern auch die öffentliche Vorverurteilung. Gefangen im Dickicht der Vorwürfe und Indizien geltet ihr über Nacht als potentielle Terroristen und ihr seid geliefert.«

Die Zuhörer im Saal hörten gebannt zu. Auch wenn den meisten die Geschichte eines mutmaßlichen Attentäters im Schnellzug nach Paris an den Haaren herbeigezogen vorkam, so konnten sie den zu Grunde liegenden Mechanismus nicht gänzlich vom Tisch wischen. Robert erhob sich und stellte eine Frage.

»Der Mann in diesem Beispiel, dieser Marokkaner ... gäbe es für ihn eine Strategie, wie er die Falle wittern könnte?«

Donald schüttelte den Kopf. »Ich denke nicht. Wenn er erst im Zug ist, so wird es mit Sicherheit zu spät sein. Egal, ob er den Franzosen, der ihn vor der Toilette abfängt, schon vorher beobachtet hat. Die Falle schnappt zu. Und außerdem ist es unwahrscheinlich, dass der Mann seine Umwelt noch aufmerksam genug wahrnimmt, denn seine Gedanken werden sich nur noch um ihn selbst und die Waffe drehen. Er fühlt sich stark und wähnt sich in der Offensive. Dass er selbst das Objekt sein könnte, kommt ihm nicht in den Sinn. Sein Schicksal ist besiegelt. Vielleicht schon lange bevor er die Waffe im Park aufgehoben hatte. Also, seid auf der Hut.«

Die Teilnehmer zollten ihm ihre Anerkennung und er bekam den verdienten Applaus für seine Ausführungen. Donald klickte auf eins seiner Back-up Charts. Es zeigte die Abbildung eines Koffers; im Hintergrund war die Golden Gate Bridge in San Francisco zu erkennen.

»In meinem nächsten Beispiel möchte ich veranschaulichen, was uns in letzter Konsequenz drohen kann. Dieses Foto ist nicht etwa eine Aufnahme aus meinem Urlaub. Tja. Man kann sagen, dieses Gepäckstück hat seine letzte Reise angetreten.«

Er wählte die nächste Folie und es ging ein Raunen durch den Saal. Der Anblick der Aufnahme schockierte seine Zuhörer. In den Koffer war eine Leiche hinein gequetscht worden oder besser gesagt das, was von ihr übrig geblieben war. Die blutverschmierten Körperteile lagen darin kreuz und quer aufeinandergestapelt. Die Person musste auf eine bestialische Art und Weise zerstückelt worden sein. Auffällig war, dass der Kopf fehlte. Viele seiner Zuhörer hatten sich bereits zur Seite abgewendet. Auch wenn sie hartgesotten waren und schon so manches erlebt hatten, so waren diese Aufnahmen geradezu ekelerregend.

»Die Identität des Mannes konnte bis heute nicht aufgeklärt werden. Wir vermuten, dass es sich um einen *Messenger* handelte. An ihm wurde offenbar ein Exempel statuiert.«

Mit dem Laserpointer zeigte er auf einen weißen Papieranhänger, der an dem Zeigefinger einer abgeschnittenen Hand baumelte.

»Man achte auf die Aufschrift. Es ist nur ein einziges Wort. *Schuldig.* Das sagt alles. Jemand hat über diesen Mann gerichtet und ihn bestraft. Sein Tod stellt zugleich eine Warnung für alle anderen dar, die mit dem Gedanken einer Regelübertretung spielen. Leute. Niemand von uns möchte so enden und wir sollten alles tun, um einem solchen Schicksal aus dem Wege zu gehen. Deshalb. Seid auf der Hut. Beobachtet die Beobachter.«

Für einen Moment lang herrschte eine betretene Stille. Die Bilder sorgten für eine bedrückende Stimmung. Dann begannen einige der Teilnehmer zu klatschen und die Anspannung löste sich allmählich. Donald genoss den Applaus und nahm wieder Platz in der ersten Reihe.

Nach den Sicherheitsunterweisungen gehörte Joe der nächste Programmpunkt. Er war es nicht gewohnt, vor so einem großen Publikum zu sprechen und er hielt sich recht eng an seine vorbereiteten Charts. Zunächst führte er die Teilnehmer in die Spielregeln der Datensicherheit ein. Vieles war ihnen nicht neu, denn das gehörte zur Standardvorbereitung bei jedem ihrer *Enco*-Einsätze. Wieder und wieder war ihnen eingebläut worden, wie leicht es externen Angreifern fallen würde, sie ausfindig zu machen, wenn sie sich nicht an die Vorgaben hielten. Im Anschluss ging Joe auf die Enthüllungen von Eddie Downsen ein. Insbesondere hatte es ihm das X-KeyScore Tool angetan.

»Alles in allem hat der gute Eddie zwar keine wirklichen Überraschungen ausgeplaudert und ihr solltet eigentlich mit den meisten Details vertraut sein. Dennoch ist es für die Öffentlichkeit natürlich schockierend, welche Machenschaften jetzt so nach und nach ans Tageslicht kommen.«

Auf der Leinwand war ein Schaubild über die Spionage-Werkzeuge der NSA zu sehen und Joe führte seine Zuhörer mit einem Laserpointer durch die Prozesse, die bei der lückenlosen Überwachung zum Einsatz kamen.

»Jeder von euch kennt die Möglichkeiten, wie man ein Mobiltelefon ausspäht. Es ist die ideale Wanze und der GPS Sensor zeichnet eure Bewegungen auf. Dabei ist es erstaunlich einfach, sich aus der Ferne in die Gespräche einzuwählen. Nehmen wir einen IMSI Catcher ...«

Joe zeigte eine Folie mit der passenden Abbildung. Auf dem Schaubild war eine Besprechung in einem beliebigen Hotel angedeutet und ein künstlicher Sendemast war in einem Lieferwagen in der Nähe versteckt. Die Telefone loggten sich automatisch über dieses 'falsche' Funksignal ein und verrieten sämtliche Daten *en passant*. Joe war in seinem Element und er gab weitere anschauliche Beispiele.

»Das alles kennt ihr zur Genüge und ich möchte euch keinesfalls damit langweilen. Viel interessanter ist jedoch die umgekehrte Herangehensweise. Dazu erst einmal folgender Gedanke. Stellen wir uns einen normalen Menschen vor, der jeden Morgen um die gleiche Zeit zur Arbeit fährt. Sein Bewegungsprofil ist über das ganze Jahr hinweg relativ stabil und folgt einem gleichbleibenden Rhythmus. Er führt seine morgendlichen Telefonate immer zur selben Zeit und nimmt meistens dieselbe Route mit seinem Fahrzeug. Es grenzt fast schon an ein Ritual und ihr wärt erstaunt, mit welch einer hohen Wahrscheinlichkeit man prognostizieren kann, was diese Person wann und wo macht. So weit, so gut. Jetzt kommt der interessante Ansatz. Stellt euch vor, diese Person wird überwacht. Alles, was im täglichen Ablauf in das Ritual passt, ist am wenigsten auffällig. Falls sich allerdings eine Abweichung ereignet, schrillen sofort die Alarmglocken. Die kritische Größe kann darin bestehen, dass die besagte Person eine andere Wegstrecke wählt oder eine ungewöhnliche Telefonnummer anruft. Oder dass der Pulsschlag über dem Durchschnitt anderer Tage liegt. Ja, manche Menschen tragen elektronische Activity-Tracker, die auch die Körperfunktionen aufzeichnen. Es kann auch sein, dass die Person bestimmte Programme auf dem Smartphone startet, die ansonsten eher im Dornröschenschlaf bleiben. Versteht ihr? Sobald eine Abweichung von der Norm festgestellt wird, richtet sich die ganze Aufmerksamkeit unverzüglich auf diese Person. Und übrigens, erst mit dieser selektiven Fokussierung macht das exzessive Datensammeln einen Sinn. Durch diese Eingrenzung können sich die Späher aus den Millionen von überwachten Menschen die wenigen, wirklich relevanten Personen heraussuchen und sich auf sie konzentrieren. Das ist der Deal. Letztendlich ist genau das eine der Kernaufgaben der NSA, wobei sich auch die *Enco* diese Vorgehensweise zunutze gemacht hat. Umgekehrt müsst ihr jedoch dieser Art der Überwachung aus dem Wege gehen, sonst ist es um euch geschehen. Das Mobiltelefon also einfach ausschalten, geht nicht. Denn genau dadurch macht ihr euch selbst verdächtig und zu einem Zielobjekt, denn euer eigentliches Muster weicht ab. Nun verrate ich euch ein kleines Geheimnis.«

Joe schritt auf der Bühne auf und ab und wartete ab, bis die Spannung im Saal ihren Höhepunkt erreichte.

»Wir haben eure Mobiltelefone allesamt bereits *vor* euren Abflügen nach Deutschland eingefangen.«

Lizzy griff nach ihrem Handy und überlegte. Sie war erst am Vortag unerwartet zu der Gruppe hinzugestoßen und sie fragte sich, ob Joe ihr Gerät inzwischen ebenfalls eingekreist hatte. Es herrschte eine unheimliche Stille bei den Zuhörern; sie konnten nicht glauben, was er sagte. Wurden sie selbst demnach von Joe überwacht?

Er löste die Unsicherheit auf. »Keine Sorge. Es geschah nur zu eurem Schutz. Weder ich noch sonst jemand hat sich in eure Kommunikation eingeschleust. Das einzige, worauf die Aktion abzielte, waren die übermittelten Datenpakete. Also genau die Profilinformationen, von denen ich eingangs sprach. Zu eurer Sicherheit habe ich einen Umweg eingebaut. Seitdem werden eure Daten, die zu den Telco-Providern gesendet werden, gegen völlig harmlose Datenpakete anderer Zivilisten ausgetauscht. Ihr könnt also durchatmen. Ihr seid in Sicherheit. Falls die *Enco* nach uns suchen sollte, so werden die unterschiedlichsten Bewegungsprofile ausgeworfen; aber nichts, was auf Leipzig hindeutet. Obendrein haben wir hier unten im Gewölbe ganz bewusst keinen Empfang, damit sich auch keine Rückkanäle den Weg aus unseren Mobiltelefonen bahnen lassen. Nun aber zu den anderen Themen.«

In der Mitte des Raums erhob sich ein junger Mann und machte auf sich aufmerksam. »Joe, nicht so schnell. Ich verstehe ja deinen Ansatz, dass die Überwachung selektiv und quasi im Revers-Modus verläuft. Aber wir sind doch nicht blöd. Jeder von uns weiß genau, wie er sich unsichtbar macht. Wir stehen eh schon zwischen den Fronten. Wenn uns die *Enco* bei der Meuterei erwischt, droht das Säurebad und mein jugendlicher Körper wird sich in Wohlgefallen auflösen. Wenn dagegen jemand so abgefahren wäre, sich hier als Doppelagent einzuschleusen, wissen wir spätestens jetzt, dass es genau so herauskommen wird und ich glaube nicht, dass eure - also unsere - Rache am Verrat bekömmlicher aussieht.«

Es kam eine leichte Besorgnis im Saal auf, geprägt von einem gefährlichen Anflug des ersten Misstrauens untereinander. Von den Wänden der Steinwände flackerte ein unruhiges Kerzenlicht und mit einem Mal glich die Stimmung einem gespenstischen

Ritual. Joe wusste nicht, wie er die Versammlung im Griff behalten sollte und er blickte hilfesuchend zu dem Holländer.

Martijn kam auf die Bühne und machte mit seinen Armen eine beschwichtigende Bewegung. »Ruhig Leute. Wir können absolute Entwarnung geben. Niemand von euch steht unter irgendeinem Verdacht. Nein, es gibt keine Unterwanderung unserer Mission. Die Sicherheitsvorkehrungen waren trotzdem nötig; in unser aller Interesse. Dein Name ist Pierre und du kommst aus Westfrankreich, richtig?«

Martijn war gut vorbereitet. Er kannte alle Mitstreiter aus dem Effeff. *Ex forma, ex functione.* Sämtliche Personenprofile hatte er sich wochenlang eingeprägt, denn schließlich wollte er jedem Teammitglied eine so passende Aufgabe wie möglich zuteilen.

In dem Gewölbe saßen sie nun ohne ihre Vermummung, was der Versammlung eine deutlich persönlichere Note verlieh, als beim Dinner am Vorabend. Alle Blicke richteten sich auf den jungen Franzosen. Der Mann nickte.

»Oui. Ich habe die letzten Monate in der Bretagne verbracht und warte offiziell auf meinen nächsten Einsatz bei der *Enco*. Hoffentlich überlagert sich das nicht terminlich mit dem, was du mit uns vorhast.« Er hob seinen Zeigefinger. »Und noch eins, Martijn. Ich möchte darauf hinweisen, dass ich mein Smartphone in Paris gelassen habe und mit einer präparierten Dublette reise. Statt mit dem Flieger ab Paris, bin ich mit dem Zug in die Schweiz gefahren und dann erst ab Zürich geflogen. Dafür nutzte ich ein E-Ticket mit einem gefakten QR-Code und mit einer anderen Identität. Voliá. Das ist mein Standard, ich bin damit seit vielen Jahren erfolgreich. Meine Unsichtbarkeit ist meine Lebensversicherung.«

Martijn registrierte die Zustimmung der anderen und er glaubte den richtigen Moment abgepasst zu haben.

»Pierre, das ist perfekt. Ihr wisst doch, dass ich bei der *Enco* immer wieder von eurer Professionalität fasziniert war. Deshalb seid ihr schließlich auch hier mit dabei. Nun lassen wir bitte Joe zu seinem zweiten Part kommen.«

Der Computerprofi aus London projizierte eine große, unübersichtliche Mindmap auf die Leinwand. Darauf hatte er sämtliche bekannten Details vermerkt, die er aus den verschiedenen Quellen zusammengetragen hatte. Mit dem

Laserpointer ging er auf jeden einzelnen Punkt ein. Beginnend mit den Ereignissen in New York und dem Ende der *Operation Salamander*. Dann skizzierte er die Mitschnitte aus dem *Enco* Hauptquartier in Kennebunk und zog seine ersten Schlüsse, was sich hinter den geplanten Anschlägen verbergen könnte.

»Das Zieldatum wird im März des kommenden Frühjahrs liegen. Es muss sich um einen sehr komplexen Anschlag von einem gewaltigen Ausmaß handeln. Dagegen dürfte sogar 9/11 verblassen. *Operation WHELO* ist der Deckname und der folgende Satz, den ich in der *Enco* Zentrale aufgeschnappt habe, kann einem Furcht einjagen. Wenn die *Operation WHELO* beginnt, wird die Welt den Atem anhalten.«

Joe spielte die originale Tonaufnahme ein und wiederholte die Botschaft mehrere Male. Lizzy stand auf und stellte die Frage, die allen unter den Nägeln brannte. »Was bedeutet das? *WHELO?*«

Joe schüttelte seinen Kopf. »Obwohl ich glaube, dass man dem Codenamen normalerweise nicht eine zu hohe Bedeutung beimessen sollte, ist er in diesem Fall so ungewöhnlich, dass ich davon ausgehe, dass sich darin ein wichtiger Hinweis verbirgt. Übrigens, vorher soll auch eine andere Bezeichnung im Gespräch gewesen sein. Nämlich der Codename *Orion*. Keine Ahnung, warum die Wahl am Schluss auf *WHELO* gefallen ist. Wir haben schon einige Deutungsversuche unternommen, doch es ist nichts Schlüssiges dabei herausgekommen. Ihr seht auf meiner Folie noch eine Reihe weiterer Hinweise. Mit dem Slogan *'Die Welt wird den Atem anhalten'* kann etwas gemeint sein, was mit einer kolossalen Luftverschmutzung zu tun hat - oder mit einer apokalyptischen Wolke, mit gewaltigen Explosionen. Oder …«

Er legte eine Pause ein und klickte auf die nächste Folie. Man erkannte den Umriss des afrikanischen Kontinents; und seitlich waren rechteckige Informationsfelder eingefügt.

»Es kann sich auch um ein tödliches Virus handeln. Einmal in die Welt gesetzt, wird es Tausende, wenn nicht gar Millionen Menschen dahin raffen.«

Ein Raunen ging durch die Reihen. Ein Virus würde auch zu den Aussagen von Martijn in seiner Einleitung passen. War es soweit, dass die geheimen Drahtzieher zu dem Super-Anschlag ausholen wollten, der schon seit Jahren in der Szene brodelte?

Verbunden mit der Eliminierung großer Teile der Menschheit? Das war unvorstellbar; weder die politischen Führer noch die Geheimdienste würden dabei mitmachen und selbst die *Enco,* als zuverlässiges Exekutivkommando, würde an die Grenzen der Loyalität stoßen.

In der hinteren Stuhlreihe hob jemand die Hand. Es war Alec, der aus Schottland stammte.

»Laut meinem Einsatzplan werde ich in den nächsten Monaten in Westafrika sein. Es soll um biologische Waffen gehen. Eine Spezialtruppe entwickelt dort ein neues Killervirus. Angeblich handelt es sich um eine Mischung aus Ebola und MERS. In meinem Briefing hieß es, dass es Kombi-Sprengköpfe geben soll, die in der ersten Phase bereits in großer Höhe eine Anthrax-Wolke in die Atmosphäre blasen und in Bodennähe die biologischen Waffen mit dem Bazillus streuen. Total grausam. Aber das kann ja nur der Abschreckung dienen, denn solche Waffen verstoßen eindeutig gegen die Genfer Konventionen. Und nun mal Tacheles geredet, niemand auf der Welt wird den Einsatz solcher Waffen ernsthaft in Erwägung ziehen, auch nicht unsere mysteriösen Auftraggeber, oder?«

Die Vermutungen des Schotten mit der Nickelbrille gingen in den Augen von Joe zu weit. Er spürte die Skepsis seiner Zuhörer und legte das nächste Schaubild auf.

»Richtig, Alec. Für solch ein Massenverbrechen wird sich niemand einspannen lassen. Deshalb greifen die Auftraggeber auf die altbewährten Konzepte wie *'Teile und herrsche'* zurück. Alle Beteiligten werden im Dunkeln gelassen. Alle. Jeder bekommt nur einen kleinen Teilauftrag, der für sich gesehen harmlos ist. Erst wenn sich am Ende die Teile zusammenfügen, tritt die satanische Kraft der Operation in Erscheinung.«

Im Raum machte sich erneut eine gewisse Unruhe breit. Rosanna räusperte sich. Sie hatte den Eindruck, dass Joe in diesem Moment ihre Unterstützung gut brauchen konnte.

»Ich weiß, es klingt perfide und vollkommen unglaublich. Aber gerade das macht es so gefährlich. Niemand wird eine Aktion mit einem derartigen Ausmaß für möglich halten. Die einzelnen Teams der Geheimdienste machen nur in ihrem jeweiligen Rahmen mit und am Ende kommt es zu einem Desaster. Genau aus diesem Grunde sind wir hier.«

Sie drehte sich um und schaute in die Gesichter der Verbündeten. »Wir sind wahrscheinlich die einzigen auf unserem Planeten, die das Verbrechen verhindern können. Joe, sag uns, was wir wissen müssen.«

Für den Bruchteil einer Sekunde spielte ein Lächeln um seine Mundwinkel und er freute sich über ihren Zuspruch. Bevor er auf Rosanna's Worte einging, kam er jedoch noch mal auf die biologischen Kampfstoffe zurück.

»Ja ... und danke übrigens, Alec, für deinen Hinweis auf die Viren in Westafrika; das passt hundertprozentig in das Gesamtkonzept. Wir sollten es in unsere Gegenstrategie einbauen und wir werden deine Hilfe brauchen, wenn du sowieso in Westafrika bist.« Joe zeigte auf den Kollegen in der letzten Reihe.

Anschließend führte er seine Zuhörer durch die Hinweise, die sie von dem Mann ohne Gedächtnis in Norwegen erhalten hatten. Joe ratterte die Stichworte in einem Zug herunter. März, Hongkong, das Virus. Er sprach über den vermuteten Zeitraum und den Ort des Anschlags sowie über die vermeintlichen Waffen. In seinen Analysen hatte er die Bewegungsprotokolle hochrangiger *Enco*-Mitarbeiter ebenso im Fokus, wie die Spuren, die er bei dem *Messenger* zurückverfolgen konnte.

»John Smith erinnert sich an nichts mehr. Aber wir wissen, dass er nach dem Besuch in der *Enco*-Zentrale eine Reise nach Griechenland unternommen hatte. Er war in Athen, am Fuße der Akropolis. Was hat er dort gemacht? Die vertraulichen Informationen an ein Mitglied der geheimen Drahtzieher übergeben oder hatte er das schon vorher gemacht und bekam in Athen neue Instruktionen? Oder - was viel logischer wäre - hat man ihn dort bereits aus dem Verkehr gezogen? Eins steht fest. Irgendwo in Athen hatte er den Kontakt zu seinem Auftraggeber aufgenommen. Und sein Boss ist übrigens eine *Sie*.«

Damit hatten sie nicht gerechnet. Es war die erste wirkliche Sensation des Tages. Eine Frau hatte es in die Männerdomäne der weltweit mächtigsten Riege geschafft? Es entzündeten sich vereinzelte Diskussionen, ob Joe das auch belegen konnte. Bewusst legte er eine Pause ein und trank einen Schluck Wasser. Es war an der Zeit, sein Wissen über die geheime Organisation mit den anderen zu teilen.

Für viele war das nächste Schaubild das interessanteste seines Vortrags, obwohl nur relativ wenige Informationen darauf standen. Joe erklärte den soweit bekannten Aufbau der Führungsstruktur.

»Auf der ersten Ebene der sogenannten *One-C* gibt es nur einen Anführer. Er repräsentiert die erste Ebene. Das ist gleichbedeutend mit $2°$. Zwei hoch null. Das ist der Ansatz. Auf der nächsten Ebene mit $2^1$ befinden sich seine beiden Direktreports. Also zwei Personen, an die wiederum jeweils zwei weitere Mitstreiter berichten. Das dritte Level besteht demnach aus $2^2$ Mitgliedern. Also vier. Macht in Summe sieben. Das sind die Top-Sieben der *One-C*. Der Aufbau entspricht damit interessanterweise exakt dem Konzept des Illuminaten-Gründers Adam Weishaupt. Einige Informationen haben wir einem glücklichen Umstand zu verdanken. Unser neuer Mitkämpfer, Peter ...«

Er deutete mit dem Zeigefinger in Peters Richtung.

»Er hat uns aus Russland dieses unschätzbar wertvolle Notizbuch mitgebracht. Es stammt von einem *Messenger*, der im ehemaligen Zarenreich unterwegs war und darin seine Beobachtungen verewigt hatte. Zurück zu den oberen sieben Führern. Die Chefin unseres inzwischen von Amnesie betroffenen *Messengers* war neu in den Führungskreis aufgenommen worden, nachdem ihr Vorgänger mit seiner Salamander Operation gescheitert war. Sie ist die neue Nummer Sieben.«

Joe nahm die anerkennenden Blicke mit Genugtuung auf.

»Die geheime Organisation nennt sich *One-C* oder auch *On-Ce*. Ganz genau wissen wir es nicht, da sind die Informationen etwas widersprüchlich. Es scheinen jedoch dieselben Buchstaben zu sein wie bei der *Enco*.«

In einer der vorderen Reihen meldete sich Peter zu Wort. Obwohl er sich als Newcomer im Kreis der angestammten Profis fühlte, hatte er keine Berührungsängste, sich in die Diskussion einzumischen. Das Training bei Gori hatte ihn in dieser Beziehung sehr gestärkt.

»Joe, ich habe eine Frage. Wenn ich eins und eins zusammenzähle, dann ist es doch merkwürdig, dass ausgerechnet von der Fotoübergabe im Central Park etwas durchgesickert war. Sicherlich wusste doch nur ein überschaubarer Personenkreis davon. Und dann werden uns, also genaugenommen dir, diese Bilder zugespielt. Wie passt das zusammen? Meines Erachtens musste demnach jemand wissen, dass es uns gibt und dass du in London die Daten empfängst. Das ist schon mal allerhand. Zweitens wollte jemand durch diese Indiskretion die *Operation Salamander* zum Scheitern bringen und die bisherige Nummer Sieben aus der *One-C*, oder wie immer diese Organisation heißt, katapultieren. Was denkst du?«

Damit hatte Peter den Nagel auf den Kopf getroffen. Seine Schlussfolgerungen waren gleichermaßen evident wie brillant. Es sah nach einer Verschwörung innerhalb der geheimen Organisation aus und nach einem versteckten Hinweis, dass jemand über die Rebellen in den Reihen der *Enco* Bescheid wusste. Falls es wirklich so sein sollte, war das für alle Anwesenden im Raum eine äußerst beunruhigende Nachricht.

Wer spielte hier welches Spiel? Waren selbst die abtrünnigen *Enco* Kämpfer in ihrem dunklen Gewölbe außerhalb der Stadtmauern von Leipzig nur der Spielball in einem Match, in dem es am Ende nur Verlierer geben würde? Das Gemurmel im Saal nahm zu. Manche realisierten ziemlich schnell, dass sie vielleicht die ganze Zeit über nur instrumentalisiert worden waren. Wem konnten sie noch trauen? Sie wollten Anschläge verhindern, die gegen die Menschheit gerichtet waren. Doch hatten sie eine Chance? Waren sie vielleicht auch nur die Marionetten, die keinen Einfluss auf den Erfolg ihrer Mission haben würden? Es klang nach einem Dilemma.

Martijn stieg auf das Podest und wusste, dass sich ihr Unternehmen in einer kritischen Phase befand. Kurz überlegte er, ob es richtig war, mit Peter, dessen Sohn Robert und seiner schrillen Freundin Lizzy mindestens drei externe Personen für die Veranstaltung zuzulassen. Auch Tanja und Joe schossen ihm durch den Kopf. Sie alle waren keine ausgebildeten *Enco*-Kämpfer und konnten zu einem unkalkulierbaren Risiko werden. Doch andererseits kamen gerade durch sie neue Sichtweisen in die Versammlung und er glaubte, die richtige Entscheidung getroffen zu haben.

»Peter, wir schätzen es, wenn uns intelligente Kommentare weiter voran bringen. Doch ich kann dich beruhigen.«

Er blickte durch die Reihen. »Und euch ebenso. Die Daten, die Joe zugespielt wurden, hätten auch bei jeder anderen FTP-Datenadresse landen können. Es gibt in den Netzwerken der Whistleblower und im Darknet eine lange Liste. Es war höchstwahrscheinlich Zufall, dass gerade Joe die Daten bekommen hat. Und was die Blacklist angeht, also die vermeintliche Übersicht von uns Rebellen, es gibt sie nicht. Es wird sie auch niemals geben. Ihr alle seid als Mitglieder nur in meinem Kopf gespeichert. Schaut euch an. Blickt euch gegenseitig in die Augen. Vertraut euch. Letztendlich sind wir die einzigen, die den kommenden Terrorakt verhindern können. Weil wir es wollen!«

Martijn ballte seine Faust und spürte die Welle der Begeisterung bei seinen Zuhörern.

»Wir müssen uns fokussieren. Es kann sein, dass im kommenden Frühjahr ein Anschlag von gigantischem Ausmaß auf die Welt zurollen wird. Gebäude könnten gesprengt werden und möglicherweise werden die schlimmsten biologischen Waffen über weiten Gebieten der am dichtesten bevölkerten Länder eingesetzt werden. Was wäre, wenn Großteile der Indischen Bevölkerung im Brennpunkt stehen? Oder Ostasien, mit Indonesien und den Philippinen?«

Joe drängte sich einen Schritt nach vorne und warf ein weiteres Stichwort in den Raum. »Hongkong. Von dem *Messenger*, dem Mann ohne Gedächtnis, ist die Stadt Hongkong genannt worden. Wir denken, dass die Operation von dort aus koordiniert wird.«

Auf den Stühlen wurde es unruhig. Die Verwirrung war komplett. Joe hatte scheinbar den Überblick verloren. Zunächst hatte er sämtliche Stichworte aufgeführt, die auf die geplanten Anschläge hindeuten könnten und er wollte nun eigentlich den aktuellen Kenntnisstand über die geheimen Drahtzieher und die *One-C* Organisation diskutieren. Doch durch seine letzten Äußerungen war er nun wieder bei der *Operation WHELO* selbst gelandet. Martijn entging Joe's Unsicherheit nicht und er wusste, dass er einschreiten musste.

»Time-Out«, rief er. »Wir legen eine kurze Pause ein. Es gibt Kaffee und Erfrischungsgetränke. Danach finden wir uns bitte wieder im Saal ein und wir bilden die Gruppen für das Fokus-Briefing.«

Er griff zu einer Glocke und ließ sie erschallen. Im Vorraum war ein Kaffeebuffet aufgebaut. Alle strömten aus dem Saal und unterhielten sich angeregt. Sie waren durch das übergeordnete Ziel verbunden und ihre Gespräche waren konstruktiv. Keinesfalls sollten weitere große Anschläge die Menschheit erschüttern und die Welt aus den Angeln heben. Vor allem ging es ihnen darum, diejenigen zur Verantwortung zu ziehen, die sich seit vielen Jahren die perfiden Attentate und Terrorangriffe ausgedacht hatten und ihnen in der *Enco* die Aufträge zur Durchführung erteilt hatten. Diese Mission bildete ihren gemeinsamen Nenner, wobei die Präsentationen am Vormittag noch nicht unbedingt zu einer klaren Vorstellung davon führten, was ihre eigentliche Aufgabe sein sollte. Vielmehr war es bislang ein Sammelsurium, welches aus den unterschiedlichsten Einzeldetails bestand. Und niemandem war so recht klar, was Martijn mit seiner Führungscrew im Sinn hatte. Aus den Kommentaren und Äußerungen war eine gewisse Orientierungslosigkeit zu erkennen. Das war auch dem Holländer nicht länger verborgen geblieben; er versammelte seine engsten Mitstreiter um sich und schwor sie vor dem Briefing erneut auf seine Pläne ein.

Die Zusammensetzung der zwölf Teams hatten sie schon am Vortag im kleineren Kreis definiert und nun war es an der Zeit, die Mannschaften zusammenzubringen. Phil und Carl stellten die Stühle in Vierer-Formationen auf, manchmal stand auch noch ein fünfter Stuhl in der Gruppe. Die zwölf völlig unterschiedlich ausgeprägten Teams sollten getrennt agieren und in verschiedenen Ländern eingesetzt werden. Wenn sie rechtzeitig vor dem Anschlag den geplanten Ort und den Zeitpunkt herausfinden würden, so war eine exakt aufeinander abgestimmte Gegenoffensive vorgesehen.

Die Koordination des Reaktionsschlags sollte aus einem provisorisch eingerichteten Kontrollzentrum in Hongkong erfolgen. Der Plan sah vor, dass Joe mit einem Team gleich von Beginn an dort die Zentrale aufbauen sollten. Rosanna und Peter sollten sich anschließen und auch Tanja erhielt - auf den besonderen Wunsch von Joe - quasi eine Wildcard für die asiatische Metropole. Phil und Carl sowie Pierre waren zur Unterstützung ebenfalls in das Team Hongkong eingeteilt.

Laut der strategischen Planung sollte Martijn erst sehr viel später hinzustoßen; dann nämlich, wenn es in die entscheidende Phase ging. Vorher wollte er die Ergebnisse der Teams zusammentragen und die Informationen über geheime Kommunikationswege an Joe und die Zentrale übermitteln. Martijn war das verbindende Element; ohne ihn wären sie nur Einzelkämpfer gewesen und ohne die entscheidende Durchschlagskraft.

Die Teilnehmer suchten ihre Teamkollegen und machten sich mit den Einsatzplänen vertraut. Robert wirkte etwas gedankenverloren und er fragte sich, ob auch eine Aufgabe für ihn und seine Freundin vorgesehen war. Er hatte Lizzy im Arm und gesellte sich zu seinem Vater. Peter warf ihr einen kritischen Blick zu; sie war offensichtlich schon einige Jahre älter als sein Sohn. Wobei er sich gut vorstellen konnte, was für eine hübsche junge Frau sie sein konnte, wenn er sich das ziemlich abgefahrene Outfit wegdachte. Nicht nur die kastanienroten Haare und der Kurzhaarschnitt störten ihn. Auch das dunkle Make-Up verlieh ihr in seinen Augen ein fragwürdiges Erscheinungsbild. War sein Sohn an die Richtige geraten?

Peter überlegte, was den beiden durch den Kopf ging. »Ihr fragt euch sicher, was ihr bei der ganzen Sache leisten könnt, oder?«

Er warf Lizzy ein gequältes Lächeln zu. »Für einen Bericht in irgendeinem Magazin ist es definitiv zu früh. Und du Robert? Eigentlich wartet das Studium auf dich ...«

Sein Sohn druckste herum. »Dad, ... wenn wir irgendwie helfen können? Ich meine, dieses Semester werde ich sowieso nachholen müssen. Aber ich glaube, wir stecken jetzt eh mit in der Sache drin. Wir waren wochenlang im Untergrund in Berlin und du willst gar nicht wissen, wie wir uns dort durchgeschlagen haben. Da gibt es eine Hacker-Gruppe, die könnte vielleicht sogar Joe helfen.«

Rosanna hüstelte und machte einen Schritt nach vorne. »Robert, Lizzy, ich will mich nicht mit gutgemeinten Ratschlägen einmischen. Aber ehrlich gesagt, wäre es für euch das Beste, ihr würdet euch eine Überlebensstrategie überlegen. Das ist kein Kinderspiel. Ihr seid absolute Amateure, ohne Ausbildung und nicht kampferprobt. Um euch herum sind ausschließlich

Profiagenten. Wir machen unseren Job seit Jahren, manche sind seit Jahrzehnten dabei. Der Tod lauerte immer in unserem Umfeld und nicht wenige Male standen unsere Leben auf der Kippe. Wenn ihr in das Visier des Gegners kommt, seid ihr das reinste Kanonenfutter. Ihr könnt auf gar keinen Fall mit uns nach Hongkong kommen oder in einem der anderen Teams mitarbeiten. Das geht nicht.«

Peter nickte. Ihm war nicht wohl zu Mute, denn sehr viel besser stand er selbst auch nicht da. Seine Grundausbildung in Russland war letztendlich nur eine Trockenübung gewesen und er erinnerte sich gut daran, wie seine Knie schlotterten, als er mit Tanja auf dem Motorrad nach Moskau geflohen war. Joe erschien hinter Rosanna; er hatte das Gespräch verfolgt und legte seine Hand auf ihre Schulter.

»Du hast recht. Wir dürfen die beiden nicht in Gefahr bringen.« Er musterte das junge Paar. »Was haltet ihr davon, wenn ihr eine Recherche für uns unternehmt? Dabei können euch vielleicht die Berliner Hacker helfen. Ihr bleibt im Hintergrund und ich gebe euch vorher ein Bündel an Informationen. Häppchenweise gebt ihr die Infos heraus, aber nur, wenn ihr im Gegenzug wertvolle Neuigkeiten erhaltet. Was denkt ihr?«

Robert blickte zu Lizzy hinüber. Sie war sehr schweigsam geworden und ihr Gesicht war blass. Geistesabwesend griff sie nach Roberts Hand. Joe sah, wie sie schluckte.

'Was war denn heute nur los?', dachte er. Selten hatte er so viele verunsicherte Menschen in einem Raum erlebt. Oder lag es daran, dass es die erste konstituierende Sitzung war? Er drückte Robert eine Plastikkarte im Kreditkartenformat in die Hand; mit einem eingelegten USB Chip, der sich über ein Klappscharnier hinausschieben ließ.

»Hier, nehmt das. Übrigens, ist der Rosetta Stone Speicherstick noch in deinem Besitz und verwahrst du ihn sicher?«

Robert nickte und dachte an das Glas mit Nutella. Joe war zufrieden und fuhr fort.

»Das solltest du bitte auch weiterhin beherzigen. Keine Experimente. Verwende die Informationen nur im absoluten Notfall. Auf der Speicherkarte, die ich euch jetzt gegeben habe, sind viele Informationen enthalten, portioniert in kleine Pakete.

Es handelt sich dabei um relativ aussagekräftige Fragmente. Interessant genug, dass sich die Hacker begierig darauf stürzen werden.«

Es ertönte ein Glockenschlag; Martijn rief die Teams wieder im großen Saal zusammen. Die Stühle waren in Vierergruppen angeordnet und Phil wies jedem Kollegen seine Reihe zu. Der Anführer bat um Ruhe. Er stellte die einzelnen Trupps kurz vor und skizzierte ihre Aufgaben.

»Jeder von uns ist ein wichtiges Zahnrad in unserem Projekt und nur gemeinsam kann es uns gelingen, den vielleicht schrecklichsten aller Terroranschläge zu verhindern. Wenn wir erfolgreich sind, wird die Welt davon so gut wie nichts erfahren.«

Mit seinen Augen suchte er Lizzy im Publikum und für einen kurzen Moment kam bei dem blonden Holländer seine Eitelkeit durch. Wie sehr hätte er sich bei einer erfolgreichen Mission eine heldenhafte Berichterstattung gewünscht. Doch das war ausgeschlossen, denn die Anonymität ihrer Gegenbewegung musste unter allen Umständen bewahrt werden und es konnte daher nur auf einen sehr allgemeinen Artikel hinauslaufen. Er holte tief Luft.

»Falls es uns nicht gelingen sollte, die *Operation WHELO* zu stoppen, dann Gnade uns Gott. Die Welt könnte im Chaos versinken und die Attacken könnten Tausende, wenn nicht sogar Millionen, mit in den Tod ziehen.«

Er atmete durch und hoffte damit die Wirkung seiner Worte zu verstärken, als von der linken Seite eine Wortmeldung kam. Es war Carl.

»Hey, Chef. Wie steht es um uns? Wie hoch ist unser eigenes Risiko dabei?«

Das war die falsche Frage, dachte Martijn. Ihm ging es um ein höheres Ziel und nicht um das persönliche Überleben. Daher entschloss er sich zu einer salomonischen Antwort.

»Du willst, dass ich das Risiko in einem Zahlenwert ausdrücke? Okay. Selbst fünf Prozent aller Mathematiker rechnen immer mit dem Schlimmsten.«

Er hatte die Lacher auf seiner Seite. Als wieder Ruhe eingekehrt war, setzte der Anführer zum Abschluss noch einmal die richtigen Akzente.

»Im Ernst, Freunde, mit dieser Aktion haben wir die Brücken hinter uns abgebrochen. Keiner von uns kann jemals wieder bei einem Einsatz der *Enco* mitmachen - es wäre einfach gegen unsere Überzeugung. Dennoch, bis auf Weiteres versuchen wir im Windschatten unserer ehemaligen *Enco*-Kollegen weiter mit zu segeln und dabei so viel wie möglich in Erfahrung zu bringen. Doch gebt euch keiner Illusion hin. Es gibt von nun an keinen Weg zurück.«

Die zwölf Gruppen wurden in verschiedene Räume geführt und sie erhielten ihre Einsatzpapiere in Form von Tabletcomputern, auf denen sich sämtliche Instruktionen befanden. Joe hatte die Applikation so programmiert, dass sich alle Daten nach gut zwei Stunden wieder von selbst löschten. Abwechselnd kam die Führungscrew zu jedem einzelnen Team und diskutierte die nächsten Schritte. Nun lief es endlich wieder generalstabsmäßig ab, dachte auch Rosanna und nahm Peter an die Hand.

»Komm, wir gehen nach nebenan.« Sie wollte bewusst einige Minuten mit ihm allein haben, bevor Tanja und Joe zum Briefing zu ihnen kamen. Sie setzten sich in eine Nische.

»Peter, du musst bitte unbedingt dafür sorgen, dass Robert und Lizzy in Sicherheit kommen. Die beiden sind in Lebensgefahr. Was sie seit gestern hier mitbekommen haben, übersteigt jede Grenze. Eigentlich war es schon ein Fehler, dass sie gestern Abend mit beim Dinner dabei waren.«

Peter wich etwas zurück. »Übertreibst du nicht ein wenig?«

Sie schüttelte den Kopf. »Stell dir nur mal vor, sie werden von den falschen Leuten abgefangen. Glaubst du, Folterquartiere gibt es nur in Guantanamo? Es existieren sehr effektive Einrichtungen in Europa. In Polen zum Beispiel. Die würden aus deinem Sohn die letzten Details herausquetschen und es könnte genau so schlimm enden, wie bei dem Mann ohne Gedächtnis in Oslo.«

Peter atmete tief durch. »Du machst mir Angst. Was sollen wir tun?«

»Wie gesagt, lass sie zuerst wieder in Berlin Fuß fassen. Sie können ja durchaus versuchen, ein wenig zu helfen, auch wenn ich von den Hackern nicht all zu viel erwarte. Anschließend sollten die beiden am besten nach Hamburg zurückkehren. Zurück in ihr ganz normales Leben. Sprichst du mit Robert?«

Peter nickte. Keinesfalls wollte er seine Familie in Gefahr bringen. Rosanna hatte recht. Er selbst war es gewesen, der seinen Sohn über das Treffen in Leipzig informiert hatte - allerdings wusste Peter zu dem Zeitpunkt noch nicht, wie die Versammlung der Rebellen geplant war. Gesagt getan. Peter ging mit Robert vor die Tür des Konferenzsaals. Er wollte mit seinem Sohn sprechen und ihn eindringlich warnen. Hoffentlich lag der Tag, an dem sie alle wieder in Hamburg in ihr normales Leben zurückkehren konnten, nicht in all zu weiter Ferne.

Rosanna besprach sich mit Joe; er sollte mit einer der zwölf Gruppen bereits auf direktem Wege nach Hongkong fliegen und sich dort sein Studio einrichten. Sie hingegen wollte mit Peter den Spuren des Notizbuchs von dem *Messenger* aus Russland nachgehen. Sie hoffte auf weitere Hinweise, die zu Rückschlüssen auf die Identität der *One-C* führten. Als Peter hinzukam, blätterte Joe im Buch durch die handschriftlichen Aufzeichnungen und zollte Peter einen anerkennenden Blick.

»Das Buch von Gori ist Gold wert. Selten habe ich eine so komprimierte Sammlung über die geheimen Drahtzieher gesehen. Die Notizen sind zwar unsortiert und weder chronologisch noch kontextbezogen aufgebaut, aber ich glaube, daraus werdet ihr wichtige Teile des Puzzles zusammensetzen können.«

Peter schmunzelte. Diese Einschätzung war für ihn der Lichtblick des Vormittags gewesen. In der Mittagspause fanden sich die Gruppen recht schnell zusammen. Das Kernteam sammelte die Tabletcomputer wieder ein und hakte die Aufgabenverteilungen für jede Gruppe ab. Sie stärkten sich am Buffet und stoben danach in alle Himmelsrichtungen auseinander. Ob und wann sie sich in ihrer vollständigen Zusammensetzung wiedersehen würden, blieb ungewiss. Martijn legte großen Wert darauf, dass es in den kommenden Wochen zwischen ihnen so wenige Verbindungspunkte wie möglich geben sollte. Die interne Kommunikation sollte ausschließlich in den Vierergruppen erfolgen und nur Martijn würde von Zeit zu Zeit die wichtigsten Ergebnisse der Gruppen zusammentragen und sich mit den anderen Teams austauschen.

Robert und Lizzy waren für die nachfolgenden Lagebesprechungen nicht mehr eingeplant; sie sollten sich auf den Rückweg nach Berlin machen. Die Enttäuschung war den beiden anzusehen. Bei dem großen, bevorstehenden Abenteuer blieben sie außen vor - sie waren zu Randfiguren des Geschehens abgestempelt. Dennoch wollten sie das Beste daraus machen und hofften, wichtige Informationen beisteuern zu können. Joe drückte ihnen einem Zettel mit einer spezielle Upload Adresse in die Hand.

»Ciao, ihr beiden. Meldet euch, wenn ihr auf etwas Interessantes gestoßen seid. Diese Adresse ist übrigens deutlich sicherer als die FTP Adresse, die der Fotograf in New York bei sich hatte. Ich möchte nicht noch einmal mein Studio in die Luft jagen müssen.« Er zog eine Augenbraue nach oben.

»Es handelt sich sozusagen um einen öffentlichen Briefkasten. Ich schaue wie ein Postbote hin und wieder hinein, ob es eine Nachricht gibt, die ich befördern soll. Versteht ihr? Ich bin bei dieser Methode nicht der Adressat, sondern der Bote selbst. Nur, dass ich die Nachrichten, die ich befördere, auch lese.«

Sein Lächeln wirkte sympathisch und auch Lizzy und Robert äußerten sich versöhnlich. »Wir werden unser Bestes geben, versprochen.« Ihr Handschlag war ein Pakt.

Peter verabschiedete sich von seinem Sohn. »Auf dass es dieses Mal nicht so lange dauert, bis wir uns wiedersehen. Und pass gut auf Lizzy auf.«

Das war ein Friedensangebot und es gab Robert die Sicherheit, dass sein Dad die Freundschaft zu Lizzy zumindest akzeptiert hatte. Und es war sogar mehr als das; die Bemerkung bestärkte Robert in seinen Plänen.

Als er zu den anderen zurückkehrte, sah Peter, dass nun auch Tanja bei ihnen stand und ihren Arm vertraut auf Joe's Schulter legte. Peter verkniff sich jeden Kommentar. Joe umriss die nächsten Aktionen und sein Schlusssatz klang wie ein Credo.

»Tanja kommt direkt mit nach Hongkong. Es gibt viel zu tun. Packen wir es an.«

# Kapitel 29

*Hongkong*

*Herbst 2013*

*Die Kontaktaufnahme zu Sharif*

Der mächtige Gebäudekomplex des InterContinental Hotels lag im südlichen Stadtteil der ostasiatischen Großstadt. Direkt an der Waterfront von Kowloon, an der Avenue of the Stars, und die Stockwerke ragten in den wolkenverhangenen Himmel der ehemaligen britischen Kronkolonie. Das Hotel befand sich geradewegs am Victoria Harbour und gehörte zu den ersten Adressen in der Stadt. Ganz in der Nähe gab es die gut besuchten Shopping Bezirke und von hier aus führten zahlreiche Transportwege in alle Teile von Kowloon oder hinüber auf die Hauptinsel, Hongkong Island. Im großzügigen Foyerbereich des Hotels lehnte ein hochgewachsener, schlanker Mann am Marmortresen der Rezeption und unterhielt sich mit einer jungen Asiatin. Sie lächelte ihn an; er war ihr bereits von früheren Aufenthalten im Hotel bekannt.

»Guten Morgen, Mister Ahmed. Heute einmal ohne Uniform? Was kann ich für Sie tun?«

Sharif Ahmed schmunzelte. »Ja, der heutige Abend ist bei mir dienstfrei. Was Sie für mich tun können? Ich habe folgende Bitte. Auf meinem Zimmer blinkte am Telefon die kleine rote Lampe. Es müsste eine Nachricht für mich hinterlegt worden sein.«

Die Rezeptionistin suchte sich seine persönlichen Daten und die Zimmernummer heraus. In dem Schubfach unter dem Tresen fand sie einen Briefumschlag, auf dem sein Name vermerkt war.

»Mister Ahmed, Sie liegen richtig. Hier ist die Nachricht.« Sie reichte ihm den verschlossenen Umschlag und schob eine kurze Frage hinterher.

»Ein Rendevouz?«

Sharif schaute sie mit einem vielsagenden Lächeln an, erwiderte jedoch nichts. Er konnte sich sehr gut vorstellen, dass die attraktive Chinesin gerne einmal mit ihm ausgehen wollte. Doch Sharif trennte seine Aufenthalte in fremden Städten seit vielen Jahren konsequent von jeglichen privaten Interessen.

'Dennoch', dachte er, 'sie sieht wirklich nett aus.' Sharif ging durch das luxuriöse Eingangsfoyer und nahm in einem der gepolsterten Sessel Platz. Er riss den Umschlag auf. Von wem konnte die Nachricht sein? Er kannte niemanden in Hongkong. Auf dem Briefbogen gab es keine handschriftliche Notiz. Offensichtlich war es ein Ausdruck aus einem Laserdrucker. Er überflog die Zeilen.

*Lieber Sharif Ahmed, ich freue mich, dass Sie meine Nachricht erhalten haben. Wir kennen uns noch nicht, aber wir sollten uns treffen. Heute. Am frühen Abend. Ich weiß, dass Sie es möglich machen können. Ich habe einen Tisch für uns reserviert. Im Restaurant Spasso im Empire Center an der Salisbury Road, mit einem Blick übers Wasser auf Hong Kong Island. Sehen wir uns um sieben? Es ist wichtig.*
*Ihre Venus*

Er schaute sich in der Hotelhalle um. Es gab niemanden, der von ihm Notiz nahm. Dennoch wollte Sharif sicher gehen, dass er nicht beobachtet wurde. Er stutzte. Noch nie zuvor hatte er solch eine merkwürdige Nachricht erhalten. *Venus?* Wer oder was konnte sich dahinter verbergen? Alle anderen Buchstaben waren in einer gewöhnlichen Druckschrift gehalten; der Name Venus hingegen erschien kursiv, wobei das 'V' als Versalie sogar noch in einer deutlich größeren Schrift gestaltet war.

'Venus, Venus, ich kenne keine Frau, die so heißt.' Sharif steckte den Ausdruck wieder zurück in den Umschlag und kehrte an die Rezeption zurück.

»Wissen Sie, wer den Umschlag für mich abgegeben hat?«

Die Asiatin schüttelte ihren Kopf. »Das kann ich wirklich nicht sagen. Vielleicht hat ein Kollege von mir den Brief entgegen genommen. Das können wir leider nicht mehr recherchieren. Ist es wichtig?«

Sharif wirkte nervös. »Nein, nein. Alles ist in Ordnung.«

Er wendete den Kopf zur Seite und sprach zu sich selbst.

»Programmänderungen schätze ich gar nicht, aber es sieht ganz danach aus.«

Sharif blickte auf seine Armbanduhr. Von früheren Besuchen kannte er sich in Hongkong ein wenig aus; die angegebene Adresse war ganz in der Nähe. Zeitlich war es kein Problem. Innerlich hatte Sharif bereits nachgegeben. Ein Blind-Date mit einer unbekannten Frau, inmitten einer fremden Stadt. Was ihn beschäftigte, war nicht der Reiz, eine Frau kennenzulernen. Diese Möglichkeiten boten sich dem attraktiven Endvierziger oft genug und er hatte sich angewöhnt, den Avancen zu widerstehen. Flüchtige Affären hatten schon zu oft eine unnötige Komplexität in sein Leben gebracht.

Nein, es war etwas anderes, was ihm durch den Kopf ging. Sharif fragte sich, worin die Verbindung zwischen ihm und der Unbekannten bestand. Wieso wusste jemand von seinem Aufenthalt in Hongkong und worum ging es? Schließlich mischte sich auch eine gute Portion Neugier in seine Überlegungen. Was sollte schon passieren? Bei der angegebenen Adresse handelte es sich um ein lebhaftes und gut frequentiertes Restaurant. Seine Entscheidung stand fest. Er wollte wissen, wer sich als Verfasser hinter dem mysteriösen Brief verbarg. All zu lange konnte er sowieso nicht für das Treffen einplanen, da sein Dienstbeginn am nächsten Morgen bereits für die frühen Morgenstunden terminiert war.

Sharif ließ den Portier ein Taxi herbeiwinken. Obwohl das Restaurant nur einige Hundert Meter entfernt lag, zog er es vor, nicht bei Anbruch der Dunkelheit allein durch die Straßen zu gehen. Das Taxi bremste auf der Umgehungsstraße abrupt ab. Der Fahrer deutete auf das Bistro auf der anderen Seite der Straße. Sharif nickte. Offensichtlich wollte ihn der Fahrer möglichst schnell wieder loswerden und nach einer lukrativeren Tour Aussicht halten. Er drückte dem Chinesen einige Scheine in die Hand und verzichtete auf eine Quittung.

Als er die Fahrbahn überquerte, überlegte Sharif, woran er die Frau erkennen sollte. An einer Rose in ihrer Hand? Er schmunzelte und erinnerte sich an das erste Rendezvous in seinem Leben, als er seine Frau kennenlernte. Viele Jahre waren seitdem vergangen, doch er hatte das Kribbeln des ersten Treffens nie vergessen.

Er blickte auf den geheimnisvollen Umschlag. Immerhin hatte die Unbekannte einen Namen. Venus, die Göttin der Liebe und der sinnlichen Lust. Nomen est omen.

Sharif war gespannt, ob er bei der unbekannten Frau tatsächlich ein erotisches Verlangen vorfinden würde oder ob sie in Wirklichkeit ganz anders hieß. Das Restaurant bot italienische Küche, wie Sharif unschwer an der Aufmachung des Lokals erkennen konnte. Am Eingang wurde er von dem chinesischen Besitzer freundlich empfangen.

»Sind Sie zufällig Mister Ahmed?«

Sharif war überrascht; er hatte nicht damit gerechnet, mit seinem Namen angesprochen zu werden. Doch dann dämmerte es ihm; seine weibliche Verabredung musste bereits schon dort sein und ihn angekündigt haben. Der Mann führte ihn zu seinem Platz; mitten durch das Lokal an einen Tisch, der direkt am offenen Fenster zur Straße platziert war. Vier bequeme Lounge-Barhocker waren um den liebevoll mit Kerzenlichtern dekorierten Tisch positioniert und auf dem rechten hinteren Stuhl, der an die Seitenwand anschloss, saß eine bezaubernd hübsche Frau und nippte an ihrem Cocktailglas.

'Das wird wohl die Venus sein', dachte er und ging auf sie zu.

Victoria liebte es, sich Namen zuzulegen, die ihren Anfangsbuchstaben 'V' trugen. Bei den Pseudonymen zeigte sie sich wählerisch und suchte sich vieldeutigen Namen aus. Für sie war das 'V' zugleich der mystische Zahlenwert 'Fünf' und schon Jahre zuvor hatte sie sich überlegt, ob sie einen Namen mit dem Bezug zu einem Pentagramm finden würde - dem kultischen, fünfzackigen Stern. Für ihre neue Mission hatte sich Victoria den Namen Venus zugelegt. Wie der Morgenstern Venus wollte sie ihre Opfer umkreisen und umgarnen.

Sie stand auf, als sie Sharif kommen sah und ging ihm entgegen. Für ihn völlig unerwartet schloss sie ihn zur Begrüßung in die Arme. Er hatte keine Chance, ihren herzlichen Empfang abzuwehren. Es war eine plötzliche, aber viel zu vertraute Geste, so dass er sich überrumpelt vorkam. Sie umarmte ihn fast schon überschwänglich und er spürte ein kleines Pieken am Rücken auf seinem rechten Schulterblatt. Als ob sich die scharfe Kante eines ihrer Ringe durch sein weißes Oberhemd gebohrt hatte.

»Hallo Captain«, hauchte sie ihm ins Ohr. »Du bist pünktlich.«
Instinktiv löste er sich aus der Umarmung. Die Begrüßung war ihm eine Idee zu intim. Schließlich war sie für ihn eine völlig unbekannte Frau.

»Ich nehme an, Sie sind Venus. Woher kennen wir uns?«
Sie senkte leicht ihren Kopf und fixierte ihn mit ihren Augen. »Relax, Sharif. Entspann dich. Warum so förmlich? Du kannst mich ruhig duzen. Es wird nicht unser letztes Treffen sein.«

Er zögerte. Mit keiner Silbe hatte sie seine Frage beantwortet.

»Okay ... Venus. Aber zu einem möglichen Folgetreffen gehören zwei; und da bin ich nicht sicher, ob ich dabei sein werde. Also, willst du mir verraten, woher wir uns kennen? Venus?«

Sie setzte sich wieder an den Tisch und wartete, bis er auf dem Hocker ihr gegenüber Platz genommen hatte.

»Was möchtest du trinken? Es gibt hier ausgezeichnete Longdrinks. Wie wäre es mit einem Gin-Tonic?«

Sharif schüttelte den Kopf. »Danke, doch ich werde keinen Alkohol trinken. Dienst ist Dienst, weißt du?«

Er wählte einen alkoholfreien Cocktail aus der Karte und studierte die Gesichtszüge der Frau. Sie war außergewöhnlich schön. Ihre weiße Bluse war weit geschnitten und hing lose über dem kurzen Rock. Ihre grazilen Hände lagen vor ihr verschränkt auf der Tischplatte. Es waren keine Finger, die auf eine handwerkliche Tätigkeit hindeuteten. Sharif versuchte sich vorzustellen, welcher Beschäftigung sie nachging. 'Vielleicht ist sie ein Model?', überlegte er. Im Hintergrund lief eine leichte Musik, ein chilliger Mix von *Rashid Ajami* mit dem Titel *Rule the World*.

In diesem Moment zog ein leichter Windzug ins Restaurant und beide blickten automatisch nach draußen. Wenige Meter vor ihnen, gleich hinter dem breiten Bürgersteig, verlief die Salisbury Road und die Fahrzeuge fuhren in einer ständigen Folge vorbei - aufgereiht wie an einer Perlenschnur. Die Stadt schien niemals zu schlafen. Gleich hinter der Straße begann das Wasser und wenn der Verkehr phasenweise mal etwas abnahm, so konnte man das leise Plätschern der Wellen vernehmen. Am gegenüberliegenden Ufer waren die Silhouetten der Hochhäuser auf Hongkong Island gut auszumachen. Die Hauptinsel war die größte der 263 Inseln im Stadtgebiet. Es war eine beeindruckende Kulisse. Sharif drehte seinen Kopf wieder in die Richtung seiner Gesprächspartnerin.

»Also, Venus. Ist das überhaupt dein richtiger Name?«

Die dunkelhaarige Frau schenkte ihm ein rätselhaftes Lächeln.

»Was ist schon ein Name? Die Venus war in der Mythologie sowohl der Morgenstern als auch der Abendstern. Sie ist das hellste sternenähnliche Objekt am Nachthimmel. Mal wurde die Venus mit Isis in Verbindung gebracht, mal mit dem Lichtbringer, dem guten alten Luzifer. Und seit jeher war das Pentagramm das Zeichen der Venus. Insofern kannst du dir frei aussuchen, was du in mir sehen willst. Es ist für jeden etwas dabei.«

Sie presste die Lippen aufeinander und schaute ihn vielsagend an. Sharif versuchte die Begriffe zu sortieren. War nicht das Pentagramm das Zeichen des Bösen? Und mit Luzifer verband er keineswegs etwas Positives. Was wollte diese Frau von ihm? Er runzelte die Stirn. Die Situation wurde von Moment zu Moment merkwürdiger.

Ein Kellner kam und nahm die Bestellung für das Dinner auf. Passend dazu änderte sich die Stilrichtung der Musik; im Hintergrund ertönten nun italienische Klänge und es lief eine Version des Klassikers *O sole mio*, die nur von *Luciano Pavarotti* stammen konnte.

»Nett, *O sole mio*. Heißt das nicht *Meine Sonne*?«, vermutete die Frau. »Gesungen von den Drei Tenören?«

Sharif nickte. »Bei Elvis hieß es noch *Now or never*. Also, Lady. Sag mir, worum es geht. Jetzt oder nie.«

»Die Sache ist folgendermaßen«, sagte sie nach einer kurzen Pause - und erst nachdem sie sich im Lokal umgesehen hatte.

»Ich brauche deine Unterstützung. Die Aufgabe ist machbar. Jedenfalls für einen Profi, so wie du es bist. Dennoch ist sie so ungewöhnlich, dass es wahrscheinlich nur sehr wenige Menschen weltweit gibt, die es perfekt hinbekommen würden. Der Zweck, der damit verfolgt wird, ist außerordentlich wichtig. Doch das wird sich dir nicht sofort erschließen. Ich kann mir sogar gut vorstellen, dass deine erste Reaktion eher ablehnend sein wird.«

Sharif wich zurück.

»Na, jetzt bin ich aber gespannt. Das klingt nicht gerade vertrauenerweckend. Ich soll etwas tun, was ich eigentlich nicht tun möchte? Habe ich das richtig verstanden? Warum sollte ich mich darauf einlassen?«

Sie legte vorsichtig ihre Hand auf seine und ihre Stimme wirkte beschwörend.

»Ad eins. Du wirst es tun. Es gibt keine Handlungsalternative. Und zweitens wirst du im Laufe der Zeit verstehen, warum es wichtig und richtig ist.«

Die Aussagen machten ihn perplex. Sie sprach ihre Worte mit einer bemerkenswerten Überzeugungskraft, die ihn nahezu in einen Bann zog. Woher wollte diese Frau wissen, wie er sich verhalten würde? Seine Neugier war geweckt worden.

»Was heißt hier keine Handlungsalternative? Ich bin ein freier Mensch und entscheide selbst, was ich will. Was soll denn passieren, wenn ich bei diesem Spiel nicht mitmache? Ohne überhaupt zu wissen, worum es geht.«

Die Frau strich sich bedächtig durch ihr Haar. »Ach, ist es nicht niedlich? Du glaubst, du bist ein freier Mann? Wie Millionen andere Menschen musst du doch täglich funktionieren. Du strampelst dich in deinem Hamsterrad ab und kommst dennoch nicht vom Fleck. Deine Regelmechanismen bestimmen dein Leben. Zwänge hier und Abhängigkeiten dort. Deine Ehe steht zur Zeit ziemlich auf der Kippe und das Studium deiner Kinder in Australien kostet ebenfalls eine Stange Geld.«

Sharif schluckte. Woher hatte diese Frau so viel Kenntnis über sein Leben? Worauf wollte sie hinaus?

»Ist es nicht so? Deine letzte Liaison mit einer jungen Frau hat dein Leben ganz schön aus den Fugen gebracht. Vor allem kannst du keinen Skandal mehr brauchen. Ja, ja. Die Lage ist prekär. Viel fehlt nicht mehr, bis dein Abstieg beginnt.«

Er hob seine flache Hand. »Stopp. Wer bist du, Venus? Das ist nicht dein wirklicher Name. Das spüre ich. Kommst du von so einer Agentur, die untreue Ehemänner aufspürt? Da bist du bei mir an der falschen Adresse. Alles in allem lebe ich grundsolide.«

Die Frau lachte. »Solide und harmlos? Wenn ich es wollte, wärst du geliefert. Welche Stigmatisierung hättest du gerne?

Eine Brandmarkung als aggressiver Gigolo, der selbst vor einer Vergewaltigung nicht zurückschreckt?«

»Hey, hey. Ich muss doch sehr bitten«, empörte sich Sharif Ahmed und griff zu seinem Fruchtcocktail.

Sie legte den Zeigefinger auf ihre Schläfe und sprach ganz leise weiter.

»Was war denn nur mit dem Chef des Internationalen Währungsfonds in New York passiert? Ging es da nicht um einen sexuellen Übergriff auf ein Zimmermädchen. Ts, ts. Die Spuren seines Spermas wurden bei ihr am Körper gefunden. Böse Sache. Am Flughafen wurde er festgenommen. Und, Sharif...«, ihre Stimme klang plötzlich sehr energisch. »Du glaubst wirklich, das könnte dir nie widerfahren?«

Sie nippte am Strohhalm ihres Longdrinks. »Was glaubst du denn, wer sich gerade jetzt, in diesem Augenblick, in deinem Hotelzimmer aufhält? Die Jungs werden bereits ganze Reagenzgläser mit deiner DNA gesammelt haben. Warst du heute Vormittag in deinem Badezimmer? Es soll Männer geben, die sich unter der Dusche nicht nur abseifen.«

Ihr Lächeln wirkte einschüchternd auf ihn. In Gedanken ließ er den Tag noch einmal Revue passieren. Er hatte am Morgen geduscht und es konnte gut möglich sein, dass sich irgendwo im Bad oder in seinem Zimmer noch Spuren finden ließen, die ihm persönlich zuzuordnen waren. Doch worauf wollte sie hinaus? Dass man ihm eine fingierte Geschichte unterjubeln könnte; etwa mit einer eingeweihten Angestellten des Hotels, die ihn eines sexuellen Übergriffs bezichtigte und die präparierten Spuren präsentieren würde? Das war völlig abstrus, dachte Sharif. Doch war es denkbar, dass dem ehemaligen Chef des Internationalen Währungsfonds auf eine vergleichbare Weise übel mitgespielt worden war? Sharif schüttelte den Kopf. Allein die Vorstellung, dass man ihn mit solchen Methoden in Misskredit bringen konnte, ekelte ihn an.

»Was sind Sie für ein Mensch? Wollen Sie mir drohen?«

Die Frau lächelte ihn an. »Du! Wir waren schon beim vertrauten *Du*. Außerdem ist es keine Drohung, sondern nur eine nichtssagende Option von vielen weiteren. Ja, ja. Es kann so viel geschehen. Nicht kausal bedingt und manche Ereignisse werden nicht mal den Anschein einer Koinzidenz erwecken. Nein.«

Sie spitzte schnippisch ihren Lippen. »Die Dinge werden in einem unzusammenhängenden Kontext auftreten. Zunächst wird - aus heiterem Himmel - einem deiner Freunde etwas Schreckliches zustoßen. Dann könnte es ein Familienmitglied treffen. Ein tragisches Verkehrsunglück wird wahrscheinlich den Auftakt darstellen. Dein Leid wird sich unaufhörlich steigern, bis du zur Abwechslung selbst an der Reihe bist. Du wirst natürlich nicht sterben. Noch nicht, aber dein Leben ist damit quasi am Ende. Und ich, mein lieber Sharif, habe es in meiner Hand. Du bist erledigt. Sei froh, dass du dem Szenario entkommen kannst.«

Der Kellner brachte das Hauptmenü. Genau im richtigen Moment, denn Sharif Ahmed wollte am liebsten kein Wort mehr mit der Frau wechseln. Sie setzte ihn unter Druck. Und zwar mächtig. Sollte er versuchen, dagegen zu halten? Er war sich unschlüssig. Vielleicht war es besser zum Schein darauf einzugehen und erst einmal zu hören, worum es eigentlich ging. Gekonnt überspielte er seine Nervosität.

»Gut, liebe Venus. Bei deinem Namen fällt mir übrigens eine fleischfressende Pflanze ein ...«

Sie fiel ihm ins Wort. »Hey, hey, sag nichts gegen dieses Wunderwerk der Botanik. Du sprichst von der Venusfliegenfalle? In nicht mal 100 Millisekunden schnappt ihr Fangmechanismus zu. Aber erst, wenn ein Beutetier zweimal innerhalb von 20 Sekunden ihre Fühlborsten berührt.«

»Wie auch immer. Eine gewisse Ähnlichkeit mit dir kam mir dennoch in den Sinn. Sei's drum.«

Sie hob den Zeigefinger. »Nein, nein. Mit der Venusfalle liegst du gar nicht so falsch. Erinnerst du dich, als wir uns vorhin begrüßt hatten? Hast du dabei nicht einen leichten Stich an deiner Schulter gespürt?«

Sharif blickte auf ihre Hände und sah einen schwarzen Ring. Konnte der kleine Piekser von ihm stammen? Eigentlich sah der Ring zu rund und glatt dafür aus. Sie lächelte.

»Ja, es muss dich ganz kurz einmal gestochen haben. So, als ob dir jemand einen Tropfen Blut abnimmt.«

Sie griff in ihre Tasche und legte einen kleinen Gegenstand auf den Tisch. Er sah aus wie eine Reißzwecke, bei der die Metallspitze mit einer Kunststoffkanüle im Miniaturformat überzogen war.

»Tja, was so eine kleine Berührung verursachen kann. Das Zeug ist nun schon in deinem Blutkreislauf.«

Er wurde augenblicklich kreidebleich. Hatte ihm die Frau ein Gift verabreicht? Befand es sich bereits in seinem Körper und tickte in ihm eine biologische Zeitbombe? Tausend Gedanken rannten durch seinen Kopf. Wurde nicht vor einigen Jahren ein russischer Agent in London mit einem radioaktiven Stoff vergiftet?

Die Frau sah, wie Sharif ängstlich auf seiner Lippe kaute.

»Keine Sorge, es ist kein Polonium, denn dann wäre es dein letzter Countdown.«

Für einen kurzen Moment verharrte sie und blieb still. Der ungeklärte Tod des früheren Sowjetspions Alexander Litwinenko lag nunmehr sieben Jahre zurück. Nachdem er sich mit dem Kreml überworfen hatte, sollte er für den britischen Geheimdienst MI6 gearbeitet haben. Im Herbst 2006 wurde er angeblich mit der radioaktiven Substanz Polonium 210 in London vergiftet und einige Wochen später, am 23. November, starb der Doppelagent. Vicky erinnerte sich; sie war zu der Zeit ebenfalls in London gewesen und um ein Haar wäre sie ebenfalls für die Aktion eingeteilt worden. Sie nickte und versteifte sich wieder in ihre Rolle als Venus.

»Nein, es ist zunächst nur ein latenter Krankheitserreger. Noch ist er in deinem Körper unauffindbar und er schläft noch eine ganze Weile. In circa einem halben Jahr ist es soweit. Er wird ausbrechen und dann liegt deine Überlebenschance bei genau Null Prozent. Es sei denn, ich habe dir vorher die richtige Arznei gegeben. Wie gesagt, sie hilft nur, wenn du sie *vor* dem Ausbruch der Virusinfektion einnimmst.«

Sharif sagte kein Wort. Die Frau war schlimmer als alles, was ihm bisher begegnet war. Sie war der Teufel, dachte er und fühlte sich bestärkt darin, besser mit ihr zu kooperieren, als sie zum Feind zu haben.

»Was willst du denn, das ich für dich übernehmen soll?«

Ein zufriedenes Lächeln machte sich im Gesicht der Frau breit.

»Ah, endlich reden wir übers Geschäft. Und du wirst sehen, es wird nicht zu deinem Nachteil sein. Wenn dir Geld wichtig ist, wird es ein Teil deiner Entlohnung sein. Aber es geht um mehr. Ruhm und Ehre könnten ebenfalls winken. Sharif...«

Sie beugte sich über den Tisch etwas nach vorne und blickte eindringlich in seine Augen.

»Du wirst zu einem Helden. Jedenfalls für die Öffentlichkeit. Ich sehe zu, dass die Mission zu keinem Zeitpunkt für dich gefährlich werden kann. Denn die wahren Helden werden ja meistens als Überlebende in einer Schlacht geboren. Allerdings wird der Kampf nur virtuell stattfinden. Doch du gehst am Ende als der Retter daraus hervor. Du wirst sehr, sehr viele Menschenleben retten. Und dein eigenes ebenso.«

Sharif schluckte. Das ganze war für ihn nach wie vor nebulös. Er hatte nicht die geringste Ahnung, worum es eigentlich ging. Mittlerweile schien sich das Blatt jedoch zu wenden und das Angebot wurde zunehmend lukrativer. Auch wenn er nicht in finanziellen Schwierigkeiten steckte, so würde ihm ein attraktives Zusatzgeschäft durchaus zu passe kommen.

»Offenbar möchtest du mir noch nicht die Details nennen. Trotz alledem. Was ist meine Aufgabe und wann soll es passieren?«

Sie lehnte sich zurück. »Wann? Wir haben noch Zeit. Vielleicht geht es im Februar los, vielleicht aber auch erst im März. Es wird recht einfach sein. Du wirst deinen Job erledigen. Nicht mehr und nicht weniger. Bei jedem Treffen gebe ich dir weitere Informationen. Die ersten Instruktionen habe ich in dieser Anleitung zusammengefasst.«

Sie holte ein kleines Heft aus ihrer Handtasche und schob es über den Tisch. Ihre Hand ließ sie auf dem Deckel verweilen.

»Solange wir hier sind, wirst du keinen Blick hineinwerfen. Später, wenn du im Hotel bist, kannst du es als kleine Nachtlektüre verwenden. Im Impressum findest du meine Telefonnummer für alle Fälle. Apropos Telefon. Hast du aus dem InterConti Hotel das Telefon mitgenommen?«

Für einen kurzen Augenblick schaute Sharif sie irritiert an. Er griff in seine Hosentasche und legte ein Smartphone auf den Tisch. »Meinst du dieses? Warum?«

Seit kurzem wartete die Hotelkette mit einem interessanten Serviceangebot auf. Auf dem Zimmer fand sich ein Mobiltelefon, welches für die Zeit des Aufenthalts kostenfrei benutzt werden konnte. Inklusive einer Freischaltung für weltweite Telefonate und mit einer unbegrenzten Internetnutzung.

Sharif hatte sich darüber gefreut und wollte den Service unbedingt einmal ausprobieren. Victoria bremste ihn ihn seiner Begeisterung.

»Das nächste Mal lässt du das Gerät auf deinem Zimmer liegen, okay? Das Angebot sieht zwar verlockend aus, doch es ist wie beim Geschenk der Griechen. Das Handy könnte ein Trojanisches Pferd sein und dich auf Schritt und Tritt überwachen. Unsere Unterhaltung muss ja nicht auf direktem Wege beim chinesischen Geheimdienst landen. Also, zurück zu den Instruktionen. Gib acht bei den letzten Seiten, dass nichts herausfällt. Es stecken einige Tausend Dollar darin, denn du wirst dir neues Equipment für dein Appartement zulegen müssen.«

»Neue Geräte? Das klingt nicht nach einer exklusiven Ledergarnitur?« Jetzt kam ihm sogar ein Lächeln über die Lippen.

Sie schüttelte den Kopf. »Nein, kein Mobiliar, Captain. Was du brauchst, ist ein Flugsimulator.«

# Kapitel 30

*Wien*

*Dezember 2013*

*Das Treffen mit dem Kryptologen*

Endlich waren sie wieder vereint. Wochenlang waren sie getrennt gewesen und auch in Leipzig hatten sie wenig Zeit füreinander gefunden, denn dort standen die Aktionen der Rebellen im Mittelpunkt. Während sich alle anderen Teams sofort auf den Weg an ihre Bestimmungsorte gemacht hatten, wollte Rosanna nicht unmittelbar die Reise nach Hongkong antreten, sondern vorher noch eine andere Station einlegen. Sie nahmen ein Taxi zum Leipziger Flughafen im Norden der Stadt. Der Flughafen war überraschend schwach frequentiert und sie hatten ausreichend Zeit, obwohl sie erst 45 Minuten vorm Abflug am Terminal waren. Gewohnt professionell checkten sie nur mit Handgepäck für den kurzen Flug ein.

»Warum möchtest du unbedingt nach Wien?«, wollte Peter wissen. »Da muss ich unwillkürlich an unsere Begegnung mit Professor Habermann vor zweieinhalb Jahren denken. Ob er noch lebt? Willst du ihn besuchen?«

Sie lächelte und drückte ihm das Ticket in die Hand. »Hier, mein lieber Herr Talmüller. Ich finde, das passt ganz gut zu 'Berg'. Den Namen habe ich doch prima ausgesucht, oder was meinst du?«

Sie war gut gelaunt, doch Peter hatte keine Antwort auf seine Frage bekommen.

»Also, Babe? Was führt uns schon wieder nach Österreich?«

»Dort gibt es einen Experten in Sachen Kryptologie. Die vielen Zeichen in deinem *Messenger*-Buch sind die reinsten Hieroglyphen. Der Typ ist klasse; er wird dir gefallen.«

Der Flug war kurz und es blieb gerade Zeit genug für einen Becher schwarzen Kaffee. Nach der Ankunft am Flughafen in Wien Schwechat nahmen sie ein Taxi und ließen sich zu einem alten Haus in einem der östlichen Vorstadtbezirke fahren. Peter wollte wissen, woher sie den Mann kannte und Rosanna erklärte ihre Verbindung zu dem Experten für Schriftzeichen.

»Doc Einstein haben wir ihn immer genannt. Eigentlich hat er keinen Doktortitel und auch Einstein ist nicht sein richtiger Name. Ernst Stein heißt er und er ist ein Autodidakt.«

Sie rückte auf dem Rücksitz etwas näher an ihn heran und vergewisserte sich, dass der Fahrer nichts von ihrer Unterhaltung mitbekam.

»Du kannst dir sicherlich vorstellen, wie viele Nachrichten bei uns früher entziffert werden mussten. Fast überall waren Codes eingebaut und in belanglosen Texten versteckten sich verschlüsselte Informationen. Heutzutage übernehmen meistens Hochleistungscomputer die Arbeit. Damit kann fast alles in Sekundenbruchteilen gelöst werden. Doch wenn es um die Zeichen und Zahlenkombinationen in dem Buch geht, so sind wir bei Doc Einstein am besten aufgehoben.«

Das Taxi kam vor einem mit hohen Bäumen bewachsenen Grundstück zum Halt. Der Fahrer nahm die Geldscheine entgegen und ließ die Hand bewusst in der ausgestreckten Haltung. Es war ein unverblümter Versuch, noch mehr Trinkgeld zu erhalten. Rosanna blickte dem Mann direkt in die Augen und drückte seine Finger mit sanftem Druck zusammen, so dass sich seine Hand wieder schloss.

»Ich hatte bereits aufgerundet, guter Mann. Wenn Sie hier auf uns warten möchten, ist für Sie ein extra Obolus bei der Rückfahrt drin.«

Der Fahrer nickte; er war sichtlich beeindruckt. »Gnädige Frau, ich werde auf Sie warten.«

Sie gingen zum Hauseingang und in der Tür stand ein weißhaariger Mann im Rentenalter.

»Jetzt fehlt nur noch der typische Bart, dann sieht er wirklich so aus wie der historische Albert Einstein.« Peter freute sich auf die Begegnung und ging auf den Mann zu.

»Was sagten Sie gerade, junger Freund? Albert? Hat Rosanna wieder aus dem Nähkästchen geplaudert?«

Ernst Stein bat seine Gäste ins Haus und sie gingen ins Obergeschoss. Sie nahmen direkt vor einem großen, bis zum Boden geführten Fenster Platz. Von dort aus bot sich ein Blick über seinen chaotisch angelegten Garten und in der Ferne waren die Donauauen zu erkennen. Ernst Stein bot ihnen ein Glas Wein an, doch sie lehnten dankend ab. Er ging ans Fenster und rief seine Gäste zu sich.

»Schaut mal. Das ist meine treueste Begleiterin.«

Durch den Garten schlich eine Katze. Sie hatte ein schwarzes Fell mit einigen weißen Flecken. Rosanna nickte. »Eine Mieze, wie niedlich. Gehört sie dir?«

Doc Einstein schüttelte den Kopf. »Tiere gehören uns Menschen nicht. Vielleicht gehören sie *zu* einem. Als Gefährte oder als Partner. Ich glaube, diese Katze stammt von einer meiner Nachbarinnen. Aber darauf kommt es nicht an. Viel interessanter ist, dass dieses hübsche Tier täglich seinen Weg durch meinen Garten nimmt. Immer zur selben Uhrzeit. Und das, obwohl wir meinen, dass eine Katze gar nicht die Uhrzeit kennt. Schaut, gleich geht sie an dem Regenfass vorbei und bleibt an meiner Kletterhortensie stehen. Sie wird sich hochrecken und an der Pflanze schnuppern.«

Peter und Rosanna konnten es kaum glauben. Die Katze verharrte und verhielt sich exakt so, wie es Doc Einstein vorhergesagt hatte.

»Damit nicht genug. Seht ihr meine Gartenhütte?« Er zeigte mit seinem Zeigefinger in eine bestimmte Richtung. »Als nächstes wird sich Kitty schnurstracks auf den Weg zu meinen Säcken mit dem Gartenabfall machen. Und dann, aufgepasst, wird sie ihr rechtes Hinterbein anheben und an den rechten Sack pinkeln.«

Er schmunzelte und wartete geduldig ab. Seine Prognose traf wiederum ins Schwarze. Rosanna verzog anerkennend ihre Gesichtszüge. Doc Einstein setzte noch eine weitere Ankündigung hinzu.

»Zum Abschluss ihrer Tour durch meinen Garten wird sie nun unter den Zaunpalisaden hindurch klettern. Die Katze wird den rechten unteren Durchgang wählen - und das, obwohl es sechs alternative Felder gibt, durch die sie aufs Nachbargrundstück gelangen könnte. Fantastisch, nicht wahr?«

Peter war entzückt. Es fiel ihm nicht leicht zu glauben, dass die Katze einem fest definierten Rhythmus folgte. »Wie macht sie das? Und warum?«

Doc Einstein runzelte seine Stirn. »Einzig die Wiederholung schafft Vertrautheit. Der Weg durch meinen Garten ist bei ihr zu einem täglichen Ritual geworden. Kitty fühlt sich wohl, wenn sie weiß, was auf sie zukommt. Ihr Verhalten macht sie allerdings für andere berechenbar. Und ob ihr es glaubt oder nicht, bei uns Menschen ist das ganz ähnlich. Zwar ist unser Verhalten um einige Stufen subtiler angelegt, aber im Grunde genommen doch sehr ähnlich. All zu gerne geben wir unbewusst unseren angeblich freien Willen zugunsten der verinnerlichten Rituale auf. Für diejenigen, die uns Böses wollen, macht uns das angreifbar und schwach. Ob mit oder ohne Internet. Die meisten Menschen sind schon verloren, bevor sie es wissen.«

Peter nickte langsam. Die Worte des Kryptologen hatten auf ihn mächtig Eindruck gemacht. »Ja, es ist wirklich erstaunlich, was manche Tiere zu Stande bringen.«

Der Experte aus Wien nahm in einem Polstersessel neben dem Fenster Platz. »Das kann man wohl sagen. Habt ihr schon mal vom Streifenwaldsänger gehört? Von einem kleinen nordamerikanischen Singvogel, der nur zwölf Gramm wiegt?«

Die beiden schüttelten den Kopf. Ein Streifenwaldsänger? Dieser Vogel war ihnen völlig unbekannt. Ernst Stein klärte sie auf.

»Wenn es Herbst wird, brechen die süßen, kleinen Piepmätze aus Neuschottland und Kanada in ihr Winterquartier auf. Doch bis zu den Karibischen Inseln sind es an die 2.500 Kilometer. Nun kommt das Unfassbare. Die Streifenwaldsänger halten sich nämlich eigentlich am liebsten in den Wäldern im Gestrüpp auf. Dennoch wagen sie einen Flug über den Atlantik - schnurstracks über das offene Meer. Stellt euch das einmal vor; mehr als 1.500 Kilometer über den Ozean. Das ist eine Wahnsinns-Leistung und die Vögel nehmen die Strapazen nur aus dem einen Grund auf sich, um in wärmere Gefilde zu kommen.«

Peter zeigte sich skeptisch. »Na, ja. Woher will man wissen, ob sie wirklich übers Wasser fliegen. Vielleicht nehmen sie den längeren Landweg. An einem so leichten Vogel kann man ja schlecht einen GPS Empfänger befestigen.«

Der Wiener Experte nickte. »Sehr gut festgestellt. Das geht tatsächlich nicht. Deshalb tappten die Forscher so lange im Dunklen, obwohl sie seit 50 Jahren vermuteten, dass die Vögel die kürzere Strecke über den Ozean nehmen. Ich sag es euch, die US-amerikanischen Wissenschaftler haben sogenannte Hell-Dunkel-Geolokatoren an den Vögeln befestigt. Die wiegen nur ein Gramm.«

Rosanna kramte in ihrem Gedächtnis. »Hm, wie willst du denn die exakte Position ohne ein Satellitensignal bestimmen, Doc?«

Er schmunzelte. »Schön, dass ich dich auch mal überraschen kann. Diese Hell-Dunkel-Rezeptoren zeichnen die Lichtstärke im Tagesverlauf auf. Und wenn man den genauen Zeitpunkt kennt, an dem die Sonne mittags im Zenit steht, und die Länge des entsprechenden Tages, so lässt sich daraus die genaue geografische Position ermitteln. Eindeutig definiert durch den Längengrad und den Breitengrad.«

Peter stutzte. Er wollte die These nicht a priori akzeptieren; daher begann er, die Aussage im Kopf nachzuvollziehen. Klar, die Sonnenscheindauer hing eindeutig mit dem Breitengrad zusammen. Je weiter man sich im Sommer nach Norden begab, umso länger dauerte der Tag. Und wenn man zusätzlich die Information erhielt, um welche Uhrzeit die Sonne den höchsten Stand des Tages erreicht hatte, ließ sich daraus der Längengrad ermitteln. Langsam nickte er mit seinem Kopf. Peter hätte nie gedacht, dass sich mit einem einfachen Hell-Dunkel Detektor jeder Ort auf der Erde exakt bestimmen ließ. So schien der Seeweg des Streifenwaldsängers bewiesen zu sein. Doc Einstein wusste zwar auch nicht, aus welchem Grund die kleinen Singvögel die halsbrecherische Route über den Atlantik wählten und über 50 Stunden ohne jeden Zwischenstopp in der Luft unterwegs waren, aber er war sichtlich fasziniert davon.

Peters Blick wanderte durchs Zimmer. Die Wohnung war sehr altmodisch eingerichtet. Technische Geräte gab es so gut wie gar nicht. Einzig ein alter Röhrenfernseher stand auf der Kommode. Dafür waren die Wände mit Zeichnungen und Abbildungen dekoriert und auf den Schränken standen allerlei Gegenstände. Rechts an der Wand klebte der Ausdruck einer mathematischen Kurve mit einer auffälligen, horizontalen Zeitachse. Ernst Stein bemerkte Peters Blick und er nahm die Gelegenheit sofort wahr.

»Der Kurvenverlauf kennzeichnet unsere Zukunft. Unveränderbar und unbarmherzig. Wir sind die Todgeweihten.«

Peter war irritiert; wohin hatte ihn Rosanna geschleppt? Sie waren doch nicht nach Wien geflogen, um sich mit einem Propheten zu treffen. Doc Einstein erhob sich aus dem Sessel und ging zu dem Schaubild.

»Habt ihr schon mal etwas von dem Polsprung gehört? Darf ich Sie duzen, Peter?«

Peter nickte einige Male, bis er realisierte, dass er damit nur die zweite Frage beantwortet hatte.

»Nein, der Polsprung sagt mir nichts. Reden Sie vom Nordpol?« Er blieb beim respektvollen *Sie* und schaute den Mann gebannt an.

»Nicht ganz. Du denkst dabei wahrscheinlich an den geographischen Nordpol. Ja, der bleibt immer schön an der selben Stelle. Jedenfalls ist er dort, solange es unsere bekannten Aufzeichnungen gibt. Für den magnetischen Nordpol gilt das nicht. Der wandert nämlich. Die früheren Seefahrer wussten das, und notierten bei ihrem Kompass in regelmäßigen Abständen die abweichende Nordweisung. Das allein wäre noch nicht weiter schlimm. Nun schau mal auf die Kurve. Vor gut 12.000 Jahren fiel die Intensität des irdischen Magnetfelds extrem stark ab. Dann schwankte sie im Lauf der Jahrtausende. Hier, ungefähr 6.000 Jahre vor Christus, hatte sie ein kleines Hoch und danach bewegte sie sich nur in verhältnismäßig kleinen Amplituden. Doch dann, ab circa 4.000 vor Christus, ging die Intensität des globalen Magnetfelds kontinuierlich nach oben. Das absolute Maximum wurde ziemlich genau im Jahre Null unserer Zeitrechnung erreicht, also zur Zeit von Christi Geburt. Seitdem fällt die Kurve permanent. Das sind die Fakten; seit zweitausend Jahren geht es mit unserem Magnetfeld beständig bergab. Die Entwicklung entspricht der Zeit um 10.500 vor Christus. Wenn uns dieselben Klimaschwankungen bevorstehen wie damals, wird es katastrophal werden. Apokalyptisch.«

Peters Blick war von Skepsis erfüllt. »Um 10.500 vor Christus? Wie will man das wissen? Vor Jahrtausenden hat doch niemand die Strahlung des Magnetfelds gemessen und dokumentiert.«

»Da irrst du dich. Seit die Menschen Gefäße aus Ton gebrannt haben, hat sich darin die jeweilige Intensität des Magnetfelds sozusagen fest eingebrannt. Und das können wir bis heute messen. Aus diesen Messwerten ergibt sich die Kurve.«

Rosanna nickte. »Das klingt logisch. Doch worin soll die Gefahr für uns bestehen?«

Der alte Mann runzelte seine Stirn. »Meine Kleine, du weißt doch sonst immer alles. Naivität war noch nie deine Stärke. Sagt dir der Polsprung wirklich nichts?«

Sie presste die Lippen aufeinander. Doc Einstein mochte es nett gemeint haben, dennoch gefiel es ihr nicht, dass er das Wort 'Naivität' in den Mund genommen hatte. Obwohl sie eine Idee hatte, dass er vielleicht auf einen Positionswechsel des Nord- und des Südpols anspielte, war ihr nicht klar, warum das eine Gefahr darstellen sollte. Der Doc ließ sich die Erklärung nicht nehmen und schloss dabei seine Augen.

»Unser Magnetfeld entsteht durch die Energieströme im Erdinnern. Doch es bleibt nicht für immer konstant. Über die Jahrtausende hinweg verändern sich die Spannungsfelder und im Laufe der Zeit entstehen auf der Nordhalbkugel vereinzelte Felder mit einer umgekehrten Polung. Diese Anomalie nimmt über die Jahrhunderte zu, bis die abweichenden Felder die Überhand gewinnen. Und plopp. Aus dem magnetischen Nordpol wird der Südpol. Die Phase des Übergangs kann unterschiedlich lang andauern ... und für diesen Zeitraum ist unsere Atmosphäre vor den aggressiven kosmischen Strahlen aus dem Weltall so gut wie ungeschützt. Wenn es soweit ist, solltet ihr euer Testament gemacht haben.«

Peter schluckte. Hoffentlich waren das keine Prognosen für die nahe Zukunft. Der Experte Ernst Stein war in seinem Element.

»Die Wissenschaft kann nur mutmaßen, aber diese Phase könnte für uns eine apokalyptische Zeit werden. Auch unser Nachbarplanet, der Mars, hatte auf diese Art und Weise seine urzeitliche Atmosphäre wahrscheinlich komplett verloren.«

»Hm, doch so ein Polsprung kam in der Vergangenheit laut dem Kurvenverlauf schon häufiger vor und die Menschen haben ihn trotzdem überlebt«, warf Peter ein.

Der Wiener strich sich durchs Haar und schüttelte den Kopf.

»Wer weiß das schon? Wenn das Leben auf unserem Heimatplaneten für die Zeit des Übergangs ungeschützt den kosmischen Strahlungen ausgeliefert ist, werden bei den

Überlebenden nicht nur die Erkrankungen rapide zunehmen. Das Leben an sich wird auf unserem blauen Planeten neu sortiert werden und überall im Tierreich werden neue Arten entstehen. Denkt nur an das Aussterben der Saurier. Auch da ist umstritten, welcher Naturkatastrophe sie zum Opfer fielen.«

Rosanna hob den Zeigefinger und schmunzelte. »Na, das liegt aber schon sehr, sehr lange zurück.«

Doc Einstein machte eine beschwichtigende Handbewegung. »Okay, vergesst die Dinos. Bleiben wir beim Menschen. Fest steht, dass unsere Vorfahren schon einige Male solche Umwälzungen miterlebt haben und jedes Mal wurden ganze Hochkulturen und Zivilisationen ausgelöscht.«

Peter riss die Augen auf. »Die Sintflut ... ! Meinen Sie, lieber Herr Stein, dass uns eine vergleichbare Katastrophe bevorsteht?«

Der Österreicher setzte sich und fuchtelte mit den Armen herum. »Aber ja. Davon rede ich doch die ganze Zeit. In den letzten hundert Jahren verringerte sich das magnetische Feld derart stark, dass der Polsprung eigentlich schon überfällig ist.«

Rosanna verschränkte ihre Arme hinter dem Kopf. »Tja. Mit dem Weltuntergang können sich unsere Probleme wohl nicht messen lassen. Es geht nur um die profanen Verbrechen von einer geheimen Organisation.« Sie legte eine süffisante Betonung in ihre Bemerkung und griff in ihrer Tasche nach dem Notizbuch des *Messengers*.

Ernst Stein war von ihrem Zynismus angetan und warf einen Blick auf den Einband. »Alles wissen, heißt nicht alles sagen. Gewisse Dinge müssen im Verborgenen verbleiben, meine Liebe. Das Thema mit dieser geheimen Organisation beschäftigt dich schon seit langem.«

Sein Blick wanderte hinüber zu Peter.

»Seit ich Rosanna kenne, wollte sie wissen, von wem die Aufträge stammen. Ich erzählte ihr dann immer von der schicksalhaften Sage von Daedalus und Ikarus. Wer zu nahe an die Sonne kommt, verbrennt daran.«

Peter stimmte ihm zu.

»Sicherlich. Wir sind uns der Gefahr bewusst. Wie sieht es denn mit Ihnen aus? Sind Sie im Bilde über die *Enco* und die *Messenger*? Über die geheimen Drahtzieher, die sich *One-C* zu nennen scheinen, und deren Mission?«

»Mein lieber, junger Freund. Das sind eine Menge Fragen. Ich habe es vorgezogen, über gewisse Dinge nicht all zu viel Aufhebens zu machen. Mein Leben ist mir lieb, verstehst du? Aber ich werde euch helfen, so gut ich kann.«

Er nahm das Buch in die Hand und blätterte durch die Seiten. Auf einem DinA4 Schreibblock machte er sich Notizen zu den Einträgen. Dabei versank er tief in Gedanken. Wiederholt schrieb er verschiedene Zahlen auf. Es dauerte fast zwanzig Minuten, bis er sein Schweigen unterbrach.

»Es sind mystische Zahlen. Das ganze Buch ist ein Code, ein mächtiger Code. Hier, seht ihr? Es ist die Zahl Pi. Die berühmte irrationale Zahl, die in jedem Kreis steckt. 3,1415. Die Zahl Pi ist an und für sich nichts Besonderes. Doch schaut euch das an. Auf der gegenüberliegenden Seite befindet sich die Zahl Phi, die sogenannte Goldene Zahl. Sagt euch das etwas?«

Peter wog mit seinem Kopf hin und her. Er erinnerte sich an seinen Schulunterricht und an die Analyse eines Gemäldes von Leonardo da Vinci. Der Kanon der Proportionen. Das lag schon lange zurück und er wartete die Erklärung von Doc Einstein ab.

»Die Goldene Zahl kommt überall in der Natur vor. Nehmt ein Geschöpf aus dem Meer. Die Nautilus gibt es seit Millionen von Jahren und ihr schneckenförmiges Gehäuse entspricht vom Aufbau her genau dem Verhältnis dieser universellen Zahl. Die Goldene Zahl beträgt 1,618. Seht ihr das gleichseitige Dreieck hier im Kreis und die Gerade, die quer über das Blatt verläuft?« Er tippte auf eine markante Zeichnung in dem Büchlein. »Wenn man eine Gerade genau an dem Punkt teilt, so dass sich die gesamte Strecke zum größeren Abschnitt exakt so verhält, wie der größere Streckenabschnitt zum kleineren, so ergibt sich als Quotient die Goldene Zahl. Verstanden?«

Peter nickte. Fast kam es ihm so vor, als wäre Doc Einstein ein Verwandter von Professor Habermann. Er sinnierte. Würde dieser Zauber der Zahlen zu irgendetwas Greifbarem führen? Er zeigte sich dennoch interessiert.

»Ja, verstanden. Wenn diese Zahl also in der Natur vorkommt, ist sie nichts Besonderes, richtig?«

Der Experte knurrte. »Nichts Besonderes? Hm. Du musst einen Schritt weiter denken. Es gibt in Nordamerika eine Insektenart, die sogenannten Zykaden. Das Interessante an dieser Art ist, dass sich manche Stämme nur alle dreizehn Jahre an ihre Nachkommenschaft machen. Zwölf Jahre lang leben die Insekten in einer riesigen Anzahl unter der Erde. Völlig versteckt. Dann, im dreizehnten Jahr, kommen Millionen von ihnen aus dem Boden gekrochen, um sich fortzupflanzen. In den Jahren dazwischen passiert nichts. Man nennt diese besondere Insektenart die *Periodische Zykade*. Für sie ist es überlebenswichtig, dass sie sich mit keiner anderen Zykadenart kreuzt. Daher ist es relevant, dass sich der langjährige Fortpflanzungszyklus so selten wie möglich mit dem einer anderen Brut überlagert. Das ist pure Mathematik. Jetzt kommt die Überraschung. Falls eine verwandte Art in der Nähe lebt, bekommt sie ihre Nachkommenschaft nur in jedem siebten Jahr. Nehmt die Zahlen. Sieben und dreizehn sind Primzahlen; also Zahlen, die sich nur durch eins und durch sich selbst teilen lassen. Durch die Wahl dieser beiden Zahlen kommt es extrem selten vor, dass die Brut beider Stämme im selben Sommer das Licht der Welt erblickt. Nur einmal in einem Jahrhundert schlüpfen die Insekten beider Arten gleichzeitig! Das ist fantastisch, nicht wahr?«

Doc Einstein nahm ein Stück Kreide zur Hand und schrieb die beiden Zahlen auf eine dunkle Partie an der Zimmerwand.

»Es ist unfassbar. Die Nachkommen begegnen sich nämlich bei einem Zyklus, der aus Primzahlen besteht, viel seltener als bei anderen Zahlenkombinationen. Die Auswahl dieser speziellen Zahlen erhöht die Überlebenschancen der Insekten ungemein, da sie sich nicht kreuzen und sich somit nicht im Erbgut schwächen. Das ist die reinste Mathematik. Doch woher sollen das die kleinen Insekten wissen? Was glaubt ihr? Ob sie eine Ahnung von Primzahlen haben und ihren langjährigen Zyklus gezielt als Überlebens-Strategie einsetzen? Tja, das ist schwer vorstellbar. Aber reinweg an einen Zufall zu glauben - oder dass die Natur die Zyklen à la Darwin solange ausprobiert hat, bis die richtigen Zahlenkombinationen das Überleben sicherten – das funktioniert sicherlich auch nicht. Wenn die Natur bestimmte Zahlen und Proportionen einsetzt, folgt sie dem allgemeinen Kodex der Naturgesetze, doch wenn der Mensch etwas im Verhältnis der Goldenen Zahl formt, so unterstellen wir, dass er intelligent sein muss oder sich das Wissen darüber angeeignet hat.«

Das war der Moment, an dem sich Rosanna endlich in seinen Monolog einmischen konnte. »Doc, wir haben die geheimen Auftraggeber auch zu keinem Zeitpunkt für dumm gehalten.« Der Kryptologe nickte. »Das wollte ich damit nicht sagen. Im Gegenteil, es ist ein Fingerzeig auf ihre Motive. Wer sich diesen Naturkomponenten verpflichtet fühlt, eifert höheren Zielen nach. Denen geht es nicht um eine kurzfristige Maximierung ihres Reichtums oder der politischen Einflussnahme. Für mich erwecken die Zeichen im Buch schon beinahe einen sektenähnlichen Charakter.«

Peter räusperte sich. »Die Illuminaten?«

Der Wissenschaftler sagte nichts. Er klappte das Notizbuch zu und ging zum Schrank neben der Tür. Doc Einstein schien etwas Bestimmtes zu suchen. Er kramte einen dicken Ordner hervor.

»Ja, die Zeichen würden zu den Illuminaten passen. Die verschiedenen Ornamente, die Abbildungen des Sehenden Auges und die kultischen Zahlen. Immer wieder ist im Notizbuch die Zahl 33 erwähnt. Auch das passt ins Bild. Die Illuminaten streben ja angeblich die Weltherrschaft an und insofern wird die Sache rund. Das einzige Problem bei dieser Theorie ist, dass es die Illuminaten nicht mehr gibt. Jedenfalls wüsste ich nicht, wo ihr sie suchen solltet.«

Rosanna stand auf und ging durch das Zimmer. »Sie können sich überall verbergen, das macht die Sache so schwierig. Es kann sich um hochrangige Offiziere oder angesehene Politiker handeln - oder um Wirtschaftsbosse. Ihr normales Leben ist die perfekte Tarnung. Doc, kann es vielleicht bestimmte Rituale geben, an denen man die Gruppe erkennt?«

Der Wiener strich sich über das Kinn. »Ich brauche mehr Zeit. In den Aufzeichnungen gibt es pyramidenförmige Gebilde mit einem Sehenden Auge. Mir ist auch ein anderer geometrischer Körper aufgefallen. Das Tetraeder, der perfekt geformte platonische Körper. Und ich habe astronomische Daten gefunden. Die liegen jedoch ausnahmslos in der Vergangenheit. Ein Datum für ein bevorstehendes Ereignis in der Zukunft, konnte ich beim ersten Durchblättern bislang noch nicht entdecken.«

Sie fasste sich an die Schläfe. »Astronomische Daten? Was stand denn in den Sternen?«

Er schlug eine Seite im Büchlein auf und führte mit seinem Finger über die Bleistiftzeichnung.

»Seht ihr das? Drei Zeichen. Ein liegender Halbkreis, eine angedeutete Sonne mit fünf Strahlen und ein gleichseitiges Dreieck. Damit könnte das Dreiecksternbild Sopdet gemeint sein. Daneben hat der Verfasser drei übereinanderliegende Punkte gezeichnet und mit etwas Abstand vom mittleren Punkt befindet sich jeweils rechts und links ein weiterer Punkt. Es sieht so aus wie ein großes, gestrecktes Kreuz. Das soll wohl das Sternbild des Orion sein, mit den drei markanten Sternen in der Mitte. Alnitak, Alnilam und Mintaka. Eingerahmt wird es von den beiden Fixsternen Rigel und Beteigeuze.«

Peter sprang aus dem Sessel auf.

»Moment mal, sollte nicht die Operation ursprünglich *Orion* heißen? Hat der Anschlag vielleicht etwas mit den Namen der Sterne zu tun?«

Er ließ sich die Bezeichnungen des Himmelsgestirns einzeln wiederholen und schrieb Namen auf. Alnitak, Alnilam und Mintaka. Er zählte die Buchstaben. Es waren bei allen drei Sternen sieben Buchstaben und für einen kurzen Moment lang dachte er an die Analogie zu den oberen sieben Führern bei der *One-C*. Er machte sich Notizen und kramte in seiner Tasche nach einem Papierstapel; am Flughafen hatte er sich eine Kopie des Buchs angefertigt, weil Rosanna es für eine weitergehende Untersuchung möglicherweise bei dem österreichischen Experten lassen wollte. Peter blätterte durch die Ausdrucke und markierte die entsprechende Stelle beim Sternbild des Orion.

Rosanna warf einen letzten Blick in das Original. Sie schloss das Buch des *Messengers* und reichte es dann an den Doc.

»Du bist der Experte. Wir würden dir gerne diese Lektüre überlassen. Vielleicht findest du den entscheidenden Hinweis darin.«

Doc Einstein lächelte voller Sympathie.

»Du warst mir immer die Liebste von allen Agenten, Rosanna. Ich wundere mich zwar darüber, dass du dich noch nicht von dieser Söldnertruppe gelöst hast; eigentlich wird es doch zunehmend klarer, dass eure Auftraggeber keine noblen Ziele verfolgen. Irgendwann musst du dich entscheiden. Es gibt immer einen Ausweg.«

Sie lächelte; wie gerne hätte sie ihrem alten Freund die Wahrheit offenbart, dass sie sich schon seit langem gegen ihre Agententätigkeit bei der *Enco* entschieden hatte. Doch sie wollte ihn nicht auch noch mit hinein ziehen.

»Haben wir alles?«, fragte sie abschließend.

Der Experte in Sachen Entschlüsselung kratzte sich am Kopf. »Vielleicht habe ich noch einen Tipp für euch. Wenn ich es recht überlege, könnten die Grundzüge dieser Organisation in der Welt des Okkulten liegen. Ein guter Bekannter von mir lebt in Genf. Er ist in solchen Fragen hervorragend bewandert. Ihr findet ihn in keinem Telefonbuch der Welt. Früher hat er im Louvre in Paris gearbeitet. Ich würde sagen, zu einem guten Teil ist er Franzose, obwohl er seine Jugend in Italien verbrachte. Er ist ein Multi-Talent. Wenn ihr wollt, kann ich für euch ein Treffen mit ihm arrangieren. Er ist mir sowieso noch einen Gefallen schuldig. Nennt ihn Hugo.«

Der Doc schmunzelte. Man konnte erahnen, wie er sich das Treffen von Rosanna mit seinem alten Weggefährten in Gedanken vorstellte.

Rosanna nickte kurzentschlossen und schaute zu Peter. »Das geht doch in Ordnung, was denkst du?«

Peter fand die Idee ausgezeichnet, da Joe vermutlich noch eine ganze Weile mit den Vorbereitungen in Hongkong beschäftigt sein würde. So konnten sie sich die Zeit nutzbringend einteilen und möglichst viel über die geheimen Auftraggeber herausfinden.

Ernst Stein nickte. »Ich gebe ihm einen Wink. Sagt mir Bescheid, welchen Flug ihr nehmt. Er wird euch am Flughafen abholen und mit euch eine Bootstour auf dem Genfer See unternehmen. Dort seid ihr vollkommen abhörsicher. Bestens geschützt vor einer Überwachung durch die NSA oder sonst wem.«

Er lachte und war guter Laune.

»Und für dich, Peter, habe ich auch noch eine kleine Lektüre. Dein Interesse an den nordamerikanischen Insekten mit ihrer verblüffenden Affinität zu den Primzahlen ist mir nicht entgangen.«

Sein leicht ironischer Blick sprach für sich selbst; er kramte ein Taschenbuch aus einer Schublade und reichte es an Peter.

»Es ist zwar schon einige Jahre alt, aber sehr lesenswert. Der Titel ist Programm. *Die Seele der weißen Ameise.*«

Peter nahm die antiquierte Ausgabe entgegen, obwohl es ihm ein wenig so vorkam, als wollte ihn Ernst Stein auf den Arm nehmen. Er rang sich ein Lächeln ab und drückte dem Mann aus Wien zum Dank die Hand. Rosanna nahm ihren alten Freund zum Abschied in den Arm. »Pass auf dich auf, Doc.«

Ihre nächste Station lag im französischen Teil der Schweiz. In Genf.

# Kapitel 31

*Genf*

*Dezember 2013*

*Mit dem Insider auf dem Genfer See*

Am nächsten Morgen ging es früh hinaus. Rosanna und Peter hatten in einem kleinen Hotel in der Innenstadt von Wien übernachtet und waren schon zeitig mit dem Taxi zum Flughafen gefahren. Innereuropäisch war das Reisen sehr erleichtert worden. Nur selten wurden die Angaben auf dem Ticket mit einem Ausweisdokument verglichen. Auch in Genf gab es keinerlei Kontrollen, so dass es für Rosanna ein Leichtes war, die Reiseunterlagen vorzubereiten. Im Zeitalter der elektronischen Tickets war es sogar nochmals simpler geworden. Sie hatte zwei ausrangierte Smartphones mit den Flugdaten synchronisiert; zusätzlich waren bei den Geräten alle Sendefunktionen deaktiviert und sie kamen ohne eine SIM-Karte aus. Der einzige Inhalt der Mobiltelefone bestand aus den QR-Codes auf dem Display.

»Fliegen wird immer einfacher«, sagte sie, als sie Peter das Handy vor der Sicherheitskontrolle gab.

Das Flugzeug, ein Airbus A320, musste vor dem Abflug enteist werden. Die erste Kältewelle hatte Mitteleuropa erreicht und die Temperaturen lagen früh am Morgen noch in der Nähe des Gefrierpunkts. Die Route führte sie in westlicher Richtung, direkt über die Alpen. Der Anflug auf Genf gestaltete sich abenteuerlich. In einer langgezogenen Linkskurve ging es zwischen den hohen Berggipfeln hinunter bis in das tief eingeschnittene Tal. Gut war aus der Höhe der Genfer See auszumachen. Malerisch lag er eingerahmt am Fuße des sonnenbeschienenen Bergmassivs.

Kurz bevor sie die Ankunftshalle verließen, überlegten die beiden, was bei dem Blind-Date mit Hugo herauskommen konnte.

»Wir müssen aufpassen, dass uns der Monsieur nicht auf eine falsche Fährte führt«, gab Peter zu bedenken. »Sobald es um Sekten oder sonstige okkulte Vereinigungen geht, werde ich argwöhnisch. Außerdem traue ich solchen vom Glauben erfüllten Spinnern nicht zu, dass sie über genug Mittel verfügen, in den Lauf der Welt einzugreifen.«

Rosanna nickte. »Mir geht es genau so. Wann immer wir gegen terroristische Gruppierungen in der Vergangenheit gekämpft haben, so waren sie umso gefährlicher, je weniger sie emotional sondern rational ausgerichtet waren. Dennoch bringt der Fanatismus - trotz aller Irrationalität - auch eine sehr schwer einzuschätzende Komponente mit sich. Aber ich bin bei dir. Wenn Monsieur Hugo meint, dass hinter der *One-C* eine religiöse Vereinigung steckt, die das Jüngste Gericht herbeiführen will, sollten bei uns alle Signallampen angehen. Daran glaube ich nie und nimmer. Bei allen bisherigen Aufträgen, die wir in der *Enco* übernommen hatten, ging es um handfeste Motive im Rahmen der Weltpolitik. Warten wir es ab.«

Sie verließen das Flughafengebäude und sahen links auf dem Bürgersteig einen Mann mit einem Tirolerhut. Er trug eine seltsam anmutende Tracht. Ein rot-weiß kariertes Hemd und Lederhosen, als ob er direkt vom Münchener Oktoberfest gekommen war. Seine Unterschenkel waren schutzlos der kalten Witterung ausgesetzt, doch er schien nicht zu frieren. Sein Gesicht wies viele Falten auf und seine Haut war wohl gebräunt. Er trug einen markanten, weißen Kinnbart. Der Mann winkte ihnen freudestrahlend entgegen und kam auf sie zu.

»Ihr wisst, wer ich bin? Welches alkoholische Getränk hat sich meinen Namen zum Vorbild genommen?« Er lächelte.

'Was für eine sympathische Erscheinung', dachte Peter und sprach das Wort zur Bestätigung aus.

»Hugo. Richtig?«

Der Mann nickte und führte die beiden zu einem Kleinbus. Monsieur Hugo öffnete die Schiebetür und sie stiegen allesamt hinten ein. Auf dem Fahrersitz saß bereits jemand. Ein schwarzhäutiger Mann.

»Das ist Walter. Er kommt aus Westafrika, aus Mali. Walter ist für einige Monate bei mir zu Besuch. Seinen richtigen Namen konnte ich mir nicht merken, deshalb habe ich ihn Walter getauft. Er ist ein sehr lieber Mensch und hat mir viele mythologische Geschichten aus dem Land der Dogon mitgebracht. Darüber findet man herzlich wenig in den Lehrbüchern. Stimmt's, Walter?«

Der Schwarze ließ den Wagen an und fuhr los. Nachdem sie einige Minuten gefahren waren, setzte der Schweizer mit den französischen Wurzeln seine Gedankengänge fort.

»Ich frage mich gerade, ob euch die Geschichte der Dogon überhaupt interessiert? Merkt euch; ihr werdet die Welt nur verstehen, wenn ihr alles in Frage stellt und alles wissen wollt. Die Dogon hatten schon vor Jahrtausenden den Sternenhimmel beobachtet und wussten mehr darüber als unsere Gelehrten im 19. Jahrhundert. Das Ganze war lange ein Rätsel und es gab die Vermutung, dass vielleicht unsere westlichen Missionare das ursprüngliche Wissen der Dogon mit den eigenen Erkenntnissen kontaminiert hatten und die urzeitlichen Westafrikaner doch nicht ganz so clever waren. Inzwischen habe ich allerdings Wandmalereien gesehen, die noch weitaus mehr offenbaren.«

Das war das Stichwort für Walter und er blickte sich kurz zu seinen Fahrgästen auf der Rückbank um.

»In den Sternen liegt der Anfang unserer Kultur. Die Sonne geht auf, die Sonne geht unter. Es ist der unendliche Kreislauf des Lebens.«

»Was für eine Erkenntnis«, sagte Peter und seine Worte hatten einen leicht despektierlichen Unterton.

Hugo bemühte sich um die Balance. »Walter bringt es auf den Punkt. Wisst ihr? Schon vor Jahrtausenden haben die Menschen beobachtet, wie unsere Verwandten aus dem Tierreich, nämlich die Paviane, beim Sonnenaufgang förmlich in Begeisterung ausbrachen und der Sonne beim täglichen Untergang mit einer bedrückten Stimmung hinterher blickten. Das war der Beginn unserer Kultur. Die wiederkehrenden Ereignisse in der Natur, verbunden mit einer Vorhersagbarkeit, sind die Basis von jeder menschlichen Zivilisation. Aus den Beobachtungen entstanden die Religion, die Astrologie und die Astronomie.« Er hob seinen Zeigefinger.

»Die Religion war die Geschichte unserer Vergangenheit und beschrieb das Entstehen der Welt aus dem Nichts. Die Astrologie hingegen stand für den Blick in die Zukunft und bezeichnete die Suche nach dem Morgen. Die Astronomie blieb zwischen dem Gestern und dem Morgen bei den realen Fakten im Hier und Jetzt - mit Zahlen, Daten und Gesetzmäßigkeiten. Übrigens, ihr werdet es kaum für möglich halten, wie viele der Religionen ursprünglich auf dem Sonnenkult basieren.«

Peter verschränkte seine Arme hinter dem Kopf. »Na ja, mir fällt gerade das Christentum ein. Mit einem Sonnengott hatte Jesus allerdings nicht viel am Hut.«

In diesem Augenblick bog der Schwarzafrikaner nach rechts auf die Uferstraße. Die luxuriösen Hotels säumten die Promenade. Peter erkannte das Hotel Beau Rivage und er erinnerte sich daran, dass der frühere deutsche Politiker Uwe Barschel in diesem Hotel unter mysteriösen Umständen ums Leben gekommen war. Hugo beugte sich nach vorne und deutete Walter an, welche Richtung er einschlagen sollte. Dann griff er den Gesprächsfaden wieder auf.

»So so, das Christentum ist deiner Meinung nach also frei vom Einfluss des Sonnenkults? Dann gebe ich jedoch Folgendes zu bedenken. Ist nicht der Heiland am Heiligen Abend geboren worden? Am 25. Dezember wurde in vielen alten Religionen die Wiederkehr der Sonne gefeiert - nach der Wintersonnenwende, wenn sie ihren Tiefststand überwunden hatte und das Leben in die Welt zurückkehrte. Wer waren die Drei Könige, die Jesus nach der Geburt begrüßt hatten? Wirkliche Könige aus Fleisch und Blut oder waren es die mystischen Sterne am Firmament, die als Dreierkette des Sternbilds Orion im Altertum ebenfalls die Heiligen Drei Könige genannt wurden?«

Peter räusperte sich. Die Heiligen Drei Könige und das Sternbild Orion waren identisch? Er wurde nachdenklich.

Der Mann mit dem Tirolerhut war in seinem Element. »Denkt für einen Moment daran, wie der Christus in vielen früheren Darstellungen gezeigt wurde. Sein Kopf hing in der Mitte des Kreuzes, umgeben von einem hellen Lichtschein. Das ist nichts anderes als die Sonne. Und das Kreuz steht für die vier Himmelsrichtungen. Viele Details der christlichen Geschichte bedienen sich bei einigen sehr viel älteren Religionen. Die

Jungfrauengeburt, die Wiederauferstehung und, und, und. Es gibt unzählige Beispiele. Meiner Meinung nach sind im Christentum die Symbole aus früheren Religionen gekonnt und auf eine subtile Art und Weise adaptiert worden. Niemand wird auf Anhieb darauf kommen. Denn das war der Sinn der Sache.«

Der Fahrer aus Westafrika verringerte die Geschwindigkeit, da sie dem Zielort näher kamen. Die Stadtgrenze von Genf lag bereits einige Kilometer hinter ihnen; sie waren an der gegenüberliegenden Uferseite entlang des Sees gefahren und kamen an eine Anlegestelle. Hugo bat seine internationalen Besucher auszusteigen. »Wir sind da.«

Er führte sie hinunter an den See. An dem hölzernen Steg war ein schnittiges Motorboot vertaut. Es trug keinen Namen und auch kein Typenschild. Peter kannte sich ein wenig mit Schiffen aus, aber dieses Modell war ihm unbekannt. Er tippte auf eine italienische Werft. 'Clever', dachte er, 'es wurde alles vermieden, was eine Rückverfolgbarkeit zulassen konnte.' Der Schwarze blieb im Kleinbus und verabschiedete sich mit einem Hupsignal. Dreimal ließ er die Fanfare ertönen.

Hugo zeigte den beiden seine Motoryacht. »Willkommen an Bord. Dreißig Fuß Schiffslänge reichen für den Genfer See. Und keine Angst, ich habe Schwimmwesten dabei und wir fahren nur in Verdrängerfahrt.«

'Im Sommer muss es hier traumhaft schön sein', dachte Peter. Es war zwar auch an diesem Wintertag sonnig, aber eine leichte Brise wehte ihnen außerordentlich kalt um die Ohren. Sie gingen unter Deck und Hugo startete die beiden Dieselmotoren. Die Innenheizung regulierte er auf eine wohlige Temperatur und Rosanna legte ihre Jacke auf die Couch im Salon. Hugo löste die Leinen und drückte die weiße Yacht vom Steg weg. Dann nahm er hinter dem Fahrerinnenstand Platz und fuhr rückwärts aus der Box. Der Genfer See lag völlig still vor ihnen und es gab so gut wie keine Welle.

»Zum Thema Sicherheit. Ich werde euch jetzt nichts über die Handhabung der Rettungswesten erzählen. Erstens passiert sowieso nichts und zweitens ist auch im Notfall noch genügend Zeit, euch zu zeigen, wo sie sich an Bord befinden. Nein, mit dem Thema Sicherheit meine ich unsere eigene Unsichtbarkeit im Kontext zu der Welt da draußen. Überall lauert der Feind.

Das Schlimme ist, dass man ihn meistens zu spät erkennt. Deshalb gibt es hier an Bord nur die nautischen Instrumente. Ich habe sogar meine VHF Anlage ausgeschaltet. Zu eurem eigenen Schutz erfahrt ihr nichts über mich oder meinen Aufenthaltsort. Wir werden das Schiff nachher in einer Wassergarage festmachen und Walter fährt euch wieder zum Airport. Es existieren keine Spuren und keine Dokumentationen. Draußen in der Mitte des Sees sind wir am sichersten.«

Rosanna nickte. »Du bist ein Profi, das habe ich sofort bemerkt. Ich nehme an, dass du über uns schon gut Bescheid weißt. Doc Einstein wird dir alles erzählt haben, oder?«

Der Schweizer regelte die Maschinen auf 2.000 Umdrehungen pro Minute und sie schipperten in einer gemütlichen Verdrängerfahrt auf den See hinaus. Hugo bestätigte ihre Vermutung.

»Ja, ich kenne eure Namen, auch wenn ich sie vermeiden werde. Aus den bekannten Gründen.« Er schmunzelte.

Mitten auf dem See stoppte er die Maschinen. »Wir werden uns treiben lassen, denn für meine Ankerkette ist es hier zu tief.«

Er tippte mit seinem Finger auf den Tiefenmesser und Peter registrierte die Angabe von 600 Fuß Wassertiefe. Er pfiff durch die Zähne. »So tief ist es hier?«

Hugo nickte. »Oh, ja. Die tiefste Stelle des Sees beträgt über 300 Meter, fast 1.000 Fuß. Übrigens, die Franzosen nennen den See Lac Léman. Er ist nach dem Plattensee der zweitgrößte See in Mitteleuropa.«

Peter nickte; er hatte sich auf das Reiseziel vorbereitet. Genf zählte zu den weltweit beliebtesten Städten, was auch mit den höchsten Lebenshaltungskosten einherging. Nicht umsonst war Genf der Sitz vieler internationaler Organisationen - unter anderem von der UNO und der Weltgesundheitsorganisation. Peter lenkte das Gespräch nun in die angestrebte Richtung.

»Hugo, die Frage aller Fragen lautet. Wer oder was steckt hinter den geheimen Auftraggebern? Wer sind die Menschen von der Organisation *One-C*?«

Der Skipper sagte nichts; er ging die beiden Stufen zur Kabine hinunter und holte Getränke aus dem Kühlschrank. Die Auswahl bestand aus Dosenbier und Cola. Sie waren sich einig und die Softgetränke verschwanden wieder unter Deck.

»Mon dieu. Es ist, als fragt ihr nach dem Sinn des Lebens. Nach dem Beginn der Welt und dem Ziel unseres Seins. Am Anfang wurden Himmel und Erde geschaffen. Es folgte die Luft dazwischen, damit der Himmel nicht auf die Erde fiel. Ihr werdet es noch sehen. Eine Frage nach den Machthabern im Verborgenen lässt sich nur lösen, wenn ihr den Weg zurück in eine verschollen geglaubte Vergangenheit geht.«

Rosanna machte aus ihrer Ungeduld kein Hehl. »Hugo, lass uns in der Gegenwart bleiben. Ich habe seit langer Zeit Aufträge für diese Drahtzieher ausgeführt und wir haben in den entscheidenden Momenten den Lauf der Geschichte beeinflusst. Manchmal haben wir die konstruierten Anschläge bestimmten Gruppierungen in die Schuhe geschoben. Der 11. September war bislang das Paradestück und wenn es nach den geheimen Auftraggebern geht, war die Operation ein voller Erfolg gewesen. Der Irakkrieg war die direkte Folge davon und seitdem hat die Welt mit Al-Quaida das willkommene Feindbild. Doch aus der Illusion wurde Wirklichkeit. Die Geister, die sie riefen, entwickelten ihre eigene Dynamik. Vieles ist seitdem schief gelaufen. Die versprengten Kommandos von Al-Quaida kann niemand mehr steuern. Sie terrorisieren uns überall auf der Welt und nichts davon können wir - oder eine staatliche Macht - noch zügeln. Noch schlimmer ist es mit dem Islamischen Staat und seinen unkontrollierbaren Kämpfern, die an den Brennpunkten der Welt unvermittelt zuschlagen. Es ist dramatisch. Sie lassen Autobomben auf öffentlichen Plätzen hochgehen. Überall lauert der Terror. Vor einer Stadthalle in Tunis, beim Ägyptischen Museum in Kairo oder auf einem stark frequentierten Marktplatz in Damaskus. Das alles spielt den Drahtziehern in die Hände; denn sie wollen die Welt im Chaos sehen, an deren Ende eine mächtige Weltregierung steht, die alle Menschen unterjocht.«

Der Schweizer schaute sie bewundernd an. »Du kannst dich ja richtig echauffieren! Doch lass uns die drohende Weltregierung noch einen Augenblick nach hinten schieben. Du erwähntest 9/11. Ja, seitdem hat die weltweite Datenüberwachung ein erschreckendes Ausmaß angenommen. Das eigentliche Ziel war die Eindämmung der Terrorgefahr. Heute wissen wir, dass auch der Normalbürger im Fokus steht. Es ist außer Kontrolle geraten.« Er warf einen Blick über seine Instrumente und nickte.

»Übrigens, der amerikanische Whistleblower Eddie Downsen, der jetzt in Moskau festsitzt, war vor einigen Jahren hier in Genf. Wir hatten uns damals kurz getroffen. Es war im Jahre 2007, da hatte er mitbekommen, wie die CIA einen Schweizer Banker in eine Falle gelockt hatte. Zunächst füllten sie den Finanzexperten mit Alkohol ab, bis er in eine Polizeikontrolle geriet und eine Nacht im Gefängnis verbringen musste. Dort bot ihm dann ein Undercoveragent der CIA seine Hilfe an und im Gegenzug gab der Banker die Hintergründe des Schweizer Bankensystems preis. Insofern hast du recht. Die Methoden der Geheimdienste sind nicht zimperlich.«

Sie stimmte ihm zu.»Ich kenne die Geschichte. Am Ende kam der Banker dennoch wegen Steuerbetrugs für zwei Jahre ins Gefängnis. Nach seiner Freilassung wurde er allerdings fürstlich von der US Steuerbehörde IRS für seine Angaben über die Steuerschlupflöcher belohnt. Über 100 Millionen Dollar soll er schließlich erhalten haben. Mir erscheinen die Zusammenhänge und die Machenschaften durchaus logisch.«

Sie machte ein kurze Pause.»Deshalb, wenn die NSA und der britische GCHQ am Ende hinter dieser *One-C* stecken oder die Regierungen der *Five Eyes*, also Großbritannien, Kanada, Australien, Neuseeland und die USA, dann könnte ich es ja noch glauben, aber doch keine religiösen Sonnenanbeter! So hatte ich jedenfalls deine Hinweise aufgefasst. Glaub mir, Hugo, die kriminellen Drahtzieher sind keine Religionsstifter oder selbsternannte Heilige. Sie sind Verbrecher, größenwahnsinnige Verbrecher. Nichts anderes.«

Sie nahm einen Schluck Bier aus der Dose. Der Schweizer legte seinen Tirolerhut ab und man sah seine Glatze. Er rollte mit den Augen und drückte mit seinen buschigen, weißhaarigen Augenbrauen eine ganz eigene Mimik aus.

»Viel zu lernen du noch hast, junge Kriegerin. Oder wie sagte Meister Yoda so schön? Ich kann ja verstehen, dass du deine Zeit in der *Enco* hinter dir lassen willst und nun die Einsätze sehr kritisch siehst. Es war euer Job und - auch wenn ich dir keine Absolution erteilen kann - so bleibt die Frage, was ihr davon zu verantworten hattet. Ob die Ziele, die die *One-C* am Ende verfolgt, nun durch und durch einer kriminellen Natur geschuldet sind, bleibt dahingestellt. Aber liebe Rosanna, du liegst falsch, wenn du die dahinter liegende Gesinnung aussparst und nur an Motive im Bereich von Macht und Einflussnahme glaubst. Gut und Böse sind in erster Linie eine Wertung, die wir als Mensch in die Welt gebracht haben, denn das Leben in der Natur orientiert sich nicht unbedingt an einem Wertekodex, wie wir ihn kennen.«

Für einen Moment lang herrschte Stille auf dem Schiff. Von draußen war das leichte Plätschern der Wellen zu vernehmen und am Fahrerstand blinkten einige der Anzeigelämpchen. Das Hygrometer verhieß eine trockene und stabile Wetterlage, doch Peter und Rosanna wussten, dass sie in den Bergen niemals ganz sicher vor einem Unwetter waren. Und es konnte plötzlich und unerwartet schnell kommen.

Peter wurde ungeduldig. »Ich weiß. Am Ende stecken die Illuminaten dahinter, die es eigentlich nicht mehr geben dürfte. Doch wer sind diese Menschen wirklich und wo finden wir sie?«

Der Schweizer Skipper legte seine rechte Hand auf das Steuerrad.

»Nicht so vorschnell. Die Illuminaten hatten sich im Juli 1782 mit den Freimaurern auf dem legendären Kongress in Karlsbad verbündet. Das ist historisch belegt und seitdem sind die Grenzen fließend. *Novus ordo seclorum*, so lautete ihr Credo. Die Schaffung der Neuen Weltordnung mit einer Weltregierung. Ob es die Illuminaten heutzutage noch gibt oder ob sie in anderen Geheimbünden aufgegangen sind, weiß kein Mensch. Ihr habt euch wahrscheinlich mit ihren Lehren beschäftigt, nicht wahr? Allen voran gab es den visionären Illuminaten Pike, der schon im 19. Jahrhundert die kommenden Weltkriege vorhergesehen hatte.«

»Oder den strategischen Plan für die Kriege aufgestellt hatte... inklusive des Dritten Weltkriegs, der gegen die arabische Hemisphäre geführt werden soll«, warf Rosanna ein.

Hugo nickte. »Oui Madame. Albert Pike war ein gefährlicher Mensch. Seine Schriften lesen sich wie eine Handlungsanleitung. Doch vergesst nicht, dass der alte Pike auch in anderen Geheimorganisationen aktiv war. Sagt euch der *KKK* etwas?«

Bei Peter rief das Akronym nur ein Kopfschütteln hervor; während er sich an die Schilderungen von Gori darüber erinnerte, sprudelte sein Gegenüber geradezu vor Erzählfreude.

»Pike war schottischer Abstammung, genau wie die sechs Offiziere der Konföderierten, die im Jahre 1866 den Ku Klux Klan gründeten. Angeblich geht der Name auf das griechische Wort *Kyklos* zurück, was so viel heißt wie der Kreis oder auch der geheime Zirkel. Nicht zu vergessen kommt darin auch die Bezeichnung *Lux* vor, die auf die Verwandtschaft mit den Illuminaten hindeutet. Nehmt die Anfangsbuchstaben. Das 'K' steht im Alphabet an der elften Stelle. Dreimal 'K' ist demnach 33. Der höchste Grad bei den Freimaurern. Das lässt den Schluss zu, dass es tiefgreifende Zusammenhänge bei diesen beiden okkulten Organisationen von Beginn an gegeben hat. Und schiebt die Geheimbünde nicht in die Schublade von irgendwelchen politischen Randerscheinungen. In der Blütezeit verzeichnete der *Ku Klux Klan* über fünf Millionen Mitglieder. Und sie waren gefährlich. Wie hieß das Motto bei ihnen? *We don't burn crosses, we light them.* Was für eine perfide Truppe; die Jungs waren außerordentlich gewaltbereit. Aber mal vom Ku Klux Klan abgesehen; überall traten im Lauf der Geschichte neue Vereinigungen auf, die im Verborgenen agierten. Die *Skull and Bones* beispielsweise. Unter ihnen fanden sich sogar amerikanische Präsidenten. Wie sagte selbst George W. Bush über seine Zeit an der Yale University? '*In meinem letzten Jahr wurde ich Mitglied von Skull and Bones, einem Geheimbund, der so geheim ist, dass ich nicht mehr darüber sagen kann.*' Hört, hört, das waren die Worte eines amerikanischen Präsidenten. Und selbst der alte Geheimorden *Knights of Malta*, der bereits im Mittelalter gegründet worden war, soll bis heute aktiv sein. Auch die *Bilderberger* versammeln sich alljährlich und ihre elitäre Gemeinschaft besteht aus hochstehenden und einflussreichen Persönlichkeiten. Bei ihren Treffen stimmen auch sie sich angeblich über den Lauf der Geschichte ab.«

»Ja, ich glaube, das hat mir schon mal jemand erzählt. Doch worin besteht die Verbindung zur *One-C* ... und vor allem, wer oder was ist die *One-C* ?« Peter konnte es nicht abwarten.

Hugo zuckte mit seinen Schultern. »Je ne sais pas. Erstens liegt es in der Natur der Sache. Diese Vereinigungen sind geheim. Da erzählt niemand in einer Talk-Show von den Geheimnissen - und falls mal jemand anfängt, aus dem Nähkästchen zu plaudern, so wird er sehr schnell aus dem Verkehr gezogen. Und zweitens müsste jemand schon sehr weit oben in der Hierarchie angekommen sein, damit er überhaupt etwas über die wahren Zusammenhänge erfährt. Denn als Normalsterblicher kommt man höchstwahrscheinlich niemals in die Nähe des Zentrums. Die obere Führungsriege bleibt bei den Geheimbünden gerne unter sich. Wer erst einmal im Zirkel drin ist, bleibt Mitglied auf Lebenszeit. Für immer. Niemand würde im Traum daran denken auszusteigen und er kann es auch nicht. Angeblich liegt bei den *Skull and Bones* ein blutiges Messer in einer Gruft. In einem Glaskasten. Den Erzählungen nach hatte vor vielen Jahren ein Mitglied des Ordens einige Dokumente gestohlen und wollte sie veröffentlichen. Das blutige Messer dokumentiert bis heute das tödliche Ende des Verräters. Einschüchterung ist eine wirkungsvolle Methode.«

Peter schluckte; die Vorstellung eines blutigen Messers gefiel ihm ganz und gar nicht. Er ließ seinen Blick über die Schulter des Skippers gleiten. Das Schiff schwankte ein wenig und der leichte Seegang war gut aus den Fenstern in der Kabine zu erkennen. Weit und breit gab es kein anderes Boot auf dem Genfer See. Dennoch, so sehr ihn die Schilderungen der Vereinigungen auch beunruhigten, so wenig konnte er sie in einen Kontext mit den geheimen Strippenziehern setzen, nach denen sie eigentlich suchten.

»D'accord. Dann sei mir bitte eine Frage gestattet, Hugo. Nehmen wir an, es wären die *Skull and Bones*, die dahinter stecken. Wo findet man ihre aktuelle Mitgliederliste? Und wer ist der Anführer?«

»Bleib cool. So einfach lässt sich das nicht beantworten. Diejenigen, die ihr sucht, sind weder die *Skull and Bones* noch sind es die Illuminaten. Alles in allem gibt es wahrscheinlich über fünfzig weitere geheime Organisationen auf der Welt. Vielleicht sind es sogar noch deutlich mehr. Doch darauf kommt es nicht an. Bestenfalls sind ihre Führer miteinander verbunden oder manche Mitglieder sind in mehreren Geheimbünden gleichzeitig aktiv.«

Er nahm das Fernglas in die Hand und warf einen Blick über den See, während er weiter sprach. »Doch glaubt mir, keine von den üblichen bekannten Organisationen greift in den Lauf der

Weltgeschichte ein, so wie ihr es erlebt habt. Das ist den wenigen, wirklich relevanten Vereinigungen vorbehalten.«

Peter räusperte sich.

»Und die sind so mächtig, dass sie sogar einen amerikanischen Präsidenten ermorden lassen konnten?«

»Bingo, du sagst es«, Hugo wurde immer lebendiger. »JFK hatte keine Chance. Sie hatten ihn auf die Liste gesetzt. Wer auch immer für die Ausführung verantwortlich war, die Entscheidung wurde schon lange vorher getroffen. Die geheimen Drahtzieher sind unsichtbar und allgegenwärtig. Normalerweise beobachten sie nur, was geschieht. Es ist die absolute Ausnahme, wenn sie ins Geschehen eingreifen, und nicht die Regel.«

Rosanna stand auf und holte sich eine neue Dose Bier aus der Bordküche.

»Nun, nach einer harmlosen Zuschauerrolle sieht mir das Verhalten der *One-C* seit geraumer Zeit nicht mehr aus. Es macht den Anschein, als ob etwas Großes geplant ist. Die *Operation Salamander* wäre schon schlimm genug gewesen. Am Ende sollte die Menschheit unter eine Weltregierung gestellt werden, damit ein Angriff aus dem All abgewendet wird. Absolut verrückt. Doch dass gleich im Anschluss daran die nächste Aktion gestartet wurde, lässt nichts Gutes vermuten.«

»Die *Operation WHELO*, die meinst du doch?« Hugo drehte sich um und warf einen kontrollierenden Blick auf seine Instrumente im Cockpit. Er wartete Rosanna's Nicken gar nicht erst ab und fuhr fort.

»Ja, die Zeit drängt offensichtlich. Die Pläne von Pike sind bereits überfällig. Nicht, dass ich euch Glauben machen will, dass letztlich doch die Illuminaten dahinter stecken, aber die Vorgaben von Albert Pike stellen vielleicht den gemeinsamen Nenner dar. Der bevorstehende Terroranschlag soll vermutlich unzählige Menschen treffen. Vor allem in der Arabischen Welt oder in Asien. Am Ende steht der Dritte Weltkrieg. Ich bin skeptisch, ob ihr das verhindern könnt. Ihr seid nur eine kleine Gruppe von rebellisch veranlagten Kämpfern. Was wollt ihr gegen die Mächtigen dieser Welt ausrichten? Und gegen ihren Einfluss, den sie auf die Großmächte nehmen? Die *One-C* kontrolliert alles. Versteht ihr? Alles. Sie steuert die Politik, die Finanzströme, das Militär und die Medien. Das Wohl und Wehe eines jeden Volkes auf der Erde hängt von der *One-C* ab.« Hugo setzte sich wieder seinen Tirolerhut auf den Kopf.

»Ja und Amen.« Peters Ausruf klang wie ein Stoßgebet. »Jetzt sind wir endlich am Ziel angelangt.«

Wie aufs Stichwort signalisierte der Positionsalarm, dass sich das Schiff um mehr als 50 Meter von seinem ursprünglichen Ort entfernt hatte. Hugo stellte den Piepton ab.

»Das ist nicht weiter schlimm. Wir treiben ganz sachte auf dem See und lassen die Dinge auf uns zukommen.«

Er lächelte. Seine Gäste wollten von ihm mehr in Erfahrung bringen, als er bereit war preiszugeben. Er schüttelte vielsagend den Kopf. Die Zeit war noch nicht gekommen, um sie einzuweihen. Seit Jahren hatte sich der Forscher mit den Mythen der altertümlichen Welt beschäftigt. Den Ausschlag für seine Leidenschaft hatten ursprünglich die Exponate während seiner Tätigkeit im Louvre, dem Französischen Nationalmuseum, gegeben. Seitdem hatten ihn die Zusammenhänge in der Geschichte der Menschheit nicht mehr losgelassen. Anderen gegenüber war er zutiefst misstrauisch, auch wenn ihm sein langjähriger Weggefährte, Ernst Stein aus Wien, versichert hatte, dass er dem Pärchen trauen konnte.

Zusammen mit Doc Einstein, Professor Emil Habermann und einer Handvoll früherer Weggefährten hatten sie sich ihre eigene Strategie ausgedacht, um den Geheimnissen auf die Spur zu kommen. Anfangs nannten sie sich scherzhaft *The Wise Guys - Der Club der weisen Männer*. Später verzichteten sie auf jedwede Bezeichnung ihrer Gemeinschaft. Im Wesentlichen war es ihre Kombinationsfreude, die sie näher an die Aufdeckung der geheimen Machenschaften bringen sollte. Obwohl sie nach wie vor keine gesicherten Erkenntnisse hatten, wurde das Bild, welches sich ihnen auftat, zunehmend vollständiger. Die Lage war brenzlig geworden. Sollten sie den abtrünnigen *Enco* Kämpfern ihre Hilfe anbieten? Es war durchaus denkbar, dass die angekündigten, großen Umwälzungen unmittelbar bevorstanden und die Rebellen es ohne fremde Hilfe nicht schaffen würden.

Hugo kauerte an der Unterlippe. Andererseits stellte die Gefahr einer undichten Stelle für ihr akribisch aufgebautes Netzwerk eine viel zu massive Bedrohung dar. Dann wäre die

Arbeit von Jahrzehnten mit einem Schlag zunichte gemacht worden. Hugo gab sich daher vieldeutig wie ein Orakel.

»So, so. Du meinst wir sind am Ziel angekommen? Auf hoher See ist es nicht einfach zu navigieren. Da kann sich die Sicht bei Tag sehr schnell schon mal ziemlich problematisch herausstellen. Nun, manchmal kommt einem sogar die Dunkelheit zu Gute. Nachts konnten sich die früheren Seefahrer nach den Sternen richten. Die Sternbilder waren seit Jahrtausenden ein verlässlicher und sicherer Begleiter.«

»Okay, Hugo. Genug der alten Mythen.« Peter stand auf und ging ungeduldig durch den Salon. Er nahm einen Zirkel in die Hand, der auf einer Seekarte lag. »Die Dogon mögen Experten in der Astronomie gewesen sein und möglicherweise haben sie die Bahnen des Sirius bereits vor der modernen Himmelskunde mit ihrem bloßen Auge erkundet. Doch wir suchen nach den handfesten Beweisen über eine kriminelle Organisation in der Gegenwart. Dabei ist es herzlich egal, ob die Verbrecher einer Sekte angehören oder einem Sonnenkult huldigen. Wir wollen nichts weiter wissen, als wer sich hinter der *One-C* verbirgt. Kennst du die Antwort?«

Der Schweizer fasste sich an seinen Hut und rückte ihn zurecht.

»Du irrst, wenn du glaubst, dass es nicht mit den früheren Geheimbünden zusammenhängt. Mehr kann ich nicht sagen. Je weiter wir in der Menschheitsgeschichte zurückgehen, umso näher wird die Lösung zu finden sein.«

Rosanna atmete tief durch und seufzte. »Die Platte hat einen Sprung. Bitte versteh uns nicht falsch, Hugo. Aber wir haben keine Ambitionen, uns mit der altbabylonischen Religion zu beschäftigen. Mit irgendeinem Sonnenkult oder verschrobenen Sektenmitgliedern. Geheimbünde gab es zu jeder Zeit. Irgendwann verschwanden sie jedoch wieder im Nichts. Es gibt keine durchgängige Linie, die bis heute nachweisbar wäre, oder? Außerdem wüsste ich nicht, wie wir einen Terroranschlag verhindern wollen, wenn wir unsere Zeit mit alten Papyrus Rollen zubringen.«

Hugo war enttäuscht; sie waren nicht offen für seine Argumente. Doch er wollte sich keinesfalls provozieren lassen. Sein Freund Doc Einstein hatte ihm die Situation eingebrockt und er wollte kein Spielverderber sein. Er startete die beiden Dieselmotoren.

»Bevor wir zu weit abdriften, lenke ich das Schiff besser in einen sicheren Hafen. Babylon ist übrigens ein gutes Stichwort. Die Wurzeln des Okkultismus finden sich nämlich im Animismus in der Antike. Damals, zur Zeit der babylonischen Kultur, glaubten die Menschen an die Beseeltheit der Natur. Die Astrologie vermittelte ihnen eine Positionierung in ihrem Leben und das fließt bis in die Neuzeit in die esoterischen Bewegungen mit ein. Und in die Religionen. Selbst das Christentum wurde zur Zeit seiner Entstehung als aufrührerisch angesehen und zunächst im Bereich einer Verschwörung angesiedelt. Bis heute wirkt der Animismus fort und auch in dem illuminatischen Dogma eines *Novus Ordo Seclorum*, der kommenden Neuen Weltordnung, finden sich alle bekannten Motive wieder.«

Rosanna nickte. »D'accord, Monsieur. Die amerikanische One-Dollar Note mit der Pyramide und dem Allsehenden Auge lassen grüßen. Okay, wir können uns darauf einigen, dass wir *alle* Theorien für möglich halten sollten. Hugo, was empfiehlst du uns? Wie können wir die geplante Operation verhindern? Was glaubst du, worum es geht und wo sie stattfinden soll?«

Hugo steuerte nach Backboard, in Richtung des Ufers. »Das ist keine Frage des Glaubens. Und ihr dürft mich und meine Buddies nicht überschätzen. Wir sind weder die NSA, noch haben wir einen Zugang zu den geheimen Kreisen. Alles was wir erahnen, fußt auf unseren langjährigen Beobachtungen und selbst die kleinsten Details erhalten erst im richtigen Kontext die passende Bedeutung. Ganz hilflos sind wir trotzdem nicht; wir haben weit verstreute Sympathisanten und Zuträger. Alles wissen, heißt nicht alles sagen. Ihr macht euch auf den Weg nach Hongkong, nicht wahr?«

Sie war erstaunt. »Woher weißt du das ...? Ja, es stimmt, wir gehen davon aus, dass die *Operation WHELO* von dort aus koordiniert wird.«

Hugo fiel ihr ins Wort. »Sehr richtig, nur die Koordination erfolgt von dort aus, stattfinden wird der Anschlag jedoch woanders. Wieder einmal werden hohe Türme ein vermeintliches Ziel darstellen. Die Welt soll den Atem anhalten. Und das nicht nur im übertragenen Sinne. Gifte und Viren könnten weitflächig verteilt werden und die Menschen werden den Kampfstoffen schutzlos ausgeliefert sein. Wir wissen nicht, wie sie es genau durchführen wollen. Vielleicht werden Raketen von einem Flugzeugträger abgeschossen. Bislang sind die Fragmente noch undeutlich.«

Rosanna nickte. »Hängt der Name der Operation damit zusammen? Hat WHELO eine mystische Bedeutung?«

Der Mann mit dem Tirolerhut presste seine Lippen zusammen. »Hm. WHELO sagt mir nichts, darüber rätsele ich ebenso wie ihr. *Operation Orion* lautete der Alternativname, möglicherweise findet sich darin etwas. Orion ist der mythische Himmelsjäger. Dazu würden die Projektile passen. Das unverwechselbare Erkennungszeichen des Sternbilds ist die fast gerade Linie der drei Gürtelsterne.«

Das war das Stichwort für Peter und er ergänzte. »Alnilam, Alnitak und Mintaka. Das habe ich mir eingeprägt.«

»Oui, oui«, fuhr Hugo fort. »Die drei Sterne symbolisieren die Drei Könige. Leider kann ich daraus auch nicht mehr ableiten. Ihr müsst euch auf den Weg machen. Ob ihr den Anschlag verhindern könnt, ist ungewiss.«

»Wir werden alles versuchen und unser Bestes geben«, versicherte Rosanna.

»Versuchen?« Hugo schmunzelte; ihm war ein weiteres Zitat des galaktischen Jedi Meisters eingefallen. »*Tue es oder tue es nicht. Es gibt kein versuchen.* Ich wünsche euch viel Erfolg bei eurem Vorhaben. Glaubt mir, ich freue mich auf ein Wiedersehen mit euch und schreibt mir eine Karte aus Hongkong.«

# Kapitel 32

*Hongkong*

*Januar 2014*

*Die Einrichtung der Zentrale*

D ie letzten Wochen waren wie im Fluge vergangen. Joe hatte sich auf der Hauptinsel, Hongkong Island, sein Studio eingerichtet. Seine Teamkollegen hatten die technische Ausrüstung organisiert, was in Hongkong überhaupt kein Problem darstellte. Sie nutzten eine leerstehende Villa, die sie über einen Kontaktmann angemietet hatten. Das großzügig angelegte Haus war durch eine hohe Mauer vor unliebsamen Blicken geschützt und lag auf halbem Wege zum Victoria Peak, dem höchsten Punkt der Insel. Von der Terrasse aus reichte der Panoramablick bis hinüber zu den Wolkenkratzern von Kowloon und auf die umliegenden Inseln. Für ein Grundstück in dieser Lage wurden astronomische Summen bezahlt, was vor allem mit der imposanten Aussicht auf den Victoria Peak zusammenhing. Gleich in den ersten Tagen in Hongkong hatte Joe mit seiner Freundin Tanja die Umgebung erkundet und er war mit ihr bis ganz nach oben auf den Berg gefahren. Sie hatten das traditionelle Verkehrsmittel gewählt, die Peak-Tram, mit der man seit über 125 Jahren auf den höchsten Ort der Insel gelangte. Der Ausblick von dem über 500 Meter hohen Aussichtspunkt war atemberaubend und zog alljährlich über 7 Millionen Besucher an.

Tanja hatte sich an Joe im wahrsten Sinne des Wortes herangemacht; nicht selten nahm sie ihn in den Arm und küsste ihn hingebungsvoll. In der Villa am Berg hatten sich die beiden ein gemeinsames Zimmer eingerichtet und meistens lief Tanja nur leicht bekleidet durch die Wohnung.

Joe genoss die Tage; es war ein angenehmes Arbeiten und er war mit dem Status seines Kontrollzentrums sehr zufrieden. Das einzige, was anfangs noch fehlte, war eine leistungsstarke Breitbandverbindung. Dabei kam ihnen schließlich die exklusive Lage der Villa entgegen. Die Umgebung am Gipfel war mit Sendemasten und Satellitenspiegeln geradezu überwuchert. Dieser Bereich in der Nähe des Victoria Peaks war zwar nicht für die Öffentlichkeit zugänglich, doch den Teamkollegen gelang es, eine Lücke in der Umzäunung zu finden und sich unbemerkt in eines der Satellitennetzwerke einzuklinken. Die Leitung stand. Nun konnten die Schwerpunktanalysen beginnen.

Das ostasiatische Team der Rebellen hatte es sich an einem runden Tisch, draußen auf der Terrasse unter dem freien Himmel, gemütlich gemacht. Es war ein Sonntagvormittag und die beste Zeit für ein ausgiebiges Brunch. Sie hatten eine kleine Bose-Anlage auf den Steinfußboden gestellt und steuerten die Musik von ihren mobilen Geräten. In gedämpfter Lautstärke lief das leichte Stück *A Summer Place* vom *Percy Faith Orchestra*. Die Atmosphäre war sehr relaxt. In einer Schublade in der Villa hatte Tanja eine Spielesammlung gefunden und die Dominosteine lagen nun ausgebreitet auf einem kleinen Beistelltisch auf der Terrasse. Der Franzose Pierre hatte es sich auf einer Liege bequem gemacht und studierte ein Dossier. Er war zufrieden, dass er in das Team in Ostasien eingeteilt worden war.

»Haben wir noch ein Bier im Kühlschrank?«, wollte Phil wissen.

Sein Kollege Carl, der in der Küche stand, schüttelte den Kopf. »Nee, Phil. Ab heute läuft die heiße Phase. Wir sind im Einsatz und Alkohol ist tabu.«

Carl rückte sich sein lässiges T-Shirt zurecht und setzte seine Sonnenbrille auf, als er sich wieder zu den anderen auf die Terrasse gesellte.

Joe stimmte ihm zu. »Niemand kann uns sagen, wie weit die anderen Teams sind. Morgen fängt der Monat Februar an. Das heißt, unser Countdown rückt näher. Vielleicht beginnt die Operation schon in wenigen Wochen. Wir müssen jedenfalls auf der Hut sein. Außerdem kommt nächste Woche hoher Besuch.«

Tanja drehte sich zur Seite; sie wusste, dass Rosanna und Peter anreisen wollten, was ihr wiederum nicht in den Kram passte.

Denn Tag für Tag mit Rosanna unter einem Dach zu verbringen, stand bei Tanja nicht auf einem der vorderen Plätze ihrer Wunschliste. Sie wurde das Gefühl nicht los, dass es mit der US-Amerikanerin in vielerlei Hinsicht auf eine rivalisierende Begegnung hinauslaufen würde. Schließlich war *sie* jetzt mit Joe zusammen und niemand sollte ihr dabei in die Quere kommen.

Ob es nun ein Bier gab oder nicht, Phil ging dennoch zum Kühlschrank. »Möchte noch jemand etwas?«

Die Männer verneinten und Phil holte sich ein Ginger Ale. Er schritt über die Terrasse und blickte auf die Silhouette der Großstadt. Aus der Ferne drang leise der Verkehrslärm heran.

»Hoher Besuch? Rosanna kommt morgen, nicht wahr? Die Frau ist hochintelligent. Ihr beide arbeitet schon sehr lange zusammen, stimmt's?«

Joe nickte. »Seit einigen Jahren. Genaugenommen hat sie mich entdeckt und zu euch gebracht. Ich schätze ihre absolut professionelle Vorgehensweise. Meiner Meinung nach ist sie die klare Nummer Zwei hinter Martijn.«

Carl erhob sich von seinem Stuhl, der mit einem Rattan-Geflecht überzogen war. »D'accord. Was sie in die Hand nimmt, wird ein Erfolg. Ich war vor über zwölf Jahren bei den Vorbereitungen zur großen Operation mit ihr in einem Team.«

Phil drehte sich zu seinem Kollegen um. »Sie war mit dabei? Bei 9/11?«

»Nicht nur dabei … sie war im Kernteam und ihre Doppelrolle als eins der Opfer hatte sie perfekt wahrgenommen. Später war sie sogar mit einem anderen aus dem Team verheiratet. Nicht richtig verheiratet, nur so zum Schein. Quasi virtuell. Und sie haben einige Jahre in der Schweiz gelebt. Doch über ihn weiß man so gut wie nichts. Sag mal Joe, gibt es ihren Ex-Mann noch?«

Joe räusperte sich und er versuchte, Carl in seiner Mitteilungsfreude zu bremsen. »Du bist verdammt gut informiert. Dennoch solltest du die Statuten beachten. Eisernes Schweigen heißt die Devise.«

Carl machte einen mürrischen Gesichtsausdruck. »Statuten hin oder her. Die gelten für die *Enco* und mit denen bin ich durch.«

»Oh, oh«, mischte sich Phil ein. »Da wäre ich vorsichtig. Denk an die nachvertraglichen Pflichten. Sonst wirst du die Rolle des toten Mannes spielen. Irgendein *Enco*-Killer wird dich finden.«

Carl nickte. »Okay, dann werde ich mich von nun an in Schweigen hüllen.«

Pierre, der Franzose, hatte sich von seiner Sonnenliege erhoben und machte ein paar Schritte über den gefliesten Steinboden.

»Wir sind alle tot. Die sind uns bereits auf den Fersen. Und wir haben nichts herausgefunden. Wonach suchen wir eigentlich, Joe? Nach einer Lady, die hier in Hongkong einen Terroranschlag plant. Irgendeine Frau, von der wir nichts wissen. Rein gar nichts! Schaut euch diesen Moloch an.«

Er hatte seinen Arm ausgestreckt und zeigte über die Kulisse der Stadt. »Da drüben wimmelt es nur so von Menschen. Das sind Millionen. Diese Frau zu finden, ist unmöglich. Es ist schlimmer als die berühmte Nadel im Heuhaufen. Pah, mon dieu.«

Er warf seine Hand ruckartig nach oben. Pierre wirkte enttäuscht. Die Chancen sahen wirklich nicht rosig aus. Keiner sagte ein Wort und von den umliegenden Bäumen drang ein gleichmäßiges Vogelgezwitscher auf die Terrasse. Es war eine gute Gelegenheit für Tanja, sich zu äußern. Sie hatte sich lange Zeit zurückgehalten, doch nun hatte sie eine Idee.

»Vielleicht müssen wir die Frau, die Nummer Sieben aus der One-C, gar nicht finden. Schließlich wird sie ja den Anschlag nicht selbst ausführen. Wenn ich euch richtig verstanden habe, war sie früher eine Enco Mitarbeiterin, richtig? Auch wenn diese Karriere bei ihr schon einige Jahre zurückliegt, könnten wir an dieser Stelle nachhaken. Wer hat die Enco verlassen? Wir müssten nur eine frühere Liste mit den aktuellen Mitgliedern abgleichen.«

Carl unterbrach sie in ihrem Redefluss. »So einfach ist das nicht. Es gibt doch keine Liste mit den Real-Namen ... wie ein Telefonverzeichnis. Entschuldige, Tanja, aber das zu glauben, wäre ziemlich naiv.«

Die Russin ließ sich nicht beirren.

»Gut, gut, akzeptiert. Ich wollte auf etwas anderes hinaus. Die Nummer Sieben wird jedenfalls nicht selbst den Anschlag ausführen. Deshalb wird sie eine Mannschaft zusammenstellen und dabei irgendwie mit anderen Menschen in Kontakt treten. Da sollten wir ansetzen.«

Joe schaute zerknirscht.

»Als ob das so einfach wäre. Eine Unbekannte redet mit Unbekannten. Wie soll ich das recherchieren? Die Informationen sind nur Bruchstücke. Und zu deinem ersten Vorschlag, die Listen der Mitglieder zu vergleichen. Wie Carl schon sagte, geht das nicht, weil es solche Listen nicht gibt. Die Agenten der *Enco* kennen sich bis auf die oberen Hierarchiestufen nicht mal untereinander - wenn sie nicht gerade in einer gemeinsamen Operation eingeteilt sind. Vielleicht wurde die Lady auch von vorneherein von den geheimen Drahtziehern parallel bei der *Enco* eingeschleust, so dass sie dort ihre Grundausbildung absolvieren konnte. Dann sind alle Informationen über sie schon längst gelöscht. Leute, ich glaube, ihr seht das ganz richtig. Die Zeit der Illusionen ist beendet. Wir wissen, dass wir nichts wissen. Sorry, wir werden den Terroranschlag der *Operation WHELO* nicht verhindern können. Cheers. Trinken wir auf das Ende der zivilisierten Welt.«

Joe hob sein Glas mit Cola und prostete dem Team zu. Sein Sarkasmus war unüberhörbar. Phil raufte sich die Haare. Ihm schlug die negative Stimmung aufs Gemüt und er bemühte sich, etwas Zuversicht zu vermitteln.

»Stopp. Wir sollten nicht so schwarz sehen. Ich kann mir schwer vorstellen, dass die *One-C* den Terroranschlag mit einem unerfahrenen Team in Hongkong plant. Denn wer sollte das sein, wenn es keine Profis sind? Berufskiller? Legionäre? Oder eine versprengte paramilitärische Truppe? Nein, wenn ihr mich fragt, wird ein Anschlag nicht mit Amateuren gelingen. Die Lady kommt nicht umhin, die professionellen Teams der *Enco* mit einzubinden. Wahrscheinlich haben die Vorbereitungen bereits begonnen. Tanja hat schon recht. Da müssen wir anknüpfen.«

Joe nickte nun doch einige Male.

»Das könnte richtig sein. Es wird zwar nicht einfach sein, an die Planungsformationen zu kommen, und wahrscheinlich werden es weitaus mehr Projekte sein, als tatsächlich umgesetzt werden. Es ist der alte Trick des Optionsüberschusses. Irgendwo auf der Welt werden parallel dazu schon die Identitäten der vermeintlichen Opfer aufgebaut, beispielsweise eine Familie aus Neuseeland oder Australien. Und gleichzeitig werden die Täterprofile geschaffen. Fanatische Kämpfer aus Tschetschenien oder aus dem Iran. Wer weiß? Die angeblichen Täter fischen bis dato noch im Trüben. Sie ahnen nichts von ihrer Rolle und werden es auch nie erfahren, wofür sie im Nachhinein verantwortlich gemacht werden.«

Carl ächzte. »Jetzt machst du es dir aber einfach. Die Optionsvielfalt hatten wir schon bei 9/11. Dort hieß die Devise, alle Teams so lange wir möglich im Unklaren zu lassen und sie nicht in den Gesamtplan einzuweihen. Meinst du wirklich, es wird diesmal ein ähnliches Muster geben? Dann fehlen uns in der Story nur noch die zwei Türme.« Es war ein unterdrücktes Lachen, mit dem Carl seinen Gedankengang beendete.

Joe breitete ein großes Blatt Papier auf dem Tisch aus und zeichnete mit einem Stift die Kontinente ein.

»Konzentrieren wir uns auf Asien mit China und Hongkong. Von hier aus startet die Operation. Japan ist nicht weit weg; und Australien und Neuseeland werden hundertprozentig mit involviert werden. Ich sage nur *Five Eyes*. Indien könnte auch eine Rolle spielen, denn neben China ist Indien das bevölkerungsreichste Land der Erde. Schließlich sollten wir auch die Ukraine und die Krim nicht vergessen. Russland annektiert unentwegt weitere Landstriche und die ganze Welt schaut zu.«

Er kreiste China und Indien ein und markierte den eigenen Standort mit einem Kreuz.

»Das ist die Region, um die es geht. Wer weiß, was Martijn und unsere Kollegen in Westafrika herausgefunden haben? Nach meiner Einschätzung würde ich auf biologische Kampfstoffe tippen.«

»... und auf zwei Türme, die am Ende einstürzen«, ergänzte Tanja.

Carl sagte daraufhin nur zwei Worte und es herrschte augenblicklich eine eigenartige Stille. »Kuala Lumpur ...«

Hatte er damit den Nagel auf den Kopf getroffen? In der Hauptstadt von Malaysia gab es die beiden berühmten Türme. Die Petronas Tower. Doch Kuala Lumpur lag Tausende Kilometer von Hongkong entfernt. Konnte es dennoch einen Zusammenhang geben?

Joe zeichnete die Hauptstadt in seine Skizze ein. Nach und nach füllte sich das Papier. Wie auf einer übergroßen Mindmap hatten sie darauf alle vorhandenen Anhaltspunkte vermerkt. Dann entwickelten sie die Szenarien. Sie ließen ihrer Fantasie freien Lauf und überboten sich gegenseitig bei den in Frage kommenden Varianten. Eine Version war grausamer als die nächste. Angefangen beim Sprengstoffanschlag auf die beiden Türme in Malaysia, bis hin zu einem hoch aggressiven Virus, das entweder in Indien oder in China ausbrechen würde, um schließlich die Bevölkerung in ganz Südostasien zu bedrohen. In ihren Hochrechnungen kamen sie auf zwanzig Teilprojekte, die für die Anschläge in Vorbereitung sein konnten. Für die finale Umsetzung würde davon nur eine Handvoll zum Tragen kommen. Gerade das machte eine Eingrenzung so schwierig. Phil beugte sich über die Zeichnung.

»Hey, Leute. Zwanzig Aktionen sind eine ganze Menge. Selbst wenn ein Drittel davon auf das Konto der Militärs geht - und die machen ja im Sinne von *Befehl und Gehorsam* anstandslos mit und lassen keine Details durchsickern - so muss doch der Rest bei der *Enco* laufen. Eigentlich müssten wir davon Wind bekommen haben. Oder sind wir vielleicht schon auf einer schwarzen Liste und kriegen gar nichts mehr mit?«

Carl beruhigte ihn. »Ach, weißt du. Wenn es sich um kleinere Drills handelt, dann übernehmen das die lokalen Teams in Asien. Insgesamt verfügt die *Enco* weltweit über viele hundert Agenten. Wir sind nur fünfzig und ich wüsste nicht, dass bisher auch nur ein einziger von uns in Asien eingesetzt wurde.«

»Nee«, lächelte Joe. »Ein Einsatz in Asien ist neu für uns. Das ist eure Premiere. Allerdings kämpft ihr nun auf der anderen Seite. Ich schalte die Geräte ein und dann geht es an die Arbeit.«

# Kapitel 33

## Die Botschaft

Alle Wege führten nach Rom und viele Flüge nach Hongkong. Doch noch hatten sie keine Eile, in die ostasiatische Metropole zu fliegen. Nach ihren Stippvisiten in Wien und Genf verbrachten Rosanna und Peter noch einige Zeit in Hamburg. Auch wenn sie sich versteckt hielten, so wollte er unbedingt in seiner Wohnung vorbeischauen. Bei dieser Gelegenheit setzte er auch ein Lebenszeichen bei seiner Ex-Frau Claudia ab und informierte sie, dass es ihrem gemeinsamen Sohn Robert gut ging und er sich augenblicklich in Berlin aufhielt. Obwohl Peter liebend gerne bei seiner Agentur vorbeigeschaut hätte, um seinem Team einen Besuch abzustatten, ließ er diese Station aus. Rosanna wies immer wieder darauf hin, dass sie möglichst keine Spuren hinterlassen sollten.

In diesen Tagen fühlte er sich fast wie ein Fremder in seiner Heimatstadt. Es war erstaunlich, wie weit Hamburg und sein früheres Leben hinter ihm lagen. Erst vor einem halben Jahr, im Juni 2013, hatten sich die Ereignisse überstürzt. Ein IT Spezialist war in der Agentur beim Versuch, einen Trojaner auf Peters Rechner einzudämmen, von einem unbekannten Mann erschossen worden. Es hatte sich herausgestellt, dass das Attentat eigentlich Peter galt - aufgrund eines Datensticks mit hochbrisanten Informationen. Auf seinem USB Speicher in der Form des berühmten Rosetta Stone's waren nämlich unter anderem Fakten enthalten, die die bisherigen Darstellungen der Anschläge vom 11. September in ihren Grundfesten erschüttern konnten. Nach dem Anschlag auf die Agentur war er dann mit seinem Sohn zum Nordkap geflüchtet und hoffte, so der Gefahr aus dem Wege gehen zu können. Seitdem hatte er mit Rosanna eine regelrechte Odyssee hinter sich, wobei die Ausbildung bei Gori in Russland ungeahnte Kraftreserven in ihm frei gesetzt hatte. Er fühlte sich fit wie selten zuvor in seinem Leben und war fest entschlossen, an der Seite seiner Freundin gegen die geheimen Drahtzieher zu kämpfen. Sie hatten sich in Hamburg im Hotel Empire einquartiert und unternahmen einen Spaziergang entlang der Elbe bis zum neuen Hafenviertel.

»Meinst du, wir schaffen es? Bislang sind alle Informationen bestenfalls Fragmente und auch unsere Gesprächspartner in Wien und Genf konnten uns nicht wirklich weiter helfen.«

Rosanna nahm ihn in den Arm und sie schlenderten entlang der Promenade. »Doch, doch. Wir sind auf dem richtigen Weg. Ein Feuer kannst du auch erst löschen, wenn du weißt, wo der Brandherd ist. Noch ist es zu früh. Denk an die moderne Verbrechensbekämpfung; neuerdings sollen kriminelle Taten schon erkannt werden, bevor sie begangen werden. Quasi im Entstehungsprozess. Joe hat sich sehr intensiv damit beschäftigt. Ich halte die Methodik jedoch für kritisch. Selbst wenn jemand im Kopf ein Verbrechen plant, so macht er sich erst schuldig, wenn er tatsächlich mit der Ausführung beginnt, oder?«

»Hm«, entgegnete Peter. »Aber vielleicht kann man dadurch einen Anschlag verhindern. Denn Täter mit einem terroristischen Hintergrund sind ja keine Kleinkriminellen und lassen aus irgendwelchen Gewissensbissen von ihrem Vorhaben ab. Die Terroristen führen ihren Anschlag garantiert durch. Ohne Rücksicht auf Verluste. Das macht sie ja so unberechenbar.«

Sie fasste ihn an die Hand und sie überquerten die Fußgängerbrücke zum neuen Hafenviertel. Eine frische Brise wehte ihnen um die Nase und die typischen Möwenschreie begleiteten sie. Es waren nur wenige Touristen zu dieser Jahreszeit in der Hansestadt unterwegs. Wen es im Februar hierher verschlagen hatte, der war meistens direkt auf dem Weg zu den Sehenswürdigkeiten oder zu einem der Musicals.

»Sieh nicht so schwarz. Ich bin relativ zuversichtlich. Bei der großen Operation 9/11 vor über zwölf Jahren gab es eigentlich unzählige Anzeichen im Vorfeld. Erinnere dich nur mal an die Börsenspekulationen auf die Aktien der Airlines. Es wird bei dieser Operation wieder so sein. Einige Tage vor dem Anschlag müssen wir die Zeichen nur richtig deuten, dann ergibt sich das Bild fast von selbst.«

»Womit wir es zwar erkennen, aber noch lange nicht verhindern können«, hielt Peter dagegen.

Rosanna ließ sich nicht beirren. »Ach, Peter. Sobald wir den Anschlag publik machen, wird er abgeblasen. So wie bei der *Operation Salamander*. Von denen geht niemand ein Risiko ein. Selbst 9/11 hätte noch auf der Zielgeraden scheitern können. Ich bin zuversichtlich, dass wir den Anschlag stoppen können. Es wird uns gelingen. Die besten Kämpfer der *Enco* sind auf unserer Seite - und du bist auch mit von der Partie!« Sie lächelte ihn an.

Es war ein Moment des Glücks, den er spürte. Vielleicht auch deshalb, weil er nicht die geringste Ahnung hatte, wie es überhaupt weitergehen sollte. Er zeigte ihr die Elbphilharmonie. Natürlich nur von außen, denn bis zur Fertigstellung des imposanten Bauwerks an der Elbe wurden noch weitere zwei bis drei Jahre veranschlagt. Peter reflektierte auf die Treffen mit den vermeintlichen Experten in Wien und Genf.

»Meinst du, deine Spezies haben uns weiter gebracht?«

Sie nickte heftig. »Absolut. Wenn es jemanden gibt, der hinter die Kulissen schaut, so sind es Typen wie sie. Die wissen noch viel mehr, als sie auf Anhieb herauslassen. Ich bin sicher, sie geben uns zum passenden Zeitpunkt die entscheidenden Hinweise. Mit Doc Einstein hatte ich vor vielen Jahren eine sehr interessante Unterhaltung geführt. Er versuchte, mir etwas von den Zusammenhängen der Welt zu erklären. Es war so, als wäre ich auf einen uralten Druiden gestoßen, der mich in die Geheimnisse des menschlichen Lebens an sich einweihen wollte. Alles war sehr mystisch und ich schaltete damals direkt auf Durchzug. Für mich war es eine Spur zu esoterisch und wirklichkeitsfern. Doch aus heutiger Sicht…«

Peter wiegte seinen Kopf von rechts nach links. »Rosanna, mal im Ernst. Der Alte beobachtet die Katze seiner Nachbarin und leitet daraus tiefschürfende Erkenntnisse ab. Er faselt etwas von kleinen Vögeln, die über den Atlantik fliegen. Der Kerl ist doch nicht ganz bei Trost. Er prophezeit den bevorstehenden Polsprung und das Ende der Menschheit. Da ist mir ja fast der Salamander auf dem Roten Planeten lieber.«

Sie schmunzelte. »Warte es ab. Diese sogenannten Typen blicken viel tiefer in das eigentliche Wesen des Lebens und der menschlichen Seele, als du es dir vorstellst. Wenn du eine mathematische Aufgabe lösen willst, musst du auch erst die Grundrechenarten beherrschen.«

»Die Seele des Menschen. Okay. Damit hätte ich kein Problem. Aber was verbirgt sich hinter der *Seele der weißen Ameise*?«

Er gab seinen Worten einen kritischen Unterton mit auf den Weg und holte aus seiner Umhängetasche das Taschenbuch mit den deutlichen Gebrauchsspuren heraus.

»Über das Impressum bin ich noch nicht hinausgekommen. Eugène Marais heißt jedenfalls der Autor, und das Werk ist fast hundert Jahre alt. Muss ich mehr darüber wissen?«

»Ist es das Geschenk von Doc Einstein? Das Buch, was er dir zum Abschied in die Hand gedrückt hat?«

Peter nickte. »*Die Seele der weißen Ameise*. So wie es aussieht, ist es wohl nur noch als Taschenbuch im Antiquariat erhältlich. Das sagt doch alles über den Gegenwartsbezug.«

Er blätterte durch die Seiten, bis er plötzlich einen kleinen Zettel entdeckte, der sich im hinteren Drittel des Büchleins befand. Er war mit einem Tesastreifen festgeklebt und darauf stand eine handschriftliche Notiz. Rosanna blieb ebenfalls stehen und rückte näher an ihn heran.

»Zeig mal.« Sie nahm das Buch in die Hand und las die Zeilen vor. »*Jedem Ereignis geht ein anderes voraus. Die Zukunft ergibt sich aus der Herkunft.*«

Für Peter passten die Sprüche ins Bild. »Willkommen im Reich der abgefahrenen Weisheiten.«

»Halt«, erwiderte sie und drehte den Zettel um. »Es geht noch weiter. *Sprecht mit Aldo, einem der Wissenden. Das Codewort ist die Weiße Ameise und beruft euch auf mich. ES.* Was hältst du davon?«

Es folgte eine Zahlenkombination, bestehend aus zwölf Ziffern. Peter runzelte seine Stirn und zog die Augenbraue nach oben.

»Keine Ahnung. Was bitte soll das nun wieder bedeuten?«

»Die Initialen stehen für Ernst Stein und die Ziffern, hm … es könnte sich um eine Ortsangabe handeln. Vielleicht sind es Koordinaten, die Zahlen sind immer pärchenweise angeordnet, fast so wie Breiten- und Längengrade für die Navigation.«

# Kapitel 34

## Taormina

### Februar 2014

### Mit Aldo am Fuße des Vulkans

»Ich vermute, der Ort liegt in Europa.« Rosanna überprüfte die Koordinaten. In der Tat, das Ziel lag auf der italienischen Mittelmeerinsel Sizilien. Nördlich von der Stadt Catania; unterhalb des Vulkans Ätna und ganz in der Nähe von dem Küstenort Taormina. Kurzentschlossen nahmen sie den nächsten Flug zur südlichen Spitze von Europa. Die Temperaturen waren frühlingshaft, als sie aus dem Flieger in Catania stiegen. Der erste Weg nach der Ankunft führte sie zu einem lokalen Autovermieter und sie bekamen ein italienisches Mittelklassemodell. An der Windschutzscheibe klebte das mobile Navigationsgerät und Rosanna gab das Ziel anhand der Koordinaten ein. Die Strecke entlang der Küste war malerisch und die ersten Blüten am Wegesrand schmückten bereits die Landschaft. Die Region war außerordentlich fruchtbar; vor allem wegen der Nähe zum Ätna, der jedoch glücklicherweise seit vielen Jahren ruhig geblieben war. Majestätisch erhob sich der schlafende Vulkan zu ihrer linken Seite.

Im Fahrzeug rätselten sie, wer sich hinter ihrem nächsten Kontakt, dem angeblichen Insider Aldo, verbergen konnte. Sollten sie in Taormina auf einen weiteren selbsternannten Naturwissenschaftler treffen? Für Peter waren es mittlerweile Pseudo-Experten. Seiner Meinung nach gaben sie sich wissender, als sie es tatsächlich waren.

»Sonst würden wir sie an den renommierten Universitäten finden und nicht an den abgelegensten Orten der Welt«, mutmaßte er und setzte noch einen weiteren Aspekt hinzu.

»Aldo? Das klingt nach einem Nachfahren von Don Camillo und Peppone. Ich bin gespannt, auf was für einen Gesellen wir als Nächstes stoßen.« Er machte aus seiner Skepsis kein Geheimnis.

Nach guten 50 Kilometern, immer an der Ostküste Siziliens entlang, erreichten sie die Stadtgrenze von Taormina. Der verträumte Ort zählte bereits im 19. Jahrhundert zu den beliebtesten touristischen Zielen auf der Mittelmeerinsel. Die Stadt mit den griechischen Wurzeln war schon in der Antike, im vierten Jahrhundert vor Christus, gegründet worden. Ursprünglich lag die Besiedlung in einer Höhe von 200 Metern über dem Meer; inzwischen erstreckte sich die Bebauung bis direkt ans Meer. Es war offensichtlich, dass der Ort hauptsächlich vom Tourismus lebte. Selbst jetzt im Februar waren die Temperaturen äußerst mild und überall deuteten Hinweisschilder auf die Hotels und die zahlreichen Übernachtungsmöglichkeiten hin. Rosanna hatte zunächst nur die vierstelligen Koordinaten für den Längen- beziehungsweise den Breitengrad in das Navigationssystem eingegeben und sie kamen damit bis an die Stadtgrenze.

»Nördliche Breite 37° Grad und 51 Minuten; sowie 15° Grad und 17 Minuten östlich vom Nullmeridian. Da sind wir also«, stellte Rosanna fest und Peter drosselte die Geschwindigkeit des Fahrzeugs. Vor ihnen lag die verkehrsberuhigte Altstadt.

»Hier geht's nicht weiter. Die Straße ist gesperrt. Und ich sehe niemanden, der ein Schild mit dem Namen Aldo in der Hand hält.«

Sie presste die Lippen aufeinander und schüttelte ihren Kopf.

»Ich verstehe dich nicht. Immer musst du deinen Missmut zum Ausdruck bringen. Uns erwartet doch auch keiner. Gib mir bitte den kleinen Zettel aus dem Buch. Wir brauchen die Sekunden.«

Zunächst stutze Peter. Die Sekunden? Dann dämmerte es ihm. Es ging um die Feinkoordinaten. Während Rosanna die Zahlen auf dem Display eingab, schaute sich Peter auf der Autokarte die nahegelegenen Sehenswürdigkeiten an. Die Legende des Prospekts vermittelte ihm weitere Informationen. Vor allem das antike Theater mit dem Blick auf die vorgelagerte Insel *Isola Bella* sowie auf den Ätna sollte sehenswert sein.

»Weißt du, wohin wir müssen? Sonst würde ich vorschlagen, dass wir einen Ausflug zum Vulkan unternehmen. Übrigens, am 21. Juni des letzten Jahres - das war der Tag der Sonnenwende, als wir uns in Norwegen trafen - wurde der Ätna von der UNESCO zum Weltkulturerbe ernannt.«

»Am 21. Juni?« Sie schaute ihn an. »Und es ist nach wie vor ein aktiver Vulkan, richtig?«

Peter nickte. »Wir sollten uns beeilen, bevor er wieder ausbricht.«

Sie schmunzelte. »Der Vulkan schläft. Die letzten Eruptionen liegen über zehn Jahre zurück. Uns wird schon nichts passieren. Doch ich muss dich enttäuschen; das Sightseeing muss warten.«

»Also kennst du unser Ziel?«

Rosanna schnallte ihren Sicherheitsgurt ab. »Such einen Parkplatz. Es geht per Pedes weiter.«

Er legte die Straßenkarte zur Seite und steuerte einen bewachten Parkplatz in der Nähe an. Die beiden schnappten sich ihre Rucksäcke und machten sich auf den Weg.

Rosanna war von dem Stadtbild hellauf begeistert. Der Ortskern war dicht besiedelt und die Häuserkulissen drängten sich dicht aneinander. Jedes Haus schien seine eigene Geschichte zu haben und die Jahrhunderte blickten auf sie herab. Sie konnte gut verstehen, dass der Ort seit jeher ein beliebtes Urlaubsziel darstellte und Johann Wolfgang von Goethe vor über 200 Jahren, als einer der ersten Reisegäste in der Neuzeit, gerne hier war. Sie checkte die Hinweispfeile auf dem Navi, welches sie aus dem Auto mitgenommen hatte, und zeigte mit dem Arm nach rechts.

»Weit kann es nicht mehr sein.«

Auf ihrem Weg durch die Altstadt kamen sie an einigen Kirchen vorbei und es war klar ersichtlich, dass der Großteil der Bevölkerung dem römisch-katholischen Glauben angehörte.

»Wer ist Aldo? Was treibt der Kerl in Sizilien ... und was machen wir hier eigentlich?« Peter erwartete keine Antwort auf seine Fragen; sie hatten einen rhetorischen Charakter. Dennoch griff seine Freundin die Gedanken auf.

»Ja, ich kann mir gut vorstellen, was dir durch den Kopf geht. Mir geht es nicht anders. Irgendwo da draußen wird einer der größten Terroranschläge der Geschichte geplant und wir wandeln auf den historischen Spuren der Vorgeschichte. Wenn uns Joe beobachten könnte, er würde vermutlich nur mit dem Kopf schütteln.«

Sie blieb stehen. Eine weibliche Stimme meldete sich aus dem Gerät in ihrer Hand. »*Sie haben Ihr Ziel erreicht.*«

Sie warfen einen Blick auf die Häuser um sie herum. Auf der Treppenstufe eines Hauseingangs stand eine völlig in Schwarz gekleidete Frau und schaute die beiden wie versteinert an. Sie sagte kein Wort und musterte die Besucher. Peter schaute ihr in die Augen und fragte sich, ob die Alte ihnen weiterhelfen konnte. Die Frau in Schwarz machte auf dem Absatz kehrt und verschwand in dem Haus.

Hier gab es keinen 'Aldo', keine einzige Menschenseele. Sie standen in einer engen Gasse, mitten zwischen den Häusern. Einige hundert Meter vor ihnen sahen sie einen Barockbrunnen mit zwei Wasserbecken und einer griechischen Figur, die einen Stierkörper darstellte und dahinter lag die imposante Festungskathedrale. Rosanna schüttelte den Kopf. Wenn der Dom das eigentliches Ziel gewesen war, warum zeigte das Navi dann auf diesen unspektakulären Ort, an dem sie sich nun befanden?

Sie warfen einen Blick nach rechts, dann nach links. Es tat sich nichts. Kurz bevor sie wieder umkehren wollten, ließ Peter seinen Blick nach unten gleiten. Sie standen direkt auf einer schwarzen Granitplatte, die sich deutlich vom sonstigen Pflaster abhob. Er entdeckte ein Symbol, welches in die Platte eingelassen war. Er zögerte. Es war ein fünfzackiger Stern.

Peter bückte sich und strich mit seinem Zeigefinger über das Relief. »Ein Pentagramm, Rosanna. Ich glaube, die GPS Daten waren hundertprozentig korrekt. Vielleicht ist Aldo ja gar kein Mensch, sondern ein übersinnliches Zeichen?«

Als Peter sich wieder aufrichtete, stand plötzlich ein hagerer Mann vor ihm. Er erschrak; der Mann war mit einem schwarzen Umhang verhüllt und starrte ihm direkt in die Augen. Peter war irritiert und schaute hilfesuchend zu Rosanna. Niemand sagte etwas. Das Erscheinen des Sizilianers geschah viel zu unerwartet. Der Mann schwieg und verzog keine Miene. Auch nicht als Peter ganz leise nach seiner Identität fragte.

»Sind Sie Aldo?« Es gab nicht die geringste Reaktion. Peters Augen wanderten nervös hin und her.

»Wir kommen auf eine Empfehlung von Ernst Stein. Verstehen Sie uns?«

Doch noch immer stand der Mann in Schwarz völlig regungslos vor ihnen. Peter versuchte es ein weiteres Mal und brachte die Worte nur abgehackt aus seinem Mund.

»Die Seele ... der weißen ... Ameise.«

Wie verwandelt zog sich ein Lächeln über das Gesicht des Fremden.

»Willkommen. Ja, man nennt mich Aldo. Willkommen in Taormina.«

Wortlos deutete Peter auf den fünfzackigen Stern im Steinboden. Doch Aldo legte als Antwort nur seinen Zeigefinger auf die Lippen und bat sie, mit ihm den Ort zu verlassen. Peter drehte sich noch einmal um. Die alte Frau stand plötzlich wieder in dem Hauseingang und blickte ihnen mit einer eisernen Miene hinterher. Die Stille hatte ihre eigene Sprache und die ganze Atmosphäre wirkte sehr mysteriös. Sie machten sich auf den Weg und kamen an alten Fassaden vorbei; dabei passierten sie Kirchen aus den unterschiedlichsten Zeitaltern.

»Wohin gehen wir?«, wollte Peter wissen. »Nehmen Sie uns die Beichte ab?«

Aldo verstand die Anspielung auf sein Erscheinungsbild und auf die schwarze Kleidung, doch er schien nicht auf Peters Humor anzusprechen. Stattdessen zeigte er auf das kunstvolle Fries an der Fassade eines Palastes.

»Das ist der *Palazzo Duchi di Santo Stefano*, er datiert aus dem 14. Jahrhundert.«

Peters Blick fiel auf die Rosetten in dem Fries und auf ein kunstvolles Symbol.

»Ein Hexagramm«, erklärte Aldo. »Es stammt aus dem Mittelalter und galt zur Abwehr gegen die Dämonen.«

Der Weg durch die Altstadt wurde mit jedem Schritt unheimlicher. Rosanna fasste Aldo an seinen Oberarm.

»Darf ich Ihnen eine Frage stellen? Woher wussten Sie, dass wir heute an dem Ort mit dem fünfzackigen Stern auftauchen würden? Sie kennen uns nicht und wir haben nie zuvor miteinander gesprochen. Niemand war darüber informiert, ob und wann wir uns dorthin begeben würden. Trotzdem waren Sie innerhalb weniger Augenblicke dort.«

Peter fühlte einen eisigen Schauer über seinen Rücken laufen. Rosanna hatte den Nagel auf den Kopf getroffen. Der Mann in dem schwarzen Umhang sah nicht aus wie ein Agent der NSA, der auf ihre Flugdaten oder irgendwelche GPS Informationen des Mietwagens einen Zugriff hatte. Woher also stammte sein Wissen über ihre Ankunft? Der Sizilianer lächelte salomonisch.

»Ich habe es gespürt. Wissen Sie, manchmal stelle ich mir einen Wecker auf eine bestimmte Uhrzeit. Und dann werde ich einige Minuten vor dem Weckruf wach. Die innere Uhr geht relativ genau. Wenn man auf seine innere Stimme hört, bekommt man mehr vom Lauf der Dinge mit, als man es für möglich hält.«

Peters Blick war von einer gewissen Fassungslosigkeit geprägt. Nur all zu gerne wollte er den Mann als nächsten Vertreter in seine Liste der skurrilen Gestalten aufnehmen, die ihm in den vergangenen Wochen begegnet waren. 'Jetzt reiht sich auch noch ein pseudo-heiliger Seher in das Panoptikum ein', dachte er und protestierte innerlich.

»Es ist schlichtweg unmöglich zu spüren, wann sich Menschen an einem bestimmten Ort befinden. So etwas gibt es nicht.«

Aldo zog eine Augenbraue nach oben. »Ihre Einschätzung, ob etwas geschehen kann oder nicht, gründet sich auf die gemachten Erfahrungen. Nur sollte man es nicht mit Ignoranz beantworten, wenn einem das zuvor für unmöglich Gehaltene erstmals widerfährt.«

Der Mann blieb vor einer schmucklosen Fassade stehen und drückte die eiserne Klinke an der massiven Holztür hinunter.

»Folgt mir.«

Sie gelangten in einen Innenhof, der mit farbenfrohen Blumen geschmückt war. An den Wänden des Ziegelbaus fanden sich zahlreiche Abbildungen und Ornamente. So unscheinbar das Gebäude von außen aussah, umso prächtiger war es innen im Atrium gestaltet. Aldo blieb vor einem steinernen Wandfresko stehen.

»Das ist der heilige Märtyrer Pankratius. Er ist der Schutzpatron unserer Stadt. Die Geschichte von Taormina reicht sehr weit in die Vergangenheit zurück und immer wieder wurden die Tempel auf den Ruinen der früheren Epochen errichtet. Die Historie liegt im wahrsten Sinne des Wortes unter uns. *Die Zukunft ergibt sich aus der Herkunft.*«

Peter erinnerte sich. Diesen Spruch hatte er schon einmal zuvor gehört. Die Zukunft ergab sich aus der Herkunft. Und jedem Ereignis ging ein anderes voraus. Doc Einstein hatte diese Weisheiten auf dem Zettel im Taschenbuch der weißen Ameise verewigt. Er fand es merkwürdig, dass der Heilige, wie er den Mann in Schwarz mittlerweile für sich titulierte, auf den selben Satz reflektierte. Offensichtlich gab es eine Verbindung zu Doc Einstein und nach dem Zitat war klar, dass sich die beiden Männer kennen mussten.

»Wo liegt denn *Ihre* Herkunft, Aldo?«, fragte er ihn unverblümt.

Der 'Heilige' wies sie in an einen großen Holztisch in einer Nische. Durch die hohen Wände war es recht schattig; trotzdem herrschte aufgrund der Windstille im Atrium eine angenehme Temperatur. Auf dem Tisch stand ein Krug mit gekühltem Wasser und Aldo bot seinen Gästen ein Glas an.

»Große Ereignisse werfen immer ihre Schatten voraus«, konstatierte er - ohne auf die Frage von Peter einzugehen. »Die Gefahren sind immens; die Attacke wird eine ungekannte Härte mit sich bringen. Ihr werdet die bestmögliche Unterstützung von uns bekommen, um den Anschlag zu verhindern. Anderenfalls ist die Zeitenwende kaum noch aufzuhalten.«

Von diesen Sätzen alarmiert, meldete sich Peter zu Wort. »Bitte Aldo, lassen Sie uns nicht lange um den heißen Brei herum reden. Wir sagen Ihnen alles, was wir bis jetzt wissen und Sie ergänzen so gut es geht. Abgemacht?«

Der Mann schüttelte leicht seinen Kopf. »Geduld. So einfach ist es nicht. Die Möglichkeiten einer Einflussnahme sind begrenzt. Niemand auf Erden kann der Sonne ihren Lauf diktieren. Wir können ihn nur beobachten und beschreiben. Hört mir einfach zu. Die Schlüsse müsst ihr anschließend ganz allein ziehen.«

Aufmerksam lauschten sie den Ausführungen des Insiders. Bei vielen Punkten machte er nur Andeutungen und sie hatten den Eindruck, dass auch er nicht über jedes Detail Bescheid wusste. Das räumte Aldo ganz offen ein.

»*Operation WHELO?* Was sich hinter dieser Bezeichnung verbirgt, das wissen wir nicht. Namen sind Schall und Rauch. Wer auch immer sich diesen Namen überlegt hat, verbindet seine eigene Botschaft damit. Richtig ist, dass der Anschlag im fernen

Osten erfolgen soll. Die bevölkerungsreichsten Länder sind das Ziel. Unendliches Leid soll über die Menschheit gebracht werden. Denkt an die biblischen Seuchen. Das Ausmaß wird globale Züge annehmen und die Situation wird nicht mehr beherrschbar sein.«

»So schlimm, dass es zu einem Weltkrieg führen kann?«, ergänzte Rosanna.

Aldo nickte. »Kann und wird. Die Armeen der Mächtigen werden entfesselt sein und am Ende wird niemand mehr wissen, was der Auslöser war. Das Abendland kämpft gegen das Morgenland. Ost gegen West. In einem erbitterten Streit wird es um die Religionen gehen. Im Zentrum stehen das Christentum und der Islam. Die Konflikte werden überall neu aufflammen. Das Drehbuch ist bereits geschrieben und am Ende der Entwicklung steht eine tyrannische Weltregierung.«

Rosanna nickte. »So etwas haben wir schon an anderer Stelle gehört. Die Menschheit soll unterjocht werden. Die Menschen werden Sklaven, im Sinne, dass sie ihrer Freiheit beraubt sind. Verstanden. Es führen zwar einige Spuren nach Hongkong, doch wie finden wir heraus, wann und wo der Terroranschlag als Auslöser für all diese Entwicklungen stattfinden soll?«

Der Mann presste seine Lippen aufeinander. »Hm. Das ist nicht trivial. Noch nie zuvor sind so viele Optionen vorbereitet worden und das Maß der Vertraulichkeit bewegt sich auf dem höchsten Level. Mit Hongkong liegen Sie richtig. Der Anschlag wird von einer Frau koordiniert. Sie ist anmutig und schön, aber zugleich teuflisch und unbarmherzig. Sie liebt das Zeichen des Pentagramms, den fünfzackigen Stern und den Buchstaben 'V' als Symbol für den Zahlenwert fünf. Nicht selten beginnen die von ihr gewählten Namen mit einem 'V'.«

Peter stutzte. »Es ist das Zeichen des Bösen, dieses Pentagramm, richtig? Vorhin auf dem Pflasterstein, an dem wir uns trafen, befand sich ebenfalls ein solcher Stern. Wie soll ich das verstehen?«

Das war ein willkommenes Stichwort für den Wissenden. »Das Pentagramm ist ein uraltes, archaisches Symbol. Übrigens nur wenn das Pentagramm auf einer Spitze steht, gilt es als satanisches Zeichen. Die positiven Attribute überwiegen jedoch in der historischen Betrachtung. Der fünfzackige Stern lässt sich in einem Zug zeichnen und es finden sich darin fünf Dreiecke. Also sozusagen gleich fünfmal der Buchstabe 'A'. Das 'A' gilt als Zeichen des Anfangs. Der Außenkreis steht für das 'O'. Das Pentagramm ist das A und O. Alpha und Omega. Der Kreis des Lebens und der Welt. Habt ihr übrigens bemerkt, dass mein Name ebenfalls mit einem 'A' beginnt und mit einem 'O' endet?«

Er schmunzelte.

»Stellt euch einen Kreis vor und markiert fünf Punkte auf seinem Umfang in gleichmäßigen Abständen, also nach jeweils 72° Grad. Verbindet die Punkte; es ergibt sich ein Fünfeck. Das sogenannte Pentagon. Und richtig, das berühmteste Gebäude mit diesem Grundriss steht in Washington. Doch bleiben wir bei der eigentlichen Form. Die Diagonalen des Pentagons bilden nämlich den fünfzackigen Stern. Wobei die geometrischen Eigenschaften des Pentagramms einfach phänomenal sind. Alle Geraden schneiden sich im Verhältnis des Goldenen Schnitts.«

Peter dämmerte es. Die Zahl war im Buch des *Messengers* vermerkt. »Die Goldene Zahl 1,618«, stammelte er.

Die Zeichen fügten sich ineinander. Aldo nickte. »Ja, der Goldene Schnitt kommt im Pentagramm ganze zehn Mal vor. Deshalb war es das Geheimzeichen der Pythagoreer. Ihr habt sicher schon von der philosophischen Schule des Pythagoras gehört? Die Gelehrten der Antike beschäftigten sich nicht nur mit der Philosophie, sondern auch mit der Politik und der Mathematik. Sie waren unsere würdigen Vorgänger.«

Aldo ließ es zunächst offen, worauf er mit seiner letzten Bemerkung anspielte. Er legte eine Pause ein und nahm einen Schluck des kühlen Getränks.

»Wie ihr seht, war das Pentagramm zwar seit Urzeiten ein mystisches Symbol, aber keineswegs ein Zeichen des Schreckens. Von jeher hatte der Goldene Schnitt etwas Göttliches. Bei den Christen standen die fünf Spitzen symbolisch für die fünf Wunden von Jesu Christi bei seiner Auferstehung. Ursprünglich standen die fünf Ecken für die vier Elemente - Feuer, Wasser, Luft und Erde - sowie dem Geist als fünftes Element. In einer anderen Erklärung fanden sich die vier Himmelsrichtungen mit dem Äther darin. Später haben sich auch die Freimaurer dieses Symbol angeeignet und gaben den Spitzen die Bedeutungen der Gerechtigkeit, der Klugheit, des Fleißes, der Mäßigkeit und der

Stärke. Ihr seht, seit Jahrtausenden haben sich die Herrschenden dieses Zeichens bedient. Vor allem waren es die perfekten geometrischen Proportionen, die dem Pentagramm die übersinnliche Bedeutung verliehen.«

Peter blätterte in seinen Notizen und sortierte die Gedanken.

»Diese Frau in Hongkong ... sie gehört demnach zu den geheimen Drahtziehern der Gegenwart und benutzt wahrscheinlich aus diesem Grund einen Namen, der mit einem 'V' beginnt - als Symbol für das Pentagramm. Ist das die Erklärung?«

Aldo stimmte ihm zu. »Si, si. Sie ist die neue Nummer Sieben in der geheimen Organisation. Versteht ihr, es sind immer Zahlen, um die es geht. Das Pentagramm mit der Fünf ist ebenso eine ganz zentrale Größe, während die Sieben aktuell für die erste Frau in der obersten Führungsriege steht. Die Sieben ist *ihre* Zahl. Aber nur vorübergehend, denn sie möchte noch weiter in der Hierarchie aufsteigen.«

Peter kratzte sich am Kopf.

»Ja, die Sache mit den Zahlen ist auffällig. Der Wert 1,618 als Goldener Schnitt, ist somit keine willkürliche Zahl. Das ist sehr interessant. Wo wir schon mal dabei sind, Aldo, was verbirgt sich denn hinter den *Triangular Files*? Die haben doch auch etwas mit den Drahtziehern zu tun.«

Der Mann blinzelte mit den Augen. Seine graue Zellen arbeiteten. Er rieb sich die Hände und hob fast dazu an, einen verhaltenen Beifall zu klatschen, doch im letzten Augenblick zog er die Hände zurück und verschränkte sie hinter seinem Rücken.

»Die *Triangular Files*. Hm. Ihr seid gut informiert. Je kleiner die Zahlen werden, umso näher kommt man an das Wesentliche. Die *Triangular Files* stehen zunächst mal für den Zahlenwert drei, was ja naheliegend ist.«

»Drei? Bedeutet das die oberste Ebene? Der Anführer und seine beiden Berichtslinien. Das Trio der obersten Drei?« Peter gab seinen Vermutungen freien Lauf und Aldo nickte.

»Gut, ihr kennt das Prinzip, wie die Organisation strukturiert ist. Doch die *Triangular Files* sind noch viel mehr. Eine Art geheimer Codex, in dem alles festgelegt ist. Kein Buch, keine Bibel, kein Testament. Dennoch steckt darin die universelle Wahrheit. Wie soll ich euch das erklären?«

Es herrschte eine augenblickliche Stille in dem steinernen Atrium. Der Sizilianer strich sich mit der rechten Hand langsam über die Stirn und schloss seine Augenlider. Rosanna durchbrach das Schweigen und führte die Konversation einen Schritt zurück. »Aldo. Wie war das mit der Frau? Sie ist also die neue Kraft in der geheimen Organisation, richtig? Und nur noch mal zur Klarstellung; bei der Organisation sprechen Sie von der *One-C*«, ergänzte sie.

Er hielt sich die Hand vors Gesicht und hustete.

»Namen kommen und gehen. Der Ursprung dieses Zirkels liegt schon sehr, sehr lange zurück.«

Peter schossen die Gedanken durch den Kopf. Er erinnerte sich an seine Diskussionen mit Rosanna, als er über die Hintergründe vom 11. September recherchierte. Er hatte sie gefragt, ob möglicherweise auch das Attentat auf John F. Kennedy auf das Konto dieser geheimen Organisation gehen könnte, und sie war ihm damals ausgewichen. Lagen die Wurzeln der Vereinigung viel länger zurück, als er gedacht hatte? Vielleicht schon Hunderte von Jahren zurück? Er musste unwillkürlich an den Mann aus Genf denken. Es klang geradezu unglaublich.

»Wie lange gibt es die *One-C* schon? Wie lange, Signor?«, wollte er wissen.

Aldo räusperte sich und es zeigten sich einige Schweißperlen auf seiner Stirn.

»Sehr lange. Aber nicht durchgängig. Manchmal blieb die Tradition ein ganzes Jahrhundert lang verschollen. Es wurde auch nicht dokumentiert, wie man es annehmen könnte.«

»Sie sprechen in Rätseln, Aldo«, entgegnete Rosanna. »Wenn ich Ihnen folgen kann, so greift die *One-C* in den Lauf der Dinge ein. Sie versteckt sich hinter vielen Gewändern und niemand kann die Organisation vollständig erfassen.« Bewusst hatte sie eine möglichst vage Formulierung gewählt und damit ins Schwarze getroffen.

»Si. Besser hätte ich es nicht ausdrücken können. Wenn die Zeit gekommen ist, kann ich Ihnen alles erklären. Doch zuvor muss die Verhinderung des Verbrechens im Vordergrund stehen. Sonst wird die Welt aus den Fugen geraten.«

Peter erinnerte sich an die Präsentationen auf ihrer Konferenz in Leipzig - vor allem an den mitgeschnittenen Satz, der im nordamerikanischen Hauptquartier der *Enco* gefallen war. *Bei der Operation WHELO würde die Welt den Atem anhalten.* Die Fragmente fügten sich ineinander. Alles deutete auf einen grauenvollen Anschlag hin, bei dem zahlreiche Menschen durch einen biologischen Kampfstoff vernichtet würden und im engeren Sinne aufhörten zu atmen. Die Vorstellung daran war unfassbar schrecklich.

»Wie finden wir die Lady?«, wollte Peter wissen.

»Bleibt hartnäckig. Ihr seid näher dran, als ihr denkt. Die Nummer Sieben wird mehrmals im Monat in Hongkong sein. Kontrolliert die Einreisedaten. Geht alle Hotelbuchungen durch. Es wird ein Muster geben. Menschen verraten sich. Sie müssen etwas essen und trinken; sie kommen mit anderen Menschen in Kontakt. Ich hoffe, dass euch genügend Zeit bleibt.«

In diesem Augenblick schob sich eine Wolke vor die Sonnenscheibe und das Licht im Atrium veränderte sich. Peter beugte sich über die Tischplatte.

»Kennen Sie die Frau persönlich?«

Es war eine Reaktion der Entrüstung, die dem Sizilianer ins Gesicht geschrieben war. »No, no. Was denken Sie?«

Peter rückte noch näher an den Mann heran. Die Distanz zwischen ihnen war bis auf wenige Zentimeter zusammengeschmolzen und die sensible Demarkationslinie war bereits überschritten.

»Jetzt hören Sie mal«, fuhr Peter den Mann an. »Sie geben vor, ein Insider zu sein. Angeblich hören Sie das Gras wachsen und verfügen über fast schon hellseherische Kräfte. Dann jedoch flüchten Sie sich in Pauschalaussagen und bleiben erstaunlich unkonkret. Sie müssen uns schon alles sagen, was Sie wissen. Wie sollen wir denn eine unbekannte Frau inmitten einer Weltmetropole wie Hongkong finden? Das ist doch ein schlechter Scherz.«

Peter wich zurück und ließ von Aldo ab. Er war eindeutig zu weit gegangen und spürte, wie seine Halsschlagader kräftig pulsierte. Erst einige tiefe Atemzüge später hatte er sich einigermaßen beruhigt.

Aldo hingegen war die Ruhe selbst. Zu keinem Zeitpunkt ließ er sich aus der Reserve locken und niemals hatte er die Contenance verloren.

»Silenzio. Ich versuche nur zu helfen, so gut ich kann. Ihr habt einige von uns getroffen, Ernst und Hugo. Und es gibt weitere Mitstreiter. Wir sind nur die Beobachter. Nur sporadisch gelingt es uns, den Spielern in die Karten zu schauen. Und wenn ich uns als Kiebitze bezeichne, so meine ich das keinesfalls pejorativ. Wir *können* nicht eingreifen. Selbst wenn wir wollten, können wir es nicht. Signor Peter, Sie sprachen eingangs von bestimmten Dingen, die Sie für unmöglich halten. Jetzt bekommen Sie Ihr Beispiel. Mir und meinen Freunden ist es tatsächlich unmöglich, etwas an den Ereignissen zu ändern, die wir ahnen. Aber ich bitte Sie inständig, dass Sie nichts unversucht lassen, um den Anschlag zu verhindern.« Er wirkte nervös und fuhr sich durch die Haare.

Peter richtete seinen Oberkörper auf. Die letzten Aussagen hatten ihn verstört, doch er ließ nicht locker.

»Das ist ausgemachter Blödsinn. Wer oder was sollte Sie und Ihre Kumpane daran hindern, uns zu helfen? Natürlich können Sie versuchen, die Dinge, die geschehen sollen, zu verändern. Sie sind schließlich freie Menschen.«

Aldo stand vom Tisch auf und ging einige Schritte zurück.

»Sie verstehen das nicht. Die Schwerkraft werden Sie auch nicht einfach ausheben können.«

Er fasste sich mit der rechten Hand an seinen Brustkorb und suchte Halt an der Tischplatte. Rosanna zeigte sich besorgt. Sie wollte auf gar keinen Fall riskieren, dass der Mann einen Schwächeanfall erlitt. Sie ging auf ihn zu und stützte ihn.

»Danke, Aldo. Ich glaube, wir müssen die Informationen erst einmal verarbeiten.«

Sie ließ die letzten Minuten Revue passieren. Zweifellos waren sie auf einen Insider gestoßen, wobei nicht klar war, welche Rolle er im Gesamtzusammenhang spielte. Der Sizilianer atmete schwer und Rosanna wollte ihm keine weitere Frage mehr stellen.

»Falls es Ihnen nicht gut geht, können wir Sie gerne in unserem Auto mitnehmen. Es gibt sicherlich einen Arzt in Taormina.«

Über sein Gesicht huschte ein Lächeln.

»Kein Problem, ich bin zwar nicht mehr der Jüngste, aber ausgesprochen zäh. Es war nett mit Ihnen zu plaudern. Ich wünsche Ihnen viel Erfolg bei der Mission. Passen Sie auf sich auf, Sie sind ein sympathisches Paar und Sie sollten ihre positive Einstellung behalten. Denken Sie daran. Legen Sie niemals den Schlüssel zum Glück in die Tasche eines anderen.«

Er gab ihnen einen kräftigen Händedruck zum Abschied und auf Peters Frage, ob sie sich eines Tages einmal wieder sehen würden, blitzten seine Augen geradezu auf.

»Es wird so sein.«

# Kapitel 35

*Sierra Leone*

*Februar 2014*

*Gefährliche Viren*

>> **W**ir werden uns den Tod holen.« Nur widerwillig stieg Alec über die Gangway aus der Maschine aus. Ein warmer Windstoß wehte ihm um die Nase.

Martijn, der blonde Hüne aus den Niederlanden, hatte seinen beiden Kollegen erst kurz vor dem Abflug das Ziel in Westafrika genannt. Für Josh schien es kein Problem zu sein; ihn interessierten eher die technischen Aspekte bei der Einreise und ob sie ein Visum brauchten. Für Alec hingegen schrillten augenblicklich sämtliche Alarmglocken, denn in Kürze sollte bei ihm sowieso ein offizieller Einsatz in Westafrika im Auftrag der *Enco* auf dem Programm stehen. Wohin genau es gehen sollte, war zwar noch nicht bekannt, doch während der Vorbereitungen, war ihm klar geworden, wohin er am wenigsten wollte.

Sierra Leone gehörte zu den am meisten gefährdeten Regionen der Welt; vor allem, wenn es um die Bedrohung durch ein tödliches Virus ging. Schon mehrfach wurde vermutet, dass hier der Herd des gefürchteten Ebola-Erregers liegen könnte und nicht von ungefähr hatten sich namhafte Forschungslabors aus genau diesem Grund am Rande der Landeshauptstadt Freetown angesiedelt.

Martijn war bereits vor einigen Jahren im Rahmen eines Auftrags für die *Enco* in dem westafrikanischen Land gewesen. Die *Enco* hatte sich damals hoch aggressive Keime aus einem Pilotprojekt verschafft und wollte sie für die sogenannten *CUNE* Manöver einsetzen. *CUNE* stand für die Aufräumarbeiten im

Nahen Osten, für die Clean-up's in the Near East. Dabei wurden die hochreaktiven Keime bei scheinbar belanglosen Treffen an die mutmaßlichen Hintermänner von Al Qaida oder des Islamischen Staats verabreicht. Entweder durch eine Beimischung in Speisen oder als unauffindbare Geschmacksnote in einem Getränk. Die Spionage und der Kampf hinter den feindlichen Linien waren schon immer ein grausames Spiel gewesen; durch die biologischen Waffen wurde jedoch ein weiteres, todbringendes Level geschaffen. Die Latenzzeit der Keime war gerade lang genug, dass sich keinerlei Spuren zurückverfolgen ließen. Und gegenüber den vormals eingesetzten, radioaktiven Stoffen - wie dem Polonium 210 - konnte selbst bei einer späteren Exhumierung der Opfer nichts nachgewiesen werden.

Martijn hatte bei seinem früheren Einsatz den Diebstahl der Reagenzgläser aus einem Labor mitorganisiert und kannte daher noch die lokalen *Enco* Verbindungsleute. Bis zur Ankunft in Freetown hatte er mit dem Gedanken gespielt, sie zu kontaktieren, um sich einen Überblick über die aktuellen Aktivitäten zu verschaffen. Als er mit seinen Kollegen allerdings die Einreiseformalitäten absolviert hatte und die Militärpräsenz am Eingang des Terminals bemerkte, zögerte Martijn. Woher sollte er wissen, wie vertrauenswürdig die ehemaligen Verbindungsoffiziere noch waren? Auch ließ sich nicht ausschließen, dass die Jungs eine Information an das *Enco* Hauptquartier in Nordamerika absetzten. In diesem Falle konnte sich die Schlinge um den Hals der rebellischen *Enco*-Abtrünnigen sehr schnell zuziehen. Zu schnell. Martijn entschloss sich für einen anderen Weg; er wollte die Lage mit seinen beiden Kollegen auf eigene Faust erkunden.

Die drei Männer verließen das Flughafengebäude und ein Schwall der tropisch warmen Luft strömte ihnen entgegen. Jetzt zu Beginn des Jahres herrschte der Harmattan mit seinen trockenen Luftmassen, die aus der Sahara heran geweht wurden. Die Männer stöhnten, während Martijn seinen obersten Hemdknopf öffnete.

»Beschwert euch nicht, Jungs. Der Monat Februar gehört zur angenehmeren Jahreszeit, das könnt ihr mir glauben. Im August kommt der Monsun; da regnet es ununterbrochen und es ist unglaublich feucht und schwül. Dann hält man es hier echt nicht mehr aus«, erklärte Martijn seinen Kollegen und winkte ein Taxi herbei.

Er schien sich gut auszukennen und nannte dem Fahrer das Ziel. Die Autovermietung befand sich am Rande der Stadt. Sie ließen sich eine knappe halbe Stunde bis zu ihrem Ziel kutschieren. Je weiter sie sich von der Hautstraße entfernten, umso holperiger wurde die Piste.

»Das ist erst der Anfang!«

Der Chef lachte. Er kannte bereits Strecken, die in einem noch schlechteren Zustand waren und durch das unwirtliche Gelände ins Landesinnere führten. Die Straßen waren größtenteils unbefestigt und voller Schlaglöcher. Sierra Leone zählte mit gut fünf Millionen Einwohnern zu den ärmsten Regionen der Erde. Die ehemalige Kronkolonie war zwar seit über 50 Jahren unabhängig, doch beim Lebensstandard fiel das Land seitdem immer weiter ab.

»Welches Modell hast du für uns reserviert?«, wollte Alec wissen, als sie den Autoverleih erreichten. Martijn behielt die Überraschung für sich, bis sie an die abgestellten Fahrzeuge kamen. Beim Anblick der Flotte schüttelte der Holländer seinen Kopf und rief den Inhaber der Agentur zu sich.

»Bill, ich brauche keine Limousine für eine Fahrt zum Casino. Als ich dir am Telefon sagte, dass wir für die Fahrt in den Osten ein geländegängiges Fahrzeug benötigen, so war das noch untertrieben. Los, gib mir eins von deinen Spezialgefährten. Komm schon.«

In der Tür der Wellblechhütte stand der Inhaber der Autovermietung. Der Afrikaner mit dem gekräuselten Haar zeigte seine weißen Zähne und fing an zu lachen.

»Du alter Burenkopf. Wie lange ist es her? Martijn oder Steven, wie heißt du heute?«

Martijn blieb seine Antwort schuldig und stupste den früheren Bekannten in die Seite.

»Los, zeig, was du in deinem Fuhrpark hast.«

Der Afrikaner grinste und führte die Männer hinter das Hauptgebäude. Dort standen fünf Jeeps mit einer schwarz-weiß gestreiften Lackierung. Martijn lächelte zufrieden. Er begutachtete das Fahrzeug, ging einmal rings herum, bückte sich und warf einen kritischen Blick auf das Reifenprofil. Die Bereifung war ganz nach seinem Geschmack.

»Hatari lässt grüßen.« Er klopfte Bill auf die Schulter. »Ich brauche den Spezialpreis für eine Woche. Du bekommst das Geld in bar und im voraus.«

Die Männer wurden sich schnell handelseinig. Josh und Alec hatten ihre Rucksäcke inzwischen auf die Rücksitze geworfen und beugten sich über eine vergilbte Straßenkarte. Ihr Chef hatte eine Stadt im Osten des Landes erwähnt, Kenema. Von dort aus sollte es in die Grenzregion gehen, ganz in die Nähe von Guinea, in eine Ortschaft in der Nähe von Koidu. Die Zielorte hatten sie schnell ausgemacht, obwohl ihnen schleierhaft war, wonach Martijn dort eigentlich suchte.

»Stehst du noch im Kontakt mit Jonathan?«, wollte er von dem Afrikaner wissen.

Der Mann nickte und stellte sogleich eine Gegenfrage.

»Mission oder Recherche?«

Martijn wusste genau, was sein Gegenüber mit der Frage bezweckte. Das Wort Mission kennzeichnete den letzten Einsatz des Holländers in Sierra Leone. Das Hantieren mit den biologischen Kampfstoffen hatte ihn damals fast bis an den Rand eines Desasters gebracht. Bill hatte ihm daher das Versprechen abgerungen, künftig nur noch für Recherchen zurückzukehren. Martijn nickte verständnisvoll.

»Wir sind ausschließlich für eine Analyse hier. Ich werde das Zeugs nicht mehr anpacken und du weißt, warum. Wie auch immer; es mag sein, dass etwas Großes in Vorbereitung ist.«

Der Blick des Afrikaners verfinsterte sich. »Auf unserem Boden? Ein neues Virus? Worum geht es?«

Martijn rückte sich den Sonnenhut zurecht. »Mach dir keine Sorgen. Wir bekommen das in den Griff.«

Seine Kollegen, Josh und Alec, schauten sich gegenseitig an und fragten sich, woher ihr Boss die Zuversicht nahm. Ihr Trip nach Sierra Leone war eine Fahrt ins Blaue. Nichts, aber auch nicht der geringste Hinweis, deutete daraufhin hin, dass sie in dem westafrikanischen Land auf eine neue Spur stoßen konnten.

Von ihren weltweit verstreuten Teamkollegen waren sie in der Kommunikation komplett abgeschnitten. Die Aufgaben waren verteilt; ihre Order bestand darin, so viel wie möglich über die

Herstellung der Biowaffen herauszufinden. In den geheimen Labors im Osten des Landes wurden schon so manche virulenten Keime entwickelt. Die meisten kamen freilich niemals zum Einsatz und verschwanden in den unterirdischen Tiefkühlkammern der Militärs. Bedauerlicherweise ließ sich niemals so ganz ausschließen, dass Spurenelemente durch undichte Stellen entwichen und bei der Bevölkerung zu tödlichen Infizierungen führten. Selbst bei einer unverzüglichen Bekämpfung bestand das hohe Risiko einer Epidemie.

Die Männer machten sich auf den Weg. Für die Fahrt nach Kenema hatten sie eine Zwischenübernachtung in einer Lodge eingeplant. Der Jeep leistete gute Dienste und die Federung war für die raue Buckelpiste einigermaßen gut ausgelegt. Viel gab es am Wegesrand nicht zu sehen und die Strecke zog sich endlos lange hin. Selbst wenn es in der Nähe der größeren Ortschaften für einen kurzen Zeitraum einen Radioempfang gab, so lief kaum etwas Vernünftiges über den Sender.

»Schau doch mal ins Handschuhfach. Vielleicht findest du 'ne CD«, forderte Martijn seinen Beifahrer auf.

Josh wühlte sich durch die Fahrzeugunterlagen und wurde schließlich fündig.

»Ein Fundstück aus dem Museum.« Er hielt eine Musikkassette in die Höhe. »Musik von *The Corrs*, das ist besser als nichts.«

Er drückte die MC in das Einschubfach und die satten Gitarrenklänge des ersten Album-Titels ertönten. *Listen to the Radio*. Es war in der Tat besser als nichts und die Männer wippten mit ihren Köpfen im Rhythmus der Musik. Die Fahrt bis Kenema zog sich noch mehrere Stunden hin und es war bereits spät am Nachmittag, als sie ihr Zwischenziel erreichten. Auf nichts freuten sie sich mehr, als auf eine frische Dusche.

Die drei Männer sahen verwegen aus, als sie sich später um den Holztisch in der Lodge versammelten. Martijn hatte sie gebeten, sich auf tropische Temperaturen einzurichten. Und genau so hatten sie sich gekleidet. Fast im Einheitslook trugen sie khakifarbene Armeehemden und dazu eine Weste in beige. Die klassischen Chinos rundeten ihre Erscheinung perfekt ab. Der Anführer aus den Niederlanden weihte die beiden in seinen Plan ein.

»Wisst ihr, die Lage hier in Sierra Leone ist vertrackt. Das Land ist zwar auf dem besten Weg in eine moderne Republik, aber der alte Kolonialfilz ist noch überall spürbar. Vor allem ist viel fremdes Geld in die Forschungslabors im Osten des Landes geflossen. Da lief so manches in der Grauzone. Niemand sollte Wind davon bekommen, wie die Tierversuche abgelaufen waren.« Er schüttelte seinen Kopf.

»Das war grenzwertig, Leute. Die armen Schimpansen wurden bei einigen Experimenten grausam gequält. Es gab sogar Berichte darüber, dass skrupellose Dealer nicht einmal vor einer Beta-Testphase an Menschen zurückschreckten.«

Alec fiel die Kinnlade herunter. »Du meinst, die haben die Wirkung der tödlichen Keime an Menschen getestet?«

Der Holländer nickte und presste seine Lippen aufeinander. Er erinnerte sich an die Fotos von den unheilbar kranken Menschen mit dem weißen Schaum vor dem Mund.

»Das Arsenal der B-Waffen hält alle Brutalitäten bereit und die Typen können beliebige Cocktails daraus mixen. Für die Testreihen gingen die Keime auf die Reise über die grüne Grenze nach Guinea und nach Liberia. Die Verbrecher hatten nie ein Problem damit, passende Opfer zu finden und irgendjemand hielt immer die Hand auf, wenn dadurch zugleich ein unliebsamer Gegner oder ein verhasster Verwandter aus dem Weg geschafft wurde. In den Pseudoversuchen wurde detailliert vermerkt, wie sich die Erkrankung entwickelte und wann die Zielperson verstarb.«

Josh ballte seine Faust. »Ich finde schon Tierversuche total abartig, aber Testreihen an Menschen? Das ist völlig inakzeptabel. Und mit diesen Kriminellen wollen wir uns treffen?«

Die Stimmung war angespannt. Die Welt retten, das hatten sie sich auf die Fahne geschrieben. Doch es sah so aus, als würden sie sich immer weiter von ihrer ursprünglichen Aufgabe entfernen und stattdessen in die Abgründe der biologischen Kriegsführung abtauchen. Josh konnte sich gar nicht mehr beruhigen und schüttelte unablässig seinen Kopf. Er trank den Rest aus seinem Bierkrug in einem Zug aus und knallte den Humpen auf den Tisch. Martijn kannte seine Männer und wusste, was in ihnen vorging.

»Solange wir in der *Enco* aktiv waren, haben andere für uns das Denken übernommen. Seid doch mal ehrlich. Wir haben uns nie Gedanken gemacht, ob das, was wir taten, gut oder schlecht war. Anders konnte es auch nicht funktionieren. Stellt euch ein Fußballmatch vor, in dem die Spieler plötzlich anfangen, über den Sinn des Lebens zu sinnieren. Dann schießt keiner mehr die Tore.« Er winkte die Bedienung heran und bestellte eine neue Runde.

»Also Jungs, wir treffen uns mit einem Informanten. Das ist jedenfalls mein Plan. Der Typ heißt Jonathan. Ursprünglich kam er aus Wales hierher, als Entwicklungshelfer. Seit über einem Jahrzehnt schlägt er sich als kleiner Dealer durch. Er handelt mit Derivaten und den eher harmlosen Präparaten. Das hat ihm den Spitznamen des Buschdoktors eingebracht. Aber das Wesentliche ist, dass er ziemlich gut im Bilde ist, was läuft. Ihr kennt das alte Spiel. Wer mit wem gegen wen. Quid pro quo. Prost Leute.«

Der nächste Tag fing für sie direkt mit dem Sonnenaufgang an. Kaum dass die Morgendämmerung die Nacht verdrängt hatte, packten sie ihre Rucksäcke und machten sich bereit für die nächste Etappe. In dem offen gestalteten Gemeinschaftsraum der Lodge standen Kaffeekannen und Teller mit frisch aufgebackenen Croissants auf einem Sideboard. Martijn beglich die Rechnung und legte ein Bündel Dollarnoten auf den Tresen.

Die Route führte sie durch die entlegensten Gebiete in Sierra Leone und hinter ihnen wirbelte der rote Straßenstaub auf. Am Wegesrand nahmen sie bettelnde Einheimische wahr, die bei ihnen im Jeep mitfahren wollten.

»Schaut weg Männer«, instruierte Martijn seine beiden Kollegen. »Wir dürfen niemanden zu nah an uns heran lassen.«

»Du hast Angst, dass wir uns bei ihnen anstecken könnten?«, mutmaßte Alec.

Martijn nickte.

»Zur Zeit gilt Westafrika zwar als sicher. Es sind keine aktuellen Ausbrüche gemeldet und unser Zielort Koida ist auch bei den früheren Epidemien verschont geblieben. Doch Leute, gegen Ebola gibt es kein echtes Gegenmittel - und wer weiß, wann es wieder soweit ist.«

Den beiden Männern lief ein eiskalter Schauer über den Rücken. Das Wort Ebola hatte seine Wirkung nicht verfehlt.

Erst spät am Nachmittag kamen sie in der Stadt Koida an und Martijn steuerte ein altes, verfallenes Postamt an. Er rückte sich seinen Sonnenhut zurecht, als er durch die Pendeltür in das hölzerne Gebäude ging. Eine gelangweilt drein blickende Schwarze saß hinter dem Schalter und es sah so aus, als ob sie aus den Briefmarken eine Patience legte. Der Holländer schreckte die Frau aus ihrer Gedankenlosigkeit auf.

»M'am ... ich habe eine Frage.«

Die Schwarze blickte ihn mit großen Augen an. Noch nie zuvor hatte sie einen so großen blonden Mann gesehen. Ein Lächeln huschte über ihr Gesicht.

»Was wollen Sie wissen?«

Sie war hübsch, dachte Martijn. Was machte so eine Schönheit inmitten des Dschungels, am Ende der Welt? Er ging auf die Frau zu und kam ganz nahe an ihr Ohr.

»Kennen Sie Jonathan, den Buschdoktor?«

Sie nickte. »Crazy Jon. Wer kennt ihn nicht? Wenn Sie ihn noch nüchtern erleben wollen, müssen Sie sich beeilen. Nach Sonnenuntergang hängt er meistens im alten Pub herum. Im Lion's Inn.«

Martijn legte eine Dollarnote auf den Tresen und verabschiedete sich mit einem freundlichen Blinzeln in seinen Augen. »Vielleicht sehen wir uns noch.«

Er steuerte den Jeep durch die staubigen Straßen und parkte direkt vor der Gastwirtschaft. Es war eine dunkle Spelunke, und obwohl die Sonne noch hoch am Himmel stand, hingen schon die ersten armseligen Gestalten an der Theke. Sie zählten zu den Stammgästen und hatten ihre bereits geleerten Gläser wie Trophäen aufgetürmt. Keinen von ihnen schienen die drei Neuankömmlinge zu interessieren. Sie machten keine Anstalten die Männer zu begrüßen und kehrten ihnen ohne jede Regung ihre Rücken zu.

Martijn fixierte den Mann ganz rechts am Tresen und tippte ihm auf die Schulter. »Hier steckst du also, altes Haus.«

Er hatte ins Schwarze getroffen. Der Mann drehte sich um und erkannte den Holländer sofort. Sein Gesicht war noch hässlicher, als es Martijn in Erinnerung hatte. Mit einem grauen Drei-Tage-Bart und viel zu langen ungepflegten Haaren war Jonathan sofort anzusehen, dass ihm jeglicher gesellschaftlicher Umgang fehlte. Als er Martijn mit einem freundlichen »*Hey Buddy*« begrüßte, offenbarte sein gelbliches Gebiss bereits mehrere Zahnlücken.

»Jonathan, du schräger Vogel. Ich hätte nie gedacht, dass du älter wirst, als du aussiehst.« Der Mann boxte ihm als Antwort freundschaftlich gegen den rechten Oberarm. »Martijn, du Ganove. Haben sie dich immer noch nicht befördert oder warum treibst du dich wieder in unserer Gegend herum?«

Martijn stellte ihm seine Kollegen vor und mit einer Literflasche Whisky und vier Gläsern ausgestattet, begaben sie sich in einen Nebenraum. Jonathan steckte sich eine Zigarre an.

»Der Qualm vertreibt die Moskitos. Das solltet ihr euch besser auch angewöhnen. Gleich geht die Sonne unter, dann sind die kleinen Biester unberechenbar.«

Während Josh sein Spray aus dem Rucksack holte und sämtliche unbedeckten Hautpartien damit einsprühte, bevorzugten die anderen beiden den Zigarrenrauch, um die Moskitos zu vertreiben. Innerhalb weniger Minuten war der ganze Raum völlig verqualmt.

»In einer verruchten Atmosphäre haben wir uns schon immer wohl gefühlt, stimmt's?« Jonathan schien die Männerrunde zu gefallen. »Jetzt fehlt uns nur noch die Musik - und ein paar Weiber. Dann wäre dieser Ort das Paradies auf Erden.«

»Die Frauen kann ich nicht besorgen, aber vielleicht die Mucke.«

Alec ging zum Auto und holte die Musikkassette von den *Corrs*. Er ließ die Musik über die Anlage in der Kneipe laufen; wahrscheinlich war es das erste Mal seit einigen Jahren, dass der Verstärker wieder im Einsatz war. '*Listen to the Radio*' dröhnte es aus den Boxen und die Männer pafften genüsslich ihre dicken Zigarren. Der Holländer gab seinem alten Freund noch einige Minuten Zeit; dann kam er jedoch umso direkter zur Sache.

»Lasst uns trinken, auf die guten alten Zeiten, die niemals gut waren.«

Sie stießen ihre Gläser aneinander und schlürften den Whisky, bis er im Rachen brannte. Martijn knallte das Glas kraftvoll auf den runden Holztisch.

»Jonathan, was läuft zur Zeit? Was passiert an der Front?«

Der Buschdoktor strich sich über die Stirn.

»Ach, wenn ich eins in all den Jahren gelernt habe, dann ist es zu begreifen, was sinnlos ist. Am Ende bleibt die Ernüchterung. Die Endlichkeit der Illusion. Wenn es überhaupt etwas gibt, für das es zu kämpfen lohnt, so ist es der Zauber des Augenblicks.«

Martijn schaute ihn musternd an.

»Mein lieber Jonathan Harms, das war alles andere als eine Antwort auf meine Frage.«

»Du irrst«, hielt er dagegen. »Nur das *Warum* kann das *Was* erklären. Doch wenn das *Warum* keinen Sinn ergibt, verliert auch das *Was* an Bedeutung.«

Vor über dreißig Jahren war der Waliser als junger Wissenschaftler in das Land gekommen. Als hoffnungsvoller Doktorrand hatte er sich einer engagierten Truppe von Medizinern angeschlossen, die den Seuchen in Westafrika auf den Grund gehen wollten. Einige Jahre zuvor hatte der belgische Infektionsmediziner Peter Pivot mit der Entdeckung des Ebola-Virus den Grundstein für die Forschungen gelegt, welche auch bei Jonathan Harms den Ausschlag für seine Entscheidung gaben, nach Afrika zu gehen. Doch aus seinen hochfliegenden Plänen wurde nichts. Er selbst erkrankte Ende der 80er Jahre an Malaria und erholte sich nur langsam. Schließlich landete er als Arzt in einem kleinen Missionskrankenhaus in Guinea und somit kannte er sich zumindest bestens aus, wie man die grüne Grenze zwischen den afrikanischen Staaten passieren konnte. Im Grenzgebiet zwischen Sierra Leone und Guinea erstreckte sich der Fluss Mel und Jonathan nutzte die Strömung für manche geheime Überfahrt. In den letzten Jahren hielt er sich vorwiegend im Stadtgebiet von Koidu auf und schlug sich mit kleinen Aufträgen durchs Leben.

»Bei dem *Warum* kann ich dir vielleicht helfen.«

Martijn legte ein Bündel Dollarnoten auf den Tisch. Die Geldnot war die empfindliche Stelle des früheren Idealisten. Jonathan nickte und wurde augenblicklich gesprächiger.

»Die gute Nachricht ist, dass es zur Zeit ruhig ist. Alle Viren fristen gut verpackt ihr Dasein. Seit Jahren gibt es keinen Ausbruch. Noch sind wir sicher.«

Alec beugte sich über den Tisch. »Du betonst das so. Heißt das, es wird sich in Kürze ändern?«

»Definitiv.« Der Buschdoktor runzelte seine Stirn. »Bei den letzten Transporten ist etwas schief gegangen. Drüben in Guinea. Ich weiß nicht, wie gut ihr über die Viren Bescheid wisst, aber die Inkubationszeit beträgt maximal 21 Tage.«

Martijn rutschte nervös auf seinem Stuhl hin und her. »Hey, hey. Raus mit der Sprache. Ich will hier nicht an Ebola verrecken. Sind wir nun sicher oder nicht?«

»Wie ich schon sagte. Zuerst wird es Guinea treffen. Der Unfall geschah erst vor wenigen Tagen und alle Menschen, die in der Nähe waren, sind sofort isoliert worden. In Quarantäne, versteht ihr? Aber es wird wieder losgehen. In ein paar Wochen werden wir von den ersten Infektionen hören, dann seid ihr jedoch schon längst wieder draußen und weit weg. Sorgt euch lieber um mich.«

Josh schob sein Glas in die Mitte des Tisches. »Was ist da passiert, Jonathan?«

Er atmete tief durch und kippte den Rest aus seinem Glas in einem Zug in sich hinein.

»Im Grenzgebiet gibt es eine Forschungsstation. Großes Kino. Dorthin fließt viel internationales Geld zur Unterstützung. Offiziell geht es um die medizinischen Untersuchungen der Keime. Die Experten sollen herausfinden, ob es neue Variationen gibt und wie sich die Viren eindämmen lassen. Klar, alles konzentriert sich hier seit Jahren auf das Ebola-Virus, doch es gibt inzwischen zahlreiche Mutationen, die nicht mehr viel mit dem Ursprungskiller zu tun haben. Eigentlich ist Ebola schon schlimm genug. Ihr müsst euch diesen winzigen fadenförmigen Erreger einmal vorstellen. Die Länge beträgt gerade mal 0,014 Millimeter. Das ist verdammt klein. Ganz im Innern versteckt sich das Erbgut. Schön umhüllt mit einer Membran, die aus Proteinen besteht. Drumherum befindet sich die Außenhülle mit den Eiweißmolekülen, mit denen das Virus an die Zellen seines Wirts andockt. Im schlechtesten Fall sind das menschliche Zellen. Dann geht das Desaster los. Das Erbgut des Virus entfaltet seine tödliche Wirkung und es programmiert reihenweise die menschlichen Zellen um. Das ist das Ende vom Lied, denn schließlich wird der menschliche Körper von Milliarden Viren quasi übervölkert. Nach ungefähr zehn Tagen tauchen dann die ersten Krankheitssymptome auf, spätestens aber nach drei

Wochen. Mit Übelkeit und Kotzen fängt es an. Es folgen heftige Schmerzen im Kopf und im Hals, das hohe Fieber nicht zu vergessen. Danach geht es sehr schnell. Nach einer Woche ist der Infizierte bereits im Endstadium. Die Funktionen der Leber und der Nieren brechen zusammen und der Erkrankte blutet aus dem Magen oder dem Darm. Von diesem Zeitpunkt an sind es maximal noch drei Wochen, bis der Körper völlig zusammen klappt. Es heißt, dass nur zehn Prozent der Infizierten überleben.«

Josh schüttelte sich und wischte sich instinktiv die Hände an seiner Hose ab. »Wie kann man sich schützen?«

Sein Gegenüber lachte. »Schützen? So ein Virus ist kein Sommerregen, bei dem man unter einem Regenschirm trocken bleibt. Das ist ein Tsunami. Die Ebola Viren werden über Körperflüssigkeiten übertragen. Durch die Tröpfcheninfektion, weißt du? Es kann schon die Berührung mit einer fremden Hand sein, wenn etwas Schweiß an ihr ist. Die kleinsten Wunden an deinem Körper sind die willkommenen Einfallstore. Tod, Tod, Tod. Er lauert überall. Und unser Feind ist nur 0,014 Millimeter groß. Unsichtbar klein. Das einzig Positive ist vielleicht, dass die Inkubationszeit so kurz ist. Das Virus tötet seinen Wirt innerhalb weniger Wochen. Eigentlich ist das widersinnig und ineffizient aus Sicht des Bazillus. Wenn der infizierte Mensch länger leben würde, könnten sich die Viren noch viel stärker ausbreiten.«

Er strich sich über das Kinn. »Du wolltest wissen, wie wir eine Kontaminierung vermeiden? Ganz einfach, wir tragen Schutzanzüge, wenn wir im Einsatz sind. Und wenn die Alarmstufe gelb ausgerufen ist, gibt es Schutzbrillen oder sogar Gasmasken und dicke Latexhandschuhe. Doch die Viren schlagen an Orten zu, wo man am wenigsten mit ihnen rechnet. Niemand weiß, ob wir die Seuche stoppen können. Wie sagte Louis Pasteur so passend? *'Es sind die Mikroben, die das letzte Wort haben werden.'* Tja, liebe Freunde, es ist aussichtslos.«

Für einen guten Teil waren sie geschockt. Es klang bedrohlich und sie hatten sich freiwillig in das Zentrum der biologischen Hölle begeben.

Josh kratzte sich am Kopf. »Du sagtest, es kam zu einem Unfall. Ich nehme an, dass dabei die Viren ausgetreten sind. Wie ist das passiert?«

Jonathan schüttelte seinen Kopf.

»Die Gier des Menschen ist das einzige, was grenzenlos ist. Von den Zuschüssen allein kann hier niemand überleben. Es laufen, wie soll ich sagen, sogenannte Nebengeschäfte. Die sind natürlich viel lukrativer. Da werden in der Nachtschicht schon mal neue Varianten getestet. Oder man mischt die RNA eines anderen Virus hinzu.«

»Die RNA? Du sprichst sicherlich von der DNA?«, hakte Martijn nach.

Der Buschdoktor schüttelte den Kopf. »Nein, du hast schon richtig gehört. Die RNA. Die Ribonukleinsäure. Sie dient im Wesentlichen als Informationsträger und zur Übertragung der genetischen Zellbestandteile. Die Kerle haben die Komponenten in immer neuen Variationen zusammengemischt. Jungs, das Zeugs wurde in den letzten Jahren immer unberechenbarer. Und dann kamen die grausamen Versuchsreihen.«

Er schluckte und ihm versagte die Stimme.

»Sie haben Proben davon über die Grenze nach Guinea geschafft und das Zeug an ahnungslosen Menschen getestet?«

Martijn schaute seinen alten Weggefährten eindringlich an und fixierte seine Augen. Jonathan senkte den Kopf und sagte nichts.

»Das ist doch völlig verantwortungslos. Wie konntest du so etwas zulassen?« Martijn erhob sich und machte einige Schritte durch den Raum.

Der Buschdoktor schüttete sich den Whisky nach. »Ihr habt gut reden und sitzt mit euren Ärschen im Trockenen. Hier draußen herrscht die Hölle. Da zählt nicht mehr das Gute oder die Hoffnung. Mit wem hätte ich denn über solche Schweinereien sprechen können? Sie haben es an alten Menschen ausprobiert, die völlig abgeschieden lebten, und hofften, dass es niemandem auffiel. Die Ergebnisse waren verheerend. Immerzu wurden neue Mikroben in das Erbgut geschleust und am Ende bekamen sie die Mutationen nicht mehr in den Griff. Vor allem scheiterten alle Bestrebungen, ein Medikament zu entwickeln.«

»Das Zeugs muss wieder aus der Welt verschwinden, Jonathan.« Martijn nahm sein Glas in die Hand und kippte den Whisky hinunter. Er war fest entschlossen, die Initiative zu ergreifen. Umso überraschter war er, als Jonathan mit der nächsten Information heraus rückte.

»Das ist noch nicht alles. Die Kerle haben noch weiter experimentiert. Mit heimtückischen Anthrax-Zusätzen sollten die Lungenfunktionen angegriffen werden ... und dann gab es da noch eine hochsensible Versuchsreihe mit Pflanzenschutzmitteln. Schon eine geringe Dosis führte zu starken Kopfschmerzen und einer verschwommenen Sicht. Wer damit infiziert wurde, verstarb innerhalb eines Tages.«

»Wer ist der Kopf dieser Verbrecherbande? Wir werden ihn dingfest machen.« Martijn stand die Wut ins Gesicht geschrieben.

Jonathan schüttelte seinen Kopf. »Den bekommt ihr niemals. Nach außen ist er Doktor Saubermann. Es ist nur ein kleines Team, mit dem er seine Machenschaften ausheckt. Da fließt das ganz große Geld. Mit ihren Nebengeschäften haben die Kerle ein Vermögen gemacht. Vor kurzem haben sie jedenfalls einen weiteren Großauftrag bekommen.«

Es klopfte an der Tür und die Männer erschraken, doch es war nur der Wirt, der eine neue Flasche des schottischen Whiskys in der Hand hielt. Die Männer nickten und Martijn reichte eine Zwanzig-Dollar Note an den Mann.

Als sie wieder allein im Zimmer waren, wollte Martijn wissen, was hinter dem Auftrag steckte. Jonathan flüsterte.

»Sie haben die Killerviren tonnenweise gezüchtet. Ich habe nur durch Zufall davon Wind bekommen. Ein Schwarzer gab mir einen Tipp. Vor einigen Wochen kamen LKWs mit einer Containerladung und unzähligen Kisten. Ihr werdet es nicht glauben, der Container war gefüllt mit Mangostanfrüchten.«

Die Männer stutzten und Josh stellte die Frage, die allen auf der Zunge lag.

»Ein Seecontainer voller Mangos? Die haben doch nicht...«

Jonathan nickte. »Doch, doch. Es muss die reinste Filigranarbeit gewesen sein. Bei den Früchten wurde vorsichtig die lederartige Schale geöffnet und ein Teil des weißen Fruchtfleischs entfernt. In den ausgehöhlten Bereich füllten sie die versiegelten Proben mit den Killerviren. Am Ende wurden die Mangostans wieder sorgfältig verschlossen. Jede einzelne Frucht kann ganze Dörfer auslöschen.«

Während Josh und Alec versuchten, das Unfassbare zu verarbeiten, war Martijn in seinen Gedanken schon einen Schritt weiter. »Wo ist der Container jetzt? Etwa noch hier in der Gegend von Koidu?«

Jonathan verneinte. »Nee, nee, die LKWs kamen schon eine Woche später wieder zurück und haben das Zeugs abgeholt. Keine Ahnung, wo sich das Obst jetzt befindet.«

Er schlürfte an seinem Whiskyglas, während Martijn seine Zigarre ausdrückte.

»Wir werden diesem Doktor Saubermann morgen einen Besuch abstatten. Wie ist sein Name, Jon?«

Der Buschdoktor schluckte. »Meinst du, das ist eine gute Idee? Hier werden keine Friedensnobelpreise vergeben. Der Typ ist bis in die obersten Spitzen des Landes vernetzt. Doktor Williams ist unangreifbar. Wir können nur verlieren.«

Martijn ließ sich durch nichts mehr von seinem Vorhaben abhalten.

»Trinkt aus. Wir müssen morgen bei Sonnenaufgang aus den Federn. Hast du irgendwelche Waffen?«

Jonathan schüttelte seinen Kopf. »Nein, was hast du vor?«

Der Holländer griff an seine Gesäßtasche und zückte ein weiteres Bündel Banknoten hervor. Ohne weiter zu fragen, nickte der Buschdoktor.

»Okay. Ich werde dafür sorgen, dass wir uns verteidigen können.«

# Kapitel 36

*Sierra Leone*

*Februar 2014*

*Die Früchte des Verderbens*

E s war der Schrei einer Hyäne, dachte Martijn, als er aus dem Schlaf hochschreckte. Sein Blick fiel auf den Wecker und er stellte fest, dass es noch zu früh war, um aufzustehen. Eine halbe Stunde vor Sonnenaufgang. Er lag wach auf seiner Matratze und starrte nach oben. Der hohe Raum war an der Decke mit Palmblättern bedeckt. Ein paar Meter von ihm entfernt schnarchte Josh und schlief seinen Rausch aus. Martijn blickte zur Kontrolle auf seine Armbanduhr. Die Zeiger leuchteten in einem neonfarbenen Blauton. Die Marke Luminox warb damit, dass die Leuchtkraft über 25 Jahre anhalten sollte und dass die Uhr bereits bei den US Navy SEALs zum Einsatz gekommen war. Ein Lächeln spielte um seine Lippen; seine eigenen früheren Kampfeinsätze standen dem in nichts nach.

Der erfahrene Spezialagent konzentrierte sich auf die bevorstehenden Aufgaben des Tages und spielte die Handlungsoptionen im Kopf durch. Er schloss die Augen und sammelte seine Kräfte. Er war mit seinem Team auf einer heißen Spur, da war er sich ganz sicher. Ob die Viren etwas mit der *Operation WHELO* zu tun hatten, konnte Martijn noch nicht absehen. Das Bild schien ihm noch nicht komplett zu sein. Eine Frage beschäftigte ihn besonders. Wie sollten die präparierten Mangostanfrüchte nach Asien kommen? Und wie wollten die Drahtzieher die Viren anschließend unters Volk bringen? Über die herkömmliche Nahrungsmittelkette?

Er schlug die leichte Decke zurück und erhob sich. Es war noch nicht der richtige Zeitpunkt, um über diese Fragen nachzudenken. Im Fokus standen zunächst einmal die Machenschaften des teuflischen Doktor Williams. Martijn schob die Vorhänge etwas zur Seite. Kaum hatte er die ersten Sonnenstrahlen erspäht, weckte er seine Männer unsanft auf. Er rüttelte sie an den Schultern und erteilte die ersten Befehle zum Morgenappell. Bei seinem alten Weggefährten brauchte er einen zweiten Anlauf.

»Hey, du altes Haus. Der frühe Vogel fängt den Wurm.«

Jonathan räkelte sich und wollte sich noch einmal umdrehen, als ihm Martijn die Decke wegzog.

»Aufstehen, Buddy. Und übrigens, falls einer von euch von einem reichhaltigen Frühstück träumt, von einem Hotel ist diese Herberge meilenweit entfernt. Wir können froh sein, wenn wir überhaupt einen Kaffee bekommen.«

Die Männer reagierten nur langsam. Die Disziplin hatte unter dem Einfluss der subtropischen Temperaturen deutlich gelitten. Der Kaffee war lieblos aufgebrüht. Alec titulierte ihn als 'dunkles Gesöff'. Er schnappte sich die Pappbecher und reichte sie seinen Kollegen.

»Füllt sie euch am besten selbst auf. Vielleicht taugt der Muckefuck als Wachmacher.«

Sie zwängten sich in den Jeep; Martijn klemmte sich hinter das Lenkrad, während Jonathan auf dem Beifahrersitz Platz nahm und seinen Lederhut zurecht rückte. Alec und Josh machten es sich auf den Rücksitzen bequem. Dann brausten sie mit voller Geschwindigkeit über die Schotterpiste aus dem Dorf. An einem verlassenen Außenposten einer Straßenbaukolonne machten sie kurz Station.

»Gib mir das Geld, Martijn.« Nach wenigen Momenten kam Jonathan mit einem staubigen Jutesack zurück. Er gab sich kaum Mühe, die herausragenden Gewehrläufe zu verstecken.

»Ich kann keine Garantie für die Munition übernehmen. Die lagerte hier seit vielen Jahren.«

Martijn warf einen prüfenden Blick auf die Waffen und nickte zufrieden. »Jedenfalls können wir Eindruck damit schinden. Für eine Einschüchterung sollte es reichen.«

Josh gab sich besorgt. »Für eine Schlacht anscheinend nicht ...«

Der Holländer hinter dem Steuer sagte nichts. Er lenkte den Jeep zurück auf die Sandpiste und Jonathan zeigte ihm den Weg.

Die Forschungsstation lag eine gute halbe Stunde in Richtung Guinea entfernt und sie parkten das Fahrzeug hinter einer Hütte. Der Buschdoktor, wie sie Jonathan nannten, wollte unter allen Umständen im Jeep bleiben und die Stellung sichern, falls sie überstürzt den Ort verlassen mussten. Keinesfalls durfte er sein Konterfei zeigen. Ansonsten war er für alle Ewigkeit verbrannt und musste um sein Leben fürchten. Tief den Hut ins Gesicht gezogen, kauerte er sich hinter dem Fahrersitz zusammen. Er hatte sich eine Decke über die Schulter geworfen, so dass man den Gewehrlauf nicht sehen konnte.

»Macht nicht solange, Jungs. Wenn ihr alles gesehen habt, haut sofort ab. Nur nichts überreißen.«

Der Holländer gab ihm wortlos ein Okay-Zeichen und sie schlichen sich auf die andere Straßenseite zum Haupteingang des Labors. Wie in den guten alten Zeiten, dachte Martijn und erinnerte sich an seine ersten Einsätze im Nahen Osten. Draußen vor der Station war alles ruhig. Es war erst kurz vor sieben, noch schienen die Labormitarbeiter nicht anwesend zu sein.

Die Eingangstür war nicht gesichert. Alles war still, nur von der Rezeption drangen die leisen Klänge eines lokalen Radiosenders über den Flur. Die Männer drängten sich dicht an die hölzerne Wand und traten mit einem heftigen Tritt die Pendeltür zum Büro auf. Eine völlig verängstigte junge Frau stand an einer Kaffeemaschine und schrie auf. Josh rannte auf sie zu und ergriff ihre Arme. Mit seinem kräftigen Oberkörper drückte er die Frau gegen die Wand und fasste in seine Jackentasche; in Sekundenbruchteilen schnitt er mit einem Cuttermesser einzelne Streifen des Panzerklebebands ab und klebte ihr den Mund zu. Die anderen beiden sicherten den Gang ab, während er die junge Schwarze auf einen Stuhl setzte und ihre Arme hinter dem Rücken mit dem Klebeband fesselte.

Martijn ging auf die Frau zu.

»Bleiben Sie ganz ruhig. Sie müssen Ihre Atmung kontrollieren, dann wird Ihnen nichts passieren.«

Er streichelte ihre Wange und als Reaktion darauf, riss sie ihren Kopf abrupt zur Seite. Ihre Augen funkelten voller Hass.

»Ruhig«, beschwichtigte er sie. »Wir werden uns unterhalten. Ich stelle die Fragen und Sie können mit einer Kopfbewegung antworten. Wenn Sie mitmachen, wird alles gut.«

Die ehemaligen *Enco*-Agenten waren ein eingespieltes Team und sie funktionierten wie die Zahnräder in einem Uhrwerk. Innerhalb weniger Augenblicke hatten sie von der jungen Schwarzen erfahren, wann Dr. Williams und seine Kollegen eintreffen würden und welche Verbindungen zur Außenwelt es in den Labors gab. Alec kniff sämtliche Telefonleitungen durch und Martijn nahm die Sicherungen aus dem Schaltkasten. Sie brachten sich in Stellung. Während Josh mit dem Gewehr in den Händen hinter der Tür verharrte, machten es sich Martijn und Alec in den übergroßen Ledersesseln im Büro von Williams bequem. Lange brauchten sie nicht zu warten. Dr. Williams kam mit seinen beiden engsten Mitarbeitern in die Station und bemerkte sofort, dass etwas nicht stimmte.

»Es ist zu ruhig. Wo ist Mimi? Hat das Luder schon wieder verschlafen?« Fast schämte er sich, als er in diesem Moment seine Kollegin gefesselt auf dem Stuhl sah. Bevor er ihr das Klebeband vom Mund abnehmen konnte, wurde er durch die tiefe Stimme aus dem Nachbarraum alarmiert.

»Sie sind spät dran, Doc«, krächzte Martijn.

Williams drehte sich um und ging hinüber zu seinem Büro. Er wirkte irritiert, als er die beiden fremden Männer dort sah.

»Wer sind Sie? Warum haben Sie meine Mitarbeiterin gefesselt?«

Während Alec auf seinem Platz sitzen blieb, erhob sich Martijn ruckartig aus dem Sessel. Er schnappte sich sein Gewehr, welches an der Wand lehnte, und richtete den Lauf auf den Oberkörper seines Gegenübers.

»Die Fragen stelle ich. Setzen Sie sich«, wies er ihn an.

Williams folgte den Anweisungen widerstandslos. Seine beiden Laborkollegen stellten sich hinter ihn. Auf der anderen Seite des Zimmers verweilte Josh regungslos hinter der Tür und blieb dort zur rückwärtigen Deckung. Das Gewehr im Anschlag.

»Wie ist die Mango-Ernte in diesem Winter ausgefallen, Doktor?«, wollte der Holländer wissen.

Williams kniff seine Augen leicht zu. »Ich verstehe nicht, Mangos? Bei uns? Was wollen Sie?«

»Sie haben jedes Wort verstanden. Wir werden dafür sorgen, dass Sie verurteilt werden. Jeder von Ihnen. Es sind Menschen wie Sie, die den Frieden verhindern.«

Martijn verhaspelte sich; er hatte noch nicht seinen Rhythmus gefunden. Zu viele Aspekte gingen ihm gleichzeitig durch den Kopf.

»Ach, jetzt verstehe ich. Sie kommen aus dem Reich der Idealisten.« Williams klatschte in die Hände und drehte sich zu seinen Mitarbeitern um.

»Hey Leute, eine Handvoll versprengter Pazifisten hat den Weg in unser Kaff gefunden. Sie suchen den Frieden, ha. Was für ein Nonsens. Es herrscht immer irgendwo auf der Welt Krieg. Soll ich euch Neunmalklugen etwas sagen? Schon Anfang der Siebzigerjahre hatte der sowjetische Professor Emilianow ausgerechnet, dass es in den vergangenen 3500 Jahren nur 204 Friedensjahre gab. Weltweit stehen ständig 25 Millionen Soldaten unter Waffen. Soviel zu eurem Friedensplan.«

Martijn schluckte. Es war nicht in seinem Sinne, sich auf eine Diskussion einzulassen.

»Ein Scheißdreck interessiert mich das. Es sind Menschen wie Sie, Doktor, die das Öl ins Feuer gießen. Wo sind die Mangos jetzt?« Er richtete die Waffe etwas höher.

»Nicht so aggressiv. Was fasziniert Sie an den Früchten? Die wurden abgeholt. Was weiß ich, auf welchem Markt sie landen.«

Doktor Williams gab sich gelangweilt, was wiederum bei Martijn die Wut zum Kochen brachte. Er ging auf den Mann zu und stieß ihm den Gewehrlauf in die Schulter. Mit lauter Stimme schrie er Williams ins Gesicht.

»So, es ist Ihnen offensichtlich scheißegal, wenn sich unschuldige Menschen infizieren? Irgendwo da draußen in der Welt? Was sind Sie nur für ein Mensch?«

Angewidert wandte sich Martijn von ihm ab und drehte sich zur Seite. Es war ein kurzer Augenblick der Unachtsamkeit. Williams sprang auf und griff an den Gewehrlauf. Es kam zu einem Handgemenge. Die beiden anderen Mitarbeiter des Labors versuchten, Alec zu überrumpeln. Fausthiebe flogen durch die Luft und Alec ging zu Boden.

Josh kam aus seiner Deckung und schrie »*Hände hoch*«, doch niemand reagierte. Er schoss in die Zimmerdecke und die Angreifer ließen für Sekundenbruchteile von Alec ab. Dieser nutzte seine Chance; er griff sich die Beine von einem der Männer und riss ihn herunter. Josh kam ihm zu Hilfe und auf einmal rangelten alle vier miteinander. Derweil kämpfte Martijn mit dem hochgewachsenen Williams, der kräftiger war, als er aussah. Plötzlich löste sich ein weiterer Schuss. Diesmal aus dem Gewehrlauf von Martijn. Doktor Williams war getroffen. Es war ein glatter Durchschuss, ganz in der Nähe des Herzens. Das Blut quoll aus der Wunde und sein Oberkörper sackte in sich zusammen. Alle Blicke richteten sich auf den tödlich getroffenen Doktor. Seine beiden Kollegen zögerten keinen Augenblick; sie befreiten sich aus den Armen von Alec und Josh und suchten das Weite.

»Scheiße, scheiße, scheiße«, stieß Martijn hervor. »Das ist nicht gut. Bevor wir abhauen, sollten wir noch in den Akten schauen, ob wir einen Lieferschein oder sonst etwas über den Seecontainer finden.«

In den nächsten Minuten wurde es hektisch. Die Männer wühlten in den Stahlschränken und rissen alle Schubladen heraus. Die Dokumente lagen wild verteilt auf dem Boden. Alec wurde nervös; die Zeit verrann in Windeseile.

»Die Kerle werden Hilfe holen. Ich sehe es schon kommen, gleich gehen hier Handgranaten hoch.«

»Halt die Schnauze«, raunte ihn Martijn an und blätterte durch einen dicken Ordner. Er fand jedoch nichts. Nicht einen einzigen Hinweis. Gerade als er die Suche aufgeben wollte, fiel sein Blick auf eine schmale Kladde mit der Deckelaufschrift 'Foreign Affairs'. Darin befanden sich sorgsam abgeheftete Ausfuhrbelege und Frachtdokumente. Endlich war er fündig geworden. Er riss die Kohlepapier-Durchschläge aus dem Ordner. Josh stand bereits in der Tür und drängte zum Aufbruch.

»Leute, das geht schief. Ich sehe in der Ferne eine Staubwolke.« Deutlich erkennbar war ein Fahrzeugkonvoi im Anmarsch. »Ihr könnt wählen, was euch lieber ist. Polizei oder Militär. Leute, wir müssen weg!«

Sie rannten über die Straße zu ihrem Jeep und schrien Jonathan an. »Los, gib Gas.«

Doch der Buschdoktor bekam den Motor nicht zum Laufen. Auf Martijns Stirn bildeten sich Schweißperlen. Ungeduldig schubste er seinen alten Kollegen zur Seite auf den Beifahrersitz und startete den Motor. Sein Blutdruck schnellte auf einhundert-achtzig und er fuhr orientierungslos durch die Straßen.

»Jonathan, ich brauche einen Internetanschluss und einen Scanner, schnell. Wo gibt es so etwas in der Nähe?«

Jonathan kannte einige Adressen in Koidu, die dafür in Frage kamen, doch sie erschienen ihm zu gefährlich. In der Stadt würden ihre Verfolger zuerst auftauchen. Seine grauen Zellen arbeiteten auf Hochtouren. Schließlich kam ihm eine abgelegene Schule in einem Nachbardorf in den Sinn. Er kannte den Direktor. Wenn überhaupt, konnte dort das erhoffte Equipment vorhanden sein, und er dirigierte Martijn in die Richtung der Schule.

Der Holländer bremste den Wagen ab und blickte zu Jonathan. Der Buschdoktor verstand. Die beiden Männer stürmten ins Gebäude, während Josh auf den Fahrersitz rutschte und mit laufendem Motor auf dem sandigen Parkplatz wartete.

Es lief ab wie im Zeitraffer. Martijn legte die Frachtscheine auf den Scanner und lud die Daten in einer mittleren Auflösung in den Rechner. Er registrierte, dass auf dem Computer noch immer Windows XP lief, aber er verbiss sich jeden Kommentar.

»Mit welcher Datenrate könnt ihr hier uploaden?«, wollte er von dem Schuldirektor wissen. Der Mann blickte verstört und zuckte mit seinen Schultern. Martijn schwitzte. Er kramte nach dem Zettel mit der FTP Adresse von Joe in Hongkong.

»Hoffentlich klappt das.«

Er verfolgte den grünen Balken auf dem Bildschirm, der die bereits übertragenen Daten kennzeichnete. Vor dem Haus drückte Josh kräftig auf die Hupe. Martijn's Hand zitterte. Er wollte solange am Rechner bleiben, bis die Daten auf dem Weg durch den Äther waren.

»Los Jon, renn schon zum Auto. Wenn ich in zwei Minuten nicht da bin, fahrt ihr ohne mich, verstanden?«

Die Männer saßen startklar in ihrem Jeep. Im Leerlauf gab Josh einige Male Gas. Sein Blick wechselte nervös zwischen dem Rückspiegel und seiner Armbanduhr.

»Zwei Minuten hat er gesagt? Die sind jetzt vorbei.«

Josh legte den ersten Gang ein. In diesem Augenblick kam Martijn aus dem Schulgebäude angerannt und sprang in letzter Sekunde in das Fahrzeug. Gerade noch rechtzeitig. Am Ende der Hauptstraße sahen sie die herannahenden Autos ihrer Verfolger. Die Schar war in der Überzahl und eindeutig besser motorisiert.

»Das wird nichts«, stellte Jonathan fest. »Wenn wir überleben wollen, müssen wir rüber nach Guinea. Bieg da vorne nach rechts ab.«

Martijn vertraute auf ihn und gab seine Zustimmung. Josh holte alles aus dem Jeep heraus. Die Anzeige von der Kühlwassertemperatur auf dem Display reichte bis in den roten Bereich hinein. Jonathan fingerte nach einem Mobiltelefon.

»Jeff? Hey Jeff, hörst du mich?«

Der Empfang war miserabel. Er hielt das Gerät vor sein Gesicht und kontrollierte die Signalbalken.

»Hallo Jeff, geht es jetzt besser? Ich bin in fünf Minuten bei dir. Schmeiß den Viertakter an. Ich brauche eine Passage. Plus vier. Nimm das größere Boot. Die Secret-Route. Roger and over.«

Jonathan kannte den Weg wie seine Westentasche. Es ging bergab und die Straße wurde immer steiniger. Die hohen Schlingpflanzen waren bis fast zur Mitte des Weges gewachsen.

»Stopp. Wir müssen nach rechts«, rief der Buschdoktor plötzlich. »Und kurz danach musst du anhalten.«

Josh bog ab und brachte den Jeep zum Stehen. Vor ihnen lag ein kleiner Tümpel, ringsum war alles dicht bewachsen.

»Nehmt eure Sachen aus dem Auto, die letzten Meter gehen wir zu Fuß.«

Jonathan hatte sie zu seinem gut getarnten Versteck gelotst, dem idealen Ausgangspunkt für einen geheimen Trip ins Nachbarland. Bevor sie den Ort verließen, richtete er sich mit einer Bitte an Martijn.

»Den Jeep sollten wir … aufgeben.«

Der Holländer verstand. Nachdem sie ihre Rucksäcke aus dem Fahrzeug genommen hatten, versenkte er das Fahrzeug mitsamt der Gewehre im Tümpel. Luftblasen stiegen auf, doch es blieb nicht die Zeit, noch länger zuzuschauen.

»Das wird meinem Freund Bill in Freetown gar nicht gefallen.«

Sie rannten durchs Gestrüpp und erreichten nach wenigen Minuten eine Anlegestelle am Fluss. Dort wurden sie bereits erwartet. Vor ihnen stand ein schlaksiger Schwarzer in einer olivfarbenen Uniform. Es handelte sich um Jeff, den Kontaktmann des Buschdoktors. Sein Motorboot war mit einem kräftigen 50 PS Außenbordmotor ausgestattet. Er hatte es an einem Baumstamm festgemacht. Mit großen Augen schaute der

Schwarze zu Jonathan. Der schüttelte den Kopf und zeigte auf Martijn. »Er hat die Knete.«

Der Holländer zählte die Dollarnoten und gab dem Skipper seinen Lohn. »Man soll den Fährmann ja eigentlich erst bezahlen, wenn man auf der anderen Seite angekommen ist. Glaub mir, wenn du es verbockst, gehst du mit über Bord.«

Das Motorboot fuhr eine ganze Weile im Schutz des Ufers, bevor Jeff zur anderen Seite übersetzte. Nach nicht einmal zwanzig Minuten hatten sie wieder festen Boden unter den Füßen. Die Männer waren sich einig, dass Guinea nicht das gelobte Land war. Ihre Situation war trostlos und sie waren abgeschnitten von jeder Kommunikation mit ihren Verbündeten. Der einzige Pluspunkt war vielleicht, dass sie mit Jonathan einen Ortskundigen bei sich hatten. Wie gerne hätten sie in diesem Moment mit den digitalen Datenpaketen getauscht. Denn die gescannten Dateien der Lieferpapiere waren bereits auf ihrem Weg durch das weltweite Internet. Geradewegs auf dem Weg nach Hongkong.

# Kapitel 37

*Berlin*

*Februar 2014*

*Bei den Berliner Hackern*

Berlin hatte den Jahreswechsel mit einem fulminanten Feuerwerk gefeiert. Es waren viele tausend Touristen zusätzlich in die deutsche Hauptstadt gekommen und sie bevölkerten die Straßen. Auch Robert und Lizzy hatten sich in die Menschenmengen gestürzt und feierten ausgelassen mit. In ihrer Wohngemeinschaft hatten sie sich inzwischen gut eingelebt. Siggi, der Bekannte von Lizzy, hatte ihnen eine weitere finanzielle Unterstützung zugesichert und die beiden konnten fleißig an ihren Recherchen arbeiten. Ihre journalistische Zusammenfassung über die Verschwörung vom 11. September 2001 war weit gediehen und parallel dazu suchten sie immer wieder den Kontakt zur Berliner Hackerszene. Es war eine symbiotische Verbindung. Bei jedem ihrer Besuche wollte der Anführer Any von ihnen neue Details erfahren. Das Konzept ging auf. Robert nannte es die Fütterung der Raubtiere. In genau dosierten Portionen versorgten sie ihn mit Informationen, auf die sich der Datensammler gierig stürzte. Sie passten oftmals genau zu seinen Analysen der Überwachungspraktiken, auf die bereits Eddie Downsen hingewiesen hatte. Im Gegenzug zeigte Any den beiden Hobbyermittlern, was er über die vermeintlichen Drahtzieher herausgefunden hatte.

Zum soundsovielten Male hatten sich Robert und Lizzy gegen Ende Februar auf den Weg in die unterirdischen Katakomben gemacht. Es war eine unwirtliche Umgebung. Kalt und düster. Die Winterzeit tat ihr Übriges und die Luft in dem Gewölbe war um ein Vielfaches feuchter als bei ihren ersten Besuchen.

Laute Musik dröhnte aus den Lautsprechern. Any sah darin den wirksamsten Schutzfaktor, falls doch einmal jemand auf die Idee kommen sollte, ihn und seine Freunde zu belauschen. Die rockigen Klänge waren der Band *Stereophonics* zuzuordnen, erklärte er. *Dakota* gehörte zu seinen Lieblingstiteln und er sang die ersten Zeilen des Textes voller Begeisterung mit.

»Hier entlang, kommt. Ich habe etwas für euch.« Er nahm die schwarze Wolldecke vom Monitor herunter und der Bildschirmschoner sorgte für einen Wiedererkennungswert. Es handelte sich um ein animiertes Tetraeder. Robert schmunzelte.

»Dieser platonische Körper hat es dir echt angetan. Vier Punkte, vier Dreiecke. Der sogenannte erste räumliche Körper und dazu noch in der Form einer Pyramide.«

Any klatschte in die Hände und er sang den Refrain lautstark mit. »*You made me feel I'm the one* ... Yeah. Hey, Robbie.«

Robert zog seine Augenbraue nach oben; es war das erste Mal, dass ihn jemand so nannte. Any nickte im Rhythmus der Musik.

»Das Tetraeder ... es ist doch ein perfektes Symbol. Seit dem Feuerwerk in London gehört es zu meinen Favoriten. Hm, ich müsste noch irgendein Logo in die Mitte projizieren. Etwas, was auf die *Triangular Files* hindeutet. Dann wäre es vollkommen.«

Lizzy hüstelte. »Na, du weißt doch gar nicht, was die *Triangular Files* sind. Niemand weiß das.«

»Darauf kommt es nicht an«, entgegnete Any. »Es soll ja nur den geheimen Drahtziehern, dieser *One-C* oder wie immer die Organisation heißt, signalisieren, dass wir sie im Visier haben. Geile Sache.«

Any war wie entfesselt und gab am Rechner das Passwort ein. Eine horizontale Zeitachse lief über den Bildschirm. Darauf hatte er alle Ereignisse eingetragen, die er mit seinem Team hinsichtlich der Aufenthaltsorte des *Messengers* herausgefunden hatte. Sie hatten systematisch nach Hinweisen gesucht, die in einer rückwärtigen Betrachtung die täglichen Aktivitäten von John Smith dokumentierten.

»Seine Vita ist natürlich noch lückenhaft. Der Typ ist sehr clever vorgegangen. Dennoch war er manchmal unvorsichtig; dann hatte er nur eine andere SIM Karte in sein Handy gesteckt. An anderen Tagen hat sich sein Gerät für wenige Sekunden bei einem ausländischen Provider eingeloggt. Inzwischen haben wir sämtliche Adressen und Kreditkarten von ihm. Faszinierend, was sich daraus so alles ergibt. Wusstet ihr, dass er sich für Segelflugzeuge interessiert? Na ja, er weiß es wahrscheinlich selbst nicht mehr.«

Der Hacker lachte und klopfte sich auf die Schenkel. Robert verzog seinen Mund; er fand es geschmacklos, über den Gedächtnisverlust von John Smith Witze zu machen.

Any rief eine Übersichtskarte auf und die Zeitachse rutschte an den unteren Bildschirmrand. Mal zoomte er auf der Karte in die Detailabschnitte nördlich von Boston, dann verharrte er in Europa im Stadtzentrum von Athen.

»Genau hier, unterhalb der Akropolis, hattet ihr mich auf die Fährte gesetzt und von dort aus haben wir unsere Suche begonnen. Jetzt könnt ihr lange diskutieren, wie sinnvoll es ist, die Aufenthaltsorte eines *Messengers* herauszufinden, von dem wir eh wissen, wo er sich zur Zeit aufhält. Nämlich in Oslo. Nein, das war nicht das Ziel.«

Er griff zu einer Dose Bier hinter einem Vorhang und bot auch seinen Gästen etwas zu trinken an. Sowohl Lizzy als auch Robert lehnten dankend ab. Sie wollten sich mit klaren Sinnen auf die Geschichte konzentrieren. Any fuhr mit seinen Ausführungen fort.

»Ich sag's euch. Es ging uns einzig und allein um seine Kontakte. Der Typ musste ja irgendwann mit seinen Auftraggebern kommunizieren. Also haben wir uns nur die Anomalitäten angeschaut. Da war selbstverständlich viel unnützes Zeug dabei, was wir herausfiltern mussten.«

Er nahm einen großen Schluck aus seiner Dose.

»Wie auch immer. Das Muster wurde von Tag zu Tag vollständiger. Der *Messenger*, John Smith, wechselte zwischen seinen Identitäten ständig hin und her. Sein eigentlicher Beruf - als Sachverständiger und Computerexperte in der Tschechischen Republik - war eine perfekte Tarnung und die Treffen mit seinen Auftraggebern wurden wie zufällig in seine Reisen mit eingebaut. Lange vor dem Athen-Meeting gab es noch ein entscheidendes Treffen in Europa. Es fand im Juni des letzten Jahres statt; einige Tage vor seiner Reise nach Nordamerika. Da muss sich so einiges zusammengebraut haben. Zeitlich folgte es genau nach dem Anschlag auf den Fotografen in Manhattan;

parallel dazu gingen die Enthüllungen von Eddie Downsen um die Welt und die angeblichen Lebewesen auf dem Mars verschwanden genauso schnell aus der Presse, wie sie aufgetaucht waren. Die große Frage für uns war, wo sich John Smith zu diesem Zeitpunkt in Europa aufgehalten hatte. Ihr werdet es nicht glauben.«

Der Hacker inszenierte seinen Auftritt nahezu theatralisch. Bewusst legte er eine Pause ein und ging durch den Raum. Er ließ die Musik verstummen und von dem Rundgewölbe hallten seine Schritte wider.

Lizzy schaute ihn mit großen Augen an. »Sollen wir raten oder verrätst du es uns?«

Der Berliner Hacker lachte. Er wollte seinen Triumph auskosten. Robert hatte keine Ahnung, worauf Any hinaus wollte. »War der *Messenger* in Prag? In seiner Heimatstadt?«

Any schüttelte den Kopf. »Nee. Das letzte Signal, bevor er sich mit seinen sämtlichen elektronischen Geräten ausgeloggt hatte, kam aus London. London City. Ganz in der Nähe der Underground Station Holborn. Ihr wisst vielleicht, dass sich zwei Straßen weiter, nämlich in der Great Queen Street, der Hauptsitz der englischen Freimaurer befindet. *The United Grand Lodge of England – Fremasons' Hall*.« Er betonte die Bezeichnung mit einer fistelnden Stimme.

»Aha«, rief Lizzy aus. »Du meinst, es gibt eine Verbindung zwischen dem *Messenger* und den Freimaurern? Also stecken sie doch dahinter?«

Any winkte ab. »Pah. Natürlich nicht. Das habt ihr mir selbst schon oftmals in die Feder diktiert. Nein. Die Freimaurer sind es sicherlich nicht. Aber vielleicht verstecken sich die dunklen Kräfte hinter ihrer Fassade. Irgendwelche versprengten Illuminaten oder sonstige Kriminelle. Wie auch immer. Jedenfalls hat John Smith sein Funksignal an diesem Ort ausgeschaltet.«

Er markierte die Stelle auf der Karte und zeigte mit dem Finger darauf. »Hier war es. In einem Pub mit der passenden Bezeichnung *The Freemasons Arms*.«

»Wow, der Name ist Programm. Eine Kneipe für die Freimaurer«, unterbrach ihn Lizzy. »Doch ich verstehe nicht, wie du den Kontaktmann ausfindig machen konntest, wenn er seinen Funkmodus deaktiviert hatte?«

»Du sagst es. Sein Aufenthaltsort alleine hätte uns nicht viel weitergebracht, aber vielleicht konnte uns der Zufall helfen. In der Nähe gab nur einen einzigen Sendemasten und wir haben die Nummern von sämtlichen Mobilgeräten abgerufen, die sich dort eingewählt hatten.«

Any scrollte durch eine seitenlange Tabelle. Hunderte von Einträgen waren darauf verzeichnet. Die Nummern der Mobiltelefone, die Zugangsdaten der eingeloggten Tablets - aber auch die Gerätekennungen der Smartphones, die sogenannten IMEI Daten. Any demonstrierte, wie er mit seinen Kollegen akribisch alle Verbindungsdaten des *Messengers* überprüft hatte, die in dem Zeitraum vor seinem Besuch im Pub lagen. Viel mehr stand ihnen als Basisinformation nicht zur Verfügung, denn Joe hatte tunlichst darauf geachtet, die Hacker nur mit wenigen konkreten Hinweisen zu versorgen.

Die Profis aus Berlin hatten nach Auffälligkeiten in den Telefonverbindungen gesucht und hofften, auf diesem Weg an eine Mobilnummer der Hintermänner zu kommen. Es wäre eine Idee zu einfach gewesen. Any zollte dem *Messenger* seinen Respekt.

»Der Typ war echt smart. In seinem Datenprotokoll fanden wir nichts Verdächtiges. Doch jetzt kommt der Clou!« Er machte einen Sprung und klatschte wiederum in seine Hände. »Im selben Moment, als sich Mister Smith ausloggte, wurde in seiner Umgebung auch ein anderes Gerät abgemeldet. Quasi in derselben Sekunde. Bingo.«

»Und du meinst, diese andere Telefonnummer gehört zu seinem Kontaktmann? Zu einem der Auftraggeber?«, wollte Robert wissen.

Any strahlte. »Oh, ja. Das ist durchaus möglich. Ich bin genial. Genial, genial, genial.«

Er war vor Freude außer sich und reckte seine Faust mehrmals rhythmisch in die Höhe. »Allerdings konnten wir noch nicht allzu hohe Erwartungen daran knüpfen. Die Nummer haben wir zurückverfolgt. Sie geht auf eine Frau in Southampton zurück. Die Sache wirkte aber fingiert.«

»Fingiert? Was meinst du?«, fragte Lizzy.

Der Hacker ließ die beiden seine momentane Überlegenheit spüren.

»Nun, niemand aus der Organisation der geheimen Drahtzieher wird auf seinen eigenen Namen ein Handy anmelden. Dazu bedient man sich einer gestohlenen Identität. Die Frau aus Southampton ist über achtzig Jahre alt. Ich fresse einen Besen, wenn sich die alte Dame wirklich ein Handy zugelegt hat und damit nach London gefahren ist, um in dem Freimaurer Pub ein Bier zu trinken. Yeah, yeah, yeah.«

Lizzy nickte. »Also wissen wir eigentlich gar nichts?«

Sie wusste, dass sie ihn damit provozierte. Denn obwohl die Nummer noch nicht direkt zu einem der Drahtzieher führte, sondern nur zu einer alten harmlosen Dame in Southampton, so war es ein Schritt in die richtige Richtung. Any blieb gelassen und er ließ sich nicht aus der Reserve locken. Er schmunzelte.

»Doch, doch. Habt Geduld. Die Telefonnummer haben wir tagelang überprüft und danach alle weltweiten Zugangsdaten ausgewertet. Totale Fehlanzeige. Null und nichtig. Die SIM-Karte mit dieser Nummer war nur für wenige Minuten in London im Netz. Danach haben wir sie nie wieder entdeckt. Es sah nach einer Sackgasse aus. Aber wir sind ja eine pfiffige Truppe. Das Gerät trägt bekanntlich in sich die bekannte IMEI Kennung, und die gibt es für jedes Telefon nur einmal auf der ganzen Welt, wie ihr vielleicht wisst.«

Robert nickte und griff nun doch zu einer Bierdose. Er fand die Ausführungen des Hackers außerordentlich spannend.

»Folglich haben wir uns auf die Hardware konzentriert. Und wenige Wochen später wurde just in dieses Telefon eine neue SIM Karte eingelegt. Tja, auch diese SIM Karte schien uns gefaket zu sein. Angeblich wurde der Vertrag von einer jungen Frau in Kuala Lumpur beantragt. Und wenn ihr mich fragt, weiß das Mädel aus Malaysia überhaupt nicht, dass der Telefonvertrag mit ihren Personaldaten abgeschlossen wurde. Versteht ihr? Und diese malaysische SIM Karte steckt nun also in dem Handy, welches im Juni zusammen mit dem *Messenger* im Londoner Pub *Freemasons' Arms* war.«

Er setzte sich hin und drehte am Lautstärkeregler der Musikanlage. Der Song der *Stereophonics* hatte es ihm wirklich angetan und er startete die Musik von vorne.

»*Dakota*. Da capo, *Dakota*. Was sagt ihr nun? Bin ich genial oder was?«

Die harten Gitarrenklänge dröhnten durch das Gewölbe. Robert war begeistert. Es sah so aus, als hätte Any mit seinen Hackern etwas extrem Wichtiges herausgefunden.

»Wo ist denn das Telefon jetzt?«, wollte er wissen.

Any sagte nichts. Er genoss den Augenblick und bewegte seinen Kopf im Rhythmus der Musik. Er summte die Melodie, bis er beim Refrain wieder den Text mitsang.

»*You made me feel I'm the one.* Was war deine Frage? Wo das Telefon ist? Sagtet ihr nicht, dass euer Super-Hacker Joe zur Zeit in Hongkong ist? Und genau dort schwirrt das besagte Handy auch herum. Genial. Ich bin das Non-plus-ultra. *Made me feel I'm the One. The One.*«

Robert kniff die Augen zu. Hongkong? Was für ein Zufall, dachte er. Schließlich wollte sich sein Vater mit Rosanna ebenfalls in diese Richtung auf den Weg machen und vielleicht waren sie schon dort. Diese Information mussten sie unbedingt erhalten. Robert schlürfte an der Bierdose; er war zufrieden. Endlich konnten sie etwas zu der Sache beitragen. Ein Glücksgefühl rannte durch seinen Körper und es kribbelte in seinem Nacken. Nun hatten ihn die rockigen Klänge ebenfalls erfasst. Er nahm seine Freundin in den Arm und küsste sie.

»Liz, wir sind auf der richtigen Spur. Ich liebe dich.« Sie drehten sich im Kreis zur Musik.

Bevor Any den Song ein weiteres Mal startete, erinnerte er Lizzy daran, sich Notizen zu machen. »Vergiss nicht, uns prominent in deiner Story einzubauen. Denk an unseren Deal. Und *by the way*, wir haben noch mehr herausgefunden.«

Robert ging zur Musikanlage und regelte die Lautstärke etwas herunter. »Noch mehr? Was denn?«

Der Hacker öffnete auf dem Bildschirm ein neues Browserfenster.

»Wir haben auch die Nummer des Fotografen gecheckt. Skip Persson. Der Typ in New York, der auf der Fifth Avenue erschossen wurde. Mit seinen letzten Verbindungsdaten konnten wir nicht viel anfangen. Es schien alles belanglos zu sein. Sein finales Telefonat führte uns zu einer anonymen Nummer in einem New Yorker Frühstücksrestaurant, namens *Michael's* oder so ähnlich. Ganz sicher sind wir nicht, die Geolokalisierung zwischen den Gebäudeschluchten ist nur ungenau.«

»Eine anonyme Nummer. Wie geht das denn?«, erkundigte sich Lizzy.

Any antwortete prompt. »Ursprünglich war es mal ein Firmentelefon und es wurde ständig an neue Nutzer weitergereicht. Das Unternehmen ging in Konkurs und die Handys wurden von irgendwelchen unbekannten Leuten weiter verwendet. Solange noch ein Guthaben auf den Pre-Paid Karten war, funktionierte es. Daher ist es unmöglich, den aktuellen Nutzer herauszufinden. Also, das war schon ziemlich clever.«

»Moment mal. Dann ist die Information doch total wertlos, oder?« Robert forderte den Profi geradezu heraus und Any ging sofort darauf ein.

»Gemach. Mit der Nummer konnten wir nichts anfangen, das ist richtig. Aber viel interessanter war das Gerät selbst. Ein völlig abgelutschtes Teil; ein Uralt-Knochen der Marke Motorola. Sagt euch das Modell *Timeport* noch etwas? Das haben wir über die Gerätekennung herausbekommen. Yeah, Leute. Ich höre euch schon fragen, ob uns so ein altes Handy weiterbringt. Und jetzt kommt die Antwort des begnadeten Genies. Was würdet ihr sagen, wenn sich innerhalb der allernächsten Umgebung ein weiteres Gerät dieses Typs befand? Yeah, ich bin der Größte.«

Robert verstand. Wenn die Person zur Vorsicht ein beliebiges anderes Gerät für ein paralleles Telefonat eingesetzt hätte, wäre jede Spur im Sande verlaufen. Es schien jedoch, dass der Benutzer im New Yorker Frühstücksrestaurant zweimal dasselbe Gerät eingesetzt hatte. Vielleicht aus einem falsch verstandenen Sicherheitsverständnis oder einer Vorliebe für diesen Gerätetyp. Die veralteten Geräte hatten zwar keine eingebaute GPS Funktion, dennoch war eine näherungsweise Ortung möglich.

Robert nickte. Er hielt es nicht für einen Zufall, dass sich im Restaurant zweimal dasselbe Motorola *Timeport* befand und er wiederholte seine Gedankengänge.

»Der Fotograf hatte also mit einem Kontaktmann in New York telefoniert, kurz bevor er aus dem Leben gepustet wurde. Und dieser Spitzel wiederum hatte anschließend ein weiteres Gespräch von seinem Zweit-Handy aus geführt.« Robert war von dem Spürsinn der Hacker begeistert. »Ja, ihr seid wirklich gut. Kompliment. Dann wisst ihr sicher auch, mit wem dieser Mittelsmann gesprochen hat?«

Any wiegte den Kopf hin und her. »Das ist tricky. Von dem Gespräch ist nichts aufgezeichnet worden und es ist einfach zu viel Zeit seitdem vergangen. Die reinen Verbindungsdaten geben auch nicht viel her. Dennoch, nach den Ergebnissen unserer Simulationen durch das *Ringfencing* vermuten wir, dass sich der Gesprächspartner ebenfalls in New York aufhielt. Im Gebäude der United Nations.«

Bei Robert fiel die Kinnlade nach unten. Im Gebäude der Vereinten Nationen? Was hatte das zu bedeuten? Lizzy machte sich einen Vermerk auf ihrem Schreibblock.

»Any, das ist absolut irre. Bekommen wir einen Ausdruck eurer Recherchen?«, bat sie ihn.

»Voilà.« Any kramte in der Schublade seines Schreibtischs nach einer Klarsichthülle mit zahlreichen Blättern. »Hier findet ihr alles. Unten rechts auf dem Deckblatt habe ich euch einen Miniatur-USB Stick aufgeklebt. Darauf findet ihr eine Kopie von allen Datensätzen. Schönen Gruß an Joe. Und Lizzy, hast du deine Kamera dabei? Das wäre doch der beste Moment für ein Portrait des Genius.«

Sie nickte und holte ihre Nikon aus der Tasche, während sich Any einen schwarzen Pulli überstreifte und eine Maske aufsetzte. Er brachte sich vor dem Monitor in Positur und ließ auf dem Bildschirm im Hintergrund das Symbol des Tetraeders ablaufen. Robert schaute gebannt auf die Pyramide und er überlegte, wie sie die Informationen in den nächsten Tagen am besten – und vor allem am sichersten - an Joe übermitteln konnten. Alle Spuren führten nach Hongkong.

# Kapitel 38

*Hongkong*

*Februar 2014*

*Die Ankunft in Hongkong*

Die Begegnung mit dem sizilianischen Insider hatte bei Rosanna und Peter einen bleibenden Eindruck hinterlassen. Am meisten war Peter davon fasziniert, dass der Heilige - wie er ihn nannte - beinahe hellseherische Fähigkeiten zu haben schien. Nach dem Treffen mit Aldo wollten sie schnurstracks zum Flughafen von Catania zurückfahren. Der einmaligen Landschaft rechts und links des Weges schenkten sie keinen einzigen Blick und auch der mächtige Vulkanberg konnte nicht ihre Aufmerksamkeit gewinnen. Zu sehr waren sie in Gedanken versunken und mit den Aussagen des Sizilianers beschäftigt. Immer wieder schüttelte Peter ungläubig den Kopf.

»Nie zuvor war ich derart verwirrt. Es scheint eine unbekannte Größe zu geben. Eine parallele Macht, die neben unseren etablierten Strukturen agiert. So mächtig, dass ihr niemand Paroli bieten kann. Aldo wirkte eingeschüchtert ... oder was denkst du?«

Rosanna nickte. »Er hatte Angst und fühlte sich ohnmächtig. Ich bin mir fast sicher, dass er genau weiß, wer sich hinter den Drahtziehern verbirgt. Wenn er nicht selbst einer von ihnen ist oder früher einmal war.«

Plötzlich wurden sie in ihrem Auto aus ihren Gedanken gerissen. Ein kleiner, roter Sportwagen hatte sie überholt und war in unmittelbarer Nähe an ihnen vorbei gerast. Peter behielt die Ruhe und tippte mit seinen Fingern aufs Lenkrad.

»Ein Wahnsinniger. Doch Reisende soll man nicht aufhalten. Zurück zu Aldo. Das hatte ich auch schon vermutet. Dazu würde passen, dass er keine Namen nannte. Die Rache der *One-C* würde grausam werden; mit einem Verräter würden sie kurzen Prozess machen. Wer weiß, wann er ausgestiegen ist - deshalb sind seine Quellen mittlerweile versiegt.«

Sie biss auf ihre Unterlippe. »Tja. Ganz sicher bin ich mir zwar nicht. Vielleicht trägt er noch ein anderes Geheimnis in sich.«

Peter schaltete das Autoradio an. Auf Anhieb erkannte er den Song, der gespielt wurde. *Two of us riding nowhere* von den *Beatles*.

»Wie passend«, kommentierte er die Musik und drehte den Regler weiter auf. »Das Gute ist, dass wir nicht allein sind. Es gibt da draußen noch andere, die sich das Ende der geheimen Drahtzieher wünschen. Aldo und seine Freunde sind auf unserer Seite.«

Rosanna legte ihre Hand auf seinen Oberschenkel und lächelte ihn an. »Ich habe kein Wort verstanden. Du hast die Lautstärke soweit aufgedreht, da kommt bei mir nichts mehr an.«

Es war ihm egal. Er versuchte, den Text mitzusingen und bewegte seinen Kopf im Rhythmus der Musik.

Der Rückflug aus Catania führte sie zunächst nach Hamburg und mit dem späteren Anschlussflug weiter nach Dubai. Der größte Flughafen der Vereinigten Arabischen Emirate hatte sich zu dem meistfrequentierten Drehkreuz für den Luftverkehr in der gesamten Region entwickelt. Sie hatten einen Nachtflug gewählt und erreichten den Wüstenstaat in den frühen Morgenstunden. Ihr Anschlussflug nach Hongkong sollte ursprünglich um kurz nach zehn starten, doch wegen der schlechten Sichtverhältnisse waren die meisten Flüge verspätet. Starke Winde hatten den Wüstensand aufgewirbelt und es dauerte Stunden, bis sich die Sandwolke wieder gelegt hatte. Dadurch hatten sie einen mehrstündigen Aufenthalt, konnten jedoch zum Glück die Business Lounge der Fluggesellschaft 'Emirates' nutzen. Erst um viertel nach elf wurde der Flug EK 380 zum Einsteigen aufgerufen. Jedes Mal, wenn sie das Ticket und ihren Pass beim Boarding vorzeigen mussten, tippte ihm Rosanna auf die Schulter. Und das geschah einige Male. Die Sicherheit wurde auf dem Flughafen in Dubai sehr groß geschrieben. Hier war es kaum möglich, dass sich jemand mit einer gefälschten Identität an Bord schmuggelte.

Der Luxus an Bord überstieg den Standard der europäischen Fluglinien deutlich. Peter begeisterte sich für seinen Platz in der Business Class. Es war eigentlich kein Sitz, sondern fast schon ein kleines Apartment. Die Sitzfläche konnte er zum Schlafen in ein Bett verwandeln und neben ihm befand sich eine großzügig eingerichtete Ablage mit einer Minibar.

Weiter hinten im Airbus fand er eine Rundtheke und es gab reichlich Platz, um sich auf dem langen Flug die Beine zu vertreten. Die freundliche junge Stewardess hinter dem Tresen fragte ihn nach seinem Getränkewunsch und Peter fühlte sich auf Anhieb wohl in dem größten Passagierflugzeug der Welt, dem Airbus 380. Fast 6.000 Kilometer lagen vor ihnen. Der Flug nach Hongkong verlief ruhig und es gab nicht die kleinsten Turbulenzen. Es war bereits am Abend gegen halb zehn, als ihr Flug EK 380 mit leichter Verspätung ankam.

Seit 1998 war der Flughafen auf dem Eiland Chep Lak Kok in Betrieb, nur einen Steinwurf von der Insel Lantau entfernt. Neben 60 Millionen Fluggästen pro Jahr zählte er mit mehr als 900 Flugbewegungen täglich zu den größten Airports in Ostasien, was noch durch die Anzahl der Frachtabfertigungen übertroffen wurde. Denn der *Hong Kong International Airport* galt als der größte Frachtflughafen der Welt.

Hongkong war seit eh und je die Drehscheibe des Ostens und das Eingangstor zu China. Es wimmelte nur so von Reisenden. Um in die Stadt zu kommen, gab es verschiedene Möglichkeiten. Am schnellsten und komfortabelsten war der Transfer mit dem Airport Express, der nicht mal 25 Minuten bis zum Stadtzentrum von Kowloon benötigte. Doch sie mussten sich keine Gedanken machen; hinter der gläsernen Schiebetür im Ankunftsterminal wurden sie von Joe und Tanja in Empfang genommen.

»Ist das nicht zu auffällig? Wir hätten auch den Schnellzug oder ein Taxi nehmen können.« Rosanna blickte um sich.

Joe beruhigte sie. »Kein Problem, mit uns rechnet hier niemand.«

Als sie das gut klimatisierte Terminal verließen, kam ihnen eine geballte Ladung feuchtwarmer Luft entgegen. Joe ging mit seinem Ticket an einen Automaten und zeigte auf das Parkdeck vor ihnen. Er hatte einen Bulli besorgt, den er mit seinem Team nun schon seit über einem Monat im Einsatz hatte.

»Angemietet? Ohne Kreditkarte, nehme ich an«, fragte Rosanna, als sie in den silberfarbenen Toyota auf der linken Fahrzeugseite hinten einstieg.

Joe klopfte aufs Autodach. »Die Kutsche gehört uns. Ich habe sie einem Chinesen abgekauft und er nimmt die Kiste anschließend wieder zum halben Preis zurück.«

Peter lachte. »Und? Wer hat dabei den besseren Deal gemacht?«

»Das wird sich noch herausstellen«, witzelte der Computerexperte und startete den Motor. Tanja hatte vorn bei ihm auf dem Beifahrersitz Platz genommen und Peter sah, wie sie hin und wieder ihre Hand auf seine Schulter legte. Die beiden waren sich in Hongkong offensichtlich näher gekommen. Joe warf einen Blick in den Rückspiegel.

»Erzählt mir von euren Neuigkeiten«, forderte er die beiden auf. »Ich bin schon ganz gespannt.«

Rosanna und Peter schauten sich gegenseitig an. Als ob sie sich abstimmen wollten, wer anfangen sollte. Sie ließ ihm den Vortritt und Peter berichtete von ihren Begegnungen.

»Ehrlich gesagt, viel schlauer als vorher, sind wir nicht. Die *One-C* als geheime Organisation gibt es schon sehr lange. Vielleicht sogar seit mehreren Jahrhunderten. Der Name mag sich im Laufe der Zeit gewandelt haben und wer sich genau dahinter verbirgt, weiß niemand. Nichts wird schriftlich festgehalten und die *Triangular Files* sind so etwas, wie deren Gesetzbuch oder Bibel.«

»Das klingt harmlos. Eine historische Bibel? Ich hatte erwartet, dass hinter den *Triangular Files* deutlich mehr steckt. Am Ende ist es nur ein versprengter Haufen von okkulten Zeitgenossen?« Joe wirkte enttäuscht.

»Wenn es so wäre«, verteidigte Rosanna den Ansatz, »sollten wir uns glücklich schätzen. Die Gefahr wäre überschaubar und eine drohende Weltherrschaft kann ins Reich der Fantasie verfrachtet werden. Doch so einfach wird es nicht sein. Die Typen sind eine reale Bedrohung. Peter, erzähl ihnen von der Frau.«

»Die Frau ist der Schlüssel zu allem. Sie ist die neue Nummer Sieben in der *One-C*.« Peter lockerte seinen Sicherheitsgurt und machte es sich auf dem Rücksitz bequem.

»Früher war sie wohl für einen kurzen Zeitraum in der *Enco*. Quasi zur Grundausbildung. Sie geht über Leichen und hat nun ausschließlich ihre Karriere bei der Geheimorganisation im Visier. Ihr Name beginnt mit einem 'V'.«

»Na, das ist ja herrlich unkonkret. Ich meine, dass es sich um eine Frau handelt und sie in Hongkong ihr Team zusammenzieht, wussten wir bereits von dem Mann ohne Gedächtnis in Oslo. Jetzt kennen wir immerhin den Anfangsbuchstaben ihres Namens. Dann werde ich jetzt alle Passagierlisten nach den weiblichen Reisenden durchforsten, die mit dem Buchstaben 'V' anfangen.« Joe schickte seinen Worten ein Lachen hinterher.

»Nein, du kannst die Suche auf die Flüge von und nach Hongkong eingrenzen«, ergänzte Rosanna spöttisch.

Peter nickte. »Keine Ahnung, vielleicht können wir die Melderegister durchsuchen.«

»Gut, die Lady trägt das 'V' in ihrem Namen. Dieser Anhaltspunkt bekommt das Prädikat wertvoll.« Seine Ironie war nicht zu überhören. »Habt ihr wenigstens Details zu ihrem Profil? Kennt ihr das Alter oder die persönlichen Merkmale?«

Joe lenkte das Fahrzeug auf die mittlere Spur und fuhr auf der Schnellstraße ins Zentrum von Kowloon. Im Rückspiegel fiel sein fragender Blick auf Peter.

»Aus den Schilderungen schätze ich, dass die Lady zwischen Mitte dreißig und Anfang vierzig sein muss«, ergänzte Peter. »Um in den erlauchten Kreis der letzten Sieben zu kommen, hat sie mit Sicherheit schon einige Jahre auf dem Buckel.«

»Außer Spesen nichts gewesen«, brummelte Joe leise vor sich hin. Er zeigte sich unzufrieden, denn die Informationen waren ihm zu spärlich für eine systematische Suche.

»Wie viel Zeit bleibt uns noch und wo wird der Anschlag stattfinden? Könnt ihr dazu etwas sagen?« Tanja war erstaunlich aktiv geworden und brachte sich zunehmend ins Geschehen ein.

Rosanna schaute sie schnippisch an; es gefiel ihr nicht, dass sich die Russin in den Vordergrund spielte.

»Es bleibt bei unserem bisherigen Kenntnisstand. Die Operation soll gegen Ende Februar oder Anfang März laufen. Uns bleiben nur noch wenige Wochen, vielleicht sind es auch nur noch Tage.«

Es herrschte dichter Verkehr; gekonnt fädelte sich Joe in die Fahrzeugschlange vor dem Straßentunnel zwischen Kowloon und Hongkong Island ein. Auf der anderen Seite des Kanals waren die Straßen ebenso verstopft. Die Serpentinen hinauf bis zur Villa meisterte Joe routiniert und Rosanna staunte nicht schlecht, wie gut er das Auto in den engen Straßen trotz der Dunkelheit manövrierte. Die Grundstückszufahrt gab einen Vorgeschmack auf das luxuriöse Anwesen. Das automatische Tor öffnete sich und Joe stellte das Fahrzeug unter dem Carport ab.

»Es sieht nach einem netten Domizil aus, da war euch sicher nicht langweilig.«

Rosanna konnte sich den leichten Nebenhieb nicht verkneifen. Tanja biss die Zähne zusammen und schüttelte kurz ihren Kopf. 'Sie kann's nicht lassen.' Demonstrativ streckte sie ihren Oberkörper nach vorne und ihr Busen füllte den V-Ausschnitt ihres schwarzen T-Shirts voll aus. 'Wie kann man nur so nachtragend sein. Nur weil ich einmal mit ihrem Lover nackt in der Sauna saß. Kinderkram.' Sie unterließ jeden Kommentar und wollte nicht zusätzliches Öl ins Feuer gießen.

Joe führte die beiden Neuankömmlinge durch die Räumlichkeiten. Die technische Ausstattung machte einen sehr professionellen Eindruck und das Studio stand in keinster Weise seiner früheren Einrichtung in London nach. Alle Rechner waren in Betrieb und die eingehenden Informationen ratterten unablässig über die Monitore.

»Alle Welt ist auf dem selben Trip der Simulation und der Vorhersage. Die Menschen wollen wissen, was morgen passiert. Wie das Wetter wird, wer der nächste Präsident wird. Und in Anlehnung an den Hollywood Film *The Minority Report* sollen die Verbrechen künftig schon in der Planung identifiziert werden.«

»Das ist beängstigend«, Tanja schmiegte sich an seinen Oberkörper. »Dann weißt du, was mir gerade durch den Kopf geht?«

Joe lächelte sie an und gab ihr einen Kuss auf die Wange. »Eine Tasse Kaffee wäre jetzt genau das Richtige.«

Seine Freundin stieß ihn zur Seite und verschwand mit einem betont lasziven Gang in die Küche.

Peter stellte seine Reisetasche auf den Boden.

»Sie hat recht. Das ist wirklich beängstigend. Aber Joe, können wir uns das nicht bei der Suche nach der Frau zu Nutze machen? Sie kann schließlich nicht an zwei Orten zur selben Zeit sein. Also muss sie doch woanders abreisen, bevor sie in Hongkong auftaucht. Oder anders ausgedrückt; alle Personen, die in den letzten Wochen ununterbrochen an ihrem Heimatort geblieben sind, können wir ausschließen.«

Peter war von seinem Vorschlag angetan, wobei ihn Joe recht schnell auf den Boden der Tatsachen zurückholte.

»Im Prinzip liegst du richtig. Doch das dafür benötigte Datenvolumen ist gigantisch. Daran würden sogar die leistungsfähigsten Prozessoren der NSA scheitern. Meine Simulationsprogramme basieren auf einem ähnlichen Algorithmus und arbeiten nach dem reversiblen Ausschluss-Prinzip. Wenn wir jemanden einkreisen wollen, brauchen wir zunächst einmal möglichst viele Personen, die in Frage kommen. Das können Tausende sein. Und wer weiß, ob die Lady 'V' wirklich unter ihrem Alias eingereist ist. So unvorsichtig würde sich niemand aus der *Enco* verhalten, oder Rosanna?«

Sie nickte. »Klar. Das wäre ja geradezu dilettantisch. Ich schlage trotzdem vor, wir lassen die Computer auf Hochtouren laufen und vielleicht kommt uns der Kollege Zufall zu Hilfe.«

»Fortes fortuna adiuvat - das Glück ist mit dem Tüchtigen«, gab Peter zum Besten.

Rosanna schmunzelte. »Den Spruch gibt es auch mit einem Zusatz. Der lateinische Dichter Vergil hatte noch eine Göttin hinzugefügt. *Fortes fortuna adiuvat ipsa Venus;* Venus selbst hilft dem Mutigen. Damit hätten wir dann auch endlich einen Namensvorschlag für den Anfangsbuchstaben 'V'.«

Peter verstand die Anspielung sofort. Wie oft hatten sie in ihren Gesprächen in Wien, in Genf und in Taormina von einem möglichen Bezug des Buchstaben 'V' zu einem Pentagramm gehört. Was ihnen fehlte, war das kleine Quäntchen Glück. Nach wie vor gab es kein Anzeichen, wer sich hinter der geheimnisvollen Nummer Sieben verbarg und wo sich die Drahtzieherin der bevorstehenden Anschläge versteckt hielt.

Tanja kam mit einem Tablett zurück; sie verteilte Kaffee und Espresso, doch es blieb nur wenig Zeit für eine Pause. Der

Countdown lief und sie wollten jeder noch so abwegigen Idee nachgehen. Die tagesaktuellen Nachrichten ließen sie ebenfalls mit in die Recherchen einfließen. Nichts, aber auch gar nichts sollte unversucht bleiben.

Stunde um Stunde ging ins Land, doch so richtig weiter kamen sie nicht. Sie hatten die ganze Nacht durchgearbeitet. Draußen dämmerte es bereits. Peter fasste Rosanna an die Hand und bat sie, mit auf die Terrasse an die frische Luft zu kommen.

»Bist du gar nicht müde?«, wollte er wissen.

Ihre Antwort war ein Lächeln. »In welcher Zeitzone befinden wir uns eigentlich? Meine innere Uhr ist völlig durcheinander. Es nervt dich, dass wir uns im Kreis drehen, oder?«

Sein Blick war nach Osten gerichtet. Hinter den Bergkuppen schimmerte das erste Morgenrot; die Sonne würde bald aufgehen.

»Ach, Rosanna. Wir sind um die halbe Welt gereist und wissen immer noch nicht, ob wir an der richtigen Stelle forschen. Für mich ist das der beste Beweis, dass man Verbrechen nicht im voraus erkennen kann. Sag mal, eure *Enco* Kollegen, die müssten doch eigentlich wissen, was läuft, richtig? Aber auch da herrscht eine absolute Sendepause. Oder sind alle aktuellen Projekte als *Top Secret* eingestuft und Joe kommt an keine Dokumentationen mehr heran?«

Über die Berge zog eine leichte Brise und ihr Haar wehte im Wind. Sie strich sich mit ihrem Zeigefinger über die Schläfe.

»Nein, es ist nicht so aussichtslos, wie du denkst. Ungeduld ist ein schlechter Berater. Wir werden etwas von den Teams hören. Martijn setzt bestimmt bald einen Bericht ab. Und wir haben nach wie vor verdammt gute Verbindungen in die *Enco*. Sobald wir die Einsatzpläne kennen, werden uns die Details und die Zusammenhänge in den Schoß fallen.«

Nur ungern wollte Peter seine Freundin korrigieren, aber er sah die Lage völlig anders.

»Du träumst. Nüchtern betrachtet tappen wir vollkommen im Dunkeln. Bevor wir wissen, was das Anschlagsziel ist, liegen bereits irgendwelche Gebäude in Trümmern. Und wir haben nicht die geringste Ahnung, *wann* das Ganze stattfinden soll.«

Seine Frustration war nicht vorgeschoben; Peter fühlte sich so hilflos, wie selten zuvor in seinem Leben. Er war gerne jemand, der etwas aktiv gestaltete. Stundenlang untätig zu sein, war nicht seine Welt und das ließ er sich auch bewusst anmerken. Rosanna hingegen wollte keine Diskussion mit ihm beginnen. Die Fakten konnte sie schließlich ebenso wenig ändern. Sie blickte zum Horizont. Es konnte nicht mehr lange dauern, bis die ersten Sonnenstrahlen über den Bergspitzen auftauchten.

»So ein Sonnenaufgang ist immer wieder faszinierend.« Sie legte ihre Arme um seinen Hals. »Küss mich, Peter.«

Er kam ganz nahe an sie heran, bis sich ihre Lippen fast berührten. »Der Unterschied zu unserer Suche ist, dass man die Zeit des Sonnenaufgangs genau berechnen kann … in zwanzig Minuten wird es soweit sein.«

Gerade als er sie küssen wollte, drangen aus dem Studio aufgeregte Schreie. Tanja stand in der Schiebetür zur Terrasse.

»Kommt schnell. Es gibt Neuigkeiten.«

Sie stürmten in die Wohnung und versammelten sich mit den anderen um den Monitor. Joe hatte verschiedene Browserfenster gleichzeitig geöffnet und wählte die passenden Ausschnitte. Alle waren mächtig gespannt auf die Neuigkeiten. Phil platzte fast vor Neugier. Er stellte sich hinter Joe und äußerte eine Vermutung.

»Los sag schon. Wo ist unser Chef? Er hätte längst hier sein sollen. Oder ist Martijn noch in Afrika? Wahrscheinlich hat er sich der Fremdenlegion angeschlossen, tja, dann sehen wir ihn so schnell nicht wieder.«

Tanja schaute ihren Kollegen irritiert an. »Hä? Er ist in der Fremdenlegion, wieso das denn? Jetzt verstehe ich gar nichts mehr. Warum kommt er nicht zu uns?«

Joe beruhigte sie. »Die Söldnertruppe war sicher nicht ernst gemeint, Tanja. Glaubt mir, wenn Martijn könnte, wäre er längst hier eingetroffen. Aber so wie es aussieht, haben unsere drei Kollegen in Afrika echte Probleme. Erstens: Die Sache ist schief gelaufen. Zweitens: Sie sind auf der Flucht. Und drittens hoffen sie, dass sie es ins Nachbarland schaffen. Mehr geht aus seiner kurzen Nachricht nicht hervor. Offenbar saß Martijn die Zeit im Nacken, als er die Info an uns absetzte. Schaut euch das an, die Scans sind äußerst interessant.« Joe vergrößerte die JPEG Dateien der Frachtpapiere und die Bezeichnung des Containerschiffs.

»Geht das auch schärfer?«, quengelte Peter ungeduldig.

Joe setzte unterschiedliche Filter ein, die den Kontrast erhöhten. »Mehr geht nicht, das ist hier schließlich keine Ultra HD Werbeveranstaltung.«

Tanja überflog die Bezeichnungen in der linken Spalte und stutzte. »Mangofrüchte? Jetzt bin ich endgültig aus dem Spiel.«

Rosanna ging nicht auf den Kommentar der Russin ein. »Was wissen wir über die Mangos?«

Es war der Moment, in dem Peter glänzen konnte. Das dachte er zumindest. Vor einigen Jahren hatte er eine Bekannte in der Lebensmittelbranche, die ihm mehr über die verschiedenen Obstsorten erzählt hatte, als ihm lieb war.

»Ihr müsst schon genau hinsehen. Es sind keine Mangos sondern Mangostans. Das ist ein Unterschied.« Er blickte in die ratlosen Gesichter seiner Kollegen und klärte sie auf.

»Die Mangostanfrucht hat einen Durchmesser von circa sieben Zentimeter, mit einer extrem widerstandsfähigen Schale. Sie ist lederartig und wird bis zu einem Zentimeter dick. Das weiche Fruchtfleisch ist sehr gesund. Es ist reich an Antioxidantien und Vitaminen. Die Mangostanbäume wachsen im tropischen Gürtel und werden bis zu 25 Meter hoch. Die Hauptanbaugebiete liegen auf der Malaiischen Halbinsel und in Sri Lanka.«

»Das meinte ich nicht«, erwiderte Rosanna barsch. »Ich brauche keinen Unterricht in Botanik. Außerdem Sri Lanka? Wer sollte die Früchte ausgerechnet dorthin bringen? Das wäre ja so, als würde man Eulen nach Athen tragen. Sagt mir lieber, was es mit den Früchten auf sich hat.«

Neben den Abbildungen blendete Joe die Nachricht ihres Anführers ein.

*Achtung, die Früchte sind präpariert. Hochdosierte Viren eines neuen Typus. Ähnlich wie Ebola. Hochgradig virulent. Auf dem Seeweg nach Colombo. Vermutliches Anschlagziel: Indien.*

Joe scrollte weiter in den Instruktionen von Martijn nach unten. Es war noch ein Post Scriptum angehängt.

*P.S. Unklar, ob wir hier wieder freikommen. Totalverlust möglich. Rosanna übernimmt die Führung.*

Kurz und prägnant. So, wie die Botschaften von Martijn eigentlich immer formuliert waren. Offensichtlich befand er sich mit seinem Team in einer schwierigen, wenn nicht sogar aussichtslosen Situation. Im Angesicht der Niederlage hatte er seinen Nachfolger bestimmt. Ihre Mission musste weitergehen. Ob mit dem Holländer oder ohne ihn. Ohne zu zögern, nahm Rosanna die neue Herausforderung an. Sie nickte kurz und übernahm das Kommando.

»Joe, kannst du bitte die Route simulieren. Ich möchte wissen, in welchem Gewässer das Schiff aktuell unterwegs ist.«

Er gab die Daten des Frachters ein. Das Containerschiff mit dem Namen *Gleaming Lotus* fuhr unter der Flagge von Panama und der Zielhafen lautete Colombo. Der Frachter gehörte zur Flotte der *Wood Ships*, die sich auf den Holztransport in den ostasiatischen Raum spezialisiert hatten. Mit einer Länge von 210 Metern und einer Breite von 33 Metern wies der Ozeanriese ein Bruttogesamtgewicht von über 50.000 Tonnen auf. Diese Eckdaten genügten Joe. Er rief eine internationale Übersicht des weltweiten Schiffsverkehrs auf. In Echtzeit wurden die Positionsdaten der Berufsschifffahrt angegeben.

»Die Dampfer müssen einen AIS Transponder an Bord haben«, erklärte er. »In Küstennähe werden die Signale über die Antennen übermittelt; auf hoher See geschieht es per Satellit. Jedem Schiff ist eine eindeutige Kennung zugeordnet, die sogenannte 9-stellige MMSI Nummer. Darüber erhalten wir recht schnell die gewünschten Information, wo sich der Dampfer aufhält und welchen Hafen er ansteuert.«

Phil hakte nach. »AIS? MMSI? Kannst du mich mal aufklären?«

»AIS steht für das Automatische Identifikationssystem. Es wurde im Dezember 2000 für den internationalen Schiffsverkehr als Standard festgelegt. Die Signale werden im UKW Bereich gesendet. Die Reichweite von Schiff zu Schiff liegt bei knapp 40 Kilometern. Das ist noch nicht sonderlich weit. Küstenstationen erweitern den Sendebereich jedoch um bis zu 100 Kilometer und immer häufiger werden niedrig fliegende Satelliten, wie die des Herstellers Orbcromm, für die Signalübermittlung eingesetzt. Dadurch ergibt sich eine nahezu flächendeckende Erfassung. Und die MMSI ist ganz einfach die maritime Telefonnummer für den UKW Sprechfunk. Die Abkürzung steht für die *Maritime Mobile Service Identity*, wenn ich mich recht erinnere.«

Mit einem leichten Kopfnicken bedankte sich Phil für die Ausführungen.

Joe vervollständigte die Suchmaske mit den bekannten Angaben des Frachters und binnen Sekunden erschienen die Koordinaten auf dem Bildschirm. Das Schiff befand sich nördlich von Madagaskar, im Indischen Ozean. Mit knapp 13 Knoten bahnte es sich seinen Weg durch die Wellen. Selbst der Kurs wurde in dem Informationsfenster angezeigt. Von der ermittelten Position aus ging es in Richtung Colombo mit dem Kurs 32° Grad Nordost. Die Zeiten wurden mit dem Vermerk UTC gekennzeichnet.

»Das ist der Universal Time Code«, erklärte Joe. »Es ist die normierte Zeit für die Seeschifffahrt und entspricht der Greenwich Time. Also der Zeitzone von Großbritannien.«

Das Team trug alle Informationen zusammen. Colombo lag auf Sri Lanka und von dort aus würde es ein Kinderspiel sein, die Epidemie auf den indischen Subkontinent zu bringen.

Rosanna rieb sich das Kinn. »Es klingt in sich logisch. Trotzdem. Die Sache ist nicht rund. Der Frachter ist zu langsam und das Risiko einer Aufdeckung ist viel zu groß. Überlegt doch mal. Da wird Obst mit tödlichen Mikroben versehen und die passenden Frachtpapiere fallen in unsere Hände. An der Tour des Frachters unverändert festzuhalten, erscheint mir reichlich dilettantisch. Bei den Verbrechern müssten doch längst alle Signallampen angegangen sein. Es wäre ein Leichtes, den Transport zu boykottieren. Oder in Colombo nimmt Interpol die Ladung in Empfang … beziehungsweise in Quarantäne.«

Niemand wagte es, ihre Schlussfolgerungen anzuzweifeln und für einen Moment lang herrschte Stille. Nur Peter erhob sich und machte einige Schritte durch den Raum.

»Nicht unbedingt«, erwiderte er. »Wer sagt denn, dass die Einzelaktionen perfekt aufeinander abgestimmt sind? Ich denke, die Kontamination mit dem Todesvirus war eine völlig isolierte Aktion. Wenn der Austausch der Früchte in einem abgelegenen Gebiet im Dschungel stattfand, haben die Typen wahrscheinlich nicht damit gerechnet, dass sich dafür jemand interessierte. Niemand weiß etwas von der Panne. Es ist eine Nachlässigkeit, aber ganz so abwegig kommt es mir nicht vor. Lasst uns die volle Konzentration auf den Frachter legen. Vor allem wird uns das Ankunftsdatum in Colombo etwas über den Zeitpunkt des Anschlags verraten.«

»Immer vorausgesetzt, die Geschehnisse hängen überhaupt miteinander zusammen. Es kann auch ein Ablenkungsmanöver sein«, gab Joe zu bedenken.

Es ergab sich eine rege Diskussion und Phil war der Erste, der eindeutig Stellung bezog.

»Für mich ist die Sache klar. Das Virus aus Afrika hängt hundertprozentig mit der *Operation WHELO* zusammen. Die Welt wird den Atem anhalten. Der Satz ist doch in Boston gefallen - im *Enco* Hauptquartier, als der *Messenger* dort zu Besuch war. Und Indien ist das Zielland. Es passt alles zusammen.«

Joe kratzte sich am Kopf. »Indien? Ich weiß nicht. Das wäre irgendwie zu einfach. Haben wir jemanden, der sich in Colombo umsehen könnte, Rosanna?«

Unmerklich hatten alle im Team akzeptiert, dass die Entscheidungen ab sofort von Rosanna getroffen wurden. Wie Eisenspäne um einen Magneten, richteten sich die Rebellen fortan nach ihr aus. Sie gab den Ton an.

»Ich bin deiner Meinung. Sri Lanka erscheint mir viel zu abwegig und Indien ist zu naheliegend. Der große Terrorakt wird woanders stattfinden. Der Vorschlag von Peter ist gut; was wir checken sollten, ist die erwartete Ankunft des Schiffs und welche Unternehmen die Ladung weitertransportieren. Da sind sicherlich schon Aufträge im System und wenn wir die Frachtführer ausfindig machen können, ergeben sich vielleicht neue Hinweise.«

Peter hakte nach. »Und dabei denkst du nur an eine Online-Recherche? Wäre es nicht besser, wenn sich jemand vor Ort selbst davon überzeugt?«

Für einen Moment lang herrschte eine gewisse Unsicherheit im Team. Stellte sich Peter etwa ein weiteres Mal kritisch gegenüber seiner Freundin auf oder fiel es ihm schwer zu akzeptieren, dass sie von nun an das letzte Wort hatte?

Joe sprang in die Bresche. »Die Welt hat sich verändert. Wir sind online wirkungsvoller und schneller. Wenn die US-Armee jemanden in Afghanistan eliminieren will, dann schicken sie eine Drohne. Eine einfache Telefonnummer reicht für die Identifikation der Zielperson und für die exakte Lokalisierung. In solchen Fällen taucht daher kein Soldat mehr vor Ort auf.

Peter, wir bekommen über die Zusammenhänge in Sri Lanka mehr heraus, wenn wir die Server über die Knotenpunkte heiß laufen lassen. Dabei kommt viel mehr heraus, als unser bester Agent in Erfahrung bringen kann. Und vor allem werden wir die Infos bereits haben, bevor unser Kollege in Colombo ankommt.«

Peter nickte. »Mag sein. Vielleicht bin ich altmodisch. Dennoch sollten wir die menschliche Komponente nicht außer Acht lassen. Ich gebe nur zu Bedenken, dass die Neuigkeiten von Martijn und seiner Mannschaft in Sierra Leone von keinem noch so intelligenten Rechner ermittelt werden konnten.«

Er hatte gepunktet; nicht alles in der Welt ließ sich über Rechenvorgänge simulieren. Joe erhob sich und ging zum Kühlschrank. Er tippte Phil auf seine Schulter.

»Gib mal die Suchbegriffe zum Seecontainer in Sri Lanka ein. Irgendetwas werden wir schon finden.«

Doch es sollte dauern.


In den nächsten beiden Wochen hatten sie meistens bis spät in die Nacht recherchiert und dabei die ungewöhnlichsten Suchanfragen miteinander kombiniert. Immer in der Hoffnung, dass sie auf eine neue Spur stoßen würden. Mittlerweile war der Monat Februar vorüber und die Anspannung im Team steigerte sich von Tag zu Tag.

Während im Haus die Computer auf Hochtouren liefen, hatte sich Joe nach draußen auf die Terrasse zurückgezogen. Er bewunderte den morgendlichen Himmel und beobachtete, wie die letzten Sterne am Firmament von der Morgendämmerung verdrängt wurden. Joe brauchte einen Augenblick der Ruhe.

Aus der Stille heraus schrillte plötzlich ein Alarm und mit einem ohrenbetäubenden Lärm wurde das Angriffssignal eines U-Boots im Kriegseinsatz nachgeahmt. Joe wusste auf Anhieb, was das zu bedeuten hatte. Es gab einen Volltreffer bei seinen Suchbegriffen und anhand der Lautstärke wurde ihm sogar schon der Grad der Übereinstimmung angekündigt. Er konnte es kaum abwarten, einen Blick in die Quellcodes zu werfen. Das gesamte Team hatte sich hinter ihm eingefunden und sah zu, wie

er die Begriffe aufrief. *WHELO – V - Unbekannter Name –*
*Hongkong – Atem – Sieg – Geheimnis - Sterben müssen.* Auf seiner
Liste gab es noch eine ganze Reihe weiterer Schlagworte, doch
Joe rief bereits die Treffer auf.

»Voilà. Sieg auf der ganzen Linie. Vincerò, vincerò, vincerò!«
Er war außer sich vor Begeisterung und ballte seine Hände
siegesgewiss.

»Hey, weih uns mit ein. Was soll das heißen. *Vincerò?*«,
Rosanna sprach den anderen aus der Seele.

Der Computerexperte öffnete ein separates Browserfenster
und wählte im Videokanal Youtube eine Oper von Puccini aus.
Er bat Phil, die Musik auf den Außenkanal zu legen.

»Kommt mit auf die Terrasse und schaut mit mir dem
Sonnenaufgang zu. Dann werdet ihr es verstehen.«

Etwas Bewegung tat ihnen gut und sie folgten Joe durch die
große Glasschiebetür nach draußen.

»So, nun sag uns, was an dem Sonnenaufgang so besonders
ist.« Es war Tanja. Sie hatte sich eine leichte Strickjacke über die
Schultern geworfen und schmiegte sich an ihn.

»*Niemand schlafe. Geht unter, Sterne. Zum Sonnenaufgang werde
ich siegen. Werde ich siegen. Vincerò, vincerò, vincerò*«, flüsterte Joe
in einem monotonen Sprechgesang.

Die Arie ertönte in weichen Klängen und das ganze Team
lauschte dem Gesang. *Nessun Dorma.* Die Sonne zeigte sich als
feuerroter Ball über den Bergen und der Tag erwachte. Über
Peters Rücken rannte ein wohliger Schauer. Die Stimmung war
dermaßen emotional, dass er sich dem Zauber nicht entziehen
konnte. Bei der letzten Strophe bekam er eine richtige Gänsehaut.
*Nessun dorma.* Niemand schlafe. Es waren keine Sterne mehr zu
sehen, die Sonne hatte sie verdrängt.

Der Sonnenaufgang wurde mit der musikalischen
Untermalung zu einem echten Erlebnis. Seit Wochen war es für
das gesamte Team endlich wieder ein Augenblick, in dem sie
eine Verbundenheit fühlten, die sie zu neuer Stärke führen sollte.
Mit einem Mal gab es viel Elan und unendlich viele Fragen. Alle
wollten wissen, wie Joe zu der Auswahl der Suchbegriffe
gekommen war. Vor allem interessierte es sie, was die Arie aus
der Puccini Oper zu bedeuten hatte. Warum sollte darin eine

Verbindung zu der *Operation WHELO* bestehen? Joe bemühte sich, seine Kollegen ins Bild zu bringen.

»Mit der Oper hatte ich nicht gerechnet. Davon abgesehen, dass das Stück Nessun Dorma wunderschön ist. Die Oper ist ein Zufall. Aber kommt mal bitte an meinen Rechner.«

Er betätigte einen Umschalter und auf dem Bildschirm wechselten sich die Zeichensätze des HTML Codes in schneller Folge ab.

»Heute morgen, Ortszeit 06.40 Uhr, hat sich jemand ausgerechnet diesen Song bei Youtube angesehen. Mehrmals hintereinander. Exakt zum Sonnenaufgang. Das Musikvideo wurde von einem Computer aufgerufen, der hier in Hongkong steht. Bis dahin kann es sich potentiell noch um ein chinesisches Liebespaar handeln, das sich gerne diese Arie anhört. Doch von demselben Rechner wurden in den letzten Tagen mehrere Suchanfragen zu den ausgewählten Begriffen eingegeben. Und jemand, der vor eben jener Tastatur saß, hat die Buchstabenfolge *WHELO* eingegeben. Bingo. Das ist ein Volltreffer. Es gab und gibt zwar keine Erklärungen zu *WHELO*, doch irgendjemand hat danach gesucht. Und das verrät ihn oder besser gesagt sie. Denn wir suchen bekanntlich eine weibliche Drahtzieherin, die sich den Namen der Operation ausgedacht hat.«

»Du meinst, Lady *'V'* wollte sich vergewissern, dass es im gesamten weltweiten Internet keinen Hinweis zu *WHELO* zu finden gibt?«

Joe nickte. »So sieht es aus. Ein Anfängerfehler. Eigentlich ist das nur mit einer gewissen Überheblichkeit erklärbar. Da fühlt sich jemand eindeutig zu sicher. Vor allem wissen wir nun, dass der Angriff in der Nacht erfolgen wird und bei Sonnenaufgang zu einem Sieg führen soll.«

»Ich sagte bereits, dass wir die menschlichen Fehler nicht unterschätzen sollten.« Peter fühlte sich bestätigt. »Zeig mir bitte nochmal den Text. Vielleicht geht daraus noch mehr hervor.«

Joe rief das italienische Original auf mit der danebenstehenden Übersetzung. *Nessun Dorma.* In der Arie ging es um den Prinzen Kalaf, der die Prinzessin Turandot aus ihrem Heiratsversprechen nur dann freigeben wollte, wenn es ihr bis Sonnenaufgang gelänge, seinen Namen herauszufinden. Daraufhin befahl sie ihrem Volk, dass niemand schlafen durfte, bis sie den Namen des Prinzen kannte.

Peter strich mit seinem Finger über die Zeile auf dem Monitor. »*Questa notte dorma in Pechino. Niemand soll in dieser Nacht schlafen, in Peking.* In Peking! Der Anschlag wird nicht in Indien stattfinden, sondern in China. In Peking.«

Die Teile des Puzzles schienen sich nahtlos ineinander zu fügen. Rosanna wirkte gelöst. Sie rückte ein großes Flipchart in die Mitte des Studios und notierte die zentralen Begriffe. Nacheinander ergänzten die Teammitglieder ihre Hypothesen. Das einzige, was noch nicht so ganz ins Bild passen wollte, waren die infizierten Mangostans aus Westafrika. Zwischen Colombo und Peking lagen Tausende von Kilometern. Und auch Hongkong machte bestenfalls einen Sinn, wenn von hier aus die Operation koordiniert wurde. Peter ging an die Tafel und notierte einen Städtenamen. Kuala Lumpur. Alle blickten auf den Schriftzug und versuchten, ihn mit in ihre Überlegungen einzubeziehen, während Carl seinen Arm nach oben reckte.

»Das hatte ich auch schon vor einigen Tagen vermutet. Denn dort sind die zwei Türme. Die Petronas Twin Towers«, ergänzte Carl. »Die Gebäude waren schon des Öfteren das Ziel von Bombendrohungen gewesen. Am 12. September 2001 wurden einige Tausend Menschen aus den Wolkenkratzern in Kuala Lumpur evakuiert. Ja, ich könnte mir gut vorstellen, dass die Türme auch bei der *Operation WHELO* eine Rolle spielen.«

Joe formte mit seinen Händen ein virtuelles 'T'. »Time-out. Bei aller Begeisterung für die vielfältigen Optionen sollten wir uns fokussieren. Sonst verlieren wir den Überblick.«

Eine geordnete Vorgehensweise sah dennoch anders aus. Jeder von ihnen saß an seinem Rechner und ging den eigenen Spekulationen nach. Plötzlich alarmierte Phil das Team.

»Heute ist unser Glückstag. Die nächste Message ist da ... sie kommt aus Berlin.«

Peters Augen begannen zu leuchten. Er dachte sofort an Robert und seine Freundin Lizzy. Hatten die beiden etwas von den Berliner Hackern in Erfahrung bringen können? Auf dem Monitor erschien eine Datei - Zeile für Zeile. Es war eine umfangreiche Liste mit Verbindungsdaten und den Kennungen verschiedener Mobiltelefone. Die dazugehörigen GPS-

Koordinaten waren in einer gesonderten Spalte aufgeführt. Es war ein reichhaltiger Fundus und Joe stürzte sich begierig auf die neuen Informationen.

»Geil. Dieser Typ aus Berlin ist genial. Jetzt haben wir die Bestätigung. Lady 'V' hält sich in Hongkong auf. Jedenfalls war sie in den letzten Tagen hier. Und nach dem Youtube Video von Puccini zu urteilen, war sie es auch, die den Video-Stream heute früh gestartet hat. Leute, unsere Zielperson ist ganz in unserer Nähe!«

Er erklärte den anderen die Zusammenhänge, die sich aus der Nachricht aus Berlin ergaben. Offensichtlich hatte sich die geheimnisvolle Frau im vergangenen Sommer mit ihrem *Messenger* in London getroffen und dabei ein registriertes Mobiltelefon verwendet. Dieses Gerät hatte sie danach mit einer anderen SIM-Karte weiter eingesetzt. Obwohl die neue Nummer zu einer unbeteiligten Frau aus Malaysia gehörte, tauchte die Gerätekennung wieder auf. Nämlich bei einem kurzzeitigen Einloggen in ein Mobilfunknetz aus Hongkong.

»Wir bekommen sie.« Joe wurde von seiner Zuversicht geradezu übermannt. Es hatte sich ausgezahlt, dass Robert und Lizzy nach Berlin zurückgekehrt waren und ihre eigenen Ermittlungen angestellt hatten.

»Unsere angehende Journalistin Lizzy wird die Öffentlichkeit wohl bald mit einer aufregenden Story überraschen. Es sei denn, dass die *Operation WHELO* alles auf den Kopf stellt.«

# Kapitel 39

*Boston - Kennebunk*

*Ende Februar 2014*

*Unmut im Hauptquartier*

Im *Enco* Hauptquartier an der amerikanischen Ostküste liefen die Server auf Hochtouren, denn in den vergangenen Tagen hatten sich die Ereignisse überstürzt. Neue Enthüllungen von Eddie Downsen machten die Runde und versetzten weltweit die Staatschefs in Unruhe. Gleichzeitig bewegten sich die Aktionen der *Enco* auf den Kulminationspunkt zu. Es waren nur noch wenige Tage bis zum erwarteten Angriff. Für den Standortleiter lag das eigentliche Ziel nach wie vor im Unklaren. Erst vor wenigen Tagen war erneut ein *Messenger* bei ihm aufgetaucht und hatte die letzten Anweisungen für die Operation durchgegeben. Er war das erste Mal in der *Enco* Zentrale und war höchstpersönlich von der Nummer Sieben geschickt worden. Tom Davis hatte sich einige Male bei ihm erkundigt, welche der Optionen letztendlich für die Ausführung zum Tragen kommen sollte, doch die Antworten blieben unkonkret. Die letzte Frage, die Tom dem *Messenger* mit auf den Weg gab, war die nach seinem Vorgänger.

»John Smith? Keine Ahnung, was soll mit ihm sein?«, wehrte der Mann die Frage ohne jede Gefühlsregung ab. »Irgendjemand sagte, er hätte den Verstand verloren. Das wäre allerdings eine schlechte Voraussetzung für den Job.«

Tom Davis schwieg. Solange *er* nicht den Kopf verloren hatte, konnte er beruhigt sein und verabschiedete den Botschafter der *One-C*. In wenigen Tagen sollte die *Operation WHELO* beginnen, nur so viel war klar. Es war ein hektischer Tag, denn kurze Zeit später tauchte ein weiterer alter Bekannter in der Zentrale auf. Er war unangekündigt und Tom war mehr als überrascht.

417

»Jack? Was führt dich zu uns?«

Gut acht Monate waren seit seinem letzten Besuch vergangen. Nun stand er wieder in seiner schwarzen Kluft vor Tom und blickte ihm eindringlich in die Augen.

»Seid ihr noch bei Trost? Was passiert als Nächstes?«

Tom schaute ihn entgeistert an. »Was ist in dich gefahren? Spielst du jetzt den Moralapostel? Es sind ganz gewöhnliche Aktionen im Anmarsch. Kein Grund zur Aufregung.«

Er führte Jack zu seinem Büro und schloss die Tür hinter sich. Keinesfalls sollten seine Mitarbeiter etwas von dem Gespräch mitbekommen. Jack wollte sich partout nicht setzen und stemmte seine Arme in die Hüften.

»Kein Grund zur Aufregung? Tom. Wir haben immer ausgezeichnet zusammengearbeitet. Aber das überschreitet die Grenzen. Ihr seid zu weit gegangen.«

»Wovon redest du? Klär mich bitte auf.« Tom bäumte seinen mächtigen Körper vor ihm auf und stand in voller Größe vor ihm. Sein Kinn war nur wenige Zentimeter von seinem Gegenüber entfernt, und wenn es einen Moment gab, in dem die Demarkationslinie überschritten worden war, so war es genau in dieser Sekunde.

Jack war sich bewusst, dass er auf einen Powerkonflikt zusteuerte, doch es gab keine Alternative. In einer wilden Folge sprudelten die Begriffe aus ihm heraus.

»China. Biologische Kampfstoffe. Zusammenstürzende Wolkenkratzer und Hunderte von Toten beim Erstschlag. Gefolgt von einer Massenepidemie in ganz Asien. Es ist der pure Wahnsinn. Und mein Kumpel Tom will mir einreden, dass es keinen Grund zur Aufregung gibt.«

Tom Davis fuhr sich nervös mit den Fingern durch die Haare.

»Woher kommt deine plötzliche Aggressivität? Und faselst du von biologischen Kampfstoffen?«

»Es ist keine Übung, Tom, und es ist keine der üblichen Operationen. Eins unserer Grundprinzipien lautete bisher immer, dass bei dem eigentlichen Anschlag keine Zivilisten durch die *Enco* zu Schaden kommen sollten. Denk doch bitte an den ungeheureren Aufwand, mit dem wir früher Hunderte, wenn nicht sogar Tausende Identitäten künstlich geschaffen haben, die dann virtuell aus dem Leben schieden. Alles was bei

9/11 zu einem wahren Meisterstück geworden war, wird jetzt mir nichts dir nichts über Bord geworfen. Die verantwortliche Leiterin dieser Operation bei der *One-C* hat völlig das Maß verloren. Außerdem besteht die Gefahr, dass sie in ihrem Wahn unsere über die Jahre aufgebaute Anonymität aufs Spiel setzt.«

»Woher willst du das wissen? Wir beobachten alle Aktivitäten und es sieht nirgendwo nach einem Datenleak aus. Übrigens tappen wir selbst im Dunkeln, wie die Operation genau ablaufen soll.« Tom lehnte sich in seinem Bürostuhl gefällig zurück.

Jack drückte den Brustkorb nach vorne heraus und seine gesamte Körperhaltung strahlte eine Überlegenheit aus. Seine Stimme wurde plötzlich ganz ruhig.

»Mein Lieber, zunächst einmal sollte es dich nicht überraschen, wenn ich euch bei den Recherchen immer einen Schritt voraus bin. Ich bin schließlich zu einem guten Teil der Erschaffer eurer globalen Daten-Architektur. Vergiss das nicht. Wenn ich wollte, klinke ich mich in die verstecktesten Protokolle ein. Soll ich dir etwas sagen, Tom? Es gefällt mir nicht, was ich in den letzten Tagen gesehen habe. Du hättest die Reißleine ziehen müssen. Wie könnt ihr denn bei einer Massenepidemie mitmachen? Ihr seid krank, total irre.«

Der Standortleiter atmete tief durch und ging im wahrsten Sinne des Wortes auf Distanz. Er setzte sich noch tiefer in seinen Bürosessel und verschränkte die Arme hinter dem Kopf. Sein Blick wanderte durch das Büro. Einen Moment lang verharrte er bei den Bilderrahmen, die an den Wänden ringsherum aufgehängt waren. Es waren Auszeichnungen, die er im Laufe seiner Karriere gesammelt hatte. Die hohen Dekorationen waren viele Jahre lang seine wichtigste Motivation gewesen. Nun stand seine Integrität auf dem Prüfstand. Jack redete ihm ins Gewissen und zumindest teilweise hatte er recht. Sollten die verschiedenen Aktionen in einen gewaltigen Terroranschlag münden, so konnten die Auswirkungen fatal sein. Er sinnierte.

Jack schnalzte mit der Zunge und weckte ihn aus seinen Gedankengängen.

»Komm schon. Du kannst doch nicht einfach dabei zusehen, wenn die Welt ins Chaos gestürzt wird. Ruf deine Leute zurück.«

Davis bewegte seinen Kopf ganz langsam von links nach rechts. Er wirkte gedankenverloren.

»Selbst wenn ich wollte, ... es geht nicht mehr. Alle Teams sind seit gestern im Offline-Modus. Auf Geheiß unserer Auftraggeber.«

Jack zog eine Augenbraue nach oben. »Sie sind entkoppelt? Seid ihr jetzt völlig wahnsinnig geworden? Wie konntest du das akzeptieren? Tom, es steht in den Statuten, dass es immer eine Sollbruchstelle für den Abbruch geben muss. Hast du die Order einfach so hingenommen?«

Tom schüttelte den Kopf. »Ehrlich gesagt sind wir bei dieser Operation sukzessive hineingerutscht. Zunächst haben sie uns nur die Kontrolle für ein einziges Team unter einem Vorwand entzogen. Schließlich verloren wir komplett den Überblick. Wir sind hier nur noch zu zweitklassigen Beobachtern geworden. Die Fäden zieht jemand anderes.«

Mit einem konsternierenden Blick quittierte Jack die Ausführungen des Standortleiters.

»Bist du denn wenigstens ebenso besorgt wie ich? Du machst auf mich einen ziemlich teilnahmslosen Eindruck. Als ob du dich damit schon abgefunden hast.«

Der hochgewachsene Davis stieß einen Seufzer aus. »Alles was du gesagt hast, kann eine Rolle spielen. Doch ich habe nicht den blassesten Schimmer, wie es ablaufen soll. Diese Dame mit der Nummer Sieben arbeitet hoch professionell. Ich kann dir nicht mal sagen, von wo aus sie die Aktionen steuert und mit welchem Team sie die Attacke beginnen wird. Es ist wie verhext.«

»Die Lady ist in Hongkong.«

»Das weiß ich auch. Doch Hongkong ist groß. Sie dort ausfindig zu machen, wird schwieriger sein, als die berühmte Nadel im Heuhaufen zu finden. Vergiss es. Darüber grübeln meine Leute auch schon seit einigen Tagen.«

Die letzten Äußerungen brachten das Fass zum Überlaufen.

»Und ihr nennt euch die führenden Experten im Cyberspace? Die angeblich auf alle Daten der weltweiten Geheimdienste einen Zugriff haben? Entweder bekomme ich gleich einen Lachanfall oder ich gehe dir an die Gurgel. Die unbekannte Dame hat eine Handvoll Spezialagenten um sich geschart. Wahrscheinlich sind es Söldner oder Berufskiller, jedenfalls finde ich nur wenige Spuren, die auf *Enco*-Mitarbeiter hindeuten. Dennoch agieren sie längst nicht so unauffällig, wie sie es sollten.

Von meinen Frühwarnsystemen erhalte ich seit einigen Tagen beunruhigende Meldungen. Es sind sogar die ersten Anzeichen einer Hybris zu erkennen. Eindeutig. Die Truppe in Ostasien fühlt sich zu sicher und in ihren Reihen gibt es einige reichlich amateurhafte Kollegen. Eine kleine Nummer mit dem Namen Mitch Beecher konnte ich in Hongkong bereits identifizieren. Und Tom, es ist ja wohl klar, wenn die Typen auffallen, dann ziehen sie uns mit hinein und letztendlich auch die geheimen Drahtzieher der *One-C*. Hinzu kommt, dass die gesamte Operation alle Maßstäbe sprengt. Es ist der pure Wahnsinn.«

Jack spannte seine Gesichtsmuskeln an und wirkte entschlossen wie nie zuvor. »Ich nehme die nächste Maschine nach Hongkong und werde die Operation stoppen.«

Es kam keine Antwort von Tom. Er konnte nicht anders, als ihm seine Unterstützung dabei zu verweigern.

»Die *Enco* ist die exekutive Kraft für die geheimen Auftraggeber, aber wir sind keine ethische Instanz«, gab er Jack mit auf den Weg, als dieser wutentbrannt sein Büro verließ. Es wurde für Jack ein Kampf gegen die Zeit und er war von diesem Augenblick an auf sich allein gestellt.

# Kapitel 40

*Hongkong*

*Ende Februar 2014*

*Der Masterplan*

Seit ihrem letzten Treffen waren einige Wochen vergangen. Captain Sharif Ahmed hatte sich in der Zwischenzeit eingehend mit den Anweisungen beschäftigt und sämtliche Manöver auf seinem Flugsimulator geübt. Was damit bezweckt werden sollte, war ihm nach wie vor unklar. Er ging davon aus, dass Venus ihm bei dem angekündigten Treffen in Hongkong alles darüber sagen wollte. Die Nachricht in dem versiegelten Umschlag klang jedenfalls geheimnisvoll. Sein nächster Flug ab Hongkong war erst für den kommenden Tag am Nachmittag geplant und Sharif hatte einen freien Abend. Seine sorgfältig zusammengelegte Uniform befand sich auf dem Doppelbett; er hatte sich seine Freizeitkleidung angezogen. Sharif legte den Brief auf die nussbraune Schreibtischplatte und blickte aus dem Hotelfenster im 33. Stockwerk. In der Nachricht war von einem Einsatzbefehl und einer Lagebesprechung die Rede. Das klang nach einem minutiös geplanten Vorhaben. Seine Neugier war jedenfalls geweckt. Wer steckte wirklich hinter der mysteriösen Frau? Beim ersten Treffen hatte sie einen guten Zweck erwähnt und Sharif wollte ihr partout keine kriminellen Motive unterstellen. Eher tippte er auf eine geheimdienstliche Aktivität. Einen Weg zurück gab es für ihn eh nicht mehr; mittlerweile war er immer tiefer in die Sache verstrickt. Mit niemandem hatte er über die Angelegenheit auch nur ein einziges Wort gewechselt. Dabei war es nicht mal die Angst, die ihn zurückhielt. Vielmehr fühlte er sich als Teil einer großangelegten Unternehmung, die ihm eine wichtige Rolle bescheren sollte.

Als Treffpunkt hatte sie die Ozone-Bar im Hotel Ritz Carlton vorgeschlagen. Es hörte sich nach einer exklusiven Adresse an. In der 118. Etage befand sich die weltweit höchstgelegene Bar, in einer Höhe von 490 Metern über dem Meer. Von keinem anderen Ort aus hatte man einen derart atemberaubenden Blick über das nächtliche Lichtermeer von Hongkong. Schon die Fahrt mit dem Aufzug versprach ein ganz besonderes Erlebnis zu sein.

Die Ozone-Bar erstreckte sich mit ihrem geschmackvoll eingerichteten Interieur über die gesamte Etage und an den Wänden waren Pflanzen und Blätter aus Leder nachempfunden. Dezente LED Lichter waren im Boden eingelassen. Eine indirekte Illumination hinter der Theke beleuchtete die Spirituosen in den unterschiedlichsten Farben und strahlte ein mondänes Flair aus. Überall gab es gemütliche Sitzecken und auch draußen auf der Außenterrasse drängten sich die Gäste an die besten Plätze.

Victoria alias Venus war bereits da; sie hatte es sich auf einem Barhocker ganz am Ende des Raums bequem gemacht. Von dort aus konnte sie das Geschehen in der Bar am unauffälligsten beobachten. Sie war nicht allein gekommen. Ihre beiden Begleiter hatten sich diametral im Raum positioniert und behielten sämtliche Gäste in ihrem Blickfeld. Sharif war vor einigen Jahren das erste Mal in dieser Bar im Ritz Carlton gewesen und er verband damit eigentlich ein touristisches Ziel. Nach einem konspirativen Versammlungsraum sah es hier oben über den Wolken zumindest nicht aus. Doch vielleicht war gerade das Unverfängliche des Ortes die beste Tarnung.

Als er aus dem Lift stieg, suchte er mit seinem Blick die Lokalität von links nach rechts nach ihr ab. Venus gab ihm ein Handzeichen und lotste ihn zu sich. Die Begrüßung war herzlich. Küsschen links, Küsschen rechts. So, als trafen sich zwei alte Bekannte.

»Gefällt dir die Exklusivität des Augenblicks?«, wollte sie von ihm wissen. »Du kannst dich gerne daran gewöhnen. Wenn wir erst mit unserer Mission durch sind, werden solche Lokalitäten zu deinem Standard gehören.«

Sie wusste, wie sie ihn für ihr Vorhaben begeistern konnte. Vorrangig wollte sie ihm eine Perspektive vermitteln, die über die Operation selbst hinausging. Sie nahmen einen Drink und verloren sich in einem belanglosen Smalltalk, der vor allem das faszinierende Panorama der Metropole betraf. Es waren die letzten Minuten einer gewissen Sorglosigkeit. Dann ging es Schlag auf Schlag.

»Wollen wir?«

Mit dieser Frage leitete Venus die Lagebesprechung ein und ohne seine Antwort abzuwarten, zeigte sie auf eine Tür am Ende der Bar. Das Notausgangszeichen über der Stahltür sprach für sich selbst. Es war kein offizieller Weg und schon gar nicht der Zugang zu einem für die Öffentlichkeit zugänglichen Raum. Hinter der feuerhemmenden Tür ging es über eine Treppe eine Etage hinab. Die beiden Männer folgten in einigen Metern Abstand. Als sie die Treppenstufen herabstiegen, drehte sich Sharif zu ihnen um und bemerkte rechts an ihren Gürteln die Waffen. Er war sich nicht sicher, ob sie ihn damit im Schach halten wollten oder ob die Bewaffnung nur zum Schutz vor ungebetenen Gästen gedacht war. Nach wenigen Minuten erreichten sie eine verschlossene Tür. Der dahinter liegende Raum war öde. Ohne jedes Fenster oder Tageslicht.

»Das ist unser *Sesam öffne dich* in Hongkong«, sagte Victoria, als sie den Sicherheitsschlüssel im Schloss umdrehte.

Sharif ließ seinen Blick durch den Raum schweifen. Von einer Einrichtung ließ sich nicht sprechen. Die Wände waren weder gestrichen noch tapeziert. Der blanke Beton versprühte eine Atmosphäre wie bei einem Rohbau und das spärliche Mobiliar unterstrich die vorübergehende Bestimmung des Ortes.

»Ist das eure Kommandozentrale?«, erkundigte sich der Flugkapitän.

Victoria lachte. »Deine Frage ist nicht ernst gemeint, oder? Komm, setz dich. Wir gehen den aktuellen Stand der Dinge mit dir durch.«

Die beiden fremden Männer blieben auf Distanz. Einer von ihnen stand direkt am Eingang und behielt den Türknauf mit seiner Hand ständig im Griff. Victoria alias Venus holte einen Tablet-PC aus ihrer Tasche und legte ihn auf die Tischplatte. In schneller Folge führte sie Sharif durch die Projektplanung.

»Wir kennen deine Flugeinsätze für die nächsten zehn Tage. Die Flugnummern sind klar, und welches Modell aus eurer Flotte eingeplant ist, wissen wir ebenso. Offen ist nur noch, um welches Flugzeug es sich genau handeln wird. Aber das ist auch eher nebensächlich. Der Flugzeugtyp sollte jedenfalls eine Boeing 777 mit der extra langen Reichweite sein. Eine 777-200 ER. Die Extended Range mit bis zu 13.000 möglichen Flugkilometern. Wem sage ich das, du kennst den Vogel besser als jeder andere.«

Sharif konnte ihr folgen. Ihm war klar, dass es sich um einen fingierten Flug handeln würde. Letztendlich ging es darum, dass er die Maschine an einem sicheren Ort herunterbringen sollte. Was aber die eigentliche Story war, wollte sie ihm solange wie möglich verheimlichen.

Sharif wagte sich aus der Defensive. »Wer befindet sich unter den Passagieren? Ein Attentäter?«

Victoria nickte. »Ja, es werden sich einige Mitreisende mit einer gefälschten Identität unter die Fluggäste schmuggeln. Es wird eine bunte Mischung sein. Unter anderem hast du bei dir an Bord Iraner, Ukrainer und auch Syrer. Der Punkt ist, dass einige von ihnen mit gefälschten Pässen reisen. Das wird man aber erst viel später herausfinden.«

»Verstehe. Die Kerle sind gefährlich. Planen sie eine Entführung, Venus?«

Sie ging einer direkten Antwort aus dem Wege. »Das lassen wir zunächst mal offen. Eins vorweg. Wir reden über inhaltliche Optionen. Wirklich passieren wird dir nichts - und auch deine Passagiere bleiben unversehrt.«

»Optionen? Okay. Sagst du mir, welche von ihnen die wahrscheinlichste Variante sein wird?«

Victoria beschloss, ihn in einige ihrer Überlegungen einzuweihen. »Sharif. Schweigen ist Gold … und alternativlos. Ein Wort über die Sache, und du bist tot. Und deine Frau sowie deine Kinder. Deine Familie wird Geschichte sein. Und wie du weißt, tickt die Uhr in deinem Körper sowieso schon.«

Unwillkürlich führte er seine Hand zur Schulter und strich mit dem Finger vorsichtig über die winzige Narbe, die sich nach dem Einstich vor einigen Monaten gebildet hatte. Die biologische Uhr lief unbarmherzig ab. Ohne das Gegengift war es für Sharif nur noch eine Frage der Zeit bis zu seinem letzten Atemzug. Er nickte. Er war Teil der Operation und er spielte nicht mal mit dem Gedanken, einen separaten Weg zu gehen.

»Also. Hör gut zu. Die erste Variante betrifft einen geplanten Terroranschlag auf die Petronas Türme in Kuala Lumpur. Dein

Flieger wird eine gute halbe Stunde in der Luft sein, bis plötzlich mehrere Männer in der Kabine die Mitreisenden bedrohen. Sie verschaffen sich unter Waffengewalt den Zugang zum Cockpit und setzen dich und deinen Co-Piloten außer Gefecht. Das geschieht genau im Grenzgebiet zu Thailand. Unter den Reisenden wird sich parallel ein Kumpan von ihnen den Zugriff auf die Bordelektronik verschaffen. Mit dem Laptop schalten die Terroristen sämtliche Außenverbindungen ab. Es gibt keine Kommunikation mehr mit den Bodenstationen, die Transponder sind außer Betrieb und die Angreifer übernehmen die Kontrolle der Maschine. Sie ziehen das Flugzeug ruckartig nach oben. Bis auf eine Höhe von 37.000 Fuß. Die Passagiere werden nach spätestens 30 Sekunden bewusstlos. Dann kommt es, wie es kommen muss. Die Route führt zurück zum Ausgangsort. Mit dem Kurs auf Kuala Lumpur. Direkt ins Stadtzentrum. Knapp unterhalb der obersten Etagen knallt das Flugzeug mit Höchstgeschwindigkeit in den ersten Tower. In einer Höhe von ziemlich genau 1109 Fuß.«

Sie lächelte diabolisch. »Eine kleine Reminiszenz an den 11. September. Dann durchschlägt der Flugzeugkörper die komplette Etage und prallt gegen den zweiten Turm. Heftige Explosionen begleiten das Spektakel. Alle Insassen des Fliegers sind sofort tot; alles andere ergibt sich, wenn die Petronas Türme wenige Stunden später in sich zusammen fallen.«

Sharif riss die Augen auf. Er war schockiert.

»Das ist ja schrecklich. Wird es ein zweites 9/11 geben? Aber das verstehe ich nicht. Wer lenkt denn die Maschine? Die Terroristen oder ich? Wenn ich es sein sollte, so würde ich das Flugzeug in der letzten Sekunde an den Wolkenkratzern vorbei steuern.«

Victoria nickte. »Schlaues Kerlchen. Erstens ist das Ganze nur eine Variante. Und selbst wenn diese Version zum Tragen kommt, so geht natürlich nur der vorbereitete Sprengstoff in den Türmen hoch. Genau in der Höhe, die ich dir eben genannt hatte. Die Aktion mit einem realen Flugzeug durchzuführen, ist viel zu unsicher. Und glaub mir, weder du noch irgendein virtueller Terrorist wird die Maschine in die Türme steuern. Entweder lassen wir es am Ende nur so aussehen oder es bleibt bei einer rein theoretischen Option.«

Sharif dämmerte es. Allmählich glaubte er die Logik zu verstehen. Der Anschlag, den es in Wirklichkeit gar nicht gab, sollte dem Anschein nach verhindert werden und ihm sollte dabei eine heldenhafte Rolle zukommen.

Victoria tippte auf dem Tablet-Computer auf eine neue Simulation. »Schau. Das Einstürzen der Petronas Tower kann passieren, aber genauso gut können die Türme auch unversehrt bleiben. Für diesen Fall brauchen wir die Option Nummer zwei, in der du den Terroranschlag verhinderst. Gehen wir einmal davon aus, dass die Kommunikation zu den Bodenstationen abgeschaltet ist. Du und dein Co-Pilot, ihr werdet im Cockpit bedroht, aber dir kommt eine geniale Idee, wie du die Situation retten kannst. Du ziehst die Maschine mit einer ruckartigen Bewegung steil nach oben in den Nachthimmel. Ihr seid natürlich angeschnallt und bleibt Herr der Lage. Die Terroristen stürzen zu Boden und können sich auch keine Sauerstoffmasken über den Kopf ziehen. Bei den Passagieren fallen die Masken aus der Decke und sie werden gerettet. Die Attentäter jedoch liegen leblos am Boden. Ihr bringt das Flugzeug wieder sicher zurück zu einem Flugplatz auf dem malaysischen Festland. Punkt. Ihr werdet wie Helden gefeiert.«

Sharif nickte. So ähnlich hatte er sich die Aktion ausgemalt. Nur war ihm noch nicht klar geworden, warum er die Landeanflüge für die deutlich weiter entfernten Flugplätze einstudieren sollte.

»Wozu der Aufwand mit dem Flugsimulator? Ich kenne sämtliche Landebahnen in Malaysia in und auswendig. Und die wiederum fanden sich überhaupt nicht in eurem Trainingsprogramm.«

Sie legte ihren Kopf zur Seite und strich sich bedächtig durchs Haar. »Weil es am Ende ganz anders kommt, Captain. Und genau deshalb setzen wir uns heute zusammen.« Victoria legte ihre Jacke über die Stuhllehne und rückte näher an Sharif heran.

Der Kapitän schluckte. »Bevor wir anfangen, möchte ich dich noch etwas fragen … Venus.« Er zögerte, als er ihren Namen nannte. Er vermutete bereits seit langem, dass Venus nicht ihr wirklicher Name war.

Sie nickte. »Schieß los.«

Sharif fasste mit seiner Hand über die Schulter.

»Das Virus, mit dem du mich beim ersten Treffen infiziert hast, wirkt es schon in meinem Körper? Wann erhalte ich das Gegengift?«

Sie lächelte. »Sei unbesorgt. Ich habe es nicht vergessen. Bis der Bazillus ausbricht, haben wir unsere Operation schon hinter uns. Doch das Medikament werde ich dir erst verabreichen, wenn wir auf der ganzen Linie erfolgreich sind.«

Einer der beiden Männer setzte sich zu ihnen und breitete einen großen Übersichtsplan auf dem Tisch aus. Akkurat waren darauf die winzigsten Details eingezeichnet. Jede noch so kleine Handlungsbeschreibung wurde akribisch wie in einer Regieanweisung aufgeführt. Minute für Minute. Die Augen des Flugkapitäns wanderten über das Papier.

»Okay, verstanden. Die Kommunikation mit dem Tower kommt der Wirklichkeit sehr nahe. Und hier ...«, er zeigte auf eine Zeitangabe am linken Rand der Tabelle. »Es sieht so aus, als werden wir in diesem Augenblick den Malaysischen Luftraum verlassen.«

»Korrekt«, kommentierte Vicky seine Feststellung. »Dann beginnt die entscheidende Phase. Für einen kurzen Moment bist du mit deiner Maschine im Niemandsland. Im Tower von Kuala Lumpur wird euch keiner vermissen. Dort meldet ihr euch ab; wie üblich mit einem *Good Night Malaysian* und mit eurer Flugnummer. Bis die Luftraumüberwachung in Ho Chi Minh City bemerkt, dass ihr zu keiner Zeit in den Vietnamesischen Bereich hinein geflogen seid, wird wertvolle Zeit verstreichen.«

Sharif tippte noch einmal mit seinem Finger auf die Zeitangabe. »Sind die Ziffern bewusst gewählt?«

»Du meinst die Uhrzeit? Ein Uhr neunzehn, 1:19?«, sie wiederholte die Ziffern einzeln und ein Lächeln zeigte sich in ihrem Gesicht. »Du bist smart, ich wusste es von Anfang an. 1:1:9 oder rückwärts gelesen 9:1:1. Es ist ein Zitat. Eine kleine Erinnerung an unseren großen Coup. Es wäre wirklich schön, wenn du es hinbekommst und deinen letzten Funkspruch genau zu diesem Zeitpunkt in den Äther schickst. Außerdem wissen wir dann, dass bei dir alles nach Plan verläuft.«

Er fuhr sich mit seinen Fingern nachdenklich über die Stirn.

»Ich bin verwirrt. Die Anschläge vom 11. September waren der größte Schock in meinem Leben. War die Sache am Ende ganz anders? Hattet ihr etwas damit zu tun?« Sharif atmete tief ein und er hatte innerlich schwer mit seinen Emotionen zu kämpfen.

Victoria machte eine beschwichtigende Geste.

»Die schockierende Wirkung von 9/11 war Kalkül. Es ging nicht anders. Doch wenn es dich beruhigt, ja, es stimmt. Die Flugzeuge sind nicht in die Türme geflogen. Erst wurden sie für die Flugraumsicherung unsichtbar gemacht, indem die erfahrenen Piloten die Transponder deaktiviert hatten, und dann landeten die Maschinen weitab vom eigentlichen Geschehen auf einem gesicherten Gelände. Alles andere war eine großangelegte Illusion.«

Sharif schüttelte den Kopf. Eine Mischung aus Unverständnis und Faszination machte sich in ihm breit.

»Das ist unfassbar. Dann stimmen die Gerüchte also doch. Mir kamen die Fernsehaufnahmen schon von Beginn an merkwürdig vor.« Ein weiteres kurzes Schütteln brachte ihn zurück in die Gegenwart. »Okay. Und mein Co-Pilot? Was ist, wenn er mich an dem Manöver hindert?«

Victoria beugte sich zu ihm. »Keine Sorge. Unter den Passagieren sitzen einige Verbündete von uns. Sie werden deinen Kollegen nicht aus den Augen lassen, wenn du ihn unter einem Vorwand in die Kabine schickst. Das einzige, worauf du achten musst, ist, dass du genügend Zeit hast, das Cockpit von innen zu verriegeln.«

Sharif nickt. Nach und nach verstand er den Plan. Der Mann neben ihm ergriff das Wort.

»Es ist doch alles ganz einfach. Wichtig ist, dass Sie allein im Cockpit sind. Und wie Venus vorhin schon sagte; nach Ihrem letzten Funkspruch schalten Sie den Transponder aus. Zwei Minuten nach Ihrem letzten Funkspruch. Um genau 01:21 Uhr. Von da an verschwinden Sie vom Radar und sind unsichtbar. Zur Sicherheit deaktivieren Sie auch das ACARS System. Dann werden keine Flugdaten mehr gesendet. Da sich das Flugzeug im Grenzgebiet zwischen Malaysia und Vietnam befindet, wird diese Tatsache niemandem so wirklich auffallen. Sie ziehen das Flugzeug steil in den Himmel und steigen bis in eine Höhe von 37.000 Fuß. Mit diesem Manöver sorgen Sie für einen gezielten Druckabfall in der Kabine. Die Leute werden panisch reagieren. Das ist ein Teil des Plans. Die Angst wird sie im Zaume halten.

Die Luft wird eng.« Er lachte. »Im wahrsten Sinne des Wortes. Die Sauerstoffmasken fallen aus der Decke und jedermann ist gut beraten, sie sich über Mund und Nase zu stülpen. Denn ohne die Maske soll man es nur 3o Sekunden aushalten, richtig?«

Sharif nickte. Glücklicherweise hatte er solch einen Notfall noch nie in seinen über 18.000 Stunden Flugerfahrung erleben müssen. Der Mann fuhr fort.

»Selbst bei einer optimalen Versorgung reicht der Sauerstoff für maximal zweiundzwanzig Minuten. Der Witz ist jedoch, dass in diesem Falle die Masken auch nicht helfen. Jedenfalls nicht wirklich. Denn ein guter Kollege beim Bodenpersonal hat bei der zentralen Sauerstoffzufuhr noch rechtzeitig vorm Abflug eine neue Patrone eingesetzt. Natürlich nur für die Kabine, denn vorne bei Ihnen im Cockpit muss die Luft sauber bleiben.«

Sein Zynismus war grenzenlos, dachte Sharif. Er überlegte, um welche Gase es sich handeln konnte. Die Antwort kam prompt.

»Da hilft kein Grübeln. Sie werden nicht mehr darüber erfahren, weil es für Sie irrelevant ist«, erklärte der Mann. »Gehen Sie einfach davon aus, dass Ihre Passagiere innerhalb kürzester Zeit in einen tiefen Schlaf fallen. Für einen Anästhesisten wäre es die reinste Freude mit anzusehen, wie wir 220 Menschen derart schnell in süße Träume schicken.« Der Mann kicherte und hatte sichtlich Spaß an seiner Schilderung.

Der Flugkapitän runzelte seine Stirn. »Sie werden alle ohnmächtig? Alle? Auch mein Co-Pilot?«

»Oh ja, das ist der Plan. Sie selbst bleiben natürlich topfit und Ihre Versorgung mit Sauerstoff wird mehrmals vor dem Abflug überprüft. Wir werden dafür sorgen, dass genau einen Tag vorher eine Oxygen-Maintenance auf den Wartungsplan genommen wird. Wenn es die Maschine sein wird, die wir im Auge haben, so gab es die letzte Überprüfung im Rahmen des A4 Checks Mitte Januar. Das System für die Crew wird aus zwei gefüllten Zylindern mit jeweils 3.150 Litern bestehen, bei einem Innendruck von 1850 psi. Aber das wissen Sie ja selbst. So, mein Lieber. Danach geht es aus den astronomischen Höhen wieder hinunter auf die normale Reiseflughöhe. Mit einem Schwenk in südwestlicher Richtung fliegen Sie zurück über die Bergkuppen nördlich von Kuala Lumpur, um dann so tief wie möglich unter dem Radar zu bleiben.«

»Nicht so schnell, Kollege«, mischte sich Victoria in die Ausführungen ein. »Als Erstes kommt auch in dieser Version nun wieder die Phase, in der ein möglicher Anflug auf die Petronas Türme erfolgen könnte. Das wird natürlich nicht passieren, aber du wirst es später nachlesen können. Je nachdem, welche Geschichte am Ende zum Tragen kommt.«

Sharif Ahmed zog eine Augenbraue nach oben. »Mag ja sein, dass ich etwas schwer von Kapee bin, aber wie soll das vonstatten gehen? Du sagst, ich fliege nicht in die Türme - was ich sowieso nicht machen würde - und dennoch redest du so, als ob diese Variante eine Rolle spielt.«

Sie stand von ihrem Stuhl auf und hockte sich neben ihn, bis sie ihm direkt in seine Augen starrte.

»Sharif. Es wird nicht einfacher, wenn du zu viele Fragen stellst. Also gut. Diese eine werde ich dir noch beantworten. Rein theoretisch können wir den Eindruck erwecken, dass du - oder ein beliebiger Terrorist - die Maschine in die Petronas Türme lenkt. Bang, Bumm, Bang. Der Sprengstoff geht hoch und die Wolkenkratzer werden in sich zusammenstürzen. Die passenden Bilder dazu liefern wir. Ein Kinderspiel. Wir hatten es vorhin schon angedeutet. Hast du dich denn nie gefragt, wie es beim 11. September wirklich abgelaufen ist?«

Er nickte. »Ihr schafft eine Illusion ...«

»Ja, nein. Die Petronas Türme könnten wirklich einstürzen, aber es ist nur eine Möglichkeit. Denn wie ich schon sagte, diese Variante ist bestenfalls eine Fall-Back Option. Wenn alles andere nicht funktionieren sollte - aus welchem Grund auch immer - dann zünden wir diesen Teil der Geschichte, aber nur dann.«

Sharif nickte. »Nun verstehe ich. Und dafür sind die Männer mit den gefälschten Pässen an Bord.«

»Voilà. Die Iraner und die Ukrainer. Das wird anschließend perfekt konstruiert. Die Voraussetzungen sind bereits geschaffen. Die jungen Passagiere, um die es geht, werden vorher noch die üblichen Touristenfotos vor den Petronas Türmen aufnehmen. Es sind später quasi die Beweisfotos. Die beiden wissen natürlich nichts von ihrer Rolle, die wir ihnen zugedacht haben.«

Er unterbrach sie. »Das klingt verdammt einfach. Aber wie willst du denn irgendwelche fremden Männer dazu bringen, dass sie sich ausgerechnet dort fotografieren lassen?«

Vicky schmunzelte. »Ich sowieso nicht. Dafür habe ich meine Leute. Und zu deiner Frage, wie das Foto entsteht; du wärst überrascht, wie viel in dieser Welt möglich ist. Irgendwo an einem Straßencafé taucht aus dem Nichts ein nettes junges Mädchen auf und bittet die beiden, von ihr ein Foto zu machen. Und so weiter und so weiter. Den Rest überlasse ich deiner Fantasie. Und selbst wenn das fehl schlagen sollte, mit einem guten Fotobearbeitungsprogramm geschehen wahre Wunder.« Sie lächelte. »Ich könnte mir sogar vorstellen, dass wir die Bilder von den beiden Iranern bereits im Kasten haben.«

Sie setzte sich wieder auf den Stuhl und ihr Kollege übernahm das Gespräch.

»Stimmt. Das war vielleicht noch mal ganz wichtig. Jedenfalls düsen Sie mit der Maschine in südwestlicher Richtung, so dass man meinen könnte, Sie wollten den Flieger auf der Landebahn von Penang herunterbringen. Es ist ja ein ziemlich großer Jet, so dass nicht all zu viele Flughäfen dafür in Frage kommen.«

Sharif nickte. Penang, das konnte Sinn machen, dachte er. Gesetzt den Fall, dass es einen Notfall an Bord geben sollte - wie beispielsweise bei einem Feuer in der Bordelektrik - so wäre die Landebahn in Penang eine ideale Adresse. In jedem Falle würde er dann als Retter in der Not aus der ganzen Operation hervorgehen.

Der Mann ergänzte seine Darstellungen und zeigte auf den nächsten Eintrag im Übersichtsplan. »Wie gesagt, die final gültigen Anweisungen bekommen Sie erst mit Ihrem Einsatzbefehl wenige Stunden vor dem Abflug. Dann erfahren Sie auch den Zielflughafen.«

»Einsatzbefehl? Hey, Venus, das klingt nach einer militärischen Order. Könnt ihr euren Wortschatz nicht ein klein wenig freundlicher gestalten?« Sharif hüstelte und versuchte damit seine Empörung auszudrücken.

»Sorry«, entgegnete sie. »Wir werden uns bemühen. An der Sache selbst ändert das aber nichts. Nach dem Wegepunkt in der Nähe von Penang tauchst du ab auf eine minimale Höhe, dicht über dem Meer und unter dem Radar. Jedoch bleibst du auf einer der normalen Verkehrsrouten. Du wirst dich quasi an ein anderes Flugzeug anhängen und in seinem Windschatten fliegen.«

Sharif wiegte seinen Kopf hin und her. »Ich soll mich also unsichtbar machen? Wir werden der größte Tarnkappenbomber sein, den die Welt je gesehen hat - oder besser gesagt - nicht gesehen hat.«

Sie lachte. »Du bringst es auf den Punkt.«

# Kapitel 41

*Indischer Ozean*

*März 2014*

*Der Frachter vor der Insel*

D er Überseefrachter drosselte die Fahrtgeschwindigkeit und Kapitän Suleykan gab seiner Besatzung klare Anweisungen. Die Sonne brannte in der Mittagshitze vom Himmel, am 7. Breitengrad südlich des Äquators. Inmitten des Indischen Ozeans. Von der Besatzung wusste keiner so genau, wo sie sich gerade aufhielten. Es interessierte auch niemanden. Die Malediven konnten es noch nicht sein, denn ihr Ziel, der Inselstaat Sri Lanka, lag noch einige Tagesreisen von ihnen entfernt. Die flache Inselgruppe erhob sich erst in einer Entfernung von wenigen Seemeilen für die Mannschaft sichtbar aus dem Meer. Für die Seeleute war nicht klar, warum der Kapitän diese Inseln ansteuerte. Dennoch folgten sie ohne zu murren den Befehlen. Die Heuer war äußerst großzügig bemessen und keiner von ihnen wollte es sich mit Suleykan verderben.

Mit größter Vorsicht umschiffte der Kapitän mit dem Frachter die vorgelagerten Riffe und er bestand darauf, für die Manöver ganz allein in der Steuerkabine zu sein. Der Kartenplotter zeigte ihm die genaue Position an. Bis zur Küstenlinie mochten es nur noch wenige hundert Meter sein, als er den Anker am Bug ins Wasser abließ. Seine Mannschaft bestand aus zehn Männern, die neugierig das Geschehen beobachteten. Zunächst tat sich gar nichts, außer dass sie den Wellenbrechern am palmengesäumten Strand zusehen konnten. Es gab keine Menschenseele weit und breit. Dann, wie aus dem Nichts, ertönte ein ohrenbetäubender Lärm.

Es waren die Rotorblätter eines Transporthubschraubers. Extrem laut und bedrohlich nahe. Der Helikopter schien direkt über ihnen in der Luft zu stehen. Die Männer schauten nach oben und blinzelten gegen das grelle Sonnenlicht. An dem Hubschrauber war jedoch keine Kennung auszumachen. Es konnte sich um einen zivilen Einsatz handeln, genau so gut aber auch um eine militärische Operation. Kapitän Suleykan gab ihnen die Order, eine der vorderen Ladeklappen zu öffnen. Vom Helikopter wurden mehrere Stahlketten herabgelassen, an denen die Seeleute einen der Container festmachten.

»Wisst ihr, was ich glaube? Da sind Drogen drin«, tuschelte einer der Männer zu einem bärtigen Kollegen. Der Mann nickte.

»Nur nichts anmerken lassen. Vielleicht ist für uns ein kleiner Sonderbonus drin.«

Im Wechsel kam ein fast identisch aussehender 40 Fuß Seecontainer von der Insel zurück auf den Frachter. Der Austausch der beiden Container dauerte nicht mal eine Stunde. Sobald die Ladeluke wieder verschlossen war, holte der Kapitän augenblicklich den Anker herein und brachte das Schiff zurück auf den Kurs. Zufrieden lächelte er und löschte die aufgezeichneten Daten des Kartenplotters. Erst danach schaltete Kapitän Suleykan die Radarkennung wieder ein.

»So, nun sind wir wieder sichtbar.«

In seinen Augen war der Tausch der Seecontainer ein voller Erfolg gewesen. Suleykan hatte zwar nicht die geringste Ahnung, was sich in den Containern befand. Weder interessierte ihn die Ladung, die er auf dem Archipel zurückgelassen hatte, noch wollte er wissen, was er neu an Bord genommen hatte. Überhaupt war ihm nichts über den Hintergrund der Austauschaktion bekannt oder über die Männer, die im Hubschrauber saßen. Für den Kapitän zählte einzig und allein das Geld. Schließlich war ihm ein fürstlicher Lohn in Aussicht gestellt worden, den er gerne mit seiner Mannschaft teilen wollte. Nur so konnte er sich sicher sein, dass sie ihr Stillschweigen bewahren würden. Auf der Insel hatte der Seecontainer inzwischen seinen Bestimmungsort erreicht. Vom Landeplatz aus wurde er mit einer Zugmaschine unter einen Hangar gefahren. Aus der Luft war die Fracht nun nicht mehr auszumachen, kein Satellit würde sie finden.

Der Pilot stieg aus dem Helikopter und klopfte seinem Kollegen auf die Schulter.

»Das war einfacher als gedacht. Es ist schon irgendwie speziell, dass die Jungs auf der Insel davon gar nichts mitbekommen haben.«

Der Pilot stand vor dem Hubschrauber und sah sein Spiegelbild in den Außenscheiben. Sein Blick fiel auf die Uniform. Sie stand ihm gut. Doug Fienner war seit einigen Jahren bei der *Enco* und wurde vorzugsweise für die Manöver eingeteilt, bei denen seine fliegerischen Qualitäten gefragt waren. Vor drei Tagen war er mit seinem zwölfköpfigen Team auf der Insel Diego Garcia gelandet.

Viele Jahre lang befanden sich die vier Inseln des Archipels unter dem Britischen Protektorat und unter der Verwaltung von Mauritius. Im Jahre 1965, rechtzeitig vor der Unabhängigkeit von Mauritius, wurde Diego Garcia ausgegliedert und von Großbritannien seit 1968 für weitere 50 Jahre an die USA verpachtet. Nach der Zwangsumsiedlung der Bewohner auf die Seychellen und Mauritius war die Inselgruppe fest in der Hand der Amerikaner - vor allem zur Sicherung ihrer militärischen Präsenz im Indischen Ozean. Obwohl es einer der am weitesten vom Festland entfernt gelegenen Stützpunkte war, kam der Inselgruppe eine durchaus relevante strategische Bedeutung zu. Nach den Attacken vom 11. September 2001 wurden von Diego Garcia aus zahlreiche Angriffe gegen Afghanistan geflogen. Neben der militärische Nutzung spielte für den Außenposten auch der geheimdienstliche Auftrag eine wichtige Rolle. Erst im Jahre 2003 war bekannt geworden, dass ein geheimes Gefangenenlager auf der Insel existierte, in dem mutmaßliche Al-Qaida Terroristen verhört und gefoltert wurden. Die isolierte Lage der Inseln war in diesem Zusammenhang sehr vorteilhaft. Die Eilande lagen inmitten des Indischen Ozeans, über 700 Kilometer südlich der Malediven und 1800 Kilometer östlich der Seychellen, wobei der höchste Punkt der Inselgruppe gerade mal 20 Meter über die Wasseroberfläche hinausragte.

Doug Fienner strich sich über sein Haar und schlug den Hemdkragen nach oben.

»Wenn du dir vorstellst, dass sie sich alle im Süden der Insel versammeln mussten.«

Er lachte und auch sein Co-Pilot stimmte in das Gelächter mit ein. Nach ihrer Ankunft vor einigen Tagen hatten sie dem Befehlshaber mitgeteilt, dass sie in einem Spezialauftrag auf die Insel gekommen waren und dass sich sämtliche hier stationierten Soldaten zu den Baracken im Süden von Diego Garcia begeben mussten. Der ranghöchste Offizier hatte zunächst Zweifel an der Order geäußert, doch auch die Rückversicherung bei seinen Vorgesetzten bestätigte den ungewöhnlichen Einsatzbefehl.

Für diese entscheidenden Tage befand sich Diego Garcia nun in der Gewalt von den fremden Spezialagenten, die sich nicht vorgestellt hatten und sich ebenso wenig auf eine weitergehende Konversation mit den Streitkräften vor Ort einlassen wollten. Befehl und Gehorsam funktionierten gut in der mächtigsten Armee der Welt. Was immer sich in den nächsten Tagen und Stunden im nördlichen Teil der langgezogenen Insel abspielen sollte, blieb für die Soldaten ein Rätsel. Für sie herrschte die höchste Sicherheitsstufe und sie waren zur absoluten Geheimhaltung verpflichtet worden. Selbst ihre Vermutungen darüber, was in dem gesperrten Bereich der Insel vor sich ging, durften sie mit keiner Menschenseele teilen.

Doug begutachtete den eisernen Container und sein Blick fiel auf den gegenüberliegenden Flugplatz. Mit 3700 Metern Länge gehörte die Start- und Landebahn zu den längsten in der gesamten Region. Selbst die größten All-Transportmaschinen konnten hier eine Zwischenstation einlegen und die Truppen in der Golfregion bei militärischen Einsätzen von dem Stützpunkt aus mit Material versorgen.

Doug war zufrieden. Alles lief nach Plan. »Gut gemacht. Ein Schiff wird kommen.« Er lächelte. »Ein Luftschiff.«

# Kapitel 42

*Hongkong*

*März 2014*

*Ein Hoffnungsschimmer*

In der Einsatzzentrale herrschte ein reges Treiben. Alle Rechner liefen auf Hochtouren. Joe ging von einer Workstation zur nächsten und gab seinen Kollegen Tipps, wie sie sich am besten durch das Dickicht des Internets wühlen konnten. Er selbst konzentrierte sich auf einige Spezial-Analysen. Von den Hackern aus Berlin hatte er die IMEI Kennung des Mobiltelefons bekommen und er suchte händeringend danach, ob das Gerät seitdem irgendwann wieder in Hongkong eingeloggt wurde. Bislang war die Recherche erfolglos. Ein anderer Pfad, den er verfolgte, war die IP Adresse des Computers, von dem am Morgen der Videoclip aufgerufen wurde. Nessun Dorma. Er studierte den Text; offensichtlich ging es um Peking. In der chinesischen Hauptstadt sollten alle Untertanen der Prinzessin Turandot sterben, falls sie nicht bis zum Sonnenaufgang den Namen des fremden Prinzen herausbekämen.

*Niemand schlafe.*
*Auch du, Prinzessin,*
*in deinem kalten Zimmer siehst die Sterne,*
*die beben vor Liebe und Hoffnung!*
*Aber mein Geheimnis ist verschlossen in mir,*
*niemand wird meinen Namen erfahren.*

Der Name war der Schlüssel, dachte Joe. Ihr Name fing mit einem 'V' an, so viel stand fest. Er überprüfte bei sämtlichen Hotels die Registrierungen und die Meldescheine, doch es war kein Muster daraus abzuleiten. Ein weiterer Ansatz lag in der Ermittlung aller angemieteten Appartements im Zeitraum der vergangenen drei Monate. Doch auch dort herrschte völlige Fehlanzeige. Die Ergebnisse führten ins Leere. Er kehrte zu den Suchanfragen der IP Adresse zurück und konzentrierte sich auf die angewendete Verschlüsselungstechnologie. Wie zu erwarten war, steckte der eingekreiste Rechner offensichtlich hinter einer abgeschotteten Verbindung.

»Der Standort ist in Hongkong. Toll, so schlau war ich auch schon vorher«, rief er und schlug mit der Faust auf den Tisch. Dennoch gab es einen kleinen Hoffnungsschimmer. Joe tastete sich tief in den Browserverlauf vor und wertete die Cookies aus. Es schien, dass kurz vor dem Aufruf von *Nessun Dorma* ein anderes Musikvideo ungewöhnlich oft von dem bewussten PC aufgerufen worden war. Die Kombination war jedenfalls nicht naheliegend. Es war ein alter Leonard Cohen Song; in einer Interpretation von *Jennifer Warnes. First we take Manhattan.*

Joe erhob sich. Eine kleine Pause tat ihm gut und er drückte die Enter-Taste, um das Musikvideo zu starten. First we take Manhattan? Er stutzte, konnte es sich um eine Anspielung auf die Anschläge vom 11. September handeln? Brachten sich die Drahtzieher damit jetzt wieder in die passende Stimmung? Das Video war von einem User mit dem viel klingenden Namen *SalaManhattan* hochgeladen worden. Joe überflog die Textzeilen. *Ich werde geführt durch die Schönheit unserer Waffen.* Handelte der Text von einem Terroristen? Er schaute sich die Bilder des Videos genauer an. Am unteren Bildrand liefen die Lyrics mit. Er verfolgte den Text und reagierte einigermaßen verstört. Als die Zeile des Refrains erschien, war er vollends irritiert. *First we take Manhattan than we take - Beijing.* Beijing?

Joe wich zurück. Im Original hieß es Berlin, da war er sich ganz sicher. Doch in dieser Version des Youtube Videos war der Schriftzug Berlin mit einem dicken roten Strich übertüncht und es prangte stattdessen der Name der chinesischen Hauptstadt darüber. »Hey, Hey,«, rief er aus. »Kommt, das ist kein Zufall.«

Während die Musik noch im Hintergrund lief, war Joe bereits mit der Analyse der Metadaten beschäftigt. Dem Anschein nach war der Song erst vor wenigen Tagen von einem öffentlichen Rechner in Hongkong auf die Plattform geladen worden.

»Wenn ihr mich fragt, Leute, dann haben die Attentäter ihre eigene Playlist zusammengestellt. Der Benutzer nennt sich *SalaManhattan*. Das erinnert doch stark an einen Salamander, oder? Es gibt übrigens noch einen Song unter dem Account *SalaManhattan*. Es ist der Klassiker *Carpet Crawlers* von *Genesis*.«

»*Carpet Crawlers*?«, Rosanna stutzte und rieb sich die Nase. »Das Stück habe ich früher gerne gehört. *A Salamander scurries*, heißt es darin. Ein Salamander, der im Feuer verbrennt. Jetzt ist es offensichtlich. Unsere geheimnisvolle Lady rechnet mit der *Operation Salamander* ab und bereitet sich auf ihren nächsten Coup vor. Die haben ihre Hymnen schon für die Siegesfeier vorbereitet. Von der Oper bis zur Rockmusik. Es geht um Peking, das ist jetzt sonnenklar. Joe, du bist genial.«

Er fühlte sich merklich geschmeichelt. Und auch insgesamt war die Stimmung nun sehr gut. Fast im Minutentakt tickerten auf den Rechnern neue Meldungen herein, die sich nahtlos ins Bild fügten und Joe wagte eine Zusammenfassung der Fakten.

»Peking und China. Das ist absolut logisch. Führende Militärexperten rechnen damit, dass China die USA als Weltmacht Nummer Eins in wenigen Jahrzehnten ablösen wird. Schon jetzt rüsten sie gegenüber den Vereinigten Staaten mit der doppelten Geschwindigkeit auf. Es sieht fast so aus, als will die *One-C* in die globalen Machtverhältnisse eingreifen und gleichzeitig im Kontext der Prophezeiungen von Adam Weishaupt und Albert Pike bleiben. Wisst ihr, was ich denke? Es stecken doch die Illuminaten hinter der *One-C*.«

Rosanna klopfte ihm anerkennend auf die Schulter. »Ja, möglicherweise. Albert Pike und sein Brief aus dem Jahre 1871, in dem er bereits die beiden Weltkriege vorhergesagt hatte. Er schrieb die Zeilen am 15. August 1871. Nicht zu vergessen, dass er darin auch einen Dritten Weltkrieg ankündigte. Wir müssen die Punkte verbinden. Hongkong, Peking, Colombo und Kuala Lumpur. Das weicht allerdings von den klassischen Mustern der *Enco* Einsätze ab. Normalerweise gibt es klar umrissene Ziele und Areale, die beherrschbar sind. In diesem Falle liegen die Orte meines Erachtens erstaunlich weit auseinander.«

Das war das Stichwort für Peter. Seine grauen Zellen waren in Höchstform - nicht zuletzt durch sein wochenlanges Training, welches er bei Gori in Russland absolviert hatte.

»Aus meiner Sicht passt es sogar sehr gut zusammen. In Hongkong geschieht möglicherweise gar nichts. Im temporären Hauptquartier der Verschwörer werden nur die Fäden gezogen und von hier aus wird die Operation *WHELO* koordiniert. Das würde auch zu den Informationen des *Messengers* in Oslo passen. In Colombo wird die eigentliche Waffe zugesteuert. Nämlich das tödliche Virus, um das es beim Anschlag geht. Die Terroranschläge werden entweder in beiden Städten verübt - also sowohl in Kuala Lumpur als auch in Peking - vielleicht aber auch nur an einem Ort, wobei der andere zur Ablenkung dient.«

Sie wiegte ihren Kopf hin und her. So ganz überzeugt schien sie noch nicht von seinen Ausführungen zu sein. Peter setzte nach.

»Ein Flugzeug! Das wird die Verbindung sein. Es startet in Sri Lanka mit dem Ziel Kuala Lumpur oder Peking. Und an Bord befindet sich die biologische Waffe. Wie hieß es bei Turandot? *Zum Sonnenaufgang werde ich siegen. Den Namen wird niemand erfahren und alle müssen sterben.* So könnte der Plan aussehen.«

»Zuerst haben sie Manhattan eingenommen und jetzt ist Peking an der Reihe«, ergänzte Joe. Die anderen nickten. Es hörte sich nach einer plausiblen Schlussfolgerung an.

In diesem Moment stürzte Carl aus dem Nachbarzimmer herein und meldete sich zu Wort. Er hatte den öffentlichen Hotspot ausfindig gemacht, von dem die Videodatei mit dem verräterischen Untertitel 'Beijing' hochgeladen worden war. Es handelte sich um ein Wettbüro für Pferderennen im Stadtbezirk von Kowloon. Offensichtlich war in demselben Laden auch ein Internetcafé mit öffentlichen Computern untergebracht.

»Die letzte Änderung an der Datei wurde erst heute Nacht durchgeführt«, erklärte Carl. Er sprühte vor Begeisterung. »Ich habe den Youtube Account geknackt. Das Passwort kannte ich schon nach einer halben Minute. Auch der Benutzername war nicht gerade einfallsreich, *SalaManhattan*. Der Typ ließ sich offensichtlich von dem Vorfall in New York und den Salamander Fotos inspirieren.«

»Sei nicht enttäuscht.« Rosanna brachte ihn wieder auf den nüchternen Boden der Tatsachen zurück. »Den Bezug zwischen dem Account *SalaManhattan* und der *Operation Salamander* hatten wir vorhin auch schon hergestellt. Doch deine Erkenntnisse über das Internetcafé sind Gold wert. Carl, wer ist die Person, die du ausfindig gemacht hast? Eine Sie?«, wollte sie von ihm wissen. »Und kannst du checken, ob es dort eine Überwachungskamera gibt? Das wäre nicht unüblich für ein Wettbüro.«

Carl rief die Internetpräsenz des Unternehmens auf und fand tatsächlich einige Abbildungen von der Inneneinrichtung.

»Mindestens eine CCTV Anlage sehe ich, allerdings habe ich sie noch nicht im Firmennetzwerk des Ladens entdeckt, sie scheint in einem anderen System zu hängen. Wie auch immer, die Recherche wird nicht all zu lange dauern. Es sei denn, es handelt sich um eine Offline Architektur.«

Kurzentschlossen reagierte Rosanna. »Ihr müsst dorthin. Sofort.«

Sie schaute instinktiv zu Carl und Tanja, die zufällig neben ihm stand. Die Russin war verunsichert und streckte ihre Hand hilfesuchend nach Joe aus. Rosanna zögerte und nahm mit ihren Augen ebenfalls den Blickkontakt zu ihm auf. Würde er seine Freundin in den Großstadtdschungel von Hongkong schicken wollen? Das wäre ihr erster Außeneinsatz bei der Operation. Joe nickte.

»Rosanna hat recht. Versucht an die Video-Aufzeichnungen zu kommen. Irgendein Vorwand wird euch einfallen. Ich hacke mich parallel in das Netzwerk des Wettbüros und schaue mir im Browserverlauf die besuchten Webseiten an.«

Carl war erfahren genug, dass er ohne weitere Diskussion sofort den Anweisungen folgte. In Windeseile packte er seine Sachen zusammen und suchte nach den Autoschlüsseln für den Toyota-Bulli. Joe warf ihm ein Handy zu, als Carl und Tanja bereits in der Tür standen. »Meldet euch, sobald ihr da seid.«

Peter wartete kaum, bis dass das Auto aus dem Blickfeld verschwunden war. »Du hast ihnen ein Telefon mitgegeben. War das nicht etwas zu leichtsinnig? Sie könnten geortet werden.«

Ein Lächeln huschte über seine Lippen. »Keine Sorge, das war ein speziell präpariertes Mobilgerät. Das knackt niemand so schnell. Ein Analogwandler macht's möglich. Carl drückt einfach auf eine der Schnellwahltasten und er landet auf einem vorbereiteten Kanal. Dann scheppert bei einem präparierten Empfänger ein schöner, herkömmlicher Lautsprecher und für einen Moment lang sind wir in der guten alten, analogen Welt.

Die Frequenzen werden anschließend durch eine meterlange Kunststoffröhre geleitet, die von innen mit Schaumstoff ausgekleidet ist. Am anderen Ende lauscht mein Spezialmikrofon und speist die Botschaft wiederum in ein anderes Mobiltelefon ein. Die Kommunikation ist auf diese Art und Weise mittendrin durch einen Analogteil unterbrochen. Wenn ich ihm antworte, läuft der Prozess umgekehrt genauso ab. Das ganze wiederholt sich mehrmals und die Verbindungen laufen während eines Gesprächs teilweise um die halbe Welt. Manchmal wechseln sich die Kanäle innerhalb einer Minute bis zu fünfmal ab. Wenn jemand von außen die Verbindung zwischen Sender und Empfänger eindeutig bestimmen wollte, so müsste er dieses eine Gespräch zunächst mit einem Stimmendetektor herausfiltern. Aus Millionen von gleichzeitigen Telefonaten. Dazu reichen derzeit nicht einmal die gebündelten Rechenkapazitäten der NSA aus.«

»Das hört sich an wie eine Erfindung aus dem Kalten Krieg. Funktioniert das wirklich?«, wollte Peter wissen.

»Nenn es Joe's Callcenter und damit liegst du einigermaßen richtig.«

Er durchsuchte den Youtube Account *SalaManhattan* und nahm einen bestimmten Computer im Wettbüro ins Visier. Carl hatte den entscheidenden Hinweis gegeben; erst vor wenigen Stunden war die letzte Aktualisierung des Videos von diesem Rechner in Kowloon hochgeladen worden.

»Ich stelle eine ungewöhnliche Häufung verschiedener Aktivitäten fest. Es macht den Anschein, dass alles auf einen Kulminationspunkt zuläuft. Was wäre, wenn heute der Tag des Anschlags ist?«, warf Joe plötzlich in die Runde.

Rosanna kniff ihre Augen leicht zu und schärfte ihren Verstand. »Heute? Es ist Samstag. Der Tag des Saturn, der Tag der Ruhe. Das Datum gibt auf den ersten Blick nichts Mystisches her. Samstag, der siebte März.«

»Warte«, mischte sich Peter ein. »Das Datum würde zur Nummer Sieben in der *One-C* passen. Und falls die Anspielung auf die Puccini Oper stimmen sollte, geschieht der Anschlag vielleicht erst im Morgengrauen. Dann wäre es bereits Sonntag, der Tag der Sonne, und zwar der 8. März.«

Sie legte ihren Zeigefinger senkrecht über die Lippen.

»Die Zahlen des Tages und des Monats addieren sich auf den Wert elf. Acht plus drei gleich elf. Und die Quersumme aus der Jahreszahl, dem Monat und dem Tag ergibt neun. 9/11. Ja, das kann sein. Falls sich die Anschläge über mehrere Tage hinziehen, vielleicht bis zum Montag, hätten wir wieder eine direkte neun im Datum. Also wenn es wirklich heute am 7. März losgehen sollte, dann läuft die Zeit gegen uns. Phil, wo ist der Frachter jetzt? In Colombo sicherlich noch nicht. Falls er immer noch im Indischen Ozean schippert, passt er jedenfalls nicht ins Bild.«

Phil rief die Route des Frachtschiffs auf. »Nee, die *Gleaming Lotus* ist nach wie vor unterwegs auf hoher See. Bis Sri Lanka sind es noch einige Tagesreisen, das Schiff müsste aktuell südlich der Malediven stecken - mitten im Indischen Ozean.«

Die Hektik in der Zentrale nahm zu. Joe überprüfte alle Daten-Pakete, die er von den *Enco* Horchposten aufschnappen konnte. Zu manchen hatte er Zugang, bei anderen war ihm jeder Datenzugriff verwehrt.

»Schwer zu sagen, ob sich anhand des Verkehrs an den Knotenpunkten etwas ableiten lässt. Im Hauptquartier in Boston muss zur Zeit die Hölle los sein. Doch da komme ich nicht hinein. Vielleicht ergibt sich etwas aus den Vorratsdaten der Flugverbindungen von Boston nach Hongkong?«

Joe verschaffte sich die Buchungsdaten der Passagiere. Die meisten Informationen erwiesen sich als völlig belanglos, bis er plötzlich auf ein Profil stieß, welches auffälliger war als die anderen.

»Yeah. Ein Volltreffer«, freute er sich. »Eine männliche Person hat vor einigen Tagen genau diese Reise, von Portland nach Hongkong, angetreten und ist nun hier. Seit vorgestern.«

»Hier? In Hongkong? Wer ist es?«, wollte Rosanna wissen.

Joe runzelte die Stirn. »So schnell geht das nicht. Dem Namen nach zu urteilen wird es entweder ein harmloser Geschäftsmann sein oder ... oder, es ist tatsächlich ein Verdächtiger, der sich mit einer gefälschten Identität eben als ein solcher Geschäftsmann ausgibt. Ich brauche mehr Zeit.«

»Okay, gib mir Bescheid, sobald du etwas weißt.« Sie gab sich zerknirscht, es fehlte der entscheidende Durchbruch. Ihr Magen knurrte; sie ging zur Küchenzeile und steckte zwei Scheiben Brot in den Toaster. Es war höchste Zeit für eine Tasse Kaffee.

Wie aus dem Nichts meldete sich Pierre mit einem lauten Klatschen zu Wort. Er hatte sich bisher zurückgehalten und wartete auf seinen großen Augenblick. Nun schien er gekommen zu sein.

»Ich habe vielleicht etwas Neues. In den Petronas Türmen gab es in den vergangenen Tagen sonderbare Vorkommnisse.«

Die anderen strömten zu seinem Schreibtisch und versammelten sich hinter dem Monitor. Fein säuberlich waren die Zugangsprotokolle zu den Gebäudekomplexen aufgeführt. Dass sich offenbar über mehrere Tage hinweg jeweils spät abends eine Personengruppe in die Wolkenkratzer begeben hatte, fiel aus dem Rahmen. Auf den Videoaufzeichnungen waren die Personen nicht zu erkennen, sie trugen tief ins Gesicht gezogene Schirmmützen. Immer kamen sie zu fünft. Es sah nach einem Muster aus.

»Was haben die beiden dort unter dem Arm?« Rosanna beugte sich näher an die Aufnahmen heran. Als der Franzose den Bildausschnitt vergrößerte, war eine Metallkiste erkennbar.

»Das sieht nach einem Werkzeugkoffer aus«, erklärte Rosanna. »Alles in allem könnte es sich um ein Sprengstoffteam handeln. Es ist die typische Ausrüstung. Am besten checken wir die Außenkameras, ob sich in den Tagen zuvor ein bestimmtes Prozedere bei der Anlieferung wiederholt hat. Pierre, kannst du das übernehmen?«

Schon nach wenigen Augenblicken hatten sie die Lieferwagen eines lokalen Dienstleistungsunternehmens identifiziert, welches immer kurz vor Dienstschluss Holzkisten angeliefert hatte. Die Behälter hatten eine mittlere Größe, so dass sie von einer kräftigen Person allein getragen werden konnten. Die Auskunft über das Unternehmen führte erwartungsgemäß ins Leere. Doch es gab eine Spur in der Hongkonger Verkehrsdatei. Eines der Fahrzeuge war erst vor wenigen Tagen in eine Kontrolle geraten und der Fahrer musste sich gegenüber den Beamten ausweisen. Rosanna pfiff durch die Zähne, als sie den Namen hörte.

»Steven Payenne? Der Name gehört zu den *Enco* Pseudonymen, welche wir für ein Sprengstoffattentat im Nahen Osten entwickelt hatten. Leute, dahinter stecken unsere Kollegen von der *Enco*. Unsere Ex-Kollegen, und sie bereiten offensichtlich den Einsturz der Zwillingstürme vor.«

»Scheiße, scheiße, scheiße«, rief Joe. »Wir waren zu langsam. Bekommen wir noch ein Team rechtzeitig nach Kuala Lumpur?« Rosanna schüttelte ihren Kopf. »Das dürfte knapp werden. Wir haben einige Männer in Bangkok. Ich werde den Kontakt mit ihnen aufnehmen und sie nach Malaysia dirigieren. Sucht alles zusammen, was ihr über die Petronas Tower finden könnt. In welchem Stockwerk vermutet ihr den Anschlag?«

Pierre rief nacheinander sämtliche Daten auf, die er in den letzten dreißig Minuten zusammengetragen hatte.

»Ich tippe auf die 119. Etage. Die Bestätigung kommt gleich.«

Sie nickte; die Ziffernkombination kam ihr sehr vertraut vor. Urplötzlich herrschte in der Einsatzzentrale ein reges Treiben. Viele Dinge mussten gleichzeitig organisiert werden, denn niemand wusste, wann die Explosionen in der Hauptstadt von Malaysia geschehen sollten und ob bereits ein Zünder lief.

Rosanna hatte das Team in Bangkok erreicht. Sie instruierte die Kollegen in der Kürze der Zeit, so gut es ging. Es kam auf jede Minute an.

Peter hatte sich inzwischen an die Analyse der Songtexte gemacht. Er hoffte, dass sich aus dem Kontext der Zeilen noch weitere Hinweise ergeben konnten. Jeder von ihnen war beschäftigt. Rosanna hatte auf einem der Displays eine übergroße Digitaluhr mit einem Countdown gestartet, der bis Mitternacht zählte. Wenn sie recht behalten sollte, blieben ihnen nur noch knappe zwölf Stunden. Nüchtern betrachtet war der Zeitraum zu kurz, um gegen einen ausgeklügelten Plan anzukämpfen. Für den Einsatz in Kuala Lumpur hatten sie ein einziges Team am Start, und auch das würde erst in knapp zwei Stunden vor Ort sein. Es blieb Hongkong. Sie mussten die Einsatzzentrale der *One-C* finden und versuchen, den Terroranschlag aus der Ferne zu stoppen.

Aus den Monitorboxen am Rechner ertönten plötzlich die triumphalen Jubelschreie von einem Sportwettkampf. Es war sein bevorzugter Jingl; Joe war offensichtlich auf eine neue Spur gestoßen.

»Nennt es einen Doppelschlag. Was wollt ihr zuerst hören?«

Hastig drängten sie sich hinter seinen Rechner. Seine Freundin Tanja hatte ihm soeben das Bild eines Verdächtigen aus dem Wettbüro in Kowloon geschickt.

»Proudly presented«, spottete er. »Hier sehen wir Mister Rundauge. Das ist eindeutig kein Chinese.«

Für einen kurzen Augenblick war das Gesicht eines Mannes am Computer zu sehen. Peter fand die unscharfe schwarz-weiß Abbildung dennoch ernüchternd.

»Mit Verlaub. Was wir von dem Kerl sehen, dürfte nicht für eine Identifizierung ausreichen.«

»Natürlich nicht, das wäre auch zu einfach. Mir langt die grobe Erscheinung mit dem Rollkragenpulli und der hellen Schirmmütze und - tata - die Uhrzeit. Ich möchte nur sehen, wo sich der Typ *vorher* aufgehalten hat und deshalb habe ich sämtliche öffentlichen CCTV's abgefragt. Die Übereinstimmung ist nahezu perfekt. Schaut mal, hier geht Mister Rundauge über die Straße zu einer Busstation und holt sich am Kiosk eine Zeitschrift.«

Joe zoomte in die Standbilder hinein. Auf einem Bild waren die Gesichtszüge des Mannes deutlich zu erkennen.

»Das jage ich durch die Bilderkennungssysteme und werde es mit den *Enco*-Daten abgleichen, die ich vor einigen Monaten in Kennebunk abgegriffen habe.«

Seine Freude war ihm deutlich anzumerken. Endlich hatte er wieder einen guten Lauf. Die Steine fügten sich systematisch zu einem Mosaik zusammen. Er überließ den Rechner der Bildanalyse und lenkte die Aufmerksamkeit seiner Kollegen auf einen anderen Computer.

»Von Mister Rundauge kommen wir als nächstes zu Mister X. Werft einen Blick auf meine parallele Analyse. Wenn mich nicht alles täuscht, ist ein gewisser *Jack-The-Brain* auf dem Weg nach Hongkong. Vermutlich ist er schon in der Stadt. Seit vorgestern.«

Rosanna drückte sich ganz dicht an den Rücken von Joe.

»Bist du sicher? *Er* ist hier? Dann braut sich in den nächsten Stunden wirklich etwas zusammen.«

Peter kannte seine Freundin gut genug. Sie war im Alarmmodus, dachte er. Er erinnerte sich schemenhaft an die Mitschnitte aus der *Enco*-Zentrale in Nordamerika. Niemand wusste genau, wer sich hinter dem mysteriösen Mann mit dem Namen Jack verbarg, den alle voller Respekt nur *The Brain* nannten.

»Wer ist es? Einer der *Enco*-Agenten, richtig?«

Rosanna fasste ihn an seine Hand und zog ihn zurück.

»Wenn es sich um *den* Jack handelt, der mir gerade durch den Kopf spukt, so liegt die Sache anders. Jack war niemals in der *Enco*. Aber viele Entwicklungen tragen seine Handschrift. Er war bei allen relevanten Projekten involviert und bei den meisten Programmen lag die Hauptverantwortung bei ihm. Ob es um die Perfektionierung der Drohnenangriffe ging oder die um die allumfassende globale Überwachung. Er ist ein Genie. Ohne ihn wäre die *Enco* nur halb so effektiv. Doch Jack verfolgt seine eigene Agenda. Nach den Septemberanschlägen hat er eine Sonderstellung bekommen.«

»Und du sagst, er war niemals in der *Enco*. Kein Agent?«

Sie schüttelte ihren Kopf. »Jack? Nein, doch ich kenne niemanden, der besser ausgebildet war als er ...«

Rosanna wurde von einer erneuten Jubelfanfare unterbrochen. Joe hatte die Identität des Mannes aus dem Wettbüro herausbekommen. In der Datenbank war sein Konterfei unter verschiedenen Namen aufgeführt - unter anderem als ein gewisser Mitch Beecher.

»Seht euch das an. Auf den Namen dieser gefälschten Identität wurde vor wenigen Wochen in Hongkong ein Mobiltelefon registriert. Sie fühlen sich unglaublich sicher«, stellte Joe fest.

Sie stimmte ihm zu. »Es sieht so aus, als ob die geheimnisvolle Lady einige Agenten aus der *Enco* zur Unterstützung um sich geschart hat. Nach und nach sind immer mehr Fehler zu entdecken. Wir sollten die Hoffnung nicht aufgeben. Joe, meinst du, dass wir ihren Standort rechtzeitig finden werden?«

Er nickte langsam. »Ich würde zwar nicht von einem Kinderspiel sprechen, aber die Chancen stehen gut. Lasst mich am besten für die nächste halbe Stunde völlig ungestört.«

Neben Joe blieb auch Pierre an seinem Rechner und suchte nach Hinweisen. Phil und Peter zogen sich mit ihrer Anführerin zu einer Lagebesprechung zurück. Auf den Flipcharts notierten sie ihre bisherigen Erkenntnisse. Rosanna holte aus dem Nachbarraum eine weitere Tafel und schrieb darauf in großen Lettern den Code-Namen des geplanten Terroranschlags. *Operation WHELO.*

»Der Name muss etwas mit dem Anschlag zu tun haben. Entweder mit dem Datum oder mit dem Zielort.«

# Kapitel 43

*Kuala Lumpur*

*7. März 2014*

*Die Petronas Türme*

Die Petronas Türme waren eine der Hauptattraktionen der malaysischen Hauptstadt. Beeindruckend erhoben sich die beiden Gebäude in den Himmel und die heraufziehende Abendstimmung ließ die Fassade noch eindrucksvoller erscheinen. Die Menschen drängten sich auf dem Vorplatz und waren auf der Suche nach den besten Plätzen. Sie positionierten sich vor der Kulisse der Türme und schossen ihre Erinnerungsfotos.

Lanny und seine Leute hatten keine Zeit für touristische Einlagen. Bis Mitternacht waren es nur noch wenige Stunden. Ob sie es innerhalb dieser Zeitspanne schaffen würden, die Sprengsätze in den Türmen ausfindig zu machen und sie von den Zündern zu trennen, war äußerst fraglich. Die Hinweise waren mehr als vage. Lanny zögerte nicht lange. Er richtete seinen Blick entlang der Glasfront nach oben. Auf halber Höhe gab es eine gläserne Brücke, die die beiden Türme miteinander verband. Er verharrte. Die Brücke erschien ihm wie eine logische Verbindung; es war naheliegend, dass sie bei der Platzierung des Sprengstoffs eine entscheidende Rolle gespielt haben konnte. Er drehte sich zu seinen Leuten um und zeigte mit seinem Arm in die Höhe.

»Auch wenn Joe die 119. Etage erwähnte; wir schauen uns zunächst mal die Brücke an.«

Die Männer verschafften sich den Zugang zum Gebäude. In die öffentlich zugänglichen Bereiche zu kommen, war kein Problem und sie konnten sich frei bewegen. Schwierig wurde es, als sie in die Etagen mit den abgetrennten Business-Zonen kamen. Lanny bat die Zentrale um Support. Joe hatte sich bereits Stunden zuvor in die lokalen Netzwerke der Petronas Türme eingeloggt und per Fernzugriff programmierte er einen Zugangscode für die Terminals an den Türen. Damit konnte sich das Einsatzteam vor Ort einen Weg zu den Serviceschächten verschaffen. Lanny schloss seinen 7-Zoll Tabletcomputer an ein Kartenlesegerät und steckte eine weiße Blankokarte mit einem Magnetstreifen hinein. Binnen Sekunden befand sich der alphanumerische Schlüssel auf der Kunststoffkarte.

»Voilà.« Lanny schickte einen Gruß an den Spiritus Rector in Hongkong und erläuterte seinem Team anhand einer Übersichtsskizze auf dem Display, wie sie sich den Weg durch das Gebäude bahnen wollten.

»Gibt es keinen Lift? Weißt du wie viele Stufen das sind?«

Lanny wischte die kritische Anmerkung seines Kollegen mit einer einzigen Handbewegung vom Tisch.

»Bei eurer Kondition ist das die geringste Herausforderung. Den Sprengstoff zu finden, Leute, das wird anstrengend. Alles andere vorher wird ein Spaziergang.«

Er ging mit gutem Beispiel voran und steuerte zielstrebig die graue Stahltür an. Doch die Treppenstufen waren steil und der Aufstieg durch das Gebäude war alles andere als eine lockere Übung. Selbst Lanny, der vom gesamten Team am besten durchtrainiert war, musste bereits nach wenigen Stockwerken eine Pause einlegen. Und obwohl er insgeheim auf die Brückenkonstruktion gesetzt hatte, blieb ihre Suche dort erfolglos. Es gab nicht den kleinsten Hinweis auf Dynamit oder sonstige explosive Stoffe - und auch keine Anzeichen, dass hier in den letzten Tagen irgendwelche ungewöhnlichen Tätigkeiten abgelaufen waren. Schließlich blieb ihnen nichts anderes übrig und sie erklommen Stockwerk für Stockwerk in die Höhe - bis in die 119. Etage.

Seit mehr als einem Jahrzehnt zählte Lanny zu den weltweit renommiertesten Experten, wenn es um kontrollierte Sprengungen ging. Normalerweise hätte er die Manipulationen in den unteren Geschossen vermutet, denn die Sprengung eines solch gewaltigen Gebäudekomplexes würde in der Regel dort den Anfang nehmen. Doch die Vermutungen seiner Kollegen aus

Hongkong zielten auf eine bewusste Ablenkung durch Explosionen in den oberen Etagen ab. So wie schon zwölfeinhalb Jahre zuvor, als das Zusammenstürzen der Türme in New York als Folge der angeblichen Flugzeugeinschläge inszeniert wurde, konnte diese Variante nun auch bei den Petronas Türmen nicht gänzlich ausgeschlossen werden.

Lanny war im Grunde genommen immer ein guter Soldat gewesen und er stellte die Order aus Hongkong nicht in Frage, doch trotz der Videoaufnahmen der Überwachungskameras gestaltete sich die Orientierung in den Räumlichkeiten äußerst schwierig. Es war eine Sisyphusaufgabe. Sie hatten bereits mehr als die Hälfte der 119. Etage untersucht. Ohne etwas zu finden. Als nichts mehr half, griff Lanny zu den Messinstrumenten und untersuchte den Wandbelag auf Ablagerungen.

»Joe«, meldete er sich mit leicht trotziger Stimme über ein IP-basiertes Telefon. »Hier melden sich die *Petrodollars*. Auch wenn wir jeden Quadratmeter auf den Kopf stellen. Hier ist nichts. Die Sache ist ein Fake. Es gibt keinen Sprengstoff. Roger. Over.«

Die Antwort ließ eine ganze Weile auf sich warten, da die Verschlüsselung keine Echtzeitkommunikation erlaubte.

»Macht weiter. Es muss dort etwas versteckt sein. Sonst taugt die Drohung nichts. Übrigens, der Nickname mit den Petrodollars passt gut.«

Joe lachte kurz auf, auch wenn es kein Zeichen von guter Laune war. Eine wirkliche Hilfe stellte er für Lanny und sein Team nicht mehr dar.

Sie waren auf sich allein gestellt und durchkämmten die 119. Etage ein weiteres Mal. Nichts, absolut gar nichts deutete auf irgendwelche Vorbereitungen für eine Sprengung der Türme hin. Gerade als Lanny aufgeben wollte, fiel ihm an einer Informationstafel ein Aushang für die beschäftigten Mitarbeiter ins Auge.

»Die Suche einstellen, Männer. Alle mal herhören. Wir müssen wieder ein Stockwerk nach unten. Dort gab es vorgestern eine Sicherheitsübung und die gesamte Etage wurde für zwei Stunden evakuiert. Mein Bauchgefühl sagt mir, dass wir dort die Zünder finden werden.«

Sie stürmten die Treppenstufen nach unten und brachen die feuerhemmende Tür auf. Die Etage war leer und verlassen.

Es war Samstag und die Angestellten befanden sich im Wochenende. Lanny's Team konnte sich ungestört zwischen den Cubicles umschauen. In einem Eckbüro stapelten sich die Pappkartons, die zusätzlich mit einem Klebeband versiegelt waren. Die Männer stürzten die obere Kartonreihe um und schlitzten anschließend die untere Lage mit einem Cuttermesser auf. Darin fanden sich allerlei technische Geräte.

»Schmeißt alles auf den Boden. Vielleicht finden wir etwas«, rief Lanny ihnen zu. Die Spur führte jedoch nicht zum erhofften Erfolg. Die Geräte waren unbrauchbare Router und ausrangierte Laserdrucker. Lanny vertraute seinem Spürsinn und spornte die Männer an, jede noch so kleine Ecke zu durchforsten. Nach wenigen Minuten sah es in den Büros wie nach einem Tornado aus. Aktenordner säumten den Boden, Schreibtische lagen umgeworfen in den Gängen und Papierkörbe rollten über den Parkettboden. Büro für Büro kämpften sie sich bis zum schräg gegenüberliegenden Eck vor und stießen auf einen verwaisten Bereich. Offensichtlich gehörten die Offices zu einer Abteilung, die schon vor längerer Zeit ausgelagert worden war. Die Wandkalender zeigten ein Datum aus dem Dezember. Er nickte. In den Räumen war seit Wochen niemand mehr gewesen. Oder doch? Aus dem Papierkorb lugte die Verpackung eines Big Mac.

»Kommt zu mir. Hier sind wir richtig, Leute. Dieses Sondermenü gab es erst vor zwei Wochen. Wenn es in diesen Türmen etwas zu finden gibt, so sind wir ganz in der Nähe.«

Binnen kürzester Zeit rückte das Team die großen Schränke von der Wand und fand einen dahinter eingelassenen Tresor. Sie brachen ihn mit ihrem Werkzeug auf und mussten nicht mal sonderlich viel Kraft dafür aufwenden.

»Na endlich«, stieß Lanny hervor. Voller Ehrfurcht hatten sie sich im Halbkreis um die quadratische Öffnung gruppiert und blickten auf die blinkenden LED Leuchten an einer verchromten Kiste. Der Countdown war bereits gestartet worden. Die verbleibende Restzeit wurde auf einer Digitalanzeige in Stunden, Minuten und Sekunden angezeigt.

»Von wegen, wir haben Zeit bis Mitternacht«, Lanny schaute zum Vergleich auf seine Armbanduhr. »Leute, nach dieser Zeitschaltuhr geht die Bombe schon um kurz nach elf hoch. Scheiße, um genau neunzehn Minuten nach elf.«

Einer seiner Männer meldete sich zu Wort. Es war Stuart, ein kleiner rundlich wirkender Mann, der mit einem spitzbübischen Lächeln und einer hohen Fistelstimme auffiel.

»Oder, … oder es wird zu dem Zeitpunkt der eigentliche Zündmechanismus gestartet, der dann jedoch unaufhaltsam ist.« Lanny nickte. »Du sagst es.« Er wusste, dass es in den vergangenen Jahren mehr und mehr zur Praxis geworden war, einen Vorzünder einzubauen. Sollte etwas bei der Vorbereitung schief gehen, so konnte der Hauptzünder immer noch außer Gefecht gesetzt werden. Meistens allerdings aus der Ferne. Wenn dieser *Point of no return* jedoch überschritten war, ließ sich die Abfolge nicht mehr aufhalten. Wie Dominosteine würden die Sprengungen in genau definierten Zeitabständen selbständig ausgelöst werden.

Die folgenden Momente liefen für Lanny wie im Film ab. Unzählige Male hatte er vergleichbare Situationen im Training geübt; doch die Schwierigkeit bestand vor allem darin, dass keine Konstellation identisch mit einer vorherigen war. Er öffnete die Torx-Schrauben der verchromten Abdeckung und warf einen skeptischen Blick auf die Platine. Etliche Bauteile waren darauf völlig chaotisch angeordnet.

»Können wir den verdammten Kasten nicht einfach zertrümmern?«, erkundigte sich der hagere Kollege neben ihm und holte mit einem massiven Hammer bereits zum Schlag aus.

»Finger weg«, herrschte Lanny den Mann an. »Das Problem besteht darin, dass genau dadurch der tödliche Mechanismus ausgelöst wird.«

Sein Gegenüber schüttelte den Kopf. »Das muss ich nicht verstehen, oder? Der Impuls soll doch von hier aus erfolgen. Und wenn wir die Platine abknipsen, wie soll dann der Vorgang für die Sprengung gestartet werden?«

Auch die anderen nickten voller Zustimmung. Lanny gab einen Seufzer von sich.

»Leute, strengt euer Hirn an. Habt ihr schon mal etwas von einem Tot-Mann-Melder gehört? Wenn jemand in einem gefährlichen Umfeld für sich allein arbeitet, trägt er zur Sicherheit solch ein Gerät am Körper. Sollte er zu Boden gehen und einen Schwächeanfall erleiden, so gibt das kleine Gerät sofort eine Alarmmeldung von sich.«

Der hagere Mann nahm den Faden auf. »Du meinst, das Gerät sendet eine regelmäßige Kennung und wenn die ausbleibt, hat es dieselbe Wirkung, als wenn die Sprengung nach dem Countdown ausgelöst wird?«

Lanny nickte. »Ja. Und in diesem Falle gehen wir wahrscheinlich mitsamt der Vorrichtung vor die Hunde. Am Ende werden wir unter den Trümmern geborgen und dürfen sogar noch als Attentäter herhalten. Ihr seht, wir müssen anders an die Sache herangehen.«

Einer der Männer hatte sich an der Stahltür postiert und bewachte den Zugang. Plötzlich hörte er ein Geräusch vor der Tür und pfiff leise durch seine Zähne. Seine Kollegen schauten zu ihm hinüber. Es konnte sich nur um den routinemäßigen Kontrollgang der Wachleute handeln. Lanny löschte das Licht und sie versteckten sich unter den Schreibtischen. Die Stahltür öffnete sich und der grelle Schein einer Taschenlampe strahlte über den Boden. Die schweren Schritte waren deutlich zu hören und der erste Wachmann nahm mit seinen Springerstiefeln einen gradlinigen Weg durch das Großraumbüro. Sein Kollege wartete an der Tür und hatte einen Schäferhund an der Leine. Lanny schluckte; er musste seinen Hustenreflex unterdrücken und hoffte inständig, dass der Hund seine Männer nicht witterte.

'Shit. Der Tresor!', schoss es ihm durch den Kopf. Die Öffnung in der Wand war extrem groß und die roten Leuchtdioden ließen das Licht auffällig aus dem schwarzen Loch flackern. Die Schritte kamen näher. Sein Pulsschlag reichte bis an den Hals und er massierte vorsichtig seinen Kehlkopf, um das Räuspern zu unterdrücken. Lanny atmete ganz flach durch die Nase, als der Lichtschein neben ihm auf den Boden fiel. Der Wächter musste nur noch wenige Meter von ihm entfernt sein. Dann herrschte plötzlich eine Todesstille. Der Mann richtete den Lichtkegel auf die Wand. Offensichtlich hatte er den aufgebrochenen Tresor entdeckt. Er schrie lauthals hinüber zu seinem Kollegen.

Was dann folgte, geschah in den Bruchteilen einer Sekunde. Der Schäferhund fetzte über den Flur heran und bellte lauthals. Der andere Wachmann verließ nun seinen Posten an der Tür und kam seinem Kollegen zu Hilfe. Beide Männer standen vor der Wand und reckten ihre Köpfe näher an das blinkende Display. Sie realisierten augenblicklich, dass es sich dabei um einen

Zündmechanismus handeln musste. Während einer der beiden zu seinem Funkgerät griff, bückte sich der andere Mann zu dem Hund und redete wirr auf das Tier ein. Einen kurzen Moment lang fixierte ihn der Hund mit einem starren Blick, bis er urplötzlich mit einem lauten, zweimaligen Bellen kehrt machte und durch die Gänge hastete.

Das Herz von Lanny pochte bis zum Anschlag. Was sollte er tun? In seinen Augen waren die beiden Wachleute Amateure - zumindest was den Umgang mit Sprengstoff anging. Doch wenn sie ihn und seine Mannschaft entdeckten, waren die Explosionen nicht mehr aufzuhalten. Lanny musste eine Entscheidung treffen. Er nahm all seinen Mut zusammen und sprang aus der gebückten Haltung auf. Mit einem lauten Schrei versuchte er, seine Mannschaft in Stellung bringen.

»Ergreift sie. Es ist unsere einzige Chance, um die Bomben aufzuhalten.«

Fast im Gleichtakt zückten alle Männer ihre Waffen. Die beiden Wachleute staunten nicht schlecht. Erstens darüber, dass sie sich unvermutet einem ganzen Trupp gegenüber sahen und zweitens, dass der Anführer offensichtlich ebenfalls den Countdown stoppen wollte. Einzig der Schäferhund blieb unbeeindruckt und bellte Lanny an. Mit seinem rechten Fuß versuchte er, den kläffenden Köter von sich fernzuhalten. Vergeblich. Der Hund riss sein Maul weit auf und fletschte die Zähne. Lanny richtete seine Waffe auf den Hund, doch es war zu spät. Nach einem kräftigen Biss klaffte bereits eine offene Wunde an seinem Unterschenkel und Lanny spürte einen höllischen Schmerz. Die Schüsse gingen ins Leere. Einer der Wachleute schmiss sich auf Lanny und drückte ihn zu Boden. Als ihm seine Kollegen zu Hilfe kamen, herrschte ein wahres Tohuwabohu. Die Lage war unüberschaubar. Der Schäferhund biss wild um sich, bis ihn ein gezielter Schuss niederstreckte. Das Tier krümmte sich und jaulte ein letztes Mal auf.

Es flogen kräftige Fausthiebe durch die Luft und die Männer versuchten, sich gegenseitig in den Schwitzkasten zu nehmen. Die Funkgeräte lagen auf dem Boden und undeutliche Stimmen drangen aus den Lautsprechern. Lanny riss sich sein Oberhemd vom Körper und drückte damit die Bisswunden an seiner Wade ab. Das Blut quoll heftig aus den Wunden hervor und das ursprünglich schwarze Hemd war bald schon rot durchtränkt. Seine Männer hatten mittlerweile die Wachleute überwältigt und drückten sie auf den Boden. Lanny versuchte sich wieder aufzurichten, doch er schaffte es nicht alleine. Einer seiner Kollegen stützte ihn.

»Danke, Stuart.« Er drückte die Hand des Mannes mit der untersetzten Figur so fest er konnte. »Wir dürfen keine Zeit verlieren. In wenigen Minuten werden wir es mit der geballten Kraft der Sicherheitsbehörden aus Malaysia zu tun haben. Die werden uns als Terroristen abstempeln und obendrein gehen wir alle zusammen mit den Türmen über den Jordan. Reiß den Kasten aus der Wand.«

Stuart zögerte eine Sekunde. Er fragte sich, wie groß die Wahrscheinlichkeit war, dass nichts passieren würde? Hatte Lanny nicht vorher erwähnt, dass dadurch eine sofortige Sprengung ausgelöst werden konnte? Doch der *Point-of-no-return* war längst überschritten. Es gab nur noch konsekutive Abläufe. Die Zeit des Überlegens oder des Abwägens war vorüber. Zusammen mit einem Kollegen drückte er Lanny vorsichtig an die Wand, so dass sich der Anführer aufrecht anlehnen konnte. Dann riss Stuart die Elektronik mit einem Ruck aus der Maueröffnung und hielt die Apparatur in seinen Händen.

»Gut«, bemerkte Lanny und sah, dass die LED Uhr unveränderte aufblinkte. »Das Gerät ist mit einer eigenen Stromversorgung ausgestattet. Es waren Profis wie wir am Werk.«

Er nahm sein Tablet und stellte eine Verbindung zu den Kollegen in Hongkong her. Nach wenigen Augenblicken kommentierte Joe das Geschehen.

»Chapeau. Das war ziemlich eng. Und übrigens, Lanny, natürlich waren es Profis wie ihr, die die Sprengungen vorbereitet haben. Es war schließlich ein Kommando der *Enco* und die Jungs verstehen ihr Handwerk.«

Lanny war perplex. »Wie um alles in der Welt ... wie hast du unseren Kampf mitbekommen? Das Tablet war ausgeschaltet.«

Auf dem Display öffnete sich ein Bildausschnitt und zur allgemeinen Überraschung erschien Joe höchstpersönlich auf dem Bildschirm. Allerdings hatte er sich mit einer Sonnenbrille und einer roten Schirmmütze möglichst unkenntlich gemacht.

»Lass dich überraschen. Wenn du denkst, dein Minicomputer war ausgeschaltet, dann irrst du dich. Das Zauberwort heißt *remote control*. Deine Wunden sehen übrigens gar nicht gut aus. Ich hoffe, du hast Schmerztabletten in deiner Westentasche. Zeig mir mal den Zünder.«

Lanny drehte das Tablet um 180° Grad und lichtete den kleinen Kasten aus allen Perspektiven ab. »Hast du alles gespeichert?«

Joe signalisierte sein Okay. Binnen kürzester Zeit hatte sein Rechner aus den Ansichten ein dreidimensionales Image erstellt. Nun konnte er im Offline-Modus den Zünder inklusive der innen liegenden Bauteile ins Visier nehmen.

»Für einen kurzen Augenblick musst du noch still halten. Ich scanne alle Sendefrequenzen und versuche, mich in das Gerät zu hacken.«

Lanny hielt die Anspannung kaum noch aus. Für Joe mochte es aus der Entfernung wie eine technische Denksportaufgabe aussehen, für die Männer vor Ort zählte jedoch jede Sekunde. Denn sobald die staatlichen Sicherheitskräfte die Etage erreichen sollten, waren sie hoffnungslos verloren.

»Mach schon. Wir müssen hier weg.« Es klang nach einem Stoßgebet.

Joe ließ seine Rechner mit der höchsten Prozessorleistung laufen. In der Nähe der Zündplatine befanden sich gleich mehrere Sendefrequenzen. Es dauerte einige Momente, bis er die aktiven Verbindungen eingrenzen konnte.

»Lanny, ich werde dein Tablet mit dem aktuellen Empfänger verbinden, jedoch eine Brücke dazwischen setzen. Verstanden? Dazu brauchen wir dein Telefon, welches du anschließend in einem der Schreibtische versteckst. Das wird dem lokalen Empfänger vorgaukeln, dass sich der Zünder nach wie vor auf der selben Etage befindet, während ihr euch mit dem Gerät ins Erdgeschoss rettet. Okay?«

Die Anweisungen waren klar und deutlich. Dennoch runzelte Lanny seine Stirn. Er versuchte, sich die Logik der Aktion zusammenzureimen. Offensichtlich wollte Joe simulieren, dass der Zündmechanismus unverändert weiterlief. In kürzester Zeit hatten die Männer die Konstellation hergestellt und traten den Rückzug an.

Sie vermuteten, dass die Sicherheitskräfte über die gängigen Wege aus dem Fahrstühlen kamen und daher wählten sie für ihren Rückweg dieselbe Route, auf der sie gekommen waren. Nämlich durch das seitlich angeordnete Treppenhaus für die Servicearbeiten. Lanny war durch die Wunden stark gehandicapt und gab seinen Männern die Order, ihn zurückzulassen.

»Los, rennt ins Untergeschoss und findet die verdammten Bomben. Ich schleiche mich in die nächste Etage und hoffe, dass mich niemand findet.«

Es gab keine Diskussion. Seine Worte waren ein Befehl und keine Bitte. Die Männer machten sich auf den Weg und drehten sich nicht einmal zu ihm um. Lanny drückte eine Stahltür auf und schleppte sich um die Ecke. Seine Kräfte waren am Ende und er rutschte völlig erschöpft an der Wand herunter. Einen kleinen Spalt stand die Tür noch offen und er hörte die Schritte seiner Kollegen, wie sie die Treppen hinunterrannten.

»Sie müssen das Depot ausfindig machen, sonst sind wir verloren«, flüsterte er leise vor sich hin und hielt den Zünder dicht neben sein Tablet, so dass die Verbindung aufrecht erhalten blieb.

Plötzlich drang aus dem Treppenhaus ein ohrenbetäubender Lärm. Schüsse fielen. Erst danach hallten Befehle durch das Gebäude. Dann war es mucksmäuschenstill. Lanny rechnete mit dem Schlimmsten. Konnte es sein, dass sein kompletter Trupp ausgelöscht worden war? Waren seine Männer in einen Hinterhalt geraten und den Angreifern direkt in die Arme gelaufen - beziehungsweise in die Gewehrläufe? Lanny zitterte am ganzen Körper. Mit seinem Fuß schob er die Tür vorsichtig weiter, bis sie ins Schloss fiel. Er robbte sich über den Boden und versuchte so gut es ging, die Blutspur hinter sich wegzuwischen. Unter einem Schreibtisch schlug er sein Versteck auf und duckte sich hinter einem Drehstuhl. Die Fensterscheiben vibrierten; draußen um das Gebäude kreisten Hubschrauber und leuchteten die Etagen mit extrem hellen Strahlern aus.

Lanny blieb völlig regungslos und hauchte in das Mikrofon an seinem Minicomputer. »Hallo, Joe. Bist du auf Empfang? Bleib bitte hundertprozentig still, hörst du? Ich glaube, die Kerle haben unser gesamtes Team eliminiert. Shit. Die Sache geht schief. Sie werden uns alle in die Luft jagen.«

# Kapitel 44

»**O**n hold.« Joe drückte die Entertaste und versetzte die Kommunikation mit Lanny's Tabletcomputer in Kuala Lumpur in den Schlafmodus. Die Operation stand auf des Messers Schneide. So wie es aussah, war das Team in den Petronas Türmen in der malaysischen Hauptstadt kurz vor dem Ziel abgefangen worden. Rosanna kam an seinen Rechner und erkundigte sich nach dem aktuellen Stand.

»Haben wir noch eine Chance? Wie sieht es aus?«

Joe rutschte auf seinem Stuhl hin und her. Die Nervosität war ihm sichtlich anzumerken. »Nicht gut. Es läuft aus dem Ruder. Vor einigen Stunden dachte ich noch, dass es beherrschbar sei, doch aus dem leichten Gegenwind ist ein Tornado geworden.«

Sie kam näher an ihn heran, bis sie seinen Atem spürte.

»Es muss einen Weg geben. Es gibt immer eine Lösung.«

Er wich zurück und biss nervös auf seine Unterlippe.

»Bedaure, Rose. Zur Zeit sieht es eher danach aus, dass sich unsere Ausgangssituation zunehmend verschlechtert. Die Zeit läuft erbarmungslos gegen uns. Ad eins. Alles deutet darauf hin, dass der Terroranschlag kurz bevor steht. Der Zeitzünder in Kuala Lumpur passt ins Bild. In circa zwei Stunden, noch vor Mitternacht, um exakt dreiundzwanzig Uhr und neunzehn Minuten, wird die Sicherheitsphase beendet sein. Dann startet der unaufhaltsame Countdown für die Sprengung der Türme. Es wird desaströs werden. Unser Team vor Ort wurde ausgeschaltet und Lanny hält sich irgendwo im Gebäude versteckt. Schlimmer noch, in wenigen Stunden werden sie unsere Männer identifiziert haben und die *Enco* bekommt dadurch die Bestätigung, dass sie es innerhalb der eigenen Reihen mit

Abtrünnigen und Saboteuren zu tun haben. Rate mal, wie lange es dauert, bis sie die Spuren zu uns zurückverfolgen? Wir können noch so viele Sicherheitsschranken in unsere Kommunikation eingebaut haben. Irgendwo wird ein Loch im Zaun sein. Es ist eine verdammte Scheiße.« Er schlug mit der Faust auf den Tisch und raufte sich die Haare.

Rosanna stoppte ihn. »Contenance. Wutausbrüche bringen uns nicht weiter. Außerdem geht es nicht um uns und unsere Deckung.«

»Mach es dir nicht so einfach, Rose.« Sein ganzer Körper bebte vor Nervosität. »Noch nie waren wir so versprengt wie heute. Martijn hängt in Guinea fest und muss fürchten, vom Ebola Virus dahin gerafft zu werden. Die anderen Teams tummeln sich an irgendwelchen gottverdammten Schauplätzen, doch bisher konnte niemand von uns auch nur annähernd an die Wurzeln des Bösen vordringen. Selbst hier in Hongkong bekommen wir den Kopf der Schlange einfach nicht ins Visier. Und ich wette, dass schon bald ein Flugzeug vom Boden abhebt und Kurs auf Kuala Lumpur nimmt. Leute, es ist vorbei.«

»Genug. Das Gejammere hilft uns nicht.« Rosanna herrschte ihn an. Ihr war förmlich der Kragen geplatzt. Sie öffnete den obersten Knopf ihrer Bluse und verschaffte sich nicht nur sprichwörtlich mehr Luft zum Atmen.

»Wir müssen wieder zu einer geordneten Vorgehensweise zurückfinden. Joe, du kümmerst dich um die Sprengungen, denn sie müssen um alles in der Welt verhindert werden. Versuch dich in den Zündmechanismus einzuloggen. Er muss als Erstes deaktiviert werden. Zweitens, zu dir, Peter.« Sie drehte sich um in seine Richtung.

»Du wirst alle Flüge kontrollieren, die heute Nacht von den asiatischen Flughäfen in Richtung Kuala Lumpur unterwegs sind. Geh die Passagierlisten durch und überprüfe die Piloten. Und drittens, ...«, sie richtete sich an den Kollegen zu ihrer linken Seite. »Pierre, wir haben von Lizzy und Robert, beziehungsweise von den Berliner Hackern, eine verdächtige Telefonnummer bekommen inklusive der IMEI Kennung eines Mobiltelefons. Sieh zu, ob du einen Kontakt zu der geheimnisumwitterten Lady hier in Hongkong herstellen kannst.«

Es ging Schlag auf Schlag und sie wandte sich wieder an Joe.

»Noch etwas, Tanja und Carl haben uns die Identitäten der Männer aus dem Wettbüro geschickt. Joe, wie hieß der Typ, den du in der Datenbank gefunden hast? Mitch Beecher, richtig? Gleicht alle Daten miteinander ab. Vielleicht hat dieser Mitch kürzlich ein Apartment angemietet. Schaut euch alle Aktivitäten an. Irgendein Fehler wird ihnen unterlaufen sein. Recherchiert die neu abgeschlossenen Mietverträge der letzten Monate, die Finanzdaten der eingereisten Privatpersonen oder bildet Cluster von auffälligen Bezahlvorgängen. Das Versteck der Drahtzieher ist hier. Hier in Hongkong, ganz in unserer Nähe. Wir schlagen der Schlange ihren Kopf ab, das ist unsere einzige Chance. Gehen wir ans Werk. Los, los.«

Sie wusste, wie sie das Team antreiben konnte und für einen kurzen Augenblick traf sich ihr Blick mit Peters Augenpaar. Ohne Regung schaute er ihr in die Augen, vis-à-vis, so, als ob er versuchte, sie zu durchdringen. Sie hatte deutliche Worte gefunden, doch seiner eigenen Einschätzung nach, tendierte er zu der Ansicht von Joe. Die Schlacht war verloren. Ein geordneter Rückzug schien ihm eher angebracht zu sein als wilder Aktionismus.

'Joe hat recht', dachte er. Am Ende würden sie ihre Gegenwehr selbst mit dem Leben bezahlen. Die Agenten der *Enco* würden mit den Rebellen abrechnen und ihnen für alle Zeit den Gar aus machen. Ende, aus, vorbei. Die geheimen Machthaber der *One-C* würden auch weiterhin unerkannt im Dunklen bleiben und auch in Zukunft das Weltgeschehen nach Gutdünken lenken. Er biss sich auf die Zunge und verkniff sich jeden Kommentar. Was immer seine Freundin antrieb, er wollte sie nicht in ihrem Engagement stoppen. Peter setzte sich an den Rechner und begann, die Flüge mit dem Ziel Malaysia aufzulisten. In einem anderen Fenster öffnete er das Video; er erhoffte sich eine gewisse Inspiration bei seiner Suche. Nessun Dorma lief in leisen Tönen und er verfolgte zum wiederholten Male die Textzeilen mit ihren inhaltlichen Erklärungen. Nessun Dorma. Alles schlafe. In Peking. First we take Manhattan, then we take Beijing.

'Es geht nicht um Kuala Lumpur, sondern um Peking', schoss es ihm durch den Kopf. 'So weit waren wir doch schon vor einigen Stunden. Wieso soll ich die Flüge nach Malaysia heraussuchen?'

Kurzerhand rief er parallel die Flüge nach Peking auf. Die Liste war recht umfangreich. Er erhob sich und machte einige Schritte durch den Raum. Im Angesicht der beinahe unüberschaubaren Datenflut war er nahe daran zu kapitulieren. Wie aus dem Nichts kamen ihm Erinnerungen an seine Zeit bei Gori in den Sinn. Er dachte an die Rätsel, die er lösen musste. An die Schachaufgaben mit einem dreizügigen Matt. Auch dort waren alle Informationen vorhanden und dennoch war die Auflösung oftmals außerordentlich komplex. Sein Blick wanderte von einem Rechner zum nächsten. Dann blieb er für einige Momente an dem Flipchart hängen. Über den zahlreichen Notizen und Detailinformationen prangte in dicken Lettern der Name der Operation. *WHELO*. Die Welt sollte den Atem anhalten. *WHELO*.

Peter verließ den Raum und ging auf die Terrasse. Der Abendhimmel war klar und wolkenlos. Er suchte nach den Sternbildern und fixierte das Kreuz des Orion. *WHELO, Orion*. Der Abendstern, der Morgenstern. Die Venus. Der Name derjenigen Frau, die die gesamte Operation koordinierte, der Name der Nummer Sieben sollte mit einem 'V' anfangen. Mit voller Konzentration strengte er seine grauen Zellen an. Es musste einen Zusammenhang geben. Wenn er nur einen Weg fände, der ihm das Unsichtbare zeigte. Wie bei einer Fata Morgana. Die Lichtspiegelungen in der Wüste, die sogar Dinge vorgaukeln konnten, die gar nicht existierten. Eine Fata Morgana. Eine Spiegelung. Seine Gedanken liefen auf Hochtouren. Eine Spiegelung. Er stutzte. Vielleicht sollte er den Schriftzug *WHELO* einmal aus einer ganz anderen Perspektive betrachten. Bisher waren sämtliche Dechiffrier-Versuche fehlgeschlagen. Mit einer Spiegelung hatten sie es noch nicht versucht. Peter schnappte sich das Flipchart und schleppte es an die frische Luft. Nach draußen, auf die Terrasse. Dort positionierte er die Staffelei vor der Glasschiebetür, so dass er den Text nun aus einem ganz neuen Winkel sehen konnte. Nämlich als Spiegelbild. Mit dem Ergebnis war er allerdings noch nicht zufrieden. Peter kippte seinen Kopf nach links und nach rechts. Dann rannte er zum Block und riss das Deckblatt mit dem Schriftzug ab. Er drehte es um 180° Grad und hängte es kopfüber an den Rahmen.

Peter wich ein paar Schritte zurück und suchte erneut das Spiegelbild in der Glasscheibe. Von drinnen beobachtete Rosanna sein Treiben mit skeptischer Miene. Peter war voll in seinem Element. Offensichtlich hatte er den richtigen Winkel gefunden. Mit einem lauten Ausruf unterstrich er seine Begeisterung.

»Yeah. Das ist es. Kommt her!«

Nach und nach erhoben sie sich von ihren Plätzen und begaben sich auf die Außenterrasse. Peter wurde ungeduldig und er konnte es nicht mehr abwarten. »Seht ihr es?«

Wenn es in den letzten Wochen einen Moment der Ratlosigkeit gegeben hatte, so waren es diese Sekunden. Selten hatte sich die gedrückte Stimmung deutlicher gezeigt als in den augenblicklichen Gesichtern um ihn herum. Trotz der Drehung und der Spiegelung blieben es Buchstaben und Zeichen, die nichts Besonderes auszudrücken schienen. Peter jedoch war seinen Kollegen gegenüber im Vorteil, da er erst kurz zuvor die Flugnummern recherchiert hatte.

»Also gut«, fing er an und demonstrierte seine Entdeckung, indem er das Papier nochmals in die Hand nahm. Er drehte den ursprünglichen Schriftzug, bis er auf dem Kopf stand, und hielt ihn neben die Scheibe. Die Spiegelung war deutlich zu sehen.

»Der Trick ist, dass wir jeden Buchstaben *einzeln* um 180° Grad drehen müssen. Aus dem *W* bei *WHELO* wird ein *M*, richtig? Das *H* bleibt auch nach der Drehung ein *H*. Das *E* wird zu einer Zahl, nämlich zu einer 3 und das auf den Kopf gestellte *L* symbolisiert eine 7. Das *O* wird schließlich zur Ziffer *0*. D'accord?«

Rosanna nickte, doch sie wusste immer noch nicht, worauf er hinaus wollte.

»M-H-3-7-0«, buchstabierte Peter. »Es ist eine Flugnummer. Ein Flug der Malaysia Airlines. Lasst mich raten; es ist ein Flug, der in Kuala Lumpur startet und das Ziel Peking hat.«

Joe pfiff durch die Zähne. »Wow. Du bist ein Genie. Das ist der fehlende Stein im Mosaik.«

Ohne zu zögern stürzte Peter an seinen Rechner und überprüfte die Flugnummer. »Bingo. Es ist der Flug. Wir müssen alles darüber herausfinden.«

Rosanna schenkte ihm das bezauberndste Lächeln, das er sich vorstellen konnte. »Kompliment. Du bist in Höchstform.«

# Kapitel 45

## In der Luft

### 7./8. März 2014

### Der Flug ins Ungewisse

»Warte einen kurzen Augenblick, ich muss nur noch einen Anruf erledigen.«

Sharif zog sich seine Uniform am Ärmel wieder glatt und griff zu seinem Mobiltelefon. Sein Co-Pilot wartete an einem Pfeiler und schaute dem bunten Treiben der Reisenden zu. Das Telefonat dauerte nicht mal eine Minute und Sharif wirkte zufrieden. Der Plan ging auf. Nicht die kleinste Änderung drohte.

»Haben Sie Ihrer Liebsten noch einen Gute-Nacht-Gruß geschickt?«, wollte sein Kollege wissen.

Sharif Ahmed lächelte. »Meiner Liebsten? Wie man es nimmt. Eine faszinierende Frau ist die Lady in jedem Falle. Lass uns durch die Security gehen, William, und dann lade ich dich noch auf einen Kaffee ein.«

Sie begaben sich an den gesonderten Durchgang für die Crew-Mitglieder. Die Überwachungskameras zeichneten das Prozedere auf. Es handelte sich um die standardmäßigen Videomitschnitte; doch so plausibel sie jedem erschienen, so wenig hatten sie in der Vergangenheit zur Verbrechensbekämpfung beigetragen. Bei der anschließenden Abtastung mit dem Handscanner hob Sharif seine Arme und musste dabei unwillkürlich direkt in die Linse der Kamera schauen.

'Bilder für die Ewigkeit. Nur nichts anmerken lassen', dachte Sharif und verzog keine Miene. William folgte ihm und sie schnappten sich ihre Bordcases. Als sie auf dem Weg zu ihrem Flieger an einem Starbucks-Shop vorbeikamen, löste Sharif sein

Versprechen ein. Er bestellte sich einen *French Vanilla* und für William einen *Coffee Americano*. *Extralarge.* Sie schlürften an ihren Bechern; der Kaffee war ziemlich heiß.

»Na mein Guter, an deiner großen Portion wirst du noch einige Zeit zubringen. Da hüpfe ich mal schnell hinüber in den Duty Free, okay?«

William nickte. »Kein Problem, lassen Sie sich ruhig Zeit, Captain. Wir sind noch früh genug dran - und ohne uns wird die Maschine wohl nicht starten.«

Er lachte über sein Wortspiel, während sich Sharif bereits auf den Weg ins Geschäft machte. Es war normalerweise nicht seine Art, vor dem Abflug noch einzukaufen. Doch an diesem Tag war alles anders. Er blickte auf den Sekundenzeiger seiner Uhr und beobachtete, welches der Kassenterminals bei der Abwicklung am schnellsten war. Dann griff er scheinbar wahllos nach einem Parfum und ging an die ausgewählte Kasse. Die Kassiererin steckte seine Kreditkarte mit dem Chip in den Schlitz und bat ihn um seinen Pin-Code. Sharif wählte die vier Ziffern und schaute ein weiteres Mal auf seine Armbanduhr, bevor er die grüne Taste zur Bestätigung drückte. Dieser erste Kaufvorgang war ihm anscheinend nicht genug gewesen, denn er machte sich erneut auf die Suche nach den aktuellen Angeboten und wurde nach einigen Minuten fündig. Er wählte dieselbe Kasse und warf während des Bezahlvorgangs wiederum einige kontrollierende Blicke auf seine Uhr.

Vom Starbucks Café gegenüber winkte ihm sein Kollege zu; offensichtlich wollte er sich nun auf den Weg zur Maschine machen. Sharif gab ihm mit einer Handbewegung seine Antwort.

»Ich komme gleich nach«, signalisierte er ihm.

Dann ging der Flugkapitän ein weiteres Mal durch die Gänge des Duty-Free-Shops und schaute sich die Waren in den Regalen an. An diesem Tag war alles anders.

Als Sharif um 22.50 Uhr an der Boeing 777 ankam, wurde er von einem Kollegen aus der Technik freundlich begrüßt.

»Aye, Aye, Captain. Die Check-up's sind bereits erledigt und die Triebwerke sind in einem Top-Zustand.«

»Lassen Sie mich einen Blick ins Protokoll werfen.« Sharif stellte sich neben den Ingenieur und überflog die markierten Punkte.

»So, so. Die Wartung der Sauerstoffversorgung stand demnach für den 7. März auf dem Service-Plan? Also für heute.«

»Ja, Sir. Das hat der Computer ausgespuckt. Der letzte A4-Check war am 14. Januar. Es war wohl mal wieder fällig. Ist bereits erledigt. Und Ihre Bordelektronik hat ein neues Update bekommen.«

Sharif stutzte. »Eine neue Betriebssoftware? Von wem kam diese Anordnung?«

Davon hatten ihm die Männer beim Briefing nichts gesagt. Keinesfalls durfte es auf der Zielgeraden noch eine Überraschung geben. Der Ingenieur blätterte in seinen Unterlagen, bis er fündig wurde.

»Hier ist der Eintrag. Sorry, es war nicht die Bordelektronik, sondern nur das Entertainment-System. Die *Video-on-demand* Angebote wurden aktualisiert. Also keine Sorge, Captain. Es gibt nichts, was Sie vom Kurs abbringen könnte.«

Sharif ging ins Cockpit und warf einen ersten Blick über die Instrumente. Es war ein vertrautes Bild. Er legte einige der Schalter um und war zufrieden mit den Funktionen. Kurze Zeit danach, um 23.15 Uhr, kam sein Co-Pilot William in die Kabine. Obwohl Sharif davon ausgegangen war, dass William längst vor ihm im Cockpit sein musste, erkundigte er sich nicht nach dem Grund für sein verspätetes Erscheinen. Es interessierte ihn nicht sonderlich. Innerlich hatte er sich bereits vollkommen auf den Dienstmodus ausgerichtet.

»Die Tanks sind fast randvoll mit Kerosin gefüllt; bis zum Abwinken. Die eigentliche Flugzeit bis Peking beträgt fünfeinhalb Stunden und wir haben 49.100 Kilogramm Treibstoff an Bord. Das reicht für gute siebeneinhalb Stunden. Genug Reserve, falls wir beim Anflug auf Peking auf einen anderen Airport ausweichen müssen.«

Der 27jährige First Officer William lächelte. Es war sein letzter Trainingsflug auf einer Boeing 777 200ER und zugleich sein erster Flug in der Verantwortung als Erster Offizier. Die beiden letzten Buchstaben bei der Typenbezeichnung standen für eine *Extended Range*. Die Reichweite dieses Riesenvogels lag bei sagenhaften 12.800 Kilometern. Kein anderes Passagierflugzeug war für derart große Distanzen ausgelegt und Malaysia Airlines verfügte immerhin über 15 Flugzeuge diesen Typs.

Sharif zählte zu den erfahrensten Piloten, denen die Boeing 777 anvertraut wurde. Mehr als 18.000 Flugstunden hatte er in seinen 33 Berufsjahren absolviert und beinahe die Hälfte davon saß er im Cockpit einer 777. Sein Beruf war für ihn mehr als eine Beschäftigung. Für Sharif war es eine Berufung; er war Pilot aus Leidenschaft. Vor jedem Flug bereitete er sich akribisch auf die Route vor und achtete darauf, dass er körperlich hundertprozentig fit war. Seine Vorliebe fürs Fliegen hatte er schon früh in seiner Jugend entdeckt und er hatte es zu seinem Lebensziel auserkoren. Das einzige, was ihm in seiner lupenreinen Karriere noch fehlte, war die Kür. Ein heldenhaftes Manöver, bei dem er Mensch und Maschine aus einer aussichtslosen Lage rettete, und welches ihm einen lebenslangen Ruhm bescherte. Sharif hatte die Vorbilder lebendig vor Augen. Als vor einigen Jahren sein amerikanischer Kollege Captain Chesley Sullenberger einen Airbus A320 auf dem Hudson River vor der New Yorker Skyline sicher aufs Wasser setzte - nachdem ein Gänseschwarm seine Triebwerke außer Funktion gesetzt hatte - war Sharif voller Bewunderung für die fliegerische Meisterleistung gewesen. 'Sully' Sullenberger hatte 155 Menschenleben gerettet und war über Nacht zu einem weltweit gefeierten Held geworden.

Etwas ähnlich Großes schwebte Sharif bei dem bevorstehenden Manöver vor. Gewiss, sie hatten ihn zum Mitmachen gezwungen. In seinem Körper schlummerte ein tödlicher Keim, der jederzeit ausbrechen konnte und nur durch das Gegengift von der geheimnisvollen Frau aufzuhalten war. Doch bei der Operation jetzt noch auszuscheren, war keine Option. Venus und ihre Kumpanen hatten keinen Zweifel daran gelassen, dass sie dann sukzessive die Menschen aus seinem nahestehendem Umfeld aus dem Leben schaffen würden.

In den vergangenen Tagen waren ihm diese Fragen ständig durch den Kopf gegangen und er fand so gut wie keinen Schlaf. Konnten diese Menschen, die so viel Druck auf ihn ausübten, am Ende tatsächlich ein gutes und hehres Ziel verfolgen - wie sie ihm immer wieder aufs Neue versichert hatten? Sollte die Operation wirklich so harmlos ablaufen, dass er die Maschine nur auf einer abgelegenen Landebahn sicher zum Stillstand bringen musste und sich der Rest der Geschichte wie magisch zu einem Gesamtbild zusammenfügte? Zu einer heldenhaften Story, in der Sharif als Retter der zahlreichen Passagiere gefeiert werden sollte? Gleichzeitig sollten die mutmaßlichen Terroristen im Flugzeug dingfest gemacht werden, so dass ein fataler Anschlag auf die malaysische Hauptstadt abgewendet werden konnte. Es klang fast zu gut, um wahr zu sein. Doch welche Alternative hatte er nun noch? Sein Blick fiel auf die Kontrollinstrumente. Er presste die Lippen aufeinander und nickte.

»Alles unter Kontrolle. Wie viele Stunden hast du eigentlich auf dem Buckel, William?«

Der Co-Pilot schaute ihn an. »2813 Stunden - ohne heute.«

Mit seinen 27 Jahren zählte er zu der ehrgeizigen jüngeren Generation. Sie waren es, die in den kommenden Jahren das Erbe der alten Haudegen antreten wollten. Sharif vermisste bei ihnen zuweilen die Ernsthaftigkeit, doch vielleicht hatte er es sich selbst in all den Jahren zu schwer gemacht. Die Jüngeren gingen mit einer Lockerheit ans Leben heran, die ihm fremd erschien. William hingegen räumte er ausgezeichnete Chancen bei der Fliegerlaufbahn ein. Zudem gefiel es ihm, wie gut er bei seinen Mitmenschen ankam, nicht zu schweigen bei den weiblichen Passagieren. Vor einigen Monaten hatte der junge Offizier zwei junge Damen ins Cockpit gelassen und sich sogar mit ihnen ablichten lassen. Das hatte ihm viel Kritik eingebracht und die Verwarnung der Fluggesellschaft war nicht ohne Folgen geblieben. William riss sich seitdem am Riemen, so gut er es konnte.

»Hey, Captain, waren Sie eigentlich bei Ihren Einkäufen erfolgreich? Sie haben noch gar nichts erzählt.«

Sharif sah ihm bei der Antwort nicht in die Augen und wiegelte ab. »Ach, weißt du. Manchmal ist das Shopping aufregender als das Besitzen. Ich habe die Artikel anschließend einem jungen Pärchen geschenkt, welches kurz vorm Einchecken nach Bali war.«

Der Co-Pilot runzelte die Stirn. Erst hatte sich der Captain alle Zeit der Welt genommen, um vor dem Abflug noch etwas im Duty-Free-Shop zu kaufen und dann verschenkte er die Sachen an Touristen? Darauf konnte er sich keinen Reim machen und es war nicht allein der finanzielle Aspekt, der ihn stutzig machte.

»Sie kannten die Leute nicht und haben ihnen die Sachen einfach so geschenkt? Sie überraschen mich. Ich hätte geschworen, dass Sie etwas für einen privaten Termin nach unserer Ankunft kaufen wollten.«

Der Pilot schüttelte den Kopf und lächelte. »Termine? Ich habe erst mal keine Verabredungen nach diesem Flug eingeplant.«

'Wie auch immer', dachte William und nahm das Bordhandbuch aus dem Seitenfach.

Die beiden Profis waren bestens für ihren Nachtflug vorbereitet. Routinemäßig nahmen sie den Kontakt mit der Flugsicherung auf und ließen sich die aktuellen Wettermeldungen durchgeben. Der geplante Kurs verlief über den Golf von Thailand in nordöstlicher Richtung. Nach dem Wegepunkt IGARI sollten sie von den Fluglotsen in Vietnam übernommen werden. Sharif simulierte die Route auf dem Plotter und schaute sich besonders den Ausschnitt mit dem Übergang zur Landesgrenze von Vietnam an. Der Flugkorridor bis zum Wegepunkt IGARI verlief quer über das Meer. Beim Wegepunkt selbst liefen die Fluginformationsgebiete von Malaysia, Singapur, Thailand und Vietnam zusammen. Bei einem planmäßigen Abflug würden sie IGARI zwischen 1.00 Uhr und 1.30 Uhr nachts erreichen und dann von der Luftverkehrskontrolle in Ho Chi Minh City übernommen werden. Die Wetterbedingungen waren gut und der Himmel war klar. Es gab keine Verzögerungen.

Sharif warf einen Blick auf seine Armbanduhr. Als die massiven Türen des Flugzeugs verschlossen waren, wusste er, dass es keinen Weg mehr zurück gab. Er fasste sich an die Schulter und fühlte durchs Oberhemd über die Stelle auf seiner Haut. Die Würfel waren gefallen. Alea jacta est. Nur die Deutungshoheit über die Augenzahl blieb noch offen. Alles andere war nicht mehr aufzuhalten. Es war 0.25 Uhr, als sich Sharif bei den Fluglotsen meldete.

»Delivery Malaysian Three Seven Zero. Good morning.«

Die Antwort ließ nicht lange auf sich warten. »Malaysian Three Seven Zero. Standby and Malaysian Six is cleared to Frankfurt via Agosa Alpha Departure. Six thousand feet two one zero six.«

Sharif wartete bis 0.27 Uhr und erbat die Freigabe zum Start.

»Ah, Ground Malaysian Three Seven Zero. Good morning Charlie One. Requesting push and start.«

»Lumpur Ground. Good morning. Push back and start approved. Runway Three Two Right. Exit via Sierra Four«, lautete die Antwort aus dem Tower. Kurz, knapp und professionell.

»Push back and start approved Three Two Right. Exit Sierra Four POB two three niner Mike Romeo Oscar«, bestätigte der Captain der Boeing 777, was mit einer äußerst knappen Antwort quittiert wurde.

»Copied.«

Wenige Minuten später, um 0.38 Uhr, hatte sich Sharif mit dem Flieger auf der Startbahn eingereiht. »Line up Three Two Alfa One Zero. Malaysian Three Seven Zero.«

Aus dem Tower erfolgte schließlich um 0.40 Uhr die Freigabe für den Start. »Three Seven Zero. Three Two Right. Clear for Take-off. Good night.«

Sharif bestätigte die Kommunikation in der selben Minute. »Three Two Right. Clear for Take-off. Malaysian Three Seven Zero. Thank you. Bye.«

Um 0.42 Uhr Ortszeit hob das Verkehrsflugzeug in den klaren Nachthimmel ab. »Departure Malaysian aaa … Three Seven Zero.«

»Malaysian Three Seven Zero. Climb flight level one eight zero. Cancel SID. Turn right to IGARI.«

Die Lotsen hatten neben der Flugroute bis zum Wegepunkt IGARI auch eine Anweisung für die Flughöhe in ihre Nachricht mit eingebaut. Flight Level one eight zero, FL 180, stand für die Steighöhe auf 18.000 Fuß. Vier Minuten später nahmen sie den nächsten Kontakt zu der Maschine auf.

»Malaysian Three Seven Zero. Contact Lumpur Radar one three two six. Good night.«

Aus dem Cockpit kam postwendend die Bestätigung. »Night. One three two six. Malaysian err … Three Seven Zero.«

Sobald sie die angegebene Flughöhe erreicht hatten, folgte die nächste Aufforderung von der zivilen Radarüberwachung in Kuala Lumpur um 0.47 Uhr.

»Malaysian Three Seven Zero. Lumpur Radar, Good morning. Climb to flight level two five zero.«

Sharif nickte. 'FL 250. Ab in die Höhe von 25.000 Fuß', dachte er und musste nicht lange auf die nächste Anweisung warten. Um 0.50 Uhr meldeten sich die Kollegen zurück.

»Malaysian Three Seven Zero. Climb flight level three five zero.«

Das entsprach der normalen Reiseflughöhe. 35.000 Fuß. Einige Minuten lang fand keine Kommunikation mit der Flugüberwachung statt, was jedoch nicht ungewöhnlich war.

Das Wetter war perfekt und es war ein ruhiger, unspektakulärer Flug. Um kurz nach eins meldete sich Sharif und gab seine Rückmeldung. »Malaysian aa ... Three Seven Zero. Maintaining flight level three five zero.«

Es war exakt 1.01 Uhr und die Lotsen im Radarkontrollturm beschränkten sich auf eine möglichst kurze Bestätigung, da sie bereits mit den anderen Abflügen in dieser Nacht beschäftigt waren. »Malaysian Three Seven Zero.«

Der Captain hatte alle Anzeigen des Cockpits im Blick. Es gab nicht die geringsten Auffälligkeiten. Sharif war bemüht, dass die Kommunikation mit den Fluglotsen so normal wie möglich ablief. Mit einer ruhigen Stimme meldete er sich noch einmal um 1.07 Uhr mit einer fast identischen Meldung. »Ehh ... Seven Three Zero maintaining level three five zero.«

Die prompte Antwort war nur eine Bestätigung, dass die Verbindung unverändert bestand. »Malaysian Three Seven Zero.«

Die Boeing 777ER näherte sich dem Wegepunkt im Golf von Thailand. Es waren nur noch wenige Minuten, bis das Flugzeug in die Kontrolle der Luftraumüberwachung in Vietnam übergeben werden sollte und Lumpur Radar verabschiedete sich mit der letzten Meldung des Abends.

»Malaysian Three Seven Zero. Contact Ho Chi Minh. One two zero decimal niner. Good night.«

Der Captain warf einen Blick auf seine Armbanduhr. Es war exakt 1.19 Uhr. 'Perfekt', dachte er und gab seine Rückmeldung.

»Good Night. Malaysian Three Seven Zero.«

In wenigen Minuten sollten sie den malaysischen Luftraum verlassen und sich im Niemandsland aufhalten, bis sie wieder vom Radar des Nachbarstaats Vietnam erfasst würden. Sharif lehnte sich hinüber zu seinem Kollegen.

»Würdest du mir einen Gefallen tun? Holst du mir aus der First Class die aktuelle Ausgabe der Men's Health? Ich zeige dir einen interessanten Artikel.«

William schmunzelte. »Ich hoffe, es handelt sich um die Tipps fürs Muskelaufbautraining und nicht um die feschen Mädchen.« Er schnallte sich ab und verließ die Kabine.

Sharif hörte, wie die Tür ins Schloss fiel und das Codeschloss aktiviert wurde. Er verriegelte die Tür von innen. Seine Finger beschrieben eine kreisende Bewegung um einen weißen Kippschalter am P11 Panel. Es war der Schalter für den Transponder, der im regelmäßigen Abstand die genaue Position des Flugzeugs in den Äther funkte. Sharif blickte über die Instrumente. Ein Display im Cockpit zeigte die Zeit im UTC Modus an und er rechnete sieben Stunden für die Ortszeit hinzu. Die Ziffern entsprachen genau der Planung. Um 1:21 Uhr legte er den weißen Schalter des Transponders um. Sharif war zufrieden; sein letzter Funkspruch war zwei Minuten zuvor genau zur abgemachten Zeit erfolgt. Exakt um 1:19 Uhr.

# Kapitel 46

*Hongkong*

*8. März 2014*

*Die versteckten Zeichen*

» W ir nehmen das Flugzeug ins Visier und müssen alles über die Piloten herausfinden.« Peter übernahm vorübergehend die Führungsrolle und brachte immer wieder neue Ideen auf. Es herrschte eine gute Stimmung im Team und sie sprudelten förmlich vor Kreativität.

Joe arbeitete an drei Rechnern gleichzeitig. »Sharif Ahmed heißt der Captain an Bord der 777. Er ist ein ganz erfahrener Hase. Der Typ sieht völlig harmlos aus. Ich werde sein Bewegungsprofil des letzten halben Jahres überprüfen, aber lasst uns parallel die Passagierlisten durchgehen und nach anderen Verdächtigen suchen.«

Er wunderte sich, denn es war erstaunlich einfach, die Videoaufzeichnungen der Überwachungskameras am Flughafen aufzurufen. Bei den Passagieren fielen ihm zwei junge Männer aus dem Iran auf. Ganz offensichtlich hatten sie die Tickets unter einer gefälschten Identität erworben.

»Das könnte eine erste Spur sein.«

Die Ermittlungen überschlugen sich förmlich. Joe fand bei den Iranern auf ihrer Facebook-Seite ein Foto, welches die Jungs direkt unter den Petronas Türmen zeigte. Er wiegte seinen Kopf hin und her.

»Hm, für meine Begriffe ist es eine Idee zu dick aufgetragen. Das sieht nach einem typischen Patsy-Muster aus und es dürfte nicht schwer fallen, die beiden später als Attentäter hinzustellen. Da sie wie alle anderen in den gesprengten Türmen ums Leben kommen werden, können sich die beiden niemals verteidigen.«

»Ja, das beliebte Grundprinzip zur Konstruktion der Täter«, meldete sich Rosanna zurück. »Ich bin ganz deiner Meinung. Die Iraner sind ein Ablenkungsmanöver, völlig richtig.«

Sie zeigte mit ihrem Finger auf den nächsten Eintrag in der Passagierliste. »Was ist mit den Männern aus der Ukraine? Seit der Annektierung der Krim, stehen auch Russland und die Ukraine wieder im Fokus.«

Joe nickte. »Die Männer nehme ich mir als Nächstes vor.«

Inzwischen hatte sich Pierre in die privaten Daten der beiden Piloten eingehackt. Es war ein Kinderspiel die Handy-Nummern herauszufinden und sie griffen sämtliche Verbindungsdaten der letzten Monate ab. Peter bat Joe, auch den persönlichen Email Account vom Flugkapitän zu öffnen. In Windeseile überflog er die Betreffzeilen, fand jedoch nichts Verdächtiges. Fast wollte er den Account wieder schließen, da fielen ihm die letzten vier Mails ins Auge. Es handelte sich um die Statusnachrichten über die Kreditkarteneinkäufe und in den *no-reply-mails* wurden die Kontobelastungen dokumentiert. Vor einigen Jahren hatten die Kreditkarten-Unternehmen diesen Service eingerichtet, so dass der Karteninhaber sehr schnell erkennen konnte, falls über sein Konto unrechtmäßige Einkäufe vorgenommen wurden. Doch an den Vorgängen war nichts erkennbar, was auf einen Missbrauch hindeutete. Im Gegenteil. Alle Belege gingen zurück auf einen Duty-Free-Shop inmitten des KLIA, dem Kuala Lumpur International Airport. Peter checkte die Zeiten der Transaktionen. 22.11 Uhr, 22.18 Uhr, 22.25 Uhr und 22:32 Uhr. Er stutzte; es gab ein Muster. Die Emails lagen jeweils genau sieben Minuten auseinander.

»Sieben, sieben, sieben. Das ist kein Zufall. Er wollte uns ein Zeichen geben.«

Peter studierte den Inhalt der Mail, doch die Käufe und der Name des Geschäfts gaben scheinbar nichts weiter her. Er wandte sich an Joe. »Gibt es eine Möglichkeit herauszufinden, *was* er eingekauft hat?«

Joe nickte und durchforstete den Mastercard-Account von Captain Ahmed. Das Passwort stellte keine allzu große Hürde dar. Nach nicht mal einer Minute hatte Joe die fein säuberlich aufgelisteten Artikel auf dem Monitor. Ein Parfum von *Hilfiger* bildete den Auftakt. Als nächstes folgte ein Duft von *Joop.*

Danach kam *Cacharel* an die Reihe und ein Eau de Toilette von *Kappa* schloss die Einkäufe ab. Peter pfiff durch die Zähne. Er wiederholte die Anfangsbuchstaben.

»H – J – C – K. Diese vier Buchstaben sind die internationale Kennung für eine Flugzeugentführung. HJCK.«

Rosanna klopfte ihm auf die Schulter. »Wie ich schon sagte, du bist in der Form deines Lebens. Der Pilot wollte damit der Nachwelt ein Zeichen hinterlassen, falls die Aktion schief geht.«

Joe klatschte in die Hände. Er freute sich über die Entdeckung.

»Kompliment, Peter. Echt großartig. Ich will dich ja nicht bremsen, aber Mister Ahmed hatte bei seinem letzten Einkauf noch einen zweiten Artikel ausgesucht. Ein Brillen-Etui von *Dolce&Gabbana*. Hast du auch dafür eine Erklärung parat?«

Peter verstummte. Auf Anhieb fiel ihm nichts dazu ein. Er murmelte etwas von einem Ablenkungsmanöver, war sich jedoch selbst nicht sicher, ob er damit ins Schwarze traf.

Joe wandte sich gedanklich schon einem weiteren Ansatz zu. Als Nächstes standen die Mobiltelefone im Visier.

»Hey, wir haben doch die Geräte-Kennung von den Berliner Freaks erhalten. Ihr wisst schon, die IMEI Nummer unserer geheimnisvollen Lady, die mit der Telefonnummer einer unbescholtenen Frau aus Malaysia unterwegs ist. Gleicht mal ab, ob es vielleicht eine Verbindung zwischen ihr und dem Piloten gibt.«

Das Ergebnis kam einem Volltreffer gleich. In den letzten Wochen war das Smartphone des Piloten gleich zweimal zur selben Zeit in Hongkong gewesen wie das Telefon der Drahtzieherin. Und als Sahnehäubchen verkündete Joe eine Gesprächsverbindung, die erst kürzlich stattgefunden hatte.

»Das ist es. Der Pilot vom Flug MH 370 hatte noch kurz vorm Abflug das besagte Telefon angerufen und das Gespräch war erstaunlich kurz. Wahrscheinlich war es nur eine knappe Bestätigung, dass er auf dem Weg zur Maschine war. Jedenfalls deutet somit alles darauf hin, dass der Pilot und die geheimnisvolle Frau aus der *One-C* in einer direkten Verbindung stehen.«

Rosanna kam an den Monitor und warf einen Blick auf die Protokolle. Es gab keinen Zweifel mehr, die Verbindungsdaten waren eindeutig.

»Das ist der Beweis. Lady 'V' hat den Piloten unter Kontrolle. Es sieht nicht gut aus. Wir müssen sofort die Flugsicherung informieren. Joe, stell bitte die Verbindung her.«

Joe machte sich ans Werk. Doch ein Blick auf die linke Bildschirmhälfte ließ ihn augenblicklich zusammenzucken.

»Es sieht so aus, als würden wir zu spät kommen. Der letzte Funkspruch erfolgte vor zwanzig Minuten. Ortszeit 1:19 Uhr. Da klingelt es doch sofort in unseren Ohren. Und seitdem herrscht Stille. Die letzten Positions-Daten über das ACARS System wurden um 1:07 Uhr gesendet. Ich vermute, dass der Pilot um 1.21 Uhr den Transponder ausgeschaltet hat, denn es gibt seitdem keine Aktualisierungen mehr. Und mittlerweile ist auch das ACARS außer Funktion, die nächste automatische Meldung hätte vor einigen Minuten, um 1.37 Uhr, erfolgen müssen. Alle 30 Minuten, aber es kommt nichts mehr an.«

»Shit. Es ist das gleiche Muster wie am 11. September. Sie haben den Flieger unsichtbar gemacht und ganz bewusst den Transponder abgeschaltet. Unsere einzige Hoffnung besteht darin, dass wir an die Radar-Informationen des Militärs kommen.«

Peter zitterte. Er war mitten drin in der Wirklichkeit. Gab es nun überhaupt noch eine Möglichkeit, die Terroranschläge auf die Petronas-Türme zu verhindern? Er vergrößerte den Maßstab der Detailkarte.

»Der Standort ist clever gewählt. Das Flugzeug ist demnach genau 3,2 nautische Meilen nach dem Passieren des Wegepunkts IGARI verschwunden. Im Grenzgebiet zwischen Malaysia und Vietnam. Das kann dauern, bis es der Luftraumüberwachung auffällt.«

Er rieb sich sein Kinn.

»Was ist, wenn sie seit dem letzten Funkspruch kehrt gemacht haben und schnurstracks zurückfliegen? Wieweit ist MH 370 noch von Kuala Lumpur entfernt? Ich denke, daraus wird sich die voraussichtliche Zeit für die Detonationen in den Türmen ergeben.«

Joe rief ein Simulationsprogramm auf. Der Zeitraum war denkbar knapp. Maximal verblieben ihnen noch 30 Minuten. Die Teams konzentrierten sich auf zwei verschiedene Schwerpunkte. Einerseits wollten sie so viel wie möglich über den Flug der

Boeing 777 herausfinden. Wer war an Bord? Woraus bestand die Frachtladung? Andererseits setzten sie alles daran, das Versteck der *One-C* in Hongkong zu finden. Wenn überhaupt, konnten sie die Anschläge nur von dort aus abwenden. Doch bislang hatten sie keinen Anhaltspunkt über den Ort der Zentrale gefunden.

Es klopfte an der Tür. Tanja und Carl waren von ihrem Außeneinsatz in Kowloon zurückgekehrt. Nach der Aktion im Wettbüro waren sie zu einem eingespielten Team geworden und standen für neue Aufgaben zur Verfügung.

Phil hatte sich inzwischen mit den Cargo Unterlagen des Flugs MH 370 beschäftigt. Die Ladelisten waren aufschlussreich und er nahm die beiden auffälligsten Posten unter die Lupe.

»Falls ihr euch nicht für Lithium Batterien interessieren solltet, wie wäre es dann vielleicht mit vier Containern voller Mangostan-Früchte?«

Die Mosaik-Steine fügten sich ineinander. Rosanna stürzte an den Bildschirm. »Sagtest du Mangostan? Die haben Obst geladen?«

Phil nickte. »Oh, ja. Über vier Tonnen. Wenn du es genau wissen willst, es sind 4.566 Kilogramm. Sorgfältig verpackt in Plastikkisten von jeweils acht bis neun Kilo. Das Obst wurde offiziell von der FAMA, von der malaysischen *Federal Agriculture Marketing Authority*, inspiziert und freigegeben, bevor es in die vier ULD Standardfrachtcontainer kam.«

Sie pfiff durch die Zähne. »Das ist kein Zufall. Ich muss überlegen. Es passt noch nicht ganz zusammen.«

Sie grübelte. Irgendwo mussten die Lebensmittel gegen die infizierten Früchte aus Sierra Leone ausgetauscht werden, erst dann war das Gesamtbild komplett. Doch wie sollte der Tausch in der Kürze der Zeit organisiert werden? Dazu müsste die Boeing noch vor dem errechneten Zeitpunkt der Explosionen eine Zwischenlandung einlegen.

»Joe, konntest du dich in die Radardaten des Militärs einloggen? Wo ist die Maschine jetzt?«

Er nahm einen großen Schluck aus seiner Coladose und rieb sich die Augen.

»Ich hasse diese Nachtschichten. Was interessiert dich? Die Radarinformationen des Militärs?«

Die Chefin nickte.

»Gut, der Reihe nach. Um 1.21 Uhr tauchte MH 370 auf dem Radarschirm des Militärs wieder auf. Nach einer kurzen, abrupten Rechtskurve ging es mit einer gleichmäßigen Bewegung nach links in eine südwestliche Richtung. Zwischen 1.30 Uhr und 1.35 Uhr betrug der Kurs 231° Grad. Die Geschwindigkeit lag bei 496 Knoten über Grund, in einer Höhe von 35.700 Fuß. In den Minuten danach gab es Schwankungen in der Geschwindigkeit zwischen 494 und 552 Knoten und es ging auch bezogen auf die Höhenunterschiede ziemlich turbulent zu. Nämlich zwischen 31.100 und 33.000 Fuß. Ab 1.39 Uhr lautete der Kurs 244° Grad bei einer Geschwindigkeit von 529 Knoten. In einer Höhe von exakt 32.800 Fuß über Normal Null.«

»Schön und gut. 244° Grad, also in Richtung Südwesten. Und wo stecken sie jetzt?« Rosanna wurde ungeduldig.

Joe ließ sich nicht aus der Ruhe bringen. »Vor einigen Minuten gab es die letzte Meldung. Um 1.52 Uhr lagen die Positionsdaten etwas südlich der Insel Penang.«

Sie hob ihren Zeigefinger. »Penang? Stammt nicht der Pilot von dort?«

Zu ihrer rechten Seite stand Peter und gab die Antwort. »Nicht nur das. Auf der Insel gibt es eine extrem lange Start- und Landebahn. Dort könnte das Flugzeug landen.«

»Übrigens hatte der Pilot einen Flugsimulator zu Hause und darauf trainierte er seit einiger Zeit die Landeanflüge auf abgelegenen Inseln«, ergänzte Joe.

»Woher willst du das wissen?«, erkundigte sich seine russische Freundin.

Er drehte sich zu ihr herum. »Captain Ahmed hat Videofilme davon ins Internet gestellt. Auf der Plattform Youtube findet man verschiedene Beiträge von ihm.«

»Und der Flughafen in Penang war mit dabei?«, schob Tanja hinterher.

Joe hüstelte. »Keine Ahnung. In seinen Simulator komme ich nun wirklich nicht hinein. Das Gerät ist wahrscheinlich im Offline-Modus. Aber ich nehme an, dass Penang für Mister Ahmed keine Herausforderung darstellt.«

Rosanna machte einige Schritte durch den Raum. »Stopp. Penang ist nur dann interessant, wenn der Flieger dort landet. Mag sein, dass diese Variante gar nicht zum Tragen kommt.«

»Du meinst, sie nehmen den direkten Kurs auf Kuala Lumpur und auf die Petronas Türme?«, fragte Peter.

Joe aktualisierte das Browserfenster und verzog sein Gesicht.

»Nee, wenn ich die Koordinaten richtig interpretiere, dann nimmt die Maschine nun Kurs auf die kleine Insel Pulau Perak in der Meeresstraße von Malakka.«

»Shit«, schoss es aus Rosanna heraus. »Was soll das nun wieder bedeuten?«

Sie war noch mitten in ihren Gedanken, als Joe mit einer neuen Erfolgsmeldung aufwartete.

»Bingo. Wir haben sie gefunden. Offenbar hat sich jemand im Wettbüro das Video kurz nach dem Hochladen auf einem mobilen Gerät angesehen. Und dieses Smartphone hatte sich wenig später für einen kurzen Moment der Unaufmerksamkeit in ein anderes lokales Bluetooth-Netz eingeloggt. Wenn mich nicht alles täuscht, verbirgt sich dahinter nichts anderes als die Zentrale der *One-C*. Tanja, wo ist der Schampus?«

Auf der Google-Maps Karte leuchtete ein blauer, halbtransparenter Punkt auf. Er kennzeichnete den letzten Standort des verdächtigen Mobiltelefons und befand sich zur allgemeinen Überraschung in ihrer direkten Umgebung. Keine drei Meilen entfernt und ebenfalls auf Hongkong Island. Es war der Moment, auf den sie so sehnsüchtig gewartet hatten. Der Kopf der Schlange hatte sich die ganze Zeit über in ihrer allernächsten Nähe versteckt gehalten. Sie schnappten sich ihre Ausrüstung und packten sie in die Rucksäcke. Es gab keine Zeit zu verlieren. Jede Minute zählte.

# Kapitel 47

*Im Lager der geheimen Drahtzieher*

D er silberfarbene Toyota bog mit einer atemberaubenden Geschwindigkeit um die Ecke. Auf dem Beifahrersitz hielt sich Rosanna am Türgriff fest und kommentierte die verbleibende Entfernung zum Ziel.

»Noch zwei Querstraßen, dann sollten wir dort sein.« Sie waren zu viert unterwegs. Joe saß hinter dem Steuer, während Rosanna neben ihm saß. Auf den Rücksitzen hockten Phil und Peter voller Anspannung. Die anderen - Carl, Tanja und Pierre - waren in ihrem Quartier geblieben und hielten dort die Stellung.

Als sie näher an die Zieladresse kamen, erkannte Joe auf Anhieb das Anwesen, von dem er sich schon zuvor mittels der Satellitenaufnahmen einen Überblick verschafft hatte. Er trat mit voller Kraft in die Bremsen und sie wurden im Wagen nach vorne geschleudert. Hastig verließen sie das Fahrzeug. Rosanna schlug sich den Kragen ihrer schwarzen Jacke nach oben und übernahm das Kommando. Es gab keine Alternative; sie mussten sich unverzüglich den Zutritt zum Gebäude verschaffen und bis zu den geheimen Drahtziehern der *One-C* vordringen. Alle Gedanken, dass sie dabei scheitern konnten, wischten sie zur Seite.

Eine hohe Steinmauer umgab das Gelände. Als sie sich näherten, reagierten die Bewegungsmelder und lösten einen Alarm aus. Das hatte Rosanna einkalkuliert. In der Überraschung lag ein wichtiges Momentum für den Angriff. Sie wollte die Aufmerksamkeit auf sich lenken und teilte ihre Leute in zwei Teams auf.

Rosanna rannte mit Peter zur rechten Seite und warf ein Seil mit einem Maueranker in die Höhe. Die Spitzen verkrallten sich in den Steinen und boten genügend Halt. Rosanna machte den Anfang und kletterte an der ungefähr drei Meter hohen Mauer bis auf den Sims. Anschließend half sie Peter hinauf. Sie duckten sich, so dass man sie nicht aus der gegenüberliegenden Villa bei ihrer Aktion beobachten konnte.

Joe und Phil waren nach links gelaufen. Sie hatten die Mauer inzwischen ebenfalls erklommen und waren bereits auf dem Grundstück. Sie rannten aufs Gebäude zu und schmissen schwere Steine gegen die Fensterscheibe im Parterre. Die Glassplitter fielen zu Boden und es war erstaunlich einfach, den Fensterflügel nach innen zu drücken. Phil wunderte sich, dass er auf keine Gegenwehr traf. Er öffnete die Haustür von innen und wartete auf Joe sowie auf Rosanna und Peter. Alle vier stellten sich nebeneinander auf und bildeten eine Phalanx.

Plötzlich öffnete sich die schwere Doppeltür vor ihnen wie von selbst. Es war niemand zu sehen, doch auf der rechten Seite schob sich der Lauf einer Maschinenpistole neben das Türblatt.

Rosanna drückte geistesgegenwärtig die Männer auseinander.

»Geht in Deckung. Los, raus aus dem Schussfeld.«

Ihre letzte Silbe ging in den Munitions-Salven unter. Wie im Rausch feuerte der Mann hinter der Tür sein Magazin leer. Er fuchtelte mit der Schnellfeuerwaffe herum und hinterließ eine Schneise der Verwüstung. Die Wände waren von der Munition durchsiebt. Rosanna, Peter und Joe hatten es gerade noch rechtzeitig geschafft, sich hinter einen Wandvorsprung zu retten. Für Phil kam jedoch jede Hilfe zu spät. Er war in sich zusammengesackt und lag auf dem Boden. Das Blut quoll pulsierend aus seinen Wunden am Hals.

Zielstrebig griff Rosanna in ihren Rucksack und zog eine Waffe hervor. Mit ihrer 9mm Smith & Wesson Sigma ballerte sie wahllos in die Richtung des Angreifers und ging Schritt für Schritt auf die Doppeltür zu. Sie lud ein neues Magazin nach und feuerte die Patronen ab. Dann war kein Widerstand mehr zu spüren. Sie konnten hören, wie der Körper des Mannes auf den Fliesenboden fiel. Er war getroffen; von ihm war kein Schuss mehr zu befürchten. Er war tot. Die Augen waren weit aufgerissen und der Mund halb geöffnet.

Rosanna warf einen knappen Blick auf den Mann, dann rannte sie hinüber zu Phil und fühlte seinen Puls. Es war nichts mehr zu machen. Die Schüsse hatten ihn tödlich getroffen. Sie riss eine Fenstergardine ab und legte den Stoff über ihren Kollegen. Für einen kurzen Augenblick schloss sie ihre Augen und dankte ihm still für seine Dienste. Es gab keine Zeit zu verlieren und sie winkte Joe und Peter heran.

»Bleibt dicht hinter mir. Der Typ war sicherlich nicht alleine.«

Sie drückte die Klinke herunter und sie gelangten in einen luxuriös eingerichteten Salon.

In einem Ledersessel saß eine Frau und sie hob theatralisch beide Hände. »Ich ergebe mich.«

Rosanna kniff ihre Augen zusammen. Es war eine Idee zu einfach gewesen. Warum sollte die ruchlose Lady ohne jeden Kampf kapitulieren? Rosanna ging auf die Frau zu und musterte sie. Aus einem unerfindlichen Grund kam ihr die Person bekannt vor, doch sie konnte keinen Bezug zu der Frau herstellen.

»Sie sind also die Nummer Sieben und Ihr Name beginnt mit einem 'V', stimmt's?«

Die Dame in dem eleganten Kostüm und der schwarzen Seidenbluse verschränkte lässig ihre Arme. »Kompliment, dass Sie mich aufgespürt haben. Damit hatte ich nicht gerechnet. Verraten Sie mir, wie ich Sie einordnen muss? Sie kommen doch nicht von der *Enco*? Das würden Sie nicht wagen. Das wäre ja so, als wenn der Schwanz mit dem Hund wedelt.«

»Mein Name tut nichts zur Sache und die Zeit bei der *Enco* liegt hinter mir. Wie bei Ihnen, oder?«, erwiderte Rosanna provokativ.

»Ja, meine Zeit in der *Enco* ist Vergangenheit. Mit dem Unterschied, dass ich mich danach im Status verbessert habe, während Sie zum Gesindel abgestiegen sind.« Die Frau machte eine abfällige Geste.

Rosanna ließ sich nicht aus der Fassung bringen. »Das kommt auf den Winkel des Betrachters an. In unseren Augen muss die Welt eher vor Ihnen und den wahnsinnigen Illuminaten dieser *One-C* bewahrt werden. Wir werden dafür sorgen, dass Ihre Glückssträhne zu Ende geht. Hey Lady, wofür steht eigentlich das 'V' in Ihrem Namen. Für Victory? Das können Sie ab sofort vergessen.«

Ein Lächeln huschte über ihr Gesicht, noch fühlte sie sich unbesiegbar.

»Ihre Vermutung ist richtig. Mein Name ist tatsächlich Victoria. Doch mit Ihrer Einschätzung, dass Sie uns stoppen können, liegen Sie gänzlich falsch. Die *Operation WHELO* läuft bereits und nichts wird sie aufhalten. Nichts.«

Rosanna ging in die Offensive über. »Sie reden sicherlich von der Boeing 777? Kein Wunder übrigens, dass Sie - als die Nummer Sieben bei der *One-C* - ausgerechnet den Flugzeugtyp mit der dreifachen Sieben gewählt haben. Ist es nicht so, Victoria? Es geht um die Flugnummer MH 370. *WHELO* und MH 370 beschreiben ein und dasselbe.«

Augenblicklich wurde Vicky leichenblass; ihr fiel die Kinnlade herunter und sie stotterte. »Von wem … von wem haben Sie das? Das ist … unmöglich.«

Peter setzte nach. »Sie haben den Piloten unter Druck gesetzt. Captain Ahmed soll den Flieger an einem unbekannten Ort landen, wo dann vier Tonnen Mangostan gegen die infizierten Früchte ausgetauscht werden.«

Die Frau schluckte.

»Mag sein, dass ich Sie unterschätzt habe. Doch Sie können nicht wissen, wo die Maschine umgeladen wird. Sharif hat alle Daten auf dem Simulator gelöscht. Es wird sich eh nichts beweisen lassen.«

Joe sah sich im Raum um. Er war vom Interieur überrascht, wie wenig auf die ihm gewohnte Arbeitsweise hinwies. Nirgendwo entdeckte er einen Computerarbeitsplatz, stattdessen hingen überall an den Wänden Landkarten und Einsatzpläne.

»Lady Victoria, Sie sind ja extrem altmodisch unterwegs. Ich sehe keine PC-Terminals für eine direkte Kommunikation mit Ihren Einsatzteams. Wie ist das möglich?«

Das erste Mal fand Vicky zu ihrer Selbstsicherheit zurück und ein diabolisches Lächeln umzog ihre Mundwinkel.

»Der ganze technische Schnickschnack wird überschätzt. Es ist doch ganz einfach. In der Maschine sitzt mein Pilot und er weiß, was er machen soll. Er wird ein paar Schalter umlegen, den Transponder und das ACARS System deaktivieren. Im Steigflug steuert er das Flugzeug hoch in den Himmel.«

Sie schaute auf ihre Uhr.

»Das geschah vor genau einer Stunde. Tja, in einer Höhe von 37.000 Fuß wird die Luft für die Passagiere ziemlich dünn zum Atmen. Es ist tragisch. Leider versprechen auch die Sauerstoffmasken keine Rettung, da in den neuen Patronen das tödliche Kohlenmonoxid beigemischt wurde. Selbst der Co-Pilot irrt mit seinem Kaffee in der Hand durch die Kabine. Es sieht so aus, als wäre der Captain seitdem ganz auf sich allein gestellt. Aber soll ich Ihnen etwas sagen? Er ist ein Profi. Er bekommt es hin. Zumal er denkt, dass seine Passagiere nur schlafen.«

Ihr höhnisches Lachen sprach für sich selbst. Es war eine menschenverachtende Haltung, die bei ihr bereits verinnerlicht zu sein schien.

An der Wand entdeckte Rosanna eine Abbildung der Petronas Türme. »Zunächst wollten Sie uns Glauben machen, dass der Flug MH 370 in die Türme in Kuala Lumpur führt und sie zum Einsturz bringt?«

»Ach, es ist doch immer gut, wenn man die Auswahl hat. Die Türme, ja. Das haben wir schon 2001 sehr gut hinbekommen.« Sie verdrehte ihre Augen und blickte an die Decke.

Peter zog eine Augenbraue nach oben. »Daran waren Sie ebenfalls beteiligt?«

»Eine Jugendsünde oder ein frühes Meisterwerk. Ganz wie Sie wollen. Das war noch zu meiner Zeit bei der *Enco*. Lang ist's her.«

»Lässt sich die Explosion noch verhindern?«, wollte Peter unverblümt wissen.

Vicky warf einen Blick auf die Wanduhr. »Die Türme? Verhindern? In genau 30 Sekunden läuft der Countdown ab.«

Voller Panik griff Joe zu seinem Smartphone und erreichte Tanja in der Zentrale.

»Baby, gib mir bitte Pierre, schnell.« Die Sekunden rannten unbarmherzig dahin. Endlich hatte er ihn in der Leitung. »Habt ihr Neuigkeiten zu den Türmen, wie geht es Lanny?«

Der Franzose hatte eine belegte Stimme.

»Negativ. Wir konnten nichts mehr machen. Die haben alle Hotspots und die mobilen Daten im Umkreis von 500 Metern außer Funktion gesetzt. Es gibt absolut keinen Zugang mehr von außen. Wir kommen nicht mehr hinein. Über keine Leitung der Welt.«

»Roger and Over.« Joe beendete das Gespräch. »Die Türme sind nicht mehr zu retten.«

Alle drei schauten hinüber zu der Frau. Der Sekundenzeiger auf der Wanduhr bewegte sich scheinbar in Zeitlupe. Als er die Zwölf überschritt, huschte ein Lächeln über Vicky's Gesicht und sie schnipste mit ihrem Daumen und Zeigefinger. »Das war's.«

Rosanna blieb still. Sie musterte die Frau. Was ging in ihr vor? Genoss sie ihren Triumph? Dass alles so genau so gekommen war, wie sie es geplant hatte? Ihr Blick war eiskalt. Es gab nicht die geringste Chance, ihre Gedanken zu erahnen. Wer zuerst zuckte, verlor. So waren die Regeln bei der *Enco* schon in der Ausbildung gewesen.

Peter wusste nichts darüber und durchbrach mit seiner Frage das Schweigen. »Das war's? Heißt das, dass die Explosionen die Türme in diesen Momenten in Schutt und Asche legen?«

Vicky schüttelte den Kopf. »Mitnichten. Es war nur eine mögliche Option. Da meine favorisierte Variante plangemäß verläuft, konnten wir die Sprengung der Petronas Türme verwerfen. So einfach ist es manchmal.« Sie lachte und warf ihr braunes Haar über die Schulter.

Joe atmete tief durch. Damit war wenigstens Lanny in Sicherheit - solange er sich im Gebäude versteckt halten konnte und nicht von den Sicherheitsleuten gefunden wurde. Er ordnete seine Gedanken. Demnach war die Drohung in jedem Falle real gewesen. Der Sprengstoff war im Gebäude deponiert und hätte zur Explosion gebracht werden können. Mittels eines simplen Befehls über ein Online Netzwerk oder ein Smartphone. Warum hatte die *One-C* letztendlich dennoch darauf verzichtet? Es machte keinen Sinn.

Vicky selbst gab die Erklärung.

»Ich schätze die Zuverlässigkeit der militärischen Systeme. Befehle werden befolgt und nicht in Frage gestellt. Die Kollegen von der *Enco* haben ganze Arbeit geleistet. Während ein Team den Sprengstoff im Gebäude verteilt hatte, sorgten die anderen dafür, dass die Zünder in den oberen Etagen versteckt wurden. Dort wären die Simulationen für den Flugzeugaufprall ausgelöst worden. Bis zum Schluss war ich mir noch im Unklaren, ob ich überhaupt echten Sprengstoff verwenden sollte. Denn eigentlich sollten die Petronas Türme von vornherein nur als

Ablenkungsmanöver dienen. Ehrlich gesagt hatte ich damit gerechnet, dass etwas darüber durchsickert. Fast hätte ich ja enttäuscht sein müssen, dass wir uns die ganze Arbeit umsonst gemacht haben.« Sie lachte.

»Wenn ihr am Ende nicht mit euren Amateuren aufgetaucht wärt, so hätte niemand etwas von den geplanten Sprengungen erfahren. Ich muss euch direkt dankbar sein.«

Es war ein süffisantes Schmunzeln, welches sich um ihre Lippen zog. Sie war die Ruhe selbst und strahlte eine unerschütterliche Selbstsicherheit aus.

»Na, du Computerfreak«, sie richtete ihre Stimme in die Richtung von Joe und duzte ihn bewusst. »Du bist bestimmt so einer, der am liebsten an den PC's herum fummelt, oder?«

Joe sagte kein Wort. Er steckte seine Hände in die Hosentaschen und bemühte sich um eine lässige Erscheinung, die jedoch im krassen Gegensatz zu seinem völlig aufgewühlten Inneren stand. Welches Ziel verfolgte die Frau? Wollte sie ihn aus der Reserve locken?

Sie setzte nach.

»Du überlegst doch sicherlich krampfhaft, wie du das Flugzeug noch stoppen kannst. Reine Zeitvergeudung. Die Flugcontroller haben nicht die geringste Ahnung und sie wissen nicht mal, wo sie die Maschine vermuten sollen. Inzwischen ist der Flieger schon westlich von Malaysia.«

Sie hatte sämtliche Details des Projektplans im Kopf und schaute auf die Uhr.

»Das Flugzeug ist natürlich nicht in Penang gelandet. Stattdessen nahm es den Kurs West-Nordwest bis zum Wegepunkt VAMPI und folgte von dort aus der stark frequentierten Flugroute N571. Der nächste Wegepunkt heißt MEKAR. Lasst mich überlegen ... gegen 2.22 Uhr wird die Maschine ungefähr zehn nautische Meilen nordwestlich von MEKAR entfernt sein. In wenigen Minuten ist es soweit. Dann heißt es *Aus die Maus*. Ende und fini. Dann taucht MH 370 nicht einmal mehr auf den militärischen Radarschirmen auf.« Sie lachte aus vollem Mund.

Ohne die Werte des Transponders und ohne die ACARS Daten war die Maschine bereits seit 1.21 Uhr unsichtbar für die zivile Luftraumüberwachung. Beim malaysischen Militär hingegen erweckten die bisherigen Radaraufzeichnungen noch keinen Argwohn, da sich das Flugzeug exakt auf den internationalen Flugrouten bewegte und es eindeutig als Verkehrsmaschine zu erkennen war. Denn der Pilot folgte den üblichen Wegepunkten – quasi im Windschatten anderer Flüge.

Victoria lehnte sich in ihrem Sessel zurück und kostete ihren Triumph genüsslich aus.

»Gleich wird der Flug unterhalb der Radarabdeckung weitergehen. Außerdem finden zur Zeit in der gesamten Region groß angelegte Militärübungen statt. Und schließlich steigt niemand mehr so richtig durch, was zum Truppenmanöver gehört und was nicht.«

Das rief bei Joe sofort die Erinnerungen an 9/11 wach. Auch damals hatten zeitgleich die alljährlichen Militärmanöver stattgefunden und trugen zur allgemeinen Verwirrung bei.

Er konnte der Frau nicht mehr in die Augen sehen. Stattdessen wanderten seine Augen ruhelos durch den Raum und er studierte die Einsatzpläne, die überall an den Wänden aufgehängt waren. An einer Seekarte des Indischen Ozeans blieb er hängen. Feine Bleistiftstriche markierten die bereits durchgeführten Peilungen des Flugzeugs. Offensichtlich hatte sich jemand die Mühe gemacht, die Entfernungen mit einem Zirkel abzustecken. Neben der südlich von Indien gelegenen Inselgruppe der Malediven fand sich eine grün gekennzeichnete Zahlenreihe. Für Joe war die Botschaft ganz klar. Die Werte bezeichneten die Entfernung bis Kuala Lumpur beziehungsweise bis zum Wendepunkt IGARI über dem Golf von Thailand. Etwas weiter südlich war ein gelbes Kreuz auf der Karte markiert.

Joe ging einen Schritt näher an die Wand heran. Er erkannte eine halbkreisförmige Insel; es handelte sich um einen US-amerikanischen Militärstützpunkt und die Insel trug den Namen Diego Garcia. Joe warf einen Blick auf die Detailkarte im größeren Maßstab. Auf der Insel gab es eine überdimensionierte Landebahn - lang genug, um einen Düsenjet wie die Boeing 777 sicher auf den Boden zu bringen. Das Puzzle war komplett.

Das Ziel von Flug MH 370 lautete Diego Garcia. Es war der einzige Ort, an dem wenige Tage zuvor der Frachter aus Sierra Leone die infizierten Mangostanfrüchte abgeliefert haben konnte. Diego Garcia. *DG* durchfuhr es ihn.

Joe erinnerte sich an Captain Ahmed, der bei seinem letzten Einkauf im Duty-Free-Shop einen zweiten Artikel ausgewählt hatte. Ein Brillen-Etui von *Dolce&Gabbana*. Noch deutlicher konnte der Pilot nicht mehr werden. Er wollte ein Zeichen hinterlassen, welches auf die wahre Geschichte hindeutete. Offensichtlich war es Sharif Ahmed selbst, der die Maschine entführte und sogar seinen Zielflughafen verklausuliert in die geheime Botschaft mit eingewebt hatte. 777 - HJCK - DG.

Joe verschränkte seine Finger ineinander und drückte die Handflächen nach außen, bis einige der Fingergelenke knackten. Er musste dringend zurück in sein Studio, das wurde ihm schlagartig klar. Von hier aus konnte er nicht mehr ins Geschehen eingreifen. Mit einem knappen Nicken schaute er Rosanna an.

»Haltet sie fest und lasst sie nicht aus den Augen. Ich nehme den Bulli und fahre zurück zu den anderen.«

Rosanna verstand und wünschte ihm viel Glück bei seinem Vorhaben. Dann holte sie kurzerhand das reißfeste Klebeband aus dem Rucksack. Sie wollte kein Risiko eingehen.

»Peter, kannst du die Schlange im Schach halten?«

Rosanna drückte ihm die Smith & Wesson Sigma in die Hand und kümmerte sich um Victoria. Während sie hörte, wie der Bulli mit Vollgas die Straße hinunter preschte, fesselte sie Victoria mit Klebestreifen an den Handgelenken.

»Es ist Ihnen jetzt hoffentlich klar geworden, dass die Sache noch schief gehen kann.«

Rosanna kam ganz nahe an ihre Widersacherin heran und hauchte ihr den Atem entgegen.

»Bis Peking ist es ein weiter Weg, Lady, und noch sind die kontaminierten Mangostan-Früchte nicht an Bord.«

Victoria ließ sich nicht aus der Ruhe bringen. »Ich glaube, nun ist es an der Zeit. Ihr habt euren Auftritt gehabt. Zu dumm, dass euer Computerfreak schon gehen musste. Seht ihr die Videokamera dort oben an der Decke?«

Rosanna und Peter schauten unwillkürlich nach oben.

»Tja, meine Lieben, euer Blick in die Linse war das Zeichen für meine Leibgarde. Meine Jungs sind übrigens sehr kräftig. Jetzt, wo euer dritter Mann weg ist, werden sie spielend mit euch fertig.«

In diesem Augenblick wurde die Tür aufgestoßen und vier schwerbewaffnete Männer stürmten in den Raum. Ohne zu zögern feuerten zwei von ihnen einige Salven aus den Maschinenpistolen in die Zimmerdecke, bis Rosanna und Peter den Schutz hinter der Sitzgarnitur suchten.

»Aufhören«, schrie Vicky. »Lasst sie am Leben. Ich will noch meinen Spaß mit ihnen haben. Befreit mich von dem ätzenden Klebeband und dann fesselt die beiden. Sie sollen selbst mal spüren, wie gut das Tape haftet.«

Innerhalb weniger Minuten hatte sich die Situation ins Gegenteil gekehrt. Nun waren es Rosanna und Peter, die fest saßen. Ohne jede Chance, sich selbst zu befreien. Vicky hatte sichtlich Freude an ihrer zurück erlangten Überlegenheit. Sie wandte sich an einen der Männer.

»Hattest du den Sender am silbernen Bulli befestigt?«

Der Mann nickte gehorsam. »Sollen wir das Räubernest ausräuchern?«

Vicky fasste sich ans Ohrläppchen.

»Ja, die Rebellen hatten lange genug ihren Spaß gehabt. Macht ihre Festung dem Erdboden gleich. Wenn es euch ratsam erscheint, fordert Verstärkung an. Einen von euch brauche ich noch. Wesley, du bewachst den Eingang. Ich bleibe mit meinen beiden Gästen hier, bis alles vorüber ist. Sie sollen sich das Spektakel live ansehen. Das wird mir eine ganz besondere Freude sein.« Sie lachte.

Rosanna hätte sich am liebsten ihre Ohren zugehalten.

Die drei Männer verschwanden, während Wesley vor der Tür blieb. Nun waren Rosanna und Peter wieder ganz allein mit Victoria - allerdings unter umgekehrten Vorzeichen. Vicky fühlte sich obenauf und stolzierte durch das Zimmer.

»Sehen Sie? Nichts und niemand wird uns aufhalten. Und wenn der Tag zu Ende ist, wird für die Welt eine neue Ära beginnen.«

»Sie sind doch irre«, sagte Peter. »Sie wollen ein vollbesetztes Verkehrsflugzeug mit einem tödlichen Virus über China zum Absturz bringen und Tausende Menschen ausrotten?«

Sie sah ihn schnippisch an. »Tausende? Sie haben keine Ahnung. Erstens soll sich der Erreger binnen weniger Tage über weite Teile des Landes verbreiten und die Mortalitätsrate kann eher in den Bereich von Hunderttausenden gehen. Vielleicht werden sogar über eine Million Menschen infiziert. Zweitens wird das Flugzeug nicht abstürzen, sondern sicher in Peking landen. Es wird die Überraschung des Jahrhunderts werden. Auferstanden aus der Unsichtbarkeit. Bis die Verantwortlichen vor Ort realisiert haben, dass es ein Trojanisches Pferd ist, werden sich unzählige Schaulustige darum versammelt haben. Und dann. Bang. Das Dach der Maschine wird weggesprengt und die Viren werden in alle Himmelsrichtungen verstreut.«

Peter drehte seinen Kopf und versuchte damit, sein Oberhemd etwas zur Seite zu rücken. Da er sich kaum bewegen konnte, war ihm sehr unwohl zu Mute. Zusätzlich nervte es ihn, dass er sie nicht aus der Reserve locken konnte.

»Was macht Sie so sicher, dass das Flugzeug überhaupt in den chinesischen Luftraum gelangt? Es ist eine Geistermaschine; das Militär wird sie abfangen und zur Landung zwingen - oder abschießen.«

Victoria spielte ihre Überlegenheit aus. Mit der jahrelangen Erfahrung aus ihrer Zeit als Agentin wusste sie, wie sehr die beiden unter Druck standen.

»So, so. Das Militär? Wissen Sie was? Alle Welt wird vor Glück überströmen, dass der verloren geglaubte Flug MH 370 wieder da ist. Mit über 150 chinesischen Staatsbürgern an Bord. Die Jets des Militärs werden der Maschine Geleitschutz geben - bis nach Peking. Die Kommunikation mit dem Cockpit wird zwar nicht funktionieren, aber das liegt in der Natur der Sache.«

Peter gab keine Ruhe. »Irgendwer wird nicht dichthalten. Was ist mit den stationierten Soldaten auf Diego Garcia?«

»Pah«, entgegnete Vicky. »Die mussten sich alle im Süden der Insel versammeln. Von der Flugzeuglandung werden die Jungs so gut wie nichts mitbekommen. Und wenn schon. Das ist schließlich ein Militärflughafen. Die Kommandeure haben unserem Fokus-Team den Stützpunkt für drei Tage überlassen. Es ist doch kein Problem, dort ein Flugzeug zu landen und einige Container umzupacken. Die Maschine wird wieder vollgetankt und dann geht's per Autopilot nach Nordosten. Peking heißt das Ziel. Hoffentlich schläft niemand, wenn der Flieger dort ankommt. Das muss schließlich gefeiert werden. Nessun Dorma.«

Ihr Humor war von einer teuflischen Natur. Während Rosanna von Minute zu Minute verzweifelter wurde, wollte Peter die Flinte noch nicht ins Korn werfen. Er zermarterte sich sein Hirn und setzte die Informationen in immer wieder neuen Kombinationen zusammen. Doch die Übermacht der *One-C* schien unbezwingbar.

Vor ihm saß diese starke Frau. Auf den ersten Blick war sie ein Mensch wie jeder andere. Vielleicht eine Spur intelligenter und mit einem unerschütterlichen Selbstvertrauen ausgestattet. Doch sie war kein Übermensch, kein Herkules oder ein Halbgott. Das einzige, worauf ihre Überlegenheit fußte, war die Tatsache, dass sie ihre Order geben konnte. An eine beispiellos funktionierende Befehlskette. Alles, was diese Frau sich ausgedacht hatte, führte die *Enco* bravourös aus. Wo konnte Peter ihren wunden Punkt treffen? Hatte sie eine Achillesferse? Er suchte krampfhaft nach einer Lösung.

»Eins muss ich Ihnen lassen, Victoria. Der Hang zur Perfektion kommt bei Ihnen auch in den kleinsten Details zum Ausdruck. Das Stück von Pucchini, alle Achtung ... und dann noch die Modulation des alten Leonard Cohen Songs.«

Ein Lächeln huschte über ihr Gesicht. Peter war auf dem richtigen Weg und setzte seine Gedankengänge fort.

»Was mit *First we take Manhattan* begonnen hatte, soll in *then we take Beijing* seinen Höhepunkt finden. Doch haben Sie sich kein einziges Mal gefragt, warum gerade *Sie* es bis in die oberste Führungsriege der *One-C* geschafft haben?«

Ihr Blick verfinsterte sich und noch bevor sie protestieren konnte, hob Peter zu einem weiteren Schlag aus.

»Klar, Sie sind gut. Sehr gut sogar. Doch das sind viele andere auch. Eine Sache geht mir nicht aus dem Kopf. Es muss Ihnen doch seltsam vorgekommen sein, dass gerade Ihnen die Berufung in den elitären Kreis geglückt war. Jemand hat Ihnen den Weg geebnet - als erste Frau im Kreis der letzten Sieben. Ohne das Scheitern Ihres talentierten Vorgängers, wäre Ihnen der Weg an die Spitze noch viele Jahre versperrt gewesen.«

Ihre Augen blitzten. Wenn Blicke töten konnten, so wäre Peter ihr erstes Opfer geworden. Vicky fühlte sich empfindlich getroffen.

Doch Peter gab keine Ruhe.

»Die *Operation Salamander* ist aufgeflogen. Das war kein Zufall. Und das Scheitern ging nicht auf irgendwelche genialen Ermittlungen zurück. Die Kenntnis darüber, dass die kompromittierenden Bilder im Central Park übergeben werden sollten, konnte nur ein Insider haben. Ich tippe auf jemanden, der bei Ihnen in der *One-C* ganz weit oben am Hebel sitzt. Jemand der wollte, dass die *Operation Salamander* floppte und uns genau deshalb das Bildmaterial zuspielte. Damit hat dieser Jemand ganz bewusst Sie, liebe Victoria, bis in die Spitze der letzten Sieben gehievt.«

Die Frau blieb schweigsam. Die pulsierenden Adern an ihren Schläfen ließen vermuten, wie sehr sie sich konzentrierte. Rosanna's Gesichtsausdruck hingegen erhellte sich, als sie den Ausführungen von Peter lauschte.

Victoria spielte mit der Maschinenpistole in ihrer Hand. »Und wenn schon. Salamander war schließlich nicht die erste Operation, die wir abblasen mussten. Wie auch immer. Ob ich ansonsten weiterhin nur unter den oberen fünfzehn geblieben wäre, ist doch völlig irrelevant. Sie unterschätzen den integrativen Charakter unserer Führung.«

»Ha, das ich nicht lache. Sie reden von einem integrativen Charakter?« Peter echauffierte sich und zauberte eine verächtliche Mimik in sein Gesicht. »Dieser Jemand hatte noch mehr im Sinn, als nur die *Operation Salamander* auffliegen zu lassen. Es war kein Zufall, dass die Informationen ausgerechnet bei unserem Computerexperten Joe gelandet sind. Der Insider aus der *One-C* wusste von uns und unserer rebellischen Gesinnung. Deshalb. Es würde mich nicht wundern, wenn der Informant aus Ihrem inneren Kreis seine eigene Agenda verfolgt. Ist es nicht möglich, dass es bei Ihnen eine Intrige in der obersten Führungsspitze gibt und auch Sie, Verehrteste, nur als Mittel zum Zweck missbraucht werden sollen?«

Die letzten Worte saßen und hatten bei der Lady voll ins Schwarze getroffen. Sie überlegte angestrengt. Hatte er die Worte nur als Versuch gewählt, Zwietracht zu schaffen und ihre Loyalität zur *One-C* zu untergraben oder konnte tatsächlich etwas Wahres dahinter stecken? Sie zermarterte sich den Kopf. Peter nutzte den Moment und wollte ihr einen weiteren Stoß versetzen.

»Dieser Jemand hält sich des Öfteren in New York auf. Im Hauptquartier der United Nations. Na, dämmert Ihnen etwas? Wir haben die Telefonverbindungen identifiziert.«

Seine letzten Behauptungen waren hoch gepokert, denn über die Identität des Mannes hatten sie bislang noch gar nichts herausgefunden. Die einzigen vagen Hinweise darüber kamen von den Hackern aus Berlin. Vicky's Blick wurde aschfahl. Ihr Ausdruck war eiskalt und sie hob ihren Arm mit der Pistole. Peter blieb regungslos sitzen; selbst als sie die Waffe entsicherte und direkt auf ihn zielte. Er unternahm einen letzten Versuch, sie aus der Reserve zu locken.

»Wir sind kein Gegner für Sie. Ob es uns gibt oder nicht; Sie und die geheimen Drahtzieher lenken seit vielen Jahren die Geschicke der Welt und Sie werden es auch weiterhin tun. Wenn ich es richtig verstehe, sind selbst die mächtigsten politischen Köpfe nichts weiter als Ihre Marionetten und Sie ziehen die Fäden. Nein, wenn Sie uns aus dem Weg räumen, bleibt Ihr Problem unverändert bestehen. Sie haben einen Maulwurf in der One-C. Und zwar ganz weit oben. Das ist die Herausforderung, um die es für Sie geht.«

Seine Worte waren ruhig und mit Bedacht gewählt. Mit einer tiefen, sonoren Stimme unterstrich er deren Glaubwürdigkeit. Dennoch war es ein Spiel auf dünnem Eis. Für einen kurzen Moment verharrte Victoria und schien ihre Gedanken zu ordnen. Doch plötzlich schlug ihre Stimmung um.

»Genug der Predigt. Mich können Sie nicht bequatschen. Was in der One-C geregelt werden muss, wird dort geklärt; es ist nicht Ihr Thema. Sie hatten lange genug Zeit, sich um Ihre Belange zu kümmern. Nun ist es zu spät. Sagen Sie der Welt adieu.«

Vicky meinte es ernst. Sie zielte mit der Waffe direkt auf Peter und war fest entschlossen, den Abzug durchzuziehen. Er schloss die Augen und begann zu zählen. Eins, zwei, drei, ... wie gerne hätte er in diesem Moment noch einmal die Hand von seiner Partnerin gedrückt; in den vergangenen Tagen hatten die beiden viel zu wenig Zeit füreinander gehabt. Er öffnete die Lippen und hauchte leise seine Worte.

»Rosanna, ich liebe dich.«

Vicky holte tief Atem. 'Es ist soweit', dachte sie. Doch ein gellender Schrei durchbrach die Stille; er kam von der Tür.

»Vee …, ich kann ihn nicht aufhalten. Arrgh.« Es war Wesley.

Jemand musste sich mit Gewalt den Zugang zum Anwesen verschafft haben und den Wächter im Kampf zu Boden geworfen haben. Man hörte das Aufprallen eines Körpers. Dann herrschte Stille. Victoria drehte sich zur Tür um und nahm mit der Waffe den Rahmen ins Visier. In diesem Augenblick wurde die Tür mit einem kräftigen Fußtritt aufgestoßen und ein Mann rollte sich in den Raum hinein. Gleichzeitig hielt er beidhändig seine Waffe mit ausgestreckten Armen parallel zum Boden und gab mehrere gezielte Schüsse auf die Beine von Victoria ab. Es waren glatte Durchschüsse und sie schrie vor Schmerzen auf. Ihre Maschinenpistole glitt ihr aus der Hand. Sie verlor den Halt und knickte in den Knien ein. In Windeseile erhob sich der Mann und stand direkt vor ihr. Lässig schob er ihre Waffe mit seinem Fuß unter das Sofa und bäumte sich in einer leicht breitbeinigen Haltung vor Victoria auf.

»Das Spiel ist aus.«

Peter öffnete die Augen. Er konnte es nicht fassen; sie hatten überlebt und ihre Widersacherin lag verletzt am Boden. Rosanna atmete tief durch und musterte den Retter. Der dunkelhaarige Mann sah cool aus; völlig in schwarz gekleidet und er hatte den Kragen des schwarzen Hemds am Hals hochgeschlagen. Der Drei-Tage-Bart unterstrich sein verwegenes Aussehen.

Sie lächelte ihn an. »Hi Jack.«

Peter klappte die Kinnlade hinunter. Der Mann kam ihm auf eine unerklärliche Art und Weise bekannt vor. Als hätte er ihn schon mal irgendwo gesehen. Doch das war unmöglich. Völlig unmöglich. Er wiederholte flüsternd ihre Worte und mit einem Schlag fiel es ihm wie Schuppen von den Augen.

»Hi Jack!«

# Kapitel 48

*Hongkong*

*8. März 2014*

*Ein überraschendes Wiedersehen*

»Hi Jack.« Als Peter die kurze Begrüßungsformel selbst aussprach, wurden ihm die Zusammenhänge in einer rasenden Geschwindigkeit klar. Seine Gedankengänge überschlugen sich. Es konnte sich nur um *Jack-The-Brain* handeln. Alles andere schloss er sofort aus. Joe hatte sich vor einigen Monaten auf einem Rückkanal von seinem Londoner Studio aus in das Hauptquartier der *Enco*, in der Nähe von Kennebunk nördlich von Boston, eingeloggt und dabei elementare Kommunikationsdaten abgegriffen. Unter anderem kam darin ein geheimnisvoller Mann namens Jack vor. Selbst wenn er niemals als Agent bei der *Enco* war, so gründeten sich viele Entwicklungen der Überwachungsarchitektur auf seine Vorgaben. Jack war das smarte Hirn, das hinter der exekutiven Ausprägung der *Enco* steckte. Hatte nicht der Kommandant des Stützpunktes, ein gewisser Tom Davis, davon gesprochen, dass man die wahre Identität von *Jack-The-Brain* erst erkennen würde, wenn man ihn das erste Mal begrüßte?

'Hi Jack.' Diese Wortkombination war Peter schon einmal in den letzten 24 Stunden begegnet. Allerdings mit einer gänzlich anderen Bedeutung. Es waren die vier Buchstaben, die der Flugkapitän durch seine Einkäufe vor dem Abflug sorgfältig als Codierung konstruiert hatte. H-J-C-K.

Peter warf dem Mann einen musternden Blick entgegen. Der Mann in Schwarz war nicht nur der geniale Konstrukteur von großen Teilen der *Enco* Infrastruktur, sondern er musste auch in einer bestimmten Art und Weise selbst einmal ein Hijacker, ein

Entführer, gewesen sein. Peter überlegte. Vielleicht war Jack ein Hijacker im übertragenen Sinne gewesen? So ganz erschlossen sich die Zusammenhänge für ihn noch nicht und seine Gedanken verharrten bei der Feststellung, dass Rosanna und Jack sich offensichtlich kannten.

»Ihr ... ihr kennt euch?«, stotterte er.

Rosanna ging nicht auf seine Frage ein. Ihr Blick war auf den Mann in Schwarz gerichtet und sie war einfach nur erleichtert.

»Du kamst zur richtigen Zeit. Ich hätte nicht gedacht, dass ich mich mal freuen würde, dich wiederzusehen.«

Nun erst wandte sie ihr Gesicht zu Peter.

»Darf ich vorstellen, mein Ex ...«, sie zögerte für einen kurzen Moment und vervollständigte dann den Satz. »Mein Ex-Mann, auch wenn das nicht ganz korrekt ist.«

Peter hob eine Augenbraue.

»Wowowow, ihr wart verheiratet? Du und *Jack-The-Brain. Er* war dein Mann in der Schweiz? Dann, ... dann muss ich ihn auch schon mal getroffen haben, auch wenn ich mich kaum daran erinnern kann. Am Samstag, den 11. September 2004? In dieser exklusiven Location, in Paris?«

Sein Körper fing an zu zittern und er konnte keinen klaren Gedanken mehr fassen. Urplötzlich glaubte er, das Gesicht des Mannes wiederzuerkennen. Rosanna hatte die verschütteten Erinnerungen vor zweieinhalb Jahren in seinem Gedächtnis wachgerufen. Den Trip nach Paris hatte er damals eigentlich schon längst vergessen, doch im Rahmen der *Operation Sonnenwende* hatte sie sich vergewissern wollen, was ihm nach all den Jahren darüber noch in den Sinn kommen konnte, und hatte ihn daher auf die Spuren der Vergangenheit gebracht.

Die Erinnerungen überschlugen sich. Jack musste der frühere Lebenspartner von Rosanna gewesen sein und hatte mit ihr einige Jahre in der Schweiz gelebt, schlussfolgerte Peter. Nach den Anschlägen im September 2001 waren sie untergetaucht und hatten ihre neuen Identitäten angenommen. Tausend Fragen gingen Peter durch den Kopf.

»Er war dein Mann?«

Sie legte ihren Kopf zur Seite und schaute zu Jack.

»Würdest du uns befreien? Das Klebeband schnürt einem ganz schön die Gelenke ab.«

Während ihr ehemaliger Partner ein Cutter-Messer aus der Brusttasche zog und die Fesseln löste, beantwortete Rosanna die Frage.

»Ja, sozusagen. Wir konnten ja nicht wirklich heiraten. Das war mit unseren gefälschten Papieren in der Schweiz nicht möglich. Wir haben dann eine virtuelle Hochzeit zelebriert - also quasi online. Und ich habe seinen Namen angenommen. Für einige Jahre. Auf dem Papier jedenfalls.«

Sie sagte das mit einem gewissen Stolz in der Stimme und Peter spürte einen leichten Anflug von Eifersucht. Schnell beruhigte er sich wieder, als ihm bewusst wurde, dass das alles schon viele Jahre zurücklag. Der Mann übte auf ihn eine ungeheure Faszination aus und er wollte alles über ihn wissen. Die Fragen über Jack's Vergangenheit richtete er an Rosanna; das erschien ihm leichter.

»Dann war dein Mann, also Jack, damals mit dabei. Ich meine, bei den Anschlägen vom 11. September, richtig?«, wollte Peter wissen.

»Jack, warst du mit dabei?«, Rosanna gab die Frage an ihn weiter.

»Wir haben uns noch nicht vorgestellt. Du bist Peter, richtig?«

Er wich erstaunt zurück. Der Mann kannte seinen Namen? Peter konnte sich beim besten Willen nicht vorstellen, dass sich sein Gegenüber an ihn und an das Treffen aus dem Jahre 2004 erinnern konnte. Es musste eine andere Erklärung dafür geben. Jack fuhr fort und beschrieb ihm die Zusammenhänge.

»Wir hatten dich und deine Agentur im letzten Sommer auf dem Schirm. Du hast das ziemlich klug angestellt, als du dich mit deinem Sohn in Norwegen versteckt hieltst. Der Schatten, den die *Enco* auf dich angesetzt hatte, brauchte verhältnismäßig lange, bis er euch aufgespürt hatte.«

»Und passenderweise nannte sich unser Verfolger ebenfalls Jack«, ergänzte Peter.

»Reiner Zufall«, entgegnete der gut gebaute Mann. »Jack Henkins war nur ein kleiner, unbedeutender Killer. Und er hat versagt. Ich denke, er liegt noch immer gut verschnürt auf dem Meeresboden.«

»Du kanntest ihn?«, erkundigte sich Peter.

Jack knöpfte sich seine Manschettenknöpfe auf.

»Was heißt kennen? Ich habe ihn vielleicht ein- oder zweimal getroffen - und ich muss wohl mächtig Eindruck auf ihn gemacht haben. Es kam mir jedenfalls so vor. Der Typ ist aber total unwichtig.«

Er schob sich die Ärmel etwas nach oben und seine Armbanduhr kam zum Vorschein. Peter erschrak. Es war das selbe Modell, das auch der Killer Jack Henkins in Norwegen getragen hatte.

»Hey, hey, ich kann mir sehr gut vorstellen, dass du ihm imponiert hast. Er trug die gleiche Uhr wie du.«

Jack lachte. »Großes Kompliment für deine Beobachtungsgabe. Es stimmt schon, der Typ hatte sich das Modell auch besorgt. Gefällt sie dir? Ich trage sie manchmal als Reminiszenz an alte Zeiten. Sie ist absolut formschön und das schwarz-weiße Ziffernblatt ist so herrlich puristisch. Die Marke Swatch sagt dir sicher etwas? Das ist echte Schweizer Präzisionsarbeit.«

Peter nickte und schaute respektvoll auf die Uhr. Weitere Fragen dazu traute er sich gar nicht mehr zu stellen, doch Jack war die Begeisterung für sein Chronometer förmlich anzumerken.

»Swatch hatte das Modell bereits im Jahre 1999 auf den Markt gebracht. Ein echter Klassiker, doch die Modellbezeichnung der Uhr wirst du nie erraten.«

'Wie auch?', dachte Peter. Woher sollte er wissen, unter welchem Namen diese Uhr vor fünfzehn Jahren vermarktet wurde?

Jack schmunzelte. »Die Uhr stammt aus der Modellserie *Irony* und nannte sich *Hijacker*. Da staunst du, oder? Das Modell hieß wirklich *Hijacker*!«

Peter spürte erneut ein Zittern an seinem Leib. Der Kreis schloss sich. *Hijacker*? Das hatte sich der Mann sicherlich nicht ausgedacht, schoss es ihm durch den Kopf. Viel zu leicht würde man die Swatch-Uhr mit wenigen Suchbegriffen googeln können.

»Es war seine Lieblingsuhr«, warf Rosanna ein und blickte hinüber zu Jack.

»Ständig musste er sie tragen. Die Uhr mit dem mattsilbernen Armband, was aussah, als wäre es aus Titan, und dem einprägsamen Ziffernblatt aus den schwarzen und weißen

Segmenten. Und nicht mal vier Wochen vor dem 11. September musste sich Jack sogar noch mit seiner Uhr ablichten lassen. Das Datum war auf die Zahl elf eingestellt und selbst die drei Uhrzeiger deuteten auf elf Uhr. Ich weiß bis heute nicht, warum er unbedingt dieses Foto haben wollte.«

Peter starrte auf die Uhr. Mit einem Mal wurde ihm alles klar. *Hijacker*. Jack hatte eine tragende Rolle bei den inszenierten Anschlägen vom 11. September 2001 gespielt. Er war mit dabei gewesen und saß wahrscheinlich sogar in einem der Flugzeuge. Für Peter waren diese Informationen unfassbar.

»Ja, es war ein Bravourstück gewesen. Jeder hatte uns die Illusion abgekauft«, führte Jack begeistert aus. »Ich saß demnach im ersten Flieger. Im 11er Flugzeug. In der American Airlines Maschine mit der Flugnummer AA11. Mein Sitzplatz befand sich in der Business Class, in der neunten Reihe. 9B, was natürlich kein Zufall war, sondern ein kleiner, versteckter Hinweis für die Insider. Wer mich kennt, weiß, wie sehr ich der Mathematik verbunden bin. Im Hexadezimalsystem stehen nämlich Buchstaben für bestimmte Zahlen. Es ist eigentlich ganz einfach. Die Zahlen von eins bis neun sind auch im Hexadezimalsystem identisch. Dann folgt der Buchstabe 'A', der für den Zahlenwert 10 steht, gefolgt von 'B' für den Wert 11. Der Sitzplatz 9B ist also verklausuliert nur eine andere Schreibweise für 9/11.«

Sein Lächeln hatte einen triumphalen Charakter. Peter hingegen verschlug es fast die Sprache. Rosanna hatte ihn zwar bereits vor zweieinhalb Jahren in einige der Zusammenhänge eingeweiht, dennoch konnte er es einfach nicht fassen. Dass er schon vor über zehn Jahren, bei einem zufälligen Treffen in Paris, einen weiteren der Beteiligten persönlich kennengelernt hatte.

»Ihr habt damals die Anschläge - oder anders gesagt die Inszenierungen - als Agenten der *Enco* und im Auftrag der *One-C* durchgeführt?«

»Halt, halt«, erwiderte Jack. »Ich war niemals in der *Enco*.«

Und Rosanna ergänzte.

»Das stimmt. Jack hatte schon immer seine eigene Agenda. In manchen Dingen war er uns sogar weit voraus. Die Ausbildung, die er in den Jahren zuvor in einer Israelischen Spezialeinheit genossen hatte, war unserem Training um Längen voraus. Jack war Mitglied in der *Sayeret Matkal*. Wenn dir das etwas sagt!?«

Peter schüttelte den Kopf. So sehr er sich auch konzentrierte, von dieser Einheit hatte er noch nie etwas gehört.

»Nein, wer oder was ist die ...«, er zögerte einen Augenblick. »... die *Sayeret Matkal*?«

Die Augen seines Gegenübers, des ehemaligen Hauptmanns einer Spezialeinheit der israelischen Streitkräfte, starrten unbewegt in den Raum hinein und in seinem Gesicht gab es keine einzige Regung.

»Die *Sayeret Matkal* wurde vor über 50 Jahren gegründet. 1957. In Israel. Der Bezeichnung steht für die *Späher des Generalstabs*.«

Bedächtig wiederholte Peter den Namen und eine unbeschreibliche Faszination mischte sich in seine Worte. »Die *Späher des Generalstabs* ...«

Jack fuhr mit einer ruhigen und gleichmäßigen Stimme fort.

»Die Späher, die Seher. Wie auch immer. Innerhalb der Streitkräfte heißt die Einheit mit dem Einsatzschwerpunkt der Terrorismusbekämpfung schlicht und einfach *The Unit*. Lange Zeit war die Existenz unserer Truppe ein Staatsgeheimnis und wir rekrutierten auf verschlungenen Wegen nur die Besten der Besten. Die Crème de la crème. Ja, ich war dort vier Jahre lang als Hauptmann im Einsatz. In erster Linie hatten wir uns der Terrorabwehr verschrieben.«

Die Gedanken rasten Peter durch den Kopf. In einer nicht enden wollenden Folge kamen ihm Bilder in den Sinn, als er vor zweieinhalb Jahren mit Rosanna in London vor einer verschlossenen Tür stand; vor der Dachgeschosswohnung von Joe, die von zwei Codeschlössern geschützt war, und er sich gewundert hatte, dass Rosanna die Zahlenkombination zunächst an dem Panel an der rechten Seite der Tür eingegeben hatte. Wurde die hebräische Sprache nicht auch von rechts nach links gelesen und die Buchseiten von der rechten auf die linke Seite umgeblättert? Peter fühlte eine ungeheure innere Spannung in sich aufsteigen. Worin bestand die Verbindung zwischen seiner Partnerin und Jack, beziehungsweise der *Sayeret Matkal*? Peter hatte Mühe, mit den neuen Informationen Schritt zu halten.

»Eure Aufgabe war - oder ist – die Terrorabwehr? Seit wann gibt es diese Einheit? Seit 1957 sagtest du?«

Jack nickte. »Oh, ja. Wir gingen aus der Aman Unit 157 hervor. Aufgestellt von Avraham Arnan.«

Es passten plötzlich mehr Teile ins Bild, als Peter fassen konnte. Der Gründer der Einheit hieß Avraham Arnan? Mit den Initialen AA. Unwillkürlich schossen ihm die Flugnummern aus dem Jahre 2001 ins Gedächtnis. AA11 war an jenem verhängnisvollen Morgen im September die erste betroffene Maschine der American Airlines. Wie groß konnte die Wahrscheinlichkeit gewesen sein, dass ausgerechnet Jack, ein ehemaliger Hauptmann der *Sayeret Matkal*, im ersten entführten Flugzeug jenes Morgens saß und zum mutmaßlich ersten Opfer der verheerenden Anschläge geworden war? Und dass ihm zudem noch der Sitzplatz 9B zugeteilt worden war, was nichts anderes bedeutete als 9/11? Während er am Handgelenk eine Uhr der Schweizer Marke Swatch aus der Modellserie *Irony* mit dem Namen *Hijacker* trug? Eine Ironie des Schicksals? Wohl kaum.

Die Erklärungen fügten sich nahtlos ineinander. Der Passagier war ein ehemaliger Hauptmann der *Sayeret Matkal*. Ein Späher, ein Seher. Sollte Jack ein Teil der damaligen Operation gewesen sein und nun leibhaftig vor ihm stehen? Peter schüttelte den Kopf, es war für ihn unfassbar. Doch es schien in sich stimmig zu sein und Jack hatte anscheinend überlebt.

Ein unerkannter Held? Ein Kämpfer im Rahmen der größten Operation seit Menschengedenken? Peter konnte kaum noch einen klaren Gedanken fassen. Falls es so gewesen sein sollte, so war der Terrorangriff im September 2001 kein Werk fanatischer Terroristen, sondern genau das Gegenteil. Nämlich die inszenierte Simulation eines derart gelagerten Angriffs. Stand am Ende also doch ein guter Zweck und ein tieferer Sinn dahinter? Allerdings fußte die Operation auf den Plänen der *One-C*. Peter wusste nicht mehr ein noch aus. Hatte er sich in seinen Schlussfolgerungen verrannt? Er beschloss, gedanklich zwei Schritte zurück zu machen.

»Wie kommt es, dass ich noch nie etwas von dieser Spezialeinheit gehört habe?«

Der ehemalige Spezialagent fasste sich mit seiner rechten Hand in den Nacken.

»Nun, die überwiegende Zeit agierten wir im Geheimen. Unsere Einsätze hatten einen Guerilla ähnlichen Charakter, wobei unsere Kämpfer bisweilen fremde Identitäten annahmen –

wie die von arabischen Terroristen, deren Sprache wir perfekt beherrschten. Tja, Kampfeinsätze unter falscher Flagge lautet eines der Grundmotive der *Sayeret Matkal*. Du möchtest wissen, warum die Öffentlichkeit so wenig über die Unit weiß? Das lässt sich leicht beantworten, denn die Schlagkraft ist umso größer und effizienter, je weniger man von unserem Wirken mitbekommt. Allerdings war die Einheit nach einem legendären Einsatz dann doch ins Bewusstsein der Öffentlichkeit geraten. Vielleicht erinnerst du dich an die Ereignisse in Entebbe, im Jahre 1976? Ein Verkehrsflugzeug der Air France war damals auf dem Flug von Tel-Aviv nach Paris entführt worden. Ein Airbus mit 270 Menschen an Bord. In einer Flughafenhalle in Uganda spielte sich das Geiseldrama ab. Bis eine Hundertschaft der *Sayeret Matkal* im Schutze der Nacht mit einem Überraschungsangriff dem kriminellen Treiben ein Ende bereitete. Auf fremden Terrain. In Uganda. Die sogenannte Operation Thunderbolt war ein großartiger Triumph gewesen. Wie du siehst, liegt ein besonderer Schwerpunkt unserer Truppe in der Vereitlung von Flugzeugentführungen.«

Nun war Peter vollends verwirrt.

»Entebbe, 1976? Ich erinnere mich dunkel. Und die Flugzeugentführungen von 2001 … heißt das, diese Anti-Terror-Truppe aus Israel steckte ebenfalls dahinter?«

»Nein, nein«, widersprach Rosanna. »Seine Zeit in der *Sayeret Matkal* lag bei ihm schon etliche Jahre zurück und Jack verfolgte seine eigene Agenda. Er hatte damals im besten Sinne mitgemacht und wollte nichts anderes als wir. Nämlich eine bessere Welt erschaffen.«

Peter atmete tief ein; sie verlangten ihm viel ab. 'Sie kämpften für eine bessere Welt?', er stutzte. 'Wie sollte das funktionieren? Als Hijacker?' Seine Gedanken drehten sich im Kreis.

Jack selbst gab die Antwort.

»Stimmt. Im Grunde genommen ging es darum. Um eine bessere Welt, ja. Die Welt würde heute im Chaos versinken, wenn wir nichts unternommen hätten. Und was sich hinter den Aufträgen der *One-C* letztendlich verbarg, wussten wir alle nicht.«

Peter versuchte, einen klaren Kopf zu behalten. Es kam ihm so vor, als schwankte der Boden unter seinen Füßen.

»Das heißt, deine Rolle damals war die eines Hijackers? Ein Flugzeug-Entführer? Und deshalb war dieses Modell von Swatch deine Lieblingsuhr? Ich bin ehrlich gesagt total verwirrt.« Jack fuhr sich mit der Hand über die Stirn und warf einen Blick auf sein linkes Handgelenk.

»So einfach lässt sich das nicht beantworten. Wenn wir mal viel Zeit haben, können wir über meine damalige Rolle sprechen. Dass die Flugzeuge damals entführt wurden, war bekanntlich eins der Grundmotive der Geschehnisse. Es gab verschiedene Alternativen und welche Geschichte letztendlich zum Tragen kommen sollte, blieb lange Zeit offen. Schließlich war es die bislang weitreichendste Operation, die die *One-C* je in Auftrag gegeben hatte. Die Leute von der *Enco* stellten dafür die am besten geeigneten ausführenden Organe dar. Mich und einige anderen ehemaligen Kämpfer der *Sayeret Matkal* hatten sie ebenfalls für die Operation gewinnen können, weil uns anschließend eine tragende Rolle bei der globalen Bekämpfung des Terrorismus eingeräumt wurde. Wir haben unerschöpfliche finanzielle Mittel für die Entwicklungen bekommen. Unter anderem haben wir die Drohnen perfektioniert und die internationale Datenüberwachung auf ein neues Level gehievt.«

Peter nickte langsam. Er begann zu verstehen. »Hm. Das klingt in sich stimmig. Doch warum gibt es so viele Gruppierungen, die gegen den Terror kämpfen? Worin unterscheidet sich zum Beispiel die NSA von der *Enco* … und von dir? Wie hängt das mit der *One-C* zusammen? Wer sitzt an den Hebeln der Macht?«

»Es ist nicht so kompliziert, wie es den Anschein hat«, erwiderte der ehemalige Offizier der israelischen Spezialeinheit. »Die NSA arbeitet als Geheimdienst im Staatsauftrag. Business as usual. Die Jungs wissen so gut wie alles. Aber eben nur so gut wie alles. Manche Projekte erfordern eine Metaebene. Dafür gibt es die *Enco*. Für sie gilt zur Sicherheit eine Einbahnstraße. Die *Enco* kommt an alle Informationen der Geheimdienste - also nicht nur an die Daten der NSA, sondern quasi an alles, was da draußen im Äther herumfliegt. Umgekehrt funktioniert das jedoch nicht. Die Geheimdienste haben keinen Zugriff auf das Wissen der *Enco*. Wir hingegen kommen an alle weltweiten Knotenpunkte der CDN's. Das habe ich bewusst so konstruiert. Mein Spezialgebiet.« Er lächelte.

Aus der hinteren Ecke des Raums meldete sich Victoria mit einem Stöhnen zu Wort.

»Was muss der Typ so rumquatschen? Es muss doch nicht jeder Amateur wissen, wie die Sache läuft.« Ihr Gesicht war verzerrt. Sie litt unter höllischen Schmerzen. Doch niemand nahm eine Notiz von ihr.

Peter spürte, dass nun ein guter Moment gekommen war, um mit einem kritischen Kommentar einzusteigen.

»Ich verstehe, Jack. Doch ob du nun für die *Enco* kämpfst oder in eigener Mission unterwegs bist ... ihr wart allesamt Werkzeuge. Vielleicht nicht willenlos, aber zumindest wurdet ihr auch missbräuchlich eingesetzt. Das hat dich inzwischen genau so kritisch gegenüber den geheimen Drahtziehern werden lassen wie Rosanna und die anderen Rebellen.«

Jack stand wie ein Baum mitten im Raum. »Rebellen? Das ist ein großes Wort. Es klingt verwegen und nach einem guten Geist. Wobei ich unter dem Begriff Rebellen zunächst einmal die Aufmüpfigen und die Nicht-Linientreuen verstehe. Wie dem auch sei. Es hat sehr lange gedauert, zu erkennen, wie die *One-C* den totalitären Druck auf die internationalen Regierungen ausübt. Es ist ein perfides Spiel. Ich weiß nicht, ob es jemals ausgehebelt werden kann. Mich hat jedenfalls die aktuelle Operation alarmiert. Da läuft so einiges aus dem Ruder.«

Er warf einen verächtlichen Blick auf Victoria, die noch immer am Boden lag und ihre Schusswunden mit den Fingern zudrückte.

»Wir werden sie noch brauchen. Gibt es hier vielleicht Verbandszeug?«

Peter ging ins Badezimmer und fand eine Mullbinde. Notdürftig legten sie ihr den Verband an und fesselten ihre Hände hinter dem Rücken mit dem verstärkten Klebeband.

Rosanna ging hinüber zu ihrem Ex-Mann. »Heißt das, du bist jetzt auf unserer Seite und willst uns helfen, den Anschlag zu verhindern? Wollen wir der *Operation WHELO* ein Ende bereiten?«

Seine Augen waren unbewegt. »Ich bin auf der Seite von Niemandem. Sagt mir, was ihr wisst und ich teile mit euch meine Erkenntnisse. Dann werden wir sehen, was sich noch machen lässt.«

In den folgenden Minuten überboten sie sich gegenseitig mit ihren Analysen und die Informationen sprudelten förmlich aus ihnen heraus. Angefangen von der Erklärung der Namensgebung der Operation bis hin zu den geheimen Hinweisen des Piloten auf die Flugzeug-Entführung.

»Der letzte Funkspruch lautete wirklich *Good Night Malaysian Three Seven Zero?* Und er wurde genau um 1:19 Uhr abgesetzt?« Jack kniff seinen Augen voller Konzentration zu.

Rosanna nickte. »Ja, es ist eindeutig. Die Maschine dürfte inzwischen den Kurs auf Sri Lanka und die Malediven genommen haben. Immer schön tief unter dem Radar. Knapp über der Meeresoberfläche in einer geringen Flughöhe und mit einer gedrosselten Geschwindigkeit.«

Peter zeigte auf die Übersichtskarte an der Wand. »Das Ziel ist die Insel Diego Garcia.«

Die Frau am Boden verzog ihr Gesicht. Sie war hilflos und konnte nicht mehr eingreifen. Das war das Schlimmste, was sie sich vorstellen konnte.

Jack ergriff die Initiative. »Euer Hacker. Wie heißt er gleich, Joe?«

Rosanna nickte und ahnte, worauf er hinauswollte.

»Okay, der sitzt doch bestimmt schon wieder am Rechner und versucht alles, was er kann, richtig?«

Ohne eine Antwort abzuwarten, fuhr er fort. »Hier können wir nicht viel ausrichten. Los, packt die Dame und folgt mir zum Wagen. Wir fahren zu euch.«

# Kapitel 49

*Hongkong*

*8. März 2014*

*Zurück im Stützpunkt der Rebellen*

Als sie zum Auto kamen, pfiff Peter durch die Zähne. Jack hatte sich einen roten Porsche 911 als Mietfahrzeug ausgewählt.

»Darf ich ihn fahren?«, bat er. »Obwohl das Steuer auf der rechten Seite ist, werde ich wohl damit klarkommen.«

Jack warf ihm den Autoschlüssel zu. Peters Herz schlug höher. Wenn er etwas seit seinem Aufbruch in Hamburg vermisst hatte, so war es sein geliebter Porsche, der in Hamburg verblieben war. Sie quetschten sich zu viert in das enge Fahrzeuginnere und Rosanna drückte sich mit der verletzten Victoria auf den Rücksitz.

»Das sind Notsitze. Könnt ihr etwas nach vorne rücken?«

Das Fahrzeug war nicht für vier erwachsene Personen ausgelegt, doch es musste irgendwie gehen. Peter gab Gas und schnitt die Kurven auf der abschüssigen Strecke. Während Rosanna versuchte, sich mit beiden Händen an den Kopfstützen festzuhalten, beobachtete sie den auffällig zufriedenen Gesichtsausdruck ihrer Mitfahrerin.

»Warum grinsen Sie so? Habe ich etwas verpasst?«, herrschte sie Victoria an.

Die Frau lächelte ohne etwas zu sagen. Rosanna schoss es plötzlich durch den Kopf.

»Der Peilsender! Peter, erinnerst du dich an ihre Worte? Sie hatten ihrem Killerkommando den Auftrag erteilt, unsere Station auszuräuchern.«

Peter nickte knapp und bremste den Wagen kurz ab.

»Du meinst, sie haben sich an Joe's Toyota gehängt?«

»Keine Ahnung, aber dann sind wir aufgeschmissen. Wie können wir Joe und die anderen warnen?«

In diesem Augenblick brüllte Jack durch den Wagen. »Ruhe. Stopp den Wagen. Sofort.«

Peter trat mit voller Kraft auf das Bremspedal und die Reifen des Porsche quietschten.

»Was ist los?«, wollte er wissen.

Auf der Motorhaube tänzelte ein roter Leuchtpunkt. Offensichtlich stammte er von einem Laserstrahl und Jack legte seine Finger auf den Mund.

»Psst. Hört ihr das?«

Peter ließ die Fensterscheibe hinunter und lauschte hinaus in die Stille der Nacht. Es war ein Motorengeräusch zu hören; es stammte von mehreren Rotorblättern.

»Das klingt nach einem Quadrokopter. Es ist eine Drohne«, erklärte Jack. »Gib Gas und versuch, das Teil abzuhängen.«

Mit einer atemberaubenden Geschwindigkeit lenkte Peter den Sportwagen über die enge Bergstraße. Die Drohne folgte ihnen in kurzer Distanz. Plötzlich fielen Schüsse. Der Kopter war mit einer Schnellfeuerapparatur ausgestattet und nahm den Wagen ins Visier. In schneller Folge prallten die Schüsse auf das Wagenblech der Motorhaube.

»Scheiße, warum musstest du dir ein Cabrio aussuchen?«

Rosanna strich mit ihrer Hand über den schwarzen Stoffbelag über ihr und hoffte, dass keine Schüsse das Dach trafen. Peter steuerte den Wagen durch eine enge Häuserflucht und machte hastige Lenkbewegungen, um den Kopter von sich abzulenken. Trotz der umgebenden Gebäude hielt das Fluggerät erstaunlich gut den Kurs.

»Das Ding ist teuflisch gut«, stellte Jack mit einem gewissen Anflug von Begeisterung fest. »Mit einer GPS Steuerung allein bekommt man das nicht hin. Ich tippe auf die neuste Generation einer Visio-Ultraschallsteuerung«.

Vor ihnen tauchte ein Straßentunnel auf und Peter fuhr im höchsten Tempo hinein. Die Drohne folgte ihnen und feuerte eine weitere Salve Munition auf den Porsche ab. Dicht neben ihnen knallte eine Patrone ins Armaturenbrett. Er schaltete einen Gang zurück und gab Vollgas.

»Festhalten«, schrie Peter und drückte sich mit aller Kraft in den Recarositz. Doch er konnte noch so viele Anläufe unternehmen, das Fluggerät blieb ihnen dicht auf den Fersen. Nach einer scharfen Linkskurve drosselte er die Geschwindigkeit und öffnete das elektrische Cabrioverdeck.

»Genug ist genug. Kannst du den Vogel vom Himmel holen?«, forderte Peter seinen Beifahrer auf. Jack zog unverzüglich seine Maschinenpistole des Typs Micro-Uzi aus der Jackentasche und feuerte mehrere gezielte Schüsse auf den Quadrokopter in der Luft. Das Kunststoffgestell der Drohne war entscheidend getroffen und stürzte schnurstracks zu Boden. Peter gab wieder Gas und ohne weitere Zwischenfälle konnten sie die verbleibende Wegstrecke zu ihrer Zentrale fahren.

Tanja öffnete die Tür. 'Ein neues Gesicht', dachte sie, als sie Jack vor sich sah. Hinter ihm drängten sich Rosanna und Peter ins Haus - mit der gefesselten Victoria im Schlepptau. Rosanna schob ihre Kollegin an die Seite.

»Los Tanja, versperr uns nicht den Weg. Wir müssen direkt zu Joe.«

Die dunkelhaarige Russin blickte mürrisch drein. 'Undank ist der Welten Lohn', dachte sie und machte einen Schritt zur Seite. Die Ereignisse hatten sich in den letzten Stunden überschlagen. Ein klares Konzept konnte sie in den Aktionen von Rosanna nicht mehr erkennen. Sie rekapitulierte für sich den Stand der Dinge. Das Flugzeug MH 370 war unverändert in der Luft, doch niemand wusste, wo es sich zur Zeit aufhielt. Die Türme in Kuala Lumpur waren nicht eingestürzt und das Nest der geheimen Drahtzieher hatten sie ausgehoben. Worin sollte nun noch das Problem bestehen? Für Tanja war die Sache geklärt. Ihrer Meinung nach sollte man die verletzte Drahtzieherin den Behörden übergeben und einen Staatsanwalt auf die Angelegenheit ansetzen. Über die Frau würde man an die Hintermänner gelangen und die Suche nach der Boeing konnte schließlich am besten das Militär übernehmen. Falls nach wie vor eine Gefahr von dem Flugzeug ausgehen sollte, würden die Kampfjets die Situation klären. In ihren Augen war es höchste Zeit, sich aus der Affäre zurück zu ziehen und den Staffelstab an die staatlichen Organe weiterzureichen.

Tanja zermarterte sich ihren Kopf, was ihre Kollegen antrieb, es immer noch auf eigene Faust zu versuchen. Sie holte sich ein Bier und beobachtete die anderen aus der Ferne. Rosanna schien erfreut, Joe zu sehen.

»Gut, dass du hier bist. Wir hatten uns Sorgen gemacht, weil sie dir einen Peilsender am Auto befestigt haben.«

Joe lächelte. »Ohne es zu wissen, hatte ich mit so etwas gerechnet. Deshalb bin ich mit dem Bulli hinunter bis zum Hafenterminal gefahren und habe mein Fahrzeug in einem City-Parkhaus abgestellt. Von dort aus habe ich ein Taxi genommen.«

Sie klopfte ihm anerkennend auf die Schulter. »Weiter im Text. Wo ist das Flugzeug?«

Er zuckte mit den Schultern. »Gute Frage, nächste Frage. Ich habe nicht den blassesten Schimmer. Die Spuren verlieren sich. Das einzige, was mir aufgefallen ist, sind zwei außerplanmäßige Verbindungsversuche um 2.25 Uhr, die vom Flugzeug - genauer gesagt von der SATCOM Anlage - ausgingen. Die sogenannten Handshakes. Darin waren zwar weder die Informationen über den Flug MH 370 enthalten noch die ACARS Daten. Doch jetzt kommt's. Stattdessen enthielten die beiden Handshakes in Teilen die Kommunikation mit dem Flight Entertainment System. Das ist total merkwürdig und es könnte darauf hindeuten, dass es vorher zu einer Stromunterbrechung in der Satelliteneinheit gekommen ist. Das wiederum wäre nur möglich gewesen, wenn die komplette Bordelektronik ausgefallen war – und danach wieder hochgefahren wurde. Oder, wenn jemand den linken AC Bus in der Boeing 777 manuell stillgelegt hatte.«

»Warum sollte gerade die Schaltung auf der linken Seite betroffen sein?«, erkundigte sich Rosanna.

»Weil diese AC Schaltung die Satellitendateneinheit im Notfall mit Strom versorgt. Also, Leute. Nun ist es ziemlich klar. Wenn dafür kein Totalausfall der Bordelektronik als Ursache in Frage kommen sollte, dann hat jemand manuell eingegriffen.«

Rosanna zögerte. »Ich verstehe nur nicht, warum das Bordunterhaltungsprogramm dabei eine Rolle spielt. Ist es denn nicht komplett vom Flugsteuerungssystem abgekoppelt?«

Joe kratzte sich am Kinn.

»Keine Ahnung. Möglicherweise gab es einen weiteren unbefugten Zugriff auf den Bordcomputer. Doch auch das hilft uns nicht weiter. Und wo das Flugzeug zur Zeit ist, kann ich euch wirklich nicht sagen.«

Sie hatten sich um seinen Computer gestellt und verfolgten die Datenprotokolle am Monitor. Am liebsten hätte sich Jack direkt selbst vor einen der Rechner gesetzt und damit begonnen, sich in die Netze der Militärs der angrenzenden Länder zu hacken. Gelassen lauschte er der Darstellung von Joe, bis ihm am Ende der Geduldsfaden riss.

»Komm zur Sache, Joe. Wenn wir schon nicht wissen, wo die 777 jetzt ist, dann sag uns wenigstens, wo sie sein müsste.«

Joe runzelte die Stirn. »Hm. Das ist nicht trivial. Es sieht ganz danach aus, dass Captain Ahmed den Wegepunkten folgt. Das ist am unauffälligsten. Allerdings fliegt die Maschine ziemlich tief unter dem Radar und in knapper Höhe über dem Meer. Dort ist die Luft jedoch so dicht, dass das Flugzeug nicht auf die maximale Geschwindigkeit kommt. Sagen wir 400 Meilen pro Stunde – ich habe keine Ahnung«, räumte er ein. »Das wiederum führt dazu, dass die angepeilten Wegepunkte deutlich später erreicht werden, als wenn man die normale Geschwindigkeit einer Verkehrsmaschine unterstellt. Summa summarum kann ich euch nichts Konkretes anbieten. Sorry. Die Boeing ist irgendwo zwischen Sri Lanka und dem vermeintlichen Ziel auf Diego Garcia. Darauf würde ich tippen.«

Jack wirkte unzufrieden. »Das ist sehr vage. Mir scheint selbst die Trefferwahrscheinlichkeit in einer Lotterie höher zu sein.«

Dann hielt ihn nichts mehr zurück; er setzte sich neben Joe und seine Finger rasten in einer atemberaubenden Geschwindigkeit über die Tastatur. Mit einer präzisen Virtuosität verschaffte er sich den Zugang zu den aufgezeichneten Radarwerten des indischen Militärs. Doch so richtig ergiebig waren die Ergebnisse nicht und schon nach wenigen Minuten musste er zähneknirschend einräumen, dass sich die Suche nach dem Flugzeug wesentlich komplizierter gestaltete, als er gedacht hatte. In der Folge konzentrierte er sich auf die Malediven und auf Diego Garcia, die verschwindend kleine Inselgruppe mitten im Indischen Ozean.

Jack rief die aktuellen Satellitenaufnahmen der gesamten Region vom Vortag ab. Bei Tageslicht waren die militärischen Anlagen auf Diego Garcia gut auszumachen.

Anschließend überprüfte er die vergangenen Tage und glaubte, das Manöver eines Frachtschiffs ausfindig gemacht zu haben. Die Sichtbarkeit war stark eingeschränkt, obwohl der Ozeanriese in der prallen Mittagssonne vor der Insel den Anker geworfen hatte. Die Vergrößerung des Bildausschnitts brachte auch nicht mehr Klarheit – aber Jack legte sich fest.

»Das sieht trotz der Verpixelung nach dem Abladen eines Seecontainers aus, von dem ihr spracht. Ich denke, unser Flugzeug wird schon ganz in der Nähe sein. Vielleicht hat der Pilot noch eine Kurve über den Malediven gedreht.«

Peter stutzte. »Wie kommst du darauf? Das wäre ein Umweg und würde das Potential erhöhen, dass sie entdeckt werden.«

»Genau aus diesem Grund«, entgegnete Jack. »Wenn wir uns in die Lage des Captain Ahmed versetzen ... wie mag es ihm in diesen Momenten gehen? Er sitzt seit Stunden mutterseelenallein im Cockpit und ist komplett abgeschottet von jeder Kommunikation. Wir wissen, dass er nicht suizidgefährdet ist. Erstens wäre er dann nicht für die Operation ausgesucht worden und zweitens hätte er sich in einem solchen Fall mit dem Flieger bereits im Golf von Thailand in die See gestürzt. Leute, er verbringt seine Stunden im Cockpit. Tausend Gedanken gehen ihm durch den Kopf und er muss das alles ganz mit sich allein austragen. Diese Isolation birgt ein Risiko. Normalerweise würden solche Aktionen immer zu zweit ausgeführt werden. Doch in diesem Falle sitzt nur Sharif Ahmed an den Steuerknüppeln. Die Crew und alle Passagiere liegen in der Kabine hinter ihm, im Koma. Die Situation wird ihm arge Sorgen bereiten und ihn zweifeln lassen. Hat er richtig gehandelt? Wird er wirklich als Held aus der Story hervorgehen? Warum ist es hinter ihm über Stunden lang so ruhig geblieben? War es tatsächlich nur ein harmloses Schlafmittel, was über die Sauerstoffmasken versprüht wurde, oder weilen die Passagiere möglicherweise schon gar nicht mehr unter den Lebenden?«

Jack hob seinen Zeigefinger. »Stellt euch bitte diese Konstellation vor. Captain Ahmed hat dicht gehalten. Niemand wird je wissen, was wirklich hinter der Geschichte steckt. Vielleicht kommen ein paar schlaue Köpfe auf sein letztes Telefonat vor dem Abflug in Kuala Lumpur. Doch der Anschluss führt ins Leere, nämlich zu einer unbeteiligten Frau in Malaysia, auf die das Handy angemeldet wurde. Oder jemand findet zufällig seine Hinweise und die bewussten Einkäufe im Duty Free Shop. Aber selbst wenn diese Emails und Abrechnungen jemandem in die Hände fallen, ist fraglich, ob die Botschaft überhaupt erkannt wird. Es bleiben die eingeübten Flugrouten und Landeanflüge auf seinem Flugsimulator. Doch auf Geheiß seiner Auftraggeberin...«, er deutete mit seinem Kopf auf Victoria, die auf einem Stuhl gefesselt in der Ecke des Raums saß.

»... wurden alle Daten auf dem Flugsimulator gelöscht und im Flieger selbst sind die Bordinstrumente lahm gelegt worden. Der Transponder sendet keine Positionsdaten mehr und das ACARS System ist ebenfalls ausgeschaltet. Vor Sharif liegt nur noch die Landung auf der Insel Diego Garcia ... und - Leute - der Kerl hat nicht die geringste Ahnung, was ihn dort erwarten wird. Aus diesem Grunde kann ich mir sehr gut vorstellen, dass er eine kleine Ehrenrunde dreht und in einer auffällig niedrigen Flughöhe über eine der paradiesischen Malediven-Inseln hinweg düst, um damit ein paar Brotkrumen zu hinterlassen.«

Joe war von den Ausführungen angetan. Ihm kamen die Schlussfolgerungen sehr logisch vor. Bei dem Bild mit den Brotkrumen, kam ihm augenblicklich das Märchen der Gebrüder Grimm in den Sinn und er konnte sich einen bissigen Kommentar mit Blick auf Victoria nicht verkneifen.

»Das ist gut möglich. Während der Hänsel in der Boeing sitzt, kauert sich die Hexe bei uns in der Ecke.«

Rosanna ging nicht darauf ein. »Gut möglich, dass Sharif eine Runde über den Malediven gedreht hat. Bekommst du irgendwelche Daten, die das bestätigen? Gibt es vielleicht Augenzeugen auf den Inseln und kommen wir an die Gesprächsinhalte oder an die Telefonate?«

Die Aufforderung ging an Joe und er begann, die Vorratsdatenspeicher der Netzwerk-Provider anzuzapfen.

Peters Blick wanderte an die Decke. »Die Telefone. Das ist es. Dass wir nicht eher daran gedacht haben. Fast in jedem Flieger bleiben einige Handys angeschaltet. Und wenn das Flugzeug wirklich so tief fliegt, kann es doch sein, dass sich die Geräte hin und wieder einloggen.«

Rosanna schüttelte den Kopf. »Dazu müssten wir zunächst einmal wissen, wer mit welchem Mobiltelefon an Bord ist.«

»Kein Problem«, erwiderte Jack. »Ich finde den Vorschlag ausgesprochen gut. Lasst uns die Passagierliste mit allen persönlichen Daten abgleichen. In wenigen Minuten werden wir von jedem Fluggast eine komplette Vita mit sämtlichen verbundenen Geräten haben. Das könnte unsere Chance sein. Sobald die Maschine landet und sich die Geräte mit einem lokalen Netz verbinden, hacken wir uns ein. Dann werden wir beobachten, was dort passiert.«

Es klang nach Science Fiction. Doch niemand stellte den Ansatz in Frage. Es war viel zu verlockend, die Hoffnung auf diese Option zu setzen und vielleicht doch noch aus der Ferne auf die Ereignisse einwirken zu können. Joe fand bereits nach kurzer Zeit heraus, dass sich das Telefon des Co-Piloten für einige Sekunden über der Insel Penang mit einem Hand-Shake in das malaysische Funknetz eingeloggt hatte. Mögliche Anrufer hätten vielleicht sogar ein Freizeichen hören können - ohne jedoch, dass jemand das Gespräch entgegen genommen hätte. Denn die Passagiere wie auch der Co-Pilot waren zu diesem Zeitpunkt bereits ohnmächtig - wenn sie überhaupt noch am Leben waren.

Peter hatte inzwischen auf dem Stuhl neben Jack Platz genommen und schaute ihm fasziniert über die Schulter.

»Eine Frage. Meinst du, dass die Akkus bei der Landung noch über genügend Energie verfügen?«

Jack rieb sich die Augen. Er hatte zu lange und zu angestrengt auf den Bildschirm gestarrt.

»Wir werden sehen. Es gibt jedenfalls ein Mobilnetz auf Diego Garcia. Siehst du?« Er fuhr mit seinem Zeigefinger über einen blinkenden, blauen Punkt auf dem Monitor. »Es ist zwar kein öffentliches Netz, aber ich komme trotzdem hinein.«

In einem Browserfenster sah man eine Reihe von Verbindungen. Neben den Ziffernkombinationen erschienen die Portraits der Besitzer, die sich auf der Insel aufhielten.

»Das ist unheimlich. Big Brother is watching you«, schoss es aus Peter heraus.

Jack schmunzelte. »Das Ziel ist die Kategorisierung der Menschheit. In wenigen Jahren wird das Netz flächendeckend sein. Dann gibt es keine Geheimnisse mehr.«

»Und auch keine Privatsphäre mehr«, ergänzte Peter.

Am Nachbartisch machte sich Joe bemerkbar.

»Touch down. Wenn mich nicht alles täuscht, könnte unsere Boeing gerade gelandet sein.«

Er hatte die seismischen Überwachungsdaten von allen verfügbaren Seebojen abgegriffen. Sie waren als Frühwarnsystem für die Vorhersagen von Seebeben und Tsunamis nach der verheerenden Katastrophe von 2004 eingeführt worden und zeichneten selbst kleinste Erschütterungen auf. Beim Landeanflug über Diego Garcia hatte die Boeing 777 ziemlich heftige Luftbewegungen verursacht. Parallel bemühte sich Jack um die aktuellen Satellitenaufnahmen. Vergeblich.

»Shit. Sie haben die Kamerasysteme deaktiviert.«

»Schalt Sie doch wieder an oder geht das nicht?« Rosanna traute ihrem Ex-Mann von Stunde zu Stunde mehr zu.

Jack schüttelte seinen Kopf.

»Bedaure, die Satellitensysteme befinden sich im Maintenance Zustand. Bis ein kompletter Reset durchgeführt ist, werden Stunden vergehen. Also, vergesst die Live-Aufnahmen aus dem Weltraum. Wir werden uns stattdessen auf die Handys konzentrieren.«

Auf dem 65-Zoll Bildschirm, der freistehend im Raum platziert war, liefen die wichtigsten Simulationen ab. Eine Übersichtskarte zeigte die Topologie der Insel und es blinkten darauf verschieden farbige Punkte. Sie markierten die Bewegungen der Mobiltelefone vor Ort in Echtzeit und vorausgesetzt, dass jeder Soldat sein eigenes Gerät am Mann hatte, zeigten die eingeblendeten Info-Felder, wer sich gerade wo aufhielt. Wie ein Ameisenhaufen aus der Vogelperspektive vollzogen die farbigen Punkte immer wieder neue Bewegungsmuster. Alles passte zu der vermuteten Landung eines Großraumflugzeugs, denn plötzlich herrschte auf dem gesamten Archipel ein hektisches Treiben. Am Rande der Landebahn versammelten sich auffällig viele Personen.

»Dabei handelt es sich nur um die höchstrangigen Militärs, die auf der Insel stationiert sind. So viel steht fest. Die normalen Soldaten halten sich komplett im Süden der Insel auf. Wahrscheinlich sollen die Jungs nichts von der Aktion mitbekommen.«

»Jack, wer sind *die* dort? Von diesen Telefonnummern hast du gar keine IDs?«

Es war Tanja, die das wissen wollte. Sie hatte sich hinter Joe gestellt und schmiegte ihren Körper an seinen, so dass sie seine Wärme spürte. Jack schaute die beiden an.

»Ich tippe auf unser Einsatzteam.« Nach einer kurzen Pause korrigierte er sich. »Sorry, ich meinte das Einsatzteam der *Enco*. Bei denen sind die Identitäts-Daten total widersprüchlich. Es sieht nach einem sehr effizienten Chiffrier-Programm aus.«

»... was wahrscheinlich von dir stammt«, vermutete Rosanna.

Jack knirschte mit den Zähnen.

»Nun, ja. Wir werden die Identitäten jedenfalls nicht knacken können – bestenfalls können wir es auf einige Zielpersonen eingrenzen.«

»Vergiss es«, gab Rosanna die Richtung vor, »das bringt uns eh nicht weiter.«

Jack nickte. »Joe, hilf mir bei den Ring-Fence Applikationen. Leute, gleich seht ihr etwas, was ihr noch nie in eurem Leben erlebt habt.«

Kurzerhand kombinierten die beiden Computerexperten die Rechenleistung verschiedener Grafikkarten in den Rechnern und verknüpften sie mit den Datenpaketen, die sie aus allen vor Ort befindlichen Mobiltelefonen abgreifen konnten. Sie hatten sich in die Betriebssoftware der Geräte gehackt und die audiovisuellen Systeme gestartet. Dabei wurden zunächst sämtliche Tonübertragungen miteinander synchronisiert. Je nach Abstand von der Quelle, ergab sich daraus eine Position im Raum, welche die beiden kongenialen Profis in ihrem Simulationsprogramm ansteuern konnten. Da die Handys bei manchen Personen in der Hosentasche steckten und bei anderen aus der Brusttasche herauslugten, gab es zwar beträchtliche Unterschiede bei der Verständlichkeit – allerdings konnten die Frequenzumfänge durch speziell entwickelte Filter solange optimiert werden, bis ein glasklarer Klang aus den Monitorboxen strömte, der zudem noch eine exakte räumliche Positionierung zuließ. Es war faszinierend. Obwohl sie in ihrem Hongkonger Studio viele tausend Kilometer vom Flugzeug entfernt waren, wurden sie von einem dreidimensionalen Klangteppich umgeben, der sie mitten ins Geschehen auf Diego Garcia versetzte.

»Das war nur die Aufwärmphase«, protzte Jack. »Als Nächstes zaubern wir uns eine virtuelle Realität vom Feinsten auf die Mattscheibe.«

Es war ein Blick auf die Entwicklungen von Übermorgen, dachte Peter. Aus den unterschiedlichen Positions- und Audiodaten konnten die Prozessoren ein dreidimensionales Bild des umgebenden Areals errechnen. Ähnlich der Orientierung von Fledermäusen ergaben die zeitlichen Differenzen zwischen den aufgenommenen Echos einerseits und den Koordinaten der Mikrofone andererseits eine wirklichkeitsgetreue Rekonstruktion der Konturen.

»Unser Sehen funktioniert auch nicht anders«, erklärte Jack. »Beim Auge sind es die Wellenmuster des reflektierten Lichts, die wir auf der Netzhaut abbilden - und das funktioniert prinzipiell auch mit Schallwellen.«

Joe hatte sich zwischenzeitlich die Fernsteuerung der eingebauten Handy-Kameras vorgenommen und er sendete die aufgezeichneten Bildausschnitte an das Simulationsprogramm. Es waren größtenteils nur Fragmente, doch mit jeder zugespielten Videoaufnahme wurde das Gesamtbild kompletter.

»Das wäre noch vor einigen Monaten völlig unvorstellbar gewesen«, bemerkte Jack voller Stolz. »Wir errechnen quasi eine wirklichkeitsgetreue Abbildung. Und wer die totale Illusion sucht, sollte sich eine 3D-Brille aufsetzen. Damit kann man direkt ins Geschehen vor Ort eintauchen, sogar dreidimensional.«

Peter winkte ab. »Danke, ich finde die Darstellung auf dem großen Bildschirm viel eindrucksvoller.«

Der Hamburger schüttelte begeistert den Kopf. In seinen Augen war es war die pure Zukunftsvision.

Mit dem Controller fuhr Jack über die Landkarte der Insel und projizierte das Geschehen vor Ort aus unterschiedlichen Perspektiven direkt auf den Monitor. Noch unmittelbarer konnten sie nicht dabei sein. Jack wählte die Ansicht der Landebahn und wagte einen virtuellen Blick ins Cockpit.

Sharif Ahmed legte einige Schalter um und notierte die Eckwerte der Flugroute. Er hatte eine mustergültige Landung hingelegt und wartete auf das Begrüßungskommando. Die Delegation kam. Jedoch völlig anders, als er es sich vorgestellt hatte.

Mehrere schwerbewaffnete Männer stießen die Cockpit-Tür auf und schrien ihn an. »Captain Ahmed?«

Falls sich Sharif bei dieser Ansprache in Sicherheit wiegen sollte, so lag er komplett daneben. Schon der Befehlston des Mannes in der Armee-Montur passte nicht zu seiner Erwartungshaltung. Sharif fasste sich an die linke Schulter und fühlte über die Einstichstelle. Hoffentlich hielt Venus ihr Wort, dachte er und erhob sich von seinem Sitz. Einer der Männer zog ihn am Ärmel und zerrte ihn aus dem Cockpit. Sharif protestierte und versuchte, sich von dem Handgriff zu lösen. Vergeblich. Von der anderen Seite her stieß ihm jemand einen Gewehrlauf in die Seite und mahnte ihn zur Vernunft. Sein Blick fiel in die Kabine und er sah, wie seine Passagiere leblos in den Sitzen hingen.

»Um Himmels Willen, was haben Sie getan?«

Der Flugkapitän war kurz davor, in Ohnmacht zu fallen. Er suchte Halt an einem Sitz. Einer der Männer herrschte ihn mit lauter Stimme an.

»Wir? Haben Sie einen Schaden? Das haben die Fluggäste Ihnen zu verdanken. Wer hat denn die Maschine wie ein Irrer in den Nachthimmel nach oben gejagt? Das waren Sie und niemand sonst.«

Tausende Kilometer entfernt verfehlten die Worte nicht ihre Wirkung.

»Sie sind tot. Sie sind alle tot. Wie schrecklich.« Tanja schrie verzweifelt und hielt sich die Hand vor den Mund.

In der Zentrale herrschte eine Schockstarre. Bis zuletzt hatten sie gehofft, dass es ihnen gelingen würde, die unschuldigen Menschen im Flugzeug zu retten. Die schlimmsten Befürchtungen waren zur Gewissheit geworden. Fassungslos verfolgten sie die Bilder auf dem Bildschirm.

»Ihr Bastarde«, schrie Sharif. Es waren seine letzten Worte.

Einer der Männer hatte die Geduld verloren und schoss aus einer Handfeuerwaffe auf den wehrlosen Kapitän. »Schweig, du Hundesohn! Der Mohr hat seine Schuldigkeit getan.«

Plötzlich wurde es schwarz vor seinen Augen. Sharif taumelte und er fiel zu Boden.

»Wer hat da geschossen? Was soll der Quatsch? Die Außenhaut des Fliegers muss unversehrt bleiben, ihr Idioten.« Es war die Stimme des Kommandoführers Doug Fienner.

Jack zoomte aus dem Bild in die Totale und versuchte die Szenerie außerhalb des Flugzeugs einzufangen. Tanja schluchzte; die Intensität der Bilder hatte sie aus dem Tritt gebracht und ihr stiegen Tränen in die Augen. Die Darstellung auf dem Bildschirm war so echt, wie sie nur sein konnte. Tanja rannte durch den Raum und trommelte mit ihren Fäusten gegen den Oberkörper von Victoria.

»Das ist Ihre Schuld. Sie haben Sie alle umgebracht.«

Die Frau fühlte ihre Fesseln in diesem Moment nicht mehr. Sie wähnte sich am Ziel und ergötzte sich an den Bildern der Liveübertragung.

»Schuld, Schuld. Das ist ein großes Wort für so eine kleine, unbedeutende Person, wie Sie es sind. Bei wem liegt die Schuld denn Ihrer Meinung nach? Bei demjenigen, der den Abzug drückt oder bei dem Hersteller der Waffe? Oder verurteilen Sie die Ingenieure, die das Kampfgerät entwickelt haben?«

Tanja verlor die Beherrschung. Mit beiden Händen umfasste sie den Hals der Frau und würgte sie.

»Es geht hier nicht um einen Revolver, sondern um ein Verkehrsflugzeug mit über 200 Menschen an Bord.« Sie schrie aus voller Kehle.

Joe kam herangestürmt und zog seine Freundin von Victoria weg. »Lass sie am Leben, denn vielleicht brauchen wir sie noch. Sie wird ihre Strafe bekommen und wir werden sie vor ein ordentliches Gericht stellen.«

Victoria hustete mehrere Male, als sie wieder Luft bekam.

»Dinge geschehen. Das ist nun einmal so«, krächzte sie. »Schließlich war es der Pilot, der die Maschine in den Himmel gejagt hat. Wenn Sie so wollen, hatte er das Schicksal in der Hand gehabt. Oder Sie schreiben es dem Mechaniker zu, der vorher die Sauerstoffaggregate gegen das Giftgas ausgetauscht hat. Unwissentlich, versteht sich. Und letztendlich sind Sie alle hier zu Mittätern geworden. Sie haben dabei zugeguckt und es geschehen lassen.« Sie räusperte sich und fuhr sich mit der Zunge über die Lippen.

»Ohne Opfer gibt es keine Täter. Sie bedingen sich gegenseitig. Ob etwas passiert oder nicht, hängt zwar von vielen Komponenten ab. Doch die Regieanweisungen für das, was geschieht, wurden schon lange zuvor geschrieben. Es bringt nichts, nach den Beweggründen oder einer Schuld zu suchen. Kausalität ist eine sehr menschliche Interpretation der Zusammenhänge.«

# Kapitel 50

*Hongkong*

*8. März 2014*

*Die geheime Landung*

Joe hatte genug von den Worten der Frau. In der geheimen Organisation mochte sie eine mächtige Rolle einnehmen, doch hier saß sie gefesselt auf einem Stuhl und die Rebellen wollten ihr kein weiteres Forum für ihre verquasten Weltanschauungen bieten. Kurzerhand griff er zu einer Serviette und drückte sie Victoria in den Mund.

»Wir gönnen Ihnen eine Pause, Lady.« Ihre Augen funkelten, als Joe zu den anderen zurückging. Auf dem großen Bildschirm mitten im Raum verfolgten sie gemeinsam die Ereignisse.

Der Truppführer, Doug Fienner, schritt die Passagierkabine ab und kontrollierte die Sitzreihen. Es bot sich ein Bild des Grauens. Die Menschen waren noch angeschnallt und ihre leblosen Körper hingen teilweise übereinander in den Sitzen. Taschen und persönliche Gegenstände waren bei der Landung aus den Gepäckfächern gerutscht und lagen verstreut in den Gängen. Doug zog sich dünne Gummihandschuhe an und griff nach dem Mobiltelefon, welches bei einem Fluggast seitlich am Gürtel hing. Es war noch in Funktion. Er nahm es in Augenschein und wendete es. »Wenn dieses Ding reden könnte ...«

Doug schaute direkt in die Miniatur-Linse des Smartphones und sein Konterfei wurde in voller Größe auf den Monitor nach Hongkong übertragen.

»Wenn du wüsstest«, flüsterte Jack und startete das Bilderkennungsprogramm.

Vielleicht würden sie in wenigen Sekunden wissen, wem sie sich gegenübersahen. Der Mann am anderen Ende der Datenverbindung war ein Profi. Er brach an dem Gerät solange herum, bis er die Kunststoffabdeckung entfernt hatte und den Akku aus der Arretierung nehmen konnte. Die Verbindung zu dem Handy war augenblicklich unterbrochen. Automatisch schaltete die Bildübertragung jedoch auf eines der anderen Mobilgeräte um. Inzwischen hatten einige der Akkus ihren Geist aufgegeben und Jack schaute besorgt auf die Anzahl der verbliebenen Geräte.

Die Männer im Flugzeug hatten indes den schlaffen Körper des Piloten zurück ins Cockpit getragen und schnallten ihn hinter dem Steuerknüppel fest.

»Verbindet unseren Laptop mit dem Bordnetz«, schrie der Anführer von hinten. »Männer, sind die Tanks schon wieder aufgefüllt?«

Das Einsatzteam der *Enco* auf Diego Garcia war eine eingespielte Mannschaft. Jeder Handgriff saß perfekt und war Hunderte Male zuvor eingeübt worden. Die Männer hinterließen keine Spuren, die später einen Rückschluss auf ihre Anwesenheit erlauben würden. Die Fracht mit den Mangostanfrüchten hatten sie ausgetauscht und das Flugzeug wieder randvoll aufgetankt. Für den Weiterflug war kein Pilot mehr vorgesehen. Ein Ultranotebook sollte stattdessen die Steuerung des Flugzeugs übernehmen. Die Route war bereits einprogrammiert und das Ziel lautete Peking.

Der Laptop war das einzige Teil, welches nicht beim ursprünglichen Abflug in Kuala Lumpur mit an Bord gegangen war. Lange hatten sie überlegt, wie sie ihn bei der Landung in Peking wieder verschwinden lassen konnten. Eine Sprengung des Notebooks hatten sie ebenso in Betracht gezogen, wie auch eine Selbstentzündung der eingebauten Akkus. Schließlich hatten sie sich dafür entschieden, dass das Gerät einem der Fluggäste gehören sollte. Falls später den Ermittlungsbehörden in China dieses Notebook überhaupt auffallen sollte, so würde es allenfalls die Spekulationen über eine Entführung durch einen Passagier nahe legen. Die Spuren dafür waren jedenfalls gelegt; die gefälschten Identitäten der beiden jungen Iraner und auch die mitreisenden Ukrainer boten genügend Spielraum für die wildesten Theorien.

Darüber hinaus fanden sich auffällig viele Kollegen der Firma Semiconductor unter den Fluggästen, was zu weiteren Verdächtigungen führen dürfte. Die *Enco*-Agenten waren sich einig; der neu installierte Laptop stellte kein Problem dar und würde keine Rückschlüsse auf sie zulassen.

Jack vergrößerte die Aufnahme des Notebooks und suchte das Typenschild. Er war nervös und die ersten Schweißperlen zeigten sich auf seiner Stirn. Dabei war es weniger der Rechner, der ihm Sorgen bereitete, denn es handelte sich um einen ganz gewöhnlichen Laptop mit einem mittelmäßig schnellen Prozessor. Nein, vielmehr zerbrach er sich den Kopf darüber, wie er sich in das Gerät einwählen konnte.

»Kommen wir vielleicht über eins der Handys ins System?«, erkundigte sich Rosanna, als sie sah, wie angestrengt die beiden Experten vor ihren Workstations saßen.

»Selbst das wird schwierig sein«, erwiderte Joe. »Und es funktioniert nur, solange die Akkus reichen und der Flieger am Boden ist.«

»Scheiße, scheiße, scheiße«, brach es aus Jack hervor. In einem rasenden Tempo versuchte er, eine Datenverbindung mit dem Gerät aufzubauen. »Das geht nicht. Beim Notebook ist weder WIFI noch Bluetooth eingeschaltet. Ich versuche es über den Remote-BD-Access.«

Peter zuckte mit seinem Kopf und er versuchte zu erraten, worum es dabei ging. Vor einigen Monaten hatte er in einem Magazin gelesen, dass die internationalen Telekommunikations-Provider systematisch die Ortungsdaten der Mobiltelefone aufgezeichnet hatten - selbst wenn die Geräte ausgeschaltet waren. Konnte es also sein, dass man auch ohne eine Funkverbindung an den Datenfluss des Handys oder eines Laptops gelangen konnte? Das war ihm jedoch völlig neu.

»BD? Wofür steht das?«

»Für das Hintertürchen, die Back-Door. BD«, erklärte Joe. »Wenn ein ausreichend stark abstrahlendes Magnetfeld in der Nähe ist, kommen wir vielleicht über die Back-Door an die Sendemodule im Laptop.«

»Theoretisch«, korrigierte ihn Jack und schüttelte seinen Kopf. »Erstens verfügen nicht alle Modelle über diese Eigenschaft. Und zum Teufel. Wo finde ich ein starkes elektromagnetisches Feld?«

An der Wand hinter ihnen tickte eine große Uhr und unbarmherzig schob sich der Sekundenzeiger über das runde Ziffernblatt.

»Uns läuft die Zeit weg«, mäkelte Peter.

Auch er suchte krampfhaft nach einer Möglichkeit, die Datenverbindung aufzubauen.

»Wenn ich es richtig verstehe, musst du zunächst einmal ins Bordnetz kommen, oder? Ich habe eine Idee. Wir haben doch vorhin die Innenaufnahmen aus dem Flieger gesehen. Ich glaube in der letzten Reihe in der Business Class hatte jemand ein Notebook auf dem Schoß, vielleicht hing es an einer Steckdose und ist aufgeladen.«

»Ausgezeichnet. Wenn dem so ist, wäre es genial. Ich sagte schon, dass du eine exzellente Beobachtungsgabe hast.«

Mit der Maus steuerte Jack den Bildausschnitt und simulierte eine Kamerafahrt quer durch die Sitzreihen. Tatsächlich fand er den Rechner in der letzten Reihe der Business Class. Das Display war aufgeklappt und der Rechner befand sich im Standby-Modus. Zwei Reihen dahinter machten sie ein Handy ausfindig und verschafften sich darüber den Zugang zum Laptop.

Die nächsten Schritte muteten an wie Magie. Selbst Joe kam nicht mehr aus dem Staunen heraus. In Jack hatte er seinen Meister gefunden. Die alphanumerischen Zeichen ratterten in einem atemberaubenden Tempo über den Bildschirm. Der ehemalige Hauptmann der israelischen Anti-Terroreinheit wühlte sich tief in das Betriebssystem und hatte schließlich einen Zugang gefunden. »Eine Spur Glück gehört einfach dazu.«

Sie profitierten davon, dass der Fluggast den Laptop nicht nur über den Trafo ans Stromnetz angeschlossen hatte, sondern auch eine Verbindung zum 5 Volt Ladeanschluss in der Sitzlehne mit einem USB Kabel hergestellt hatte.

»Über diese Buchse lassen sich normalerweise die Updates für das Entertainmentangebot einspielen«, erklärte Jack und wähnte sich Joe wiederum einen Schritt voraus.

Sein Gegenüber hob den Zeigefinger und bewegte ihn demonstrativ hin und her.

»Ich bremse dich ungern. Aber soweit ich weiß, ist das Entertainment-System komplett vom Bordnetz abgekoppelt. Eben damit niemand aus dem Flieger die Steuerung der Triebwerke übernimmt. Das hat Boeing schon des Öfteren bestätigt.«

»Ich weiß, ich weiß«, besänftige ihn Jack. »Erstens darfst du nicht alles glauben, was in der Öffentlichkeit gesagt oder dementiert wird. Es ist zwar etwas aufwändiger, doch ich komme über diesen Weg ins Bordnetz. Warte es einfach ab.«

»Und zweitens?«, wollte Joe wissen.

»Wieso zweitens?« Für einen kurzen Moment hatte Jack den Faden verloren. »Ach, ich verstehe. Nun, zweitens scheint der Laptop keinem x-beliebigen Fluggast zu gehören. Die Dateien auf seiner Festplatte sehen arg verdächtig aus.«

Rosanna beugte sich nach vorne. »Sag uns, woran du denkst. Wer ist es?«

Jack hatte mittlerweile das Konterfei des Mannes auf den Bildschirm geworfen und verzog sein Gesicht.

»Der Typ war vielleicht so etwas wie ein Fall-Back Plan. Der Kerl hat nämlich Programme auf seinem Rechner, mit denen man die Flugdaten manipulieren kann. Und offensichtlich hatte er bereits versucht, über den Anschluss ins Bordnetz zu kommen. Falls Captain Ahmed in letzter Sekunde von Zweifeln übermannt worden wäre und die Manöver nicht ausgeführt hätte, dann wäre vermutlich Plan B zum Tragen gekommen.«

Ihre Blicke richteten sich auf die Frau in der Ecke des Raums. Unbewegt und mit einem eiskalten Blick saß sie da und beobachtete das Geschehen. Plan B. Sie hatte nichts dem Zufall überlassen.

»Es gab demnach auch einen Verschwörer in der Kabine«, stellte Rosanna fest und drehte sich zu der Drahtzieherin um. »Doppelt hält besser. War das die Idee, die dahinter steckte?«

Der Blick der Frau verfinsterte sich. Mit der Stoffserviette im Mund konnte sie eh nicht darauf antworten.

Jack konzentrierte sich auf die Fernsteuerung des Laptops und ließ dabei äußerste Sorgfalt walten. Den Monitor schaltete er aus. Keinesfalls sollte einer der *Enco*-Agenten vor Ort Verdacht schöpfen und auf den Fluggast mit seinem Computer aufmerksam werden. »Nun werden wir gleich im System sein.«

Er wandte sich an Joe. »Schalte den Stealth Modus ein. Es muss ja nicht gleich jeder von unserem Besuch wissen.«

Damit schottete Joe sämtliche Signale hermetisch ab, die von dem Laptop ausgingen. Sie arbeiteten immer besser zusammen und tasteten sich Schritt für Schritt an die programmierte Flugroute heran. Jack zeigte ihm die simulierte Strecke auf einer Übersichtskarte von Südostasien.

»Ihr hattet recht. Das Ziel lautet Peking. Zunächst soll der Autopilot die Boeing knapp über der Wasseroberfläche steuern, bis eine stark frequentierte Verkehrsroute erreicht wird. Dann geht es hinauf bis auf die Reiseflughöhe. Im Windschatten einer anderen Maschine wird der Geisterflug nicht auffallen.«

»Das heißt, kein Pilot wird dieses riesige Flugzeug lenken? Nur der kleine Laptop im Cockpit?« Peter zog eine Augenbraue nach oben.

»Ja, das wäre nicht das erste Mal. Mit unbemannten Flügen ist das schon wiederholt praktiziert worden«, führte Jack aus. »Nur dass man dann im Notfall immer noch von außen eingreifen konnte. Hier sieht es so aus, dass die Boeing von allen externen Steuerungsmöglichkeiten komplett isoliert sein wird.«

Peter nickte. »Das klingt nachvollziehbar. Es sollen ja keine Spuren auf die Urheber hinweisen. Kannst du nicht jetzt schon die Route von unserem Laptop aus manipulieren, so dass die Maschine ganz woanders hin fliegt?«

»Schlaues Kerlchen. Das geht leider nicht. Denn das wird sofort einen Alarm auslösen. Die Spezialisten von der *Enco* habe ich höchstpersönlich ausgebildet und das sind keine dilettantischen Amateure.«

Jack steckte in einem Dilemma und suchte händeringend nach einer Lösung. Währenddessen hatte sich Rosanna an den kleinen, runden Tisch neben der Terrassentür zurückgezogen. Sie spielte die Varianten durch und hatte auf dem Tisch einige der Dominosteine zu einen Kreis aufgestellt.

»Plopp.« Sie stieß an einen der Dominosteine und beobachtete wie einer nach dem anderen umfiel. »Eine Kaskade. Die Kaskaden des Salamanders.« Sie zögerte.

»Hey, Jack«, rief sie. »Was ist, wenn du die Modifikation der Flugroute wie eine Kaskade aufbaust? Mit einer zeitlichen Verzögerung.«

Ihr Ex wusste sofort, was ihr in den Sinn gekommen war. Er lächelte. Das war die Lösung. Die beiden Computerexperten steckten ihre Köpfe zusammen und programmierten eine Route mit einigen sorgfältig ausgesuchten Geokoordinaten. Allerdings so, dass ihr System erst dann die Kontrolle über die Streckenführung des Autopiloten übernehmen würde, sobald die Mobilnetzverbindung des gekoppelten Telefons abbrechen würde. Dann würde die Maschine nämlich hoch genug sein und bereits weit genug von der Insel Diego Garcia entfernt sein.

Sie brüteten über der Übersichtskarte des Indischen Ozeans. Der Zielort sollte möglichst unauffindbar sein und die tödliche Fracht an Bord musste so tief wie möglich auf dem Meeresgrund versteckt werden. Joe zögerte; er dachte an die vielen Menschen im Flugzeug. Doch niemand konnte mehr etwas für die Opfer tun. Sie sollten ihre letzte Ruhestätte finden. An einem Zielort mit bedeutungsvollen Koordinaten und dennoch unendlich weit entfernt von jeder Landmasse. Sie einigten sich auf die Werte, tippten die Zahlenreihe in den Rechner und löschten anschließend alle Spuren.

Peter versuchte den Männern über die Schulter zu schauen.

»Wohin geht die Reise?«

Jack schüttelte den Kopf. »Je weniger darüber bekannt ist, umso besser.«

Die Daten suchten sich ihren Weg durch das weltweite Netz, bis sie schließlich in der Boeing 777 ER angekommen waren. Der Countdown war angelaufen. Sobald das Flugzeug vom Boden abhob und eine entsprechende Höhe erreichte, würden die Triebwerke einer fest definierten Route folgen. Exakt der Strecke, die Jack und Joe im fernen Hongkong ausbaldowert hatten.

Niemand schlafe, schoss es Peter durch den Kopf. Der Sonntagmorgen war angebrochen und er drückte beide Daumen, dass das Flugzeug niemals nach Peking gelangte, sondern im wahrsten Sinne des Wortes aus dem Verkehr gezogen wurde.

Die nächsten Minuten auf Diego Garcia vergingen rasend schnell. Die Agenten der Spezialeinheit verließen das Flugzeug und machten ihre letzten Kontrollgänge. Alle Luken waren verschlossen und der Kommandoführer löste mit einem Druck auf die Fernsteuerung den Start der Triebwerke aus. Zusammen mit den Militärs gingen sie hinüber zum Tower für die Luftraumüberwachung. Der Kommandant kratzte sich am Kopf und richtete seine Frage an den Anführer Doug Fienner.

»Hören Sie mal, wollen Sie den kompletten Start dem Computer überlassen? Was ist, wenn Sie die Nase nicht nach oben bekommen und die Boeing direkt über uns abstürzt?«

»Keine Sorge«, beschwichtigte ihn der Mann von der *Enco* und klopfte sich den Staub von der Uniform. Er deutet hinüber zu seinem Kollegen, der einen Controller in seiner Hand hielt.

»Die erste Viertelstunde übernehmen wir die Steuerung. Erst sobald wir die Reiseflughöhe erreicht haben und weit genug von der Insel entfernt sind, übernimmt der Bordcomputer die Kontrolle mithilfe unseres Laptops. Es ist ganz einfach und problemlos.«

Auf dem Radarschirm konnten sie die aktuellen Flugbewegungen der Maschine verfolgen. Der Start verlief glatt und reibungslos. Die Boeing war wieder in der Luft. Auf dem Weg zu ihrer letzten Reise. Und mit einer explosiven Ladung an Bord. Die Männer verließen den Kontrollturm. Von der Landebahn aus beobachteten sie die Maschine am frühen Morgenhimmel, bis sie aus ihren Blicken entschwand.

Tausende Kilometer entfernt in Hongkong verfolgte das Team um Rosanna herum die Ereignisse. Manches konnten sie sich anhand der Bilder aus dem Flugzeug zusammenreimen, vieles jedoch mussten sie erahnen.

»Gleich wird jeglicher Kontakt abbrechen«, stellte Joe fest. »Sobald wir den Bereich des Mobilfunknetzes verlassen, bleiben die Bildschirme schwarz. Was dann passiert, weiß niemand und wird es auch nie erfahren.«

Peter nickte. »Es bleiben vielleicht noch die Aufnahmen der Satelliten.«

Doch auch da nahm ihm Jack die Hoffnung.

»Ich vermute, dass die Bildübertragung noch ganz bewusst für einige Stunden in der gesamten Region abgeschaltet bleibt. Eben damit niemand etwas nachvollziehen kann.«

In diesem Augenblick glaubte Joe noch etwas entdeckt zu haben. Die Triebwerke der Boeing hatten nämlich auch stundenlang nach dem letzten Funkspruch um 1:19 Uhr und nach dem Abschalten des Transponders ihre Pings gesendet und an die Satelliten übermittelt. Der Hersteller der Triebwerke, Rolls Royce, hatte diese Finesse vor einigen Jahren in seine Turbinen eingebaut, um damit die Funktionen nachzuvollziehen. Allerdings eigneten sich diese sogenannten Pings nicht zu einer Positionsbestimmung. Sie konnten nur einen groben Korridor angeben, in dem sich das Flugzeug bewegte. Dennoch waren die Signale ein Lebenszeichen und zeugten somit von einer deutlichen Sprache. Denn damit war evident, dass die 777-ER noch weitere sieben Stunden in der Luft war, nachdem der Transponder über dem Golf von Thailand um 1.21 Uhr nachts ausgeschaltet worden war.

»Du bist der Experte. Nicht umsonst nennt man dich *The Brain*.« Er wandte sich an Jack. »Gibt es nicht doch eine Möglichkeit aus diesen Pings die Flugroute abzuleiten?«

Jack überlegte für einen kurzen Moment.

»Ich weiß nicht. Vielleicht kann man über die Verzögerung der Signale näherungsweise eine Richtung bestimmen. Quasi über den Doppler-Effekt. Ihr kennt das...?«, er blickte in die Runde. »Wenn euch ein Krankenwagen entgegenkommt, wird der Signalton scheinbar immer höher. Und sobald das Fahrzeug vorbeigefahren ist und sich wieder entfernt, wird die Tonfrequenz tiefer. Ähnlich könnte man die Position aus den Pings errechnen. Aber Joe, mir kommt gerade etwas ganz anderes in den Sinn... «, er drehte sich wieder um zu seinem Counterpart und fuhr fort.

»Es ist ein Klacks, die Ping-Signaldaten um einen graduellen Wert zu verändern. Und mit dieser Manipulation bekommen wir einen Korridor, der auf Australien oder die Antarktis hindeutet. Ich könnte mir sogar vorstellen, dass die Daten bereits geringfügig geändert wurden. Schließlich will doch niemand, dass der Flieger auf einem US-amerikanischen Stützpunkt inmitten des Indischen Ozeans gesucht wird. Da ziehen alle an einem Strang.«

Joe nickte. »Stimmt. Das wäre sonst ein brenzliges Spiel mit dem Feuer. Am besten wird die Suche irgendwo hin verschoben, wo man später niemals etwas finden wird.«

Die Monitore sahen mit einem Mal wieder sehr aufgeräumt aus. Nur noch sporadisch blinkten kleine Symbole auf und meldeten einen Fehlercode. Mehr gab es nicht. Keine einzige Information, die etwas über die Position des Flugzeugs verriet. Weder gab es ein Transpondersignal noch eine Information des ACARS. Alle Positionsübermittlungen des Flugzeugs waren abgeschaltet.

Nur einige Männer auf Diego Garcia wähnten sich wissend bezüglich der Flugroute. Doch sie lagen genau so daneben wie Victoria, die nach wie vor hoffte, dass die Maschine ihr ursprüngliches Ziel in Peking anfliegen würde. Sie lagen alle falsch. Einzig die beiden Computerfreaks, Jack und Joe, kannten die Zielkoordinaten.

Peter nahm Rosanna in seinen Arm und ging mit ihr nach draußen auf die Terrasse.

»War es das? Ist unsere Aufgabe und die Mission der Rebellen erfüllt?«

Sie ließ ihren Kopf unbewegt. »Das wird sich zeigen. Nenn es einen Etappensieg. Okay, es gab keinen Anschlag auf die Petronas Türme und auch keinen Terroranschlag in Form einer Massenepidemie in China. Die tragischen menschlichen Verluste an Bord konnten wir dennoch nicht verhindern.«

Peter nickte. »Babe, vor allem bleiben so viele unbeantwortete Fragen. Ich habe das Gefühl, dass die Zusammenhänge immens sind. Es spannt sich ein großer Bogen von den geheimnisvollen Zahlenkombinationen in der Natur - deren Bedeutung mir überhaupt nicht klar ist - bis hin zu den Netzwerken der *One-C*, die mit ihren Mitgliedern bis in die höchsten gesellschaftlichen Kreise hineinreichen. Eigentlich wissen wir rein gar nichts. Es sind Fragmente, Rosanna. Nicht mehr. Wie soll die Goldene Zahl 1,618 mit der Seele einer Weißen Ameise zusammen hängen?«

Sein Blick fiel auf ein Spinnennetz, welches im morgendlichen Sonnenlicht am Dachüberstand vor ihnen gut sichtbar war.

»Schau, am Ende stellen wir uns sogar die Frage, woher die Spinne die Intelligenz nimmt, um ihre Fäden so kunstvoll und symmetrisch anzulegen. Oder nimm das Sternbild Orion; wir haben gehört, dass die drei Hauptsterne Alnitak, Alnilam und Mintaka, allesamt sieben Buchstaben aufweisen. Sieben, sieben, sieben. *Operation Orion*, *Operation WHELO* und die Boeing 777. Wieder dreimal die Sieben. Die Nummer Sieben, Lady Victoria, trägt in ihrem Namen den Buchstaben 'V' als Zeichen des Pentagramms. Signale und Symbole, wohin wir auch blicken. Und schließlich scheint es sogar eine Verbindung zwischen der *One-C* und dem Sitz der Vereinten Nationen in New York zu geben. Meiner Meinung nach haben wir nicht einmal die Spitze des Eisbergs angekratzt.«

Sie korrigierte ihn. In ihren Augen hatten sie signifikante Fortschritte gemacht. Peter ließ sich nicht überzeugen. Es mochte zwar sein, dass er in den vergangenen Wochen die nächste Stufe auf dem Weg zur Erkenntnis erklommen hatte, doch sie warf mehr Fragen auf, als Erklärungen bieten zu können.

Rosanna fasste in ihre Tasche und hielt die drei Münzen in ihrer Hand, die ihr Robert vor einigen Monaten in Norwegen beim Abschied in Tromsø in die Hand gedrückt hatte.

»Rom ist auch nicht an einem Tag erbaut worden. Wir werden es schaffen. Wenn nicht heute, dann irgendwann. Küss mich.«

Er umarmte sie und gab ihr einen leidenschaftlichen Kuss.

»Ich habe dich vermisst. Gönnen wir uns nun eine Pause?« Er schaute sie liebevoll an und summte eine Melodie von *Bronislau Kaper* vor sich hin. »Come with me.«

Rosanna lächelte. »Du denkst an Bora Bora. Gib es zu.«

Er nickte und drückte sie ganz fest, als sie plötzlich von einem lauten Schrei aufgeschreckt wurden.

»Alarm.« Joe brüllte, was das Zeug hielt.

Alle stürmten zu seinem Rechner.

»Was ist los?«, wollte Jack ungeduldig wissen.

Joe zeigte wortlos auf eine Übersichtskarte mit den aktiven Knotenpunkten der CDNs, der *Content Delivery Networks*, in der ostasiatischen Region. »Wenn mich nicht alles täuscht, ist uns jemand auf den Fersen.«

Der ehemalige Hauptmann der Sayeret Matkal drängte Joe an die Seite und setzte sich selbst vor den Rechner. »Scheiße, du hast recht. Das sieht ganz und gar nicht gut aus.«

Er rief spezielle Filter auf, die die Überwachungsaktivitäten mit blinkenden farbigen Punkten markierten. Je nach Umfang des Datenstroms wurden die blauen Punkte größer oder kleiner. Wie ein Spinnennetz zogen sich die Verbindungslinien zwischen den Positionsmarkierungen immer enger zusammen und Hongkong lag eindeutig im Zentrum.

»Warum sollte der Schnittpunkt gerade bei uns zu finden sein? Die City ist groß. Das kann schließlich jeder anderen Adresse gelten«, hielt Tanja entgegen.

»Träum weiter, Schatz«, warf Joe ihr unverblümt an den Kopf. Er beugte sich über die Schulter von Jack und startete ein Simulationsprogramm. Der Kreis, den man virtuell um ihren Standort ziehen konnte, wurde von Minute zu Minute enger.

»Noch fünf Minuten und die haben uns.«

Jack erhob sich vom Drehstuhl. »Kappt alle Datenleitungen. Legt die Stromversorgung lahm. Alles, hört ihr? Jeden Fernseher, jedes Radio, den Kühlschrank, einfach alles. Los, los.«

Während die Männer sofort begannen, seine Order auszuführen, schaute Rosanna ihn an.

»Jack, wie kannst du denn am Ende sicher sein, dass wir *nicht* mehr im Fokus stehen, wenn doch alle Datenleitungen deaktiviert sind?«

Es war nur ein kurzes angedeutetes Lächeln, was er ihr als Antwort schenkte. »Natürlich kann ich das checken. Siehst du mein Tablet? Es ist mit einem Satellitentelefon a là Iridium verbunden. Absolut *safe guarded*. Made by Jack, verstehst du?«

Anerkennend zollte sie ihm Respekt, indem sie ihre Augenbraue nach oben zog. »Okay, okay, ich werde den Meister nicht weiter stören.«

Obwohl das Team binnen einer Minute alle Verbindungen zur Außenwelt unterbrochen hatte, änderte sich nichts.

»Scheiße«, brüllte Jack. »Die Schlinge zieht sich weiter zu. Es muss hier noch etwas geben, was unsere Location preisgibt und unentwegt Signale sendet. Strengt euer Hirn an. Was kann es sein?«

Mit verschiedensten Suchgeräten inspizierten sie alle Räume. Joe schüttelte den Kopf. Es gab keinen Sender. Sie fanden weder ein Bluetooth Signal oder ein WIFI Netz in der Umgebung, noch gab es irgendwelche schwachen elektromagnetischen Felder, die aus batteriebetriebenen Geräten abstrahlten. Es war wie verhext. Wie kopflose Hühner rannten sie durch die Villa. Joe warf einen flüchtigen Blick auf den Bildschirm mit den blinkenden Punkten.

»Wir müssen uns beeilen. Das Signal kommt immer näher.«

Er stürmte durch die Wohnung und untersuchte jede Steckdose, die ihm ins Blickfeld kam.

»*Sie* ist es«, schrie Peter plötzlich auf und zeigte auf Victoria. »Was ist, wenn sie einen Chip verschluckt hat oder ihr irgendein Implantat in den Körper eingepflanzt wurde?«

»Okay, das ist deine Aufgabe, Peter. Check sie durch«, lautete die Anweisung von Jack. »Schau nach, ob sie einen Sender hat. Falls ja, müssen wir sie isolieren, sonst gehen wir alle drauf. Alle anderen suchen in der Wohnung weiter.«

Peter rannte hinüber zu Victoria. Isolieren, isolieren, schoss es ihm durch den Kopf und er überlegte, wie er das anstellen sollte. Er suchte krampfhaft nach einer Lösung. Vielleicht gab es im Haus einen Raum, den er zu einem Faradayschen Käfig umfunktionieren konnte?

Er stand vor Victoria und schaute sie an. Peter nickte. In seinen Augen gab es keine andere Möglichkeit. Sie musste diejenige sein, von der das Signal ausging. Auf irgendeine geheimnisvolle Art und Weise war sie mit ihrer Organisation verbunden. Er zögerte einen Augenblick, bevor er begann sie abzutasten. Vielleicht würde sie sich äußern wollen und sich dabei verraten? Er nahm ihr die Serviette aus dem Mund. Dann lupfte er ihre schwarze Seidenbluse aus dem Rock und hob sie langsam an. Bis er an ihren Busen kam. Peter stoppte. Keinesfalls wollte er ihre Schamgrenze überschreiten.

Spöttisch schaute sie ihn an. »Warum so schüchtern? Hast du dir nicht immer schon gewünscht, mich so wehrlos vor dir zu haben? Tu dir keinen Zwang an. Doch du wirst bei mir nichts finden.«

Ihre Worte spornten ihn an. Er schob ihre Bluse weiter nach oben, sie trug keinen BH. Dann drehte er den Stuhl, denn so konnte er ihren Rücken am besten abtasten. Er suchte Zentimeter für Zentimeter ab, ob er einen Sender oder etwas Ungewöhnliches auf ihrer Haut entdecken konnte. Plötzlich stutzte er. Er fühlte mit seiner Hand über die Stelle. Es war kein Sender, so viel stand fest. Wie ein Blitz durchfuhr es ihn und Erinnerungen an seine Zeit in Russland schossen ihm in den Sinn. Wie konnte das möglich sein? Ein Schauer rannte über seinen Nacken. In diesem Moment rüttelte Vicky heftig an ihren Handgelenken und versuchte, sich vom Klebeband zu befreien.

»Langsam, Lady«, sprach er mit einer ruhigen Stimme. Er packte ihre Hand und drückte die Finger so kräftig zusammen, wie er nur konnte. Sie gab nicht den geringsten Laut des Schmerzes von sich und Peter drückte noch ein wenig stärker zu. Etwas piekte ihn. Seine Haut hatte sich unter ihrem Ring eingeklemmt. Augenblicklich ließ Peter ihre Hand wieder los.

»Der Ring«, stieß er hervor. Bisher hatte er ihrem Schmuck so gut wie keine Aufmerksamkeit geschenkt, bis er nun aus seinem Augenwinkel sah, wie sie sich mit dem Daumen und Zeigefinger der rechten Hand an ihrem linken Ringfinger rieb.

Der Ring. Zwischen ihren Fingern kam für einen kurzen Moment der dunkle Ring zum Vorschein. Peter überkam eine Ahnung. Konnte der mysteriöse Sender darin verborgen sein? Er spreizte ihre Hände mit aller Kraft auseinander und versuchte, ihr den Ring vom Finger zu ziehen. Sie schrie wie am Spieß. Es musste sie höllisch schmerzen. Dann war es vorbei. Peter ließ den schwarzen Ring in seiner Handinnenfläche kullern. Er sah nicht besonders wertvoll aus und fühlte sich nicht nach einem Metall an. Eher wie ein Stein, wie Basalt. Peter rief die anderen zu sich. Mit skeptischen Blicken begutachteten sie seinen Fund.

Im Hintergrund machte sich Jack bemerkbar. »Das Signal wird schwächer. Wir haben es geschafft.«

Er war außer sich vor Freude, ohne genau zu wissen, worauf sich der Erfolg nun eigentlich gründete.

»Wie hast du das gemacht?«, schrie Jack begeistert von seinem Rechner. »Das Einzugsgebiet des Datenclusters wird von Sekunde zu Sekunde wieder größer.«

Peter hielt das Schmuckstück in die Höhe. »Es ist der Ring, Leute. Darin muss sich ein Sender befinden, der nur dann ein Signal abstrahlt, wenn er an ihrem Finger sitzt.«

»Genial«, pfiff Joe durch die Zähne. »Ich besorge dir ein Spiegelkästchen. Damit gehen wir auf Nummer Sicher.« Er holte einen kleinen Kasten aus glasklarem Polycarbonat, welcher von innen mit einer hauchdünnen Silberschicht verspiegelt war.

Peter legte den Ring hinein und schloss den Deckel. Er warf einen verächtlichen Blick auf Victoria und drückte ihr das Tuch wieder in den Mund. »Kein Anschluss unter dieser Nummer.«

Mit einem zufriedenen Blick beendete Jack die Anwendung auf dem Tablet-PC und fuhr das letzte elektrische Gerät in der Villa in den Offline Modus.

Es wurde allmählich Zeit, den Standort in Hongkong zu verlassen. Das Team ging ans Werk. Jeder Handgriff saß perfekt. Sie packten ihre Sachen. Die Kleiderschränke waren in wenigen Minuten ausgeräumt. Einzig die mobile Bose Musikanlage stand noch auf der Außenterrasse. Sie hatten sämtliche Daten der vergangenen Wochen gelöscht und die Festplatten neu formatiert. Nur einige Kerninformationen hatte Joe auf einen USB Stick gezogen und steckte ihn ein. Die Rechner und das Equipment wurden danach in Kunststoffboxen verstaut.

Jack wunderte sich. »Wollt ihr das alles mitnehmen? Das sieht nach ziemlich viel Ballast aus.«

Rosanna klärte ihn auf.

»Nein. Carl und Pierre sind bereits mit dem Porsche unterwegs und besorgen uns zwei Transporter. Eins der Autos wird samt Inhalt über eine Klippe gehen und tief unten auf dem Meeresgrund versenkt. Mit dem anderen Bulli verschwinden wir. Somit hinterlassen wir keine Spuren in Hongkong.«

Jack nickte. »Perfekt. Und was ist mit ihr?« Sein Blick fiel auf Victoria.

»Ich würde sie mitnehmen«, mischte sich Peter ein. »Wenn uns überhaupt jemand zu den Drahtziehern führen kann, so ist *sie* es. Danach muss sie vor ein ordentliches Gericht gestellt werden.«

Nach einer Viertelstunde standen zwei geräumige Bullis in der Einfahrt. Die Kisten und das Gepäck hatten sie in kürzester Zeit in den Fahrzeugen verstaut. Carl und Pierre warteten vor dem Eingang und beobachteten die Straße. Die große Villa wirkte wieder so verlassen wie vor einigen Wochen, als sie ihr Domizil bezogen hatten.

Peter hatte sich nach draußen auf die Terrasse begeben. Er ließ seinen Blick über die Berggipfel und den morgendlichen Horizont schweifen. Rosanna stand rechts neben ihm und hielt seine Hand. Sie sagte kein Wort und genoss die Stille an der frischen Luft. Tanja kam zu ihnen und stellte sich wortlos neben Peter.

Parallel dazu inspizierten die beiden Computerexperten ein letztes Mal die Wohnung, dass sie nichts vergessen hatten. Jack schaute auf seine Uhr.

»Jetzt müsste es gleich soweit sein. Lass uns nach draußen auf die Terrasse gehen. Gedenken wir der Opfer. Sie werden nun ihren ewigen Friedens finden.«

Die beiden Männer gingen zu den anderen an die frische Luft. Joe nahm den Platz ganz links neben Tanja ein, während Jack sich an die rechte Seite neben Rosanna stellte. Peter blieb in der Mitte. Alle fünf standen nebeneinander, den Blick nach vorn gerichtet. Ihnen war klar, was dieser Augenblick bedeutete.

Das Flugzeug setzte nach einer langen Strecke über dem weiten Ozean in einer geringen Flughöhe sanft auf dem Wasser auf und versank als ein großer, kompletter Körper im Meer. Langsam füllte sich der Innenraum mit Wasser und Luftblasen gelangten an die Oberfläche. Dann herrschte wieder Stille über dem Ozean.

Die fünf Rebellen blickten in den Himmel, als über ihnen ein soeben gestarteter Düsenjet in eine südöstliche Richtung abdrehte. Niemand sagte ein Wort. In ihren Gedanken waren sie noch bei dem abgestürzten Flugzeug. Die *Operation WHELO* war beendet. Jedoch anders, als geplant.

Bei aller Tragik für die Flugzeugpassagiere konnte schließlich das drohende Unheil für weitere Menschen verhindert werden. Es bestand dennoch kein Anlass zur Freude oder Erleichterung. Am Ende der Operation war ihnen klar geworden, wie weitreichend der Einfluss der *One-C* bereits war. Mit einer unvergleichbaren Willkür konnten die geheimen Drahtzieher global in die Geschehnisse der Welt eingreifen. Doch endlich hatten die Rebellen mit Victoria eine Drahtzieherin in ihrer Gewalt; die Nummer Sieben in der Hierarchie der *One-C*. In den Augen von Rosanna verstand es sich von selbst, dass diese Frau ihr wichtigstes Faustpfand war.

Es war eine bedrückende Atmosphäre, die auf die fünf wirkte. Jack fingerte sein Smartphone aus der Tasche und wählte ein Musikstück an. Die mobile Anlage koppelte sich automatisch mit dem Mobiltelefon und aus dem Lautsprecher ertönte der chorale Mittelteil der 9. Sinfonie von Ludwig van Beethoven. Es war die Ode *An die Freude*. Aus dem Vierten Satz. *Freude schöner Götterfunken. Alle Menschen werden Brüder.* Sie lauschten andächtig den Klängen. *Deine Zauber binden wieder.*

Während die anderen drei noch auf der Terrasse blieben und gen Horizont blickten, zog Peter seine Partnerin etwas nach hinten. »Ich möchte dir etwas zeigen.«

Sie kniff ihre Augen zusammen. »Worum geht es? Wir haben doch alles erreicht, was wir wollten.«

»Alles erreicht?« Peter schüttelte den Kopf. »Nicht mal ansatzweise. Es hat gerade erst begonnen. Komm mit.«

Er ging mit ihr hinein in den Wohnraum und bat sie um ihr Telefon.

»Wofür brauchst du es? Es ist im Flugmodus«, kommentierte Rosanna mit einem unterdrückten Lächeln. Sie wusste nicht, worauf er hinaus wollte.

»Darf ich?« Es war keine Frage, die er an sie richtete. Er nahm ihr Mobiltelefon in die Hand und wählte im Menü die Kamerafunktion. Dann fasste er sie an die Schulter und drehte sie, bis sie mit ihrem Rücken zu ihm stand. Zärtlich schob er ihre weiße Bluse nach oben. Zwei, drei Mal machte es Klick mit dem typischen Geräusch eines Auslösers.

»Peter, ich glaube nicht, dass es der richtige Moment ist, um intime Aufnahmen zu schießen«, flüsterte sie ihm leicht irritiert zu.

»Darum geht es nicht, Babe. Siehst du das?« Er zeigte ihr das Foto, welches er soeben aufgenommen hatte, und zerrte sie in die Ecke des Raums. Dorthin, wo Victoria gefesselt auf dem Stuhl saß. Er zupfte die schwarze Bluse der Frau leicht nach oben und wies Rosanna auf eine bestimmte Stelle am Rücken hin.

»Schau, siehst du das?«, wiederholte er seine Frage.

Sie stutzte. Vollkommen symmetrisch befanden sich bei Victoria am Rücken drei Muttermale, ganz in der Nähe ihrer Lendenwirbel. Rosanna schaute ihn entgeistert an.

Peter nickte.

»Die drei Muttermale sind angeordnet wie ein perfektes gleichseitiges Dreieck. Als ich vorhin diese drei markanten Punkte entdeckte, erinnerten sie mich an etwas, was ich vor einigen Monaten schon einmal gesehen hatte. Es war in der Hütte von Ivan, als wir beide unsere letzte gemeinsame Nacht in Russland verbracht hatten. Rosanna, stell dir vor, diese Frau hat ihre Leberflecke exakt an derselben Stelle wie du. Die Punkte sind völlig identisch.«

Rosanna zitterte. Peter zeigte ihr nochmals das Foto auf dem Display. Es bestand nicht der geringste Zweifel.

Damals hatte er dem Zeichen auf ihrem Rücken keine große Bedeutung beigemessen. Doch nun? Er grübelte. Worin bestand die Verbindung zwischen den beiden Frauen? Kannte seine Freundin die Antwort?

Peter öffnete die Kunststoffbox und holte den schwarzen Ring heraus. Er legte ihn in ihre Hand und schloss vorsichtig ihre Finger. Unmittelbar danach herrschte eine seltsam anmutende Stille. Sie blickte vis-à-vis in das Augenpaar von Victoria. Die beiden Frauen waren in Gedanken verloren. Rosanna bekam glasige Augen.

Mit einem Mal war sie ganz weit weg. Wie in einer fremden Welt und in einer anderen Zeit. Die Klänge eines Musikstücks drangen mit zunehmender Intensität in ihr Bewusstsein. Für niemanden sonst waren die Töne wahrnehmbar. Es handelte sich um das Stück *Still here* von *ATB,* welches sie vor langer Zeit gerne gehört hatte. Die Vorstellung an die Musik löste ein unbeschreibliches Kribbeln in ihrem Nacken aus. Es war ein Gefühl zwischen Geborgenheit und Unsicherheit. Die Frau kam ihr aus einem unbestimmten Gefühl vertraut vor. Die Erinnerungen gingen zurück bis in ihre Kindheit und es kamen ihr Geschehnisse in den Sinn, die seit langer Zeit verschüttet erschienen. Rosanna senkte ihren Blick und ließ die Gedanken schweifen. Die Erinnerungen waren der Schlüssel. Der Schlüssel zu ihr selbst. Sie schloss die Augen und sah sich als kleines Mädchen, auf einem Spielplatz inmitten des Central Parks in New York. Fast fünf Jahre alt war sie damals, als sie von ihrem Platz im Apfelbaum mit ansehen musste, wie ihre Mutter von einem unbekannten Mann erschossen wurde. Sie fasste sich mit Daumen und Zeigefinger an den Nasenrücken und drückte vorsichtig auf ihre Augenlider. Niemand sollte ihre Tränen sehen. Sie hatte die Erlebnisse von damals niemals vergessen können.

»Rosanna«, er versuchte sie aus ihren Gedanken zu wecken. »Oder soll ich Ann zu dir sagen?«

Sie sagte kein Wort. Peter schaute zwischen den beiden Frauen hin und her und er entdeckte eine gewisse Ähnlichkeit in ihren Augenpartien.

»Das meinte ich vorhin damit, als ich sagte, es hat gerade erst begonnen. Kann es sein, dass sie deine Schwester ist? Seid ihr vielleicht deshalb - ohne voneinander zu wissen - beide in der *Enco* gelandet? Danach haben sich eure Wege getrennt; Victoria machte Karriere in der geheimen Organisation, in der *One-C*, und du hast dich den Rebellen von Martijn angeschlossen.«

Rosanna bekam nicht einmal die Hälfte von seinen Schlussfolgerungen mit. Sie war in ihren Gedanken noch immer in einer weit entfernten Zeit.

»Das sieht nicht nach einem Zufall aus«, mutmaßte Peter. »Ihr habt beide dasselbe Mal am Rücken. Dadurch seid ihr untrennbar miteinander verbunden und auf unterschiedlichen Wegen seid ihr beide immer näher an euer Ziel gekommen.«

Es hatte Rosanna die Sprache verschlagen. Die Gefühle übermannten sie. Es ging ihr eindeutig zu schnell, welche Rückschlüsse Peter aus den Muttermalen und aus der Dreiecksformation zog. Er war jedoch nicht mehr zu stoppen.

»Drei Muttermale. In der Anordnung eines gleichseitigen Dreiecks. Ist es ein Hinweis auf die *Triangular Files*? Deine Mutter wusste von deinem Geheimnis und dem deiner Schwester. Offensichtlich warst du von Geburt an in Gefahr. Niemand sollte etwas über deine Herkunft erfahren. Der Schlüssel liegt in der Vergangenheit.«

Rosanna griff in ihre Jackentasche. Mit Tränen in den Augen fingerte sie die drei Geldstücke heraus und hielt sie wortlos in seine Richtung. Peter blickte auf die drei Münzen in ihrer Hand und er wusste, dass er für immer mit ihr verbunden sein wollte. Instinktiv umfasste er ihre linke Hand, die sie immer noch verschlossen hielt, und seine Gedanken wanderten zu dem schwarzen Ring. In diesem Augenblick war ihm klar geworden, dass ihre gemeinsame Geschichte gerade erst begonnen hatte.

\* \* \*

# Die Akteure

| | |
|---|---|
| **Peter Berg** | Selfmade-Businessman, Inhaber der *M.E.P.*-Agentur in Hamburg |
| **Rosanna Sands** | US-Amerikanerin, traf Peter Berg zufällig vor einigen Jahren in Paris |
| **Claudia Berg** | Ex-Frau von Peter Berg |
| **Robert Berg** | Ihr Sohn, 21 Jahre, Student |
| **Jennifer 'Lizzy'** | Journalistin beim Magazin PictuRePort |
| **Susan Landers** | Assistentin von Peter Berg |
| **Joe *'Nenn mich Joe'*** | Computerexperte, Hacker und Insider |

*In der Reihenfolge des Auftretens:*

| | |
|---|---|
| **Joycelyn Miller** | Fällt in NYC einem Attentat zum Opfer |
| **Skip Persson** | Dänischer Fotograf in New York |
| **Joseph** | Der Mann im Anzug in New York |
| **Patrick O'Brien** | 15-jähriger Teenager |
| **James O'Brien** | ... sein Vater, aus Paterson, New Jersey |
| **Camilla O'Brien** | ... ist mit James O'Brien verheiratet |
| **Andrea O'Brien** | Schwester von Patrick |

| | |
|---|---|
| **Wayne** | Cousin von Patrick O'Brien |
| **John Smith** | Ein *Messenger* aus Prag |
| **Tom Davis** | Standortleiter im *Enco* Hauptquartier |
| **Jack** | … genannt „The-Brain" |
| **Jan de Vroos** | Pensionär aus Amsterdam |
| **Eddie Downsen** | Amerikanischer Whistleblower |
| **Victoria 'Vicky' Vicem** | Geheimnisvolle Frau, nennt sich Venus |
| **Benedikt** | Ihr Mentor in der *One-C* |
| **Ivan** | Russischer Einsiedler |
| **Gori** | Heißt eigentlich Wladimir Gregoriev |
| **Tatjana 'Tanja'** | Russische Freundin von Gori |
| **Siegfried 'Siggi'** | Erfahrener Journalist, Siggi Lellyfeld |
| **Karl** | Mitbewohner in der WG |
| **Andreas 'Any'** | Hacker aus Berlin |
| **Martijn** | Holländischer Anführer der Rebellen |
| **Gillian** | Teammitglied der Rebellen |
| **Carl, Phil, Josh** | Teammitglieder der Rebellen |
| **Donald** | Ihr Sicherheitschef |
| **Alec, Steve, Michael** | Teammitglieder der Rebellen |

| | |
|---|---|
| **Chris** | Organisiert die Konferenz der Rebellen |
| **Pierre** | Ist im Team Hongkong eingeteilt |
| **Sharif Ahmed** | Trägt Uniform und Verantwortung |
| **William** | Sein Kollege |
| **Ernst Stein** | Genannt 'Doc Einstein', ein Kryptologe |
| **Hugo** | Schweizer mit französischen Wurzeln |
| **Walter** | Sein Fahrer aus Mali, Westafrika |
| **Aldo** | Ein weiser Italiener aus Taormina |
| **Team Hongkong** | Joe, Tanja, Pierre, Phil und Carl |
| **Team Sierra Leone** | Martijn, Alec und Josh |
| **Bill** | Chef der Autovermietung in Freetown |
| **Jonathan Harms** | 'Crazy Jon', der Buschdoktor aus Wales |
| **Doktor Williams** | Forscher mit dubiosen Absichten |
| **Kapitän Suleykan** | Steuert den Frachter im Indischen Ozean |
| **Doug Fienner** | *Enco* Kommandoführer im Außeneinsatz |
| **Steven Payenne** | *Enco* Pseudonym in Kuala Lumpur |
| **Mitch Beecher** | *Enco* Agent in Hongkong |
| **Wesley** | *Enco* Agent in Hongkong |
| **Lanny** | Truppführer der Rebellen/Kuala Lumpur |

# Navigation Nordamerika

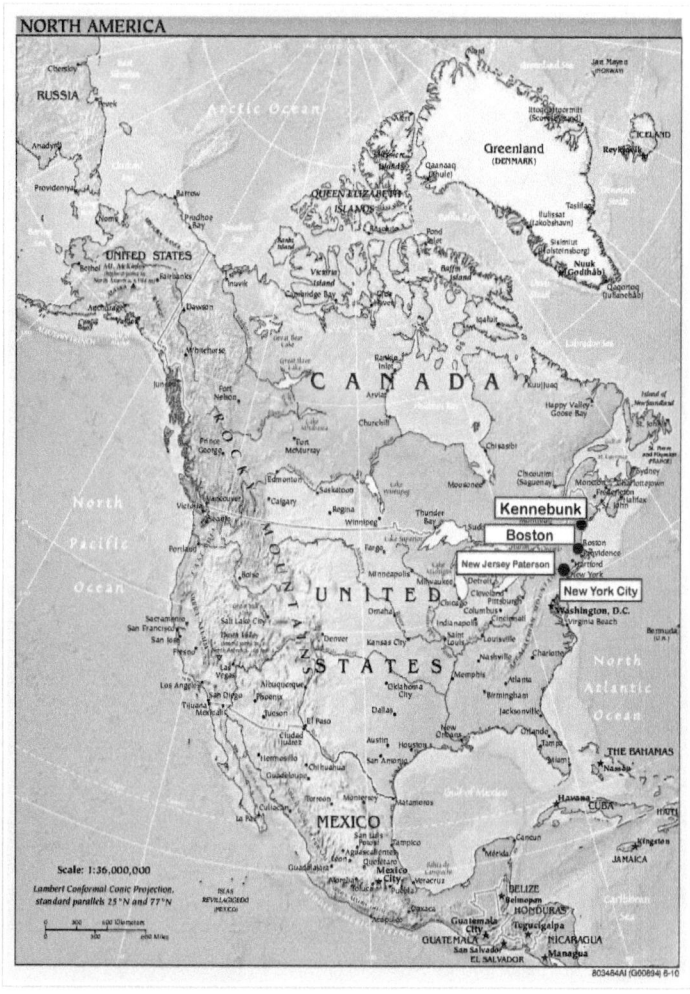

# *Navigation Europa*

# Navigation Afrika

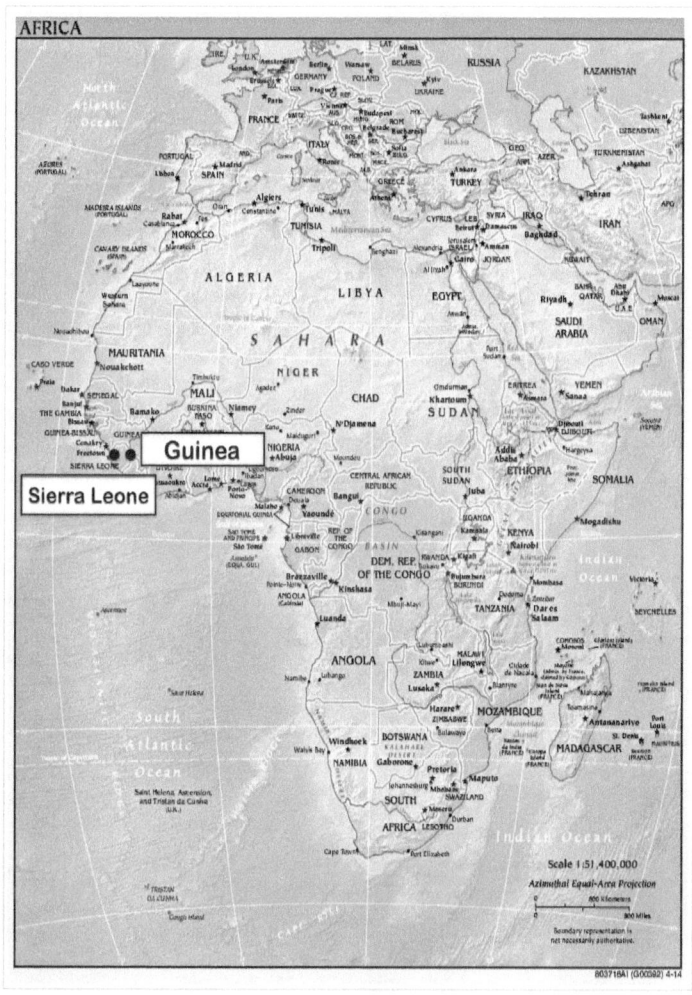

# Navigation Ostasien

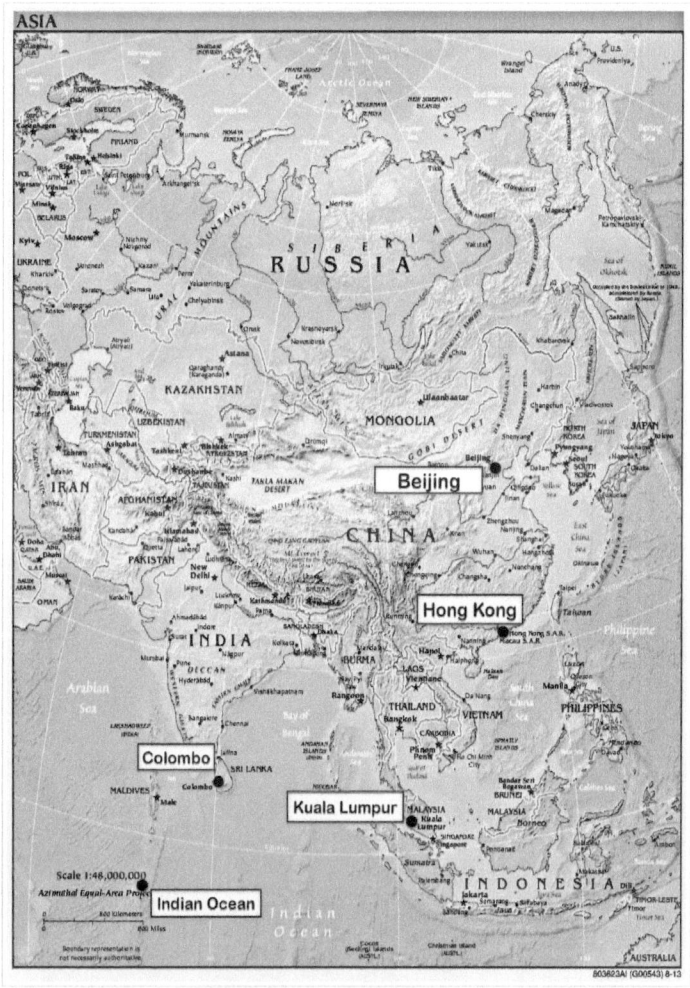

# Playlist

Die Songs in der Reihenfolge der Erwähnung:


Still here - ATB
The Carpet Crawlers - Genesis
Safe and sound - Capital Cities
Please Mr.Postman - The Beatles
Hummelflug - Nikolai Rimski-Korsakov
Time to say Good-Bye - Andrea Bocelli und Sarah Brightman
The Carpet Crawlers - Genesis
Guru Brahma Mantra - Deva Premal & Miten with Manose
A child is born - La Caina
Zweiter Satz der Neunten Sinfonie – Ludwig van Beethoven
Cerisieres roses et pommiers blanc - André Claveau
Come with me - Bronislau Kaper
Neunte Sinfonie *Freude schöner Götterfunken* – Ludwig van Beethoven
Tequila - The Champs
Wake me up – Avicii
You've got to hide your love away – The Beatles
Neunte Sinfonie *Freude schöner Götterfunken* – Ludwig van Beethoven
Rule the World - Rashid Ajami
O sole mio - Luciano Pavarotti, Jóse Carreras, Placido Domingo
A Summer Place - Percy Faith Orchestra
Listen to the Radio - The Corrs
Dakota - Stereophonics
Two of us – The Beatles
Nessun Dorma aus Turandot / Pucchini - Luciano Pavarotti
First we take Manhattan - Jennifer Warnes (Leonard Cohen)
The Carpet Crawlers – Genesis
Come with me - Bronislau Kaper
Neunte Sinfonie *Freude schöner Götterfunken* – Ludwig van Beethoven
Still here - ATB

And then ... - David Gilmour (Nachwort des Autors)

# Der Rosetta Stone USB Stick

# Die Schachaufgabe ...

G. Ernst – 1909

Weiß setzt im dritten Zug matt

## ... *und die Auflösung*

1.Ta2 (!) mit der Drohung Th2 matt

falls 1. ... La2: so folgt 2. Le4 und auf jeden Zug von Schwarz folgt 3. Bg7 matt

falls 1. ... Lg2 so folgt 2. Le4 (Tg2: führt zum Patt) und auf jeden beliebigen Zug von Schwarz folgt 3. Bg7 matt bzw. 3. Th2 matt

falls 1. ... Lg8 so folgt 2. Th2 + und auf 2. Lh7 folgt 3. Th7 matt

1.Ta7 geht übrigens nicht, wegen 1. ... Lf7

# Nachwort des Autors

Mein Dank gilt vor allem Ihnen, lieber Leser. Dafür, dass ich Sie mit auf eine Reise in die Welt einiger fantastisch anmutenden Zusammenhänge nehmen durfte.

Weiteren Dank möchte ich allen sagen, die sich einer tiefer gehenden Analyse der Geschehnisse in unserer Welt verschrieben haben und die Dinge kritisch hinterfragen. Denn in der täglichen Berichterstattung bleiben viele Fragen unbeantwortet. Die Vermutung einer weltweiten Überwachung, die im ersten Teil der Trilogie – im Buch *Operation Sonnenwende* - noch blanke Spekulation war, hat sich spätestens nach den Enthüllungen von Edward Snowden als wahr herausgestellt. Mein Dank gilt gleichermaßen den zahlreichen Recherchen und Veröffentlichungen in diesem Kontext. Aus vielen Fragmenten, einigen wahren Begebenheiten und einem gehörigen Schuss Fantasie konnte ich schließlich die Erzählung wie ein Puzzle zusammensetzen. Bei allen denkbaren Optionen, wie sich die Ereignisse möglicherweise alternativ erklären ließen, soll diese Geschichte in der Wahrnehmung jedoch in erster Linie eine fiktive Erzählung darstellen. Es bleibt der tiefe Respekt vor jedem individuellen Charakter und seinem persönlichen Schicksal. Eine Fiktion ist und bleibt eine Fiktion.

Mein größter Dank gilt meiner Frau und meinen beiden Kindern, die mir bei dem Projekt den zeitlichen Freiraum gegeben haben und auf mich in der Zeit des Schreibens in vielerlei Hinsicht verzichten mussten. Ich danke euch.

Es tut gut, nun eine Pause einzulegen, den Gitarrenklängen von David Gilmour beim Titel *And then...* zu lauschen und die Gedanken schweifen zu lassen. Im dritten und abschließenden Teil der Trilogie werden sich Herkunft und Zukunft zu einem Gesamtbild zusammensetzen.

Im Dezember 2015

# Bisher vom Autor erschienen

## Operation Sonnenwende

**Der erste Teil der Trilogie „The Triangular Files"**

Nach dem Anschlag auf seine Agentur erinnert sich der Hamburger Geschäftsmann Peter Berg an seine Begegnung mit einer geheimnisvollen US-Amerikanerin und gerät in den Strudel einer weitreichenden Verschwörung ungeahnten Ausmaßes ...

Veröffentlicht im März 2013 – 530 Seiten / 155.000 Wörter
Printversion und Ebook bei Amazon erhältlich
ISBN-13: 978-1-481-92294-4  und  ISBN-13: 978-3-945-75233-3

## Die Kaskaden des Salamanders

**Der zweite Teil der Trilogie „The Triangular Files"**

Als Rosanna Sands und Peter Berg von einem bevorstehenden Terroranschlag erfahren, setzen sie alle Hebel in Bewegung, um das Unheil abzuwenden. Gelingt es ihnen und den Rebellen?

Veröffentlicht im Januar 2016 – 566 Seiten / 157.000 Wörter
Printversion und Ebook bei Amazon erhältlich
ISB-13: 978-3-945-75277-7

## Die Stufen des Bösen

Für Samuel Gould sollte es eine heiße Party an einem verregneten Freitagabend werden, bis der Banker mit der Bilderbuchkarriere in einem tödlichen Albtraum landet, aus dem es für ihn kein Erwachen gibt...

Veröffentlicht im Dezember 2013 – 112 Seiten / 25.000 Wörter
Printversion und Ebook bei Amazon erhältlich
ISBN-13: 978-1-494-34320-0  und  ISBN-13: 978-3-945-75237-1

## Die Ampullen von Lorenzini

Kriminalkommissar Jo Sattler steht kurz vor der Pensionierung. Sein letzter Fall scheint keine große Hürde für ihn darzustellen, wenn da nicht ein merkwürdiger Zeitgenosse wäre, mit dem er nicht nur sein Rückenleiden teilt...

Veröffentlicht im März 2014 – 230 Seiten / 48.000 Wörter
Printversion und Ebook bei Amazon erhältlich
ISBN-13: 978-1-495-97684-1  und  ISBN-13: 978-3-945-75241-8

# Other titles of the Author

## Operation Solstice Ten
### US-Version – Part one of „The Triangular Files"

*After a deadly attack on his office, German businessman Peter Berg recalls a past encounter with a mysterious American woman—and soon finds himself caught up in a global conspiracy of unimaginable magnitude...*

Published in September 2013 – 532 pages / 183.000 words
Printversion and Ebook at Amazon
ISBN-13: 978-1-481-03823-2 and ISB-13: 978-3-945-75235-7

## The Salamander Cascades
### US-Version – Part two of „The Triangular Files"

*When German businessman Peter Berg and his partner, American agent Rosanna Sands, learn about an upcoming global terror attack, they mobilize their powerful network of rebels to stop the crime. Will they succeed?*

Published in June 2016 – 566 pages / 185.000 words
Printversion and Ebook at Amazon
ISB-13: 978-3-945-75250-0

## The Steps of Evil

*Samuel Gould thought he would be spending the rainy Friday evening at a hot party...
But then the banker with the picture-perfect carreer suddenly finds himself trapped in a deadly nightmare from which he can never awaken...*

Published in June 2014 – 106 pages / 26.000 words
Printversion and Ebook at Amazon
ISBN-13: 978-1-500-29894-4 and ISBN-13: 978-3-945-75239-5

## The Ampullae of Lorenzini

*Detective Chief Inspector Jon Sattler has one final investigation standing in the way of his retirement.
At first, the case is almost too straightforward ...
But then he crosses path with a mysterious man who seems to know more about Sattler than is even possible.*

Published in September 2014 – 216 pages / 49.000 words
Printversion and Ebook at Amazon
ISBN-13: 978-1-502-37662-6 and ISBN-13: 978-3-945-75243-2

Die Frau, alias Signora Bonatti, stieg mit ihren grazilen Beinen vorsichtig in das Tenderboot und bemerkte, dass der Japaner schon wieder ein Auge auf sie geworfen hatte. Sie ignorierte ihn und setzte ihre schwarz eingefasste Sonnenbrille auf. Dann ließ sie ihre Identifikationskarte vom Schiff unbemerkt ins Wasser über Bord gleiten.

'Good-bye, Signora Bonatti. Good-bye Costa Pacifica. Ab jetzt bin ich wieder Victoria Vicem', dachte sie und schaute über die Wellen hinüber zur Küste. Der Japaner hatte sein Smartphone in der Hand und knipste alles, was ihm vor die Linse kam. Wie zufällig fing er auch Motive ein, auf denen Victoria abgebildet war. So, als ob sie es nicht merken würde, hielt er das Gerät auf ihre Beine, auf ihren Oberkörper und ihr Gesicht. Victoria schob ihre Sonnenbrille nach oben und blickte ihn eindringlich an. Der Japaner schaute beschämt zur Seite. Victoria musterte ihn. 'Was war das für ein Typ? Ein Spanner, ein Bildersammler? Jemand, der sich im stillen Kämmerlein später die Fotos anschaute?'

Als das Tenderboot an der kleinen Hafenmole festgemacht hatte, achtete Victoria darauf, dass sie dicht hinter dem Japaner stand. Und just beim Schritt über die Gangway haute sie ihm sein Smartphone mit einer ruckartigen Bewegung aus der Hand. Laut plumpste es in die Wellen und glitt auf den Meeresgrund.

»Scheiße, was soll das? Was fällt Ihnen ein?«, empörte sich der Japaner und schaute sie perplex an.

Victoria lächelte nur. »Die Aufnahmen hätten Ihrer Freundin sowieso nicht gefallen. Als Paparazzi taugen Sie nicht. Passen Sie auf, dass Sie nicht selbst beim nächsten Mal in den Fluten untergehen.«

Sie lächelte den völlig verdutzt drein blickenden Mann noch immer an. Der Japaner war dermaßen eingeschüchtert, dass er kein Wort mehr sagte. Der Tag war für ihn gelaufen. Obendrein fing seine Begleiterin an, heftig mit ihm zu schimpfen. Was er sich denn einbilden würde, eine Konversation mit anderen Frauen zu beginnen.

Der Hauptort der Insel lag oben auf dem Berg und genau dorthin wollte Victoria. Am Pier standen einige Einheimische und boten ihr an, sie auf einem Esel über den serpentinenartigen Weg nach oben zu bringen. Victoria lehnte dankend ab. Die Anstrengungen eines Fußmarschs nahm sie gerne auf sich, denn sie war bestens durchtrainiert und in der Form ihres Lebens. Mit Ende dreißig war sie bereit für die in ihren Augen längst überfällige Anerkennung und sie wartete schon ungeduldig auf das i-Tüpfelchen in ihrer Karriere.

Für den Aufstieg wechselte Victoria ihre modischen Schuhe gegen die Sneakers aus der Reisetasche und nahm den Weg nach oben auf das Felsplateau in nicht mal fünfzehn Minuten. Mit ihrem weit ausladenden Sonnenhut war sie schon aus der Ferne gut zu erkennen und ein Mann nahm sie oben an der Stadtmauer in Empfang. »Madame, Sie sind Vicky, stimmt's?«

Sie wechselte erneut ihr Schuhwerk und reichte ihm ihre Tasche. »Wohin fahren wir?

Der Mann zögerte und zeigte auf ein Moped. Vicky's Blick sagte mehr als tausend Worte. Das Zweirad war eindeutig nicht ihr bevorzugtes Fortbewegungsmittel. Sie klemmte sich auf den Rücksitz und kniff Mund und Augen zu. Der Staub wirbelte hoch auf, als sie über die Landstraßen aus der Stadt fuhren. Das Ziel musste am anderen Ende der Insel liegen. An einer Abzweigung hielt der Mann plötzlich an und bat sie abzusteigen. Jemand anderes würde sie abholen und er müsse wieder ins Dorf zurück, erklärte er und stellte die Reisetasche auf den Boden. Sie protestierte nicht, denn ihr waren die Sicherheitsvorkehrungen wohl vertraut. Einen *Firewall-Approach* hatte Vicky das Prozedere immer genannt. Die Brücken hinter sich abbrechen und stattdessen eine neue Überquerung suchen. Das war bei vielen erfolgreichen Einsätzen ihre Strategie gewesen.

Sie klopfte sich den Staub von ihrem Sommerdress und putzte mit einem Tuch über die lackierten Schuhe. Für die High Heels war die staubige Umgebung alles andere als geeignet. Sie blickte um sich. Es war nichts zu sehen. Erst nach gut zwanzig Minuten, die sie in der sengenden Mittagshitze gewartet hatte, sah sie ein Fahrzeug am Horizont. Der Fahrer stieg nicht aus dem Wagen. Er ließ die Scheibe hinunter und fragte nach der Temperatur in Venedig.

»In Venedig ist es sieben Grad Celsius«, antwortete Victoria vereinbarungsgemäß mit dem Schlüsselcode und setzte sich auf den Beifahrersitz.

»In zehn Minuten sind wir da. Benedikt wird Sie am Eingangstor in Empfang nehmen. Ich fahre weiter.«